龟先生

The Magic Turtle

王骞 著

山东文艺出版社

今生能够遇见你，我很感激！
——献给吾妻敏子（1963.4.4—2019.9.15）

- 第十八章 醉酒 223
- 第十九章 灵性 235
- 第二十章 大龟 247
- 第二十一章 情歌 257
- 第二十二章 纷争 271
- 第二十三章 篝火 285
- 第二十四章 会桑 297
- 第二十五章 铸鼎 309
- 第二十六章 劫持 321
- 第二十七章 屠杀 335
- 第二十八章 退兵 347
- 第二十九章 驱鬼 359
- 第三十章 复明 371
- 第三十一章 继位 389
- 尾声 401
- 人物表 403
- 动物表 407
- 参考著作 408

目录

引子　001

第一章　虎尾　005

第二章　羊角　011

第三章　古经　025

第四章　暮时　037

第五章　三足　047

第六章　献龟　059

第七章　宗庙　073

第八章　飞鱼　083

第九章　龟卜　093

第十章　馆舍　107

第十一章　玉龟　121

第十二章　腰围　139

第十三章　蒙面　153

第十四章　眼疾　165

第十五章　失龟　179

第十六章　再卜　193

第十七章　怪鱼　209

引子

引子

　　大龟在江中翻转身子，仰泳。

　　仰泳，不是大龟惯常使用的姿势，翻身过来，仿佛在自在地休息。

　　大龟身旁，游动着两只小龟，模仿大龟的样子，学着翻过身子，仰泳。小龟身形很小，似乎不会掌握平衡，一会儿仰着，一会儿侧着，甚至翻转回去。小龟天性擅水，折腾一阵子，就找到平衡的技巧了。

　　从空中俯瞰，大江清澈，白云映入水里，与江水叠弄着，俨然一幅流动的画面。三个浅黄色的龟腹，一大两小，随波而动，相互保持距离，同步运动一般。

　　一只独木舟，从大江岸边划过来，速度很快。一位十五六岁的少年，手持一柄木桨，左边用力划一下，右边用力划一下，独木舟迅速靠近大龟、小龟。少年被三只龟的奇异动作吸引，停止划桨，仔细观看，不愿打扰它们自在的状态。

　　在江水的推动下，独木舟慢慢旋转着。太阳当空照射，少年的身影落

引子

在江面，将三只龟笼罩起来。大龟突然觉察到阴影，翻转身子，恢复俯游的姿势，大龟看到身边的独木舟时，一个人的身影同时出现在大龟视野里。

少年面向大龟，一只手放到身后，撩起麻布腰围，拽出尾巴，蹲下身子，顺着独木舟的边缘，将尾巴轻轻放入江中。这是一条约手臂长的尾巴，棕色尾巴点缀着黑色花纹，仿佛被一条黑线缠绕，类似老虎尾巴的模样，放入江水之中时，好似一条有彩纹的鱼。

大龟察觉水里的尾巴后，似乎得到了明确的信号，迅速游向独木舟。两只小龟跟随大龟，一起游过去。少年看到三只龟游来，转身抄起木桨，用力划水，左一下，右一下，给独木舟加力，驶向岸边。大龟率领两只小龟在后面追赶，不一会儿，就来到江边了。

江岸之上，一个四十多岁的中年男子站立岸边，腰系兽皮腰围，头插几根羽毛，正在等待独木舟归来。独木舟靠岸，少年跳下，将独木舟拖到岸上，指着正在上岸的三只龟，对中年人说："族长，龟带来了。"

族长名燎，是九江岸边虎尾族的族长。族长燎拍拍少年的肩膀，径直走向少年身后，蹲下身子，端详大龟、小龟。大龟伸长脖子，似乎要与族长燎交流。两只小龟有点茫然，尾随大龟身后，似乎在寻求大龟的庇护，瞪着各自的小眼睛，观察对面族长燎的举动。

族长燎用手轻触大龟的龟首，打了个招呼。然后，族长燎双手凑近一只小龟，点点头，做出请小龟上来的手势。小龟看一眼大龟，由大龟的眼神中得到默许，渐渐放松下来。它鼓起勇气，走向伸过来的双手，先探出一只前足，迈上手掌，又伸出另一只前足，踏上族长燎的双手。族长燎捧起这只小龟，仔细端详，发现小龟的耳朵位置，有一块红色三角形斑块，色泽鲜艳。族长燎将小龟送到少年面前，说道："函，红耳龟！"

少年名函，九江虎尾族人，制作皮甲的家族的后人，皮甲属于战时使用的防护用具。函接过族长燎手里的小龟，观察小龟头上的红色斑块，以及小龟背甲的花纹，对族长燎说："小龟背上的图案，如同父亲制作的皮甲。"

族长燎没有理会，蹲下身子，抓起另一只小龟，继续端详。族长燎前后观察，发现这只小龟不是红耳龟，小龟没有后面的双足，只有尾巴下面的一个小足，起到支撑和行走的作用——这是一只小三足龟。

族长燎手托小龟，对函说道："奇怪，这是一只小三足龟。三足龟出自北方的伊水，九江没有三足龟，不知怎么来到这里了。"

"三足龟？"函放下红耳龟，从族长燎手中接过小龟，一只手捏起小龟的尾巴，观察尾巴下面的小足。小三足龟使劲伸展小足，想用力挣脱出来。函放下小龟的尾巴，抓住这只小足，对比前面的双足，发现后足较前面的双足更为粗壮。小三足龟后足用力一蹬，函手一松，小龟迅速跳到地上。

引子

　　族长燎看着小三足龟，笑笑："小三足龟尾巴遮挡后足，不易被人察觉。小龟有此后足，便于平衡身体，小龟跳跃的时候，便于发力，看似是缺陷，实是特长。天地生万物，有各自的道理，不是什么缺陷。"

　　函下意识地摸摸自己的尾巴，偷眼看向族长燎的身后，族长燎的尾巴藏在兽皮腰围之中。九江岸边，虎尾族的族群中的男人都有一条尾巴。虎尾族人自己相处的时候，尾巴可以隐藏，也可以暴露，没有什么顾忌；面对外人，就将尾巴折卷起来，放入束腰的腰围之中，不让尾巴暴露。族长燎此时隐藏尾巴，也许是族群之外的人来到虎尾族了。

　　三只龟停留在江边，大龟居中，小红耳龟和小三足龟一左一右，仿佛等待族长燎的安排。族长燎对函说道："放回九江吧！"

　　函转身走向岸边，三只龟随函前行。函在江边浅水处行走，蹲下身子，顺势将自己的尾巴放入水中。随后，大龟在前，小红耳龟居中，小三足龟随后，依次游向江中。函背对江岸，一只手迅速伸向小三足龟，准确地掐住小龟的龟壳，将小三足龟捉拿在手。函停顿片刻，慢慢起身，一只手放到胸前，屏住呼吸，不让族长燎察觉自己的捉龟举动。

　　岸边，背对函的族长燎似乎听到一丝异响，他没有回身，摇了摇头，一边往回走，一边告诉函："大王派人到九江寻龟来了。"

第一章
虎尾

九江在南方，大王的王邑在很远很远的北方。

九江多龟，原本多大龟。虎尾族在九江岸边生活，擅长与龟沟通，与九江之龟有着特殊关系。据虎尾族最年长的老人介绍，虎尾族与龟的亲密关系，与一个叫"玄鸟"的族群有关。

许多许多年以前，一位虎尾族老族长带领族群，由遥远的西南向东北迁移，来到九江南岸，看到这里土壤肥沃，草木茂盛，水脉丰沛，决定将自己的族群安扎在这里。九江南岸有一片山丘，山丘面向九江的一侧，形成一长溜陡壁，陡壁由红色胶质泥土形成，虽没有山石的坚不可摧，却具备泥土的坚硬厚实，山顶灌木可以防止泥土流失。老族长带领族人建设家园，沿着陡壁挖出一个个洞穴。他们过去在西南地区的半地下"地屋"中居住，至此转为居住窑洞。

窑洞里面，老族长让族人垒起土台，土台铺上草席，用于吃饭、歇息、睡觉。土台前面的地面，老族长指引族人挖出一个方形地坑，地坑之中点燃木柴，白天烧火做饭，晚间照明取暖。窑洞门口挂上草帘，洞中风吹不着，雨淋不到。在窑洞一侧的土墙之上，老族长让族人掏出一个圆洞，放入底部损坏的陶罐，周围用泥巴固定，形成通风、透光的窗子，窑洞在白天变得明亮起来。于是，大家给老族长起名为"燎"，就是明亮的意思。随后，虎尾族所有继任的族长，都称为"燎"，已经传续许多许多代了。

虎尾族人的饮食以谷物、果蔬为主，有时猎取野兽，烤食兽肉，但不准食用水中的鱼鳖虾蟹。虎尾族最初起源于西南盆地，临湖而居，独木舟就是他们擅用的交通工具，几次大规模、长距离迁徙，都是选择临近江河湖泊之所作为落脚之地。虎尾族人擅长使用独木舟，经常水中嬉戏，水性十分了得。虎尾族人拒绝捕捞、食用鱼鳖虾蟹，这是虎尾族人自己制定的族规，不能违背。

相传，虎尾族曾经有一位老祖母，当她还是美丽少女的时候，五彩鱼在江中产卵，在水中游泳的她吞而食之，上岸之后踩到老虎足印，怀孕生下一个男孩。男孩生来就有一条小尾巴，长大之后，棕色尾巴生出黑色花纹，成为所有虎尾族男人的标志。虎尾族最早的祖先，就是这位美丽的少女，后人称其为"老祖母"。老祖母同时拥有江中五彩鱼、山中老虎和人的神力，虎尾族后代的繁衍力特别强。虎尾族人崇拜老虎，视虎为神灵，又做出规定，不许捕捞、食用鱼虾等江河之物，这样的习俗传承至今。族长职位虽由最初的女性转换为男性，但没有人敢破坏虎尾族的这一规定。

许多年以前，虎尾族人刚刚在九江南岸驻扎，老族长很快发现，九江北岸有一个族群，旗帜上面有飞鸟的图案，显然属于崇拜鸟的族群，后来得知是玄鸟族。有一天，老族长划着独木舟在江上巡视，观察对面玄鸟族的动向。玄鸟族人乘着大木船，木船上面有几个女人，正在江上捕鱼。女人手拿捕网，将捕网沉入水中，然后用力向上提，鱼儿就被收入网中。老族长推断，玄鸟族捕鱼捞虾，是将鱼虾作为食物，用火烧烤，用水蒸煮。老族长有意阻止玄鸟族的捕鱼行为，但细想了想，禁食鱼虾属于虎尾族的规矩，自己不便制止外族，只得划着独木舟返回了。

后来，虎尾族人有了新的发现——玄鸟族人不但吃鱼吃虾，竟然还食龟。虎尾族人相信"四灵之说"，四灵就是龙、凤、虎、龟，分别属于鳞虫之长、羽虫之长、毛虫之长、介虫之长，对应春、夏、秋、冬，也对应东、南、西、北。龟作为灵物，属于介虫之长，对应冬，也对应北，通灵通神，万万不能伤害。虎尾族祭祀祖先的时候，经常将龟供奉在祭祀台上，让龟传达自己的意愿，接收祖先反馈的旨意。祭祀完毕，再将龟恭恭敬敬送回江河。如今，老族长听说玄鸟族竟然食龟，决定亲自前去察看，如果属实，他必须出面阻止这种残忍行为。

黄昏时分，老族长带着手下的力士庶，划着独木舟，来到九江北岸，要求面见玄鸟族的族长。老族长没有料到，玄鸟族的族长竟然是一个女人，女族长身前身后，大多也是女性。老族长赤身裹着兽皮，这是虎尾族的日常装束。女族长衣着考究，穿着双层丝麻制成的短袍，宽帛束腰，长裙垂至脚踝，脚穿葛藤编织的木底鞋子，木底的边缘涂有精美彩绘。女族长的头发盘在头顶，发间插着一柄玉梳，双耳垂着半月形玉饰，颈上挂着长链玉管。女族长走过来的样子，飘然若仙，老族长不由退后一步，力士庶更是惊为天人。

女族长见到虎尾族的老族长，并未询问他来访的目的，而是邀请两人席地而坐，一起加入玄鸟族的饮宴。玄鸟族的酒是果浆酒，经过茜草过滤，酒用竹桶盛着，玄鸟族人分别给老族长、力士庶端上。佐酒菜肴多是鱼虾一类，老族长和力士庶不便食用，女族长看在眼里，派人送上几束干肉，便于两人佐酒。老族长捏起干肉，慢慢嚼着，不时观察四周，捕捉玄鸟族人食龟的迹象。玄鸟族人酒足饭饱，一一装扮起来，她们头戴类似鸟冠的长长饰物，围成一个大大的圆圈，没完没了地跳起舞来。玄鸟族人舞蹈的动作，时而如同在天空飞翔的鸟儿，时而又像鸟儿单脚独立。"鸟儿"聚集而来，然后四散而去。最后一群"鸟儿"散去的时候，一位披着彩色羽衣的美女登场，独自旋转跳跃，偌大的场地成为她一个人的舞台……那天晚上，老族长和力士庶不胜酒力，被玄鸟族人放入独木舟。众人划着玄鸟族的大木船，牵着虎尾族的独木舟，将老族长和力士庶送回九江南岸。

第二天一早，老族长酒后醒来，令他意想不到的是，女族长带着独舞的美女姝，前来虎尾族拜访。

老族长急忙率领力士庶迎接，女族长依然装束考究，穿丝佩玉，仿佛仙女降临人间。美女姝则一派天然，披散着头发，赤裸着双脚，穿着麻质短衣、短裙，身材圆润丰满，面目光彩夺人。力士庶看着美女姝，陷入遐想：美女姝眼睛纯净清澈，略呈细长，鼻子高挺，面白唇红，披散的头发遮住一部分面庞，有一种特别的妩媚；美女姝腰肢灵活，腹部平坦，屁股异常丰满，这是女人生育能力的象征……美女姝灼人的美丽和性感，使力士庶感到有些晕眩，他悄悄躲到一边去了。

老族长引领两人进入窑洞，这是平日族群议事的地方。窑洞中间有一个地坑，白天烧火做饭，晚间照明取暖，众人可以围坐在地坑边沿，议事聊天。

老族长招呼两人落座，这才发现力士庶并未跟着进来。老族长取来兽皮，垫在地坑边沿，两人分别坐下。女族长对老族长说出此行的目的："虎尾族男人英武健壮，族群人丁兴旺。玄鸟族向来女多男少，时至今日，男人更加稀缺，如此下去，玄鸟族将面临族群灭绝的危机。若两个族群可以通婚……"

老族长听到这里，回想在玄鸟族看到的情形：确实男人稀少。不同族群之间通婚，便于族群之间的团结，可以壮大族群规模。老族长并不反对这种联姻方式，只是玄鸟族可能捕龟食龟，老族长有所犹豫。女族长指着身边的美女姝，继续表白："如果两个族群通婚，就把玄鸟族最美丽、最能生育的女人送来！"

女族长联姻的意愿十分恳切，美女姝左右张望，似乎在寻找力士庶的身影。老族长的视线眺望远方，似乎看到九江之龟纷纷游向南岸，躲避来自九江北岸的危险。老族长收回目光，对女族长说："两个族群通婚，并非不行……"

女族长急于表达自己的诚意，道："今日就将美女姝留在这里，献给虎尾族。"

老族长伸手示意女族长，让她听自己说完："族群通婚之前，必须弄清一件事情，就是玄鸟族是否杀龟食龟。"

老族长提出这个问题，美女姝不甚明白，她说："九江里的鱼龟虾蟹，难道不是供人食用的吗？"

老族长目光盯着女族长，道："龟是灵物，杀龟食龟自有报应，如有此事，万万不能通婚。"

女族长坦诚回答："玄鸟族捕食水中鱼虾，鱼虾短缺的时候，也曾捕龟食龟，如果确定两族通婚，一定杜绝此事。"

"龟有不同品种，有的可以食用……"美女姝说到这里，发现老族长表情严肃，便不再言语。

这时，力士庶一阵风般冲进窑洞，向老族长报告："九江北岸传来炸裂的声音，好似在烧烤活物，可能有人烧龟烤龟。"

老族长怒视女族长，起身冲出窑洞。力士庶前面引路，女族长和美女姝跟随在后，一起来到九江岸边。此时，炸裂的声音更加响亮，火烧的烟雾飘到空中，迅速扩散，腥味弥漫过来……老族长面对九江，视线随着烟雾移向天空："这是灼烤龟甲发出的炸裂之声，此乃龟语，能够传达上帝*的旨意。"女族长有些不解地问："上帝的旨意？"

老族长收回视线，凝神屏气，捕捉炸裂之声的规律，解析龟语内容，然后对女族长说："灼烤江龟的行为，必须立刻制止，否则，玄鸟族就将遭遇灭顶之灾。"

---

*作者注：此"上帝"并非基督教和犹太教信仰的至高神，而是中国传统信仰中的神灵。商人有天神崇拜的心理，他们把天神称作"上帝"或"帝"。

老族长说话间，力士庶拖来一条独木舟。老族长首先上去，女族长随后登舟，力士庶最后上去，三人挤满了独木舟，没有空余位置，美女姝只能留在九江南岸。力士庶拼尽全力划桨，独木舟掠过水面，驶向北岸。老族长跳下独木舟，循着声音和烟雾，冲到树林边的烤龟处。他拨开众人，看到熊熊柴火之上残存的龟甲后，双手搬起龟甲，径直冲入树林。力士庶追赶过去，两人的身影被树木遮挡，龟甲的炸裂之声渐渐远去。

女族长追赶过来，进入树林深处，发现地面多出一个土堆，残存的龟甲被两人掩埋。老族长的前胸被龟甲灼伤，现出手掌大小的伤痕，力士庶双手挖土掩盖龟甲，十指渗出鲜血。

老族长一边用树叶掩盖土堆，一边对女族长说："用这样的方法，可以让大龟再生。玄鸟族人必须尽快离开，全部离开九江，大龟传达的上帝旨意，是非常灵验的……"

这时，几个玄鸟族人冲上前来，报告女族长："烧烤大龟的三个族人，突然死去。"

女族长大惊失色，老族长大声催促："赶快离开，越远越好！"

那个上午，老族长和力士庶划着独木舟，驶向南岸，老族长身后的尾巴顺着独木舟边缘，慢慢滑入江水。这时，江中出现奇迹——无数江龟涌出水面，簇拥在独木舟周围，形成一个特别大的圆圈，江龟纷纷伸出小脑袋，仿佛在向老族长点头致意。

从此以后，虎尾族人更加善待江龟，双方关系友善，成为最好的伙伴。每当虎尾族人的尾巴探入江水，一群一群的江龟就会游来，大家一起快乐嬉戏。那个留在九江南岸的美女姝，与力士庶结成夫妻，两人生儿育女，虎尾族的后人更加美丽、更加强壮……

此时，族长燎走在前，函跟随在后，两人穿过江边一片树林。函趁族长燎不留意，抓起地上的一团干草，将手里的小三足龟放入干草中，又将草团藏于身后，继续跟随族长燎前行。两人即将走出树林的时候，函看到附近有一棵大树，他瞅准大树分叉处的树洞，眼疾手快，将草团塞入树洞，随手抓起地上的一块石头，堵在树洞口。

族长燎走向前方窑洞，那是族人平时议事的地方。族长燎进入窑洞之前，停下脚步，回头嘱咐函："对来人提出的问题，不要轻易回答。"

第二章 羊角

第二章
羊角

虎尾族生活的九江位于南方，大王的王邑远在北方。

大王所在的王邑，三面壕沟，一面临水。东、南、北三面建有壕沟，与外界区隔；西边有一条叫洲水的大河，作为屏障，王邑四周并未高筑围墙。王邑设有三处邑门，分别是东门、南门、北门，是人们进入王邑的通道。王邑分为宫城和郭区，宫城在王邑中央，郭区分布在外围，形成内宫城、外郭区的格局。宫城是大王、大臣和贵族所在地，即王公贵族生活区；郭区是平民居住地，分布在宫城的东、南、北三个方位，宫城西临洲水，所以没有西边的郭区。北边的郭区设有手工作坊、集市等，属于王邑比较热闹的去处。宫城与郭区之间，并无高墙，由低矮的土墙分隔，平日由卫兵守护。

大王是王邑的最高首脑，统治整个王邑，以及王邑之外归顺的族群。按照王邑的官制规定：大王之下设置一位辅政官"相"，统领其他官员，协助大王管理王邑；设置军事指挥官"太师"，统帅军队并辅佐执政；设置占卜祭祀官"太卜"，负责占卜、祭祀两大事务。如今，大王执政王邑，并未设立辅政官"相"这一官职；大王亲自统率军队，也没有设立军事指挥官；占卜祭祀之事，大王经常亲力亲为。只是因为占卜祭祀特别频繁，相关事务细致复杂，王邑专设占卜祭祀官"太卜"一职。实际上，大王集族权、军权、神权于一体，是王邑的绝对控制者。

对于王邑重大事务的决策，大王总是事先龟卜占筮，求得吉凶，辅助决策。选择龟卜，有几个原因：一是龟为四灵之首，四灵是龟、龙、麟、凤，龙难见，麟难寻，凤难觅，只有龟可以得到；二是大王的族群有"神龟负书"的传说，洲河曾经浮出神龟，龟的背甲显示出九个象征数字的图案，说明神龟能够传达天意；三是龟的寿命最长，有千岁甚至三千岁之说，长寿之龟，明于天地之道。所谓龟卜，属于占卜方法之一，就是在龟的腹甲之上，先钻孔，后灼烧，观察龟甲裂纹的走向，以定吉凶。龟甲之上的刻字，涉及所问吉凶之事，谓之卜辞。

王邑的占卜机构是"太卜室"，"太卜"是主理太卜室的最高长官，专司占卜祭祀事宜，下设众多卜官——取龟卜官，负责收龟集龟，以备大王占卜使用；钻凿卜官，负责在龟甲之上进行钻凿，这是一项技术性很强的工作；命龟卜官，向龟传达占卜之事，与龟沟通；灼龟卜官，负责烧灼龟甲，用荆枝等柴火进行烧灼，需要一定技能；占龟卜官，根据龟甲裂纹辨别吉凶，总结占卜结果；书契卜官，将占卜结论刻于龟甲之上，永久记载；管理卜官，对记载卜辞的龟甲进行管理，龟甲如同王家档案，是对战事、祭祀等重大事件的决策记录。

书契卜官的具体工作，就是记录卜辞——或用毛笔蘸取墨液进行书写，需要掌握毛笔技法；或以玉刀、青铜刀为工具进行契刻，需要一定的运刀之法。书写的轻重拿捏，契刻的细微精妙，既需要他人传授，又依赖天赋，还必须苦练。王邑之中，能够识字、写字的人原本不多，又因为龟甲难得，书契技艺只能小范围传习，属于技术性很强、学识性很广、责任性很重的工作，必须师徒相传、代代接续。

朱是曾经的书契卜官，本是占卜机构的重要官员，因不慎被玉刀割掉右手半个食指，不便继续在太卜室任职，于是主动要求恢复平民身份，在王邑南部郭区自建院落。院子东西百步左右，南北八十步上下，院落中央有日常起居的"大室"。建造大室时，先用木头搭建框架，然后用"版筑"的方式建造墙壁——两片木板竖起，中间加入掺着麻草的黄泥，风干定型就是墙壁。大室屋顶形成南北两个斜坡，斜坡上面铺上茅草。大室坐北朝南，大室后面的西侧，另建一处平顶"小室"，归朱专用。院子里的大室、小室，两处建筑均高于地面，异于平民居住的半地下房屋，院内广种花草果蔬，被周围的人们称为"朱圃"。

朱受伤之后，右手不能握刀契刻，只能运笔书写。他退职下来，希望保持书契的技能，尝试改用左手书写和契刻。左手毕竟不便，尝试一个阶段后，他的左手可以执笔书写，却始终不能契刻。朱有两个徒弟，分别是涂和闻。

涂跟随朱学习多年，充分掌握了书写和契刻技艺，在朱退职之后，接任书契卜官。几年过去后，涂升职为太卜室的太卜官，成为掌管占卜机构的最高官员，人称"太卜涂"。　　闻是在朱右手受伤之后，才拜朱为师，只能学习书写技能。闻学习书写，目的不是担任王邑官职，只是因为喜好。如今，闻天天前来朱圃，专心致志学习书写。

　　涂和闻都是聪慧之人，用心学习书契技艺，聪明加上用心，又有朱这位堪称世间第一的行家指导，涂的技艺堪称不凡，闻的书写也进步很快。以朱的观察，两人截然不同——涂的书写与契刻，完全依照朱的风格，严谨规范，绝不走样；闻的书写，可以逼真再现朱的书艺，有时他故意偏离朱的风格，甚至因书写差异而欣喜。

　　具体说来，涂按书契卜官的职业标准，严格要求自己，特别重视龟甲契刻，平时选用龟甲碎片练习，有时选用整块龟甲，并且只以龟甲作为契刻材料，未曾尝试其他材料。闻则不同，除去选用龟甲碎片外，同时尝试用竹简、木片、陶片甚至选用麻布、丝绸进行书写。闻集中精力提高书写技艺，并且一度尝试自己制作毛笔。

　　闻是大王的弟弟，而且是大王唯一的弟弟。按照王位继承的规定，继位之人可以是大王的儿子，也可以是大王的弟弟，可以父终子继，也可以兄终弟及。也就是说，闻有资格继承王位。不过，王邑很多人都认为闻不能继承王位，因为闻患有腿疾。有人曾经见过，有人曾经听说——闻正常行走着，突然腿部抽搐，无法前行，甚至跌坐在地；在行进的马车上，闻突然腿部抽搐，加之马车颠簸，甚至跌落车下，再度受伤。闻的腿疾发作，没有规律可循。有人猜测，也许因为天气恶劣，受寒受风；也许因为旅途劳累，身体疲乏；也许因为意外惊吓，失魂落魄。大家担心，如果闻继承王位，一旦腿疾发作，身体受损，甚至一命呜呼，就会危及王邑安定。因此，闻自己也说："闻不要继承王位啊！"

　　王邑西南方向的郊野，有一片茂密的森林，虎、狼之类的野兽经常出没。大王喜欢狩猎，擅长使用弓箭，弓箭射出的速度可以追上老虎，射出的力量可以使老虎毙命。大王曾经射杀老虎，将猎到的虎皮送给王后，这成为他值得夸耀的经历。

　　大王与王后育有一子两女，十三岁的儿子卯，以及卯的两个妹妹。大王三十余岁，身体健壮，按说不必着急王位继承的事情。但是，因为疾病、战争等原因，王邑之人四十多岁已是高龄。有人突发疾病，因无法治愈而死亡；有人参与战事受伤，因不能救治而逝去；有人遭到猛兽、毒蛇的攻击，甚至小蚕虫的叮咬，突然失去性命。人生短暂，世事无常，大王认为王位继承之事，需要尽早筹划。

如今，儿子卯只有十三岁，没有可能继承王位。弟弟闻二十岁，是可以继承王位的年龄，大王希望弟弟继承王位。大王向闻提起继位之事，闻以自己的腿疾为理由，拒绝成为王位继承人。闻突发腿疾的情景，大王之前见过一次，没有闻所说的那样严重。闻的腿疾是否具有发病规律，腿疾究竟严重到什么地步，大王一直想要弄个清楚。这一次，大王决定与闻一起外出狩猎，单独相处几日，借机观察闻的腿疾。

在这个蛮荒的时代，因为食物、水源等问题，以及天灾、战事等原因，族群经常异地迁徙。王邑有时需要迁到新的区域，重新规划建设。大王这一职位，责任十分重大，而且时有危险。采摘不丰、狩猎不得的时候，洪水泛滥、天灾降临的年份，外族来犯、抢夺地盘的时刻，王邑最高执政者必须做出应对，带领族人迎接挑战。继承王位，看似接受一种至高无上的权力，实则承受一种无时不在的压力，平常之人难以担当。

闻虽是大王的弟弟，但没有掌握权力、管理王邑的欲望，不想继承王位。闻自身的腿疾，成为他拒绝王位的理由。大王认为，闻可能夸大腿疾的严重性，放大拒绝的理由。总之，闻不想继承大王这个高位，不愿承担执政王邑的重任。

这天早上，天空刚刚露出曙光，大王与闻登上马车，一起启程出行。这辆马车，由两匹马驾辕，大王亲自驾驭。马车的主体结构，由一辕一衡一轴一厢组成。一辕，就是纵向的一根曲木，位于两马之间；一衡，与辕形成十字交叉，左右各有一匹马；一轴，位于辕的后部，轴的两端各有一轮，这是马车的传动部分；辕和轴十字相交，上面安置车厢。两匹马快速奔驰，经过半个时辰，马车驶近王邑西南的森林。森林的边缘环绕着一条河流，河流之上架设着木桥，河流对岸的草房就是目的地。大王停止前行，两人跳下马车，准备踏上木桥。这时，大王看到林官虞由对面上桥，疾步走来。林官虞是王邑的外派官员，负责山川林泽的管理，手下还有丘臣封、司鱼毕等小官，共同管理山林、水泽等区域，对岸一处新近搭建的草房，就是林官虞等人的住处。听说大王今日要来郊野狩猎,林官虞一直等候着,看到大王的身影,他急忙跨上木桥,前来迎接。

　　林官虞引领大王和闻走过木桥,进入草房,请两人坐下歇息,并取出备好的食物——陶罐储存的干净的饮用水,事先已经过滤;陶鼎里放着煮熟的鹿肉,余温尚存;陶豆中备有蘸食酱料,给肉食增加味道;陶甗里放置着主食粒饭,已经蒸好。陶甗分为上下两部分,下面的鬲用来煮水,鬲的上面有镂空的箅子,放置需要蒸制的食物,陶甗下面有三只腿,可以在甗下生火加热。

　　林官虞知道大王擅用弓箭,便将发现老虎踪迹的事告诉大王:"大王当初射死老虎的地方,有一棵粗大的桃树,树下有老虎咬死的一只黄羊,大半黄羊还没有被吃掉,老虎可能还要回来。"

　　大王听林官虞说到桃树,问道:"桃子熟了?"

　　林官虞盘算了一下时间,根据经验判断道:"再有十几日,可以成熟了。"

　　大王对闻说:"这树上的桃子,又大又甜!"

　　闻点一点头,向林官虞询问:"有一种竹子,生长数年,依旧手指粗细,是否见过?"

　　林官虞回答:"听说过,尚未见到。"

　　林官虞说完,端来一个陶盘,陶盘里有十几个黄色果子,鸡蛋大小。林官虞说道:"杏子成熟早,有些酸,不知是否合大王口味。"

　　大王取过一个杏子,用牙齿咬开,小心品尝,又吐出来,道:"太酸了……"

　　闻取过一个杏子,双手捏开,一分为二,塞到嘴里半个,大口咀嚼:"是吗?不酸啊!"

　　林官虞急忙解释:"每个人的口味不一样!"

　　林官虞说完,将陶罐里的水倒入两个陶杯,分别放到大王和闻的面前,请两人饮用。在大王和闻用餐时,林官虞走出草房,穿过木桥,从马车上解下两匹马,牵到河对岸,照料马儿吃草饮水。

　　大王和闻用餐之后,准备休息一下。大王心想,此番郊野狩猎,当闻面对野兽时,可以观察他的腿疾是否与惊吓有关,借机判断闻的胆量和勇气。大王深知,王位继承人需要非凡的胆量,强烈的责任心。大王希望看似性格柔弱、缺乏胆量的闻,能够临危不惧,敢于应对突发事件。

第二章 羊角

休息过后,大王准备带闻离开草房,前去寻找黄羊残骸,追踪老虎形迹。上路之前,大王检查闻携带的猎具。此番狩猎,大王携带惯用的弓箭和青铜钺,弓箭用于射击野兽,青铜钺便于近身搏斗。闻根据大王事先的叮嘱,携带了一副弓箭,一柄青铜戈。闻平日只是喜欢学习书契技艺,缺乏狩猎经验。这次野外狩猎,大王并不指望闻射杀猛兽,只是希望闻能够自卫。大王检查后发现,闻随身携带的弓箭,拉伸力度适中,匹配闻的臂力。闻的青铜戈足够锐利,只是戈柄实在太短,面对野兽来袭,搏杀空间太小,只能近身防御。大王心中明白,这次野外狩猎,闻没有充分准备,应该尽量让他远离危险,射杀猛兽的主要任务,还得自己承担。

根据林官虞所说的黄羊位置,大王和闻向桃树方向行进。大王经常来郊野狩猎,熟悉路线,清楚地形,两人很快就看到前面挂满果实的大桃树。大桃树主干粗壮,一个人伸出双臂,刚刚能够环绕,树干几乎可以遮挡一个人的身形,人可以借树藏身。大王走向桃树,寻找树下的黄羊残骸。闻跟随在大王身后,被大桃树上的桃子吸引,他停下脚步,察看是否有早熟的桃子可以采摘。

大王集中精力寻找黄羊残骸,没有留意身后的闻,闻停下脚步摘桃子,两人之间的距离渐渐拉开。大王发现草丛中有一具死兽,向前紧走几步,他确认就是黄羊残骸,然后转过身子,向四周观望,小心寻觅老虎的踪迹,这才发现身后没有闻的身影。闻正在树下摘桃子,他摘下一个送到嘴边,准备品尝,感觉自己过于贪嘴,赶紧抬头寻找大王。两人目光相对,闻叫道:"桃子熟了!"

大王将一根手指放到嘴边,示意闻不要出声,他盯着黄羊残骸,慢慢向闻站立的位置移动。闻察觉到大王的警惕,他顺着大王的视线看去,没有发现什么异样。这时,闻听到大王低声说道:"快到树上去!"

闻有些茫然,将手里的桃子放到树下,费力攀上树杈,身体取得平衡之后,他抬头瞭望四周,依然没有发现异常。闻低头观察大王,发现大王后背紧贴树干,手里握着青铜钺,仿佛临战一般。看到大王这般情形,闻不由紧张起来,他顺着大王的视线看去,发现了草丛中的黄羊残骸。接着,他沿着黄羊残骸的方位继续观察,看到高高的蒿草随风摆动,一只毛色浅黄的老虎穿过草丛,一步一步向大桃树走来。

闻这才明白,大王让自己攀到树上,就是为了躲避老虎。闻在树上蹲下身子，仿佛这样就可以不被老虎发现。正午的太阳光线强烈，老虎眼睛上方的两处白色斑块特别突出，甚至有些刺眼。闻的视线本想避开，却难以躲避，仿佛只能看到老虎头上这两处斑块。

　　老虎步态沉稳，缓缓踱来，仿佛没有看到人，或者说没有把人当作对手，只是寻找捕获的猎物。老虎一步步走近，大王手握青铜钺，一动不动，胳膊上的肌肉紧张地凸起，随时准备发动攻击，将沉重的青铜钺抡出去……

　　闻透过树杈间隙，看到老虎突然停下脚步，站立不动。随后，出乎闻的意料，老虎不再向前逼近，而是调转身子，径直返回，向大桃树的相反方向走去，仿佛是要直接离开。闻看到老虎离去，松了一口气，收回视线，以为危险渐渐远去，准备跳下树来。闻的目光转向树下，发现大王后背紧贴树干，凝视前方，显然没有放松对老虎的监视，保持着随时出击的状态。闻想：难道大王要偷袭老虎？

　　闻重新蹲下，不知道自己应该做些什么，只知道不能轻举妄动。闻的视线再度搜寻，在预想的方位没有看到老虎，他收回视线，看到高高的蒿草随风晃动，老虎的身影时隐时现——老虎竟然在一步一步后退，距离大桃树越来越近！

　　刚刚离开这里的老虎，似乎意识到前方的危险，仿佛遇到了更加凶猛的野兽，被迫一步步后退。老虎距离大王已经很近，大王默默数着老虎的步子，盯着老虎与自己之间的距离变化，屏住呼吸，准备随时出击。

　　这时候，一阵狂风吹来，高高的蒿草左右摇摆，草丛中仿佛潜伏着更多危险。闻不由得浑身发冷，蜷缩身体。这时，老虎停止后退，一动不动。大王眼里只有老虎的尾巴，老虎尾巴耷拉着，似乎并不准备主动攻击。大王手握青铜钺，判断出击的时机，击打时机取决于老虎尾巴与自己的距离，击打目标就是老虎的脑袋。大王正在犹豫时，老虎再度后退，距离自己更近了。大王觉得时机已到，虎退人进，向前跃起身子，双手高举青铜钺，全力砍向老虎的脑袋……

　　大王跃起的同时，老虎察觉身后袭来危险，扭转腰身，甩动虎尾，尾巴如钢鞭一般，斜刺里抽向大王肋下。大王两手高举青铜钺，肋部门户大开，老虎尾巴迅疾抽打，大王身体猛然后退，好在被身后的树枝挡了一下，大王没有腾空飞出，手里的青铜钺险些脱手。说时迟那时快，大王双脚刚刚落地，稍一定神，老虎已经调转身形，高高跃起，扑向大王。大王眼睛一闭，身

第二章 羊角

体摇摇晃晃，两手用力举起青铜钺，拼命抗击，同时准备承受老虎沉重的一扑……

这个瞬间，大王拼死抵御老虎，随即晕过去了。不知过去多久，大王慢慢睁开眼睛，抬起头来，发现自己跌倒在地，周围散落着许多折断的树枝。大王活动活动手脚，发觉没有什么异样，身上也没有被老虎扑伤的痕迹。大王双手撑地，翻身起来，视线回转，发现老虎尾巴就在眼前。老虎趴在大桃树上，脑袋正好卡入树杈，身体一动不动。

大王倏地站起，上前察看，发现老虎脑袋上面插着两只箭，一左一右，正好射中它眼睛上方的两处白色斑块。大王回想刚刚发生的事情——老虎扑来的一瞬间，自己用力举起青铜钺，拼命抵抗，准备承受老虎沉重的一扑。如今老虎中箭，从中箭位置可以判断，闻在树上射箭，正中老虎脑袋。

大王抬头看向树上，正要夸赞闻的神勇，却发现闻坐在树杈之上，紧咬牙关，面色煞白，右腿不断抽搐，显然腿疾已经发作。大王急忙上前，将老虎拖到一边，自己攀到树上，用力将闻从树杈上拉起，顺着树干慢慢放下。闻的双脚接近地面时，大王的力量用尽，两手一松，闻跌在地上，向一侧歪倒。大王从树上跳下，将闻扶起，让闻倚靠树干。闻的右腿没有支撑力量，身子失去平衡，总是歪向一侧，大王没有办法，准备拖过老虎作为倚靠。大王刚刚拖动几下，看到闻的脸上露出紧张的神情，大王便停止拖拽，取来自己的青铜钺，支撑闻的身体。

天色渐渐昏暗，闻动弹不得，大王筋疲力尽，两人无法回到岸边草房，只得在此过夜。大王捡来一堆树枝，围着大树摆放，用火石点燃，形成一个光亮的火圈，围起一个温暖的区域。大王借助光亮，观察四周情况，用火烤食黄羊残骸，以便充饥。大王将烤熟的黄羊肉递给闻，自己倚着大树坐下，手拿一块黄羊肉。大王刚刚吃下几口，一阵疲乏袭上身来，黄羊肉还在手里，人便很快睡过去了。闻的右腿依旧无力，他慢慢移动身体，靠近大王，伸出右臂揽住大王，向自己身边扯了扯，希望大王睡得舒服一些。不知不觉中，闻也睡着了……

黑夜里，闻被一阵冷风吹醒，睁开眼睛，看到满天的星星，一时竟不知道自己身在何处。闻的视线从天空收回，看到燃烧的柴火，他触到身边熟睡的大王，恍然清醒，想起今天遭遇老虎的经历。闻揉一揉眼睛，目光投向那一圈柴火，火光渐小渐弱，闻有心添些木柴，但右腿依然不能挪动。他苦笑一下,用力将一根木棍抛向柴火,发现力所不及,他摇摇头,准备合眼继续休息。

黑夜清冷,柴火燃烧殆尽,夜色更加凝重,闻不但没有睡意,反而清醒许多,甚至有些警觉。闻觑着眼睛,借着微弱的火光向四周观望,只有树木的暗影,还有树叶、杂草被风吹动的声音。闻看到前面不远处,有一堆匍匐在地的物体,是被射杀的老虎,老虎最初趴在树上,后来被大王拖到一边。闻庆幸大王将老虎拖远,否则自己还真有些害怕。

闻回忆当时射箭的情形——看到老虎一步步后退,他拿出自己特制的弓箭,只有这种略加改制的弓箭能够一射两箭。他将两支箭同时搭在弓上,用力将弓拉满,准备射击。那一刻,他的眼里只有老虎,没有看到大王挥动青铜钺,也没有看到老虎甩尾击打大王。老虎猛地将身子调转过来,他盯着老虎眼睛上方的两处白色斑块,知道这就是自己射击的目标……

闻将射杀老虎的经过回想一番,再次看向匍匐在地的老虎,察觉老虎的形状有些奇怪——老虎中间腰部耸起,头部似乎瘪着,就像没有脑袋似的,如同祭祀活动中被斩首的牛羊。闻盯着看了一会儿,目光移开,转向微弱光亮的柴火。闻担心柴火熄灭,准备叫醒大王,再添一些木柴。这时,闻察觉柴火围成的光圈有一段变暗,他以为是有些木柴燃尽造成的。突然,闻发现变暗的光圈重新弥合起来,而另外一段光圈变得黑暗。闻继续观察,发现一个黑影遮挡了光圈,移动的黑影导致光圈时断时续。闻想:难道是林官虞前来寻找自己?

黑影渐行渐近,四足移动,显然不是人影,而是一个动物的影子。闻一个激灵,没有看清是什么动物,但他下意识断定,这是一只老虎,这只老虎为死去的老虎报仇来了!闻急忙推醒身边的大王:"老虎!老虎!"

大王翻身起来,一把抓过青铜钺,准备出击。大王顺着闻指的方向看去,确实有一只老虎,穿过柴火围成的光圈,向大桃树这边走来。老虎停下脚步,看向被射杀的那只老虎,似乎决意报仇。接下来,老虎就会飞身跃起,扑向两人,发起强有力的攻击……

大王瞬间做出决定,把闻搀起,指一指树上的树杈,示意闻再度上树。大王蹲下身子,双手抱起闻的双腿,闻抓住左右两个树杈,顺势用力向上,借助臂力带动身体,坐在树杈上。闻的左腿有力,右腿总算有些知觉,在大王的帮助下,找到落脚点,闻重新回到树上。大王对闻说:"老虎很少上树,闻用力向上，就安全了。"

闻依靠双臂力量，借助左腿的支撑，终于攀上更高的枝杈。闻坐在高处，大王稍稍放心，说："老虎不离开，闻不能下来。"

闻知道大王要将老虎引开，叮嘱说："趁着黑夜，大王往草丛跑，不易被发现。"

大王看了一眼准备进攻的老虎，一手提起青铜钺，一手抓起身边的黄羊骨头，向不远处的老虎挥一挥，仿佛在告诉老虎：来，跟过来吧！

大王一边小步跑动，一边回头张望，观察老虎是否跟上。大王跑出一段距离后，发现老虎没有跟来，就停下脚步，将手里的黄羊骨头抛向老虎，俨然在向老虎示威。这一次，老虎没有沉住气，步子逐渐加快，向大王的方向追去。大王看到老虎追来，加快行进速度，又跑出一段路程，再回头观察，试图将老虎带到更远的地方。终于，远离大桃树之后，大王全力向前奔跑起来。

大王踏入一片草丛。不知是地势渐低，还是蒿草渐高，他的身形逐渐被蒿草遮住，加之风吹草动，草丛掩护行踪，老虎受到蒙蔽，无法辨别大王的逃跑方向。老虎烦躁地来回踱步，最后悻悻地离开了。

大王在高高的草丛中疾行。他意识到危险离去，奔跑的速度渐慢，感觉疲惫不堪，准备休息一下。在大王的脚步即将停下的时候，他突然脚下一滑，身体后倾，如同跌下山谷一般，急速下滑。随着下行速度加快，大王有一种身体失重的感觉。大王坠落到底，一阵翻滚后，失去了知觉……

大王恍恍惚惚清醒过来，不知自己身在何处。看到地面不断晃动，他意识到自己趴着，身体在上下颠簸。大王动动手脚，试图抓住周围的物件，调整身体的姿势，却发觉手脚被捆。大王还没来得及观望四周，就听到一个女子清脆的声音说："别动，好好待着。"

大王听到女子的声音似乎没有敌意，心情稍稍放松。他长舒一口气，顺着声音看到女子的背影。大王浑身乏力，头上渗出汗珠，汗水进入眼睛，视线更加模糊。大王心想：这是在哪里啊，这是去哪里呢？

大王的眼睛被汗水浸得极不舒服，干脆闭上眼睛，听之任之。颠簸行进中，大王迷迷糊糊昏睡过去。再次睁开眼睛时，他发现自己依然趴着，手脚被捆，但身体已经停止颠簸。接着，大王身上的绳索被解开，身体向一侧坠落。有人接住大王的身子，把他轻轻放到地上，大王看到蓝色的天空。

大王微微觑起眼睛，慢慢适应光明。随后，大王完全睁开眼睛，视线依然模糊，他看到有人走过来，俯下身子观察自己。大王看出，这是一个壮年男子，男子的面孔渐渐靠近，头上的饰物似乎羊的犄角。旁边传来女子的声音："哥哥，这人从树洞跌下，浑身出汗，昏昏沉沉，好像染了树林里的瘴气。桑正好遇到，让大象驮回来了。"

大象，自己刚才被大象驮着？大王终于明白，自己从树洞坠落后，遇到这位叫桑的女子，她把自己放到大象身上，驮到了这里。

男子用浑厚的声音吩咐："抬到神社，让女人过来，祛除瘴气。"

大王的身体被架起来，他两眼看到蓝天白云，白云飘动起来，大王再度感到眩晕。突然，大王身子下沉，被平放在地上，后背触到硬硬的地面。大王无力地平躺着，两条胳膊向上伸展，两腿膝盖弯曲，他长长喘了一口气，终于找到了舒服放松的姿势。接着，大王看到许多女人围拢过来，她们呼啦啦冲上来，又呼啦啦撤回去，再冲上来，又撤回去。几番进退，大王看清，这是一群头戴羊角的女人，她们手拉手结成一个圆圈，围着自己跳跃。大王一会儿看到冲上来的女人，一会儿看到蓝天白云。最后，女人们一起冲上来，脸上涂着红白色块，极力贴近大王。她们面目狰狞的样子，让大王十分惊恐，渗出来一身冷汗……

过了一会儿，大王以为这番整治结束了，长长地舒了一口气，准备闭目休息。突然，五六个女人冲上来，七手八脚将大王的身子掀翻，让大王背部向上，胸膛贴着地面。然后，女人们取下头上的羊角，用羊角尖划过大王后背，划出一条条血痕，血珠迅速浮现。大王疼痛地扭动身体，女人或按住他的肩膀，或坐上他的双腿，让大王动弹不得。女人们继续用羊角划伤大王后背，几番折腾，大王力气用尽，身体松软，瘫在地上。

被桑称作哥哥的男人过来，双手高举一个特大羊角，倾洒里面的液体。灼热的液体落下，滴在大王裸露的后背上，大王浑身颤抖，仿佛痉挛一般，体内的凉气被逼出来，大王感觉浑身污秽去除，身体变得轻灵起来。身体清爽，大脑继而清醒，大王听到那个男人说："瘴气祛除，视力还没有恢复。桑带走吧！"

第二章 羊角

桑过来搀扶大王，大王尝试自己用力，发现竟然能够站立起来。大王行走几步，摇摇晃晃，勉强可以前行。桑在前面引路，有意让大王自己行走。大王跟随在后，渐渐行走自如。大王打量女子的背影，心想：桑怎么把我弄到大象身上的呢？

此时，大王身上的瘴气已经消退，只是视力没有恢复，眼睛如同蒙着雾霭一般。大王被前面的桑引领着，顺从地跟随在后，跨过一架小木桥时，他嗅到一阵香草的气息。桑停下脚步，大王随即停下，他朦朦胧胧地看到一片香草。桑俯身嗅一嗅，顺手采了些，继续前行。两人走近一片树林，在几棵大树的半高处，以大树为支撑，搭建着一处处木屋。大王想起，林官虞曾经说到过，羊角族人住在树屋之中，难道自己被带入了羊角族领地？

在一处树屋下面，桑停止行进。树屋下面建有木梯，桑站在木梯前，挥一挥手，示意大王上去。大王踏上木梯，桑跟随在后，两人一前一后，在窄窄的木梯上前行。大王来到木梯尽头，桑侧身掀开草帘，将大王引入树屋。树屋里面空间不大，地上铺着大块草垫，是桑平日休息睡觉的地方。桑拍拍大王的后背，示意大王趴下。大王顺从地趴在草垫上，不太明白桑的意图，转过头看桑要做什么。桑将采集的香草放到嘴里，嚼成糊状，吐出来攥在手里，然后跪在大王身边，将香草糊均匀敷在大王后背，说道："歇息一会儿，吃些药草，眼睛就好了。"

桑说完，起身离开树屋。大王继续趴着，合上眼睛，十分疲乏，很快就睡着了。不知过去多久，大王醒来的时候，看到桑背对自己，坐在草垫上。柔和的光线照射进来，洒在桑的身上。大王看着眼前的女子——桑的头上戴着两只羊角，这是羊角族统一的饰物；桑穿着干草编织的上衣，上衣短小，露出光滑平整的腰肢；桑腰间围着一条兽皮腰围，腰围略显短小……大王看到这里，突然意识到自己恢复了视力，他立即闭上眼睛，掩饰自己的唐突。

桑没有发现身后的大王醒来，她转身看到大王后背的香草糊已干，就动手取下，用湿巾擦拭大王背上遗留的草药，每一次俯身，她的短衣都蹭到大王的后背，一下一下，痒痒的，刺激着大王……

桑看到大王的反应，知道对方已经清醒。她将后背擦拭完毕，示意大王翻过身子，仰面躺着，大王乖乖地服从了。桑拿过一些药草，放到嘴里，嚼成糊状，俯身下去，将嘴里的药糊直接送入大王口中。大王感觉药糊有些清香，有些酸涩，略带甘甜，混合着复杂的味道。桑继续口嚼药草，给大王喂药。桑姣好的面容一次次靠近，大王眼里的女子形象渐渐清晰，又渐渐模糊，他已觉察不到药糊的味道，女人的气息浓郁起来。大王伸出双臂，搂过贴近身前的桑，没有让桑再次离开……

夜晚，大王与桑交谈后得知，这个族群就是羊角族，以羊为崇拜物，族人头上都佩戴着一对羊角。不久之前，羊角族从遥远的西北迁徙过来，驻扎此地。桑的哥哥姜，就是羊角族的族长。族长姜知道附近有一处繁华的王邑，为保证羊角族人的安全，他不允许族人离开族群，更不允许族人进入王邑。桑并未追问大王的来处，也未询问大王的身份。大王主动告诉桑，自己来自王邑，因为狩猎进入这片森林，在森林尽头的草房歇息。大王没有表明自己的真实身份，这也许仅仅就是一次萍水相逢。

第二天早上，大王准备返回草房。桑唤来一头大象，让大象将大王送走。桑刚刚随羊角族到达此地时，一头大象悄然出现，仿佛就在这里等候羊角族，等候桑的到来。当时，大象走到桑的面前，跪下后腿，曲起前腿，示意桑骑到自己身上。大象驮着桑四处游走，成为桑的专用坐骑。如今，这头大象熟悉森林里所有的道路，桑询问大王草房的方位后，对大象进行了交代。大象懂得桑的语言，知道通往草房的路线，独自带领大王上路了。

桑站在树屋下面，目送大王上路。大象刚刚迈开粗壮的大腿，桑吹了一声口哨，让大象停下。她匆匆走下木梯，跑到大象身边，解下身上的兽皮腰围，递到大王手中。大王接过腰围，这是一条精致的兽皮腰围，一面绣着三个白色的卷曲羊角，另一绣着三个红色羊角。大王想了想，俯身对桑说："大象归来，有物相赠……"

大王回到河边的草房，从大象身上跳下，拍拍大象肥硕的屁股，示意大象在这里等候。大象明白大王的意思，静静地站在原处。大王走向草房，闻和林官虞听到外面的声音，急忙迎了出来。大王顾不上与他们说话，他径直走进草房，找到自己寄放的物品，从中取出一个小袋子，转身回到大象身边。大王举起手中的小袋子，让大象辨认一下，然后走到大象身后，将小袋子系在大象尾巴上，拍拍大象壮硕的身子，示意大象可以返回了。大象的长鼻子向后一甩，大耳朵扇动一下，仿佛在向大王告辞。尾巴上的小袋子左右摇摆，大象踏上了归程。

大王目送大象远去，如同送别自己的朋友。大象渐行渐远，大王返回

第二章 羊角

草房。闻和林官虞等候大王时，占卜祭祀官太卜涂从河边走来，看到大王诧异的表情，太卜涂主动解释："涂在王邑蓍草占卜，卜知大王遇到危险，虽料定大王必然脱险，但依然担心，便匆匆赶来了。"

林官虞赶紧说："前日不见大王归来，虞出去寻找，将闻背回来。闻的腿疾已好，请大王放心。"

闻看到大王安然返回，一直悬着的心放下，问道："大王可好？"

林官虞和太卜涂的神情，也含有询问的意味，大王只是笑了笑，径直走进草房去了。

三人相互看看，跟着大王进去。大王躺在草垫上，显得特别疲惫。三人没有再问什么，退出草房，让大王安心休息。闻担忧大王的身体，说道："大王如此疲惫，肯定遇到了危险！"

久居郊野的林官虞与羊角族有过交往，知道大象的主人是桑，断定大王曾在羊角族领地停留，知道大王不愿透露此行经过，自然不便说出真相。太卜涂依据占卜结果表示："大王平安回来，身体无碍。"

大王只是浅睡，听到三人在外面议论，大声说道："准备返回王邑！"

闻还是不放心，高声问候："大王身体怎样，无大碍吗？"

大王起身走出草房，随口解释："那天晚上，一口气跑出很远，老虎没有追上。后来遇到这头大象，被驮回来了。"

闻还是有些疑惑："路上耽搁这么长时间？"

林官虞替大王解释："大王肯定迷路了，大象也不认路啊！"

太卜涂表示理解："占卜得知，大王遇险，随即脱险。被大象所救，就是脱险的方式。"

闻不便多问，只是觉察到，刚刚大王目送大象离开时，有些不舍。太卜涂刚才注意到，大王将一个小袋子系在大象尾巴上，明显就是赠人的物品，不是偶遇大象这么简单。林官虞知道大象的主人是桑，明白回赠礼物的意味，只是不能揭破真相罢了。

第三章

古经

　　王邑的宫城在中央,是大王、大臣处理政务、居住生活的区域,由南而北,沿着宫城中轴线,依次为大堂区、寝宫区、宗庙区,形成"前朝后寝"的格局。大王在大堂区处理政务,这里分布着大堂、小堂等建筑。由大堂区向北,可以直接进入寝宫区,这里是王公贵族休憩生活的区域。寝宫区北面是宗庙区,位于王邑宫城的最北端,分布着宗庙、神庙等祭祀场所,大王在这里祭祀祖先或神灵。

　　宫城里的大堂区,有一处双重屋檐的建筑,称为"大堂"。大堂坐北朝南,矗立在巨大的台基之上,台基由土坯夯实,高出地面许多。屋顶的双重屋檐向外探出,微微上翘,下层的屋檐向外延长更多。屋檐下面由高大粗木支撑,形成环绕大堂的一条廊道,雨天也可步出大堂,行走于廊道之上。大堂正面有左、中、右三个门道可以进入,大堂内部由九个开间组成,整个大堂就是一个通敞空间。大堂是王邑最为高大宏伟的建筑,是大王处理政务的主要场所。大堂东侧,还有一处小型建筑,大王在此冥想思静,称为"小堂",没有大王的准许,别人不能进入。

　　郊野狩猎回来不久,大王独自进入小堂,看着手里的兽皮腰围,回想这次狩猎的一系列经历。大王端详腰围上面的白色羊角,又翻过腰围看红色羊角,联想到头戴羊角的桑,感觉嘴里似乎还有药草的味道。大王将手里的腰围贴到面前,腰围的味道弥散出来,有青草的独特芳香,还有清凉的森林气息。这些气味进入鼻腔,从鼻腔冲上头顶,大脑很快变得清醒。此时,狩猎的经过如同一幅图卷，展现在大王眼前——老虎一步步后退，自己准备偷袭老虎，老虎突然扭腰甩尾，击打自己肋下，随后扑面而来，自己拼死抵抗……

大王记忆最后定格的画面是老虎耷拉着脑袋，卡在树杈之上，脑袋上插着两支箭，箭是闻射出的。大王再度整理记忆碎片——郊野狩猎之行，一是察看闻的腿疾是否严重，二是借机判断闻的胆量。闻看上去性格柔弱，竟然能够一发两箭，射杀老虎，说明他并不缺乏胆量和气魄。大王的意识回到现实，重新思考王位继承一事，闻不愿继承王位，主要原因还是他的腿疾，如果闻的腿疾治愈，再劝说闻接受王位，闻就没有拒绝的理由了。

大王拿定主意，派仆臣奚请太医酉过来议事。太医酉既是主持太医室的首席太医，医术高超，也是出身酿酒世家的高人，特别擅长酿酒。太医酉酿酒，以粟、麦、黍等谷物为原料，以谷物数量区分，有一谷酒、二谷酒、三谷酒几个大类。三类谷酒再度细分，各有原酒、清酒、香草酒三种。原酒，由谷物直接加入酒曲酿造而成，属于日常饮用酒；清酒，经过茜草过滤，属于王公贵族饮用的精品酒；香草酒，在清酒基础上加入了香草，用于各种祭祀活动，并非日常饮用酒。这样统算下来，共计三类九种。酒为百药之长，太医酉擅长以酒治病，治病之酒皆为药酒，不在三类九种之内，属于针对病人的特制药酒。

仆臣奚引太医酉进入小堂，大王起身，走到窗子近前，借着透射进来的光线，对太医酉说："近来视物模糊，是否眼疾啊？"

太医酉示意大王坐下，并未直接察看大王的眼睛，而是为大王诊脉。大王席地而坐——两膝着地，两条大腿压着足跟，此所谓"坐"。太医酉同样两膝着地，上身直立，大腿并不接触足跟，此所谓"跽"。大王双手平伸，手掌向上，等待太医酉脉诊。太医酉伸出双手，左手搭在大王的右手上，右手搭在大王的左手上，双手诊脉。片刻，太医酉左手右手交换，双手形成交叉状，继续诊脉。太医酉眼睛微觑，陷入深思。脉诊结束，太医酉收回双手，慢慢睁开眼睛，对大王说："小有眼疾，惊恐虚劳而致，无碍大事。酉为大王配制药酒，小食之前，一觚为量，按量饮下，便可治愈。"

太医酉所说"小食"，既是时间概念，也是就餐概念。从太阳升起，至太阳没入山林，白天时段分为"旦、大采、大食、日中、昃、小食、小采、暮、昏"等，小食是下午时段，即一日两餐的第二餐的时间。大王信服太医酉的医术，用药酒治病更遂心愿，感叹地说道："饮酒治病，甚好。"

太医酉关切地问："大王还有什么吩咐吗？"

因为久坐导致腿麻，大王把双腿放平，屈伸了几下，问道："太医看看，是否还有腿疾啊？"

太医酉笑道："罹患腿疾的不是大王啊！"

大王问道："闻是否请太医诊治？"

太医回答："从未诊治。酉私下观察，平日并未看出不适啊！"

大王说道："近日狩猎时，闻再度腿疾发作。"

太医酉道："愿闻其详。"

大王简略讲述狩猎经过，特别强调了闻射杀老虎的过程，说："老虎异常狡猾，一步一步倒退回来，突然甩尾攻击，余睁开眼睛，老虎猛扑过来，只能挥动青铜钺拼死抵抗。结果，老虎脑袋卡在树杈上，当场毙命……"

太医酉疑惑："老虎死了？"

大王回答："老虎脑袋上插着两支箭，一左一右。闻坐在树杈上，腿疾突然发作，右腿不能动。"

太医酉问道："这么说，大王没有看到闻射老虎？"

对于闻射杀老虎，大王十分肯定，道："周围没有他人，闻的弓掉落在地。一射两箭，瞬间发力，并非寻常。"

太医酉关心闻的腿疾，问道："闻的腿疾此时发作？"

大王想了想说："大概因为射杀老虎，受到惊吓，所以腿疾发作。"

太医酉问："何时恢复正常？"

大王答："隔日之后，再见到闻，已经恢复正常。"

太医酉再问："依大王判断，闻是因惊恐而发病？"

大王沉思片刻，道："想必就是因惊恐而发病。不知射箭发力，是否影射腿疾？"

太医酉希望掌握更多信息，接着问道："之前，大王见过闻的腿疾发作吗？"

大王叹息："见过一次，当时已经发病，不知缘由。这次发现，闻腿疾突发，右腿不能行动，但结果竟不治而愈。"

太医酉仿佛自言自语:"突然发作,病因不明,很难对症下药。"

大王有些着急:"难道没有别的办法吗?"

太医酉并不着急,回答:"不能对症下药,就要防止腿疾发作,治未病嘛!酉回去再读医典,查寻相关记载,想想办法吧!"

第二天上午,大王处理各类事务结束,步出大堂,准备返回寝宫区,却看到太医酉匆匆走来。大王心想:难道已经寻到治疗腿疾的办法?

太医酉快步走向大王,手执一卷简册,面露喜色道:"大王,治疗腿疾的办法,有过记载。"

大王重新返回大堂,太医酉跟随在后。两人步入大堂,太医酉小心翼翼地展开简册,向大王陈述:"查看诸多医典,未曾论及腿疾。偶读《江河经》,记载江河风物的经典,竟然说到腿疾!"

太医酉找到治疗腿疾的办法,大王惊喜道:"竟有此事?"

太医酉展开简册,指着上面的文字,读道:"江中三足龟,食后无大疾,尤治腿疾。"

大王跟着太医酉重复:"江中三足龟,食后无大疾,尤治腿疾。"

《江河经》本是风物志,竟然记载治疗腿疾的内容,出乎大王意料。大王笑道:"如此看来,冥冥之中,自有神灵相助。"

太医酉比较冷静,道:"大王,偶得此说,能否对症,没有把握。所说腿疾,是否就是闻的腿疾,也不敢断定。"

大王深信不疑,指着简册说道:"古人所述,往往亲身经历,不会编造,更不能编造。"

太医酉不便坚持己见,只得委婉表示:"《江河经》里涉及的江河风物,大多属实。"

大王感叹:"闻的腿疾,也许有望治愈。"

太医酉心想,风物志记载的三足龟,几乎无人见过,也不知道究竟哪里可以寻到。大王接过太医酉手里的简册,说道:"既已找到答案,能否治疗腿疾,先试试看嘛。古人的经验,经典中的记载,不可不信!"

太医酉轻轻点头,还在思考怎样寻找三足龟。大王显然对《江河经》产生兴趣,对太医酉说:"《江河经》,留下一阅。"

太医酉自然应诺，看到大王招呼仆臣奚进来，估计大王另有安排，便主动告辞。大王嘱咐太医酉："三足龟可治腿疾一事，不要对别人提及。"

此时，接近正午时分。大堂外面，太卜涂独自站立，身体倚着木制华表，似乎在等候什么。看到太医酉由大堂出来，太卜涂不想让对方看到自己，急忙隐到华表背后。太医酉刚刚走过，仆臣奚就从大堂出来。太卜涂知道，自己的判断无误，仆臣奚就是前去传唤自己的，于是他从华表背后现身，走向仆臣奚。仆臣奚没有料到太卜涂等在此，他喜出望外，立即引太卜涂进入大堂，面见大王。大王刚刚吩咐仆臣奚前去传唤太卜涂，而太卜涂如同天降一般，迅速来到，大王有些吃惊，问道："莫非涂神机妙算？"

太卜涂躬身回答："大王，昨日暮时，蓍草占筮，知道大王今日正午召见，所以候在大堂外面了。"

大王意识到太卜涂占卜能力提升，便问："因何事召见，是否卜得？"

太卜涂醒悟过来，在大王面前，不应过分强调预知能力，慌忙表示："没有，没有。昨日占卜，只为大王狩猎选定吉日，意外卜得大王召见，就早早过来了。"

大王不再追究占卜之事，问道："取龟卜官宾，人在王邑，还是在外收龟？"

太卜涂管理的太卜室，设有负责征龟集龟的职位，称取龟卜官，卜官宾属于取龟卜官之一，对于大江大河中龟的种类、数量，十分了解。太卜涂急忙回答："龟至秋而坚成，可以取之。秋来之前，卜官宾在外巡视，落实贡龟的数量、尺寸，以备秋天取而杀之。"

大王手执一册《江河经》，在掌心轻轻敲击，对太卜涂说："通知卜官宾，寻找三足龟。"大王说到"三足龟"三个字，语气加重，以示强调。

太卜涂没有见过三足龟，试探问道："三足龟？大王是说三只足的龟？"

大王挥动手里的简册，笑道："太卜大人听说过虎尾族吧？有长老虎尾巴的人，就有三只足的龟。"

大王说完，太卜涂依旧面露疑惑。大王顺手展开简册，指着《江河经》上的文字说："《江河经》有记载，江中三足龟，食后无大疾……"

顺着大王手指的位置，太卜涂看到"江中三足龟，食后无大疾"的字样，再想仔细看时，大王已经收起简册。大王没有读出"尤治腿疾"四个字，也没有让太卜涂看到这四个字。大王意识到，一旦说出"尤治腿疾"，就会显露为闻治疗腿疾的意图。闻无心继承王位，也不在意谁来继位。但是，王位继承事关重大，王后以及大臣多有在意，过早透露寻龟意图，定然节外生枝，引来诸多麻烦。再说，能否寻到三足龟，三足龟能否治愈腿疾，目前不能确定，不必过早声张。

大王对太卜涂说："三足龟属于灵异之物，食后无大疾，可以长命矣！"大王这样的说法，相当于告诉太卜涂，自己寻龟就是为了延年益寿。

太卜涂告辞，步出大堂，立在华表之下梳理思绪。大王自称寻来三足龟，食后"可以长命"，太卜涂不便追问。大王究竟为何寻找三足龟，难道大王的身体出现隐患？太卜涂回忆，大王从郊野返回王邑时，看似十分疲惫。闻当时关心地询问，大王表示自己被老虎追赶，拼命跑到很远的地方，风餐露宿，过于疲惫。如今思来想来，大王失踪后的这段经历，并非大王说的那样简单，恐怕遇到了更多危险，大王碍于某种原因，不便说出。这样的推测，与占卜得到大王遇险、脱险的结果更加吻合。

太卜涂细细回想，反复琢磨：大王被老虎追赶，可能遭遇险情，身体受到创伤，表面无法看出，其实内有隐患。刚才，太医酉从大堂出来，表情严肃，大王召见太医酉，大概就是因为需要排除隐患。三足龟"食后无大疾，可以长命矣"，寻找三足龟可能就是太医酉的建议。大王召见自己，安排寻找三足龟，并非只是为了延年益寿这么简单。

太卜涂拿定主意，必须寻到三足龟，满足大王的需求，赢得大王更多信任。太卜涂明白，自己作为占卜机构的最高官员，尚且没有见过三足龟，卜官宾更不可能见过，也不可能知道哪里可以寻到。太卜涂想到这里，赶紧步出宫城，向宫城南门外的郭区走去。

曾经的书契卜官朱的院子，种着果蔬花草，可以收菜、摘果、赏花，被称作"朱圃"。朱圃坐北朝南的大室，被朱和妻子葛用于日常起居。院子西侧搭建了一个草棚，草棚下面放置着木质长案，长案上摆放着毛笔、青铜刻刀、玉刀，还有龟甲碎片、竹条、木片，周围有蒲草编织的坐垫。大室后面西侧的小室，是朱独处的空间。

朱圃的大门，位于院子东南角。由大门进入朱圃，迎面就是爬满瓜果的木架，以四根圆木为支撑，立柱顶端用细木连成框架，便于植物攀爬。如今正是瓜果生长的旺季，瓜架挂满了一种叫作"悬桃"的果子，果子鸡蛋大小，咬一口，有酸酸甜甜的味道。有人登门，葛就摘几个悬桃，让大家分享。

正午过后，太卜涂走进朱圃，朱和葛坐在瓜架下，正在编柳条筐子。朱用刀子割下柳条的细小侧枝，将整理好的柳条递到葛的手中。葛将柳条穿插缠绕成圆形的底，然后一圈一圈缠成环形的圈，最后安插提手，就制成一个小柳条筐子。葛的脚边放着一个小筐，看到太卜涂走进朱圃，她指着地上的筐子说："刚刚编好，送涂一个！"

太卜涂俯身拿起小筐子，端详一番说："采些鲜花，放入小筐，搁置草棚下面，想必漂亮。"

朱放下刀子，起身说道："涂一个，闻一个。涂不要，送闻两个。"

太卜涂拿着小筐子，跟随师父走向草棚，边走边说："不是不要，先给师父……"

葛开玩笑道："涂不要，就没了。"

太卜涂急忙说："要，要。"

两人来到草棚之下，在长案两边相对而坐。朱没有说话，拿起陶盘里的一个悬桃，又将陶盘推向太卜涂。太卜涂放下小筐子，取一个悬桃在手里把弄，问道："师父，闻没有来吗？"

朱回答："一早来过，看上去很是疲乏，回去休息了。"

太卜涂告诉师父："闻随大王郊野狩猎，突发腿疾，身体还没有恢复吧。"

朱咬一口悬桃道："闻腿疾多年，无法根治，涂任太卜官，见多识广，可以留心治疗腿疾的方法。"

"涂自会留心。"太卜涂话题一转，"今日特来讨教师父，哪里可寻三足龟啊？"

朱感到诧异，问："三足龟？只是听说，没有见过。为何寻找三足龟呢？"

太卜涂感叹一声，有些无奈道："大王安排寻找。"

朱更加疑惑地问："大王寻找三足龟？"

大王寻找三足龟的原因，太卜涂只是大概梳理清楚——大王被老虎追赶，可能遭遇险情，身体受伤，如今寻找三足龟，借此解除身体隐患。太卜涂希望师父帮助自己，就回答师父："大王寻找三足龟，与大王身体有关。"

朱不解："大王有何伤病需要三足龟？"

太卜涂叙述自己的推测，仿佛在描述事实，说："大王郊野狩猎，为避免老虎对闻造成伤害，大王将老虎引走，可能遭遇险情，身体受伤。"

朱问："大王受伤，太医酉没有办法？"

太卜涂继续发挥自己的想象，自圆其说道："大王将涂召去，安排寻找三足龟，也许就是太医酉的办法！"

朱担任书契卜官时，曾经跟随取龟卜官寻龟，熟悉大江大河中龟的分布情况，但并不清楚三足龟所在，一时陷入沉思。太卜涂对朱说："师父不知何处可以寻到，王邑之中，就没有人知道了。"

朱说："并非这么绝对。哪里可寻三足龟，朱再想想。"

太卜涂看出，师父一时不知哪里可以寻找三足龟，但师父足够重视，也许会有答案。太卜涂拿起身边的小筐子，辞别师傅，走到朱圃门口，与葛告别。葛嘱咐太卜涂："让闻过来取筐子。"

下午，闻来到朱圃，步履轻快，看上去身体已经恢复。闻手拿一束野花，前来取小筐子，显然得到了太卜涂转达的消息。朱接过鲜花，递到葛的手中，对闻说："一起出去走走。"

闻向葛躬身告辞，随师父离开朱圃。朱一路向北，闻跟在师父左侧，微微落后半步，相伴前行。朱放慢步子，与闻平行，问道："卯跟太医酉学习医术，闻可知道？"

卯是大王的儿子，与闻关系甚好。闻告诉师父："卯喜欢医术，王后起初阻止，认为卯继承王位，不必学习医术。大王赞同卯的选择，卯便拜太医酉为师了。"

朱目视前方问："此事，闻怎么看呢？"

闻坦诚回答："大王有意让闻继位，闻没有继位之心，兼患有腿疾，也无继位之能。卯是大王唯一的儿子，应该继承王位。卯喜欢医术，无碍王位继承，如果拥有医者的仁慈之心，更有益于治理王邑！"

两人说着，渐渐走近宫城东边的太医室。太医酉所在的太医室，是给宫城里的王公贵族诊病之地，也是太医酉的居处。太医室的建筑很是独特，没有封闭围合的院落，整体建筑呈曲尺形布局——主建筑是坐北朝南的平顶大室，东西长约五六十步，是太医酉问病诊病的场所；大室的前方东侧，是坐东朝西的前小室，北侧与大室相连，南北长约三十多步，太医酉在此给学生传授医术；大室的后方西侧，是坐西朝东的后小室，南侧与大室相连，南北长也是三十多步，系太医酉的起居室。三处建筑南北相连，呈竖、横、竖的曲尺形结构。大室前后两块空地，就是太医酉室外活动的主要区域。

大室前面的空地上，太医酉与卯席地而坐，太医酉正在讲述着什么。朱和闻来到太医室，朱停下脚步，示意闻同样止步，不要打断太医酉的讲解。太医酉身后立着一尊石像，石像高度与卯的个头相近。如果仔细观察这尊全身赤裸的石像，就会发现石像的身体由上到下，从头顶经前胸到脚趾，从头顶经后背到足跟，描绘着几条红色长线，腰间还有环形的红线缠绕。太医酉身前摆放着骨针等用具，正在结合石像的经络和穴位，给卯讲解骨针的功用。

太医酉手拿一支头大尾锐的骨针，说道："九针之中，这种头大尾锐的叫镵针，还有形如卵状的圆针，锋如黍粟的银针，刃有三隅的锋针，尾为剑锋的铍针，圆锐而中身微大的圆利针，尖如蚊虻喙的毫针，锋利身薄的长针，尖挺而锋微圆的大针。"

太医酉放下手里的骨针，拿起一块侧面锋利的砭石，继续讲解："记住，无论是九针，还是砭石，治病道理一样，只是工具不同。砭石有石卵形、石刀形、石镰形、石棒形、石针形，也称九石；使用砭石，或温熨，或叩击，或切割，或刺泻。九针加九石，针砭并用，可治人之大疾。"

太医酉言语间歇，放下手中砭石，抬头看到朱和闻，自觉失礼，急忙站起上前迎接。朱和闻前行几步，在太医酉的指引下，一同来到空地处，席地而坐。太医酉招呼一旁的年轻侍者："带卯回寝宫吧！"

卯正在收拾骨针和砭石，不想马上离开，对太医酉说："师父，卯跟小父一起回去。"卯称闻"小父"。

朱的目光转向闻，闻意识到师父有事与太医酉交流，急忙说道："闻还要返回朱圃，卯先回去吧！闻送卯一个小筐子，装满鲜花，卯送给王后，王后一定喜欢。"

卯站起来道："小筐子和鲜花，小父送给母后即可，卯现在回去，不过有一个条件，请小父答应。"

闻说："什么条件，说来听听。"

卯答："卯希望跟随小父学习识字、写字。"

闻说："太医酉医术博大精深，卯需要花费精力学医，还要温习、复习，哪有更多时间？"

朱转向卯，对卯的想法很感兴趣，道："卯说一说，为什么要识字写字呢？"

卯面对朱，微微躬身，礼貌回答："卯观察父王处理各种事务，看到宫城发生的诸多事情时，就想记录下来，因此必须学会写字！"

太医酉听到这里，便问："记录下来，有什么用处？"

卯面向太医酉，道："卯还没有想清楚。不过，这些记录留存起来，也许有一天，能够对父王有用。"

朱看出卯的用心，如果继承王位，这是必需的素质，便说："教卯识字写字，闻可以答应。但有一个条件，就是不能耽误学医。"

卯自然高兴，向朱鞠躬，向太医酉和闻分别行礼，招呼随行的年轻侍者，两人一起离开。卯走出几步后，突然想起什么，返回闻的身边，将闻拉到一边，悄悄说道："卯还要向小父学习射箭。"

闻感到奇怪："射箭之术，大王最精。"

卯说："小父一射双箭，射杀老虎，父王也佩服呢！"

闻对卯说："一射双箭，关键在箭。小父并不擅射，只是偶得此箭，借箭射虎。"

卯听说有此奇箭，更感兴趣，说："卯要见识一下！"

闻知道朱和太医酉在等待自己，拍拍卯的肩膀道："回到寝宫再说，卯先回去吧！"

卯辞别小父，闻回到师父身边。太医酉与朱相对而坐，闻坐在朱的身边。朱拿过收藏骨针的匣子，取出一支骨针，问道："太医的九针之术，可以祛除各种疾病吗？"

太医酉从朱的手中接过这支骨针，捏在右手食指和拇指之间，左手拉过朱的右臂，在朱的右臂曲肘处按压一下，确定一个位置后，将骨针透过朱的衣袖扎入，食指和拇指捻着，说道："后颈僵硬，气血不畅，一针下去，肯定舒服。"

朱闭上眼睛，晃动颈项，体会太医酉所说的感觉。随后，朱睁开眼睛，舒一口气："数日书写经卷，天天低头，总觉哪儿不对劲，一针下去，舒服多了。"

太医酉问："书写经卷？"

朱回答："古人的《阴阳经》。"

太医酉知道《阴阳经》难得，说道："书写完成，酉拜读一下！"

朱点点头道："写完之后，定然呈上。《阴阳经》写完，就想起另外一部经典，《江河经》。"

太医酉停止捻动骨针，倏地拔出，让朱的右臂自然垂放，说道："《江河经》记录大江大河的鱼鳖虾蟹，荷苇蒲菱，属于风物志一类嘛。"

朱继续问："太医既然见过，可否记得有关三足龟的记载？"

朱突然说到三足龟，让太医酉联想到自己向大王推荐三足龟一事，朱携闻同来，难道有什么暗示？太医酉清楚，朱为人坦荡，无须提防，只是这三足龟寻来也难，时机未到，此时还是不要透露为好。太医酉便说："只是粗略翻看《江河经》，是否有三足龟的记载，不曾记得。"

朱察觉太医酉不便说明，主动转到另一话题："九针之术可否祛除各种疾病，太医还没有回答呢！"

太医酉依旧没有直接回答，他将骨针放入匣中，反问："后颈是否舒服？"

朱继续转动脑袋，说道："看来，应该经常到太医这里，舒服一下。"

太医酉这才回答朱的问题："九针之术，可以祛除各种疾病，只是九针的用法，酉还没有研究透彻啊！"

朱相信太医酉的说法，九针九砭，变化万千，难以穷尽。朱转动头部，用力牵引后颈，感受针刺之后的效果，又问："大江大河的龟鳖，可否治疗病疾？"

太医酉此时明白，大王寻三足龟之事，朱已经察觉。如果大王安排太卜涂寻龟，太卜涂不知三足龟所在，必然向朱请教。朱是否知道寻三足龟的根本目的，还很难说。既然大王嘱咐自己保密，不让提及治疗腿疾一事，闻也在此，应该保守这个秘密。太医酉说道："酉治病疾，只用针砭和草药，未曾以龟鳖入药，一时说不清楚。"

太医酉的回避，反而引起朱的关注。他知道不便询问，便起身环绕石像，注意观察石像上的红线，说道："骨针刺手臂，可以通达颈项，朱明白了。"

　　朱有心了解三足龟一事，太医酉自然看出，道："只管前来，接受针刺。"

　　朱感谢太医酉："明白了，明白了。"

　　两人没有明说，一切尽在不言中。朱推断，《江河经》关于三足龟的记载，涉及腿疾治疗。大王急于为闻治病，因此太医酉向大王建议，可以用三足龟治疗闻的腿疾。而后，太卜涂奉命寻找三足龟。朱来太医室的目的，太医酉自然清楚，只是闻在旁边，更有大王嘱托，他不便回答罢了。

　　看似没有说，一切都说了。

第四章

暮时

朱和闻离开太医室，两人没有返回朱圃，而是径直向北边的郭区走去。

王邑北边的郭区，有一处日间开设的集市，售卖各种生活物品，朱常常光顾，闻也不陌生。朱在集市东头停下，走向一处摊位，那里摆放着各种木制器具。朱对闻说："制作毛笔的细木，这里便有。"

摊主看到买主，急忙迎上来。朱是老主顾，他说明所需的物品后，摊主递上分段截好的细木，朱从中选出七八根，取出随身携带的钱币，将三枚贝币递给摊主。贝币由海贝加工而成，贝壳前端有一小孔，便于携带。摊主接到手中，认为三枚太多，执意还给朱一枚，朱推辞说："留在这里，下次购买，再度结算。"

朱将细木递给闻，说道："欲善其事，先利其器，就看闻的手艺了。"

闻说："闻制作毛笔，有师父指导，定然成功。"

朱和闻返回朱圃，朱一边走，一边问："闻最大的愿望是什么？"

闻正在低头察看手中细木，听到朱这样问，抬起头来："师父，闻没有什么大的愿望，就是希望跟随师父学习，把字写好。"

朱停下脚步，问："闻以腿疾为由，拒绝继承王位，此意已定？"

闻停下脚步，郑重说道："师父，腿疾只是一个理由，没有腿疾，闻也不会继承王位。执掌大权，统领大臣，发号施令，闻并不擅长，无法担此重任。"

朱重新迈步向前，道："可是，大王没有放弃让闻继位的想法。"

闻犹疑一下，追上几步问："大王为何执意让闻继位呢？"

朱分析说："大王心有远虑，以防意外，希望尽早确定继位之人。卯年少继位，不能掌控王邑局面。闻年长成熟，品行端正，自然更加合适。"

闻告诉师父："最近，大王没有提及继位一事。"

朱看一眼闻，说道："未曾提及，并不意味没有行动啊！"

闻心生疑问："大王有什么行动？"

朱反问闻："太卜涂今日来到朱圃，闻知道因何而来吗？"

闻摇摇头，朱告诉闻："太卜涂前来探问，哪里可以寻到三足龟。"

闻更加疑惑："师父，三足龟与继承王位有关吗？"

师徒两人说到这里，已经走近朱圃，葛看到两人身影，开门迎接。朱引闻进入，两人在草棚下坐定，继续刚才的话题。朱说出自己的推测："太卜涂说，大王遭遇险情，可能身体受伤，因此寻找三足龟。其实，大王寻找三足龟，不是自己需要，而是为闻寻龟。"

闻疑惑道："为闻？"

朱再问："闻知道今日为何面见太医？"

闻一时不能理清王位、三足龟、太医酉之间的关系，摇了摇头。朱示意葛将院子大门关上，继续分析："朱在太医酉那里，见过一卷《江河经》，太医酉十分珍重，不愿外借与人，朱随手翻看，太医酉随即收起。朱翻阅时，看到这样的内容——'江中三足龟，食后无大疾，尤治腿疾。'"

闻低语："尤治腿疾？"

朱接着说："《江河经》讲述大江大河风物，其中治疗腿疾的说法，朱不太相信，所以未向闻提及。如今太医酉告知大王，大王马上重视起来。"

闻终于明白三足龟与自己的关系，道："太医酉根据《江河经》的记载，告诉大王三足龟可以治疗腿疾。大王安排太卜涂寻找三足龟，太卜涂前来朱圃，向师父询问寻找三足龟的线索。"

朱站起来，解释今日面见太医酉的原因："朱本想求证，《江河经》是否细说治疗腿疾一事。刚才，太医酉闪烁其词，不愿透露此事，想必大王要求保密。大王安排太卜涂寻找三足龟，本意就是治疗闻的腿疾，却对太卜涂表示,只是自己需要,避免太卜涂知道实情,引起意外。实际上,大王还是希望闻腿疾痊愈,继承王位。"

闻追问朱:"何处可以寻到三足龟,师父告诉太卜涂了?"

朱说:"哪里有三足龟,朱也不知道。卯虽年幼,志向非凡,具备继承王位的素质。既然闻决定放弃继位,朱自然见机行事。"

闻点了点头,他没有料到拒绝王位也不是一件容易的事情。

太卜涂拜访朱圃的第二天,收到朱派人送来的竹片,上面有一行字:九江多龟,可寻三足。太卜涂阅后,收起竹片,吩咐仆人卫准备精美鼎食,决定宴请取龟卜官宾。

王邑重大事务的决策,大王往往占卜问事,需要大量龟甲。龟生于江河湖海,各地族群时常进献,所谓"贡龟"。按先王确定的占卜规矩,大王用龟一尺至一尺二寸,大臣用龟八寸,大夫六寸,士人四寸。大龟难寻,必须专人专事寻龟、取龟。太卜室专设征收大龟的卜官,他们秋天外出,考察是否有符合标准的大龟,去往之地,多是大江大河。秋天乃万物俱成之季,秋季取龟,此时龟甲甚坚,适合占卜使用。

占卜之事十分繁复,取龟卜官负责取龟之外,还要承担杀龟、衅龟、治龟等任务。取龟之时,也是杀龟之时,即秋季取龟、杀龟。所谓杀龟,就是去掉龟的腹肠和皮肉,保留上下相连的空壳,分类存于龟室;经过一百天储存,龟甲晾干水分,更加坚硬,接下来衅龟、治龟。所谓衅龟,就是初春之季,将牛羊等牺牲之血涂于龟甲,祭祀开创卜筮的圣人。所谓治龟,就是通过锯、刮、错*、磨等手段,整治龟甲,以便占卜使用。

占卜之事的起始,就是取龟。取龟卜官宾刚刚从东方的沂河归来,他考察了沂河之龟的品种、数量和大小,以便秋季取龟。卜官宾特别喜欢玉石、玉器,他顺便前往沂河以北的太山,寻找太山墨玉。返回王邑之后,正是取龟卜官的休整期,休整结束,就是最为忙碌的秋季取龟。

这日午后,卜官宾正在把玩刚刚收藏的太山墨玉人。这是一个束腰跪坐

---

*作者注:所谓"错",既是一种处理龟甲、玉石的工具,也是一种切削的处理方式。

的男人，身着交领长衣，腰缠束腰，束腰刻有云纹式样。玉人两手扶膝，头略前伸，两眼平视，一副恭敬虔诚的样子，仿佛在迎接太山神的降临。卜官宾仔细端详墨玉人，设想假如自己担任制玉之官，将会如何改进墨玉人的造型。卜官宾以为，将两眼平视改为低垂，墨玉人的谦恭神态就会更加逼真。卜官宾想起，自己曾经收藏了一个白玉人，便找出来对比。这是一个白玉裸体女人，曲膝跪坐，上身和大腿直立，面部稍侧，一手下垂，一臂微曲，看上去更加灵动。

卜官宾一边端详玉人，一边留心太阳的方位，注意时辰的变化。今天一早，太卜涂派仆人卫前来，请卜官宾暮时前往太卜室，与太卜大人一起进餐。卜官宾明白，所谓暮时进餐，重点不在进餐，而在议事。太阳即将落山，卜官宾提前走向太卜室，宁可早至，不能迟到。

太卜室位于宫城西南角，是占卜机构的核心场所，也是太卜涂的居处。太卜室的西边，就是洲水，相当于王邑的西护城河。太卜室院落四周的土墙，高于宫城与郭区之间的低矮土墙，正好遮挡人们的视线，不让外人看到里面的情形。

卜官宾步行来到太卜室院外，放慢步子。此时，太阳落山，暮色降临，太卜室却异常明亮。院子外面的土墙之上，备有孔洞，插入裹上油脂的"大烛"，即大型火把。进入院内，通向大室的道路两侧，三对仆人手执"小烛"，即小型火把，为卜官宾的到来照明。大室门口的台阶两侧，各有一位仆人手执小烛，引卜官宾进入室内。

大室五间相连，没有间隔，宽敞开阔。卜官宾看到，室内四角插着大烛，特别明亮。卜官宾被仆人引到室内东侧，这是太卜涂宴请宾客的区域，放置着一组食案，共有七个座席。北面横向有一个座席，是太卜涂的专属位置，其余六个座席东西排列，一侧三个，形成七人共食的就餐区。座席的垫子由蒲草编织而成，彩帛封边，十分考究。每个座席对应一个食案，食案下有四足，上有搁板，搁板上面摆放着酒具、餐具。

卜官宾正在悄悄观察，一时没有注意到太卜涂走到眼前。他急忙收回视线，向太卜涂躬身行礼。太卜涂走向主席位置，落座之后，抬手招呼卜官宾："今日只是私宴。"

卜官宾急忙上前，在太卜涂的示意下，坐到太卜涂右侧的席位，即西侧三个席位的首席。随即，手执小烛的四个仆人走来，站在餐区四角，于是光线更加明亮。两位仆人来到太卜涂身边，一位捧着盛水的匜，一位端着接水盘，侍奉太卜涂净手。随后，两位仆人来到卜官宾身边，卜官宾稍显拘谨，他就着盛水器倒出的水，搓拭双手，然后接过仆人递来的布巾，迅速擦干。卜官宾净手完毕，端正身子，看到食案上摆放的青铜器具：一个三足双耳小鼎，放置着分割后的肉食；一个浅腹圈足高脚豆，盛着蘸食肉酱；饮酒的器具为觚，这是一种深腹高脚酒具。

这时，仆人卫搬来一尊三足青铜大鼎，放在太卜涂和卜官宾之间。另有仆人手拿取食器具，捞出煮好的肉块，在俎上切割，然后放入两人面前的青铜小鼎。三足双柱的斝正在加热清酒，由仆人将温酒注入两人面前的青铜觚。

太卜涂端起青铜觚，说道："私宴不讲规仪，先饮一觚。"

卜官宾双手持觚，恭敬回礼道："谢过太卜大人。"

太卜涂指着青铜小鼎中的肉食，向卜官宾介绍说："牛肉煮得烂熟。"

卜官宾将牛肉送入口中，细细品尝。

三饮之后，青铜小鼎中的肉食用完，仆人卫搬来一尊四足青铜方鼎，另有仆人分解鼎中肉食，更换青铜小鼎，将切割的肉块放入小鼎。太卜涂指着小鼎中的肉块道："大王赏赐的老虎肉。"

借此时机，卜官宾给太卜涂敬酒，又是三饮。

太卜涂吩咐三个执烛仆人退下，只留一人执烛，就餐区光线昏暗，气氛变得神秘。太卜涂向卜官宾这边探身道："九江之地，可曾去过？"

卜官宾如实回答："九江路途遥远，未曾去过。"

太卜涂再问："可曾听说三足龟？"

卜官宾有些诧异，表示："只是听年长的取龟卜官说过。"

太卜涂放低声音，有些神秘道："九江之地，有三足龟！"

卜官宾意识到太卜涂宴请自己的意图，问："太卜大人欲寻三足龟？"

太卜涂靠近卜官宾，放低声音，字字重音："大王需要三足龟！"

第四章 暮时

卜官宾以为大王寻龟，意在占卜，便说："大王占卜用龟，标准一尺二寸，至少一尺，恐怕难寻。"

太卜涂摆摆手道："寻三足龟，并非占卜，不计大小。"

卜官宾有些疑惑："请问太卜大人，大王寻三足龟何用？"

太卜涂简单解释三足龟的用途："大王说，三足龟属灵异之物，食后无大疾，可以长命矣！"

卜官宾明白了大王的意图，说道："遵太卜大人之命，前往九江，全力找寻。"

太卜涂知道三足龟难寻，因为并非占卜使用，不必一尺为准，再度叮嘱："无论大小，不论雌雄，均可寻来。"

太卜涂说罢，招呼三个执烛仆人上前，就餐区重新变得明亮起来。仆人卫将一个四足青铜鬲端上，青铜鬲似鼎，足部中空，下面有四个较大的袋形足，里面放上谷粒，柴火在四足之间进行加热，是煮饭的炊具。仆人送上双耳圈足青铜簋，盛上煮熟的粥饭，送到太卜涂和卜官宾面前，两人开始用饭，一时无语。

酒饭已毕，太卜涂慢慢起身，卜官宾意识到应该告辞了。两人移步大室门口，卜官宾站在门外台阶上，准备行礼。这时，太卜涂右手伸到卜官宾面前，轻轻张开，缓缓说道："大王所赐，保佑九江之行！"

太卜涂手掌之中，有一个白玉小象，鸡蛋大小，晶莹剔透，甚是精美，卜官宾不禁窃喜。太卜涂继续说道："白玉小象，意味着大王的承诺。紧要关头，可以大王的名义，应诺对方。"

这一日，王邑的北门外面，出现一位骑着大象的异族女子，她左右徘徊，引起了人们的关注。大象随着女子的引导，从东边走到西边，从西边回到东边。大象的尾巴上，系着一个小铃铛，随着大象的行走发出清脆的声响。大象走到正对北门的位置，女子拍拍大象，让大象跪下，她从大象身上跃下，站在大象身边，看着进出北门的男女，似乎在寻找什么人。

这时，人们凑上前来围观大象，对女子的装束指指点点。王邑之人的衣着多是麻帛，女子的装束显然出自狩猎族群——腰间裹着兽皮腰围，兽皮的毛色黑白混杂；两腿裹着兽皮，如同套着两个皮口袋；上衣用干草编织而成，遮体并保暖。

有好事之人近前察看，女子头顶戴着两个羊角，长发束成一个发辫，然后盘起，斜在右耳下方，用一支骨笄固定，显得干练洒脱。有专事狩猎者观察大象后，告诉周围的人们，这是一头约二十岁的公象，以大象六十年的寿命来说，处于野性十足的阶段。大象看上去特别温顺，显然经过驯化，女子应该就是大象的主人。

围观者中，有人经常出入王邑，他们三三两两议论：最近进出王邑北门、南门，经常遇到这个骑象女子，但从未见她进入王邑，不知究竟因何而来。女子被人们围观，自觉有些不安，她一手轻抚大象的鼻子，唤起跪着的大象，牵引大象稍稍走远，与围观者拉开距离。围观者看到女子离开，便各自散开了。

女子牵着大象走开，仿佛心有牵挂，又重新牵引大象走回北门。大象站在北门对面，女子盯着进出王邑的人。这时，北门一侧走来两个盲人，两人一高一矮，相互搀扶，行进方向正是大象身后。女子站在大象一侧，目光注视着北门，没有察觉两个盲人从后面走来。两个盲人距离大象还有几步，似乎感觉前方有物，两人停下脚步，松开相互牵着的手。高个盲人想要弄个究竟，他伸出双手探路，独自慢慢前行，渐渐靠近大象。他一手触到大象粗壮的后腿，赶紧后退两步，寻思究竟触到了什么。高个盲人镇静一下，再度前行，重新触到大象的后腿，他向前移动，于是触到大象的前腿。高个盲人前后触摸，猜测这个动物就是大象，他准备找到大象的鼻子，进一步确定自己的判断。

于是，高个盲人前行两步，准备触摸大象鼻子。这时，骑象女子靠近大象，大象鼻子卷曲，接过女子喂食的果子，送到口中。女子的视线盯着北门，没有察觉走到身边的盲人，高个盲人继续向前，用手触摸大象鼻子，不料触到了女人发髻，他惊恐不已，慌忙喊叫："大象！大象！"

女子发辫上的骨笄被高个盲人触碰，啪嗒一声掉在地上。她盘起的发辫随即散开，原是一条鱼骨辫——辫子从上到下，由粗变细，形似一条鱼的身子和尾巴，如今垂在女子脑后，并不散乱。骑象女子一时惊慌，回头看到一位男人手足无措的样子。女人看出这是一位盲人，明白刚才的喊叫，表明他只是触摸大象，不是故意触碰自己的发辫，便释然了。女子捡起骨笄，骨笄断为两段，女子略有迟疑，攥着骨笄放到身后，不让别人看到。她对高个盲人说："是大象，是大象。"

矮个盲人位于大象身后，听到高个盲人的喊叫，不知道发生了什么，急忙迈步向前。他不经意间触到大象尾巴，带动了大象尾巴上的小铃铛。小铃铛清脆地响，惊着了矮个盲人。回想高个盲人喊叫"大象"，矮个盲人寻思，刚刚触到的应该就是大象的尾巴。他再次伸手试探，将大象尾巴攥在手中，感觉不够粗壮，不能判断究竟是不是大象，他问道："大象？"

高个盲人没有理会同伴的问话，而是询问面前的女子："刚才好像掉下什么，没有摔坏吧？"

女子将手里的骨笄握得更紧，说："没有，没有。"

女子说完，牵着大象的鼻子走去，那是女子来时的方向，显然就要离开王邑。矮个盲人失去手里的尾巴，感觉大象正在离开，便前行几步，与高个盲人站在一起。女子牵着大象走出一段距离，仿佛想起什么，指示大象停下。她来到大象身后，解下大象尾巴上的小铃铛，走向不远处的两个盲人。女子来到两个盲人面前，摇晃一下手里的小铃铛，将小铃铛塞到矮个盲人手中，没有说什么，就走开了。

矮个盲人手拿小铃铛，有些不知所措。高个盲人反应迅速，抓过小铃铛，使劲摇晃起来，小铃铛叮当叮当地响着，仿佛在与骑象女子告别。女子回到大象身边，骑着大象渐渐远去了。

高个盲人将小铃铛还给矮个盲人，两人重新牵手，相互牵引着走向王邑北门。他们每走一步，小铃铛便叮当一声，仿佛提醒路人：请让开，请让开……

骑象的女子，就是羊角族的桑。

前些日子，桑送走自己救助的男子。大象返回时，桑发现大象尾巴上系着一个小袋子，小袋子里有一个白玉小龟，桑甚是喜爱，给小玉龟系上皮绳，挂在脖颈。桑时常抚摸小玉龟，渐渐地，她感到有些失落，开始思念那个一面之识的男子。

桑喜欢大象，如今与大象更加形影不离，似乎大象身上还有那个男子的气息。桑常常一早骑着大象离开，在羊角族的领地漫无目的地四处转悠。采集狩猎的族人黄昏归来，看到骑在大象上的桑被阳光投射出一道孤独的影子。有一次，桑和大象越走越远，走到羊角族领地的边缘，族人看到桑的身影，一晃不见了。

桑无法约束自己的心，她骑着大象来到王邑，有意寻找那个男子。因为族长姜规定不准羊角族人进入王邑，桑今日来到王邑南门，明日来到北门，在王邑外面徘徊张望，希望遇到那个男子。族人们或早或晚，经常看见骑着大象的桑。桑憔悴许多，面有愁容，大家知道桑有心事。族长姜心中清楚，桑在思念自己的心上人。

这日，桑由王邑返回，进入自己的树屋。她取下胸前的小玉龟，双手抚摸，心中感到特别失落。小玉龟被摩挲得光滑透亮，仿佛富有灵性，小小的龟首看着桑，似乎有话要说。这个晚上，哥哥姜来到桑的树屋，掏出一支玉笄递给桑，说："去王邑吧！"

笄子，是成年男女的束发用具，将头发挽起，插上笄子，头发不再松散。男子的长发束在头顶，一支笄子就可固定。女子的头发样式繁复，往往需要多支笄子，左插右插，多角度固定。羊角族男女多用骨笄，用兽骨打磨而成，取材方便，制作简单。桑接过哥哥递来的这支玉笄，拿在手里，仔细观察——玉笄的造型与骨笄相仿，一头尖细，一头粗大，尖细一端插入头发，粗大一端便于固定。

这支玉笄的材料，是羊角族人很少见到的黄玉。玉笄通体黄色，玉笄粗大的一端，雕刻着一只展开双翅的小鸟。小鸟造型扁平，两个翅膀伸向两侧。由玉笄顶端向下，依次是鸟头、鸟身、鸟尾，鸟尾越来越细，最后成为玉笄尖细的一端。小鸟的身体和翅膀，用线条雕刻的方式，呈现羽毛的式样。鸟头下方有一个穿孔，挂上美丽的吊坠，吊坠晃动，佩戴玉笄的人显得更加灵动。

哥哥姜允许自己进入王邑，桑兴高采烈，仿佛展开双翅的小鸟，就要飞起来。桑高兴地说："这么漂亮的玉笄，桑怎么没有见过？"

姜从桑手里拿过玉笄，挽起桑脑后的鱼骨辫，插上玉笄，乌黑的发辫斜在右耳下方，显出桑干练利落的样子。姜告诉桑："王邑之中，有宫城和郭区，人分不同等级，居住不同区域。不像羊角族，虽然也有规矩，但毕竟都是血脉延续的族人。玉笄是多年之前得到的，赠送玉笄的人，不知现在哪里。近日夜间醒来，玉笄发出光亮，后来梦中得知，赠送玉笄的人，就在王邑之中。"

第五章

三足

根据太卜涂的安排，卜官宾与两位随从同行，驾驭一辆马车，日夜兼程，前往九江。卜官宾寻找的族群，就是虎尾族。卜官宾清楚，九江的虎尾族擅长与龟打交道，通过特殊的方式与龟沟通，找到虎尾族，才能寻到九江之龟。幸运的是，卜官宾来到九江的当日，很快就见到虎尾族的族长燎。

卜官宾心里明白，三足龟属于龟中灵物，不可能轻易得到，太卜涂所说"九江之地，有三足龟"，看似断言，实为猜测。如果表明只为三足龟而来，很有可能遭到族长燎的拒绝，那将没有任何回旋的余地。卜官宾斟酌再三，决定暂时不要提及三足龟，只是表明自己的身份，告诉族长燎，自己受大王委托，专门前来九江寻龟。

在族群议事的窑洞里，族长燎接待了卜官宾。听完卜官宾的陈述，族长燎大体明白了对方的意图，就是为大王祭祀占卜寻龟。族长燎告诉卜官宾，九江之龟的详情，虎尾族的函最清楚，函擅长与龟打交道，龟的品种、数量、大小等，函大多知晓。族长燎让卜官宾在窑洞等候，自己前去将函找来。

族长燎亲自出去找函，是因为需要专门对函进行叮嘱，同时梳理自己的思绪——大王祭祀占卜需要用龟，王邑周围的族群可以提供，不必派人专程前来九江，卜官宾所言可能有虚。族长燎还有另外的顾虑，就是不知大王祭祀占卜用龟，是否对龟造成伤害。如果没有伤害，九江之龟符合大王需要，并非不能提供；如果祭祀占卜涉及伤龟、杀龟，那就万万不行，虎尾族有保护龟的责任和使命。

族长燎在九江岸边找到函，与函一同返回窑洞。走进窑洞之前，族长燎停下脚步，回头嘱咐："对来人提出的问题，不要轻易回答。"

族长燎将一位少年带进窑洞，卜官宾的注意力转向少年——少年额头中间有一个小肉疙瘩，鸟蛋大小，因为头发很短，小肉疙瘩显得特别突出；双臂垂直，似乎比一般人的手臂略长；腰间系一条麻布腰围，裸露上身，赤裸腿足。少年给卜官宾的印象是——看似普通寻常，也许有非凡之处。

族长燎与卜官宾相对而坐，函站在族长燎身边。卜官宾初次见函，重新说及九江之行："九江多龟，虎尾族人擅长与龟沟通，宾受大王委托，前来寻龟。"

族长燎想要弄清大王用龟的方式，便对函说："函讲一讲，虎尾族祭祀祖先，怎样用龟。"

函按照族长燎的吩咐，告诉卜官宾："虎尾族祭祀祖先时，将龟放在祭祀台上，让龟传达虎尾族的愿望，接受祖先的指示。祭祀结束，将龟送回九江。"

族长燎提醒卜官宾："龟是灵物，通天通神，万万不能伤害。"

族长燎这番话的意图，卜官宾自然明白，只有保证不伤害龟，才有可能得到九江之龟。卜官宾更加确认，暂时不能提及三足龟，可以借祭祀用龟表明态度，他道："大王安排九江寻龟，只是用于祭祀，请龟传达意愿，接受上帝指示，不会伤害龟。"

族长燎提出自己的质疑："大王所在的族群，本是玄鸟族，祖先由九江迁移北上，玄鸟族曾经灼龟、食龟，不知这个习性是否改掉？"

卜官宾熟悉历史，沉着应对："当初，玄鸟族女子与虎尾族男子通婚，如今虎尾族也有玄鸟族的血脉啊！"

族长燎同样清楚这段历史，说："是的，如果没有老族长出手相助，玄鸟族不可能安然迁移，也就没有今日的大王和王邑。"

卜官宾只得正面回答族长燎的提问："那是多年以前的事情，如今大王视龟为灵物，自然不会伤龟、食龟。"

族长燎继续强调虎尾族的态度："龟为灵物，虎尾族有护龟使命。只有通过叩拜龟神，保证不伤害龟，才能谈贡龟之事。"

卜官宾态度诚恳道："请族长安排，宾照办即是。"

族长燎挥了挥手说："拜神之事，暂且不急。还要请问，大王祭祀用龟，大小标准如何？如果九江之龟不符合标准，也就没有必要拜神了。"

卜官宾借祭祀用龟的说法，如实说明用龟标准："按先王规定，大王祭祀用龟标准是一尺二寸，至少一尺。"

卜官宾说到用龟标准，族长燎反而释然，故意问函："九江之中，可有大龟？"

函明确回答："没有。"

卜官宾不相信九江没有大龟，反问："没有大龟？"

函回答卜官宾："函在九江，天天与龟相处，多少数量，多大尺寸，函最清楚。"

族长燎向卜官宾解释："把函找来，就是为了解龟的详情。"

函强调："函说没有，就是没有。"

族长燎接过函的话说："也不能说完全没有，要找一尺的龟，需要等待时机。"

卜官宾内心目标并非一尺大龟，而是三足龟，只是不便表露，便问："怎样的时机？"

族长燎不紧不慢地说："这样的机会，也许要等一百年。"

卜官宾身为取龟官员，自然知道龟生长速度缓慢，只是没有料到九江之龟生长得如此缓慢，他道："如此说来，九江没有大龟？"

族长燎长叹一声，对卜官宾说："实言相告，当年玄鸟族灼烧大龟之前，九江之龟大多一尺以上。之后，龟的寿命大大缩短，再未有长到一尺以上的。"

卜官宾没有料到，因为一次灼龟、烧龟行为，九江之龟的命运竟然发生了改变。卜官宾站起，双手摊开，表示无奈，道："即使九江没有大龟，宾还是请求叩拜龟神，祈求龟神饶恕玄鸟族。"

族长燎站起来说道："离开九江之前，叩拜龟神。"

函听两人说到这里，便向族长燎请辞："函可以走了？"

卜官宾急忙向族长燎请示："能否让函带宾去江边走走？"

族长燎寻思，卜官宾希望亲眼察看龟的大小，眼见为实，没有什么不好，就爽快地答应："江边走走，江上一游，都可以啊！"

函和卜官宾离开窑洞，走向九江岸边。卜官宾走在后面，观察函束腰的麻布腰围，腰围后面鼓鼓囊囊的，那里隐藏着虎尾族人的尾巴，不知究竟什么样子。卜官宾打量着前面的函，突然觉得，这个擅长与龟打交道的少年可能确有非凡之处，也许隐藏着一些秘密，很有必要小心观察。

两人穿过江边的小树林时，函不经意间看向自己藏匿小三足龟的那棵大树。函小小的动作被细心的卜官宾捕捉，他顺着函的视线看去，发现大树分杈处有一块石头，显然是人为放置，可能就是一种标记。卜官宾脚步不停，视线却没有离开树杈上那块石头……

穿过小树林，一望无际的九江呈现在他们面前。江岸之上，一群小孩子正在嬉戏，函知道孩子们的把戏，自然不会在意，从他们身边走过。卜官宾停下，上前察看他们的游戏。孩子们团团相围，小脑袋凑在一起，卜官宾侧身挤入，看到地上有个小水洼，小水洼里有两只小龟，被并排放在一起。孩子们让小龟比赛，看谁更快。小龟胡乱奔跑，一个向左，一个往右，孩子们把小龟分别抓回，重新并排放在一起，再度比赛。两只小龟依然不听指挥，再次比赛，还是各奔东西。孩子们开始惩罚小龟，将小龟身子翻过来，背甲向下，用小手指按住小龟肚子，不准小龟翻身。小龟用力挣扎，四只小足乱蹬，无济于事。

函察觉卜官宾没有跟上，停下脚步，回头观望。卜官宾看到孩子们折腾小龟，从随身布袋里掏出几块小肉干，一一分到孩子们手中。孩子们咀嚼着美味，不再关心小龟，卜官宾蹲下身子，捏起两只小龟端详起来。小龟在九江很常见，孩子们并不稀罕，他们嚼着肉干散开了。卜官宾拿着两只小龟，走到九江岸边，放下小龟。两只小龟得到自由，一前一后游入江中，不时回头看向卜官宾，仿佛感谢一般。卜官宾一直盯着游动的小龟，直到看不见为止。函站在江边的独木舟前，招呼卜官宾说："赶紧上来吧！"

函的态度发生细微变化，卜官宾有所察觉，认定与自己呵护小龟有关。函是划独木舟的好手，他站立水中，脚踏独木舟的一端，控制独木舟的平衡，示意卜官宾上去。卜官宾坐稳之后，函一跃而上，开始划水，左一桨，右一桨，独木舟离开岸边，很快驶入江中。

独木舟行至九江深处，函放下手里的木桨，独木舟停止行进，在江中漂浮。江面看似平静，其实水下暗流涌动，推动着独木舟轻轻晃动。卜官宾四面望去，江面寥廓，只有这一只独木舟，偌大的九江，只有函和自己。

卜官宾盯着函的腰围，突然心生一计。他故意调整身体重心，向独木舟一侧用力，独木舟慢慢倾斜，两侧吃水的深度变得不同。随即，卜官宾再度发力，独木舟继续倾斜，江水几近漫入。函不知何故，用力按住独木舟高起的一侧，控制独木舟的平衡。随即，函撅起屁股，抓过木桨用力划水，试图使独木舟找回平衡。卜官宾趁机伸手，撩开函身后的腰围，露出腰围里面的尾巴，卜官宾轻轻一拽，尾巴从结绳中脱出，垂在函的身后。独木舟终于恢复平衡，函坐在独木舟一侧，尾巴沿着独木舟的边缘，垂入水中。

函的尾巴入水，棕色尾巴环绕黑色花纹，像老虎尾巴，又似一条彩纹的鱼，在江中游动。函的尾巴入水片刻，卜官宾惊讶地看到，平静的九江突然哗哗作响，江面迅速浮现无数江龟，龟首伸出水面，由远及近，向独木舟游来。江龟一批一批涌来，仿佛前来接受函的检阅。卜官宾被突如其来的场景震惊，前后左右看去，更多的江龟聚集过来，络绎不绝……

卜官宾发现，函并不在意尾巴是怎样垂落的。函控制好独木舟的平衡，然后放下手里的桨，抓过一个袋子，把袋子里的东西抛向江中，引得江龟纷纷觅食——函事先为江龟准备食物了。抛洒食物之后，函回手从水中捞出尾巴，熟练地系上结绳，收入腰围。卜官宾再次看向江面，那一圈一圈密集的江龟，此刻踪影全无。

函掉转独木舟的方向，决定返回岸边。函左一桨，右一桨，独木舟全速前行，很快回到江边。函跃入浅水，将独木舟拖到岸上。卜官宾跳下独木舟，族长燎已经等候在江边，对走过来的卜官宾说："九江没有大龟吧？"

卜官宾回忆刚刚看到的一幕，那些围拢过来的江龟，由龟首可以判断大小，的确都是巴掌大小的江龟，没有大龟。其实，卜官宾并不在意江龟大小，根本目的还是三足龟，之前表明寻找祭祀用龟，刚才保护浅水小龟，探究函的虎尾真相，不仅是障眼法，也是因为他的好奇心。卜官宾回答族长燎："没有，没有。"

族长燎带卜官宾返回窑洞。两人一前一后，穿过江边小树林时，卜官宾的视线再度转移，瞄向放置石块的那棵大树，他悄悄回头观察跟随在后的函。江面涌出的无数江龟，让卜官宾更加相信，这个常年与龟打交道的少年，一定藏着什么秘密，只是还不能确定，这秘密是否与三足龟有关。

晚上，卜官宾独自在虎尾族的议事窑洞休息，两个随从被安排在其他窑洞。这个夜晚，月亮特别耀眼，月光透过窑洞的圆形窗子照射进来，卜官宾躺在草席上面，感觉光亮刺眼，无法入睡。草编席子固有的草结，硌得卜官宾难受，他干脆坐起，步出窑洞。

天上的月亮只有大半，却异常耀眼，让黑夜躲避起来。卜官宾看向远方，脑子里突然浮现小树林中那棵大树分杈处的石块。卜官宾仿佛看到石块下面有一个树洞，不知道里面究竟有什么，他猜想那里藏着函的秘密……

卜官宾四下观望，周围空无一人，他放轻脚步，悄悄离开窑洞，向小树林走去。江水的声音和风声此起彼伏，掩盖着卜官宾的脚步声，他疾步行走，很快来到小树林。卜官宾寻到那棵粗壮的大树，他踮起脚尖，手臂伸向树杈，触摸那里的石块，结果抓了个空，石块不见了。卜官宾搬来一块石头，垫在脚下，再次伸手探向树杈，他摸到一个树洞。树洞不深，可以触及底部，里面空无一物。卜官宾断定，函已经将隐藏之物转移了。卜官宾沉思片刻，搬走自己移来的石块，悄悄返回窑洞去了。

卜官宾回到窑洞躺下，胡思乱想，说不清什么时候睡着了，也不知道究竟睡了多少时间。天蒙蒙亮，卜官宾睁开眼睛，心中有些庆幸，他实在不愿苦熬夜里的时间。卜官宾走出窑洞，看向远处的小树林，心里有些失望，后悔错过探究秘密的时机，假如更早过去，秘密就可能被自己发现了。卜官宾本想返回窑洞，准备离开九江，却下意识地抬腿向前，再次走向小树林。

这一次，卜官宾并未在小树林停留，而是穿过小树林，走向江边。卜官宾来到江边，这里没有人，更显寥廓。卜官宾有些茫然，不知自己为何来到江边，于是停下脚步，准备返回。卜官宾转身离开时，不经意间看向远方，远处有一个人影，卜官宾看不清对方是谁，却毫不犹豫地断定——此人是函。卜官宾急忙后退，隐身到江边小树林中。

卜官宾藏身小树林，远处那人向这边走来，随着人影渐行渐近，函进入卜官宾的视野。函向前几步，又后退几步，有时在原地转圈，仿佛自娱自乐，行为举止有些奇怪。卜官宾睁大眼睛，紧盯着函，距离更近的时候，他看到函的头上顶着一个小东西。这是函头上鼓起的小肉疙瘩吗？显然不是，因为"小肉疙瘩"在慢慢移动。函停下脚步，卜官宾凝神盯着函的头顶——那里竟然是一只小龟！卜官宾急忙屏住呼吸，他终于窥见函的秘密了。

卜官宾明白，函前走后退，原地转圈，仿佛自娱自乐，实则与头顶小龟嬉戏。嬉戏并没有结束，函继续旋转身子，一边旋转，一边行走。卜官宾看到小龟的尾巴时，小龟的尾巴与函头顶的小肉疙瘩重叠，卜官宾一时没有发现异样。函不停旋转，小龟的尾巴随即摆动起来，一次次与卜官宾的视线相对，卜官宾几度观察，察觉小龟的尾巴两边没有双足——难道这是一只小三足龟？

　　卜官宾的呼吸急促起来，他身体前倾，几乎要冲出小树林。忽然，他意识到不能被函发现，急忙退后一步，继续藏身小树林，但视线没有离开函的头顶。函停止旋转，走向岸边的一块大石头，从头顶取下小龟，放在大石头上。浅色石头映衬着小龟，小龟的形体和姿态更加明显，卜官宾全神贯注地观察，随即喜出望外——这只小龟的小尾巴与后足相叠，真是一只小三足龟！

　　卜官宾悄悄前行，随时调整自己的位置，借助树木的遮挡，继续观察小三足龟。函的兴趣依然在小三足龟身上，准备与小三足龟展开新的游戏。小三足龟背对着函，趴在石头上，一副悠然自在的样子。函在小龟身后，悄悄伸出双臂，准备突袭小三足龟。函的双手即将触到小三足龟时，小龟以小尾巴为支点，小尾巴和后足一起发力，猛然跃出函的捕捉范围。

　　接下来，函将小三足龟放回原来位置，进行新一轮游戏。函一次次突袭，小三足龟一次次跳跃，跳跃的方向时有变化，或左或右，每一次都能成功逃脱。函并不甘心失败，琢磨新的捕捉办法。小三足龟久久没有受到偷袭，掉转龟首回望。函装作漫不经心的样子，视线转向江面，仿佛告诉小三足龟，这会儿自己不想偷袭。小三足龟似乎理解函的表情，缩回龟首，伏在大石头上，准备好好休息一会儿。这时，函突然转身，迅速扑向小三足龟，右手按住小龟的龟壳，左手助力，终于将小三足龟捕捉在手。

　　函与小三足龟嬉戏，近乎全神贯注，没有察觉身后的卜官宾。卜官宾看得真切，小三足龟一次次灵活跳脱，十分机敏。函抓住小三足龟的瞬间，卜官宾看在眼里，他觉得小三足龟压根没有准备逃脱，是给连续失败的函一点儿惊喜。此时，不是函在逗引小三足龟，而是小三足龟在逗弄函了。

　　卜官宾不由得点点头，庆幸自己没有急于离开九江，才能真切感受到小三足龟的神奇灵性。如此看来，九江寻龟之行，可算有所收获，幸莫大焉！

　　卜官宾退回小树林，盘算怎样说服族长燎，得到函手里的小三足龟，将小三足龟带回王邑，完成太卜涂布置的任务，满足大王的心愿。

卜官宾不经意间触到随身的布袋，他掏出里面的白玉小象，细细端详，说服族长燎的办法渐渐浮出。卜官宾长舒一口气，准备离开小树林，前去拜访族长燎。卜官宾视线转向岸边，发现函和小三足龟不见踪影，岸边空无一人。这让卜官宾产生一丝小小的不安，他提醒自己：九江之行，想要得到小三足龟，没有那么简单。

卜官宾返回窑洞，发现族长燎站在窑洞门外，分明是在等待自己。函站在族长燎身边，两手托着一块石板，头顶并没有小三足龟。函额头中间鼓起的小肉疙瘩，吸引着卜官宾的视线。卜官宾一时有些怀疑江边所见，他摇摇头，提醒自己：不要怀疑，不要怀疑！

族长燎看到卜官宾走来，迎上前去，指着函手里的物品，对卜官宾说："九江寻龟，没有收获，很是遗憾。虎尾族的石磬，本是召集族人所用，绘有五彩鱼图案，五彩鱼是虎尾族祖先的象征。今日呈上，请带给大王吧！"

函两手捧着一块扁平石板，石板呈不规则四边形，看上去有些分量。王邑也有类似形状的石磬，悬挂起来作为乐器，在重大活动时使用。卜官宾接过石磬，仔细端详，石磬上面绘有五彩鱼，这是虎尾族祖先的象征。卜官宾知道这个传说，虎尾族的老祖母还是少女的时候，五彩鱼在江中产卵，少女在水中游泳时，吞而食之，上岸后踩到老虎的足印，怀孕生下一个男孩。男孩出生时就有一条小尾巴，长大之后，棕色尾巴生出黑色花纹。后来，这个族群被称为虎尾族。

卜官宾端详石磬，联想五彩鱼的传说，准备将话题转到小三足龟上，达成自己的目的。卜官宾双手托着石磬，面向族长燎，躬身说道："石磬绘有五彩鱼，这是虎尾族祖先的象征，如此贵重之物，怎敢接受呢？"

卜官宾说完，将手中的石磬还给函。函不得不接过，目光转向族长燎，不知所措。族长燎让函将石磬挂在树上，自己走到树下，捡起一根木棍，用力敲击石磬，石磬声音清脆嘹亮，传递得特别远。有男男女女先后围拢过来，很快聚集起五六十人，众人腰围后面鼓鼓囊囊，隐藏着尾巴，他们都是虎尾族的族人。

族长燎站在树下，面对族人和卜官宾，郑重说道："五彩鱼石磬，是虎尾族最为重要的物品，今日送给远道而来的客人，表示虎尾族的真诚。九江之中,没有大王需要的大龟,请回去向大王说明,允许虎尾族不再贡龟。"

卜官宾明白,这是族长燎赠送石磬的目的。卜官宾沉思片刻,掏出随身的一个小布袋,取出其中之物,展开手掌,那是一个晶莹剔透的白玉小象。卜官宾走向族长燎,双手将白玉小象送上:"这是大王所赐,代表大王的权威。"

族长燎并没有接过小象,说道:"请将石磬带给大王,表达虎尾族的心意!"

卜官宾走到函的身边,转身对族长燎说:"五彩鱼石磬,的确过于贵重。函有一物,转送大王,就可承诺不再贡龟。"

族长燎有些诧异,看一眼函,问:"函有什么?"

函突然意识到卜官宾所说的"一物"是什么,撒腿向江边小树林跑去。卜官宾略微迟疑,疾步跟上。族长燎看着两人离开,犹豫一下,尾随而去。族人们不知道发生了什么意外,呼啦啦跟过去了。

函来到江边小树林,还没有走近那棵大树,就看到树杈上的石块不见了。函回头看向追来的卜官宾,狠狠瞪了他一眼,然后冲向大树,踮脚伸臂,将右手探入树洞,但没有抓到什么。函手臂用力下探,还是没有摸到任何东西。函回身招呼族人帮忙,有人抬过一块大石头,函站在上面,将手臂完全探进树洞,树洞之中还是空无一物。函收回手臂,跳下石头,冲卜官宾喊道:"小龟在哪里?"

函如此反应,卜官宾感到莫名其妙:"小龟?"

函委屈地冲到族长燎面前说:"小龟不见了!"

卜官宾再次摊开手里的白玉小象,向函解释:"小象换小龟,就可承诺虎尾族不再贡龟啊!"

族长燎终于明白卜官宾的意图,就是带走函的小龟,可以承诺不再贡龟,可是小龟有那么重要吗?族长燎问卜官宾:"九江之行,寻找大龟,只带一只小龟回去,不是惹大王生气吗?"

族长燎并不关心小龟去向,函更加着急地说:"族长,那是一只小三足龟……"

族长燎在江边看到红耳龟和小三足龟,当时察觉函藏起一只小龟,只是没有在意,如今看来,是小三足龟引起了卜官宾的关注。

卜官宾向族长燎解释："没有寻到大龟，不便空手回去。小三足龟确实罕见，让大王见识一下，讨得欢心，可以兑现对虎尾族的承诺。"

这时，小三足龟从树后探头出来，慢慢爬行，爬到函的脚边不动了。函心烦意乱，没有注意小龟，卜官宾也没有察觉。族长燎蹲下身子，将小三足龟拿在手中，盯着小三足龟，仿佛自言自语："带走小龟，不可伤害啊！"

函看到族长燎手中的小龟，又惊又喜，想伸手接过。族长燎无意递还，函缩回双手，着急地说："小龟不能送人！"

卜官宾急忙向族长燎表示："小三足龟属于异形，必是灵物。如若长大，可用于祭祀，传达大王意愿，接收上帝旨意，绝不伤害。"

族长燎将小三足龟递还给函，函急忙双手捧着，充满喜悦和感激。族长燎对卜官宾说："相比大王祭祀用龟的标准，小三足龟相差太远。小龟长到一尺，恐是人的一生难求啊！"

卜官宾后悔自己强调用龟祭祀，只得转移话题："三足龟本是灵物，大王一定喜欢。否则，虎尾族不再贡龟一事，很难说服大王啊！"

卜官宾说完，双手捧着白玉小象，再次送到族长燎面前。只要族长燎接过，就意味着可以拿到小三足龟。族长燎看看白玉小象，没有接过，转身对函说："这只小三足龟，从很远的地方迁移过来，不是九江之龟。"

函知道族长燎准备说服自己献出小龟，他双手握着小三足龟，说道："小龟来到九江，就是九江的龟。"

虎尾族人围拢过来，族长燎看向众人，目光回到函的身上，说："为了虎尾族不再贡龟，为了保护九江之龟，只能献出小龟了。"

族长燎这样说，函心生不快，准备带小三足龟离开。函刚刚转身，就被族人们拦住。函想要挣脱，族人们一边拦截，一边等候族长燎的指示。族长燎走到函的身边，说："函不愿与小龟分开？"

函使劲点点头，表达自己内心的意愿。族长燎伸出一只手，接过卜官宾递来的白玉小象，面向卜官宾，郑重说道："函擅长与龟沟通，让他前去王邑，一同养护小龟。一年之后，小龟安然无恙，函返回九江。"

函听到这里，知道自己不会与小三足龟分开，心情稍稍平复。因为就要离开虎尾族，函略有不安。函手中的小三足龟伸伸龟首，仿佛明白族长燎的安排。族长燎安排函前往王邑，养护小三足龟，卜官宾不便拒绝。卜官宾盘算，此行将小三足龟带回，就算完成任务了。大王怎样处置小龟，由不得别人，更由不得这个虎尾族少年。

接下来，卜官宾通知随行的人准备上路，自己前去窑洞，取回随身物品。函独自回家，与家人告别。族长燎示意族人们散去，自己继续留在江边小树林，为即将上路的函和卜官宾送行。

函一个人跑着回来，小三足龟稳稳地趴在函的头顶。函一向裸露的上身，如今套着一具犀牛皮甲，皮甲用一块块犀牛皮缝制而成，如同没有衣袖的上衣，可以防御锐器攻击，只是腰围搭配皮甲的装束，看上去有些怪异。函手握一杆青铜短矛，手提一小筐小鱼小虾，青铜短矛属于尖头双刃器械，可以抵御野兽和恶人，小鱼小虾是为小龟准备的食物。

函看到族长燎，放慢脚步，低头前行，不知应该说些什么，心里有些委屈，又有些依依不舍，还有与小三足龟同行的欣慰。函沉默良久，告诉族长燎："函不会离开小龟。"

卜官宾走来，两个随从收拾停当马车，准备上路。卜官宾看到族长燎与函在一起，他向族长燎挥挥手，表示告别，径直走向马车。

函发现，族长燎手里有一样物件，骨头制成的，长度约有一拃。此物一头粗，一头细，一端系着皮绳，中间均匀排列着三个小孔，函认出这是一支骨笛。族长燎将骨笛递给函，说："这是虎骨制作的骨笛，无论函在哪里，只要吹起骨笛，燎就知道函在什么地方。"

函喉咙一紧，他突然意识到，自己就要一个人离开九江，离开虎尾族了。族长燎将骨笛的皮绳套到函的脖子上，看看函头顶的小三足龟，拍拍函的肩膀，说道："上路吧，孩子。"

函转身走向马车，一阵大风吹来，掀起函身后的腰围，露出腰围里的虎尾，仿佛在向族长燎告别。那一瞬间，族长燎心里咯噔一下，他恍惚觉得，函可能回不来了。

第六章 献龟

第六章

献龟

在人来人往的王邑南门，人们再次看到骑象女子桑。

桑从大象身上跃下，不似往日那般左顾右盼，她跟随在人们后面，牵着大象走向南门，准备进入王邑。大象在桑的牵引下，缓慢移动粗壮的象腿，似乎有些不太情愿。桑和大象接近南门时，突然被一位黑衣男子挡住去路，桑一时有些茫然。那人指着南门外面，示意桑同自己过去。桑不知道黑衣男子是谁，但感觉对方有话要说，就牵着大象随他去了。

黑衣男子来到南门外一角，桑跟着过去，不知对方意图。这时，桑看到旁边有一个羊圈，用树枝围起，里面圈养着几十只羊。桑对羊有一种天然的亲近感，她走到近前蹲下，伸手抚摸羊的脑袋，与羊亲昵一番。羊一只只围拢过来，把脑袋伸向桑，嗷嗷叫着接受抚摸，桑的心情放松下来。

桑只顾与羊亲昵，黑衣男子上前，将羊赶到一边，对桑说道："大象不能进入王邑，知道吗？"

桑半信半疑地看着黑衣男子，摇摇头，表示不知这个规定。桑起身打量对面的男子，此人穿一件黑色长袖大衣，长衣洁净平整，人也干练精神，还有几分威严。桑说出自己的疑惑："大象为什么不能进去？"

黑衣男子不容置疑地回答："大王规定，牛马猪羊之类，可以进入王邑，其余不准进入。"

羊圈里，一只羊试探着走来，渐渐靠近桑，桑回头看看，说道："大象特别听话，也不准进入吗？"

黑衣男子挥手将这只羊赶回羊圈，说道："不行，这是大王的规定。"

第六章 献龟

桑转身走向大象，边走边说："不准大象进入，那就走呗！"

桑说完，就要牵着大象离开。黑衣男子伸手拦住："别急，别急。"

桑停下脚步，说："不让进入，只能返回。"

黑衣男子挡住桑的去路，继续说道："留下大象，换走三只羊，羊可以进入王邑。离开王邑的时候，再把羊交还，带走大象就行。"

桑想想，拿不定主意。这时，身后传来叮当叮当的铃铛声，一个男人的声音传来："骑大象的，又来了！"

桑顺着声音看去，正是上次在王邑北门遇到的两个盲人，两人相互牵引，矮个盲人手里拎着小铃铛，叮当叮当响着，想必刚才大象鼻子发出声响，吸引了两个盲人的注意，他们顺着大象的声音走来。

桑指着黑衣男子说道："桑要进入王邑，有人说大象不能进入。"

高个盲人仿佛自语："没有听说不让大象进入啊！"

两个盲人干扰自己的行动，黑衣男子心怀不满，道："大王的规定，都要服从。"

矮个盲人的听觉、嗅觉特别敏感，听出对方是管理屠宰场的屠官干，听到骑象女子自称桑，便说："屠官大人自有办法，可以帮助桑进入王邑啊！"

原来，将桑引到南门外的黑衣男子，是管理屠宰场、圈养场的屠官干。屠宰场位于南门之外，在一片小树林后面，圈养场与屠宰场相邻，牛羊集中在圈养场，作为用于祭祀的牺牲，在屠宰场施行宰杀。屠官干顺水推舟，解释自己的行为："大象进入王邑，没有圈养的地方，自然需要帮助。"

桑知道两个盲人倾向自己，便把事情讲清楚："这位大人说，留下大象，带走三只羊，离开王邑的时候，用羊交换大象。"

高个盲人提醒桑说："物物交换，一头大象可以交换三十只羊，桑是不是听错了？"

桑这才明白，黑衣男子并非出于善意。屠官干听到这里，知道自己的企图泄露，准备溜走，说："跟两个瞎子说不清楚，不想交换，谈什么帮助。"

这时，后面传来一个女子的声音："屠官大人，帮就帮到底吧！"

桑顺着声音看到一位中年女子，她身着素色交领长衣，腰缠麻线编织的宽腰带，脚穿高帮平底丝履，身材挺拔，气度高雅。桑裹着兽皮腰围，穿着干草上衣，面对这样的装束和气度，第一次感受到什么是高贵典雅。

矮个盲人对声音敏感，听出来人是前书契卜官朱的妻子葛。屠官干自然认识葛，微微躬身，算是施礼。葛走到屠官干面前，站在桑的身边，说道："屠官大人，大象进城，确实不便，大象与羊交换，应该可以。"

桑初见这位中年女子，竟然有一种莫名的信任感。葛继续对屠官干说："按照物物交换的规定，今日带走三十只羊，离开王邑的时候，换回大象，可以吗？"

屠官干无法再蒙骗下去，大象与羊交换，他也没有损失，于是点头表示答应。葛拍拍桑的肩膀，示意她把大象送过去。桑听从葛的安排，立在大象耳边，向大象低语几句，一手抚摸着大象的鼻子，一手拍拍大象的身子，将大象送到屠官干的身边。面对高大威猛的大象，屠官干有点手足无措，退后一步，不知怎样牵引大象。桑将手腕上一个白色骨环取下，递给屠官干说："拿着这个骨环，大象就会听从指引。"

屠官干接过骨环——骨环由动物的骨头切割成片，打磨成光滑的圆环。屠官干拿在手里，试探着在大象面前挥一挥，引起大象的注意。屠官干转身走开，大象随即跟在后面，屠官干停下脚步，大象同样止步。屠官干看到大象服从指引，便对桑说："羊圈里的三十只羊，可以带走！"

桑巡视一番羊圈，确定了领头的羊后，将自己头上的羊角摘下，她拿着手里的羊角，与头羊的羊角触碰，然后打开羊圈，引领头羊出来。随即，头羊在前，羊群尾随在后，三十只羊秩序井然地来到桑的身边。

葛看到羊群服从桑的引导，不由轻轻点头，断定桑大概来自羊角族。屠官干对桑的族群身份有所察觉，同时关心自己可以掌控大象的时间，问桑："什么时候离开王邑？"

葛代桑回答："离开的时候，提前通知屠官大人。"

桑与大象分别，有些不舍，问屠官干："在哪里换回大象？"

在葛面前，屠官干只能照实回答，指着南门外一片小树林，说道："小树林后面，就是屠宰场，屠宰场相邻就是圈养场，大象就在圈养场。"

屠官干说完，向葛告辞，挥动骨环引大象离开。葛带领桑进入王邑，桑随在葛的身后，羊群尾随其中，两个盲人走在最后。大家经过南门，进入王邑郭区，又走了一段路程后，葛回头问两个盲人："有没有圈养羊群的地方？"

此时，一行人渐渐接近两个盲人的住处。高个盲人的方位感特别好，仿佛能够看见一般，他凭感觉抬手一指，表明前方不远就是两人的住处，说道：

第六章 献龟

"羊圈空着，把羊放在那里，什么时候离开，随时将羊带走。"

矮个盲人称高个盲人"大个子"，道："大个子的儿子季，眼睛看得见，可以放羊。"

桑想了想，摘下头上的羊角，递给高个盲人，说道："拿着羊角，无论走到哪里，羊都会一直跟着。"

高个盲人接过羊角，认为没有必要，便告诉桑："由季放羊，季看得见，不用羊角。"

矮个盲人很是高兴地说："拿着羊角，我们也可以放羊！"

高个盲人将羊角塞到矮个盲人手里，对葛说道："桑来王邑，好像要找人，盲人虽然不能看见，但是熟人特别多，可以帮忙。"

葛笑了笑，仿佛相信对方能够看到自己的笑容，说道："好的，一起帮助桑。"

随后，两个盲人引羊群离开，桑跟着葛走向朱圃。

这日，朱抄完《阴阳经》，在草棚下整理竹简。他挑选出错误的竹简，重新书写正确的竹简，替代错简。朱听到有人推门进入，以为是妻子葛归来朱圃，没有在意，继续检查手里的竹简。朱整理完毕，抬头看去，发现葛身后跟着一位年轻女子，女子腰裹兽皮、身着草衣、赤足，显然不是王邑之人。朱离开草棚，打量眼前这位异族女子。葛察觉朱的疑惑，说道："王邑南门之外，遇到前来王邑的桑，屠官干有意哄骗，多亏两位盲人帮助，葛便将桑带入王邑了。"

朱向桑微微点头，问葛："屠官干怎样哄骗？阻桑进入，还是羡其美色？"

葛来不及回答，她将桑引向朱圃大室，说道："桑先去换身衣服，这种装束，过于引人注意。"

朱看着桑的背影，桑的头上插着的玉笄，似乎有些眼熟。朱回到草棚，陷入思考。过了一会儿，葛和桑从大室出来，桑换上麻质素色长衣，草编木底鞋子，这是王邑平民的惯常装束，如此衣着，与王邑之人没有什么差别。

朱问葛："听说一位骑象女子，最近经常前来王邑……"

葛点点头，肯定朱的判断："就是桑。"

桑对葛有一种莫名的信任，不由说道："刚才说到帮助桑，桑为什么前来王邑，还没有问呢。"

葛干脆回答："无论为什么前来，都可以帮助。"

朱相信妻子的判断，笑着问桑："说说，为何来到王邑？"

桑直接回答："桑来找人。"

葛问桑："桑找谁呢？"

桑回答："只要见到，一定能够认出。"

葛笑了："那只能天天在王邑寻找，什么时候遇见，才算找到。"

朱招呼两人来到草棚，准备听桑细说。桑平日赤脚行走，穿上木底鞋子有些不适。葛搀扶一下，三人坐定。葛问桑："说说，当初怎么遇到要找的人？"

桑简单叙述事件经过："前些日子，一位男子在郊野打猎，从山上的树洞跌下，染上瘴气，患上热症，眼睛看不见了。桑将男子带回，哥哥为他祛除瘴气，解除热症，桑用香草给他疗伤，用药草治疗眼睛，最后让大象把男子送走了。"

葛问："男子没有介绍自己吗？"

桑回答："只说来自王邑。"

葛说："王邑无数男子，从大王到平民，怎么找啊？"

桑表示："哥哥说，男子不像平民。"

朱问："有没有留下什么物品？"

桑这时想起，刚才在室内更换衣服，随身物品放在那里，便起身说："有，桑去拿。"

桑起身离开，朱看着桑的背影，再次察觉桑头上的玉笄眼熟，突然想起什么，问葛："桑来自……"

葛告诉朱："羊角族。"

这时，桑从大室返回，手拿白玉小龟。朱起身接过小玉龟，沉思片刻，递给身边的葛："好漂亮的小龟！"

葛看了看，仿佛见过，没有细想，问桑："桑有没有物品给男子？"

桑说："羊角族的兽皮腰围，一面绣着三个白色羊角，另一面有三个红色羊角。"

桑表明自己的羊角族身份，葛将桑带回的原因，朱自然明白，说道："桑别着急，安顿下来，总能找到。"

第六章 献龟

桑对两人的好意有点好奇："为什么帮桑？"

朱对葛笑笑，指指桑头上的玉笄，对葛说："让桑住在后面小室，给桑讲讲吧！"

葛明白朱的意图，带桑绕过大室，走向朱圃后院。桑突然蹲下身子，脱下木底鞋子，揉揉双脚，对走在前面的葛说："桑不想穿这木鞋！"

葛转身面对桑说："走过来看看。"

桑原本赤足行走，如今穿上木底鞋子，特别难以适应。桑站起来，重新穿上鞋子，小心迈出一只脚，再迈另一只脚，因为过于小心，第二只脚没有放平，身子一歪，几乎跌倒。葛上前搀扶，说："脱下来吧！王邑也有许多不穿鞋子的人。"

朱圃后院，有一间坐西朝东的小室，平日为朱专用。如今正值炎热季节，朱移至草棚阅读书写，小室暂时不用，桑可以居住。葛拿来草席、麻布等用具，为桑收拾睡觉的地方，桑对葛说："这些事情，桑自己能弄。"

葛问："桑的哥哥，是不是羊角族的族长姜？"

桑点点头，她不甚明白，葛怎么知道哥哥的身份。桑私下以为，自己遇到葛，实在幸运，一定也能寻到那个男子。桑铺设草席，葛在心里整理准备讲述的故事——这是一个关于羊角族与虎尾族的故事，关于羊角族的姜与虎尾族的朱的故事。那时，姜并非羊角族的族长，而是羊角族老族长的儿子；那时，朱不是契刻卜官，只是虎尾族的一个青年……

许多年前，九江的虎尾族丢失一只大龟，根据族人得到的线索，虎尾族的一支队伍北上寻龟，与远在西北的羊角族发生战事，羊角族大胜，俘获许多虎尾族人。羊角族人既想让被俘的虎尾族人具备劳动力，又想控制他们的战斗力。于是，羊角族老族长决定，刺瞎虎尾族人的一只眼睛，保留虎尾族人的劳动力。

羊角族俘获的虎尾族人中，有一个尾巴特别短的虎尾族青年，身受刀伤。老族长让儿子姜带走这个青年，指示姜刺瞎青年的眼睛，让虎尾族青年成为姜的奴隶。姜把虎尾族青年带进丛林深处，避开所有族人的视线。姜并未刺瞎他的眼睛，而是用刀子割断捆绑他的皮绳，放了虎尾族青年一条生路。虎尾族青年明白过来，不胜感激，拔下头上一支玉笄，留作信物，然后逃离羊角族领地。羊角族老族长的儿子姜，就是如今的族长姜；那个逃跑的虎尾族青年，就是葛的丈夫朱。

后来，朱离开西北，在返回九江的途中，来到王邑附近，刀伤发作，被王邑的老书契卜官收留，请当时的太医为朱疗伤。朱身体康复之后，老书契卜官将技艺传授于朱，还将自己的女儿葛嫁给朱。后来，朱一直留在王邑，直到老书契卜官离世，他接替书契卜官的职务，没有返回九江……

葛讲述完毕，桑取下头上的玉笄，拿在手里端详，想起临行之前哥哥所说，"送玉笄的人，就在王邑之中"。桑此时明白，老族长的儿子姜，就是自己的哥哥，现在的羊角族族长姜。葛接过玉笄，端详一番，指着室外的朱，点点头说："桑的哥哥，就是朱的救命恩人。"

桑特别庆幸，王邑之行遇到葛，见到朱，安顿在朱圃，有他们尽心帮助，自己在王邑寻人总算有所依靠。桑同时感激哥哥，当初的悲悯之心，改变了虎尾族青年的命运，间接帮助到今天的自己。

卜官宾及函一行，由南而北，日夜兼程，终于看到远处的王邑。卜官宾命令马车停止前行，自己跳下马车，招呼函随同下车。两人来到路边大树下，卜官宾拿出准备好的一套衣服，让函换上。

在王邑的时候，卜官宾平日穿着右衽素色长衣，前襟过膝，后裾齐足。这次南行九江，考虑到出行方便，卜官宾穿着右衽短衣，配以宽大裙子，脚穿兽皮高帮平底靴。卜官宾随身准备的三套衣服，都是麻布制成，两套质地偏厚，一套质地偏薄，薄衣是为南方炎热天气准备的。卜官宾认为，进入王邑之后，必定马上面见太卜涂，还有可能拜见大王，必须注意函的形象。卜官宾给函一套麻布厚衣，函脱下皮甲，放入袋子，换上一件右衽短衣，配上一条宽长裙子，原来的腰围系在裙子外面，起到腰带的作用。这样的装束，便于掩藏函的尾巴，不易被外人察觉。卜官宾没有多余的鞋履，函赤足行走，王邑之内多有光脚的人。卜官宾不想让别人看到小三足龟，函从头上取下小龟，放入袋子。

马车重新上路，渐渐驶近王邑南门，卜官宾心情放松下来，让马车放慢速度，思考面见太卜涂的时候，怎样描述九江寻龟的过程，以表明寻龟之用心，得龟之艰辛。马车渐行渐近，突然之间，太卜涂闯入卜官宾的视线，把卜官宾的思绪拉回现实。卜官宾稍稍一愣，急忙跳下马车，走向站在道路中间的太卜涂，刚刚准备的说辞，瞬间飞到九霄云外去了。

根据驿站传回的消息，加上自己筮草占卜的结果，太卜涂大概推断出卜官宾到达王邑的时间。今天，太卜涂独自来到南门之外，站在一棵浓密的大树下观望南边驿道，等候卜官宾的到来。听到马蹄声声，看到马车行驶扬起的尘土，太卜涂离开大树，走到道路中间，拦下正在行驶的马车。

卜官宾跳下马车，回头招呼函赶紧下车。函来到卜官宾身边，太卜涂已经返回树下。卜官宾打量函的装束没有不妥之处，让函跟随在自己身后，走向太卜涂。距离太卜涂还有十余步时，卜官宾示意函原地站立，自己一人上前，面见太卜涂。

太卜涂观察远处站立的少年，少年手提一个袋子，袋中似乎有物活动。太卜涂面对卜官宾，摊开手掌，将手里的一个物件递给卜官宾。卜官宾急忙接过，定睛观看，这是一件青色玉器，人们往往称其为"玉龙猪"。玉龙猪身子蜷曲，形成环状，嘴巴前突，类似猪嘴，额前和鼻子上方刻着数道横纹，面部褶皱明显，形象更加凶狠。玉龙猪上有一孔，系上绳子，可以悬挂胸前。卜官宾很是惊喜："玉龙猪！"

太卜涂解释："所言大谬，此物非猪非龙。据涂细察，乃是孑孓，即蚊子的幼虫。幼虫太小，常人不识其形。蚊子吸血，易传疾病，理应灭其幼虫。青玉孑孓，有辟邪清祓之义。"

卜官宾听到这番解释，十分新奇："竟是孑孓，此虫甚小，雕刻如此逼真，确是非凡功力啊！"

太卜涂继续表达赠送此物的含义："取龟一职，常年在外游走，察龟寻龟。佩戴此玉，可以被除危险，祈得平安。"

卜官宾躬身施礼，原本强调寻龟周折的说辞，全部抛到脑后，急忙叙述寻龟经过："谢太卜大人。九江之行，承蒙大王恩泽，不辱使命，寻得三足龟。"

太卜涂心中甚喜，没有流露出来，只是许诺："如若大王满意，俘获外族女奴，可以多多赏赐给宾。"

卜官宾指指身后站立的函，说："九江遥远，气候炎热，在虎尾族族长燎的帮助之下，全力寻找三足龟。函是虎尾族人，擅长与龟沟通，由函手中得到三足龟。"

太卜涂看着站立的少年，问道："为何带回此人？"

卜官宾回答："函非同常人，三足龟就在函的手中。为了得到三足龟，宾以大王的名义，承诺虎尾族不再贡龟。族长燎派函同来，可以养护三足龟，保证万无一失。三足龟的习性，毕竟无人知晓。"

太卜涂再问："大王得到三足龟，如若杀之食之，此人怎样处置？"

卜官宾没有表明三足龟大小，其实心中知道，三足龟如此之小，不能马上杀之食之。对于太卜涂的问话，卜官宾只能回答："还是请太卜大人看看三足龟吧！"

初次察看三足龟，需要避人耳目，太卜涂早有计划："西行不远，即是少丘。少丘山上，平日无人。"太卜涂转身便走，卜官宾招手示意，函迅速跟上。三人前后相随，不一会儿，来到少丘山下。

王邑南门之外，地势开阔平坦，少丘山霍然凸起，山并不高，据说是天上掉下的石头形成的。山间溪水潺潺，山上松柏密植，沿着山路上行，步步有景，层层生幽。太卜涂脚力十足，很快登到半山处，在一处山崖下站立，卜官宾和函随后赶到。函手提装有三足龟的袋子，站在山崖对面，等待卜官宾的指令。太卜涂对卜官宾说："看看！"

小三足龟个头很小，卜官宾担心太卜涂失望，急忙铺垫说明："九江多龟，都是四足龟。此三足龟是九江唯一，能够得到，实乃天意。"

太卜涂一心希望看到三足龟，卜官宾招手示意，函提着袋子走来。太卜涂挥挥手，示意函停止上前。卜官宾过去接过袋子，函有些不太情愿，但只能交出袋子。卜官宾接过袋子，函准备跟随上前，被太卜涂再一次制止："就站在那里！"

卜官宾回头示意，让函停下脚步。卜官宾来到太卜涂面前，蹲下身子，小心打开袋子，一只手探入取出小龟，另一只手急忙跟进，加以保护，双手将龟送到太卜涂面前。

太卜涂打算依照卜官宾的动作，接过三足龟，以便仔细察看。太卜涂一只手卡住龟壳，另一只手刚准备伸过去，小三足龟突然发力，从太卜涂手中挣脱，高高跃起，飞身越过卜官宾，稳稳落在函的头顶。函仿佛意料之中，头上顶着小三足龟，看着太卜涂和卜官宾慌乱的样子，不由笑了。

太卜涂一时惊惶失措，狠狠怒视卜官宾，卜官宾吓得连连后退。太卜涂迅速镇定下来，让卜官宾把函叫到自己身边，太卜涂围着函，细细察看函头顶上的三足龟。太卜涂注意到，三足龟的后足特别粗壮，后足的鳞片大而且厚，后足上面的尾巴看似短小，实则很粗壮。

太卜涂通过卜官宾转告，让函将三足龟托在手中，自己变换角度继续察看。太卜涂猛然发现三足龟实在太小，若要食用，去除龟壳、龟骨、内脏等，没有多少可食之肉。太卜涂心中失望，责问卜官宾："这就是九江寻到的三足龟？"

卜官宾察觉太卜涂的失望，急忙解释："族长燎说，小三足龟不是九江之龟，由很远很远的地方迁移而来，九江没有三足龟。"

太卜涂遗憾说道："毕竟太小……"

太卜涂的遗憾，卜官宾心中明白，小三足龟根本无法食用。

卜官宾转换角度，向太卜涂强调："小龟虽小，却有异象。三足之龟，就是异物。龟壳中间高凸，边缘陡削，呈小山状，就是神龟啊！"

太卜涂再度察看，一般龟壳中间略高，四周平缓，小三足龟中间高凸，边缘陡削。太卜涂心想：确有异象啊！

卜官宾献计："太卜大人，三足龟实在难寻，可否先呈大王一看。如若大王不满，可以告知大王，函有养龟、护龟能力，保证小龟快快长大。这样可以拖延时间，另想办法，再寻大三足龟。"

太卜涂不是不明白，这样奇异的小三足龟，能够寻到，实属万幸，再寻大三足龟，几乎没有可能。如今只能将小三足龟呈给大王，见机行事。

当天午后，太卜涂、卜官宾在仆臣奚的引领下，进入宫城大堂区，前去觐见大王。原本，太卜涂不想带函前往，卜官宾小心提醒，在大王面前，如果三足龟出现异常，函不在现场，恐怕局面失控。太卜涂联想到少丘山上的一幕，于是心有顾虑，不得不将函一起带来。

进入大堂之前，太卜涂让卜官宾叮嘱函，必须服从指示，不准随便说话，不得擅自行动。函提着袋子，袋子里面装着小三足龟，跟随在卜官宾后面，依照卜官宾的吩咐，低头默不作声。进入大堂区，函看到高高矗立的华表，宏伟壮观的大堂，知道此行非同一般，便小心地跟随在后，竖起耳朵，准备随时听从卜官宾的指示。

仆臣奚报告大王，太卜涂与卜官宾求见，大王猜测与三足龟有关。大王在大堂外的廊道踱步，由三足龟联想到闻的腿疾，进而联想到王位继承，因为即将看到三足龟，他心中生出一些欣慰。

难道三足龟如此容易就寻到了？这个念头一经冒出，大王稍稍有些不安，步态有些混乱，掩藏在内心深处的焦虑，慢慢浮现出来。仆臣奚看到大王，立即率众止步，等候大王指示。大王主动走出廊道，问太卜涂："九江之行，寻到三足龟了？"

太卜涂小心翼翼地回答："大王，九江多龟，多是四足龟。此三足龟，确是九江唯一，能够得来，实乃天意。"

大王听说确实寻到三足龟，心中暗喜，没有流露出来，再问："九江唯一，如何得到？"

太卜涂侧身让出后面的卜官宾，说道："卜官宾前去九江，找到虎尾族，族长燎指派擅长与龟沟通的人，全力寻龟，终于得到。"

大王的视线转向卜官宾，看到卜官宾身后的函，猜测这个少年就是虎尾族人。卜官宾察觉大王注意到函，急忙解释："族长燎派这个少年一路随行，保护三足龟。"

大王想起祖先的旧事，长叹一声："当年，没有虎尾族老族长相助，恐怕玄鸟族早已衰落，没有今天了！"

太卜涂知道，大王的祖先就是玄鸟族的一支，当年玄鸟族杀龟食龟，虎尾族老族长紧急相助，玄鸟族脱离灾难，得以迁移。太卜涂对大王说："虎尾族当年相助，今日再献三足龟，两个族群实在有缘啊！"

太卜涂说完，大王突然对虎尾族的尾巴产生兴趣，问卜官宾："据说，虎尾族人都有一条老虎尾巴？"

卜官宾听到这里，向身边的函低语："给大王看看！"

函退后一步说："虎尾族的尾巴，不能给外人看。"

卜官宾的声音虽然很低，分量却不轻："大王要看！"

函的声音很低，不容置疑地说道："宾的大王，不是函的大王。"

大王没有听到卜官宾和函说些什么，察觉函并不情愿，随即转移话题："看看三足龟吧！"

太卜涂心怀忐忑，担心大王责怪小三足龟太小，没有食用价值。卜官宾心存顾虑，担心小三足龟行为异常，出现闪失。太卜涂招呼卜官宾道："取三足龟，函也过来，请大王察看。"

卜官宾让函取出小三足龟，两手接过，一手捏紧小龟的龟壳，一手护着小龟，走向太卜涂。函跟随在卜官宾身后，亦步亦趋，不让小龟脱离自己的视线。按照程序，应由太卜涂接过小三足龟，请大王察看。太卜涂小心翼翼地接过，一手用力抓紧龟壳，一手托着小龟，镇定一下，慢慢走向大王。太

第六章 献龟

卜涂走近大王，大王伸出双手，准备用同样的动作接过小三足龟。太卜涂一时犹豫，不敢违背大王的意愿，但又担心小三足发生意外，双手颤颤巍巍递过去……就在太卜涂松手的一刹那，小三足龟突然发力，从太卜涂手中跳脱，高高跃起，落在大王头顶上了。

太卜涂大惊失色，身子向后一仰，几乎跌倒在地。卜官宾距离大王略远，看到小三足龟突然跃起，一时慌乱，不知所措。函平日经常把小三足龟放在头顶，没有觉得小龟行为异常，只是没有料到小龟跃向大王。函的视线转向卜官宾，通过目光询问是否可以上前取下小龟。小三足龟端坐在大王头顶，伸着小脑袋，东瞧瞧西看看，若无其事的样子。大王摇晃脑袋，感觉小龟稳稳顶在头上，笑道："天意，天意！"

卜官宾担心大王恼火，听到大王这样说，他松一口气，附和着说："天意，天意。"

大王头顶小龟，面带笑容，函对大王产生好感，心想：大王喜欢小三足龟，这是好事啊！

太卜涂稍稍缓过神来，回想刚刚发生的一幕，内心的恐惧并未消解，大王当下没有发怒，并不意味此事罢休。

于是，太卜涂立即转动大脑，寻找合乎情理的解释，化解发生意外的尴尬。太卜涂说道："大王，涂盼龟心切，白日入睡，便得一梦，在太山最高处，三足龟伏于巨石之上，悠然自得。太山是东方名山，登上太山之巅，可与上帝交流。今日，大王头顶三足龟，昭示大王登临太山，雄踞东方。三足龟拜见大王，灵性大显，自然就是神物。"

大王听到太卜涂这一番话，欣然说道："天意，灵性，神物，好！"

卜官宾赶紧上前，有意取下大王头顶的小龟，不敢贸然出手，也不知如何下手。卜官宾回头向函示意，函立即上前，走近大王，伸出双手。小三足龟看到函的动作，心领神会，从大王头上跃下，稳稳落入函的手中。大王观察面前的函，看着函手里的小三足龟，心中暗想：这个虎尾族少年，确有异于常人之处。

小三足龟跃到函的手中，回转龟首，看向大王，伸伸小脑袋，仿佛在向大王致意。卜官宾看到小三足龟的神态，发觉大王有意细细察看，于是轻轻推了一下函。函距离大王更近，以便大王看得更加清楚。

太卜涂注意观察眼前的事态发展，继续化解尴尬，道："三足龟跃下，便于大王细细察看。三足龟的后足，粗壮多鳞片，有龙爪的威风；三足龟的龟首，游动而机警，有灵蛇的敏锐；三足龟的龟壳，厚重而高凸，有高山的气势。三足龟见到大王，跃上跳下，一派精神，绝非偶然，实则神灵感应！"

太卜涂反应之机敏，言辞之周全，令卜官宾心生佩服。大王围绕着小三足龟，前后察看，没有因为龟小而失望。卜官宾原有的顾虑和担心，稍稍消解。大王停止观察，转向卜官宾，问："九江唯一？"

卜官宾犹疑一下，还没有回答，就听函说道："族长说，九江没有三足龟，三足龟是从很远的地方迁移过来的。"

卜官宾急忙回答大王："确是九江唯一！"

大王点点头，语气平静，对太卜涂说："小三足龟，先行喂养吧！"

太卜涂急忙表示："喂养之事，早有准备，虎尾族的函，就是最好的养龟人。"

大王继续吩咐："在馆舍挖一水池，供小龟戏水。养龟护龟之事，不可小视！"

太卜涂立即回应："卜官宾与函一起，专事养龟护龟。"

大王没有因三足龟太小而责怪，卜官宾感到侥幸；太卜涂让自己专事养龟，完全限制自己的行动自由，卜官宾心有不快，却不便反驳。

大王吩咐完毕，重新返回大堂。仆臣奚向太卜涂挥挥手，示意他们可以退下，自己跟随大王而去。太卜涂目送大王进入大堂，一边转身离开，一边对卜官宾说："人在龟在，必须万无一失。"

卜官宾紧走几步，跟上太卜涂道："大王最后说到小三足龟，听其语气，还是因龟小而失望了。"

太卜涂没有停下脚步，说道："先行喂养，不再寻龟，就是万幸。"

第七章 宗庙

第七章
宗庙

桑在朱圃几日，不得外出，心里着急。

前来朱圃的人，或拜访朱请教书写、契刻的技艺，桑走近看看，不知他们在捣鼓什么，没有多少兴趣；或面见葛，学习编织器物、缝制衣物的技术，桑凑前看看，稍稍有些兴趣，却没有多少耐心。桑前来王邑找人，朱和葛答应帮助，特地叮嘱桑："别着急，安顿下来，总能找到。"

桑心情急切，葛便答应桑，带桑在王邑走一走，开始寻人。桑很是高兴，回到小室装扮一番，再走出来，素色长衣外面裹上了兽皮腰围。这样的装扮，使桑看上去朴素之外，多出一分英气。

葛和桑离开朱圃，一路向北。王邑面积不大，葛打算带桑四处走走，希望能遇到桑感觉熟悉的面孔，然后顺藤摸瓜，继续寻找。葛在前面引路，桑边走边看，打量过往的男子。桑走得慢，葛不时停下脚步，等桑赶上，然后一起前行。

两人一路前行，来到王邑北部的郭区，这里有一处日间开设的集市，商贩集中于此，售卖各种生活用品，包括陶器、青铜器、玉器、葛麻、谷物等，或物物交换，或以海贝作为钱币，双方进行交易。如此繁华的集市，人们来来往往，好生热闹，桑平生没有见过，不由放慢脚步，东张西望。桑流连在商贩面前，看到稀罕的物品，拿起仔细端详，寻人的心情不再急迫。商贩们注意到这个异族女子的别样美丽，一边向桑推销物品，一边主动搭讪，希望桑在自己摊位多多停留。

葛最初引领着桑，穿行集市，驻足摊位，东瞧瞧，西看看。后来，葛停留在自己感兴趣的摊位，不时瞅一眼桑，保证桑在视线之内。百密总有一疏，在行人密集的十字路口，桑看到贩卖羊角的摊位，被造型奇特的羊角吸引。桑平日佩戴羊角，羊角由底部向上延伸，只弯曲一次，而这里的羊角有多次弯曲，向上、向下、再向上，羊角的长度和弯曲程度异乎寻常。桑拿起羊角，放到头上比画，有心得到羊角，她抬头向葛求助，竟然不见葛的身影。桑急忙放下羊角，离开商贩摊位，站在十字路口，四下张望，依然没有看到葛在哪里。桑这个路口寻一段，那个方向找一遍，都没有葛的身影，不免有些慌张。

桑重新回到十字路口，拿定主意，决定凭借自己的感觉，辨识路线，独自返回朱圃。十字路口各个方向都有商贩，摊位相仿，道路相同，很难确认来时的路线。桑借助刚才看到的建筑物，辨识来时路线，最终断定一个方向，径自走去。返回朱圃本应向南，桑却走向王邑的西边，沿着错误的路线，她很快走近了王邑的西北角。

王邑的西北角，坐落着大王的宗庙，如今正在重新修建。所谓宗庙，是大王祭祀先王、先妣等祖先的场所。至高无上的天神，大王称为"上帝"，自己的列祖列宗，大王称"帝"，极为崇拜。在大王及族人看来，祭祀祖先能够清被灾祸，保佑世人，祭祀祖先的隆重仪式，就在宗庙举行。

宗庙位于王邑西北角，北面是一片参天大树，平常无人来此。宗庙西临洲水，宗庙南面与寝宫区连成一片，由寝宫出来，可以直接进入宗庙正门，便于大王等人进出。宗庙东边与北部郭区相邻，有低矮土墙隔离，平民一般不能涉足。近日宗庙重新修建，因为搬运物品需要进出，低矮土墙已经拆除。平民行到此处，往往驻足观望，停留片刻就会走开。如果遇到祭祀仪式等重要活动，就会停下脚步，看个热闹。

宗庙重新修建，依照规仪，有奠基、置础、安门、落成四大程序，同时举行四种祭祀活动。今日正逢"置础"，即安置支撑宗庙柱子的石础，石础之上安放立柱，立柱上面架设宗庙屋顶的梁椽。置础必须举行相应的祭祀仪式，包括"人牲"祭祀等内容，由占卜机构的最高长官太卜涂主持。所谓人牲祭祀，就是使用棍棒将活人击毙，作为祭品埋在祭祀坑中。此时，宗庙现场就有一男一女两个孩子，作为祭祀"人牲"。

宗庙的露天祭坛之上，摆放着大王先祖的灵牌，灵牌左右各自蹲伏着一只玉龟，仿佛守护着灵牌。祭坛东侧竖立着两根木桩，两个孩子分别绑在木桩之上。男孩梳一个朝天辫子，女孩的多条小辫散在脑后，两人看似十几岁的样子。男孩、女孩胸前悬挂着玉石胸饰，上面雕刻着鸟首人身，这是男孩、女孩去往大王先祖世界的信物。两个孩子嘴里填充着贝币，贝币带给大王的先祖，供先祖在另一世界使用。男孩、女孩的面部被黑色麻布包裹，孩子们不能看到外面的世界，外界也无法察觉两人的惊恐。

男孩、女孩面前已经挖好长方形的人牲坑，只要太卜涂一声令下，刑者就用手中的粗大棍棒击打孩子的头颅。失去性命的孩子跌入坑中，沾上鲜血的棍棒抛入坑内，用土石将孩子和棍棒一起覆盖，最后在土石之上安放柱础，祭祀仪式就完成了。

桑由王邑北部的集市向西行走，以为走上了返回朱圃的路，实际却走向王邑的西北角，接近正在施工的宗庙。

桑首先看到四个戴面具的人，他们依次排列，立于祭坛前面，头戴硕大的方形面具，扮出一副凶神恶煞的样子。桑起初感到好奇，走近宗庙向里张望。在羊角族的狂欢活动中，族人也会戴上夸张的羊脸面具，围着火堆跳舞，桑对面具并不陌生。羊角族的面具大眼大嘴，看起来形象温和。这方形面具极度夸张——巨大的方形面具，相当于人的三张脸大小；面具上部竖立着两个眼睛，两眼的间距很宽，呈现惊愕的表情；眼睛下面有一个倒三角形，如同尖尖的利刃，相当于人的鼻子；鼻子下方，有一张血口白牙的方形大嘴，看起来吃人的欲望十分强烈；面具的左上角和右上角，向外伸出牛角似的尖锐物。面具的整体形象似人似鬼，十分凶煞。

桑仔细观察，四个面具人手握粗大棍棒，臂上涂着红黑相间的图案，图案形象是鹰的利喙，尖锐、夸张而刺目。随后，四个面具人分为两组，走向祭坛东侧的两根木桩，木桩上各自捆绑着一个孩子。两个孩子赤足、文身，面部被黑布包裹，腰间缠着兽皮腰围，估计是族群交战俘获的异族孩子。桑甚至感觉有点像羊角族的孩子，只是没有佩戴羊角族特有的羊角。

桑顺着面具人的视线，看到祭坛前面的太卜涂。桑不知道此人是谁，只见对方装束怪异，神态威严——他身穿深色兽皮缝成的宽松长袍，长袍上面涂着一道道血印，仿佛鲜血溅上的不规则印迹；束发高耸，如同蛇向上伸展，顶端系一条红色丝带；手中握着一件圆柱形玉器，玉器顶端呈现凸出的半圆形，类似男性的性器。桑随即看到，这个装束怪异的人走近祭坛，将圆柱形玉器放在灵牌前面，后退几步，视线转向木桩后面的面具人，随后慢慢举起右手，向天空伸出食指……

桑的视线重新回到木桩，发现孩子身后的面具人举起棍棒，桑突然产生不祥之感——难道他们要棒杀孩子？桑不由浑身战栗，她意识到，祭坛前面这人右手落下之时，就是棒击孩子的那刻。桑没有多想，一手扯掉兽皮腰围，解下腰间皮鞭，手握皮鞭，视线盯着孩子身后的面具人。桑的鞭子倏地飞出去，又倏地飞回来，唰唰两声鞭响，砰砰两次鞭打，孩子身后各有一位面具人木棒落地。另外两位面具人看到这一幕，高举的棍棒忘了落下。

太卜涂举起的右手还未落下，就听到传来几下声响，他看到两个刑者棍棒落地，甚是惊讶。受伤的刑者扯下面具，一手握着被击伤的手，寻找鞭子飞来的方向。太卜涂目光敏锐，视线迅速捕捉到执鞭的桑，手指桑的方向。没有受伤的两位刑者扯下面具，率先飞奔过去，两位受伤的刑者随即扑上，共同捉拿挥鞭伤人者。桑没有躲闪逃避，准备将鞭子缠回腰间，几个刑者岂肯罢休，他们一把抢过桑的鞭子，将桑的双臂拧到身后，用鞭条捆绑桑的双手，然后将桑推到太卜涂面前。

太卜涂站立在原处，上下打量面前的桑。太卜涂看出，女子着装与王邑之人相仿，但高鼻深目的特征，异于王邑之人。女子挥手出鞭如此利落，面临困境没有惧色，可能属于异族之人。

两个受伤的刑者显露真实面目，一人是屠宰场的屠官干，一人是屠官干的手下屠人克。桑改变装束，不似进入王邑时的异族模样，屠官干一时没有认出。屠人克是一位二十岁左右的男子，看到挥鞭者竟然是一位年轻女子，甚是诧异，原本受到鞭伤，火冒三丈，此时却有些佩服女子的鞭术。

屠官干自觉受辱，向太卜涂建议："一并处死，用作人牲。"

太卜涂没有在意屠官干的建议，问桑："为何出手伤人？"

桑并没有回答，反问："为什么棒杀孩子？"

太卜涂并没有显露不高兴的神色，笑笑道："先要回答问题！"

屠官干手上流血，吼道："太卜大人，处死这个女子！"

桑继续追问："两个孩子是不是羊角族人？"

屠官干根本听不进桑说什么，叫道："甭管两小奴是什么族，都得处死。"

太卜涂收起笑意，说道："还是没有回答问题啊！"

桑对太卜涂说："不能棒杀孩子！"

太卜涂不再需要桑的回答，一边走向祭坛，一边说道："修建宗庙，人牲祭祀，是先王定下的规矩，不能违背。看来，有人想要自寻一死！"

屠官干领会太卜涂的意思，将桑推向两个木桩之间，自己站在桑的身后，准备随时行刑。屠人克犹豫一下，在屠官干的逼视下，回到原先的位置，准备执行棒杀人牲的命令。在屠官干的指示下，另外两位刑者找来挖土工具，在桑站立的前方，开始挖掘新的人牲坑。两人力大心急，人牲坑很快开掘成形。

太卜涂依旧站在祭坛前面，看着挖好的人牲坑，扫视屠官干身前的桑，似乎在衡量坑的大小是否合适。随后，太卜涂抬头看向祭坛，确认自己正对祭坛，准备再次启动祭祀仪式。太卜涂自言自语："何必自寻一死呢！"

桑沉默不语，虽然不能拯救两个孩子，但是自己和孩子们一起赴死，也是尽力了。太卜涂没有听到桑的回答，也在意料之中，说道："罢，罢，一起去见先王吧！"

太卜涂重新举起右手，准备下令行刑。突然，一阵匆忙的脚步声传来，随即响起一个女人的声音："桑怎么在这儿，发生了什么？"

太卜涂顺着声音看去，发现师母葛来到宗庙东侧，走向桑站立的位置。

葛在集市不见桑的踪迹，四处寻找，没有结果。有商贩看到桑的去向，葛听说之后，顺着西去的路径，很快来到宗庙附近。葛听到里面声音喧哗，走近宗庙察看，发现桑竟在其中，身后还有男人站立。葛走近桑，发现桑的双臂被绑在身后，转身看到祭坛前面的太卜涂，更加糊涂。葛走向太卜涂，问道："怎么……怎么把桑捆起来了？"

葛称女子"桑"，还流露出关切的神态，太卜涂也糊涂了，问："师母认识这个女子？"

"桑是葛的救命恩人啊！"葛不便说出真实情况，随口编出一个理由，将桑说成自己的救命恩人。

太卜涂没有容葛细说，解释情况："涂奉大王之命，修建宗庙，今日置础。依照先王规定，两小奴用作祭祀人牲。此女子突然闯入，鞭伤两位

第七章 宗庙

刑者，扰乱祭祀仪式，必须一并处死，以祭先王。"

葛基本明白事情经过。她观察桑和孩子身后的刑者，两人受伤的手还在流血，葛认出其中一人是屠官干，更加清楚问题的严重性。葛向太卜涂请求："桑来朱圃，暂住几日，没有料到惹出此事。如果将桑处死，葛怎么向桑的家人交代呢？"

屠官干听葛这样说，再度观察身前的桑，确认桑就是南门遇到的骑象女子，没有料到不仅再次相遇，还鞭伤自己，使自己蒙受侮辱。

太卜涂回答："师母所求，本应宽恕。不过，扰乱宗庙祭祀，是为大罪，如不严惩，大王就会怪罪下来！"

太卜涂这样解释，葛更加为难，道："这可怎么办呢？这就等于葛把桑害了啊！"

太卜涂看似为葛着想，其实是在推托，道："除非……除非师母去求大王。"

葛很是无奈地说："大王？葛怎么能去求大王呢？要不……涂替葛求求大王？"

太卜涂摇摇头说："涂主持置础仪式，如若去见大王，岂非擅离职守？"

此时，屠官干更加着急，视线紧盯太卜涂，示意三位刑者抄起木棒，等待太卜涂的号令。当初以羊换大象的不快，今天的鞭伤受辱，使屠官干棒杀桑的欲望更加强烈。

这时，宗庙正门传来声音，有人从寝宫区来到宗庙，听上去脚步混乱。葛转身看去，来人是闻，她突然醒悟，闻是大王的弟弟，自然能够面见大王。葛迅速上前，脚不慎被石块绊了一下，几乎跌在闻的面前，被闻双手扶住。葛重新站稳，发现闻的身体慢慢滑落，嘴里喷出些许酒气，显然已经喝醉。葛将闻搀扶起来，使劲支撑着闻的身子，喊道："闻，闻……"

闻用力站稳，看看眼前的葛，瞅瞅不远处的太卜涂，问道："怎么都在这里？"

太卜涂一直没有离开站立的位置，看到醉酒的闻，言语之中含有斥责："酒已喝多，快去醒酒吧！"

葛将闻视为救命稻草，搀扶着闻说："闻帮帮葛，这里就要杀人啦！"

闻推开葛，跟跟跄跄走向太卜涂问："杀人，为什么杀人？"

太卜涂不愿与醉酒的闻对话，但碍于闻的身份，只得进行解释："今日修建大王宗庙，正当置础，将两小奴作为人牲。一个女子突然闯入，鞭伤两位刑者，扰乱祭祀仪式，必须一并处死，就这么简单。"

太卜涂说完，闻依然懵懵懂懂，断断续续说道："宗庙……置础，小奴……人牲，女子扰乱，一并处死？"

葛急忙上前，搀扶着闻，向闻解释："桑是葛的救命恩人，如果在此处死，无法向桑的家人交代啊！"

闻依旧酒醉不醒，摇摇头说："不要杀人，不要杀人嘛。"

太卜涂向闻解释不清，有些厌烦，无奈表示："除非拿来大王指令。"

闻一把推开搀扶自己的葛，努力站稳身子，说："闻……闻去找大王！"

闻跌跌撞撞，离开宗庙，返回寝宫，去找大王。闻走下台阶的时候，险些摔倒，葛急忙向前，搀扶起闻。闻歪歪斜斜去往寝宫。葛长叹一口气，将希望寄托在闻的身上。太卜涂很是气恼，责怪自己提及大王。此时，他不便再发令处死三人，只能耐心等候闻的消息。

桑当时一腔热血，险些与两个孩子一起赴死，葛及时到来，桑求生的欲望重新被唤醒。太卜涂拒绝葛的请求，桑的精神再度紧张，突然感到一阵恍惚，思绪愈发纷乱——难道自己前来王邑寻人的结果，就是一死吗？如果葛不能救助自己，还有什么办法吗？

正在危急关头，桑看到又来了人，葛向此人求助，虽然不知来者何人，却平添一线希望，求生的火苗重新燃起。桑也发现，来人跌跌撞撞，口齿不清，显然是醉酒之人。此人离开宗庙去找大王，结果究竟怎样，依然吉凶未卜。

葛站在宗庙门口，等待闻的归来。桑将目光转向葛，怀着极大的期望，也有一丝自责：如果自己不在商贩那里停留，没有离开葛的身边，完全可以避免今日的劫难。桑转念又想：如果没有来到宗庙，不曾出鞭相助，两个孩子已经被棒击而死，也许现在自己和两个孩子还有一线生机。

过去好大一会儿，闻依然没有返回的迹象。葛担心闻醉倒在路上，根本没有面见大王。太卜涂的忍耐也有限，葛的心急促跳动，惴惴不安。突然，由远而近传来一阵犬吠，众人听到，纷纷警觉起来。葛悬起的心左右摇摆，一直向远处张望，期盼闻的归来。葛终于看到，闻从远处跑来，身后紧跟一人，那人是大王身边的仆臣奚，手里牵着两条犬。葛稍稍心安，相信闻已经得到大王的指示。

闻和仆臣奚来到宗庙门口，闻的醉意没有消失，仆臣奚搀扶着闻蹬上台阶，葛上前伸手，助闻一臂之力。拴犬的绳子绊到闻的双脚，闻跌跌撞撞，险些跌倒。依靠仆臣奚和葛的搀扶，闻总算稳住身子，站在太卜涂面前。闻喘着粗气，气息尚有酒的味道。太卜涂心生郁闷，不便发火，不愿与闻交流，视线转向仆臣奚。仆臣奚松开搀扶闻的手，面向太卜涂先行施礼，宣布大王旨意："太卜大人，大王旨意，以犬代人，两犬入地，看守宗庙。两小奴不做人牲，由闻处置。"

仆臣奚传达的大王旨意，葛仔细倾听，终于放下悬着的心。葛试图将闻搀起，一同向太卜涂行礼，闻使劲挣脱葛的手，显然没有恢复清醒。葛独自低头弯腰，向太卜涂表达谢意。对于葛的致谢，太卜涂并没有回应，他挥挥手，示意仆臣奚依照大王旨意行事。仆臣奚牵着两犬走向木桩，送到男孩、女孩身后的刑者手中，两个刑者不愿主动接受，仆臣奚分别将拴犬的绳子系在两根木桩之上。

闻离开太卜涂，走向绑在木桩上的那个女孩，他脚下依旧磕磕绊绊，好在身体没有刚才那般轻飘。闻蹲下来，扯下女孩面部包裹的黑布，让女孩吐出口中贝币，又将女孩胸前的玉饰摘下，给女孩松绑。闻怎么也解不开绳索，葛急忙过来帮忙，低声问道："桑一并放了？"

闻还没有回答，屠官干听到葛的问话，立即请示太卜涂："太卜大人，挥鞭伤人的女子实在可恶，应该处死！"

葛心中一紧，停下正在解绳子的双手，看向太卜涂。太卜涂的视线转向闻，又转向仆臣奚，似是询问。闻回头傻笑一下，又傻笑一下，没说什么。仆臣奚似乎未曾听到屠官干所言，没有回应太卜涂的目光。太卜涂略加沉思，对葛说道："抓紧带走，不准这个女子再惹事。"

葛听到太卜涂这样吩咐，急忙冲向桑，推开桑身后的屠官干，解开捆绑桑双手的鞭子。女孩的绳索已经解开，葛急忙拉着桑和女孩离开。三人跑出宗庙，葛又停下脚步，把手里的鞭子交给桑，推一把桑和女孩，让两人继续前行，自己返回宗庙。这时，闻取下男孩面部包裹的黑布，让男孩吐出口中贝币，正在给男孩松绑。葛冲上来，三下两下解开绳索，拉着男孩去追赶前面的桑和女孩。

屠人克刚才被桑鞭伤,起初十分恼怒,后来回想桑的所作所为,反而有些敬佩这个女子。此时,屠人克看到桑被葛带走,两个孩子一同离去,三个人的生命得到拯救,心情反而轻松下来。

葛拉着男孩快速奔跑,很快追上桑和女孩,四个人跑出很远,这才放慢脚步,大口地喘着粗气。随后,大家继续奔跑,仿佛躲避瘟疫一般,远离宗庙。葛感觉危险远去,招呼大家停下,等候闻的到来。不一会儿,闻由宗庙方向走来,步态趋于稳定,样子不紧不慢,看似醉意已经消退。闻越来越近,脸上带着笑意。葛心里琢磨:闻究竟是真的醉酒,还是假装喝醉,逢场作戏呢?

闻来到众人面前,葛拍拍两个孩子的肩头,两人心领神会,准备俯身屈膝,跪下拜谢。两个孩子双膝还没有着地,闻伸手把他们搀起,将两个孩子揽到胸前,一边一个。桑仔细端详两个孩子,察觉他们并非来自羊角族。

葛指着闻,向桑介绍:"闻是朱的徒弟。"葛没有透露闻是大王弟弟的事,不想让桑陷入王邑复杂的人际关系之中。

闻对桑说:"朱是闻的师父,葛是闻的师母。"

闻看向葛,希望知道这位女子的身份。葛担心隔墙有耳,不便细说,简单介绍:"桑鞭伤刑者,两个孩子避免一死。"

葛刚才提到"桑是葛的救命恩人",这是闻出手相助的前提。闻基本明白,桑鞭伤刑者,招致杀身之祸,如今自己取得大王旨意,拯救两个孩子,桑得以避免灾祸。闻正视眼前的桑,一身麻质素色长衣,腰间缠着皮鞭,危情之后不失坦然,美丽与英气并存,闻暗自有些敬佩。桑心中诧异,原本醉酒之人,跌跌撞撞、言语含混,如今人在面前,竟是一位面带微笑、神清气爽的男子。

闻指着桑腰间的鞭子,说道:"鞭伤刑者,救助孩子,值得钦佩。找个机会,让闻见识一下。"

桑对闻充满感激之情,既然他是朱的徒弟,自觉亲近许多,道:"桑这一命,由闻拯救。什么时候需要,鞭子替桑报答。"

闻说:"桑救助孩子,闻应该感谢。少杀一人,就减少一分暴戾。这样的道理,大王已经接受。"

第七章 宗庙

葛这时明白，闻返回寝宫，当面说服大王，请求祭祀仪式以犬代人，既保全置础程序的完整，又避免伤害两个孩子，桑得以脱身，闻实在功不可没！

闻对葛说："师母，大王许诺，两个孩子由闻处置。能否暂居朱圃，就当师父、师母的孩子，男叫少朱，女叫少葛，师母认为合适吗？"

葛笑道："少朱、少葛，一起回家吧！"

闻的目光转向桑，又叮嘱葛："师母，近日不要让桑单独出门，刑者不会轻易放过桑！"

葛点点头说："闻放心吧！"

闻叮嘱完毕，向大家挥挥手，转身告辞了。

葛带领桑和两个孩子回家，桑沉默一会儿，问葛："闻称呼师母，要杀孩子的那人，也称呼师母，都是朱的徒弟？"

葛叹口气说："是啊，都是徒弟。"

桑感叹道："都是徒弟，桑想不明白。"

宗庙之中，太卜涂疾步上前，抢过屠官干手里的棍棒，用力砸向拴着的两条犬，一棒一个，犬的身子摇晃几下，倒在地上，呜呼哀叫。太卜涂气冲冲地扔下棍棒，在宗庙东走西走，心情郁闷。

屠官干上前，拎起已经毙命的两条犬，分别丢进祭祀坑，招呼屠人克和两个刑者上前掩埋。掩埋间隙，屠人克的视线转向太卜涂，发现太卜涂站在宗庙东侧，从地上捡起一样东西，那是桑刚才遗落的兽皮腰围。太卜涂拿起兽皮腰围，腰围的毛色黑白混杂，太卜涂端详一番，攥在手中……

第八章
飞鱼

　　王邑的馆舍位于宫城南边，由郭区进入宫城，步入宫城南门即可到达。馆舍是专门接待外方使者的场所，为来客提供食宿方便。按照大王的吩咐，函暂时居住在这里，负责养护小三足龟。大王强调"人在龟在"，太卜涂吩咐卜官宾一并入住，时刻守护小三足龟。

　　馆舍院落东西很长，南北略短，呈长方形。馆舍大门位于院子东侧，院子北侧有高于地面的台基，一间间独立房舍坐落在台基上，坐北朝南，各开门户，总共十个小室，原本就是来客居住的地方。这段时间，卜官宾暂时移居馆舍生活，住在馆舍最东头的小室，紧邻院子入口处，便于监视进出之人，不准外人进入，更不准函和小三足龟离开。函住在馆舍最西头的小室，小室前面的台基之下，太卜涂安排开掘一处椭圆形水池，供小三足龟在水中活动。

　　函平日除了定时给小龟喂食，陪同小龟一起嬉戏，还有大把时间需要消磨，几天之后，他闲得有些无聊。卜官宾不能离开馆舍，更是百无聊赖，拿来自己收藏的几件玉器，找来细砂磨石，慢慢打磨，打发时光。函看到卜官宾摆弄玉器，便取出随身带来的犀牛皮甲，翻来覆去端详，琢磨牛皮缝制的技艺，回想父亲制作皮甲的步骤，打算比照这件皮甲，尝试自己缝制皮甲。函请求卜官宾帮忙寻找牛皮，卜官宾外出归来，带回一些牛皮，比较零碎，但可以拼接缝合。函照着犀牛皮甲的样子，开始进行缝制。于是，函一边照料小三足龟，一边缝制皮甲；卜官宾一边看守小三足龟，一边打磨玉器。王邑馆舍出现仿佛手工作坊的景致：馆舍尽头，水池里的小三足龟慢慢爬行，自由自在；馆舍东西两端，一个男人用心打磨玉器，一个少年慢慢缝制皮

第八章 飞鱼

甲……

这日，太卜涂派人通知卜官宾，大王准备前来察看小三足龟。卜官宾急忙让函收起缝制的皮甲，自己也将几件玉器放入陶罐，藏在一边。大王来到馆舍之前，太卜涂先行到达，视察了一番。

此时，卜官宾正在给小水池注水，函在池边喂食小三足龟。太卜涂吩咐卜官宾，速到馆舍外面弄些水草回来，特别指示寻找一种手掌形水草，连根拔取，不要折断。卜官宾领命而去，很快返回，拿来一些手掌形水草。在太卜涂的指挥下，卜官宾和函一起动手，在小水池四周栽种水草。函一边栽种，一边告诉太卜涂："这种水草叫手掌绿，九江也有许多！"

卜官宾这才明白太卜涂的意图，在小水池四周栽种水草，为小龟营造九江的环境。这般周全的考虑，在大王到来之前落实，时机恰到好处。虽然不一定得到大王夸赞，但至少表明他们用心养护，处处为小龟着想。

小水池刚刚收拾停当，大王便来到馆舍，身后跟随着仆臣奭。仆臣奭立在馆舍门口，既是一种防卫，也是保持与大王的一定距离。太卜涂急忙迎上前去，引大王走到馆舍尽头，请大王在小水池边察看。小三足龟在水草中游动，看到大王的身影，伸伸龟首，仿佛在打招呼。大王看不到小龟全貌，换个位置，还是无法端详。太卜涂察觉这个问题，准备从水池中取出小龟，大王摆摆手阻止了。

太卜涂借机汇报："大王，小水池里栽种的手掌绿，与九江的水草相同；小龟喜欢的小鱼小虾，早已充分备足。小龟很快就会适应这里的生活！"

卜官宾向大王解释："小龟从九江而来，路途遥远，没有其他小龟做伴，确实需要适应一段时间。"

大王表述自己的心愿："让小龟尽快长大，越快越好。做伴的小龟，四足也行啊！"

太卜涂吩咐卜官宾："赶快去找四足小龟！"

卜官宾口中应承，退后几步，仿佛马上就要前去寻找。

大王看罢小三足龟，离开小水池，走向馆舍门口，准备离开，但步子缓慢，似乎若有所思。太卜涂不敢怠慢，亦步亦趋跟随在大王身后。大王停下脚步，踏上北侧的台基，立于高处。太卜涂走上台基，站在大王身边，小心等候大王的吩咐。大王低声对太卜涂说："关于王位继承，有没有听到什么说法？"

大王突然说起王位继承，太卜涂有些意外，略加思考，不敢怠慢，还是直言相告:"众人议论,卯继位还是闻继位,大王还没有确定。"

大王问道:"涂的意见呢?"

关于王位继承,太卜涂早有思考,态度明确:"大王管理王邑,需要上下臣服;对外交往,需要谋略和手段;率兵御敌,需要胆略和武功。闻虽说年长成熟,但只喜欢学习书写,缺乏谋略,没有胆识,不能服众。如此说来,涂还是赞同卯继王位。"

大王说起郊野狩猎之事,为闻正名:"郊野狩猎,闻一射双箭,射杀老虎,救余一命,不能说没有胆略啊!"

太卜涂当时前往郊野,与林官虞曾经有过交流,知道事情的来龙去脉,说道:"闻射箭之后,腿疾发作,大王把闻托到树上,自己引开老虎,承担巨大风险,几乎为闻丢命。后来,林官虞前去寻闻,闻在树上吓得不能动了!"

太卜涂借此机会,提及宗庙置础一事,讲述当时的事情经过,防止大王对闻偏听偏信,顺便放大闻的缺点,他问:"宗庙置础一事,不知闻怎样向大王禀告?"

宗庙置础期间,闻前去请示大王,改变以人祭祀的规定,大王当即应允。此时,大王希望听到来自太卜涂的说法,便道:"说来听听。"

太卜涂的诉说言简意赅,态度鲜明:"宗庙重建,置础期间举行祭祀仪式,依先王规矩,两小奴为人牲,安顺大吉。一位女子突然闯入宗庙,鞭伤刑者,扰乱仪式,本应一并处死,共为人牲。此时,闻醉酒闯入,胡言乱语,阻挠仪式进行,涂以大王之威震慑,闻却借酒妄为,骚扰大王。闻酒后胡言,大王不愿与之纠缠,以两犬代替人牲,下令放人。闻如此德行,安能为王?"

大王似乎询问,又似自言自语,回想当初情形:"闻醉酒了?哦,闻醉酒了。"

太卜涂反而有些疑惑:"闻没有醉酒吗?"

大王没有回答,转换话题:"对于卯,如何评价?"

太卜涂只得回答新的问题:"涂与卯接触不多,不能妄言。听太医酉说,卯天资出色,善于学习,又有胆略和魄力。这样的禀赋,自然是上帝旨意。"

大王感叹:"卯毕竟年少啊!"

太卜涂表述自己的见解:"所谓继位,只是储位,不是立即接任王位,还有时间!"

大王步下台基,吩咐太卜涂:"那就先行龟卜,听取上帝旨意。涂择选吉日吧！"

举行龟卜的日子，不能随意确定，需要通过占筮的方式，选择吉日，称为"筮日"。 太卜涂答应："立即筮日，先行龟卜，以求天意。"

太卜涂将大王送出馆舍，立于门外，等大王走出视线，太卜涂转入馆舍，迎面遇到卜官宾。卜官宾面带忧郁地道："太卜大人，即使四足小龟陪伴，小三足龟也难快快长大。宾再去寻三足龟，可否？"

太卜涂知道卜官宾的心思，他只是不愿天天留守馆舍，其实他知道难以再寻来三足龟，便说："小三足龟养大，就可以离开。"

朱圃院内的草棚之下，桑与少朱、少葛正在整治竹片。所谓整治，就是将圆形长竹制成竹片。首先，按一定长度截断圆竹，把截断的圆竹一分为二；然后继续分割，使之成为手指宽窄的竹片；最后再将竹片削光磨平，成为可以用来书写的竹片。

此时，桑正在分割竹子，使之成为宽窄相同的竹片。少朱和少葛手拿磨石，打磨分割的竹片，使其更加光滑。两个孩子暂居朱圃，临时住在小室，小室空间狭小，桑和两人挤在一起，很不方便。葛与朱商定，在后院挖一处半地下的洞室，尽快解决两个孩子的住宿问题。此时，葛看到整治出来的竹片足够使用，就吩咐桑："桑带少朱、少葛，去后院干活吧！"

桑听从葛的安排，找来几件挖掘工具，带领两个孩子前往后院。朱在葛的帮助下，将书写完成的竹片连成简册。朱排列竹片，葛结绳系线，上面编连一道，下面编连一道，形成一卷完整的简册。一卷卷简册罗列起来，就是朱书写的《阴阳经》。朱正在搜集全册的《江河经》，接下来，准备完成《江河经》的书写。朱的愿望，就是重新整理先人的经典，将其集结起来，完整地留给后人。朱担任书契卜官时，已经明确这个愿望。为了达成这个愿望，朱放弃了许多，甚至放弃了别人看重的卜官职位。

朱准备收起长案上堆放的《阴阳经》，太卜涂推开院门进来，一眼看到这些简册，上前询问："师父，这些都是什么呢？"

朱回答："《阴阳经》。"

太卜涂有些诧异道："涂之前见过《阴阳经》，没有这么多啊！"

朱笑了笑，没有回答。葛上前搬走简册，解开太卜涂的疑惑："之前见过的，肯定不是完整一套。"

太卜涂恍然大悟道："师父，涂能否一阅？"

朱反问太卜涂:"之前,让涂背诵《归山经》,能否诵来?"

太卜涂无言以对,师父布置背诵《归山经》,自己忙于诸多事务,并没有按时完成。

葛宽慰太卜涂:"这些经典,最终还是要留给涂和闻这些徒弟的。"

太卜涂借机转移话题:"闻今日没来?"

葛回答:"闻已经来过,送来自己制作的毛笔,然后陪卯去太医室学习。"

太卜涂试图向朱打探闻的情况,问:"师父,闻这样关心卯,出于什么目的?"

朱示意葛搬走简册,反问太卜涂:"依涂所见,闻为何关心卯?"

太卜涂欲进一步试探,便说:"涂想,不过是小父关爱侄子。"

朱顺水推舟,说出真实想法:"朱同意这个看法。"

太卜涂意识到,要想了解朱的真实看法,必须单刀直入:"师父,依照先王的规矩,王位可父位子继,也可兄位弟及,闻有机会继承王位。依师父的判断,闻是否有意继位?"

朱的回答相当明确:"闻无继承王位之心,又患有腿疾,更无继位之能。闻前来学习书写,就是因为心里喜欢。至于大王认为谁可以继承王位,就是另外一回事了!"

听朱这样说,太卜涂心里的一块石头落地,说道:"师父,关于王位继承,大王征询意见,涂不举荐闻,而推举卯,这样可以吗?"

朱回答:"如果大王征询意见,朱也会支持卯。"

闻无意王位,朱并不举荐闻,太卜涂支持卯的态度更加明确。此时,太卜涂想到闻的腿疾,继续询问:"师父,闻的腿疾无法治愈吗?"

太卜涂根据大王的指示,派人前去九江寻找三足龟,如今提及闻的腿疾,朱以为太卜涂知道大王寻龟的真实目的,便问:"九江寻龟,可有收获?"

太卜涂面露笑意道:"不出师父所料,九江确有三足龟。卜官宾带回一只小三足龟,虽然只是小龟,毕竟是灵龟啊!"

朱追问:"大王如何处置此龟?"

太卜涂回答:"大王吩咐养护小龟,长大后再做处置。"

听到太卜涂这样回答,朱推论,大王寻龟的真相,太卜涂可能并不清楚。太卜涂准备告辞时,突然想起一件事情,从衣袖之中掏出一物,双手递上:"请师父收下。"

第八章 飞鱼

太卜涂递上一柄玉鱼刻刀，朱接过刻刀，仔细端详。玉鱼刻刀十分精美，长度约手掌大小，三分之二是鱼的完整造型，就是刻刀的刀柄部分；鱼尾向下延伸，另外三分之一部分，就是刻刀的刀体。刀刃在刻刀最底端，呈斜横向。朱察看雕刻工艺，玉鱼的鱼唇凸出，眼睛鼓起，鱼的身体采用双阴线雕刻，两条阴线之间的阳线突出，鱼鳞可见。使用刻刀的时候，手握玉鱼，可刻可割，既是实用工具，也是精美玉器。朱右手握着玉鱼，转动手腕，模仿雕刻的动作，然后将玉鱼刻刀递到左手，叹一口气，对太卜涂说："好精美啊！若早几年，或可一用呢！"

太卜涂突然意识到，自己特地准备的礼物，师父因为右手受伤，其实无法使用。太卜涂责怪自己粗心，便带着几分歉疚道："师父，涂粗心了！玉鱼刻刀十分精美，以为师父一定喜欢。"

朱将玉鱼刻刀还给太卜涂，说："确实喜欢，只是遗憾，不能用了！"

太卜涂接过玉鱼刻刀，想了想，试图弥补道："涂见过一种青铜调色器，四角放置四个小圆桶，中间有上下两个圆环，圆环将小圆桶连接起来，小圆桶用来调配颜色，涂为师父寻来。"

朱摆摆手道："不必费心！一支毛笔，两种颜色，有黑有红，足矣了。"

"涂寻寻看吧！"太卜涂说完，因为师父说到"确实喜欢"玉鱼刻刀，就把刻刀放在身后草席一角，依旧希望作为礼物送给师父。

太卜涂起身准备向师父告辞，转脸看到两个孩子抬着一筐土，从后院进入前院，将土倒在门口的瓜果架下，抬着空筐返回后院。太卜涂认出，他们就是宗庙置础作为人牲的两个孩子，大王让闻处置，如今闻安置在朱圃。太卜涂心有怒气，不能表露，他使劲按捺，一边向师父告别，一边走向朱圃大门。太卜涂的情绪变化，朱并没有注意，起身送行。

太卜涂走到院子门口，刚要推门出去，没有料到外面有人推门进入。太卜涂下意识退后一步，好在躲闪迅速，两人没有撞在一起。太卜涂定睛一看，门外进来一位女子，一手捋着湿漉漉的长发。女子察觉自己唐突，准备道歉，两人对视的一瞬间，太卜涂突然一愣，来人就是鞭伤刑者的桑。桑察觉对面是太卜涂，急忙转身离开，沿着院子东侧走向后院。太卜涂联想刚刚看到的两个孩子，立即明白过来，桑等三人共同寄居朱圃。太卜涂心中不快，久久打量着桑的背影。为了证实自己的判断，太卜涂回身问朱："师父，这位女子，可否就是师母的救命恩人？"

朱跟在太卜涂身后，发现太卜涂注意到桑，正想解释，葛从外面进入朱圃。原来，葛离开草棚之后，不想让太卜涂见到桑，就悄悄出去，阻止外面的桑返回朱圃。桑在朱圃外面的溪边洗头，此时返回，以为太卜涂已经离开，不料狭路相逢。葛听到太卜涂询问，接过话说："桑曾经救助过朱，当时宗庙问起，不便细说究竟，就说桑救葛了。"

关于宗庙事件，葛曾向朱详细陈述，朱便解释说："当年族群交战，朱被羊角族抓去，差点被刺瞎眼睛，成为奴隶。桑和哥哥救朱一命，得以脱身。"朱所叙述，大多属实，只是将解救之人说成"桑和哥哥"，以便和葛的说法吻合。

朱由羊角族脱身，途经王邑，被当时的老书契卜官收留，太卜涂听说过这段经历。葛和朱的叙述，似乎有些破绽，太卜涂不便细究，点了点头，没有再说什么。葛继续打消太卜涂的疑惑，道："如今，羊角族迁移郊野，相距王邑不远。为报当年之恩，请桑来住几日。"

桑的羊角族身份，太卜涂由此得到确认，便说："近来，在王邑看到许多黑牛，就是羊角族的族人送来交易的。"

朱点点头说："大王与异族交好，族群之间物物交换，和睦相处，这种日子应该珍惜啊！"

最近，羊角族的族人经常来到王邑交换物品，太卜涂疑心颇重，有些警觉，怀疑桑来王邑的真实目的。太卜涂决定放长线钓大鱼，假装大度，向葛叮嘱："师母，桑鞭伤刑者，惹下是非，勿要轻易出门啊！"

葛说："还请涂多多关照吧！"

朱希望化解太卜涂与桑之间的矛盾，对葛说："把桑叫来！"

听朱这样说，太卜涂不知为什么，竟然很想与桑见面。太卜涂看着葛的背影，随后视线看似转开，但余光一直盯着桑即将出现的方向。桑随葛而来，走在葛的身后，她步子缓慢，仿佛有些不太情愿。桑缓缓走来，太卜涂细细打量，湿发遮去桑的额际，露出的面庞足以显示她的美丽，湿发略加遮掩，反而平添几分妩媚。

桑停下脚步，面对太卜涂，视线飘忽，不愿正视。葛代表桑，当面向太卜涂表达歉意。桑似乎并未听见，将一绺头发缠上手指，咬在嘴角，隐约有一丝微笑。太卜涂并未在意葛说什么，视线不时注意着桑，捕捉到桑的一丝微笑。太卜涂突然感到，这个看似英武的女子，有一种独特的内在的妩媚，这种妩媚释放出来，能够征服所有男人……

第八章 飞鱼

　　王邑东、南、北三面，以壕沟分隔。西边有一条洲水，是王邑的天然屏障，相当于王邑西边的护城河。洲水河道宽大，河道夹着一个个小沙洲，小沙洲随着河水的涨落，时隐时现。人们趟过岸边浅水，可以来到距离河岸不远的小沙洲，那里成为人们的游玩去处。洲水中央有一处大沙洲，周围属于深水区，需要乘船前往。平日里，平民经常踏上临近河岸的小沙洲，亲水嬉戏。王邑的王公贵族，则乘船去往洲水中央的大沙洲，大沙洲成为他们独享的区域。

　　在洲水两岸，人们可以看到飞鱼腾空，这是洲水的一道奇特风景，别处很难见到。飞鱼之所以能腾空，是因为飞鱼拥有发达的胸鳍。一般的鱼胸鳍很小，而飞鱼的胸鳍特别发达，长长的胸鳍向后延伸，直到尾部，类似鸟的翅膀，这是飞鱼腾空的利器。

　　飞鱼腾空，首先要在水下加速，双鳍紧贴流线型身体，随后头部冲出水面，尾巴还在水中，接着双鳍张开快速击水，获得推力，在水面迅速滑翔。飞鱼滑翔的同时，向前、向上的力量逐渐增大，飞鱼尾部出水，身体腾空，能够跃出水面十几米。飞鱼还可以连续滑翔，回落水中时，尾巴可以再次助推身体，飞鱼继续在水面滑翔，再次腾空。

　　洲水中央的大沙洲上，撑起一顶华丽大伞，一位女子站在伞下。女子身穿黄色丝质对襟直裾长衣，长衣下摆有白色凤鸟刺绣，风吹起长衣，仿佛鸟儿翩翩飞动。太卜涂乘船而来，女子移前一步，权作迎接。太卜涂抢行几步，拱手施礼，恭敬说道："太卜涂问候王后。"

　　站在华丽大伞之下的女子，就是大王唯一的妻子——王后。大王的祖先规定，大王可以选择一夫一妻，也可以选择多妻的婚姻方式。大王遵循自己父王的选择，沿袭一夫一妻的选择，这使王后的地位更加显赫。

　　王后身边站着仆女眉，这是王后的贴身侍女。王后约太卜涂前来，显然有重要事情相商，仆女眉知趣地退到一边。王后请太卜涂伞下站定，说道："洲水飞鱼，拥有长长的双鳍，还有鸟首鱼身的特点，太卜大人是否注意？"

　　太卜涂脸上现出疑问的神色，反问："鸟首鱼身？"

　　王后视线高扬，仿佛看到腾空的飞鱼，道："飞鱼头部类似鸟首，鱼头生有短短的羽毛，可谓鸟首鱼身，只是嘴巴没有鸟喙那么突出罢了。"

　　太卜涂没有注意飞鱼这个特征，惊异于王后细致的观察，视线转向洲水河面，试图搜寻飞鱼的踪迹，有意得到证实。此时，水面没有飞鱼，太卜涂走到大沙洲的临水处，挥动右臂，向右、向左再向右，连续挥动几下，随后手臂平举,与肩平行,仿佛在召唤,又似乎在等待……

突然,水面冒出十几条飞鱼,飞鱼在水面长距离滑翔,尾部出水,身体腾空,完成第一次跳跃,然后回落水中,尾巴助力推动身体,完成第二次跳跃……接下来,意想不到的情形出现,一条飞鱼连续三次腾空之后,竟然落在太卜涂右臂之上。飞鱼的双鳍和尾巴微微抖动,在阳光的照射下,鳞片闪闪发光。

太卜涂右臂平举,保持这个姿态,右臂上的飞鱼稳稳而立。随后,太卜涂曲起右臂,飞鱼面向太卜涂,似乎正在展示独特的"鸟首"。王后见此情形,急忙上前察看,有些惊讶——这是飞鱼中的"鱼王",较之其他飞鱼,个头大小没有差别,只是鱼王青色胸鳍的边缘,镶嵌着金色细线,臀鳍和尾鳍同样镶有金线,在阳光的照射下,金线闪闪发光,耀人双目。王后称赞:"飞鱼本是灵物,鱼王更是灵中至灵,太卜大人引来鱼王,功力非凡!"

太卜涂接到王后之命,洲水相见,思来想去,只有王位继承一事,值得王后特别关注。如今,大王命令自己先行卜问继位之事,估计王后已经听到风声。于是,太卜涂顺水推舟,对王后说:"鱼王灵异,并非后天培养,是为天赋。"

太卜涂特别强调"天赋",似乎话里有话。王后直言:"大王安排卜问王位继承,可有此事?"

太卜涂轻轻放下手臂,飞鱼跃入水中。太卜涂跟随王后走回伞下,回答王后:"大王令涂择选吉日,以龟占卜,求得上帝旨意。"

王后一边唤仆女眉过来,一边对太卜涂说:"太卜大人功力非凡,自然知晓上帝旨意!"

太卜涂回答:"以龟占卜,求问天意。"

仆女眉双手托盘,王后伸手取物,递给太卜涂:"请太卜大人收下!"

太卜涂双手接过察看,这是一件骨雕老虎。老虎前腿跪伏,尾巴卷曲,大嘴突出,嘴巴、眼睛、耳朵、尾巴等部位,分别镶嵌着一颗颗绿松石,精美而贵重。

王后示意太卜涂收起骨雕,太卜涂随即放入袖中。王后在伞下环绕一圈,背对太卜涂,叮嘱道:"先王的规矩,王位继承,或父位子继,或兄位弟及。大王家族本是神灵之族,卯是灵中至灵。如果上帝决定让卯继位,大王自然听命于上帝。"

王位继承一事,太卜涂支持卯继王位,反对闻继王位,并未掺杂多少个人情感。太卜涂依照大王命令择选吉日，龟卜上帝旨意，原本并无企图。如今，王后希望太卜涂掌控龟卜，太卜涂必须费心思量。太卜涂之前已经得知，闻无意继承王位，朱支持卯继王位，大王没有直接表明态度，但也不会反对卯继王位。如此看来，卯继王位是大势所趋，无人反对，自己支持卯继王位，不会产生任何差池。

太卜涂经过一番思量，决定与王后站在同一立场。太卜涂做出这样的选择，必须采取相应的行动，证明自己能够知晓上帝旨意。太卜涂向王后表示："涂明白了。"

王后并不放心，她需要太卜涂态度坚定，行动积极，手段多样，保证龟卜结果万无一失，确保上帝旨意有利于卯。王后郑重承诺："大王雄才大略，独揽政事，所设官职，没有相位。若卯继位，年少难以主政，需要有人辅佐，必定设置相位，主管王邑政事。卯继王位，涂则为相，骨雕为证。"

王后这番承诺，出乎太卜涂的意料。大王作为王邑的最高首领，将族权、军权、神权集于一身。太卜涂作为占卜祭祀官，身居高位，曾经有过得到相位的念头，因为王邑没有专设相位，便打消了想法。如今，王后承诺相位，如果身兼辅政官和祭祀官，主管王邑政事和祭祀，可谓拥有王邑的最高权力。太卜涂想到这里，躬身拜谢王后，久久没有起身……

王后上前，轻轻搀扶太卜涂。太卜涂起身之后，手握袖中的骨雕老虎，仿佛攥着一个巨大的秘密。太卜涂向王后告辞，走出几步，又停下来，极力想要表示什么，但此时不便承诺龟卜之事，他终于想起一事，关切地对王后说："王后，飞鱼烤成炭石之状，研成粉末，温酒送服，可使女性回返年少。"

王后笑道："谢谢太卜大人。还是上帝的旨意更美妙啊！"

第九章

龟卜

几天之后，太卜涂主持龟卜仪式，就王位继承一事，祈求上帝旨意。

大王龟卜问吉，有以下几种情形：一是求证吉凶，掌握近期的运气情况，决定出行等事务；二是祈雨并保佑丰收，这是农业社会的重大事件；三是解梦析事，梦境往往与生育、疾病、死亡有关；四是针对重大活动，如继位、征伐、迁徙等，征询上帝旨意。

太卜涂征得大王同意，龟卜活动安排在少丘之上。据说，少丘是从天上掉落的巨石，巨石落地为山，在此龟卜占筮特别灵验。此次龟卜，根据大王的旨意，只有大王、王后、闻、太医酉以及几位卜官参加。大王没有让卯同来，龟卜一事，吉凶难定，可能突发意外，甚至引发关于王位继承的纷争，大王不愿让卯过早介入。大王特地指示太卜涂，请原书契卜官朱前来参加。大王先祖的龟卜活动，有大王、卜者、大臣、平民共同参与的先制，朱退去官职，已是王邑平民。太卜涂奉命照办，通知朱在少丘山下等候。

大王一行上山途中，朱走在最后。闻放慢脚步，位于朱与大王等人之间，更加靠近师父。少丘山下溪水环绕，山上松柏相连，沿着弯曲山路上行，很快到达山顶。山顶的神庙叫"大帝庙"，既是祭祀天神的庙宇，也是祭祀祖先的场所，两重意义合一。大帝庙供奉着一位青铜铸成的骑象少年，骑象少年有男性的威仪，也有女性的柔和，象征上帝既有帝王之尊，又有悲悯之心。

太卜涂在大帝庙前设立祭坛，祭坛之上供奉着五具牛首，此谓主祭品。祭坛两侧的地面，分别摆放着巨大的青铜鼎，里面烹煮着大块虎肉和鹿肉，同为牺牲祭品。青铜鼎两侧是青铜簋，其中装满煮熟的谷粒，谷物也是祭品之一。青铜簋的两侧摆放着青铜酒器，分别是广口圈足的青铜尊以及四面坡形的青铜方彝，酒器之中盛满祭祀专用的香草酒。

祭坛之上供奉的牛首前面，摆放着一件内圆外方的玉琮。所谓内圆，就是琮的圆形内筒；所谓外方，就是琮的四个外立面。玉琮的外立面由九节组成，外面的四个直角处，雕刻着两只眼睛、一张嘴巴的纹样。玉琮是法器与灵器的结合，具有沟通天地的神奇作用。玉琮之中插入一支长形玉杵，准备在接下来的仪式中使用。

祭祀仪式正式开始。太卜涂作为主祭官，首先称颂上帝功德，请上帝保佑龟卜活动顺利进行。随后，大王手执玉璧，走到祭坛前面，玉璧是中央有孔的扁平形玉器。大王将玉璧套到玉杵之上，玉杵位于玉琮之中，以圆形玉璧代天，以方形玉琮示地，意味着天圆地方，上下沟通，由此接引天上的神灵。

接下来，大王退后，与众人站成一排。大王立于中间，两侧分别是王后和闻，王后的另一侧是太医酉，闻的另一侧是朱。大家在祭坛前跪拜，一起行祭拜之礼，称颂上帝名号，表达对上帝的敬仰。祭拜之礼完毕，大王率众人退后，把祭坛中心位置留给太卜涂。太卜涂指示手下卜官抬上一块巨大条石，摆放在祭坛前面，接下来就要进行龟卜的一系列程序。

龟卜的完整过程，涉及取龟、杀龟取甲、修治龟甲、钻凿、灼兆、刻辞、卜龟入档等步骤。取龟、杀龟取甲、修治龟甲，属于龟卜的准备事项，在龟卜仪式进行之前必须完成。所谓取龟，即秋天将龟取回，此时龟甲最为坚硬，取龟之时也是杀龟之时。所谓杀龟取甲，就是将龟的腹肠、皮肉去掉，留下空壳，存于龟室，经过长时间储存，龟甲晾干水分，变得更加坚硬，易于修治。所谓修治龟甲，即对龟甲进行锯、刮、错、磨等加工。龟卜虽然腹甲、背甲兼用，但因为背甲厚而不平，不易形成兆象，便以腹甲为主。锯，就是锯开腹甲与背甲相连的左右甲桥，甲桥留在腹甲，将甲桥的不规则边缘锯去，使腹甲变得整齐规矩。刮，就是去除腹甲表皮的胶质鳞片以及鳞片下面的纹痕，便于契刻书写。错，就是使用"错"这种工具，进行局部切削，使腹甲更加规整平坦。磨，就是进一步打磨，使腹甲光滑美观。至此，龟甲准备工作基本完成。

在卜官宾的率领下，两位卜官送上修治完成的腹甲，摆放在祭坛前面的条石之上。之后，两位卜官分立两侧，扶持龟甲，保证龟甲的稳定。接下来，由钻凿卜官壬进行钻凿，龟甲钻凿技术性很强，必须专人操作。卜官壬正欲上前，被卜官宾示意止步，太卜涂手持青铜刀具，俨然要亲自钻凿。朱看在眼中，并不担心太卜涂的钻凿技艺，擅长契刻的太卜涂精通钻凿，只是他如此越俎代庖，出乎朱的意料。

太卜涂亲自钻凿，王后紧张的心情稍稍放松。王后明白，太卜涂心思缜密，既然接受自己的委托，就要保证龟卜结果有利于卯，必须掌控各个环节，确保万无一失。王后看到，太卜涂手持一把青铜刀，在腹甲背面开凿，凿出一个个椭圆形孔洞，便于龟甲经过烧灼，产生竖向裂纹。随后，太卜涂更换一把玉刀，继续在腹甲背面操作，钻出一个个圆形孔洞，便于龟甲经过烧灼，产生横向裂纹。先凿后钻，凿钻是龟甲形成兆纹、兆象之前的重要环节。椭圆形与圆形孔洞相交合并，形成略微重叠的形态，这种孔洞即烧灼需要的标准孔洞。烧灼孔洞时，孔洞周围的龟甲变薄，发生裂变，出现纵向裂纹和横向裂纹，纵向裂纹和横向裂纹连接起来，接近"卜"字的形状，就是所谓的兆纹、兆象，即沟通天帝、龟卜吉凶的依据。王后听说，龟甲钻凿的孔洞之数，最多可达七十二个。如今，太卜涂究竟钻凿了多少孔洞，王后看不清楚，无心追究，只待龟卜结果。

龟甲钻凿完毕，接下来是"命龟"环节，就是与龟的灵魂进行沟通，告知需要占卜的事情，这是龟卜活动中最为重要的环节，自然由太卜涂亲为。王后欲上前一步，希望听清太卜涂所言，碍于大王就在身边，不便过于唐突。现场特别安静，王后听得真切，太卜涂开始命龟，首先赞颂："神龟在上，且听颂言。神龟上行九天，下潜深渊，岁经百世，目遍千川。知过往之微事，察将来之数变，通天地之博广，经日月之光年。蓍草之灵，无龟卜之神明；变易之算，无龟卜之精确。今择吉日，恭敬神龟，行此良贞，卜得大吉。"

太卜涂称颂之后，正式进入命龟环节。他告知神龟占卜之事，从正反两个方面卜问，希望得到神龟回应。神龟的回应，就是兆纹、兆象的显现：卜得吉兆，显现一种兆纹、兆象；不吉之兆，就是另外一种兆纹、兆象。总之，龟甲烧灼的裂纹，就是龟卜的答案。

王后仔细倾听，太卜涂正式命龟："大王有功，族群咸宁，王邑安康，内外畅和。王位继承，先行卜问，卯继王位，吉或不吉，请龟神示。卜吉，请示兆干之粗壮，如龟首之仰望，兆枝之延长，如龟足之伸展；不吉，请示兆干之细弱，如龟首之隐匿，兆枝之缩短，如龟足之收敛。唯请示吉，大吉大利。"

接下来，就是烧灼龟甲的环节，通过反复烧灼，使龟甲裂开，显现兆纹、兆象。两位卜官上前，将龟甲移下条石，放在烧灼专用的架子上，龟甲背面就是钻凿面，钻凿面朝上，便于烧灼。卜官燮负责烧灼龟甲，手持用荆木削制而成的灼棒，灼棒经过炭火燃烧，保证火势旺盛。卜官燮手持灼棒，走近龟甲，正要进行烧灼，只见太卜涂快步上前，抓过正在燃烧的灼棒，就要亲自烧灼龟甲。卜官燮只能退后一步，他心中清楚，灼棒受到风向影响，需要不时调整距离和角度，还要根据燃烧状况更换灼棒，在以往的灼龟现场，太卜涂从未亲自烧灼，不知他是否具备灼龟技能。

看到太卜涂亲自凿龟、命龟、灼龟，王后不由感叹太卜涂用心之细致，做事之妥当，暗暗庆幸自己选对帮手。王后心中明白，龟卜之事，光天化日，众人围观，没有可能作假使伪，只有小心谨慎，掌控每一个环节，把握每一个细节，才能显现期望的兆纹、兆象，得到大吉的结果。太卜涂身为占卜祭祀官，诸事亲力亲为，把控龟卜全程，可以视为认真负责，别人说不出什么。

朱站在一排人的最外侧，将太卜涂的行为看在眼中。太卜涂诸事亲为，结合太卜涂传达的命龟内容，朱心中明白，龟卜目的在于"卯继王位"。显然，太卜涂是受别人指使，指使者如果不是大王，极有可能就是王后。朱知道闻没有继承王位的意愿，卯是勇于担当之人，此时可以静观其变。

大王居中站立，也将太卜涂的行为看在眼里。王后心有挂牵，命龟之时，欲向前迈步，这个动作被大王捕捉。王后希望卯继王位的意愿，大王心中清楚，自然明白太卜涂亲力亲为的原因。大王相信，龟卜结果就是上帝旨意，此乃天意，人为不可干预。此时，大王目不转睛地观察太卜涂，之前诸多龟卜活动，太卜涂从未亲自灼龟，这次可以看到太卜涂烧灼龟甲的水平了。

卜官燮将手中灼棒交给太卜涂后，依然侍奉左右，准备随时上前接棒，或者为太卜涂更换灼棒，他同时也想观察太卜涂的灼龟本领。太卜涂手执燃烧的灼棒，火焰对准龟甲背面的钻凿孔洞，借助炽热的火力，烧灼钻凿之处，调整远近距离，把握火力大小，可谓十分精准。卜官燮不由心生佩服，自己专事灼龟，灼龟技能也就这般水平。

随着太卜涂持续灼龟，龟甲钻凿处发出爆裂之声，意味着出现兆纹。依据兆纹走向，分为竖向兆干和横向兆枝，竖向兆干与龟甲的中线平行；位于龟甲中线左侧的横向兆枝向右伸展，龟甲中线右侧的横向兆枝向左伸展。兆纹显现的整体兆象，还要等待龟甲冷却一段时间，兆纹的纹理及走向完全清晰，再行察看。届时，占龟卜官负责观察兆纹走向，根据兆纹、兆象辨别吉凶，得出吉或不吉的占卜结果。

等待龟甲冷却这段时间，太卜涂将手中灼棒交还卜官夑，自己走到大帝庙一侧，在溪边洗手。根据兆纹、兆象判断吉凶，本应由占龟卜官启负责。卜官启看到太卜涂一直亲力亲为，于是依旧站立原地，没有贸然上前。卜官启心中清楚，根据兆纹、兆象判断吉凶，事关龟卜结果，自己不必急于上前，最好由太卜涂一并代理。

随后，太卜涂整理衣着，从大帝庙走回，准备主持后面的仪式。太卜涂与王后的目光相交，王后脸上微微泛出笑意，似乎是对太卜涂的赞许。太卜涂没有回应，面色严肃，走到冷却的龟甲前面，示意身边的卜官将龟甲翻转过来。卜官宾和卜官夑上前翻转龟甲，以便太卜涂察看。此时，龟甲烧灼的一面朝下，龟甲显现兆纹的一面向上。随即，卜官宾和卜官夑退后，以便太卜涂观察兆纹，判断兆象，以定吉凶。王后上前一步，太医酉和闻同时上前，希望尽快看到兆纹、兆象，只有大王和朱原地不动，独立众人之外。

王后平日很少参与龟卜活动，无法看懂兆纹、兆象，她的眼睛盯着太卜涂，希望通过太卜涂的表情，获得龟卜大吉的结果。闻这次参加龟卜，一直仔细观察，期望卜得大吉，确定卯继王位，自己就不必反复表明无意继位的态度。太医酉知道闻的心思，了解卯的天赋和才干，将卯视为可以寄托厚望的王位继承人。大王经常参与龟卜活动，有时甚至亲自主持龟卜仪式，完全明白兆纹、兆象的意味，因此并未急着上前，只是等待太卜涂判断吉凶，宣布结果。朱用余光观察大王，没有料到大王如此超然。

太卜涂面对翻转过来的龟甲，闭上双眼，准备清除头脑杂念，通过意念透视龟甲，感知兆纹、兆象。凭借太卜涂的功力，当他定力充盈、意识超然时，可以做到透视物像。这一次，太卜涂竟然意识混乱，大脑无法呈现龟甲烧灼后的迹象，而是出现一张张叠印的面孔，王后的面孔、大王的面孔、卯的面孔、闻的面孔，甚至出现小三足龟的形象……

第九章 龟卜

太卜涂产生一种不祥的预感，他抬起头，视线离开龟甲，仰望天空，使劲揉了揉双眼，然后睁开眼睛，希望天空的蔚蓝可以洗涤混浊。天空湛蓝纯净，白云飘飘，太卜涂长舒一口气，感觉双眼清爽，他久久地仰视着……

这时，突然传来一声轻咳，拽回太卜涂游走的意识。太卜涂察觉自己注意力分散，已经引起众人的疑惑。太卜涂急忙收回视线，低头察看龟甲。突然，他眼前一阵晕眩，视线变得更加模糊，难以看清龟甲显现的兆纹，不能判断兆干是否粗壮，兆枝是否延长。太卜涂突然明白，此时不必察看兆纹、兆象，龟卜结果已然呈现——卯继位不吉。

王后两眼一直盯着太卜涂，太卜涂竟然仰视天空，仿佛无意察看龟卜结果，王后心头一紧，自觉不祥。于是，王后顾不得矜持，上前两步，立于太卜涂一侧，低头察看龟甲上面的兆纹、兆象，左看右瞧，依然不解其中意味。王后视线转向身边的太卜涂，发现太卜涂皱起眉头，面露难色，不敢与自己对视——龟卜结果并不如意。

王后回身，目光转向大王，希望大王验证和判断。大王上前几步，站在王后身边，察看兆干、兆枝走向，发现兆干细弱，兆枝缩短。大王退回半步，端详兆纹显现的整体兆象，龟卜结果已然清楚。为了确保判断准确无误，大王吩咐仆臣奚拿过《瓦兆》，这是解释兆象的典籍。大王展开简册，对应典籍之中的兆纹、兆象，进行对照检索，最后面向王后摇摇头，表明龟卜结果确为不吉。

太卜涂迟迟没有宣布龟卜结果，众人不知究竟。大王亲自上前察看，众人观察大王的表情，感觉龟卜结果可能不吉。太医酉和闻上前察看，卜官宾、卜官燮也同时上前。负责宣布龟卜结果的卜官启，此时退避三舍，暗自庆幸太卜涂代行职权，否则自己就是最为尴尬之人。大家纷纷上前察看龟甲，朱则原地站立，依旧超然事外。太卜涂悄悄抽身离开，独自进入大帝庙了。

龟卜的程序还要进行，接下来就是书龟、契龟，把龟卜内容和结论记录下来，毛笔书写叫书龟，刻刀铭记叫契龟。大王环顾左右，不见书契卜官聿，显然此人有意躲避了。大王把闻叫来，吩咐说道："闻书龟吧！"

书契卜官聿躲在一边，听到大王指示，立即见机行事，拿着毛笔和颜料，送到闻的面前。卜官宾和卜官燮再次上前，固定龟甲，便于闻在龟甲上面书写。闻手中提笔，视线转向朱，朱略加思考，一字一句口述内容。闻按照书龟规范，以龟甲中线为界，右侧的书写从上到下，一列一列从左写到右；左侧的书写从上到下，一列一列从右写到左，两边文字均衡排列。龟卜结果昭示天意，一经记录，不能更改。

看到朱在口述，闻在书写，王后心中略感不快。王后的目光寻找太卜涂，没看到他的身影，不由感到焦虑起来。卜官宾看到了太卜涂的去向，察觉王后表情异常，急忙走向大帝庙，等太卜涂从庙里出来，他赶紧上前耳语。太卜涂匆匆返回龟卜现场，站在大王身边，不敢面对脸色阴郁的王后。此时，朱在口述，闻在书写，太卜涂知道这是大王的安排。太卜涂责怪自己：无论龟卜结果如何，自己都应该主持全程，否则在大王面前，就是失职啊！

朱口述结束，闻书写完成，朱色字迹排列在龟甲左右，错落有致，十分规整。朱和闻左右让开，请大王上前察看。大王只是端详整体效果，没有细察书写内容，向闻点点头，似乎是肯定闻的书写。不过在朱看来，闻的书写过于呆板，平日书写的灵动风格，此时没有体现出来。

龟卜活动结束，众人纷纷散去。卜官宾和卜官燮抬走龟甲，交给两位管理龟甲的卜官。随后，管理卜官将龟甲藏于龟室，长期保存。王后心生不快，无意理睬太卜涂，也知道太卜涂不愿面对自己，便独自转身离开，下山去了。

看到王后离开，大王随即率众下山。大王走在前面，步履轻快，显然没有受到龟卜结果的影响。王后独自走在前面，自觉无趣，停下脚步，等待大王赶到，在大王身边随行，只是步子有些缓慢。大王不时停下脚步，等待王后跟上，一起前行。闻跟在大王身后，脚步略显迟缓，有些闷闷不乐。朱在闻的身后，与身边的太医酉轻声交流。太卜涂走在最后，遭遇龟卜结果的打击，耷拉着脑袋，无精打采。卜官宾跟随在太卜涂身边，不远不近，既不打扰，又是一种陪伴……

少丘山上举行龟卜，馆舍只有函一个人，他闲得无聊，就与小龟一起玩耍。游戏的项目，是小三足龟擅长的跳跃——在小水池边确定起跳位置，函与小龟处于同一水平线，小龟由水池边跳向水池之中，函在水池边的开阔地面跳。函先跳，小龟随后，每跳一次，比较双方的距离，决出胜负。

函在起跳位置半蹲双腿，然后用力向前跳。函长于水性，不擅跳跃，落地不稳，两脚无法完全并拢，往往一脚站定，一脚斜出，再急忙收回一脚，慌乱而笨拙。小三足龟属于跳跃好手，后足和尾巴共同发力，跳得又高又远，往往轻松取胜。小龟落水之后，迅速潜入水底，自由自在游一会儿，享受游戏的乐趣。

小龟几次跳跃总是胜出，它察觉函的笨拙，便有意戏弄函——小龟巧妙掌控每次跳跃的力量，跳跃距离稍稍胜函，每次只是小赢一把。这样微小的差距，使函看到希望，促使他继续力拼一次，以求获胜。小龟一次次跳跃，溅起水花；函一次次跃起，扬起尘土。双方比得不亦乐乎，函很快累得大汗淋漓！

函和小龟一次次比拼，一次次失败，最后坐在地上，喘着粗气歇息。小三足龟也趴在水池边休息。这时，馆舍门口走来一个少年，他手里拎着一个小陶罐。他走到小水池边，把小陶罐放到地上，蹲在小三足龟面前，细细打量小龟。少年有意触摸小三足龟，他看了看旁边的函，函没有制止，少年却主动放弃触摸，继续低头观察小龟。

小三足龟歇息完毕，重新回到起跳位置，向函伸伸龟首，表示继续比试。函不甘示弱，拍打身上的尘土，准备与小龟重新比试。少年看到函与小龟比赛，试探着问道："卯也参加，好吗？"

函上下打量眼前的少年，大约十二三岁，年龄比自己小几岁，跳跃能力应该不强，两人一起与小龟比赛，自己不会垫底。函便答应，故意说道："跳入水池，敢吗？"

少年脱掉长衣和鞋子，与小龟并列，准备跳入水池。于是，一场新的比赛开始，少年第一个跳，函第二个跳，小龟第三个跳——第一次，小龟居一，函居二，少年居三；第二次，小龟居一，函居二，少年居二，函居三；第三次，小龟居一，函居二，少年居三。

三次跳跃之后，小三足龟知道了两人的跳跃能力，有意调整自己的跳跃距离，继续掌控比赛——第四次，少年居一，小龟居二，函居三；第五次，函居一，小龟居二，少年居三；第六次，小龟居一，少年居二，函居三。

最后三次跳跃，前面两次小龟只居第二，由两人竞争第一，给足他们面子。最后一次跳跃，小龟重新夺回第一。两番比赛，六次跳跃，小龟四次获得第一，函和少年各有一次第一，结果不是完全惨败，这是两人可以接受的结局。

比赛结束,函和卯成为朋友,两人坐在馆舍台阶之上,函递给卯一块麻布,卯擦拭腿上的污渍,穿上衣服,套上鞋子。卯取过水池边的小陶罐,告诉函:"听说馆舍有小三足龟,没有见过,特地过来看看。这里有些小鱼,不知小龟是否喜欢。"

函接过小陶罐,把小鱼倒在水池里,小鱼四散而去,小三足龟迅速追逐,享受觅食的快乐。函平日没有机会与人交流,眼前这个少年,他感觉值得信任,便主动说:"函是虎尾族人,从九江来到王邑。九江有许多小龟,函和小龟一起玩耍,也和小龟说话。"

卯问:"九江有许多小三足龟吗?"

函看着水池里的小三足龟说:"这个小三足龟,函捉来玩的,九江仅此一只。听族长说,小龟是从很远的地方来到九江的。"

卯再问:"函为何来到王邑?"

函说:"卜官宾前去九江,为大王寻龟,函一同来了。"

卯知道卜官宾的身份,问道:"卜官宾前去九江,就是为了寻找小三足龟吗?"

函解释说:"卜官宾前去九江,寻找大王祭祀用的大龟,九江没有大龟。卜官宾带回小三足龟,并代替大王向虎尾族做出承诺。"

卯继续打探:"承诺什么?"

函回答:"大王承诺,虎尾族不再贡龟。"

卯没有料到,小三足龟如此重要,竟然因此可以不再贡龟。卯继续问:"函愿意来到王邑吗?"

函回答:"函不想离开小龟。"

卯关心小三足龟的命运,问:"大王见过小三足龟了?"

函回答:"大王吩咐,好好喂养,还专门来馆舍看望小龟呢!"

父王对小三足龟如此关心,出乎卯的意料,他道:"哦,大王来过……"

函担心小三足龟的命运,心有疑惑,问道"族长说,大王的祖先来自九江,叫玄鸟族,当初曾经杀龟吃龟。卜官宾九江寻龟,表示用于祭祀,不伤害龟,是这样吗?"

卯知道杀龟占卜的主要用途,追问:"卜官宾说过不伤害龟吗?"

函略加思考说:"卜官宾向族长承诺,保证不伤害龟,族长这才允许将

第九章　龟卜

小三足龟带走。"

卯问："函担心小龟，一起来了？"

函说："卜官宾带走小三足龟要干什么，函不清楚，也不放心，就一直陪着小龟。"

卯说："卯可以打听一下，一起保护小龟。"

函终于找到可以信任的人，说道："谢谢卯！"

卯和函只顾说话，一时没有注意水池里的小三足龟。卯看向小水池，没有发现小三足龟的身影，以为小龟潜在水下，低头仔细寻找，依然没有小龟的影子。函曾经遇到这种情形，他以为小龟隐藏在水草之中，并不着急，拨开水草寻找，还是没有小龟。卯环绕水池察看，依然不见小三足龟，有些慌乱道："小龟不见啦！"

两人继续围绕小水池寻找，然后扩大范围，四处察看。函沿着南侧土墙寻找，这里杂草丛生，可能藏匿小龟。卯沿着北侧台阶，上下寻找。两人由西向东，来到馆舍门口，依然一无所获。卯告诉函："函搜寻馆舍，卯去外面看看。"

函低头寻找，来不及抬头，点点头就算答复。馆舍大门虚掩，卯推开大门出去，险些与外面来人相撞，对方急忙后退一步。卯收住脚步，站稳之后，看到一位年轻女子，她双手捧着小三足龟。小龟一动不动，如同被施了魔法，神态特别安然。卯又惊又喜，道："小龟！"

年轻女子回答："桑走到门外，小龟跳跃过来，桑伸出双手，小龟就爬上来了。"

卯明白，自称桑的女子经过这里，遇到离开馆舍的小龟。卯转身喊道："小龟在这里，不用找了。"

桑伸出双手，准备将小龟给卯，说："好神奇的小三足龟啊！"

函冲出馆舍，看到女子手中的小三足龟，不等卯伸出手，上前一步，抓过女子手里的小龟，训斥道："不准离开，怎么忘记了？"

小三足龟被函抢去，桑感到有些突然，下意识收回双手整理胸前的衣服。卯顺着桑的双手，看到她素色长衣的圆领处，露出一个白玉小龟。卯觉得小玉龟有些面熟，似乎在什么地方见过。桑发觉对面的少年看着小玉龟，心生诧异。这时，桑听这个少年说道："好在小龟没有走远……"

函抬头端详对面的桑，心生感激，说道："小龟遇到愿意亲近的人了。"
卯主动邀请桑："进来坐坐吧！"
随后，函手托小龟在前，桑跟着函，卯走在后面，三人进入馆舍。

不久前，桑为救助少朱、少葛，鞭伤刑者，陷入绝境，多亏闻及时出现，得到大王旨意，这才绝处逢生。之后，葛担心桑遭遇危险，不许桑离开朱圃。桑被禁锢多日，向葛请求，能否在朱圃附近走一走，如果遇到意外，可以立即返回，不会出现差池。葛依旧不能放心，亲自陪桑在朱圃周围走动，两人行走半径逐渐扩大，没有异常出现。葛便允许桑自己出外活动，叮嘱不要离开朱圃太远。

桑今日离开朱圃，所行愈远，胆量渐大，由郭区来到宫城南门，有意进入宫城。宫城南门有卫兵守护，但并不限制人们通行。桑跟在别人身后，穿过宫城南门，来到馆舍附近。桑看到馆舍，驻足观察，发现门口蹲着一只小龟。小龟看到桑，竟然跳过去，落在桑的脚边。桑蹲下身子，伸出自己的双手，小龟直接爬到桑的手中。桑手托小龟站起，细细端详，发现了小龟粗壮的尾巴以及尾巴下面独立的后足，很是惊讶。桑抬头看看馆舍，猜测小龟来自院内，准备敲门进入，送还小龟。这时，有人推门出来，两人险些相撞。最后，桑就随着函和卯进入馆舍了。

函紧紧抓住小三足龟，似乎生怕失去小龟。卯担心小龟再次出走，关心馆舍的安全，问函："馆舍大门平日敞开吗？"
函回答："大门平时关着，几乎没有人进出。"
卯想了想说："卯刚才进入馆舍时，随手关闭了大门，小龟怎么出去的呢？"
函继续端详小三足龟，好像对小龟说："小龟有些本领，函也不清楚呢！"
卯只顾担心小龟意外出走，突然意识到冷落了身边的桑，急忙说道："小龟平安，谢谢桑了。"
函逗弄手里的小龟说："快说谢谢！"
桑进入馆舍，观察院内的环境，看到院落尽头的小水池，不知院子的用处，问卯："这里专门用来喂养小龟吗？"

第九章 龟卜

卯不知桑的身份，猜测她并非王邑之人，说道："王邑馆舍，平日接待外来使者，临时用来养护小龟。桑是异族之人吧？"

函主动告诉桑："函来自虎尾族，在这里养护小龟。"

桑这才明白馆舍的用途，看到两人特别关心小龟，相信他们心地善良，于是坦率说明自己的身份："桑来自羊角族，住在朱圃。"

卯听桑这样介绍，急忙表明自己与朱的关系："朱是闻的师父，闻是卯的师父，朱就是卯的师父的师父，太师父。"

卯说到闻，桑感激闻对自己的帮助，对卯更加信任，说道："闻曾经帮助桑，桑还没有好好感谢呢！"

卯刚刚一番话，表明自己与朱的关系，没有料到桑竟然与闻相识，于是急忙强调自己与闻的关系："闻是卯的师父，也是卯的小父，卯可以带桑见闻。"

桑进入王邑找人，需要更多人的帮助，需要结识值得信任的人。桑听说卯和闻的关系，更加信任卯，说："桑从羊角族来到王邑，就为寻找一个人。"

卯并不在意桑来王邑的目的，只是认为三人相识，就是缘分，急忙介绍："函从九江虎尾族来，是卯刚刚认识的朋友。"

桑意外结识卯和函，十分高兴，跳上一侧台阶，说道："卯，还有函，桑记住了。"

桑跃上台阶时，函发现桑赤裸双脚，没有穿鞋。函平日不穿鞋子，看到桑似乎找到了同类，便问："虎尾族人全部光脚，羊角族人也不穿鞋子吗？"

桑拎起长衣下摆，露出赤裸双脚，说道："桑不穿鞋子，穿上不舒服。"

函蹲在小水池边，将小三足龟放入水中后，站起来打量桑，发现桑胸前悬挂着一个小玉龟，急忙凑到近前，仔细观看。桑摘下胸前的小玉龟，递给函说："四足的小玉龟，没有小三足龟神奇。"

小玉龟精致圆润，函拿在手里，十分喜欢，放到自己胸前，设想佩戴的效果，说："不管三足四足，只要有一个小玉龟，函就满足啊！"

卯接过小玉龟，仔细端详，对函说道："太师父最擅雕刻，后来手指受伤，不能用刀。小父擅长书写，不会雕刻。不过，卯有办法，保证送函一个小玉龟。"

卯这样爽快，函十分高兴地说："太好了！"

卯仔细打量小玉龟，记忆突然被激活，恍然说道："卯想起来，父王有过一个类似的小玉龟。"

卯所说"父王"，桑没有听清，以为卯说的是闻，急忙询问："闻有这样的小玉龟？"

卯向桑解释："小父没有，卯好像见过一个类似的小玉龟。"

卯的大王之子身份，桑并不知道。桑认为抓住了线索，急忙说："卯仔细看看小玉龟，一样吗？"

卯两手拿着小玉龟，翻来覆去察看，不确定地说："差不太多，很久没有见过了。"

桑终于发现一丝希望，内心着急，对卯说道："谁有小玉龟，带桑前去看看，就清楚了。"

卯似乎明白过来，道："桑来王邑找人，就是寻找小玉龟的主人吗？"

桑准备回答卯的问题时，馆舍大门突然被人推开，葛匆匆忙忙走进馆舍。原来，桑离开朱圌很久，葛出门查看，没有桑的影子，心中着急，四处寻找。葛向周围的人打听，有人看到桑离开郭区，进入了宫城。葛穿过宫城南门，走近馆舍，听到里面传出桑的声音，急忙推门进来。

卯迎上去，葛熟悉卯，但不知函是何人，也不知桑为何来到馆舍。桑看到葛，急忙上前求助："卯见过这个小玉龟，请他带桑前去看看，是不是桑要寻找的人。"

葛看到卯手拿小玉龟，问道："卯见过这个小玉龟？"

卯回答葛："父王那里，似乎有过一个。"

葛听卯这样说，接过小玉龟，重新挂在桑的胸前，一板一眼地告诉桑："卯所说的父王，就是大王。大王离开王邑，有大臣、仆从、卫士跟随，不能自己外出，大王不可能是桑要找的人。"

函今日与卯结识，不知卯的身份，没有想到卯竟是大王之子。函上下打量卯，回忆曾经见过的大王模样，搜寻两人的共同特征。函认为两人确有相像之处，卯的耳朵特别大，大王的耳朵似乎也不小。

桑听说卯是大王之子，又听说大王有过类似的小玉龟，回忆自己与那个男子的交往经过，希望想到与"大王"有关的细节。桑回忆起哥哥姜说过的话，告诉葛："哥哥说，看那人的气质，就不是平民，也许真是大王呢！"

第九章 龟卜

葛要将桑带回朱圃，亦真亦假地对卯说："卯回去问问大王，小玉龟是否还在。如果的确送人，就带桑面见大王。"

葛这样表示，桑不便争执下去，一边不情愿地随葛离开，一边回头看卯，眼神之中有求助的意味。卯认真起来，问道："桑是怎样得到小玉龟的？"

桑停下脚步，简要说明："当时，那个男人从树洞跌下，染上瘴气，神志混乱。桑用大象驮回羊角族，给那人治病。大象送走那人，大象回来的时候，带回这个小玉龟。"

卯基本明白来龙去脉，安慰桑说："卯回去询问父王，如果小玉龟已经送人了，就转告桑。"

看到卯如此认真，葛略加思考，叮嘱卯说："卯询问大王，必须选择恰当时机，单独与大王沟通。"

卯心中有数，说道："好的，卯明白了。"

葛和桑走出馆舍，发现卜官宾站在门外，看似刚刚回来。葛主动招呼，问道："卜官大人，少丘龟卜，已经结束？"

今日，朱前去参加龟卜，葛自然知道此事。卜官宾回答："已经结束，刚刚归来。"

卜官宾为什么来到馆舍，葛并不清楚，问道："卜官大人前来馆舍……"

葛由馆舍出来，卜官宾以为她已经见过小三足龟，便说："大王安排，看护小龟。"

葛匆忙进入馆舍，匆匆带桑离开，没有注意小三足龟，只是看到有个小水池，于是见机行事，说道："听说小龟在此，就来看一看。"

卜官宾打量葛身边的桑，问道："这位……"

葛急忙回答："葛的朋友，一起来了。"

卜官宾向桑微微一笑，对葛说道："如今馆舍专门用来养护小三足龟。"

小三足龟？葛因为没有看到，并不知道究竟，只能客套回答："好的，好的。"

桑听到卜官宾与葛的交流，知道了对方的卜官身份，也知道他如今在馆舍养护小龟。感觉此人态度和善，桑微微一笑，就算回应了。

第十章

馆舍

炎热的天气开始转凉,朱圃瓜果架上的悬桃进入成熟期,悬挂半空的样子煞是喜人。朱在瓜果架下席地而坐,手里摆弄着一颗悬桃,看到葛带着桑返回朱圃,就问:"桑去哪儿了?"

葛注意到,朱手中悬桃的表皮有刻划的痕迹,又看到草席上的玉鱼刻刀,那是几天前太卜涂送来的。葛拉过朱的右手,发现中指一侧的按压痕迹,显然因为手执刻刀造成,就说:"手已受伤,契刻不便,何苦受罪呢?"

悬桃表面的几个刻字,线条不够流畅,但依然可以辨识,就是"龟卜不吉"四字。朱笑笑说:"这柄玉鱼刻刀,甚是喜欢,就想试试不用食指能否契刻。"

葛摇摇头,劝朱说道:"没有食指的支撑,拇指和中指握刀,无法控制,还是罢手吧!"

朱拿起草席上的刻刀,说道:"真的喜欢,不用可惜了!"

葛接过朱手里的刻刀说:"闻拜师学技,只传书写,不授契刻。如今闻书写纯熟,此时传授契刻,师父讲解,弟子领会,不用示范,也许能够掌握契刻呢!"

朱想了想,同意葛的说法,道:"今日之闻,非昨日之闻!待闻到来,可以试试。"

朱和葛说到闻,桑赶紧插话:"闻来朱圃,桑也要谢一谢呢!"

桑对闻有感激之情,葛自然知道,便说:"想一想,怎么谢人家?"

桑说:"桑的性命是闻拯救的,怎么谢都不为过。只是究竟怎么谢,桑也没有主意。"

葛将馆舍所见告知朱："刚才寻到馆舍，桑在那里，卯也在场。后来遇到卜官宾，大王安排卜官宾专门照料小三足龟。"

朱由太卜涂口中，知道从九江寻来小三足龟，也知道大王安排养护，只是不知养在馆舍，便问："见到小龟了？"

葛在馆舍并未看到小龟，转脸问桑："桑见到了？"

桑正琢磨怎么感谢闻，没有留意两人说话，听到葛问自己，随口回答："见到了。"

桑心不在焉，葛推测桑的心思还在小玉龟上，就岔开话题，对朱说："桑在馆舍遇到卯，让卯带桑去见大王呢！"

葛东一嘴西一嘴，朱听不明白，问："桑见大王？"

桑指着胸前的小玉龟，向朱解释："卯是大王的儿子，卯说大王有一个小玉龟，很像这个小玉龟，可能大王就是桑要找的人。"

葛认为桑的猜想毫无道理："不可能，怎么可能呢！"

朱知道小玉龟确实来自大王，明白桑的心思，说道："桑去做饭吧！"

桑听从吩咐而去，脚步渐远，身影消失，朱悄悄告诉葛："桑要找的人，就是大王。"

葛很是吃惊："大王？"

朱挥了挥玉鱼刻刀，说道："桑的小玉龟来自大王，大王平日很是喜欢，经常带在身上。"

朱这样说，葛恍然大悟。当年，朱担任书契卜官时，精心雕刻了一个小玉龟，呈送大王，大王特别喜欢。

朱结合闻讲述的情况，向葛转述："前些日子，闻与大王到郊野狩猎，两次遇到老虎，闻射杀第一只老虎，大王引开第二只老虎，随即不见踪影，最后大王被大象驮回来了。"

葛明白过来："这么说，桑前来王邑骑的大象，就是驮回大王的大象。"

朱点点头说："桑骑的大象，桑的小玉龟，闻讲述的狩猎经过，多方情况可以说明，桑来王邑寻找的人，就是大王。桑寻找大王的目的，也是可以推断的。"

葛同意朱的分析，说出自己的判断："桑并不知道大王的身份，只是喜欢大王。"

朱说:"如果桑见大王,就会陷入两难,一是大王不可能娶异族女子,二是即使大王可以娶桑,桑也难以接受宫城的封闭生活。"

葛比较警觉,担心桑听到,放低声音说:"既然两难,没有好的结果,干脆把桑送回羊角族!"

朱摇摇头说:"桑寻人意愿强烈,硬送回去,不是办法。只要避免桑和大王相见,让桑待些日子,实在寻找不到,自然灰心。那时送桑回去,理所当然!"

葛意识到,应该避免让桑接触大王周围的人,提议说:"不能让桑接触卯,也要减少桑与闻见面的机会,以防万一。"

朱想了想,说道:"可以说明真相,让闻有所防备。卯经常前来朱圃,不便透露实情,只能见机行事了。"

一早,宫城大堂之内,大王正在与太卜涂、太医酉议事,抬头看到闻站在大堂外面,有些诧异。闻一向回避参与政事,很少前来大堂,今天主动来到,必有要紧之事。大王招了招手,请闻进来。闻进入大堂,看到三人正在议事,自觉不应打扰,便站在一边,准备等待大家议事完毕,再向大王说明自己的事情。大王让闻来到近前,问道:"今日来此,有何要事?"

闻有重要的事与大王相商,因为太卜涂、太医酉在场,一时犹豫,不知当面说出是否合适。大王明白闻的顾虑,说道:"但说无妨。"

闻态度恳切,面向大王说:"闻请求大王,再次龟卜,成全卯继王位。"

大王听闻此言,甚是惊异:"王位继承,龟卜已有结果,为何再次龟卜?"

太卜涂和太医酉对视一眼,同样不解。太卜涂心想,难道闻对王位有所企图?

太医酉感到诧异,说道:"闻对龟卜结果有何疑义?"

闻向大王陈述:"少丘龟卜后,闻返回宫城,跟随卜官前往龟室,查看历年龟甲记录,竟有新的发现。"

太卜涂追问:"有何发现?"

闻转向太卜涂:"闻的发现,为再次龟卜找到依据。"

第十章 馆舍

太医酉问:"什么依据?"

闻讲述自己新的发现:"先王的龟卜记录有所记载,当初先王患病,久治不愈,大臣提议龟卜,以断吉凶。太卜官提议,此番龟卜,不问吉凶,由太卜官向上帝请命,以自身性命保全先王。太卜官宣布命龟之辞——如果上帝保佑先王性命,请示吉兆;如果上帝不能保佑先王性命,太卜官可以性命代之,请示不吉。结果,卜得吉兆,上帝保佑先王性命,太卜官不必以命代之。"

太卜涂听到这里,怀疑闻的意图:"当初,太卜官用性命保全先王,闻再次龟卜,是让涂以性命成全卯继王位,还是成全闻继王位啊?"

闻急忙说:"当然是卯继王位。"

大王急忙摆手道:"不可,不可。"

闻一时慌乱,急忙解释:"不是太卜大人成全,而是由闻成全。"

太医酉自认为明白闻的意思,阻止闻说:"不行,不能以闻的性命成全卯继王位……"

闻打断太医酉的话:"也不是以闻的性命。"

大王有意让闻把想法说清楚,道:"闻慢慢说。"

闻放慢语速,阐述自己的想法:"再次龟卜,不问卯继王位吉与不吉,而是向上帝请命,以闻的腿疾成全卯继王位。如果上帝保佑卯继王位,请示吉兆;如果上帝不能保佑卯继王位,就让闻的腿疾不得康复,换取卯继王位,请示不吉。"

太医酉终于明白闻的意图:"闻的意思是无论吉凶,都要保全卯继王位。卜得吉兆,皆大欢喜;卜得不吉,闻的腿疾不得康复,以此代价,让卯继王位。"

太卜涂怀疑闻的意图,问:"闻为何成全卯继王位呢?"

闻无意王位,宁可自己腿疾不得康复,大王对此心生不满,说道:"以闻的腿疾,成全卯继王位,难道对闻来说,王位就这么不能接受吗?"

太医酉理解闻的意图,对大王说:"大王之位,闻以为卯可胜任,于是借先王龟卜之事,说服大王,再行龟卜。"

大王斩钉截铁说道:"先王之事,并非可取。成全一人,另外一人付出代价,并非先王意愿。"

闻还想争辩："闻的腿疾，无法治愈，以此成全卯，闻没有什么损失啊！"

大王站立起来，斥责闻说："无法治愈？谁说无法治愈，太医说过无法治愈吗？"

太医酉没有料到大王发火，急忙表态："没说……没说无法治愈。"

大王冲闻挥挥手："不要说了，闻退下吧！"

闻还想辩解，大王不耐烦地继续挥手，太医酉示意闻尽快退下，闻只得退出大堂。闻此番突然来到大堂，提出再次龟卜，干扰了大王与太卜涂、太医酉议事，大王心情烦乱，让太卜涂、太医酉退下，暂不议事了。

太医酉和太卜涂步出大堂。太医室、太卜室本是两个方向，太医酉停下脚步，准备与太卜涂道别。太卜涂随即上来，手指太医室的方向，表示要随太医酉同行。闻请求再度龟卜，此事涉及王位继承，太卜涂希望知道太医酉的看法，关于闻的腿疾能否治愈，也要向太医酉问个究竟。

太医室是一处曲尺形建筑，三栋建筑南北相连，呈现竖、横、竖的曲尺形结构。主建筑是坐北朝南的大室，太医酉在此间诊治病；大室之南有坐东朝西的前小室，太医酉在此给学生传授医术；大室之北有坐西朝东的后小室，属于太医酉日常居住的房屋。

太医酉、太卜涂来到太医室，在大室前面的空地，两人席地而坐。太医酉手指矗立的男性石像，说道："卯的个头，已经比石像高了。"

闻的建议事关王位继承，太卜涂直接询问："依照太医所见，闻为何提议再次龟卜？"

太医酉一向坦诚，并不掩饰："闻希望卯继王位，再次龟卜，欲成全卯。"

太卜涂怀疑闻另有企图："难道闻不想继承王位？闻提议再次龟卜，看似成全卯继王位，极有可能是欲擒故纵。"

太医酉并不同意太卜涂的说法："闻多次表明无意继承王位。再者，闻的腿疾突然发作，也是大碍。"

太卜涂借机探问："闻的腿疾，确实无法治愈？"

太医酉想起大王刚才的问话，不免笑道："大王刚才提问，是否无法治愈，酉未表示无法治愈，并不说明有办法啊！"

太卜涂追问："医典之中，可有治愈之法？"

太医酉表示:"未见记载。"

太卜涂继续追问:"大王有一册《江河经》,其中记载,江中三足龟,食后无大疾。"

太医酉听到这里,以为三足龟可以治疗腿疾的事,大王已经告诉太卜涂,便解释说:"《江河经》讲述江河风物,提及'江中三足龟,食后无大疾,尤治腿疾',不知所说腿疾,是否就是闻的腿疾啊!"

太卜涂恍然大悟,当初大王命令寻找三足龟,只说"江中三足龟,食后无大疾",没有提及"尤治腿疾",自己以为大王的寻龟意图,就是延年益寿。大王隐瞒真相,没有透露寻龟目的,说明对自己有所防范。没想到,大王寻找三足龟,竟然是为闻治疗腿疾。

太卜涂感觉自己被大王欺骗,他猛然站起,握紧拳头,一时无法发泄愤怒,只能手抚石像,平复自己的情绪。太卜涂询问太医酉:"《江河经》中确有'尤治腿疾'一说?"

太卜涂的举动和表情,使太医酉若有所思——大王命令太卜涂寻找三足龟,也许没有表明真实目的,自己口无遮拦,无意之间泄露了大王的隐秘。太医酉随即站起,摊开双手,无奈地说:"《江河经》只有散落的几册,虽有如此记载,是否灵验,无人证实,恐怕没有多少把握。"

太卜涂自有推断,道:"先人所述,大多亲身经历,不会编造。"

太医酉表明自己的态度:"卯可否继位,闻能否治愈,不遂人愿,遵乎天道。"

太医酉说完,起身离开,指着坐北朝南的大室,请太卜涂一同过去。两人进入大室,等太卜涂站定,太医酉指着墙上的一幅画像,请太卜涂观看。正面墙上,有一幅巨大的"伏羲像",太卜涂面对画像,急忙双膝跪下,向伏羲祖师行礼。对于龟卜占筮者来说,伏羲既是诸多族群的先祖,也是龟卜占筮者的祖师。

太卜涂行礼完毕,起身端详这幅"伏羲像"——细密的平纹浅色绢布上,是用朱红色线条勾勒出来的伏羲像。伏羲身着羽毛衣,片片羽毛细细描绘,色彩层层叠加,甚为生动。伏羲人首硕大,前额上方凸出两个犄角,兽角一般,使伏羲形象更加奇异神秘。

太卜涂细细察看,发现伏羲画像还有特别之处——画面四角各有一个太极图，每个太极图的呈现角度不同。右上角的太极图，黑白左右对称，黑形在左，白形在右；右下角的太极图，黑白上下对称，黑形在上，白形在下；左下角的太极图，黑白左右对称，白形在左，黑形在右；左上角的太极图，黑白上下对称，白形在上，黑形在下。

四个太极图，角度完全不同，太卜涂从未见过。他踌躇良久，感觉其中蕴含神奇，便向太医酉询问："伏羲祖师像似有特别寓意，何人所绘？"

面对太卜涂的提问，太医酉首先解释太极图的特别之处："伏羲画太极，太极生两仪，两仪是两种太极图，一种黑白左右对称，一种黑白上下对称。两种太极图各有顺向、逆向的旋转，各生四象，结果就是两仪生八象。这幅画四角四象，只是表现太极图的一种旋转，还有四象没有呈现呢！"

太卜涂脑中构想太极图的另外四象，画面很快清晰起来，不由感叹："至圣之人，总是领悟到常人无法企及的奥秘！"

太医酉引太卜涂观看伏羲画像，意欲传达天道胜人道的至理："伏羲先祖立圭测日，观察天象，以目视地，观察日影，记录圭象，推演太极图的变异规律，晰理太极与八象的关系。伏羲之道，天地皆圆，天道之演化，系上帝之旨意。后世之道，天圆地方，强调人道，人道怎能胜过天道呢？"

太卜涂察觉伏羲画像寓意深邃，问道："画者何人？"

太医酉手指郭区方向："朱圃之人。"

太卜涂此时明白，伏羲画像大有深意，绘者就是自己的师父。太卜涂有意前去请教，转念一想，还是应该立即赶赴馆舍，阻止小龟长大，避免闻治愈腿疾的可能。太卜涂认为，闻腿疾不愈，无法继承王位；闻不能继位，卯继王位，自己就有成为王邑之相的机会。太卜涂急于离开，便对太医酉说："既然画像是师父所绘，涂前去请教。"

太卜涂说完，急忙转身离开太医室，很快消失不见了。太医酉眼看太卜涂离去，察觉此人欲念泛起，心火扰神，去向并非朱圃。太医酉摇了摇头，长叹一声，躬身向伏羲像行礼，一拜、再拜、三拜……

函没有想到，大王竟然独自一人来到馆舍。

这日，卜官宾离开馆舍，给小三足龟寻找做伴的小龟。小三足龟缩在水池一角，没有半点声响，仿佛进入了梦乡。馆舍之内，只有树梢被风轻轻吹动的声音。

函坐在台阶上，比照手里的犀牛皮甲，借助卜官宾弄来的零碎牛皮，正在准备缝制一件皮甲。函拆下连接犀牛皮甲的缝线，察看皮子之间的衔接方式，弄清之后，将拆下的缝线重新穿回骨针，骨针穿过皮子上面的小孔，再度连接一片片皮子，恢复犀牛皮甲原来的样子，已经基本完成。拆下的缝线或有断裂，长度不够，函回室内寻找缝线。

函从室内返回院子，发现有一个人蹲在水池边，聚精会神观察小三足龟。那人听到函的脚步，抬起头来，竟是大王。函站在台阶之上，一时手足无措。大王看到台阶上的犀牛皮甲，还有函手里的骨针和缝线，问道："函在制作皮甲？"

函努力镇定地回答道："大王，函的父亲制作皮甲，手艺高超。函喜欢小龟，没有学习制甲手艺，只是天天看到父亲制作，也掌握一些。"

函拿起犀牛皮甲，送到大王手中，请大王察看。大王仔细端详，问道："这是函的父亲制作的？"

函解释说："函离开九江时，父亲将亲手制作的皮甲给函。近日，函将皮甲一次次拆开，一次次缝起，手艺提高了。"

大王拿着犀牛皮甲，在身上比量，设想自己穿上皮甲的样子，问道："这么说，函能制作皮甲？"

函指着台阶上的碎牛皮，告诉大王："函正在缝制，只是无法与犀牛皮甲相比。如果有上好皮子，函也能制作好的皮甲。"

大王将犀牛皮甲还给函，道："给函上好的皮子，缝制一件皮甲，能做到吗？"

大王这样说，函不再拘谨，上前说道："请大王将犀牛皮甲穿上，试试大小，量量尺寸。"

函将犀牛皮甲套在大王身上，观察皮甲与大王身体的契合程度，他拿起手里的长线，丈量大王的肩宽、胸围、腰围。大王配合着函，一会儿抬起胳膊，一会儿转动身体。

函说："没有犀牛皮，水牛皮也可以啊！"

大王笑道："就水牛皮吧！"

函丈量结束，将尺寸默记在心，向大王表示："大王放心，有犀牛皮甲作为样子，函制作的皮甲，保证大王满意。"

大王对函说："皮甲完成制作，大加赏赐，想要什么尽管说！"

函并不在意赏赐，说道："函不要什么，就是希望小龟平安，自己早点返回九江。"

大王重新蹲在水池边，察看小三足龟，说："函使小龟快快长大，就可以早日返回九江。"

函听到大王的承诺，高兴地说："函让小龟多吃东西，让小龟多活动，小龟就会长得快，长得大。"

大王叮嘱："函熟悉小龟的习性，仔细想想，还有什么办法，可以让小龟快快长大。小龟喜欢吃什么，函提出来，都可以办到。记住，要让小龟长得快，长得大。"

大王说完，抬起左右手臂，让函解下自己身上的皮甲。这时，卜官宾从馆舍门外进来，看到函与大王如此贴近，一时有些意外，停下脚步不敢向前。函帮大王脱下皮甲，大王看到进入馆舍的卜官宾，招手示意。卜官宾手提两只四足小龟，显然是为小三足龟寻来了伙伴，看到大王向自己招手，急忙上前。大王道："没有料到，年纪不大的函，还会制作皮甲呢！"

卜官宾看清函手里的犀牛皮甲，明白刚刚发生的事情，告诉大王："函出自制甲世家，函的父亲……"

大王打断道："明日来取水牛皮，让函制作皮甲。"大王说完，径自离开馆舍了。

大王走后，卜官宾将两只四足小龟扔进水池，抓过函手里的犀牛皮甲，察看一番，扔还给函，问道："大王来干什么，大王说什么了？"

函不知卜官宾怒气从何而来，说："函不知大王来干什么，大王也没有说什么啊！"

卜官宾继续追问："大王何时来到？"

函回答："函缝制皮甲，回室内取线，出来的时候，就看到大王了。"

大王来到馆舍，自己正巧不在，函并未专心照料小龟，卜官宾担心大王不满，问函："大王没有生气吗？"

函弄不明白卜官宾的意思，说："大王看到皮甲，就问函能否制作。函说可以，大王就让函丈量尺寸了。"

第十章 馆舍

卜官宾不满函的回答，道："这么说，大王就是来找函制做皮甲的？"

函不知道怎样回答才能让卜官宾满意，只能依照自己的想法解释："大王就是前来看望小三足龟的！"

卜官宾冷静下来，心想：大王前来馆舍，必定就是看望小龟，自己虽然不在，也是在给小三足龟寻找伙伴，大王应该不会怪罪。卜官宾又问："大王还说了什么？"

函想了想回答："大王说，皮甲制作完成，可以大大赏赐，想要什么尽管说。"

卜官宾不想再听皮甲的事，将话题转到小龟，问："关于小三足龟，大王说什么了？"

函有些答非所问："函告诉大王，什么赏赐都不要，就是希望小龟平安，函早点返回九江。大王说，想要尽快返回九江，就得让小龟……"函说到这里，没有再往下讲，大王"让小龟快快长大"的叮嘱，函觉得不能告诉卜官宾。

卜官宾认为，眼前这个虎尾族少年头脑糊涂，追问下去没有结果。卜官宾转身离开，进入自己居住的小室。他万万没有料到，太卜涂竟然在室内等着他。

太卜涂看到卜官宾，开口便问："可有阻止小三足龟长大的办法？"

卜官宾一时摸不着头脑，反问："阻止……长大，怎么阻止长大？"

太卜涂一字一顿道："阻、止、小、龟、长、大。"

卜官宾不知太卜涂意图何在，按照自己的理解，小心解释："根据所生之地，龟分为山龟、泽龟、水龟、火龟。小三足龟生于九江，本属泽龟，生长很慢，要让小龟尽快长大，几乎没有可能。"

太卜涂认为卜官宾没有领会自己的意图，更加气恼，说道："不是尽快长大，而是阻止长大！"

卜官宾想起族长燎所说的话，向太卜涂转述："虎尾族的族长燎说，小三足龟太小，长到大王祭祀用龟的标准尺寸，人的一生都等不到。"

太卜涂没有料到卜官宾这样愚笨，斥责道："不要说一尺一寸，即使一丝一毫，也不能长大。"

太卜涂的意图，卜官宾愈发弄不明白："不让小三足龟长大，大王怎么食用呢？"

太卜涂小心地向室外看看，低声告诉卜官宾："大王寻三足龟，不是自用，是为闻治疗腿疾。"

卜官宾大吃一惊，问道："三足龟可以治疗腿疾？"

太卜涂低声解释："经书提到过，江中三足龟，食后无大疾，尤治腿疾。"

卜官宾这才明白，自己千里迢迢九江寻龟，回到王邑之后，天天守在馆舍，日日照料小龟，竟然是为闻治疗腿疾。大王今日前来馆舍，察看小龟，也是为闻着想。

卜官宾想到这里，赶紧对太卜涂说："大王刚刚离开馆舍，前来察看小三足龟了。"

太卜涂再次感觉被大王欺骗，道："快说，怎么阻止小龟长大！"

卜官宾没有准备，一时慌乱，边想边说："小龟对温度敏感，温度太低，小龟不吃不喝，就会休眠，卧在水底，或者土中藏身，不再生长了。"

太卜涂急忙询问："降低温度，有什么办法吗？"

卜官宾想了想，实在没有办法，便说："降低温度，只能依靠季节变化；降低水温，除非拥有大量冰块。"

太卜涂听出卜官宾无计可施，只能结合龟的生存环境考虑措施。太卜涂命令卜官宾："记住，一要减少龟的食物，少食自然不能生长；二要减少龟的活动，少动自然不想进食；三要观察小龟的生长状态，天天观察，防止小龟长大。"

卜官宾没有想到，照料小龟如此烦琐，问："天天观察？"

太卜涂继续命令："天天观察，丈量尺寸，小龟如有变化，立即禀报。这些措施，必须悄悄进行，尽量避开函。"

卜官宾有些厌烦，但只能点头服从。

太卜涂布置完毕，准备离开，又想起什么，再度叮嘱："不让小龟长大，就是宾的功劳。事后，宾到玉人坊做玉官，管理制作玉器的玉人。喜欢的玉器，那里应有尽有。"

太卜涂和卜官宾正在室内密谈，一个少年悄悄走进馆舍。

第十章 馆舍

函蹲在小水池边,盯着水池里的小三足龟,回想大王对自己说的那些话,琢磨让小龟长大的办法。函不经意间抬头,看到卯走过来,手里提着一个小陶罐,卯给小龟送食物来了。函看着卯手里的小陶罐,问卯:"是小鱼吗?"

卯说:"小虾。听说小龟喜欢吃小虾,喜欢吃小螺,这次送小虾,下次带小螺。"

函接过小陶罐,放到水池边。卯问:"现在喂小龟,不行吗?"

函指指水池里的小龟,告诉卯:"小龟正在休息!小龟特别耐饿,可以几个月不吃食物。"

卯说:"这些小虾,小龟想什么时候吃,就什么时候吃。"

卯的目光从小三足龟移开,发现水池中还有两只小龟,有些意外道:"又有两只小龟?"

函用手撩水,泼向两只小龟,惊动它们,让卯看到小龟四足拨水的样子,说:"卯看看就知道了。"

卯明白了:"这是给小三足龟找的伙伴吧!"

卯和函说着,太卜涂和卜官宾走出室内,函示意卯躲到自己身后,卯迅速隐蔽在函的后面。太卜涂的目光掠向水池,没有察觉函背后的卯,径直走向馆舍大门。

卯从函的身后出来,问函:"太卜大人经常来馆舍吗?"

函看到太卜涂走出院子,回答:"平日很少过来。"

卜官宾送走太卜涂,回到馆舍之内,看到卯和函在一起,便走过来,问卯:"来看小龟了?"

卯手指水池边的小陶罐,说道:"给小龟送些小虾。"

卜官宾想起刚才太卜涂所说,如果三足龟能够治愈闻的腿疾,闻就可能继承王位,卯就失去继位的机会。卜官宾感叹道:"小龟长大,也许对卯没什么好处。"

卜官宾说完,转身就走,卯并不明白他话里的意思,心生疑问。函悄悄告诉卯:"刚才,大王来过。接着,太卜大人也来了。"

卯有些意外,问道:"父王来过,来干什么?"

函犹豫一下,毕竟信任卯,低声告诉他:"大王来到馆舍,专门看望小龟。函正在缝制皮甲,大王让函为他制作皮甲。函告诉大王,希望小龟平安，自己早点回家。大王答应函，只要小龟长得快，长得大，就可以尽快返回九江。"

卯没有料到，父王、太卜涂先后来到馆舍看小三足龟，如此关注小龟，也许隐藏着什么秘密。父王一心希望小龟快快长大，而太卜涂对小龟的关心，也许另有目的。卯问函："让小龟快快长大，函有办法吗？"

函回答："让小龟长大，没有那么容易。"

卯说："父王和太卜大人先后来到馆舍，是巧合吗？"

函难以回答这个问题，反问："卯来馆舍，也是巧合吗？"

关于小三足龟，卯希望了解更多，问函："当初卜官宾前往九江，以什么理由寻找小三足龟？"

函就自己所见，回答卯的问题："卜官宾前来九江，寻找大王祭祀用龟，但九江没有大龟。卜官宾发现函有小三足龟，便向族长提议献给大王。他说，小三足龟稀奇罕见，大王看到自然高兴，就会同意虎尾族不再贡龟。"

卯问："仅仅就是让大王高兴，没有说到具体用途吗？"

函想了想说："卜官宾说，小三足龟长大之后，大王祭祀使用，用灵龟求得天意，并不伤害三足龟。"

卯心里清楚，卜官宾外出寻找的大龟，全部用于龟卜。凡是用于龟卜，必然杀龟取甲。小三足龟寄养在馆舍，如果达到祭祀需要的标准尺寸，真正用于龟卜，必然杀龟取甲。从这方面说，卜官宾显然对族长燎撒谎了。还有一种可能，卜官宾受命寻找三足龟，并不知道真正用途，所说都是借口，只要能够得到三足龟，就是完成寻龟任务了。

卯心中分析：寻找三足龟的真正目的，父王肯定最为清楚，父王的真正目的，也许不愿告诉别人。父王可能告诉太卜涂，也可能因为某种隐情，并不告诉太卜涂。父王前来馆舍，向函表示希望小龟快快长大。太卜涂匆匆而来，也许有新的发现，甚至察觉到父王的寻龟目的。卜官宾此时表示，小龟长大对自己没有好处，这种观点肯定来自太卜涂的提醒。如此分析，是否让小三足龟尽快长大，就是父王和太卜涂的分歧之处。

卯继续向函了解情况："小三足龟能够尽快长大吗？"

函摇摇头说："族长说，达到大王祭祀用龟的尺寸，恐怕函已经不在人世了。"

卯追问："有没有奇迹发生？"

函想了想，告诉卯："函养过一只小龟，个头很小，函突发奇想，一早一晚祷告，希望将函的力量传给小龟，让小龟尽快长大。几个月后，小龟突然变大，从鸡蛋那么大小，变成手掌这么大。函不明白，究竟是小龟得到了函的力量，还是发生了其他意外。函不知道，假如再次祈祷，小三足龟能不能快快长大。"

卯沉思片刻，对函说道："先别着急，卯回去之后，了解父王让小龟长大的目的，之后再说是否为小龟祈祷，好吗？"

函点点头，听从卯的建议。

第十一章
玉龟

一个细雨霏霏的日子，大王独处小堂，翻阅《江河经》，看着其中"江中三足龟，食后无大疾，尤治腿疾"的字样，陷入沉思。

几天前，闻要求再次龟卜，以自己腿疾不得康复为代价，保全卯继王位，这让大王对闻的认知更加深入。闻品行端正，这是为王者必需的素质；闻有勇气，关键时刻可以牺牲自己，这是为王者应有的气概；闻不存私心，这是为王者应有的胸襟。大王对闻的认知愈深，更加希望闻腿疾康复。这样在王位继承一事上，大王就能够掌握主动，既可以由弟弟闻继位，又可以由儿子卯继承，两种选择，以应对世事无常的变化。因此，大王期望小三足龟尽快长大……

大王正在沉思，突然听到轻轻的叩门声，传来王后的声音："大王，一起去玉人坊吧！"

玉人坊坐落于宫城东北角，专为王族制作各种玉器，制作玉器的匠人称为"玉人"，管理玉人的官员称为"玉官"。大王收起《江河经》，步出小堂，看到王后、卯和闻站在室外。之前，王后与大王约定，今日共赴玉人坊，察看王后为他们三人定制的玉器。

空中飘飞的雨点散去，云层后面透出阳光，大王的心情晴朗起来。雨已散，云渐消，天空湛蓝如洗，王后心生喜悦，打发撑伞遮雨的仆从返回。一行人踏上绿树掩映的道路，走向玉人坊。

玉人坊自成一个大院落，玉人们在此制作玉器。看到大王、王后等人来到，掌管玉人坊的玉官原上前迎候，躬身行礼，引领大家进入玉人坊。

第十一章 玉龟

玉人坊内，十几个玉人各自忙碌，或割或切，或琢或磨，正在制作形态各异的玉器。玉官原带领四人进入一处大室，这里用来存放制作完成的玉器，按照器物的大小和用途，摆放在不同位置。大王环顾室内的玉器，玉官原主动上前讲解，介绍各种玉器的制作方式和用途，大王示意闻和卯仔细聆听。

玉官原指点着玉器，一一说明："从用途上说，玉器分为配饰、随葬、祭祀、应用类；从制作方法上说，有雕、钻、刻、勾、磨等不同技法；从玉器造型上说，有片形、圆形、方形等；从形象借用上说，动物最多，包括各类飞禽走兽，鸟是其中最为常见的形象。"

闻原本就对契刻很有兴趣，只是因为朱手指受伤，不能握刀示范，一直没有学习。此时，闻看到如此精美的玉石雕刻技艺，对玉官原说："择一玉器，细细讲来。"

玉官原上前打开一个木盒，揭去覆盖的丝帛，将丝帛平铺在木案上，取出一件玉器，轻轻放在丝帛之上，请众人观看。这是一件凤鸟形状的玉器，外形简约生动，着重突出鸟的头部和下垂长尾，看似一只栖于树枝的凤凰。

闻问："此谓凤栖树？"

玉官原点点头，手指凤鸟，详细介绍："这是一件凤形碧绿玉佩，前后两面的纹样相同，属于片雕。凤鸟的翅膀，用阳线进行表现；凤冠、尾部、羽毛边缘，用透雕的方式，显得更加灵动；鸟的头部、尾端，各有一个孔洞，便于穿绳佩戴。"

王后上前，拿起凤鸟玉佩仔细察看，放在胸前比试，想象自己佩戴玉器的效果。玉官原急忙表示："这件凤鸟玉佩，专为王后雕刻，请王后佩戴，以展风采。"

王后轻轻放回凤鸟玉佩，称赞道："凤鸟身形舒展，静中有动，欲飞冲天，甚是可爱。"

王后为大王等人定制玉器，今日特地过来观看，自己不能过于招摇，于是吩咐玉官原："呈上制作完成的玉器吧！"

卯想到自己承诺给函小玉龟，趁机问道："母后，卯可以定制一件玉器吗？"

玉官原令人呈上几件玉器，王后没有回答卯的提问，示意玉官原取出玉器。王后面向大王，道："大王生辰临近，特为大王准备礼物，卯和闻也有礼物！"

玉官原双手托着木盘，木盘之上盖着丝帛。玉官原小心翼翼地将木盘放在木案之上，正准备揭去丝帛时，被王后止住。王后上前，并未急于揭去丝帛，而是转身对大王说："人将赴死，灵魂不灭，死者口中含玉，借玉石之不朽，期望灵魂再生。"

闻不知丝帛之下究竟何物，听王后说到这里，插言讲道："先祖习俗，可为生者备置冥器……"

王后向闻点点头，指着丝帛覆盖的物品道："依照先祖习俗，这是一套白玉制成的玉覆面，包括眼罩、鼻罩、耳罩、口罩、玉塞等，以玉器遮蔽七窍，可使灵魂再生，升入天界。"

王后说完，示意大王上前揭去丝帛。大王轻轻揭开丝帛，玉官原近前一步，以便回答大王关于玉覆面的提问。闻十分好奇，上前观看，一套白玉质地的玉覆面错落排列，与眼睛、鼻子、嘴巴、耳朵等一一对应。遮蔽眼睛和嘴巴的玉器，留有孔洞，表示眼睛可视，嘴巴可食；鼻子依据凸起的鼻形，制成立体三角形，根据中线分割左右，两边雕刻透气之孔，方便鼻子呼吸。闻不由感叹，这套玉覆面构想精妙，雕琢精细，仿佛传递出生命的气息。

大王俯身察看玉覆面，询问玉官原："玉覆面诸多玉片，如何连接呢？"

玉官原回答："玉片连接，依据青铜面具，青铜面具依据大王面孔制作。青铜面具之上，覆盖丝帛，丝帛之上，覆于玉片，玉片对应五官，保证位置准确。玉片事先钻以细孔，随后连缀起来，必定贴合面孔。"

大王追问："青铜面具是依据什么制作的呢？"

玉官原谨慎回答："来自王后的准确描述。关于大王的面部特征，王后详细描述，玉工根据王后的描述绘制图形。经王后确认之后，图形交给青铜作坊，由工匠打造面具。"

闻感叹王后用心良苦："生者死也，死者生也，生死不息，是为信念。为生者备置冥器，可以口含玉蝉和玉鱼，蝉能蜕化再生，鱼能自由游弋，借玉石之不朽，寓生命之再生。这套玉覆面，白玉吻合吾族尚白习俗，玉石保护七窍，让灵魂适时出窍而生，有羽化而升仙的意味。今日得见，睹玉人之绝技，知王后之用心。"

大王看向王后，赞许地点点头，继续察看玉覆面。玉官原端起托盘，请

第十一章 玉龟

大王仔细观察。大王如此聚精会神，王后知道自己的用心得到回应。

大王看罢玉覆面，王后示意玉官原取过另外两个托盘，托盘上面同样覆盖丝帛，这是给卯和闻准备的礼物。王后指着其中一个托盘，对卯说道："揭开看吧！"

卯对王后说："先看小父的吧！"

闻对卯说："听王后吩咐！"

卯揭去丝帛，露出一件玉圭。圭，原是圭表的一部分，矗立地面观测日影的标杆叫"表"，平放地面测定表影的刻板叫"圭"。后来，圭演化成为手持礼器，使用者上至大王，下至群臣，尺寸不同，表明持有者的官职地位不同。玉圭能够感知季节和时辰变化，被赋予权威性和神秘性，显然这是一件富有内涵的贵重礼器。

这件玉圭呈长方形，上尖下平，便于竖立摆放。王后拿起玉圭，双手递给卯说："玉圭一物，有测影之说，即立圭测日影；还有双戈之说，即双戈形并列。玉圭赠卯，寄托大王对卯的期望——仰观天日，俯察日影，体察大势；手握长戈，战胜危难，永护社稷。"

闻目测玉圭长约一尺，仅次于大王所持一尺二寸，王后已经视卯为大王的继承者。对闻来说，因为无心继位，王后举动正遂其意。闻只是猜想，王后赠圭说成大王期望，不知究竟是大王本意，还是王后自己的说法。闻转身观察大王，大王看着另一托盘，似乎更关心另一件玉器究竟是什么。

卯接过玉圭，静默无语，退到一边。王后转身走向另一托盘，示意玉官原揭去丝帛，一件玉器呈现出来。王后为闻准备的礼物，是一柄精美的玉鱼刻刀。王后拿起刻刀，递给闻说："闻会喜欢的！"

闻接过刻刀，拿在手里，仔细端详。卯上前一步，近身察看。玉鱼刻刀大约一掌之长，三分之二是鱼的完整造型，这是刻刀的把柄；鱼的尾巴向下延伸，这三分之一部分，属于刻刀的刀体部位。刀刃位于刻刀底端，呈斜横向。使用刻刀的时候，手握玉鱼为柄，可刻可割，既是实用工具，也是精美玉器。卯自然明白，相比自己手里的玉圭，小父的礼物虽然精美，实在缺乏应有的分量。

闻手握刻刀，正想说些什么，大王走到闻的身边，拿过玉鱼刻刀，端详一番，说道："这柄玉鱼刻刀，鱼的形态生动逼真，雕刻技艺十分精美，阴线阳线结合得当，既是实用刀具，也是装饰玉器，余特别喜欢。"

闻听大王这样说，视线转向王后，一时不知怎样表态。大王将玉鱼刻刀握在手中，对王后说："既然每人一件礼物，参照卯的玉圭，为闻重做一件，可否？"

大王主动将玉鱼刻刀收起，出乎王后意料。大王这样吩咐，王后不便拒绝。卯举着手里的玉圭，转身面对大王："父王，卯的玉圭，可以送给小父。"

大王摆手阻止，说道："王后为卯专门定制，不可转送。"

闻这才找到说话机会："其实，闻很喜欢玉鱼刻刀。"

王后轻轻叹一口气，吩咐玉官原："按大王指令，同样玉圭，另做一件！"

王后心中有些郁闷，吩咐完毕，独自走向室外，大王招呼闻和卯一起离开。玉官原急忙用丝帛包裹玉覆面，双手托着，跟在大王身后，走向室外。闻停下脚步，代大王接过玉覆面，正要转身离开，发现一个熟悉的身影闪过，似乎是卜官宾。这时，大王转身与闻交谈，同样察觉卜官宾的身影，就让玉官原将卜官宾带过来。卜官宾的职责是守护小三足龟，不应出现在玉人坊。卜官宾来到大王面前，不敢正视大王，内心忐忑不安。

大王平静地问："近日，小三足龟有什么变化？"

卜官宾掩饰着惊慌，小声回答："好像……没什么变化。"

大王追问："没有长大些吗？"

卜官宾摇摇头，默不作声。

卯故意问大王："父王，何必急于让小三足龟长大，小龟更好玩嘛！"

闻也表示诧异："小龟能够很快长大吗？"

大王解释："所有兽类，无论地上走的，水中游的，山上爬的，只要用心喂养，细心呵护，就有奇迹出现。让小龟尽快长大，并非没有可能！"

大王的意图，闻自然清楚，依照"江中三足龟，食后无大疾，尤治腿疾"的说法，小三足龟尽快长大，可以为自己治疗腿疾。卯很想知道父王让小龟长大的目的，他心里明白，只有单独面对父王，才有可能直接询问。

一年之中的热季过去，冷季就要到来。天气骤冷，北风一阵紧似一阵。这日，闻赴朱圃看望师父时，发现朱卧在室内席子上，盖着几层麻布，身体瑟瑟发抖，显然是患病了。葛告诉闻，正准备请太医酉前来诊治，闻对葛说："师母照顾师父，闻请太医前来。"

闻正要出门，朱费力地撑起身子，挥挥手，对闻说道："卯随太医学习，已能诊病治病，请卯过来即可。"

葛急忙说："卯还是孩子，治病之事，哪能如此随意？"

朱向葛解释，也是告诉闻："自己的病，自己心里清楚，风寒入侵，扰阳了。卯今后必担大任，让卯诊病，朱自有深意。"

闻听师父这样表述，不能反驳，得到师母的默许，他急忙前去宫城，引卯前来。不一会儿，卯随闻匆匆来到，手提一个小柳筐，里面放着一些鹅卵石。卯进入大室，将小柳筐放到脚边，在朱的身前双膝跪下，俯身下去，用手指触摸朱的手腕，开始诊脉。卯双眼微闭，沉入意念之中，感受朱的脉搏跳动。

脉诊之后，卯露出平静的微笑，对朱说："太师父，没有什么大碍！"

朱点点头，目光转向葛，微微笑着，仿佛在表达对卯的信任。卯拎起小柳筐，起身说道："卯去灶火处，太师父稍候！"

卯要做什么，葛并不知道，为协助卯，她急忙随他出去。

闻和卯一同前来的路上，曾经询问鹅卵石的用途，知道卯是去加热鹅卵石，闻便继续守候在师父身边。很快，卯匆匆返回，双手托着一块石板，石板上面放着已经加热的鹅卵石，葛手提小柳筐跟随在后。按照卯的吩咐，朱俯身向下，葛撩起朱的上衣，露出后背，后背以下则用麻布覆盖起来。葛忙碌一番，退后几步，闻也退到一边，让卯专心施治。

卯拿起鹅卵石，在手背上试试温度，沿着朱的脊柱依次向下摆放。鹅卵石排列起来，俨然一条脊柱的形态。在脊柱下端，接近尾骨的位置，卯轻轻撩起麻布，准备放置最后一块鹅卵石时，突然触到一个凸起物，有毛茸茸的质感。卯一时恍惚，不知触到什么，急忙将手抽回，炽热的鹅卵石在双手转换，一时手足无措。卯的视线转向朱，朱俯身向下，一动不动，仿佛已经睡着。卯看到朱没有反应，有意向上扯一扯麻布，遮挡凸起的那个部位。

此时，朱后背发热，有一种被拉伸的感觉，紧张的肩部、背部肌肉松开，身体相应松弛下来。朱心里清楚，卯的治疗方法，类似砭石熨烫，可以刺激督脉和足太阳膀胱经，使身体阳气凝聚，以阳气驱除寒气。在鹅卵石的刺激下，朱渐渐生出睡意，处于半睡半醒之间。卯守候在朱身边，观察朱的背部反应，察觉朱的身体松弛下来，知道鹅卵石熨烫已经起效。卯下意识地扫视朱的尾骨，突然想到来自虎尾族的函，心里冒出一个念头：难道太师父也有一条小尾巴？

朱清醒过来的时候，后背溢出许多汗水，卯用麻布轻轻帮他擦拭，将鹅卵石一一拿掉。朱感觉身体轻盈，他轻轻翻身，慢慢坐起。此时室内只有朱和卯，葛和闻都到外面去了。朱指指自己身后尾骨的位置，悄悄对卯说："卯看到了，天知地知……"

卯小声回应："卯明白了。"

这时，葛和闻进来，看到朱已经坐起，葛问："好些了？"

朱指着身边的卯，说道："不愧是太医酉的徒弟！"

朱准备站起，卯急忙阻止道："太师父刚刚发汗，身体貌似轻快，实则虚弱，不胜行动，还是歇息为主！"

卯的言谈举止，流露出医者的关爱之心，朱内心赞许，口中却道："诊病方法，说来听听。"

卯转述太医酉对自己的教导："太医说，疾病各有其症，症候不明，愚人迷路，经络不明，瞽者夜行。必须先察症候，次辨虚实阴阳。太师父所病，乃风寒之邪外袭所致，属于太阳经症，太阳开机受阻，故施治督脉及足太阳膀胱经，祛风散寒，辛温解表，以复阳机。"

朱再问："依卯之见，先察症候，次辨阴阳，与治邑安邦，可有关联？"

卯沉思片刻，回答道："依卯的理解，治邑安邦，察事析理，找到问题症结，就是察症候、辨阴阳。"

朱继续追问："察症候、辨阴阳之后呢？"

卯没有迟疑，立即回答："就是对症治病，或针刺，或砭石，或用药。"

闻在一旁提醒道："师父问卯，治邦之策，怎么对症治病？"

卯将鹅卵石放入小柳筐，回忆父王与大臣的交流，试探着回答："治邦之策，卯一时说不清楚。父王治理王邑，面对各种症候，有些甚至关乎王邑存亡，无法独自解决，需要大臣辅助。卯以为，选择能力卓越的大臣，王臣共同面对问题，解决症候，就是治邦安邑的良方。选人和用人，就是治邦之策。"

第十一章 玉龟

听卯说完,朱冲闻点点头,表示赞许。

卯收拾停当,再度给朱诊脉。卯诊病结束,闻准备带卯离开。葛对闻说:"不要走了,在这里吃饭吧!"

闻关心朱的身体,道:"不必,不必,师母照顾师父吧!"

朱对闻说:"先不要走,还有事呢!"

朱的精神已经恢复,葛放心下来,招呼卯说:"少葛、少朱想要学习认字,卯当师父吧!"

葛引卯离开后,朱对闻说:"卯有素质,更有谋略,可以继承王位,治邑安邦。闻有意放弃王位,如今看到卯的进步,可以放心了。"

闻十分坦率道:"认字写字,闻自有天赋。治国安邦,闻没有卯的才能。"

朱留下闻,准备在闻书写技艺纯熟的基础上,通过讲解指导,向闻传授契刻技艺。朱起身离席,取出太卜涂送来的玉鱼刻刀,递给闻说:"闻的书写日臻纯熟,再学契刻,不必师父亲自示范。这柄玉鱼刻刀送闻,可以传授契刻之法了。"

听说师父准备传授契刻,闻很是高兴。他接过朱递来的刻刀,稍稍端详,想起王后送给自己的刻刀,两者竟然完全一样。闻低头不语,朱不知何故,问道:"怎么,闻不是很想学习契刻吗?"

闻摊开手里的刻刀,对师父说:"王后送闻一柄玉鱼刻刀,与此一模一样。师父的刻刀来自哪里?"

朱直言:"太卜涂送来的。"

闻看着玉鱼刻刀,想到太卜涂和王后的关系,一时沉默。朱看出闻的心思,说道:"王后与太卜涂关系密切,无非因为王位继承之事。闻没有继位之心,不会与王后有冲突。"

闻对师父说:"王后的心思,闻还清楚;太卜涂的意图,闻不明白。"

朱告诉闻:"王位继承,除去人选问题,还有时机问题。卯长大成人,大王退位,卯继王位,一切安好。假如大王突生意外,卯年少继位,自然需要有人辅佐,那时,王邑必设相位。王后希望卯继王位,太卜涂希望得到的,就是相位。"

闻告诉师父:"大王身体康健,不会生出意外。大王急于确定王位继承人，有意尽早培养，不是马上接任。"

朱走向室外，闻上前搀扶，朱摆摆手，仿佛自言自语："人，哪能胜过天意啊！"

院子里的灶火处，少朱、少葛正在劈柴烧火，少葛将木柴截断，少朱将木柴投入灶膛，灶火渐渐燃烧起来。葛带卯过来，对两人说："这是卯，指导少朱、少葛认字，可以称小师父。"

一位与自己年龄相仿的少年，要做自己的师父，少朱并不情愿地说："少朱的师父是朱，不需要别人来当师父。"

卯听少朱这样说，知道少朱不愿接受自己，开玩笑说："卯的师父是闻，闻的师父是朱，少朱的师父也是朱，按照这样的辈分，少朱应该是卯的师父了。"

少葛替少朱打圆场："闻救助了少葛、少朱，也算师父。大家辈分一样，以兄弟姐妹称呼吧！"

卯点点头，同意少葛的说法："好，兄弟姐妹相称。"

少葛显然成熟一些，举起自己的右手，又抓过少朱的右手举起，对卯说道："同意了。"

兄弟姐妹相称，也要弄清三人谁长谁幼，少葛说道："少葛、少朱同年同月生，都是十四岁。"

卯回答："卯十三岁。"

少葛说道："卯是弟弟，少葛是姐姐，少朱是哥哥。"

卯分别称呼少葛、少朱："姐姐，哥哥。"

少朱对少葛言听计从，看到卯的性格温和平易，他的态度缓和下来，说道："要做少朱、少葛的小师父，不是不行，看看本领吧！"

卯对少朱和少葛说："卯书写少朱、少葛的名字，开始认字吧！"

卯从灶口抽出一根木棍，木棍还在燃烧着，卯用力挥了挥，木棍的火焰被风吹灭。卯手执焦黑的木棍，在地上写出"少朱、少葛"四个字，指着字说："这是少朱，这是少葛。"

少葛和少朱近前观看，少葛端详自己的名字，对卯说："葛字这么难写啊！"

卯将木棍递给少葛："试一试，没有那么难。"

第十一章 玉龟

少葛依然犹豫着,卯走到少葛身后,用自己的右手抓住少葛的右手,引导少葛书写"葛"字。因为两只手不能完全协调,"葛"字上面两束小草左右分离,上下两部分不够对称,上下错位,不够端正。

少朱细心且好学,在手心临摹"少朱、少葛",并且反复书写"葛"字。少朱接过少葛手里的木棍,将"少朱、少葛"四个字完整书写出来,接近卯书写的规范字体。少朱第一次写的字,结构均衡,端正大方,卯不由心生佩服,鼓励少葛:"少葛自己写!"

少葛还是觉得没有把握,对卯说:"少朱聪明,少葛很笨,卯再带少葛写两遍,就可以自己写了。"

听少葛这样说,卯便继续手把着手,引导少葛书写,地面重复出现着"少葛"两个字,一遍比一遍规整。少朱反复端详两人书写的字,希望自己能够写得更好。

这时,桑两手端着装满黄米的陶罐过来,准备在灶火上煮饭,看到少葛身后的少年,感觉有些面熟,她绕到少年正面,认出就是馆舍见过的卯。桑想起卯的承诺,于是急忙上前问道:"大王的小玉龟还在吗?"

看到面前的桑,卯松开少葛的手,回答:"卯回去问过,父王说小玉龟还在,只是想不起放在哪里了。"

葛正在灶火前忙碌,看到桑继续追问小玉龟,担心卯露出破绽,主动上前说道:"大王出行,总有大臣、仆从跟随,不能一人外出。既然小玉龟还在,桑要找的人不是大王,桑明白吗?"

桑不甘心,说道:"大王想不起放在哪里,也许是借口呢?"

葛希望破除桑的幻想,便说:"大王并没有表明送人啊!"

从两人的言谈中,少朱明白卯的大王之子身份,更加喜欢卯的温和低调。少葛知道桑来王邑寻人,问道:"难道桑要找的人,就是大王?"

桑急于弄清小玉龟的主人,卯理解桑的心情,诚恳地说:"卯回到寝宫,继续寻找小玉龟。实在找不到,就拿桑的小玉龟给父王看,让父王亲自辨认。"

桑的想法简单直接,她说:"卯带桑去见大王,当面对证,就清楚了。"

葛只得采取缓兵之计:"拜见大王,不是简单的事情。按卯的说法,回去找一找,如果寻不到,再让大王辨识小玉龟,自然就有结果。"

桑来王邑这些日子，大多时间就在朱圃，原本长期在野外生活，现在这样蜗居实在郁闷，她说："桑来王邑多日，如果找不到送小玉龟的人，就回羊角族去了。"

葛松了一口气，心想：桑放弃寻找，离开王邑，就万事大吉了。

这时，朱和闻从室内出来，走向草棚。桑看到朱身边的男子，有些眼熟，略想了想，问卯："闻也来了？"

看到朱和闻走出大室，卯关心太师父的身体，有些欣慰，对桑说道："太师父和小父一起出来，说明太师父的病症减轻了。"

桑在馆舍时，卯说过闻是自己的小父，桑当时不知道卯的父亲是大王，没有弄清闻和大王的关系。后来，葛表明卯的父亲是大王，但闻和大王的关系，桑当时没有弄清楚。此时，桑恍然大悟："卯的小父……闻是大王的弟弟？"

卯在馆舍时，桑提及"闻帮助过桑"，卯当时没有在意，并不知道宗庙置础一事，问道："桑是怎么认识小父的呢？"

桑回答："闻是桑的救命恩人。"

卯产生更多疑问："桑说小父是救命恩人，少葛和少朱也说得到小父救助，这究竟是怎么一回事啊？"

葛对卯解释："太卜涂主持宗庙置础，少朱、少葛被当作祭祀人牲，桑为救护两个孩子，鞭伤刑者，被当场捆绑起来，准备一并作为人牲埋葬。闻向大王请命，得到大王旨意，最后以犬代人，三人获救。"

卯明白过来，似问非问："太卜大人要用少葛、少朱作为祭祀人牲？"

葛并没有将矛头指向太卜涂，主动解释："这是太卜涂的职责，先王有过祭祀使用人牲的规定，只是太过残酷了。大王早有意向废除，闻请命成功，符合大王的宽恕之心。"

桑看着草棚下的闻，闻和朱正在交谈，桑有意上前表示谢意，又自觉不便打扰。桑没有想到，朱正在谈及桑和大王的事情，朱向闻说明小玉龟的来历，轻声地问："桑胸前的小玉龟，闻看到了？"

闻不想引起桑的注意，视线掠过桑，马上收回，道："有一个小挂件，好像是小玉龟。"

朱提醒闻："朱当年担任书契卜官，专为大王雕刻了这个小玉龟，大王

第十一章 玉龟

很是喜欢，平日经常带在身上。"

闻陷入思考，问："大王的小玉龟，怎么在桑的手中？"

朱反问："闻前日与大王外出狩猎，没有发现异常？"

闻回忆着，有些迟疑道："对闻来讲，遭遇老虎，射杀老虎，再遇老虎，荒野过夜，可谓惊险异常。对大王来说，野外狩猎，可能经常遇到这类事情，大王并不惊慌，也许算不上什么异常。"

朱继续问："大王那几日的经历，闻都清楚吗？"

大王被大象驮回的场景，在闻的脑子里闪现，他说："大王为保护闻，独自将老虎引开，后来被大象驮回，没有细说整个过程，究竟发生什么，闻并不清楚。"

朱的视线看向灶火那边的桑，问："这难道不是异常吗？"

闻突然醒悟，道："小玉龟在桑手中，也许可以推测，大王独自引开老虎之后，与桑有过接触。"

朱追问："大象驮回大王，马上离开了？"

闻回答："当时大王匆匆回到草房，拿出一个小布袋，系在大象尾巴上，让大象带走了。"

朱进一步提醒闻："桑来王邑骑的大象，寄放在圈养场，就是驮回大王的大象。"

闻明白过来："看来，大王与桑有过接触，有所交往，还赠送了物品。"

朱进一步分析："大王引开老虎之后，遇到危险，被桑救助，带到羊角族驻地，桑为大王治病疗伤。桑并不知道大王身份，只知来自王邑，如今进入王邑寻人，就是表明喜欢大王了。"

闻察觉问题严重，道："大王不可能娶异族女子，即使大王有意娶桑，王后也不会容忍，这可麻烦了"。

朱分析说："即使大王同意，王后容忍，桑作为羊角族女子，不会接受王邑之内的封闭生活！"

桑进入王邑，牵连大王、王后等人，闻感到棘手，急忙建议说："桑见大王，必生麻烦，干脆把桑送回羊角族吧！"

朱摇摇头道："桑寻人愿望强烈，不会同意离开王邑。让桑待些日子，避免见到大王，实在寻找不到，可能灰心丧气。那时送桑回去，就容易多了！"

闻长舒一口气，转过身子，望着灶火处的桑。闻想象桑用皮鞭击打刑者的画面，彼时的英武，今日的柔美，在桑的身上融为一体……

闻注意到，桑一边和卯说话，一边向草棚观望，似乎说到与自己有关的事情。接着，闻看到卯向自己招手，便离开草棚，走过去了。桑急忙上前，表达谢意："救命之恩，桑记心里了。"

闻回答："闻也感谢桑，保护了两个孩子。闻向大王说明人牲的残酷，大王当即答应，以犬代人。大王后来宣布，王邑之内所有祭祀，不准使用人牲。"

桑很高兴，救助孩子的举动，竟然赢得活人祭祀废除的结果。桑对大王产生更多好感，更加认定大王就是自己寻找的人。桑想到这里，心生一计，对闻说道："桑没有想到，大王如此善良。闻是大王的弟弟，能否带桑面见大王，当面感谢呢？"

闻与桑交谈，葛担心闻缺乏戒备，一直看着草棚，向朱示意。朱笑笑，摇了摇头，表示闻能够自己应对。

闻注意到桑胸前的小玉龟，他细细回想，大王的确有过一个小玉龟。桑寻找的人就是大王，这是一个合乎逻辑的推论。闻心里清楚，桑与大王相见，就会与大王、王后等人产生纠葛，甚至造成王邑与羊角族的冲突。闻同意朱的对策，即避免两人相见，拖延时间，让桑失去寻人的耐心，最终放弃寻找，主动离开王邑，返回羊角族。

于是，闻并不拒绝桑的请求，委婉解释道："桑面见大王，表示感谢，并非不可。只是大王诸事繁多，见面必须经过大王同意，约定时间。"

闻没有拒绝，桑心生欣喜，沉思片刻，她一手抚摸着小玉龟，提出要求说："这个小玉龟，白玉雕刻而成，能否以小玉龟作为礼物，请求拜见大王呢？"

闻察觉桑的迫切，她要用小玉龟试探大王，闻委婉说道："大王是否答应见面，取决于大王自己的判断。没有见面之前，主动以物相赠，大王心生疑惑，反而可能拒绝见面。"

闻说得很有道理，桑不能过于勉强。如今，闻答应桑，请求大王约见；卯答应桑，继续确认小玉龟是否存在。闻和卯都是大王身边最为亲近的人，

第十一章 玉龟

自己的努力总算没有白废。如此看来，与大王见面的愿望，极有可能很快实现。于是，桑放下心事，继续去灶火处忙着做饭了。

饭菜做罢，少葛、少朱清理草棚下的长案，大家坐在长案两边，准备吃饭。饭菜十分简单，无非是黄米煮饭，清洗干净的蔬菜，以及蘸食蔬菜的酱料。长案一边，朱和葛相邻而坐，少朱坐在朱的外侧，少葛坐在葛的身边。长案另一边，闻坐在中间，桑和卯在闻的两侧落座。

这时，朱圃门外传来急促的脚步声，伴随着玉佩叮当的声音，可以想见来人行色匆忙。众人视线转向朱圃大门，葛知道来人应是太卜涂，一瞬之间，她想让桑和少朱、少葛暂且躲避，她犹豫一下，随即打消了这个念头。玉佩的叮当声稍稍减弱，太卜涂身着素色长袍，腰悬玉佩，缓缓步入朱圃。

日前，太卜涂在太医室看到伏羲画像，画面深深印刻在他的脑中——伏羲人首蛇尾，身着羽毛衣，前额上方凸出两个犄角，画面四角各有一个太极图。太医酉告诉太卜涂，画像寓意伏羲先祖立圭测日，朱就是绘制者。当时，太卜涂匆匆离开太医室，前往馆舍面见卜官宾，叮嘱其阻止小三足龟长大。事后，太卜涂脑中一再浮现伏羲画像，希望探寻观察天象、记录圭象、推演太极的奥秘。

此时，太卜涂步入朱圃，没有料到这里如此人多，他不便请教师父画像事宜，有意告辞。葛起身招呼太卜涂："一起坐下吧！"

太卜涂犹豫了一下，没有马上告辞，目光巡视众人，看到师父、师母身边的两个孩子。太卜涂意识到，他们就是作为祭祀人牲的两个孩子，太卜涂不想面对他们，就推辞说："涂有事请教师父，改日再来吧！"

闻和卯背对太卜涂，太卜涂一时没有察觉他们。闻站立起来，转身对太卜涂说："师母邀请，就坐下吧！"

闻位居中间，右侧的卯向外移动，腾出一个位置，留给太卜涂。太卜涂看到朱向自己微微点头，不便再度推辞，就缓缓走过去，坐在闻和卯中间。卯随即起身，为太卜涂端来盛饭的陶盘，拿来取饭用的骨匕，放在太卜涂面前，然后坐在太卜涂外侧。

太卜涂坐定之后，眼光睃巡一番，自己左右分别是闻和卯。闻的外侧还有一人，太卜涂的余光捕捉到那是一位女子，自然是桑了。桑察觉太卜涂的眼神，身子向外倾斜，仿佛有意躲避太卜涂似的。

少朱、少葛坐在太卜涂对面，感觉很不自在。少葛与太卜涂正面相对，很难压抑心中怒气，双手不由抖动，匆匆吃几口饭，准备起身离去。葛察觉少葛的异常，伸手按住她的膝盖，不让少葛马上走开。少朱无心吃饭，低头摆弄手里的两根木棍，那是少朱自己制作的取饭工具，他在祭祀活动中看到有人使用长条铜棒，探取鼎中之肉，便找来长长的木条，制作类似的工具。如今，少朱手中两根木棍翻来倒去，心不在焉。

桑坐在闻的外侧，与太卜涂一人之隔，身子继续向外移动，仿佛要与太卜涂拉开更大距离。桑心中埋怨葛邀请太卜涂落座。太卜涂并不在意对面两个孩子，眼睛的余光留意着桑，桑移动身子的时候，胸前的小玉龟微微晃动，被太卜涂的视线捕捉到——这小玉龟有些眼熟啊！

随着身体的移动，桑的视线向外看，显然不愿见到太卜涂。太卜涂不在视野之中，桑停止用餐，意识流动起来，想象卯回到寝宫，四处寻找小玉龟，依然没有找到，于是再次向大王询问，大王把实情告诉卯，说小玉龟已经送人。桑的意识继续流动，想象闻见到大王，请求大王见桑，得到大王的同意。大王约定在王邑之外的郊野见桑，大王穿上狩猎的装束，骑马来到郊野，桑牵着大象走向大王。大王从马上跳下，向桑跑来……桑脸上流露出一丝羞涩的微笑，平静的面孔更加生动。

桑沉浸在幻想之中，虚幻的场景里只有她和大王，没有顾忌别人的存在，向外倾斜的身体回转，微笑的面孔生动可爱，被太卜涂的余光捕捉。太卜涂见过桑的威武刚烈，那是手握皮鞭的桑，怒目圆睁的桑，视死如归的桑，如同战场上的斗士。此时，桑的脸庞荡漾着笑意，笑意之中含有羞涩，俨然就是另外一个人。太卜涂暗自庆幸，如果刚才匆匆离去，就不能见识桑的这般风情，那实在遗憾。太卜涂原本的不快，如今一点一点消解。他拿起面前的骨匕，取过黄米饭，就着翠绿的青菜，看似慢慢吃饭，其实正在回味刚刚看到的一幕。

太卜涂吃完黄米饭，卯主动起身，再为太卜涂盛饭。太卜涂抬起头来，看到大家都在吃饭，又匆匆吃下几口，但脑海中始终无法拂去桑的形象。太卜涂忽然想起桑的兽皮腰围，腰围毛色黑白混杂，原本系在桑的腰间，后来遗落在宗庙，太卜涂收存起来。此时，太卜涂想象自己取过腰围，贴近口鼻，

第十一章 玉龟

腰围散发着女人温润的气息，混合着花草的香气，冲上太卜涂的头脑……

太卜涂的视线落在桑的腹部，然后慢慢向上移动，看到桑胸前的小玉龟，目光停留下来，仿佛想起什么。太卜涂断定，自己见过这个小玉龟，只是一时不能说清在哪里见过。太卜涂忽然意识到，桑在王邑出现，可能就是一个圈套，朱、葛和身边的闻，都是参与其中的人。只是太卜涂想不明白，谁是他们准备套牢的人。

闻坐在太卜涂身边，能够感知太卜涂的些微变化——太卜涂的眼睛余光捕捉桑的微笑，看似无意，实则有心；太卜涂虽低头吃饭，但内心泛起波澜；太卜涂盯着小玉龟，可能对小玉龟的来历有所怀疑。闻意识到，桑胸前的小玉龟，可能引起太卜涂的猜疑，危及到桑。因此，怎样保护桑，怎样避免牵扯大王和王后，需要认真思量，需要与师父协商，眼下只能见机行事。

这时，太卜涂开始怀疑小玉龟来历，试探询问："师父，桑的小玉龟，引颈昂首，似与人语，龟甲壮硕，如占卜之龟，由此看来，可是王邑之物？"

太卜涂作为占卜祭祀官，在祭祀活动中经常使用各种玉器，自然了解玉器的造型和寓意，这样的推测并非空穴来风。朱便回答："王邑玉器，广受外族喜爱，或以物易物，或以贝币换取，并非只有王邑之人拥有。"

太卜涂刨根问底，道："此小玉龟，引颈摆尾，静中有动，如龟前行，这般灵动，可是宫城玉人坊所制？"

朱回答："玉人坊能够制作出来，民间就有同样的高手。"

太卜涂继续试探："以师父当年的精湛手艺，雕琢此小玉龟，需要多少时日？"

朱意识到，太卜涂可能见过这个小玉龟，并将小玉龟与大王联系起来，猜测小玉龟是自己所雕。朱便回答："如今手残，无论多少时日，也雕琢不出了。"

太卜涂听出师父的托词，猜测转为确定——小玉龟就是朱的作品！太卜涂突然醒悟，自己见过这个小玉龟，当时大王刚刚得到，天天把玩，那个时候，朱的手指还未受伤。桑胸前的小玉龟，就是大王曾经拥有的小玉龟。桑来王邑，与大王有关！

太卜涂梳理自己的思路，认为桑与大王有过交往，必须弄清两人的关系，才能确定相应对策。桑和大王关系密切，大王安排桑进入王邑，朱和葛出面配合，三方之间已有约定，这是一种可能。还有一种可能，就是大王与桑萍水相逢，大王没有透露真实的身份，桑只知此人来自王邑，于是进入王邑寻找，大王不知桑的到来，朱和葛准备安排桑见大王。两种可能，将导致两种截然不同的结果，必须弄清究竟属于哪一种可能，然后见机行事。太卜涂想到这里，半开玩笑地说："师父跨越宫城和郭区，也算民间高手吧！"

朱微微一笑道："高手？已经是残手了！"

看到大家饮食已毕，葛吩咐收拾餐具。少葛、少朱起身收拾，他俩不愿面对太卜涂，希望尽快离开这里。桑收拾停当，急忙带领两个孩子走开。太卜涂的视线追随着桑，没有急于起身，对卯说："卯喜欢小龟，可由师父指点，涂雕琢一个小玉龟，送卯。"

卯坦诚询问："函在馆舍养龟，特别希望得到一个小玉龟，卯已经答应了。太卜大人的小玉龟，卯可以送函吗？"

太卜涂没有料到，围绕一个小玉龟，竟然牵扯到这么多人，他有意无意地回答："可以，可以。"

众人离开草棚，纷纷散去。闻走到朱的身边，看似是与师父交流，实则注意太卜涂的动向。太卜涂来到东南角的瓜果架下，顺手摘下两个悬桃，走向朱圃后院，那是桑去的方向。闻离开师父，悄悄跟在太卜涂后面，担心桑无法应对太卜涂。

朱圃后院，桑倚着一棵大树，脚踢一块小石头，低头想心事。桑听到有人走来，抬头看到太卜涂，心中稍有慌乱。她的视线掠过太卜涂，看到太卜涂身后的闻，心中平添一分镇静。太卜涂注意到桑飘移的视线，回头察看。闻担心太卜涂发现自己，退后两步，躲入太卜涂看不到的拐角处。闻在藏身处侧耳细听，准备随时上前，为桑解围。

在距离桑几步开外的位置，太卜涂停下脚步，这样的距离对桑没有压力。太卜涂微笑说道："宗庙置础之事，本是一个误会。桑保护两小奴，涂并非不理解，只是先王规定，置础必用人牲祭祀，涂不得不执行。"

太卜涂说出这样一番话，桑没有料到，一时不知怎样应对。太卜涂继续说道："桑遗落的腰围，被涂收存起来，桑可去太卜室取回。如不方便，也可送来。"

桑原本对抗、抵触的情绪，被太卜涂的话语搅乱，既不想自己去取，又

第十一章 玉龟

不想让太卜涂送来，只得回答："腰围没什么用处，不必费心了。"

太卜涂认为，只要得到桑的回应，就算一种沟通，只要存在沟通，就能进一步交流，也就可能窥到桑的心迹。太卜涂有所收获，见好就收，道："朱是涂的师父，桑寄住在此，就是涂的朋友。有何需要，尽管吩咐。"

太卜涂说完这些，迎面向桑走去，桑一时不知所措。太卜涂还没有走近桑，就调转方向，从桑的身边经过，由后院另外一个出口离开，去往朱圕前院。桑看着太卜涂的背影，心中有些恍惚，这种恍惚来自太卜涂的温和与暧昧。桑这般单纯、正直、刚烈的女性，敢于直面对手的凶险，但太卜涂的温和与暧昧，反而让桑的内心失去定力了。

桑的目光从太卜涂的背影收回，转身看到闻向自己走来，如同看到可以依靠的力量，桑紧张的心情稍稍放松。桑下意识抓住胸前的小玉龟，仿佛攥住一线希望。闻知道太卜涂温和背后的诡计，也知道桑无法面对人性的复杂，于是小声对桑说："记住，太卜涂问起小玉龟，就说闻送给桑的。这样说，可以保护桑。"

闻这样说，桑有一些疑惑，也有一些感激，点点头应允了。桑对太卜涂感到反感和恐惧，对闻则充满感激和信任。桑知道，闻让自己这样说，肯定是为自己着想。

太卜涂来到前院，向师父、师母告辞。太卜涂有些沾沾自喜，自己在桑心目中的形象，今日有所改变，这是实质性的一步，自己可以接近桑了。太卜涂感叹，看似英武刚烈的女子，羞涩的微笑竟如此妩媚，这样的妩媚释放出来，能够征服所有的男人。太卜涂想到这里，不由加快脚步，抓紧时间返回太卜室。返回之后的第一件事，就是取出桑的兽皮腰围——那腰围的气息，混合着野外的花香，那是女性独特的气息，是桑独特的气息。

第十二章

腰围

寝宫区有一处大室,是大王与王后休憩的地方,被称为"丽室"。丽室四角以粗木作为立柱,以圆石作为支撑粗木的"础",立柱上面架设横梁,形成丽室的基本结构。立柱之间有四面墙体,灰墙之上装饰红色花纹,点缀黑色圆点。东西两面墙壁,中间镶嵌圆形窗子,显得别致而醒目。

卯由朱圉归来后,向父王询问小玉龟的去处,父王表示"想不起放在哪里",没有给出明确答案。卯有些失望,决定自己找找看,寻找目标锁定在丽室。

早上,大王前往大堂处理王邑事务,王后前去玉人坊,卯悄悄溜进丽室,开始搜寻小玉龟。平日,大王和王后在丽室就寝,丽室没有太多物品,只有睡觉的垫子、坐卧的席子、储物的柜子、放杂物的袋子,以及盥洗用的汲水铜壶、盛水铜盂、铜盘等。卯环顾四周,室内物品一目了然。因为小玉龟着实太小,卯无法判断父王放在哪里,一时不知怎样寻找。

卯思量片刻,由父母的卧席开始寻找。他揭开睡觉铺的织锦垫子,拎起平时坐卧的席子,仔细搜寻,没有任何发现。随后,卯打开存放衣物的木柜,解开装满杂物的袋子,还是没有小玉龟的踪迹。卯每翻弄一处,都要小心翼翼还原本来的样子,以免父王和母后发觉异样,引来不必要的麻烦。

卯一番搜寻毫无结果,他心烦意乱,斜躺在席子上胡思乱想。卯仰面观看,丽室屋顶采用"人"字结构,房顶中间向上耸立。房顶中间有一根大檩条,大檩条两侧平行排列着一根根小檩木,一条条椽子与小檩木垂直相交,形成交叉结构。丽室四角矗立着四根粗木立柱，立柱上面搭建着四根横梁，再往下就是四面墙体。卯突然发现，高处有一个小光斑，仿佛一件异物在发亮。卯倏地站起，走到小光斑下面，仰面向上观察。卯仔细辨别，发现只是透过窗子射入的一束光线。卯搜寻多时，没有任何收获，有些心灰意冷，耷拉着脑袋走来走去，实在想不出小玉龟藏在哪里。

卯无意之间走到墙角，那里竖着一件短柄青铜戈，这是父王喜欢的兵器。青铜戈短柄向下，插在地里，卯随意用脚踢了一下。卯再次走到墙角，依旧感觉无聊，又用脚踢青铜戈短柄，短柄纹丝不动。卯耍起小孩子脾气，连踢数脚，短柄终于有所松动。卯索性蹲下，两手使劲晃动短柄，青铜戈更加松动，向一侧倾斜。卯弯腰站起，双手握住短柄，一边左右晃动，一边使劲向上拔起。青铜戈终于被卯拔出，卯身子向后趔趄几下，摔倒在地。

卯坐在地上，打量这件青铜戈。青铜戈短柄的长度，接近卯的手臂长度，成人可以单手挥舞，与敌较量。卯随即站起，两手举戈，胡乱挥舞，起初并不觉得费力，连续舞动后，因为没有习武的功底，渐渐觉得吃力。卯无力继续折腾，将青铜戈扔到一边，继续寻找小玉龟。

一番寻找未果，卯返回拔起青铜戈的墙角，发现地面上有一个小洞，洞口周围泥土塌陷，几乎掩埋洞口。卯要重新插回青铜戈，就必须掏开洞口，甚至掏得更大更深。卯把短柄作为工具，用力向下挖掘，同时掏出零碎土块，加大洞的深度，扩大洞口宽度。卯以为洞的深度足够，便双手用力，重新插回短柄，突然砰的一声，短柄似乎碰到了下面的硬物。

卯回头向门口张望，侧耳倾听，室外没有传来可疑的声音。卯屏住呼吸，将青铜戈重新拔出，放到一边，然后伸手探入洞内，向下寻觅，很快触到下面的硬物。硬物表面平整，体积不大，卯感觉是一个盒子。卯抽手出来，用青铜戈扩大洞口，向下开掘。接着，卯再次将手探入，抠住木盒一角，用力掀起木盒，使劲向上一提，木盒被拽出来了。

卯拂去木盒上的尘土，掀开木盒盖子，里面有一个白色袋子。卯没有多想，拿出袋子，掏出里面的物品，借助窗子透进的光线，举到面前察看——这是一条兽皮腰围，一面绣着三个白色羊角，另一面绣着三个红色羊角。卯将腰围放到一边，仔细察看袋子内部，翻来覆去，里面只有腰围，没有其他东西。卯拿起木盒仔细搜寻，除去这个白色袋子，盒子里面空无一物。这次意外发现，虽然让卯略有惊喜，但依旧不见小玉龟的影子，卯有些茫然。

卯突然意识到，自己应该抓紧离开这里。卯迅速将腰围塞入袋子，装入木盒，放入洞中。他拿过青铜戈，插入洞中，用脚把周围的土块归拢过来，双脚踏实。因为洞里的泥土松软，插入的青铜戈有些倾斜，卯用双手归拢地面的土块，再用双脚轮番踏实。一番忙碌之后，青铜戈重新竖立在原处，只是地面还有挖开的痕迹，需要小心收拾一下。

这时，丽室外面传来脚步声，由远而近，有人正在向丽室走来。卯急忙用身体挡住青铜戈，面向门口站立，心中怦怦直跳，默默祷告：千万不要是父王，千万不要是母后！

推门进来的人，竟然就是大王。大王看到室内的卯，自然很是意外，他察觉卯的惊慌，问道："卯怎么在这里？"

卯迅速寻找合适的理由，急忙说道："母后送卯的玉圭，一时找不到，卯以为母后收存起来了，故来此寻找。"

卯一边回答，一边观察父王的表情，担心父王怀疑，更担心父王走来发现破绽。大王问道："母后赠卯玉圭，理当由卯保存，卯来这里寻找，不是奇怪吗？"

卯急忙解释："当初的确由卯保存。后来，母后要为小父制作玉圭，让卯拿去察看，卯忘记是否收回了。"

大王听卯这样解释，似乎也有几分道理，再问："为何急于寻找？"

卯灵机一动，想起自己对函的承诺，急忙回答："父王，卯喜欢小三足龟，经常前去馆舍，与虎尾族的函结为朋友。函见到一个小玉龟，很是羡慕，希望能够得到，卯答应送函一个小玉龟。卯寻找玉圭，就是为了察看玉圭工艺，确定送函的小玉龟的样式。"

卯"玉圭""玉龟"诉说一通，大王明白了卯的意思。近日，卯多次询问小玉龟去处，自己以"想不起放在哪里"为借口，掩饰小玉龟赠桑的真相。大王联想到桑，思绪略有起伏，急忙说道："什么玉圭、玉龟的，说不清楚。

第十二章 腰围

卯需要什么，请母后寻找，不必自己乱翻。"

这时，细心的卯察觉父王放松了追问，紧张的心情减去几分，故意提及小玉龟，问道："父王，为了给函制作小玉龟，卯可以去玉人坊吗？"

卯反复提及小玉龟，反而引起了大王的注意。大王心想，难道卯以寻找玉圭为借口，来此寻找小玉龟？大王随即否定这个猜想，卯没有机会离开王邑，不可能接触羊角族人，更不可能接触到桑。大王不想继续谈论关于小玉龟的话题，说道："卯不必前往，请母后代为安排！"

卯以为自己应对恰当，父王没有产生怀疑，心情更加放松，只是担心父王发现身后的青铜戈，还是盼望父王赶快离开。这时，室外再次传来脚步声，仆臣奚站在丽室门口，显然有事汇报，大王回头看到仆臣奚，转身离开了。

卯看到父王离去，松了一口气，蹑手蹑脚走到丽室门口，察看父王的去向。看到父王身影远去，卯重新回到墙角，急忙拭去青铜戈上的尘土，清理洞口挖开的痕迹，极力恢复原样。

在宫城西南角的太卜室，太卜涂独坐大室，手拿桑的兽皮腰围，再一次细细端详。太卜涂根据朱圃所见，梳理自己的思绪——羊角族女子桑与大王接触，肯定是在大王离开王邑之时，否则异族女子没有接触大王的机会。大王最近一次远行，就是与闻去郊野狩猎，期间发生许多意外，老虎两次出现，大王引开老虎，随即不见踪影……

太卜涂回忆自己观察到的细节——大王被大象驮回后，从草房取出一个小袋子，将小袋子系在大象尾巴上，大象随后返回。小袋子里究竟藏着什么？桑胸前的小玉龟，是不是大王馈赠的呢？

太卜涂的思绪渐渐清晰——大王被老虎追赶，误入羊角族领地，与桑萍水相逢，两人有过密切交往。大王没有透露真实身份，桑对大王一见生情，如今进入王邑寻找，暂居朱圃。朱说"当年族群交战，桑和哥哥救朱一命"，大概属实，这是桑居朱圃的前提。葛说"为报当年之恩，请桑来住几日"，只是替桑遮掩。

太卜涂手里攥着兽皮腰围，脑中映出桑的形象，他的视线由桑胸前小玉龟向上移动，定格在桑的微笑上。太卜涂似乎看到，桑微笑的面容越来越近，就要贴到自己面前。太卜涂举起兽皮腰围，再一次嗅到混合着花香、体香的气息，温润而暧昧……

这时，一阵马蹄声传来，太卜涂将兽皮腰围抓在手里，起身来到室外。院子里，仆人卫牵过一辆马车，太卜涂准备亲自前去郊野，面见林官虞，核实羊角族女人桑的身份，了解桑与大王接触的隐情。太卜涂站在马车前面，迟疑了一下，没有上车，吩咐仆人卫："牵马过来！"

仆人卫很快牵来一匹白色骏马，白马并不特别高大，但身形矫健，重心稳定。马首配有嚼子和缰绳，仆人卫仔细察看一番辔头，牵马走出太卜室的院子，将缰绳交到太卜涂手中。太卜涂跃身上马，轻轻拍了拍白马的屁股，白马踏起碎步，开始上路。在太卜涂的驾驭下，白马渐渐奔跑起来，载着太卜涂离开王邑。

太卜涂出城之后，一路打马疾驰，在靠近森林的河流北岸下马，对岸就是林官虞日常居住的草房。王邑西南郊野的这片山川林泽，平日由林官虞管理，他手下还有丘臣封、司鱼毕等小官，分别管理山林、水泽等区域。太卜涂下马之后，站在岸边，打量对岸的草房，发现房顶茅草微微泛白，似乎刚刚铺设不久，支撑草房的树干表皮新鲜，也是新近砍伐。太卜涂不免有些奇怪：难道草房重新搭建了？上次到来，怎么没有察觉呢？

太卜涂正要牵马过河时，被对岸小溪边的司鱼毕发现。小溪是河流的支脉，从草房一侧流过，司鱼毕正在溪边忙碌，发现太卜涂后，急忙快步跨过木桥，他接过太卜涂手里的缰绳，问道："太卜大人，独自一人吗？"

太卜涂踏上木桥，急于见到林官虞，问道："林官虞在吗？"

司鱼毕将白马牵过木桥，拴在草房旁边的树上，道："太卜大人，林官虞刚刚返回王邑。"

太卜涂听司鱼毕这样说，有些失望，略加思索，问道："从王邑到郊野，只有一条大道，怎么没有遇到呢？"

司鱼毕向太卜涂解释："若论大道，只有一条。林官虞徒步返回，不走大道，另走小道。"

司鱼毕说着，搬来一个大陶盆，放在白马面前，又用陶罐取来河水，注满大陶盆，然后撒上两把碎草，不让气喘吁吁的白马过急饮水，伤害马的肺部。白马只得用嘴巴将碎草拨到一边，慢慢饮水。

此时，白马需要饮水，太卜涂需要休息，只得稍事休整，再返回王邑。司鱼毕回到溪边，那里有刚刚洗净的果子。司鱼毕托着一片大树叶，上面放着一些鲜艳的红果，说："太卜大人，这是刚刚成熟的沙棠果，味道特别甜，溪水浸泡后，更加清爽。"

太卜涂坐下休息，接过一个红色沙棠果，放到嘴里品尝，确实清爽甜美，而且还能解渴。太卜涂吃完，司鱼毕及时递上新的沙棠果。看到太卜涂吃得高兴，司鱼毕找来大树叶，另外包裹一些沙棠果，准备让太卜涂随身带走。太卜涂歇息片刻，疲乏渐渐散去，走到溪边洗手，又去察看饮水的白马。太卜涂走来走去，再次看到簇新的草房，问道："草房重新搭建过吗？"

司鱼毕用树叶包好沙棠果，回答太卜涂："草房遭到雷击，被火烧掉，重新搭建了。"

太卜涂再问："大王近日前来狩猎，遭遇老虎，那时草房就重建了吗？"

司鱼毕回答："当时已经建好，太卜大人一心关照大王，没有注意罢了。"

太卜涂点点头，他看到白马不再饮水，自己体力也已恢复，决定立刻返回王邑，于是问道："此时返回王邑，能够追上林官虞吗？"

司鱼毕将沙棠果递给太卜涂，说道："林官虞虽是徒步好手，但马的速度和耐力，人怎么能比？估计太卜大人返回王邑，林官虞还没有到达吧！"

太卜涂接过沙棠果，说："那就比试一下！"

司鱼毕解下白马的缰绳，牵着白马走过木桥，将缰绳递给太卜涂。太卜涂翻身上马，返回王邑。

年初，林官虞居住的草房突遭雷击，草房着火，火势迅速蔓延，难以控制。这时，族长姜带领羊角族人外出狩猎，看到草房着火，催马率人，疾驰赶到，众人奋力灭火，好在草房紧临河流，取水方便，火势很快就被控制。草房易燃，即便迅速灭火，草房也已烧毁大半。

族长姜建议林官虞前往羊角族领地暂住，待草房重新搭建之后，再返回居住。林官虞告诉族长姜，自己受大王委托，管理山川林泽，不能轻易离开。于是，族长姜带领擅长野外生存的羊角族人，用树木和干草搭建了一个小草棚，供林官虞暂时安歇，又召集擅长建造"树屋"的族人，集中力量搭建草房。草房周围不乏树木，干草丰足，只用了两个白天，草房搭建完成。族长姜临走的时候，留下了打猎得到的山鸡、野兔，林官虞不胜感激，双方的友谊建立起来。

随后的日子，双方一来二去，关系更加密切，交往更加频繁。平日，族长姜送来狩猎得到的野味，林官虞回赠王邑的织物、陶器。羊角族人外出狩猎时，经常来到林官虞这里歇脚，林官虞也常去羊角族的领地拜访，族长姜和林官虞成为相互信任的朋友。林官虞心里清楚，大王的先辈与羊角族之间有过战事，但那是多年以前的事情，大王知道羊角族迁移到此之后，没有表示反感和敌对，自己与羊角族的交往，大王即使知道，也不会怪罪。

林官虞去羊角族领地拜访时，与族长姜的妹妹桑有所接触，曾经见到骑着大象的桑，族长姜也曾安排桑给林官虞送去猎物，两人并不陌生。大王遭遇老虎追赶，起初不见踪影，后来大象驮着大王返回，那一瞬间，林官虞就知道大王来自羊角族，并意识到大王与桑有过交往。当时，林官虞不动声色，面对太卜涂和闻的疑惑，没有做出任何解释。林官虞心里明白，这是大王自己的经历，大王自行选择处理方式，作为局外之人，没有必要透露风声。

桑进入王邑不久，族长姜亲自来找林官虞，将事件的经过告诉林官虞。族长姜——叙述，桑怎样救助掉入树洞的男人，自己怎样给这人去除瘴气，桑怎样用药草为他治愈眼睛，后来怎样让大象把他驮走……族长姜表示，桑并不知道这个男人是谁，只知道此人来自王邑。后来，桑对这个男人的思念越来越强烈，自己只得允许桑进入王邑寻人。

林官虞听完族长姜的陈述，不便说出大王的真实身份，没有回应。林官虞没有表明此人身份，族长姜反而察觉此人身份特殊，没有继续追问。虽然族长姜没有特地委托什么，但林官虞自觉有义务关心桑，便特别关注王邑传出的消息，听说桑寄居朱圕，林官虞知道朱和葛的为人，自然放心了。后来，王邑传出桑鞭打刑者的消息，林官虞对桑产生敬佩之情，担心桑因此遭遇不测，决定尽快返回王邑，前去朱圕拜访，说明桑和大王之间的关系，便于朱和葛见机行事。

桑进入王邑多日，族长姜没有得到桑的任何消息，夜晚经常做梦，梦中走近桑的时候，桑转身离开了。族长姜心中疑惑，担心桑处境危险，急忙再赴草房面见林官虞，顺便带来几只野兔，拜托林官虞打听桑的近况。林官虞有心关照桑，二话没说，第二天一早就返回王邑了。

林官虞长期生活在郊野，行走速度惊人，而且耐力持久，可以一日一夜毫不停歇，常人无法企及。从西南郊野到王邑，有专门修建的大道，便于马车快速奔驰，方便人们骑马疾行。还有林间小道，人们长期行走，踏出捷径，路途更短更近，适合徒步穿行。司鱼毕以为林官虞由小道返回，其实林官虞不走大道，也不走小道，而是顺着森林里的河流，沿河前行，路程比小道更近。对河流曲折走向不熟悉的人，不敢选择这样的路线，这是属于林官虞的隐秘路径。

林官虞脚力非凡，司鱼毕、丘臣封早就知道，与林官虞接触较多的人也知道。人们不知道，林官虞两脚踝骨的凹陷处，各有一簇白毛，白毛伸展出来，如同两只小小的翅膀，这是林官虞脚力惊人的秘密所在。

今日，林官虞由森林里的隐秘路线返回，很快到达王邑南门。他没有急于进入王邑，而是走向南门外的屠宰场。林官虞从族长姜那里知道，羊角族人近期经常前来王邑，送来狩猎捕获的黑牛，换取羊角族人需要的物品，交易地点就在屠宰场。如果桑在王邑遇到危险，需要有人里外接应，羊角族人是最可依靠的对象，林官虞希望与他们取得联系，关键时刻，里应外合，可以及时帮助桑脱离危险。

林官虞来到屠宰场入口处，看到管理畜牧事务的牧官单，正在接收羊角族人送来的黑牛。双方的物品交接完毕，牧官单看到林官虞，主动上前问候，林官虞递上一袋沙棠果，与牧官单寒暄了几句，表明自己刚刚回到王邑，听说羊角族人在此，过来叮嘱他们打几只野兔，便于自己在郊野食用。

羊角族的首领禽，是族长姜手下的得力干将，与林官虞有过交往，看到林官虞来到屠宰场，就让同行的族人稍稍等候，自己单独下马过来相见。林官虞示意禽引领族人离开，两人走在最后，林官虞边走边问："多久来此一次，几时来到，几时离开？"

禽知道林官虞与族长姜的关系，桑近日进入王邑，林官虞这样询问，自有道理。禽回答说："五天来一次，午时到达，一个时辰后离开。"

林官虞清楚，只有在特定的日子、特定的时间，才能在屠宰场找到羊角族人，这个特定的时间非常短暂，需要自己记在心里。

羊角族的几个壮年汉子在前，林官虞和禽在后，众人渐渐走近王邑南门。林官虞准备与大家分手，然后进入王邑，羊角族人也要返回族群住地。羊角族人渐渐远去，林官虞正要进入南门，突然听到一阵急促的马蹄声，林官虞抬头观望，一匹白马飞奔而至，骑马之人勒住缰绳，阻住羊角族人去路。那人翻身下马，手里扬起一件物品，在羊角族人面前挥舞，似乎正在询问什么。林官虞前行几步，看清此人面目，心里咯噔一下——太卜涂从何处而来，太卜涂正在探询什么呢？

林官虞正琢磨着，看到太卜涂向自己挥了挥手，这不是简单的招呼，而是示意自己在此等候，不要进入王邑。林官虞不便径直离开，只得原地驻足，观察远处的情况。

太卜涂策马返回王邑时，没有沿着大道直行，而是踏上行人踩出的小道，以为路途过半，就会追上林官虞，没有料想直到接近王邑，都不曾见到林官虞身影，说明林官虞另有路径。太卜涂临近王邑南门，看到骑马过来的几位汉子，由装束判断是羊角族人，于是收缰下马，拦住羊角族人去路。太卜涂掏出桑的腰围，在众人面前挥动，目光扫视一番，问道："这是羊角族的腰围吧！腰围主人是谁？"

太卜涂的问话，别有意味，仿佛是询问，又似肯定，并不需要对方回答，如同陈述一个事实。接下来追问腰围主人是谁，问题明确，目标指向桑，就是求证结果。羊角族人日常穿戴腰围，人人一件，否认此物属于羊角族，几乎没有可能，禽便回答："这是羊角族的腰围，人人都有，怎么在大人

第十二章 腰围

手里？"

禽的回答颇有意味，腰围属于羊角族人所有，自然不能否定；"人人都有"的说法，实则拒绝回答主人是谁；"怎么在大人手里"，针对腰围的来历提出质疑，反守为攻。

面对禽的回答和反问，太卜涂颇有反感，态度强硬地说道："不管腰围来自哪里，只管回答腰围主人是谁。"

禽环顾周围的羊角族汉子，回答太卜涂："腰围的主人，自然是羊角族弟兄。"

禽的回答，表明腰围来自羊角族男人，否定属于女人。太卜涂早已知道，腰围的主人是桑，就是羊角族女人。禽这样回答，太卜涂反而认定，此人话里有话，桑不是普通的羊角族女人，对方有意保护。两人一番问答，你有来言，我有去语，太卜涂感觉自己低估了羊角族人，再问下去，不会有什么结果，就挥挥手让羊角族人离开了。禽自然希望赶紧脱身，率领羊角族汉子骑马而去。

太卜涂一手牵着马，一手抓着兽皮腰围，走向林官虞。渐渐走近的时候，太卜涂将腰围抛向林官虞，林官虞伸手接住，低头察看。刚才，林官虞已经看清太卜涂手里的腰围，思考着怎样应对。此时，太卜涂注意观察林官虞，没有提出任何问题，双方的沉默持续着，林官虞不得不抬起头，主动说话："腰围是羊角族的……"

太卜涂止住林官虞的话，插言道："前日郊野狩猎，大象驮回大王，虞有什么发现吗？"

林官虞断定太卜涂发现了异常，自己不必掩饰，便回答说："大王取出一个小袋子，让大象带走了。"

林官虞所说的小袋子，正是太卜涂所谓的"异常"。太卜涂判断，大象将大王送回，大王回赠大象主人礼物，大象主人是桑，小袋子之中可能就是小玉龟。太卜涂听屠官干说，桑骑大象来到王邑，如果此大象即彼大象，那么大王回赠小玉龟，就是事实。

林官虞沉默不语，准备应对太卜涂的进一步追问，比如"大象主人是谁"

等等。太卜涂不再追问，他心里清楚，林官虞长期驻扎郊野，郊野与羊角族的领地相邻，肯定与羊角族有交往。此时自己并不了解林官虞的立场，过多质问，反而会将林官虞推到对立面，还是不动声色为好。

太卜涂从林官虞手中接过腰围，和颜悦色地说："前些日子，大王宗庙置础，涂主持祭祀，有异族女子闯入，搅乱仪式，遗下腰围，看似羊角族的。今日前去郊野核实，刚才询问羊角族人，已经得到证实。"

林官虞这才知道太卜涂由郊野返回，急忙致歉："不知太卜大人前往，没有恭候光临，罪过了。"

太卜涂收起腰围，继续刚才的话题："大象尾巴上的小袋子，里面究竟何物，恐怕无人知道吧！"

林官虞解释："大王的随身物品，暂时寄放草房，不知何物。"

太卜涂将话题引向小玉龟，说："涂听王后说，大王的小玉龟不见了。大王可能随手送人，不记得了。"

林官虞小心翼翼地询问："太卜大人是说，小袋子里就是小玉龟，大王送人了？"

太卜涂察觉林官虞的谨慎，再度转移话题，说道："重新搭建的草房，手艺精湛、美观坚固。今日，司鱼毕赠涂沙棠果，果实甜美，郊野的新鲜物品不少啊！改日，再去拜访！"

太卜涂说完，向林官虞挥挥手，翻身上马，进入王邑。林官虞侧身而立，请太卜大人先行。太卜涂渐渐远去，林官虞缓缓迈步，进入王邑南门。林官虞突然觉得，桑处于太卜涂的监视之中，自己也已经牵连进来了。

大王离开丽室，回到小堂，很想静一静。

刚才，卯不断提及小玉龟，触动大王对桑的思念，脑海浮现一幕幕画面——窄窄的木梯，自己随桑一步步攀上；树上搭建的房屋，梦幻似的住所；头戴羊角的桑，干草编织的短衣，光滑平整的腰肢；桑将香草涂抹在自己背上，有凉爽和微微疼痛的感觉；桑咀嚼药草，喂到自己嘴里，桑的形象模糊起来……

第十二章 腰围

大王微微觑起眼睛，一股清香飘浮过来。大王闭上眼睛，用力吸了一口气，然后屏住呼吸，仿佛在体会气味的清香。大王慢慢睁开眼睛，看到小堂的窗户，这才察觉身在宫城。大王索性起身，离开小堂，走到室外，换一换心情。外面细雨霏霏，空气新鲜而湿润，大王漫无边际地行走，由西向东，来到了宫城的玉人坊。大王没有料到，自己会在这里遇到王后。

王后因为儿子卯的委托，今日特地来到玉人坊，安排制作小玉龟。王后的安排简单明确，玉官原很快明白，就是制作一个普通的小玉龟，玉石质地洁白光滑即可，没有特别要求。关于小玉龟的雕琢风格，玉官原请示王后："玉人制作，风格多样，小玉龟可立体丰满，也可扁平简洁，龟首可仰观，可平视，可回望，请王后示下。"

王后吩咐道："小玉龟送给九江来人，就是照顾三足龟的那个少年，无须特别在意，依照曾经制作的小龟，一般形态即可。"

王后提及三足龟，玉官原的理解有误，以为需要依照三足龟的形象制作，因为没有见过三足龟，必须问个明白，他说道："王后，雕琢三足龟，玉人必须前往馆舍察看……"

王后有些不耐烦，打断玉官原："不是雕琢三足龟，只是送给照顾三足龟的少年，依照普通的小龟模样，随意雕琢就行。"

玉官原察觉王后生气，一边口口称诺，一边向后退步，准备抓紧安排雕琢事宜。玉官原转身就要离开，看到大王走来，急忙停下脚步，有意避让大王。王后不知大王光临，看到玉官原停步不前，更加气恼，斥道："还不速去，慢慢悠悠干什么？"

玉官原视线低垂，原地不动，王后看到大王走来，这才明白玉官原止步的原因，急忙起身迎候大王。王后以为大王因为小玉龟而来，轻声说道："卯要制作小玉龟，已经依照大王吩咐，安排妥当，大王不必亲自过问。"

大王刚刚听到了王后的斥责，并未追问缘故，回答王后："无事走走，顺便过来。为闻制作的玉圭，是否完成？"

玉官原站立一边，急忙答复："玉圭制作，已经完成，可速速取来，请大王过目。"

大王点点头，玉官原趁机退下。王后向大王解释："玉官原请示小玉龟制作的风格，他误以为雕刻三足龟的样子。小玉龟制作，与三足龟无关，一般形态即可。"

大王笑道："一般形态，没有特点，不好把握啊！"

王后以为一般形态最为简易，却不知简易之难。王后忽然想到复制的办法，对大王说："大王曾有一个小玉龟，可否让玉人参照，依样雕琢？"

大王停顿片刻，委婉说道："那件小玉龟，是朱担任书契卜官时精心制作的，工艺精绝、栩栩如生，玉人难以模仿。如今朱手指受伤，小玉龟就属孤品了。"

王后惊讶道："小玉龟如此绝美？"

大王不想过多牵扯小玉龟的话题，想到可供借鉴的形象，说道："宗庙祭祀坛上，摆放着两个玉龟，虽形态大些，但刻工简洁，形象逼真，玉人可作借鉴。"

王后继续追问："那个小玉龟，大王经常随身携带，最近没有看到啊？"

大王轻描淡写地回答："不知放到哪里了。"

王后感叹："朱手指受伤，不能雕琢，小玉龟更加珍贵了。"

大王应和道："随后再找找吧。"

王后与大王说话期间，玉官原拿来制作完成的玉圭，双手呈上。大王接过，察看质地、造型和纹饰，确认与卯的玉圭一模一样。大王接过玉官原手里的丝帛，将玉圭包裹起来，递给王后。随后，大王与王后一起离开玉人坊。

返回寝宫的路上，大王叮嘱王后："上次前来玉人坊，看到一个青铜面具，面具不要留在玉人坊。"

王后意识到自己的失误，急忙说道："实在疏忽，大王的面具，不应落在别人手中。"

大王指着王后手中的玉圭，说道："这件玉圭，请王后给闻吧！"

王后没有说什么，心里有些不情愿。当初送卯玉圭，送闻玉刀，有扬卯抑闻之意。大王故意拿走玉刀，为闻订制玉圭，王后看得出来，大王视闻与卯同等地位，究竟由谁继承王位，大王没有拿定主意。王后想到这里，不由问道："卯说，大王答应养龟少年，若三足龟快快长大，就能尽快回家。大王急于让小龟长大，这是何故？"

大王停下脚步，解释缘由："按照王邑规矩，职位不同，占卜用龟的尺寸不同，三足龟长大，才有使用价值。"

王后有些着急道："何事占卜，因为继位而占？闻无意继位，卯有能力继位，大王如此纠结，意欲何求？"

王后急于明确卯继王位，大王自然清楚，只得耐心解释："确定王位继承人，没有这么简单。关于继承人的确定，首先要着眼未来，其次要准备应对突发事件。确定何人继位容易，确定之后，再有变动，就不容易了。卯未成年，未行冠礼，即使继位，也难以执掌王邑政事！"

王后有自己的理解："现今只是确认王位继承者的身份，并非让继承者立即执政，大王多虑了。"

大王不便深入解释，说道："未有远虑，必有近忧。"

关于王位继承人选，大王尚在犹豫，王后对卯能否继位的担忧反而加重了。王后沉默不语，没有在意身边的大王，一边走向丽室，一边盘算新的计划——王后有些等不及了。

第十三章
蒙面

桑想念自己的大象了。

桑的想念伴随着几分担心，唯恐大象受到屠官干虐待，在圈养场不能吃饱。大象胃口颇大，平时一日多餐，每餐吃掉一堆青草，一堆水果，还要饮下大量的水。如果引领大象野外觅食，也要引到野草丰富、野果丰盛、水源充足的地方。如果大象不能及时进食，壮硕的体态就会瘦弱下来，负重能力也会大大降低。

桑心存担忧，要去探望大象。桑来王邑多日，一直没有机会前去圈养场，肯定担心大象的处境，葛明白桑的心情。葛招来少朱和少葛，让两人陪桑前往，相互有个照应。临行之前，葛描述盲人住处的准确方位，以及圈养场的具体位置，叮嘱他们："先去盲人那里，羊群一切正常，才能换回大象啊！"

桑自然明白，三十只羊寄放在盲人那里，虽说两个盲人值得信任，也有必要前去察看。当初桑与屠官干约定，离开王邑时，用羊群换取大象，如果屠官干当面问起羊群的情况，自己至少应该明确回应。于是，桑带着少朱、少葛，首先前往盲人住处。

当初进入王邑，桑曾经去过盲人住处，知道大体位置。根据葛对方位的描述，三人来到一处半地下室，这里就是盲人的住处。半地下室前面，用木棒围起一个羊圈，羊圈里有一些羊，桑粗略判断，不够三十只羊。桑站在半地下室前，叫道："有人吗？"

桑连喊几声，有人从半地下室爬上来，一个年龄与少朱相仿的男孩问

第十三章 蒙面

道:"找谁啊?"

桑端详这个男孩,相貌与高个盲人相似,当初高个盲人表示,儿子季平日喂羊放羊,想必这就是他的儿子。桑说:"有三十只羊放在这里,过来看看。"

男孩得知桑的身份,有些慌乱,急忙解释说:"是的,不过……"

少葛上前,打断男孩的话:"羊圈里的羊,没有三十只啊!"

少朱质疑羊的数量,问:"那些羊到哪里去了?"

男孩有些着急,一边慌乱地摆手,一边在原地挪动。桑发现,男孩左腿比右腿短一小截,走路一瘸一拐,是一个跛脚的孩子。桑阻止少朱责问,自言自语:"那些羊放在别处了?"

少朱和少葛走向羊圈,清点羊的数量。羊走来走去,少葛数过几遍,还是不能确定,对少朱说:"好像只有十三只?"

少朱最终确认,只有十三只,缺少十七只。两人告诉桑:"只有十三只!"

男孩站在原地,向远处张望,看似在等待大人回来。少葛又要过去责问男孩,桑伸手阻拦,桑想:羊的数量减少这么多,一定有意外发生。

这时候,高个盲人从远处走来,男孩脚下踉跄,冲到高个盲人身边,总算找到依靠。高个盲人走过来,低头不语,脸上甚是愧疚。桑并没有质问什么,双方沉默着。高个盲人指着男孩说:"儿子季出去放羊,丢失羊角,随后羊就开始走失了。"

高个盲人这样说,桑便明白了事情原委。当初,桑给盲人羊角,便于盲人放羊,羊群跟随羊角行动。如今丢失羊角,盲人无法引领羊群。如果得到羊角的人存有歹心,可以手持羊角,将羊引走。即使眼明的季出去放羊,面对这种情况也毫无办法。

季主动认错:"季在南门外面放羊时,头上戴着羊角,四外乱跑,丢失羊角了。"

高个盲人说道:"季后来出去放羊,稍不留意,羊就会离群走失,不见踪影,一定是得到羊角的人把羊引走了。"

少朱终于明白来龙去脉,对桑说:"有人拿着羊角,悄悄跟随,趁季没有注意的时候,把羊一只只引走。"

少朱这样分析,季点头同意,心情稍稍放松。高个盲人继续说:"最近一次，季出去放羊，眼看后面的羊离开羊群，没有办法追回，一次走失五只。从此之后，就不再出去放羊，每天割草回来喂养。"

桑听到这里，不便责怪，只是着急："羊的数量不够，怎么换回大象呢？"

高个盲人连忙安慰桑："别着急，有办法，有办法！"

这时，少朱发现远处有人走来，那人身后有一只羊，少朱有些惊讶道："快看，有人牵着一只羊，向这里走来。"

那人渐渐走近，向这边挥手示意，桑看出是矮个盲人。矮个盲人走到近前，季接过他牵来的羊，引入羊圈。少朱跟着过去，再次清点数量，羊圈里有十四只羊，还缺十六只。细心的少朱发现，这只羊刚刚进入羊圈，显然有些不太适应，蹦蹦跳跳，试图跃过栅栏，冲出羊圈。矮个盲人凭借敏锐的听觉，察觉羊的不安，说道："在羊圈关几天，就老实了。"

高个盲人解释："这是猎户捕捉的野羊，凑齐三十只，就可以赎回大象。"

矮个盲人胸有成竹地说："猎户在野羊出没的地方设下陷阱，很快可以凑齐。"

桑终于放心，说道："刚才，桑还担心不能换回大象呢！"

高个盲人表态："很快凑齐，桑放心吧！"

朱圃草棚下，朱和葛相邻而坐，一起制作毛笔。长案上面摆放着细木笔杆，还有羊毛、马毛、兔毛等。朱用刀子劈开细木笔杆一端，撑开左右木片，形成缝隙，葛将小束毫毛塞入，左右木片合并。葛用丝线缠住笔端，固定毫毛，一支毛笔就制作完成了。

林官虞走进朱圃，朱抬头看见，自己手中的毛笔正在缠线，不便起身，便点头示意林官虞坐下。葛急忙结束缠线的动作，完成毛笔制作。朱端详一下这支毛笔，递到林官虞手中，说道："虞久居郊野，与动物为邻，请看一看，毫毛取自何种动物？"

林官虞双手接过，一手捋着毛笔的毫毛，感受毫毛的软硬质感，然后放到眼前察看，辨识毫毛的粗细、色泽。林官虞沉思片刻，说道："虞管理山川林泽，常见各种动物，少有近距离观察。偶有狩猎之人送来野物，小羊、小兔一类，如今只能猜猜看，见笑了。"

朱听出林官虞话中含意，说道："毕竟是林官啊！"

第十三章 蒙面

林官虞抬头笑道："猎人送来的野味，野兔居多，今后的兔毛，可以送来朱圃。"

朱转身看葛，两人会意地笑了。朱的这支毛笔，绝大多数毫毛是兔毛，朱加入少量羊毫，兔毛刚硬，羊毫柔软，朱小心处理刚硬、柔软的比例，利用不同毫毛的组合，制成软硬不同的毛笔，对应不同的书写材料。

朱转换话题，问林官虞："有一种细竹，多年生长，主干细直，手指粗细，虞可见到？"

林官虞接过毛笔的时候，注意到细木笔杆，回答道："闻向虞提及，寻找细竹，就是为制作笔杆吧！"

葛问："已经寻到？"

林官虞回答："四处找寻，终于觅到。竹子用作笔杆，一端开孔，毫毛结成小束，插入孔洞，粘胶固定，即成毛笔。"

林官虞所说的制笔方法，简易可行，朱很感兴趣，问："可否带回细竹？"

林官虞表示："细竹生长于羊角族领地，这次匆匆返回，没有带来。"

林官虞主动说到羊角族，葛自然想到身边的桑。桑最近遇到不少麻烦，葛正在考虑联系羊角族。林官虞说"匆匆返回"，朱以为有事相商，对林官虞说："匆匆返回，必有要事吧！"

林官虞的身子凑近一些，对朱说道："与羊角族有关。"

朱对葛说："把门关上！"

朱圃院子的大门平时敞开，关门就是掩上两扇栅栏，插上门闩，稍加防范。林官虞待葛返回草棚，说起自己与羊角族的交往："羊角族人出外狩猎，遇到刮风下雨或饥渴疲劳，便到草房歇息，顺便留些野味。虞回赠织物、陶器，大家成为朋友。虞对羊角族有些好奇，听说他们住在树屋之上，族长姜邀虞前去做客，便成行了。"

大王的先辈与羊角族有过战事，两个族群多年没有来往，朱清楚这段历史，也知道大王对待羊角族的态度。朱说："大王的先辈与羊角族有过战事，那是多年以前的事情。近来，大王知道羊角族迁移郊野，双方现在以物换物，羊角族送来捕获的猎物，换走需要的食物和器皿，双方关系友好。与之交往，并无不妥。"

林官虞告诉葛："虞第一次前往，族长姜便以贵宾礼仪接待，表明族群之间毫无敌意。后来，与族长姜几度交往，双方更加熟悉起来。"

林官虞没有强调与族长姜的密切关系，也没有隐瞒什么，这样提及族长姜，便于转到关于桑的话题。葛由桑的豪爽性格，联想到族长姜，便问："羊角族的族长姜，很是勇猛吧？"

林官虞向葛说明："羊角族以狩猎为主，男子勇猛，骑射俱佳；女子威风，身手不凡。与羊角族交往，坦诚最为重要。"

朱当年与老族长的儿子姜分别之后，虽再无机会见面，但可以想象族长姜的威猛。朱心中明白，林官虞来到朱圃，一定与桑相关，便坦诚相告："族长姜的妹妹桑，就在朱圃。"

朱如此坦率，林官虞便直接表明此行目的："桑进入王邑多日，一直没有音讯，族长姜有些担心，委托虞返回王邑，打探消息。"

葛知道林官虞可以信任，如实相告："桑入王邑，居住在朱圃，如今还算平安，但也遇到一些麻烦。"

林官虞有些紧张地问："什么麻烦？"

接下来，葛简单叙述桑的遭遇——王邑南门之外，桑初遇屠官干，以大象换羊群；宗庙置础仪式上，桑鞭伤刑者，救助少朱、少葛，与太卜涂发生冲突，闻出面相救；桑在朱圃再遇太卜涂，太卜涂对小玉龟产生怀疑……

桑与太卜涂的这些矛盾，使林官虞想到太卜涂今日所为——太卜涂拦截羊角族人，询问腰围主人，怀疑桑与大王有过交往，猜测大王赠桑小玉龟。凡此种种，就是桑进入王邑引发的波澜。

葛的陈述告一段落，朱补充说明："桑来王邑，寻找曾经救助的一人。桑不知那人身份，见面才能辨认。那人给桑的小玉龟，正是朱当年雕琢送给大王的。"

林官虞得到这些信息，加之自己所见，向朱说明："前日，大王与闻在郊野狩猎，遭遇老虎，大王将老虎引开，掉落树洞，染上瘴气，被桑救助，带到羊角族领地。族长姜祛除了大王的瘴气，桑用药草治愈了大王的眼睛。临别之时，桑送给大王腰围，大王以小玉龟回赠。后来，桑思念大王日甚，便来王邑寻人。"

葛继续述说最近发生的事情："桑在馆舍遇到卯，卯看到小玉龟，告知她大王有过一件。桑听说卯的父亲是大王，有意面见。太卜涂发现小玉龟，怀疑大王与桑交往，正在多方求证。桑处境复杂，闻有意保护桑，受到太卜涂的猜疑。"

林官虞明白，太卜涂怀疑桑与大王交往，前往郊野求证。林官虞如实相告："今日，太卜涂前往郊野，没有见到虞，立即追回来。在王邑南门外，太卜涂手拿腰围，拦截前来王邑交换物品的羊角族人，询问腰围主人，没有得到结果。太卜涂向虞求证，大王当初让大象带走何物，显然就是想弄清小玉龟的来历。"

朱对葛说："桑的处境更危险了！"

林官虞问："如今桑在哪里？"

这时，朱圃门外传来推动栅栏的响声，接着听到闻的声音："师父，闻来了。"

葛前去开门，闻进入朱圃，看到林官虞在座，有些意外。朱解释说："虞受族长姜委托，为桑而来。"

听朱这样介绍，闻知道林官虞是可靠之人，环顾四周，没有看到桑，便问："桑去哪里了？"

葛告诉闻和林官虞："桑挂念大象，前往圈养场察看，少朱和少葛同行，有个照应。"

大象寄放在圈养场，圈养场与屠宰场相邻。屠宰场平日宰杀牛羊，十分血腥，王邑之人少有光顾。闻知道屠官干曾经被桑鞭伤，有些担心，对朱说道："闻去看看，屠官干此人，不得不防啊！"

桑和两个孩子前往，葛原本认为相互照应，不会有事。如今听闻这样说，感觉自己确实有些疏忽，赶紧表示："大意了，大意了。"

林官虞受族长姜委托，前来了解桑的处境，至今没有见到桑，回去不好交代，他关切地说："虞一同前往！"

朱对林官虞说："闻去即可。桑在这里，朱圃遭到监视，闻也不能幸免。虞置身事外，便于应对突发事件。"

朱说完，让闻稍等，自己进入大室，取出一个黑色袋子，袋子鼓鼓囊囊，不知装着什么。朱递到闻的手中说："前往屠宰场，闻用得着。"

闻接过袋子，没有询问里面有什么物品，匆匆离开了。

林官虞准备告辞，朱叮嘱他："虞在暗处，见机行事！"

王邑南门之外，一片小树林后面，就是屠宰场所在，牛羊等祭祀牺牲在此宰杀。由屠宰场向西南前行一箭之地，就是圈养场所在，准备屠宰的牛羊集中在此。圈养场的牛羊看似温饱平安，实则面临被屠宰的危险。羊群前往屠宰场时，头羊在前面引路，第一个进入屠宰场。等到羊群纷纷进入，屠人就会重新放出头羊，头羊再次返回圈养场，等待下一次引领。屠官干管理屠宰场和圈养场，是统治这里的最高长官。

桑与少朱、少葛离开盲人住处，走出王邑南门，穿过小树林，来到屠宰场的入口处。按照葛指引的路线，三人首先经过屠宰场，然后转向西南，可以到达圈养场。屠宰场是一大片圆形区域，四周竖立着无数粗壮的木棒，木棒用来悬挂被分割的牛羊肢体。三人立于屠宰场的空地中央，看到悬挂牛羊的木棒特别干净，没有任何血迹和肉腥，根本看不出这里就是屠宰场。据说，每日宰杀牛羊完毕，这里的地面满是血迹污物，要从另外的地方弄来新土，将这片土地重新覆盖，恢复洁净平整，不留宰杀牛羊的任何痕迹。

看到屠宰场如此整洁，地面如此平坦，少朱、少葛十分好奇。在两个少年眼里，这就是一片开阔空地，可以随心追逐玩耍。少葛和少朱嬉闹起来，少葛将植物种子塞入少朱衣服，少朱使劲摇晃身体，让种子掉落出来。少葛继续塞入种子，两人扭打嬉戏，少朱一下子跌坐在地上。

少朱跌倒在地，一手触到地面，探入下层的潮湿泥土。他急忙抽手出来，发现手上染有红色痕迹。少朱认出这是血迹，慌乱之中起身，不料再一次跌坐地上，另一只手探入泥土，双手全部沾满血迹。少朱举起双手，不知所措，心慌神乱。少葛没有料到这种情形，目瞪口呆，一时不知如何是好。桑倒吸一口凉气，在空旷无人的屠宰场，仿佛有一种恐怖氛围正在袭来。这时，一只黑褐色的苍鹰掠过天空，宽大的翅膀上下翻动，在地面遮出一片黑影，更加强化了三人的恐惧。

桑一手拉起地上的少朱，一手扯着少葛的衣服，三人穿过周围竖立的木棒，逃离了屠宰场。他们匆匆冲入远处的一片树林，三人力气用尽，大口喘气，平复内心的慌乱和紧张。少朱蹲下，抓起地上的青草擦拭双手，试图抹掉血迹。少葛四周张望，发现树林边有一条小溪，不由分说扯起少朱，拉到溪边，将少朱的双手放入溪水。桑随即来到溪边，溪水将少朱手上的红色痕迹冲走，少朱的双手变得苍白，仿佛双手也受到惊吓，失去血色。

刚刚飞过屠宰场的苍鹰折返回来，掠过三人头顶，仿佛故意示威。少朱靠近桑，寻求桑的保护。少葛紧紧握住少朱冰凉的双手，传递自己的温度。

第十三章 蒙面

桑心中慌乱,不知何去何从。葛描述的路线,就是穿过屠宰场,转入西南方向。如今三人仓皇逃离,已经失去方位,无法辨清东南西北。桑的视线追随苍鹰飞去的影子,直到不见苍鹰,桑的慌乱渐渐平息,但依然不知前行的方向。

少葛突然发现,沿着小溪走来一人,那人渐行渐近,竟是一位黑衣蒙面人,少葛急忙向桑招手示意。桑注意远处来人,此人面部包裹白色兽皮,眼睛和鼻子的位置留出圆孔,嘴巴封闭在面具之中。桑无法看清此人真实面貌,不知来人是善是恶,只能见机行事。

黑衣蒙面人沿着小溪走来,两手一高一低背在身后,似乎托着物品。蒙面人行至近前,桑看清此人两手抓着动物蹄子,根据蹄子形状,她判断此人背着一只羊。黑衣蒙面的装束,身后背羊的行为,加之出现在屠宰场附近,一系列线索表明此人是屠官干的手下,即屠宰场的屠人。蒙面人看到桑,略略扫视一眼,没有停下脚步,仿佛无视三人的存在。眼看蒙面人就要过去,桑鼓起勇气,在蒙面人身后喊道:"请停一下!"

身背黑羊的蒙面人,就是屠官干手下的屠人克。前些日子,屠人克在南门外捡到一个羊角,屠官干认出那是桑的羊角,猜测是盲人外出放羊,遗失了羊角。屠官干想到当初桑用羊角引领羊的举动,吩咐屠人克守株待兔,在盲人出来放羊的时候,用羊角勾引后面的羊。屠人克遇到放羊的季,依法引羊,一来二去,先后拐走十多只羊。最后一次,屠人克大胆拦截,索性一并拐走五只羊,季从此不再出来放羊。屠人克发现圈养场内有一头大象,并不知道大象的来历,更不知道桑与屠官干的交易,没有料到拐走十几只羊,竟然给桑制造了不少麻烦。

此时,屠人克透过面具,认出对面女子是桑。屠人克在宗庙被桑鞭伤,当时十分恼怒,事后反思,敬佩桑救护两个孩子的胆量。屠人克没有料到在此遇到桑,更没有料到桑会主动招呼自己。屠人克回转身子,将黑羊放到地上,独自走到溪边,俯身下去,掀起兽皮面具的底部,撩起溪水饮下,然后用手背擦拭嘴巴,重新固定面具,在溪边草地坐下。屠人克正在思考:桑来这里干什么,桑有什么事情需要帮助吗?

桑看到蒙面人坐下,没有对自己的招呼表示反感,于是更加镇定,继续说道:"桑要去圈养场看望自己的大象,不知怎么走,可以指引一下吗?"

屠人克没有料到桑为大象而来,桑说"自己的大象",说明大象的主人是桑。屠人克知道大象所在，那是圈养场后面的一个小圈场。屠人克有些犹豫，是否应该将大象所在告诉桑？他考虑再三，突然站起，重新背起黑羊，准备上路。桑原本抱有一丝希望，看到蒙面人起身上路，她呆呆站着，有些失望。眼看蒙面人走出十几步，桑彻底失望。蒙面人突然停下脚步，背对着桑，松开攥着羊蹄的右手，挥挥手，指着右边的方向，然后重新抓住羊蹄，向前走去。

桑意识到蒙面人在为自己指引方向，她重新判断圈养场的方位，确定前行的方向，让少朱、少葛随自己上路。少朱特别细心，盯着蒙面人远去的背影，陷入沉思，被桑拉扯一把，急忙跟上。蒙面人背起黑羊的时候，少朱察觉羊脖子上挂着一副羊角，少朱边走边想：这是不是季丢失的羊角呢？

桑与少葛、少朱一直前行，不一会儿，发现一处用粗大木棒围起的区域，显然就是圈养场。三人悄悄进入，很快发现一个大羊圈，里面圈养着各种毛色的羊，羊的数量太多，挤来挤去，几乎无法挪动。紧邻大羊圈有一处草房，草房挂着门帘，桑担心里面有人发现自己，急忙抓紧少朱、少葛，准备从草房门前悄悄经过，前去大羊圈后面探寻……

这时，草房门帘突然掀开，走出一位黑衣蒙面人，面部包裹白色兽皮，眼睛和鼻子位置留出圆孔，乍看上去，与刚刚见到的蒙面人一致，仿佛同一个人。黑衣蒙面人看到桑，径直走来，摘掉兽皮面具，露出真实的面容，正是管理屠宰场和圈养场的屠官干。屠官干脸色煞白，不知是面具所致，还是失血所致。屠官干面对桑，并不惊讶，似乎桑的到来在他预料之中，温和地说："来了？"

桑还没有回应，少葛就问："大象在哪里？"

面对少葛的鲁莽，屠官干并没有生气，他不屑于回答少葛，而是对桑说："走吧，大象就在后面。"

屠官干态度如此温和，出乎桑的意料，她只能跟随屠官干前行，期望尽快见到大象。屠官干指着大羊圈，对桑说："羊角族的羊，羊毛大多是白色。这些羊来自不同族群，毛色多种多样，尾巴长短不一，羊角的形状也有多种。"

桑无意关心羊圈里的羊，没有听进屠官干的话，只是希望尽快看到大象。两人走在前面，刚刚经过大羊圈，屠官干突然停下脚步，回头问桑："桑来交换大象，三十只羊带来了吗？"

第十三章 蒙面

桑反应机敏，回答屠官干："这次只是看看大象，没有打算带走。交换的时候，自然将羊带来。"

屠官干面带微笑，苍白的脸色泛出一些红润，说道："桑要看看大象，干要看看羊群，应该可以吧？"

桑一时无语，不知如何回答。屠官干看出桑的窘态，似乎为桑着想，说道："这样吧，不必带来三十只羊，可以随桑前去，看到三十只羊之后，桑再回来看望大象。"

对于屠官干的要求，桑无法答应。羊圈里只有十四只羊，想要凑齐三十只羊，即使每天一只，还得需要好多日子。桑暗自猜测，屠官干一再强调三十只羊，应该是知道羊走失了。屠官干态度貌似温和，其实设下圈套，没有三十只羊，就无法看到大象。屠官干不让自己探望大象，桑对大象的处境更加担心。桑当下决定，尽快凑齐三十只羊，换回大象，送往羊角族，让大象恢复自由。

桑拿定主意，对屠官干说："大象在圈养场，桑自然放心，不看也罢。按当初约定，桑尽快带来三十只羊，换回大象。"

屠官干露出笑脸，道："一定是三十只哟！把羊送来，就可以带走大象。"

桑脸上没有笑意，说："就这样说定了。"

桑说完，转身挥挥手，带领少朱、少葛离开。屠官干站在原地，看着他们远去，脸上依然挂着笑意，微微眯着眼睛，仿佛在为三人送行。

突然，那只黑褐色的苍鹰飞来，渐飞渐低，放缓速度，掠过三人头顶，巨大的翅膀投下黑影，将三人笼罩其中。少朱和少葛慌忙来到桑的身边，一起躲避黑影制造的恐惧。苍鹰再度高高飞起，黑影渐渐变小，仿佛要把三人包裹起来，抛扔出去……随后，黑影渐渐消失，三人抬头仰望，苍鹰已经没有踪影了。

桑回头观望，发现屠官干原地不动，脸上依旧保持着微笑，抬起的臂肘之上站着苍鹰。桑不由心生恐惧，赶紧率领少朱、少葛离开。三人奋力疾跑，如同冲刺一般，闯入前面一片小树林，躲避苍鹰的袭击。

三人进入树林深处，停止奔跑，大口喘着粗气。少葛一口气喘不上来，咳嗽不止。少朱急忙上前，捶打少葛后背，平息少葛的咳嗽。桑坐在地上，一边大口喘气，一边观察四周，依然心有余悸。桑招呼少葛坐下歇息，少朱蹲在少葛身后，准备随时捶打少葛后背，防止少葛再次咳嗽。

小树林中十分安静，三人慌乱的心情渐渐平复，只有少葛的几声咳嗽间或响起。少葛用手捂着嘴巴，尽量不让咳嗽声扩散出去，以免打扰小树林的宁静。桑看着少葛用手捂嘴的动作，想起少葛平日无所畏惧的样子，不由笑笑，捡起一块小石子抛向少葛。少葛被突然飞来的小石子吓了一跳，瞬间停止呼吸，竟然一声咳嗽也没有了。

桑想起在羊角族的经历，羊角族人外出打猎时，经常遇到飞翔的苍鹰，苍鹰从空中俯冲下来，用利爪捕食小兽。羊角族有人专门驯养苍鹰，使其成为打猎的助手。桑想到这里，认为自己过于恐惧，应该让少朱、少葛放松一下。桑取出腰间的皮鞭，将鞭杆握在手中，鞭条卷起，对两人说："前日在宗庙鞭打刑者时，少朱、少葛蒙着眼睛，没有看到，今天演练一下！"

桑环顾四周，走到小树林的一片开阔地，目光锁定前面一棵枣树，目测鞭子飞行的距离，站在距枣树二十步左右的位置，右手用力抖出鞭子，鞭条倏地飞出，又倏地飞回，鞭条依然握在手中，一颗枣子落地。少朱急忙上前捡起，枣子表皮有鞭打的裂纹，少朱一掰为二，一半给少葛，一半给自己，共同品尝大枣的香甜。

少葛的心情渐渐放松，问桑："羊角族人都会使鞭子吗？"

少朱的紧张渐渐平息，想起小溪边的蒙面人，对桑说道："在小溪边，蒙面人背着黑羊，羊脖子上挂着一副羊角，可能就是季丢失的。"

桑说："如果再次遇到蒙面人，桑能认出羊角。"

枣子特别香甜，少葛吃下半个大枣，刚才的恐惧已经消失。少葛还想品尝枣子，就对桑说："再打几个枣子吧！"

桑重新挥动鞭子，抖出鞭条，几个枣子同时落地，夹杂着几片枣树叶子。少葛冲上前去，捡起几个枣子，将最大的一个枣子给桑。少葛看到滚落在远处的枣子，又跑过去捡拾。枣子掉在堆积的树叶上，少葛抓起枣子，突然看到树叶下面隐藏着两只脚，少葛吓得踉跄后退，跌坐在地。少葛抬头看去，树下站着一位黑衣蒙面人，蒙面人的双脚被树叶遮盖，少葛的注意力只在枣子，没有察觉树下站立的人。

看到少葛跌跌撞撞后退，桑急忙手握皮鞭上前，少朱跟在桑的后面，扶起跌坐在地的少葛。少朱没有料到，自己刚刚提及蒙面人，蒙面人就来到身边了。少朱警觉地盯着对方，心脏扑通扑通地跳动。桑手握皮鞭，注视着树下的蒙面人，做好应对的准备。

第十三章 蒙面

在桑看来，眼前的蒙面人与小溪边那人，俨然就是一人。如果真是那人，当初给自己指引方向，应该没有太大的恶意。少朱猜测，来人就是小溪边的蒙面人，只是因为他背后没有黑羊，所以不能完全断定。少葛刚刚受到惊吓，不敢直视对面的蒙面人。

蒙面人的嘴巴藏在面具后面，桑以为对方不便说话。桑知道对方可以听到声音，准备开口说话时，突然心生疑虑——万一此人是屠官干呢？桑不由退后一步，手里的皮鞭握得更紧。此时，蒙面人的声音透过面具传出："走，去看大象！"

桑一时没有明白，此人嘴巴被面具遮挡，怎么发出声音呢？桑听到蒙面人的声音，断定此人不是屠官干，应该就是小溪边那人，稍稍放心些了。蒙面人向桑招了招手，桑消除顾虑，跟随而行。少朱紧跟在桑的身后，认定蒙面人就是小溪边那人。少葛的意识有些恍惚，被少朱拉扯着，一起向前走去。

三人跟随蒙面人前行，穿过小树林，桑不知究竟去向哪里。走出一段距离后，桑发觉已经绕到大羊圈后面了。蒙面人示意大家放慢脚步，招手让桑跟上自己，然后伸手指向右前方。桑顺着手指的方向看去，那里有一个小圈场，一只高大的动物矗立其间，正是自己的大象。

桑心情激动，就要飞奔过去。桑准备起身时，蒙面人用手按住她的肩膀，让桑继续跟随自己前行。大家绕到小圈场后面，这里既可以观察大象，同时也能够监视草房，防止突然来人。蒙面人没有让桑继续靠近，在距离小圈场几十步远的地方，大家停下脚步，静静地观察前方……

第十四章

眼疾

　　小圈场里，大象感觉附近有人，而且是自己熟悉的人，立刻警觉起来，扇动宽大的耳朵，显得有些兴奋，也有些紧张。大象四下观望，终于看到远处的桑。大象有意奔向主人，但两条前腿被绳索捆绑着，无法行动。当初桑训练大象不准离开骨环，如今大象眼前不远处悬挂着骨环，这个规矩必须遵守。大象无计可施，只能原地踏步。面对近在咫尺的主人，大象无法亲近，耷拉着耳朵，眼睛微微闭上，眼泪就要流下来了……

　　黄昏悄悄降临，灰色的雾升腾起来。桑远远观察，发觉大象形体瘦弱，不似原来那般强壮。大象明明看到自己，却没有立即过来，反而继续在原地驻足，桑感觉有些异样，大象可能受到束缚，或是骨环阻止了大象行动。

　　大象天生性情多变，有时温良老实，有时凶猛异常。当初，桑将骨环留给屠官干，一是方便屠官干引领大象，大象服从骨环的指引；二是希望大象老老实实待着，等候自己把它带走。如今看来，因为骨环，大象被屠官干完全控制，无法自由行动。

　　桑急于弄清大象的真实处境，再次起身，走向小圈场。蒙面人明白桑的心情，随桑前行，示意少朱、少葛停留原地，不要跟上。两人走出十几步后，蒙面人突然用力按住桑的肩膀，低声说道："有人！"

　　桑被迫停下脚步，与蒙面人一起藏身树后。在这个位置，桑清晰地看到，大象的前腿捆绑着绳索，无法行动，只能慢慢挪动。在大象鼻子的上方，可以看到悬吊的骨环。骨环拴在一根木杆顶端，木杆插入地面。骨环如同一个符咒，将大象牢牢固定在小圈场。

第十四章 眼疾

　　大象瘦弱的身形和捆绑的前腿，足以说明大象身处困境。桑意识到，大象缺乏基本的生存保障，如同囚在牢房，完全失去自由。桑想到这里，内心责怪自己轻易离开大象。这时，桑看到大象伸出鼻子，使劲向自己这边伸展，仿佛要将自己搂过去。桑浑身一阵颤抖，她多么想与大象依偎在一起啊！

　　桑急于解救大象，希望解下骨环，松开捆绑大象的绳索，让大象重获自由。桑伸手扯下蒙面人按在自己肩膀的手，准备冲向大象。桑即将跃起的一瞬间，膝盖被一只手牢牢按住，只得收回身子，她怒视身边的蒙面人。蒙面人直视前方，桑顺着蒙面人的视线望去，大象身边出现一位黑衣人。桑立即意识到，这位黑衣人就是屠官干。屠官干站在大象身边，解开捆绑大象前腿的绳索，抛在地上。随后，屠官干拔出插入地面的木杆，握在手中，在大象面前晃动骨环，仿佛告诉大象：听话，骨环在这里！

　　屠官干向下挥动骨环，示意大象蹲下，大象后腿后曲，前腿前曲，顺从地跪在地上。大象降低高度，屠官干轻松骑到大象身上，然后向上挥动骨环，示意大象站立起来。大象站起之后，屠官干平伸骨环，骨环在大象面前晃动，大象按照骨环指示的方向，开始一步一步前行。

　　屠官干骑象前行，在小圈场绕行几圈，桑起初没有察觉异常。后来，在屠官干手中骨环指引下，大象离开小圈场，向桑藏身的方向走来。桑不由心中一紧，担心被屠官干发现。大象没有直行过来，中途拐弯，走向一片绿色草地。桑目不转睛，盯着大象前行的方向，前面有一片干草，在绿色草地上特别显眼，桑一时弄不清楚，为何草地如此两样。这时，桑感觉膝盖被人用力一抓，蒙面人察觉意外就要发生。桑接着听到扑通一声巨响，前行的大象突然跌倒，掉入一个巨大的土坑，只有半个身子露出地面。原来，干草下面预设了一个陷阱，屠官干骑着大象踏上干草，就是为了把大象引入陷阱，让大象完全失去行动自由。

　　屠官干从大象背上轻松跃下，站在地面，将拴着骨环的杆子插在坑边，仿佛要将大象镇在这里。大象用尽全身力气，依然无法跃出陷阱，屠官干狂笑几声，独自离开。桑没有料到，这一幕就在眼前发生，自己却无能为力。屠官干渐渐走远，桑奋力冲向大象，蒙面人紧跟上去，少朱和少葛急忙上前。桑近前发现，大象一条前腿卡在土坑前沿，另一条前腿站立坑中，两条后腿卡在土坑后沿，大象完全不能行动。

　　桑蹲在坑边，一手抚摸着大象的鼻子，似乎在谴责自己。大象的鼻子轻轻晃动，回应桑的抚摸，似乎在安慰伤心的桑。蒙面人绕着土坑察看，寻找解救大象的办法。少朱跟在蒙面人身后，希望自己可以帮忙。蒙面人发现，在大象两条后腿下面垫些硬物，为后腿提供支撑，再将土坑后沿进行开掘，给两条后腿伸展空间，大象就有可能站立起来。于是，蒙面人让瘦小的少朱下到坑里，让少葛寻来石块，垫到土坑底部，为大象准备落脚的支撑点。接着，蒙面人找来大块石片，作为开掘工具，将坑沿向后开掘，给大象的后腿准备伸展空间。桑安抚了一下大象，强忍悲伤的心情，与少葛一起寻找石块去了。

　　桑和众人一起帮助大象脱离险境，大象感知到了，紧张的状态稍稍放松。蒙面人用力开掘土坑后沿，大象身后的空间渐渐增大，在桑的指引下，大象试探着伸展后腿，寻找落脚的位置，两条后腿终于站立起来。借助正常站立的后腿，大象的身子向后移动，卡在前面坑沿的前腿顺势落下，身体重新找回平衡，大象的喘息渐渐均匀，力气稍稍恢复。大家松了一口气，继续寻找使大象脱离陷阱的办法。

　　蒙面人前后察看，决定继续扩大土坑后沿，在大象身后开掘舒缓的斜坡，以便大象身体后退，从而步出陷阱。

　　少朱和少葛一起开掘土坑，斜坡的长度逐渐延伸，宽度逐渐加大。桑指引大象一步一步后退，大象终于离开陷阱，回到地面。此时，天色已经暗下来。少朱想起自己带来的悬桃，从随身的布袋取出，一个一个喂给大象。大象饥渴难耐，很快吃光悬桃，然后如同孩子一样，用鼻子抚弄少朱，继续讨要食物。少朱摊开双手，又拍拍布袋，告诉大象没有食物了。

　　蒙面人接过少朱手里的布袋，用随身的刀子割开，包扎大象磨破的前腿。桑依偎在大象身边，看到蒙面人细致的举动，心中生出一派暖意，用感激的目光看着蒙面人，更加信任对方。桑有意带走大象，希望听取蒙面人的意见，尚未提出问题，蒙面人主动提议："带走大象，大象可以获得自由。不过，你们有过约定，用羊群交换大象。此时带走大象，就是毁约在先，屠官干可能借此生事，甚至挑起王邑与羊角族的冲突。"

第十四章 眼疾

蒙面人这样分析，桑认为确实有些道理，只是不忍大象继续受罪，很是为难。黑衣人拔出坑边拴着骨环的木杆，一手攥着木杆，对桑说道："把大象送回小圈场，带走骨环。没有骨环，屠官干就不能控制大象。这相当于警告屠官干，带走骨环的人能够救助大象，甚至带走大象，只是因为双方都要遵守约定，所以没有带走。希望屠官干不要再伤害大象，按照双方的约定行事。"

羊角族向来恪守信用，桑刚才面见屠官干时，曾经重申约定，即使大象受到欺负，也不应马上违约。桑没有再说什么，只能按照蒙面人的建议，牵着大象返回小圈场。蒙面人取下木杆上的骨环，将骨环递给桑，木杆重新插入地面。

桑一手攥着骨环，耳边回响着蒙面人的声音，感觉有一丝熟悉。蒙面人的声音透过面具有所变化，桑略感熟悉，但不能断定这种熟悉来自哪里。桑还在思考，就听蒙面人说："赶快离开吧！"

桑有些不舍，对大象说："过些日子，就回羊角族了。"

大象似乎听懂了桑的话，长长的鼻子从桑的身上移开，伸到少葛和少朱面前，用鼻子抚摸他们，与两人道别。蒙面人示意桑和少葛、少朱先走，自己依旧留在大象身边。三人走远之后，蒙面人摘下兽皮面具，与大象四目相对，仿佛希望大象记住自己的样子。

桑走出不远，回头观望，看到蒙面人摘下面具，以真实面目面对大象。桑也想看看蒙面人的真相，也想知道是否就是小溪边那个蒙面人。桑心中明白，蒙面人此时不想显露真相。桑宽慰自己：能够面对大象的人，一定能够面对自己；能够保护大象的人，一定不是坏人。

桑再次回头看去，蒙面人已经重新戴上面具。蒙面人没有走，只是挥了挥手，桑一时没有明白什么意思，对方再挥挥手，桑这才意识到，蒙面人正在与自己告别。桑还想说些什么，蒙面人已经迅速跑开了……

近来，大王的眼睛特别难受，看人视物的时候，出现重影，视物模糊，久视头疼，甚至头疼欲裂。大王察觉自己罹患眼疾，让仆臣奚请太医酉来到小堂，悄悄给自己诊病。大王告诉太医酉："看人视物，均是重影。"

太医酉双手脉诊，陷入沉思，久久不语。太医酉收回双手，端正身体，问道："大王，前日所配药酒，小食之前，一觚为量，可否按量饮下？"

大王郊野狩猎归来，曾经出现视物模糊的情形，太医酉诊断是惊恐虚劳所致，针刺治疗后，症状随即缓解。之后，太医酉专门为大王配制药酒，以防眼疾再度发作。大王长期饮用药酒，依实回答："依照太医之嘱，一直饮用。"

太医酉只得说破实情："大王每日饮用药酒，只是数量擅自做主了。"

大王端正的姿势微微晃动，辩解道："原以为药酒辛辣难饮，未曾料到香甜可口，每次多饮一觚。"

太医酉长叹一声道："眼疾症结，就在多饮一觚。大王应该知道，过犹不及，如今病症伤及大王肝魂了。"

大王一时沉默，太医酉不由自责道："一念之差，以为大王饮用药酒，理应减少辛辣，故添加少许香甜佐药，没有料到，诱发饮酒之欲。"

大王理解太医酉的良苦用心，问道："停止饮用，可否转危为安？"

太医酉摇摇头道："没有那么简单！"

大王着急问道："可有治疗之法？"

太医酉沉思良久，回答大王："如果要根治，就得先丧明。"

大王不解地问："此话怎讲？"

太医酉说道："若要人不死，先要死个人，这话大王可曾听说？"

大王回答："这是巫者修道的方法，经历近乎死的境界，才能不畏死亡。"

太医酉解释根治眼疾的办法，说："大王有两种选择，一是当下丧明，来年复明；一是当下可视，来年丧明。"

大王询问："来年，就是明年吗？"

太医酉详细解释道："那不一定。当下丧明，来年复明，就是大王闭上双眼，不再视物，一到三年之后，重新睁开眼睛，视力恢复正常。所谓来年，究竟是一年、两年还是三年，根据酉的治疗效果，以及大王的定力。"

大王似乎明白了，继续询问："当下可视，来年丧明，就是当下正常视物，一到三年之间，可能眼睛丧明？"

太医酉回答："来年丧明，一年还是三年，也要根据酉的治疗，以及大王的定力。"

大王问道:"必须选择?"

太医酉回答:"大王选择之后,根据眼疾的发展趋向,确定具体的治疗方法。当下丧明,来年复明,就要当下养阴,来年助阳;当下可视,来年丧明,就要当下养阳,来年滋阴。总体来说,治疗方向完全相反。"

大王不由叹一口气,一时无语。

太医酉自然明白大王的忧虑,此时突发眼疾,看似只是身体病症,实则导致选择王位继承人一事紧迫起来。选择"当下丧明,来年复明",大王当下不能执政,复明时间无法确定,必须立即明确王位继承人,如果卯继王位,还要确定代为执政者。选择"当下可视,来年丧明",因为大王一到三年之间丧明,可以共同执政,就要侧重考虑王位继承人的当下辅政能力,闻更合适。太医酉想到这些,看着陷入深思的大王,悄悄退出小堂。

月亮高悬,大而明亮,月亮外围环绕着巨大的光晕,预示着明天将有大风降临。葛独自坐在朱圃瓜果架下,等待桑从圈养场归来。院外传来虫鸣声,夜晚显得更加静谧。这时,朱圃外面传来轻轻的脚步声,葛急忙起身。闻身着黑衣悄悄进入院子,葛以为桑和少朱、少葛跟随在后,却没有看到三人,她疑惑地问:"桑和孩子们呢?"

闻挥挥手,示意葛不要讲话,侧耳倾听远处的声音。不一会儿,细碎匆忙的脚步声传来,渐行渐近,可以听出不止一人。闻需要暂时回避,不让三人知道自己乔装打扮的真相,便说:"师母,闻去见师父了。"

葛明白闻的意图,点点头让他离开了。

桑和少朱、少葛走进朱圃,迎面看到葛,桑急忙问:"闻来过吗?"

桑回来首先询问闻是否来过,这出乎葛的意料。葛猜想,闻扮作黑衣蒙面人,前往圈养场救助三人,桑可能看出破绽了,于是回答:"闻在这里,早就来了。"

说话之间,朱和闻一起走出大室,走向瓜果架,朱关切地问:"桑看到大象了?遇到危险了?"

少葛抢先回答:"屠官干欺负大象,大象跌在土坑里,受伤了!"

少朱回答:"多亏一位黑衣蒙面人,可能是屠官干的人,一起救助大象。"

少葛争辩:"怎么可能是屠官干的人?肯定不是!"

桑观察朱身后的闻,联想起帮助自己的蒙面人,突然意识到两人声音有点相似,急忙追问:"闻在这里,早就来了?"

闻咧咧嘴,躲在朱的身后说:"一直在啊,不信问师父。"

闻强调自己一直就在朱圃,反而引起桑的猜疑。桑盯着闻,回忆帮助自己的蒙面人,那人的身高胖瘦,与眼前的闻特别相近。桑借着月光察看闻的衣服,并非黑色,难以确定,再次问闻:"天这么晚,闻还在这里?"

朱代替闻回答:"听说桑去看望大象,闻不放心,等桑回来。"

葛转换话题:"大象放在屠宰场,不宜长久,应该尽快换回大象,送回羊角族!"

少朱说道:"不用担心,已经将骨环带回,屠官干没有骨环,就不能轻易控制大象了。"

此时,蒙面人的话语,在桑的耳边回响:把大象送回小圈场,带走骨环。没有骨环,屠官干就不能控制大象。这相当于警告屠官干,带走骨环的人能够救助大象,甚至带走大象,只是因为双方都要遵守约定,所以没有带走。希望屠官干不要再伤害大象,按照双方的约定行事。

桑抬头再次看闻,仿佛看到闻摘下面具,以真实的面目面对大象,向大象说着什么。桑再次告诉自己:能够面对大象的人,一定能够面对自己;能够保护大象的人,一定不是坏人。桑想到这里,深深地弯腰鞠躬,对朱、葛和闻,也是对心目中的蒙面人。少朱和少葛看到桑弯腰鞠躬,学着桑的样子,对朱、葛和闻深深地鞠躬……

这一日,王后从玉人坊归来,取回承托玉覆面的青铜面具,她没有返回寝宫区,而是径直来到太卜室。至今,大王没有明确让卯继位,王后心中不安,希望得到太卜涂的帮助,与太卜涂商量对策。不巧的是,仆人卫禀告王后,太卜大人今日外出多时,不知何时归来。王后索性进入太卜室的大室,等待太卜涂归来。

王后独自一人,闲着无事,在室内来回走动。大室五间相连,没有间隔,宽敞开阔。阳光透过门窗照射进来，室内的布局、器物清晰可见。大室正对门口的位置，铺设着可以落座的大块席子，供宾客席地而坐。室内东侧，有一组食案和座席，属于就餐区域。偌大的室内略显空旷，几乎没有多少杂物，可以看出主人喜欢简约整洁的风格。

王后来到东侧的就餐区，这里设有一组食案，共有七个座席。北面横向的一个座席，是太卜涂的专用位置，其余六个座席东西排列，一侧三席。座席的垫子由蒲草编成，彩帛封边。每个座席对应一个食案，食案下有四足，上有搁板，就餐的时候，搁板上面摆放酒具、餐具。

王后沿着餐区绕行一周，看到东侧座席垫子上放着一个素色袋子，袋子鼓鼓囊囊。王后一时好奇，伸手取过袋子，有意察看里面究竟装着什么。此时，室外传来一阵脚步声，仆人卫向来人禀报王后在此，显然是太卜涂回来了。王后急忙将袋子放回原处，迅速离开就餐区域，返回大室门口，与匆匆入室的太卜涂相见。

太卜涂进入室内，急忙躬身施礼道："王后到来，未能迎候，还请见谅。"

王后回答："只是有事相商。"

太卜涂请王后在大室门口的席位落座，自己坐在王后对面。王后略略沉默，欲言又止，视线转向东侧的就餐区。太卜涂立刻心领神会，王后希望远离大室门口，与自己悄悄沟通。于是，太卜涂引王后走向东侧，两人落座，王后居西席，太卜涂居东席。太卜涂刚要落座，发现垫子上的袋子，急忙伸手抓起，一边坐下，一边把袋子放在身后。王后看在眼里，假装没有发现，心想：袋子里面有什么秘密吗？

阳光透过门窗射进来，餐区不在照射范围，两人处于昏暗之中。太卜涂倾身向前，问道："王后有何吩咐？"

王后直说胸中郁闷："前日赠卯玉圭，送闻玉刀，大王收起玉刀，改赠闻玉圭，视闻与卯同等地位，由谁继承王位，大王依旧没有明确。大王近日命令养龟人，让小三足龟尽快长大，准备以龟占卜，求证王位继承一事的吉凶。如此周折，卯继王位难以保证！"

太卜涂看出，王后依然被蒙在鼓里，不知大王寻三足龟的真实目的，当即直言相告："王后不知，大王命人寻三足龟，根本原因，就是为闻治疗腿疾！"

王后大惊失色道："什么，为闻治疗腿疾？"

大王九江寻龟的缘由，太卜涂一一道来："王位继承规定，可以兄终弟及，闻有资格继承王位。但是，闻有腿疾，随时可能腿疾发作，甚至一命呜呼。"

王后感慨道："闻有腿疾，卯更应上位啊！"

太卜涂继续道："大王曾经表示，《江河经》记载，江中三足龟，食后无大疾。涂起初以为大王寻三足龟，就是希望延年益寿。后来发现《江河经》中的完整表述——江中三足龟，食后无大疾，尤治腿疾。涂这才知道，大王寻龟的根本目的，就是为闻治疗腿疾。"

王后感到疑惑，问："大王一向信任太卜大人，为何隐瞒寻龟目的？"

太卜涂知道，大王对自己有所防范，此事不宜在王后面前表明，便说："大王虽然信任涂，但并非完全信任涂身边的人，万一寻龟实情泄露，表明大王倾向闻继王位，支持卯和支持闻的人，就会产生冲突。"

大王为闻治疗腿疾，王后更加不安，问："三足龟寻来，闻的腿疾就可以治愈吗？"

向来足智多谋的王后，此时方寸已乱。太卜涂解释说："如今九江寻来的三足龟，实在太小，无法食用。大王希望小龟长大，本意不在占卜，而是准备待小三足龟长大之后，杀掉三足龟，让闻食用。闻的腿疾痊愈，才有可能继承王位。"

王后听到这里，终于明白大王寻龟的真实目的，以及让小龟长大的缘由，着急地说："必须想方设法，阻止小龟长大！"

太卜涂站起，左右张望，小心说道："涂已经吩咐卜官宾，尽量阻止小龟长大。一要减少小龟的食物，少食自然不能生长；二要减少小龟的活动，少动自然不想进食；三要关注小龟的生长状态，天天观察，防止小龟长大。"

王后惴惴不安地问道："小龟是否可能突然长大？"

太卜涂回答："只怕万一。"

王后站起，更加着急："必须在小龟长大之前，确定卯继王位。"

太卜涂眉头紧锁，思考对策，正要离开座席，起身时瞥见座席后面的袋子，他不想让王后发现此物，急忙重新坐下。王后以为太卜涂心生犹豫，赶紧承诺："卯继王位，相位一职，非太卜大人莫属。"

太卜涂示意王后落座，说出自己的计策："继位一事，闻曾经提出再次龟卜，大王当即否定。涂想，再次占卜，可以一试。"

王后流露出担心，说："上次龟卜，表明卯继王位不吉啊！"

太卜涂一边思考，一边说道："可以借助小三足龟，利用小龟进行占卜。"

王后有些惊喜道："占卜，就得杀龟啊！"

太卜涂不动声色地说："杀不得，杀不得。杀龟，大王不会同意。龟卜，就是为了顺应天意。天意，并非不能掌控。换一种方式，用活的小三足龟占卜，揭示卯继王位的天意。"

王后还是心存担心，说道："再行龟卜，必须万无一失。"

太卜涂表示："王后只管请示大王，让大王同意再行龟卜，其余由涂安排。"

王后一时没有更好的办法，点点头，同意太卜涂的计策。太卜涂将王后送出太卜室，急忙返回大室，拿起座席后面的袋子，打开察看。袋子里装着桑的腰围，太卜涂平日放在睡卧之处，今日遗落在座席垫子上。此时，太卜涂考虑再三，决定暂时不让王后知道桑来王邑一事，因为王后一旦知道，就会怀疑大王与桑的私情，女人对于女人的顾忌，就会导致王后转移注意力，甚至忽视王位继承一事，将主要矛头转向桑。对太卜涂来说，必须把握轻重，步步为营，才能达到卯继王位、自己得到相位的目的。

天色微微放亮，在太医室前面的这片空地，太医酉正在练功，那是太医酉编创的导引功夫，姿态仿佛猿猴攀岩、飞鸟展翅，气运形动，一气呵成。太医酉完成最后拳式，气定神收，回转身形，看到大王站在身后，慌忙躬身施礼。

太医酉准备请大王进入室内，大王手指石像前面的草席，主动落座，让太医酉对面坐下。大王问道："这套拳式，或猿猴攀岩，或黑熊顿足，或飞鸟展翅，或老虎咆哮。人习禽兽之举，是何道理？"

太医酉回答:"飞禽走兽,举凡动作,浑然天性,顺应天地。人习禽兽之举,外师造化,心应自然。这套禽兽之戏,形意兼顾,还想让大王练习一番呢!"

大王问道:"太医给出眼疾的两种选择,哪种需要操练禽兽之戏?"

太医酉回答:"无论怎样选择,禽兽之戏都有辅助作用。"

大王放低声音,显然不想让别人听到,说出自己的选择:"当下可视,来年丧明。"

太医酉知道大王的选择,早有准备,起身回到室内,拿来一个药囊,以及盛满药酒的一尊方彝,对大王说:"药囊随身佩带,随时取出,鼻子嗅之,此谓服气之法。"

大王接过药囊,用鼻子嗅嗅,体会草药的味道,然后视线转向方彝。方彝是一尊方形青铜盛酒器,直腹方口,盖子呈斜坡屋顶形,上小下大。太医酉手指方彝,说道:"新配药酒,味道辛辣,每日小食之前,以爵温酒,两爵为量,两爵不是一爵。"

大王笑道:"太医成心惩罚啊!"

太医酉连忙表示:"良药苦口,良药苦口!"

仆臣奚随同大王前来,一直在不远处站立,太医酉向他示意,仆臣奚急忙过来,接过方彝,重新回到站立的位置。太医酉以为大王即将告辞,没有再度落座,准备为大王送行。太医酉发现大王纹丝不动,没有起身离开的意思,于是急忙坐下。大王面带微笑,看着太医酉,仿佛还要听他说些什么,两人一时默默无语。太医酉觉得有些尴尬,就把原本打算择机陈述的思考说了出来:"大王眼疾发作,过饮药酒只是诱因,还有另外一个重要缘故,便是思虑过度。恬淡虚无,真气从之,精神内守,病安从来?"

大王身体前倾,道:"太医细说。"

太医酉结合医家经典,阐述大王患病的原因:"大王虑多而心不静,形劳而神不安,损其脑,伤其目。大王思虑过度,积下寒气,酒乃至阳至阴之物,遇寒生寒,寒气叠加,形成凝结,凝结之物堵塞经络,视物重影,久视伤及大脑,引发剧烈头疼。"

随着太医酉的述说,大王的脸色更加凝重。大王苦苦思虑的问题,就是王位继承一事,至今没有明确结果。如今突发眼疾,确如太医酉所言,与思虑重重有关。选择"当下可视,来年丧明",一到三年随时可能失明,王位继承人需要具备当下辅政能力,又要兼顾长久执政能力,继承人的确定愈发困难。

太医酉知道大王的心病所在,只有快刀斩乱麻,迅速确定王位继承人,大王才能解脱。太医酉提醒大王:"卯可以托付重任,假以时日,必成大器。"

大王苦笑道:"卯毕竟还是孩子。前些日子,卯说喜欢小三足龟,喜欢小龟可爱的样子,不要小龟长大,这不就是孩子嘛!"

太医酉问道:"关于小三足龟,卯还说些什么?"

大王想想,说道:"卯听到让小三足龟尽快长大的说法,前来询问小龟长大的用途。"

太医酉问:"大王怎样回答?"

大王回答:"用以龟占卜的说法,搪塞过去。卯又询问,小龟长大,人力能否操纵。"

太医酉对大王说:"卯怀疑小三足龟的用途,怀疑之中还有思考,说明卯不仅仅是一个孩子了。"

大王叹口气,站起来道:"依太医之见,再行龟卜,确定王位继承人,可否?"

太医酉立即站起,说道:"善道者不占。"

太医酉这样回答,引起大王的关注,大王问:"语出何处?"

太医酉回答:"前书契卜官朱。倘若占卜结果不可变易,只是提前知道结果,占卜揭示的先兆,也就毫无意义。"

大王追问:"朱还说什么?"

太医酉回答:"各从其欲,皆得所愿。"

大王离开席子,沉吟说道:"卯毕竟年少啊!"

太医酉极力解除大王的顾虑:"大王只是眼疾突发,当下可视,借助药力,推迟眼疾加重的时间,依然可以执政啊!"

大王的思绪还停留在朱的身上,道:"看来,朱的学识并非只在书写契刻。卯随太医学习医术,如若能够向朱求道,就可以两全了。"

太医酉告诉大王:"朱已经是卯的太师父了。"

大王没有明白,问:"太师父?"

太医酉解释:"卯随闻学习书写,闻既是小父,也是师父。朱是闻的师父,便是卯的太师父。"

大王笑道:"乱了,乱了。卯称太医师父,称朱太师父,辈分混乱。不过,对善道者来说,辈分没有那么重要。"

太医酉面带笑意,跟在大王身后,为大王送行。

大王叮嘱太医酉:"眼疾一事,当下可视,来年丧明,勿告他人!"

太医酉收敛笑容,郑重地点点头,目送大王远去。

第十五章 失龟

第十五章
失龟

函返回九江的念头，日渐强烈起来。

前些日子，大王当面答应函，只要小三足龟长大，函就可以离开王邑，返回九江。于是，函想方设法让小龟尽快长大。函思前想后，决定根据自己的亲身经历，每天早上对着小龟祈祷，希望将自己的能量传递给小龟，期盼再一次出现奇迹。

之前，卯来馆舍看望小龟，得知父王希望小龟尽快长大，不知父王目的何在，特地叮嘱函"不要着急祈祷"。函返回九江的念头日渐强烈，便将卯的叮嘱抛到脑后，自己编排了简单的祈祷辞，日日念诵："小龟快长大，大大大大大，小龟变大龟，函回九江家。"

函离开九江的时候，族长燎曾经告诉他，无论函在什么地方，只要吹起手中的骨笛，族长燎就能够听到，就知道函在哪里。今天早上祈祷结束后，函站在室外高台之上，吹响手中的骨笛，希望借助笛声告诉族长燎，函想要尽快离开王邑，返回九江。函虽说归心似箭，终究还是信守承诺，继续为大王制作皮甲，希望皮甲制作完成，小龟业已长大，两全其美，就可以返回九江了。

函吹罢骨笛，看到馆舍大门被人推开，卯进入馆舍，身后跟着一位瘦高男子。卯曾经悄悄告诉函，卯的太师父有一条小尾巴，也许他就是虎尾族人。函不相信王邑还有虎尾族人，让卯带自己当面见朱。卯答应函，请太师父前来馆舍。如今看到卯身后这人，函猜测卯将太师父带来了。

卯迎面走来，压低声音对函说："太师父前来探望小三足龟。"

第十五章 失龟

显然，瘦高男子就是卯的太师父，函引两人来到小水池边。朱蹲在水池边，端详水里的小三足龟。函靠近朱，希望借机观察朱的小尾巴。卯在函的身边，清楚函的意图，担心函做出不合适宜的举动，准备随时阻止函。朱的身后，看上去没有凸出的部位，函单凭眼睛观察，无法证实朱的身份，心中有些疑惑。

函靠近朱，两人距离很近，朱感到身后的小尾巴一阵颤动，这是同族之人的相互感应。函的小尾巴是否颤动，朱并不知道，他悄悄观察函的表情，似乎没有什么异样。朱端详一番小三足龟，对身边的函说："九江多龟，平日没有三足龟，这小龟是在九江捉到的吗？"

函没有看到朱的小尾巴，不能确认朱的虎尾族身份，他态度不冷不热地说："函亲手捉的，怎么能说九江没有三足龟呢？"

朱察觉函的口气透露出不高兴，便说："看来，函和小三足龟有缘啊！"

卯对朱说："函每天祈祷，就能让小龟长大呢！"

朱表现出吃惊的神色，道："这么神奇？"

函得意扬扬地说："函养过一只小龟，希望小龟快快长大，便每天早上祈祷。后来一觉醒来，小龟真的一下子长大了。"

水池里，小三足龟游到朱的面前，伸展龟首，似乎要与朱交流。另外两只四足小龟远远待在一边。卯指着小三足龟，问函："小龟最近长大了吗？"

函自信地说："会长大的！"

函急于返回故乡，希望小龟尽快长大，朱愿意给函一些帮助。朱不便暴露小尾巴，但想让函知道自己的虎尾族人身份，于是指着函手中的骨笛，说道："朱吹一下，可以吗？"

函递上骨笛，朱将骨笛放到嘴边。骨笛上有三个小孔，朱的手指依次按住小孔，气息缓缓注入骨笛，悠扬的笛声弥散开来，传得很远很远……

函没有料到，骨笛的声音可以这样悠扬，这样好听。之前，函听族长燎吹骨笛，气息短促，节奏快速，没有这般悠长，属于另外一种好听。函不知道，究竟是因为吹笛方法不同，还是曲调不同——朱的笛声让函想到九江了。

朱竟然用一支小小的骨笛，吹奏民谣《采蘩》，曲调如此优美动听，出乎卯的意料。《采蘩》描绘人们为祭祀采集白蘩的景象：在沼泽边的沙洲上，人们采来白蘩，在溪中洗涤。采蘩的人很多，大家没日没夜地忙碌，不能轻易回家。卯从骨笛吹奏的曲调，听出朱对故乡的思念之情。莫非，朱的故乡也是遥远的九江？

朱吹出的曲调还没有散尽，遥远的天际传来另一阵笛声，笛声越来越清晰，似乎被风吹送，一程一程飞来。函知道，这是族长燎经常吹奏的曲子，节奏轻快，仿佛欢迎凯旋的壮士，或者迎接回家的游子。遥远的笛声传来，说明族长燎已经听到刚才的曲子，给予回应了。

函终于相信，朱就是虎尾族人。函十分高兴，他告诉朱，自己一边祈祷小龟长大，一边为大王制作皮甲。小龟长大，皮甲制作完成，自己就可以返回九江了。

函详细述说："早上大食之前，祈祷小龟长大；大食之后，制作皮甲；下午小食之前，再行祈祷；小食之后，继续制作皮甲。"

函说到这些，更加兴奋，回到室内，取出自己制作的皮甲，在朱的面前展示。朱接过皮甲，翻来覆去察看，问道："函是制甲世家的后人？"

函一边答应着，一边再度回到室内，取出九江带来的犀牛皮甲，对朱说："这是父亲制作的犀牛皮甲。函制作的皮甲是水牛皮的，不如犀牛皮厚重坚实，函以后也要制作犀牛皮甲。"

朱端详着两具皮甲，心中牵挂函的安危以及小三足龟的命运。朱与函同为虎尾族人，有责任保护函和小龟。

函确认朱是虎尾族人，对朱的信任大大增加，问道："卯说，太师父最有学问，函请教太师父，小三足龟能不能突然变大？"

函充满期望，朱不想打击他，回答函说："朱虽然没有遇到，但听说有过此事。"

函以为这就是肯定，高兴地说："太师父说能，就肯定能。"

朱认真地叮嘱函："不能因为祈祷和制作皮甲，忽视对小龟的照顾。让小龟吃饱，让小龟多运动，小龟才能尽快长大。"

函表示："小龟的生活，还有卜官宾一起照顾，大王专门派他养护小龟。"

朱对卯说："卜官宾有些心不在焉吧！"

卯问："太师父，此话怎讲？"

朱说："卜官宾希望得到玉官一职，心早就飞走了。"

第十五章 失龟

朱再度嘱咐函："函最重要的事，还是养护小三足龟，小龟不能长大，皮甲做好也没有用。另外，函遇到紧急情况时，只要吹响骨笛，无论朱在哪里，都能听到笛声，一定能够帮助到函。"

函感谢卯将朱带来，感激朱对自己的承诺，使劲点了点头。朱的到来，让函感到身在王邑，不是孤身一人，还有同族之人，还有来自虎尾族的温暖。函接过朱递回的骨笛，紧紧攥在手中，仿佛握着虎尾族人传递过来的力量。

朱和卯走向馆舍大门，准备离开。朱对卯说："馆舍这边，卯多多留心。"

函陪同送行，三人没有注意，小三足龟游到水池边，使劲伸着小脑袋，看着渐渐远去的卯的背影，似乎若有所思。

馆舍之中，小三足龟的生存状态，被分裂成两个方向——函每天早上为小龟祈祷，期盼小龟出现奇迹，突然长大；卜官宾受太卜涂指使，一心防范小龟长大，尽量减少小龟的食物供给，限制小龟的日常活动。

函早就养成习惯，白天小龟在水池活动，函喂食小龟，与小龟嬉戏；晚上睡觉的时候，函把小龟带到室内，放到睡觉的席子一侧，不离小龟左右。这天，函忙于制作皮甲，一时忘记时间，察觉天色已黑，急忙回到室内。他立即躺下睡觉，却迟迟难以入眠。函端详身边的小三足龟，心中寻思：为什么小龟还不长大呢？函一直没有睡意，后来感觉肚子不太舒服，小腹一阵一阵疼痛，急忙起身冲到室外，躲到院子的一个角落，蹲下方便。

函返回室内时，肚子稍稍好受一些，但小腹依旧有下坠感。函担心肚子再度疼痛，随时需要出去排便，不敢轻易入睡。函回想当天的饮食，估计是吃饭太多，食物难以消化。函希望把自身的力量传给小龟，自然需要积蓄力量，于是强求自己尽量多吃，每日两餐，肚子十分饱胀。函白天没有感觉，但食物积蓄起来，晚上消化不良，肚子特别难受。

这个夜晚，函一次一次冲到室外，每次都以为腹内积食排干净了，不料下一次疼痛很快到来。函每次离开小室，都会注意观察小三足龟，回到室内的第一件事，依然是关注小龟。小龟一如既往，伏在席子一侧，很是安静。从夜半时分到天光放亮，函室内室外，来来回回七八次之多。在函的意识中，小龟依然伏在原处，最后两次进出，函已经疏于观察小龟的所在了。

天光大亮，函终于感觉腹内秽物排空，身体十分疲乏，准备躺回席子补睡一觉。函刚刚闭上眼睛，突然袭来一阵钻心的疼痛，只得再次冲到室外。函夜间不断跑出跑进，卜官宾自然听见声响，他站在院内问道："哪里不舒服？"

函捂着肚子冲向院子角落，说："肚子疼，肚子疼！"

依照惯例，函这个时辰把小三足龟放进水池，让它和两只四足小龟一起玩耍。卜官宾看到只有两只四足小龟，问函："小三足龟呢？"

函蹲在院子角落，急忙回答："马上，马上。" 意思是说，自己方便之后，马上回到室内，取出小三足龟。

函说完"马上"之后，突然感觉不安，自己刚刚离开小室时，没有留心小三足龟，也就是说，不能确定小龟是否还在。函冒出一阵冷汗，不顾腹疼，起身冲向室内。函神色紧张，卜官宾感觉大事不妙，紧跟着冲进室内。函盯着席子，那是小龟平日所在的位置，函自言自语："小龟哪里去了？"

卜官宾大惊失色道："小龟不见了？"

如果丢失小三足龟，必然属于重大事件，甚至可能危及自己的性命，卜官宾急急地问："最后一次见到小龟，是什么时候？"

函回想夜间经历，自己一次次起来，一次次冲到室外，每次起身离开，都会注意观察小龟，回到室内再度察看，小龟安然无恙，这才躺下睡觉。只有刚才天光放亮，自己懵懵懂懂醒来，直接冲向室外，没有特地观察小龟。至于小龟究竟何时离开的，自己也说不清楚。

听完函的叙述，卜官宾略想一想，命令函说："马上寻找，室内室外寻找，小龟不会走远。"

函惊慌失措地问："去哪里找，怎么找呢？"

卜官宾还算镇静，说道："函室内找，宾室外找。"

函居住的小室不大，很快搜寻一番，他没有任何发现，也到院内寻找。卜官宾在馆舍院内寻觅，院子十分空旷，他四处寻找一番，没有发现小龟的踪迹。卜官宾回到小水池边，端详两只四足小龟，仿佛要从它们身上找到线索。卜官宾叮嘱函："小龟不见，不能外传，不准对别人说起。"

函想了想说："如果卯问起呢？"

卜官宾认为函头脑糊涂，气愤地说："如果函告诉卯，大王就知道了。记住，对谁也不能说。现在抓紧寻找，如果找到，就等于小龟没有丢失。"

第十五章 失龟

函紧张地问:"去哪里找?"

卜官宾说道:"小龟不在馆舍,就到外面寻找。"

函的头脑还是有些混乱,问:"外面怎么找?"

卜官宾说道:"北边是宫城,南边是郭区。函去南边郭区,仔细寻找,不要向别人打听,那样就会走漏消息。"

函肚子的不适早被吓跑,他冲向馆舍大门,卜官宾再次叮嘱道:"自己寻找,不要向别人打听!"

函出去之后,卜官宾马上离开馆舍。他原计划前去北边的宫城,忽然想到一个办法,急忙调转方向,来到洲水岸边,乘上一条独木舟,驶向洲水西岸。洲水西岸有一些专门捉龟的人,他们最熟悉龟的习性,卜官宾希望由此得到寻找小三足龟的捷径。

洲水西岸,分布着一个个池塘,那是捉龟人放养活龟的地方。卜官宾走向最大的一个池塘,一位捉龟人迎上来,此人名卓,原本就与卜官宾熟识。卜官宾悄悄说明来意,卓说:"听说馆舍有小三足龟,本想见识一下,怎么丢了?"

卜官宾没有细说丢失经过,急于打听寻龟的办法。卓说:"如果亲眼见过小三足龟,就可以告知这里放养的活龟,通过活龟进行寻找,这叫以龟寻龟。"

卜官宾寻龟心切,说道:"小三足龟的形态,宾可以描述清楚……"

卓阻止卜官宾道:"卜官大人描述龟的形态,用人的语言;卓亲眼观察小三足龟,用龟能听懂的语言描述。两种语言,不能互通啊!"

卜官宾急忙问:"有没有其他办法?"

卓想想说道:"描述龟的形态,让活龟判断去向,属于主动寻找;还有被动寻找的办法,就是聚集一群活龟,施以法术,形成龟气,召唤小三足龟回来。"

卜官宾似乎抓住了救命稻草,随即承诺:"今后大王占卜用龟,首选卓这里的龟。"

卓吩咐手下的人:"为卜官大人准备活龟。"

函在郭区搜寻一番,没有找到小三足龟,又不能向别人询问,无计可施,只得返回馆舍。函盼望见到卜官宾，希望能有好消息传来。函推开馆舍大门，里面的景象出乎他的意料——小三足龟栖身的水池之中，充满个头与小三足龟相近的小龟，乌泱乌泱、层层叠叠、拥挤不堪。卜官宾站在水池一边，不时俯下身子，捡起离开水池的小龟，重新放回水池。有一位白衣装束的男子，正在擦拭一柄玉剑，仿佛正在准备举行什么仪式。

函看着这个场面，欲言又止，欲进又退。卜官宾看到函进入馆舍，没有询问找寻小龟的结果，显然对函的寻找不抱希望。卜官宾吩咐："函到馆舍门外，留心观察，小三足龟可能很快回来。"

函不知卜官宾有什么神奇招数，问道："小三足龟能够自己回来？"

卜官宾有点自得地说："刚刚找来九十七只小龟，加上原来的两只，总共九十九只小龟。九为极数，九十九是极数之极，凭借九十九只小龟，形成强大龟气，召唤小三足龟回来。"

函观察水池边的白衣男子，此人手持玉剑，应该就是施法之人。函希望法术灵验，盼望奇迹出现，只要小三足龟能够回来，什么办法都可以啊！函着急地问："函做些什么？"

卜官宾指着白衣人，说道："小龟形成龟气，需要高人施法。函在馆舍门外，不让外人进入，留心观察，等待小龟归来。"

函走出馆舍，卜官宾关上院子大门，插上门闩，函守候在外。函东看看西瞧瞧，希望奇迹出现，期盼小三足龟归来。不知过去多久，依然不见小三足龟的踪影。突然，函发现太卜涂从远处走来。

太卜涂与王后商定，利用活龟进行占卜，占卜结果必须万无一失，保证卯继王位，用"天意"说服大王。活龟占卜的具体方法，太卜涂正在用心筹划。

日中时分，太卜涂本想小睡片刻，因为心思沉重，难以入睡，只得起身穿衣，步出太卜室，一路向北，来到王邑北面的集市。集市角落，有一处贩卖鱼虾的摊位，太卜涂无意间走到那里，嗅到鱼虾的腥味，正要转身离开，突然瞥见鱼虾旁边有一只小龟，与小三足龟大小相近，随即上前打量。太卜涂走近察看，不禁大惊失色，这竟是一只死去的小三足龟，一种不祥的预感突然浮现。太卜涂忍受着难闻的腥气，上前问道："这只小龟来自何处？"

贩卖鱼虾的摊贩不知太卜涂何人，看到对方穿着不似平民，如实回答：

第十五章　失龟

"洲水岸边捡到的，不知哪里漂过来的。小龟形状怪异，大人如果需要，尽管拿走。"

摊贩诚惶诚恐，不像说谎的样子，他用草绳拴起小龟，递给太卜涂。太卜涂接过小龟，径直返回太卜室，躲进大室之内，亲手将小三足龟的腹肠及皮肉去掉，留存上下相连的龟甲，即小龟的背甲和腹甲，悄悄存放在太卜室一角。

对应日有所见、夜有所梦的说法，太卜涂夜里做梦看到——月光皎洁的夜晚，自己手拿利刃，悄悄溜进馆舍，来到小水池边，一手捉住小三足龟，一手剖开小龟的龟腹，割下腹肠及皮肉，然后拿着上下相连的龟甲，悄悄溜走了。

太卜涂梦中惊醒，悚然坐起，发现自己浑身上下一片汗湿，再也无法入睡。太卜涂回忆梦中画面，心中产生疑惑：难道小三足龟出事了？白天带回的小三足龟，难道就是馆舍里的小三足龟？

太卜涂心生不安，一早起来，无心处理任何事务，独自前往馆舍。临行的时候，太卜涂犹豫一下，将刚刚得到的小三足龟的龟甲装进袋子，随身携带。太卜涂看到馆舍大门紧闭，函在馆舍门外站立，立即断定，馆舍里面发生了意外。

函看到太卜涂从远处走来，本想进去通报卜官宾，因为馆舍大门紧闭，他一时手足无措，双脚站立原地，不敢上前敲门。太卜涂一步步逼近，函渐渐向后退缩，躲在大门旁边，低头不敢正视太卜涂。太卜涂无视函的存在，径直走到馆舍门前，用力敲击大门。听到拍打大门的声响，卜官宾察觉有人前来，只得过来开门。太卜涂站立门外，两眼看向馆舍内部，印证了自己的判断——小三足龟出事了。

馆舍里的水池中，站着手执玉剑的白衣人，就是卜官宾寄予希望的捉龟人。卓左手执玉剑，右手指苍天，正在主持仪式，准备借助群龟生出灵气，再凭借龟的灵气，将小三足龟召唤回来。

众多小龟纷纷围拢过来，聚集在卓的周围。因为龟多池小，有的小龟爬到卓的身上，有的爬上去又掉下来，庄重的仪式有些混乱。卓弯腰捡起四散的小龟，不让小龟离开水池，以免影响龟气的聚集。卓捡起池边的一只小龟，发现走到近前的太卜涂，不由手脚慌乱，手里的小龟挣扎跑了。

卜官宾跟着太卜涂进入馆舍，垂首而立，等待太卜涂的责问。太卜涂吐出两字："说吧！"

卜官宾小声回答："小三足龟不见了。"

函跟在后面，急忙解释："函夜里肚子难受，多次出去，小龟从室内跑掉了。"

太卜涂瞥了一眼函，问卜官宾："消息是否传出？"

卜官宾低头回答："无人知道。"

太卜涂手指水池里的卓，问："此人不知吗？"

卜官宾慌了，道："只有卓一人知道。"

太卜涂再问："在做什么？"

卜官宾指着水池里的众多小龟，慌忙解释："借九十九只小龟灵气，召唤小三足龟回来。"

看到太卜涂如此态度，卓猜出此人的官职身份，急忙跃出水池，退到馆舍一角。太卜涂无视卓的离开，掏出随身的袋子，取出小三足龟的龟甲，托在手中道："要说召唤，同气相求，才是道理。"

太卜涂所说"同气相求"，卜官宾起初不甚明白，看清太卜涂手中的小龟甲，方才醒悟。小龟甲的背甲和腹甲相连，边缘陡削，中间高凸，呈小山状，形似馆舍小三足龟的龟甲，虽是空壳，也有巍然之气。卜官宾问："太卜大人，这是小三足龟的龟甲吗？"

太卜涂微微一笑，略有自得道："难道唯独九江有小三足龟？"

太卜涂说着，一手托着小龟甲，走向水池，将小龟甲放入水中。此时，众多小龟仿佛遇到神物，纷纷散去，离开水池。在卜官宾的示意下，卓悄悄走出馆舍一角，引着众小龟走向馆舍大门，匆匆离开了。

太卜涂无视小龟散去，也不在意卓的离开。小龟甲浮在水池中央，纹丝不动。太卜涂面对小龟甲，鞠躬施礼，然后说道："小三足龟的龟甲，与小三足龟同气相求，方能召唤！"

卜官宾急忙站在太卜涂身后，鞠躬施礼，慌乱之中，生怕自己的动作不够规范。函小心翼翼上前，站在卜官宾身后，学着卜官宾的样子鞠躬，然后退到馆舍一角。函和卜官宾心情一样，急切盼望奇迹出现，无论这个奇迹因何而生。卜官宾一心两用，既期盼小三足龟归来，又顾虑太卜涂的态度，时

第十五章 失龟

而看向馆舍大门，时而察看太卜涂脸色。函盯着馆舍大门，期待奇迹出现，也有些半信半疑：小小的龟甲，就能把小三足龟召唤回来？

对于能否将小三足龟召唤回来，太卜涂并没有把握，只是看到卜官宾弄来众龟，招来异人，施展灵气召唤的法术，就想到用随身携带的小龟甲替代。巫觋之法的典籍，有"同气相求"的记载。太卜涂盯着水池里的小龟甲，观察小龟甲的细微变化，看灵气召唤是否有效。

函立于馆舍一角，目不转睛地盯着院子门口，希望看到小龟归来，盼望奇迹出现。函心中焦虑，有意走出馆舍，到院子外面等候小龟，但因为太卜涂在此，函不敢贸然离开，只能原地等待。函一直盯着馆舍大门，时间长了感觉眼睛模糊，他揉揉眼，视线转向天空，突然产生幻想：如果小三足龟从天而降，那该多好啊！

函收回视线，不再幻想，重新盯着馆舍大门。突然，馆舍虚掩的大门被轻轻推开，一个少年进入馆舍，竟然是卯。卯的到来，虽然不能给函带来惊喜，但卯也是可以求助的朋友，函自然有些高兴。

卯独自来到馆舍，太卜涂既感到气恼，又感到庆幸。突然来人，影响小龟甲灵气召唤，原本就把握不足的法术，可能效果减半，太卜涂略感气恼；同时太卜涂也感到庆幸，庆幸来者不是大王，小龟走失的消息必须封锁，年少的卯毕竟容易对付。

卯前来馆舍看望小三足龟，卜官宾并不感到意外，只是有点紧张，担心卯得知小龟走失，将消息传到大王那里，后果就严重了。为了封锁小龟走失的消息，卜官宾准备将卯劝离，如果劝说不灵，再叮嘱卯保守秘密。卜官宾上前几步，挡住卯的视线，说："太卜大人正在传授占卜之术，占卜结果非吉即凶，或有出现凶兆的可能。为保卯之平安，还请暂且回避！"

太卜涂点点头，表示同意卜官宾的说法。卯注意到，函站在馆舍一角，便问卜官宾："函站在远处，也是为了避免凶兆吗？"

卜官宾急于让卯离开，回答说："正是，正是"。

卯顺水推舟道："既然如此，卯远处站立，可以吗？"

太卜涂担心卜官宾不能应对，对卯说道："大王之子，肩负继承王位之重任，如有凶兆，实为大祸，还请离开吧！"

卯不便与太卜涂争执，转身准备走开，卜官宾庆幸地长舒一口气。卯突然转身，对卜官宾说："今来馆舍，就是看望小龟，让卯看看再走吧！"

卜官宾闻听此言，再度紧张，急忙上前一步，用身体遮挡卯的视线。卯左右探身，向水池张望，卜官宾移动身体遮掩。太卜涂见此情形，上前几步，将卜官宾推到一边。卜官宾吃惊地看着太卜涂，心想：难道太卜大人不怕暴露小龟走失的消息？

卜官宾退到一边，卯的视线看向水池，小三足龟的背甲浮于水面，呈小山状，俨然就是龟首隐于水下的样子，因为不能看到小龟的龟首，这个景象特别奇怪。卯不解地问："小龟为何这个样子？"

太卜涂沉着应对："今日，为卜官宾演示龟卜之术，以法力掌控小龟，让小龟听从安排，或静，或动，或沉潜，或游动。卯现在所见，即沉潜之法。"

卯仿佛明白了，既然已经看到小三足龟，了却心愿，就应该离开馆舍了。卯转身面对站在远处的函，说："卯离开之前，送函一件礼物吧！"

卯进入馆舍之后，函本想寻找机会告知小龟走失的消息，希望得到卯的帮助。但卜官宾阻止卯看到真相，太卜涂不让卯知道实情，函只能沉默不语。此时，卯说送给自己礼物，函立刻想到卯的承诺——答应送给自己一个小玉龟。函高兴地问："是不是小玉龟？"

卯并不回答函的问题，他双手合拢，似乎手里藏着一个物品，让函充满期待。卯分开两手，手中空无一物，然后双手击掌，掌声突然响起，函不知道击掌何意。卯招招手，让函来到自己身边，他一手搂着函的肩膀，一手指着馆舍大门，函的视线顺着卯的指引看去……

馆舍大门底部有一道缝隙，小三足龟由此进入馆舍。小龟毕竟只有三足，走起路来，左右难以平衡，身子摇摇晃晃。小三足龟擅长的运动方式，是以尾巴为支点，借助后足，跳跃前行。小三足龟进入馆舍之后，转换行进方式，面向卯和函站立的位置，连续跳跃，很快来到两人身边。

转瞬之间，小三足龟已经跃到两人面前。函喜出望外，俯身下去，小三足龟跳到函的头顶，龟首放在函头顶的小肉疙瘩上，身体放松、气定神闲。卯没有想到，小三足龟如此急切地与函亲昵，看着小龟懒洋洋的样子，卯哈哈大笑起来。

眼前突然发生的一幕，让卜官宾又惊又喜——自己编织的谎言被卯揭穿，是惊；小三足龟毫发无损地回来，是喜。卜官宾走到函的面前，面对小三足龟，小声说道："怎么现在才回来？害得大家担惊受怕。"

小三足龟依然懒洋洋的，仿佛卜官宾说的事情与自己无关。

太卜涂将这一幕看在眼里，低头深思，猜想小三足龟的走失经过——函夜间腹痛，冲出室内，小三足龟趁此机会，跳跃而出，离开馆舍。小三足龟前去宫城，有意见卯，到达寝宫，被卯发现，卯担心大家着急，急忙送回小龟。卯进入馆舍之前，突发奇想，将小龟放在门外，与小龟约定，卯击掌之后，小龟进入馆舍。

太卜涂心中清楚，如果这种猜测成立，说明小三足龟与卯心有灵犀，能够相互沟通。太卜涂想到这里，趁大家没有留意，取出水池里的小龟甲，藏起来了。

函不知小龟失而复得的经过，问卯："卯怎么找到小三足龟的？"

卯察觉水池里的"小三足龟"不见踪影，明白这是太卜涂的手段，并不在意，回答函说："不是卯找小龟，是小龟找卯。"

函明白过来，说："小龟喜欢卯，就去找卯了。"

卯提出问题："小龟怎么知道卯住哪里呢？"

函回答："小龟的许多神奇本领，函也不明白。"

太卜涂暗自庆幸，好在是卯发现小三足龟，如果被大王发现，后果难以设想。卜官宾后悔没有前去宫城搜寻，如果先行一步，可能就把小三足龟拦截了。

卜官宾叮嘱卯："小龟走失，纯属意外。卯不要对别人说起，尤其不要告诉大王。"

卯回答说："小龟并非走失，只是前去见卯，不必向别人说起。只是今后的照管，需要更加小心。"

卜官宾急忙回答："这是自然，这是自然。"

太卜涂听完卯的叙述，结合自己的推断，分析其中的奥秘：如今，自己正在筹划活龟占卜，小龟专门前去见卯，说明小龟与卯能够相互感应，这样的亲密关系，值得分析，可以利用。

太卜涂暂且不管小龟走失一事，开始思考卯、小龟和活龟占卜之间的关联，寻找可以掌控的玄机——如果用小三足龟进行活龟占卜，卯与小龟的相互感应，函与小龟的亲密关系，是否可以利用呢？

这时，卯说："小龟送到，卯回去了。"

太卜涂急忙上前阻止："卯请止步。"

卯停下脚步，太卜涂说道："函从九江带来小三足龟，小龟自然与函关系密切。小龟喜欢卯，卯与小龟的关系非同一般。小龟与谁的关系更为密切，可以测试一下。"

卯不解地问："这样的测试，有何意义？"

太卜涂解释："作为太卜官，就要通过龟卜活动，为大王的决策提供建议，因此需要加深对龟的认识。借此测试，可以发现龟的灵性，探寻人龟之间的相互感应。"

卯问太卜涂："小三足龟是用来占卜的吗？"

面对这个问题，太卜涂谨慎回答："因人因事不同，大龟、小龟都可用于占卜。无论小三足龟是否用于占卜，龟的灵性不变。"

听到太卜涂这样解释，卯不便推辞，也想看看太卜涂如何测试，就说："好吧，听太卜大人安排。"

太卜涂展开一块方形麻布，放在地上。麻布中央有一个大大的圆形，圆形被一条曲线左右分开，左边呈白色，右边呈黑色，左右两边的图形，看似黑白两条大鱼。卯在太医酉那里见过，这是占卜仪式经常用到的太极图。

随后，根据太卜涂的指示，卯和函分别站在麻布两侧，卯立于左侧，即白色大鱼这边，函立于右侧，即黑色大鱼那边。卜官宾站在太极图上方，太卜涂与卜官宾相对而立，站在太极图下方。太卜涂接过函手里的小三足龟，放到麻布中央，让大家闭上眼睛，静心等待。太卜涂念念有词，似乎念诵咒语。念诵完毕，馆舍之内一片寂静，大家闭目等待，不知将有什么事情发生。时间过去好一会儿，卯的脚面有被抓弄的感觉，太卜涂请大家睁开眼睛，小三足龟已经爬到卯的脚上了。

小三足龟的走向，说明卯与小龟关系亲密，正是太卜涂希望看到的，只是需要继续验证。太卜涂让函和卯换位置，自己与卜官宾换位置，四人重新分立四个方向。太卜涂将小三足龟放回太极图，继续念诵咒语，大家闭上眼睛，等待新的结果。又过去好一会儿，再看小三足龟的走向，这次小三足龟爬到函的脚上了。

卯看出来，小三足龟与自己关系密切，与函同样密切。卯以为验证结束，准备告辞，被太卜涂婉言留住。接下来，太卜涂让大家按照他的指引，顺时针方向调换位置，重新站立，继续测试。这一次，小三足龟再次走向卯。之后，四人再次对换位置，进行第四次验证，小三足龟再次走向函。四次测试，小三足龟两次走向卯，两次走向函，没有走向卜官宾和太卜涂。

几番验证之后，太卜涂得出结论，只要卯和函在场，小三足龟就会亲近他们两人，不会亲近别人。太卜涂受到这番测试的启发，活龟占卜的方案，原本并不成熟，如今渐渐具体，逐步完善。借助"天意"说服大王，必须能够掌控"天意"，今日测试之后，太卜涂认为能够掌控"天意"了。

太卜涂转念一想，还要再行验证，保证万无一失。太卜涂将小三足龟放回太极图，让卯、卜官宾与自己三方站立，形成三足鼎立之势，让函站在卯的身后，测试卯和函的双重作用。太卜涂再次念诵咒语，连续三次测试，小三足龟毫不犹豫走向卯的位置，停在卯的脚上，这里前后站着卯和函，他们都是小三足龟愿意亲近的人。

太卜涂几番验证，活龟占卜的方案渐渐清晰——根据验证结果，利用小三足龟，实施活龟占卜。届时，卯和闻相对而立，函悄悄站在卯的身后，根据小三足龟的走向，由小三足龟认定王位继承人，卜得大吉。卯和闻相对而立，局外人不知隐情，都会认为小三足龟可能走向卯，也可能走向闻。但是，小三足龟与卯关系亲密，加之函在卯的身后，形成双重吸引，小三足龟必定走向卯。这个结果，就是太卜涂希望的"大吉"，也是所谓的"天意"。太卜涂要用这个结果，让王后满意并说服大王。

第十八章

再卜

王邑宫城的中心区域，由南而北，依次为大堂区、寝宫区、宗庙区。寝宫区内，仆女眉负责侍奉王后，晨起为王后梳妆打扮，每日变换发型和头饰，使王后的形象日日新颖，总有变化。

王后喜欢的发型有三种式样，一是头发高耸、发梢内卷的高耸式，高耸的头发借助植物胶定型，插上几根白色玉笄，固定发式；二是长辫盘于头顶的编织式，编织一条长辫，将长辫绕经左耳，盘上头顶，辫梢回扣右耳，用几根青翠玉笄加以固定；三是长发披肩、发梢外卷的披肩式，长发宛如瀑布，头顶佩戴半圆形黄色玉冠，显得王后姿容端庄高贵。王后发型样式多有变化，各色衣饰搭配和谐，在众人面前总是仪态万千、光彩摄人。

早上，在王后日常起居的丽室，仆女眉手拿一柄玉梳，为王后梳妆。玉梳前面一部分呈长方形，纵向分割，有八根玉齿，便于梳理头发；后面是半圆形玉柄，便于手握，玉柄尾端有一个圆孔，可以穿绳挂置。仆女眉小心翼翼为王后梳理秀发，左侧头发梳理完，继续梳理右侧。

仆女眉近来发现，一向性格温和的王后似乎心情不好，仆女们一旦出现差池，王后就会大发脾气，大声斥责，与往日判若两人。仆女眉行事细致，善解人意，最得王后信任，侍奉王后的时间也最多。今天，仆女眉格外小心，生怕有闪失，惹王后生气。

有时候，过于小心，反而导致失误。仆女眉按照披肩式梳理王后秀发，先用玉梳在头顶划一条中线，将秀发分置左右，再用玉梳整理顺滑，然后用一根玉棒卷起发梢，让发梢向外卷曲。发型整理完毕，仆女眉取过黄色

第十六章 再卜

玉冠，轻轻放到王后的头顶，扯起预留的一束黑发，黑发穿过玉冠，起到固定的作用。

仆女眉为王后梳妆完毕，回到王后正面，端详王后的形象，没有半点瑕疵，她长舒一口气，转身将玉梳、玉棒放回几案。仆女眉刚刚放下玉梳，发现玉梳的穿绳略有松动，准备整理一下，于是放下手中玉棒，重新拿起玉梳，不料玉棒突然滑动，仆女眉急忙伸手去抓，但已经来不及，玉棒迅速掉下几案，滚动到墙角。仆女眉急忙过去，拿起察看，发现玉棒一端摔掉了指甲大小的玉片。

仆女眉手握玉棒，目光低垂，站立不动，等候王后的痛斥。王后默不作声，仿佛没有察觉。仆女眉没有听到斥责，平复一下内心的紧张，悄悄抬眼望去。王后招了下手，示意仆女眉过去，她将玉棒接在手中，察看摔坏的部位，然后将玉棒还给仆女眉，没有动怒发火，轻声说道："退下吧。"

这样温和平静，出乎仆女眉意料，她手握玉棒，向后退步离开丽室，避免引起不必要的麻烦。

王后表面平静，其实是在压抑内心的愤懑。小小的玉棒并不值得王后动怒，王后烦心的还是王位继承一事。今天，王后准备劝说大王，同意活龟占卜，玉棒突然摔坏，昭示不祥，王后一时有些犹豫。

王后与太卜涂见面，商议活龟占卜一事，已经过去两日。王后亦喜亦忧，难以定夺。喜，在于太卜涂承诺这次占卜一定让大王接受卯继王位的"天意"；忧，就是担心太卜涂没有百分之百的把握，万一占卜结果不吉，就将前功尽弃，覆水难收。王后忧心忡忡、肝气郁结，愈发喜怒无常了。

王后告诫自己，应该换换心境，暂且放下此事，于是她起身来到室外，突然看到太卜涂站立门外，似乎已经等候一段时间了。王后问道："太卜大人何时来的？"

太卜涂回答："仆女服侍王后，涂没有打扰。"

丽室属于大王和王后专用的寝室，周围没有闲杂人员。王后转身离开，走向丽室后面，那里有一处草木茂盛、湖水荡漾的花苑。太卜涂跟随在后，保持相应距离。王后说道："别人属于打扰，太卜大人前来是分忧啊！"

王后话里有话，太卜涂自然明白。此番前来，太卜涂胸有成竹，要给王后讲述活龟占卜的具体步骤。两人来到花苑深处，太卜涂站定，告诉王后：

"活龟占卜，并不复杂。占卜现场，闻和卯相对而立，小三足龟放在两人之间。占卜开始，察看小龟走向，小三足龟走向卯，表明天意在卯，占卜结果就是卯继王位。"

王后不解地问："如何保证小龟走向卯？"

太卜涂回答："馆舍多次验证，保证万无一失。小三足龟喜欢卯，也喜欢函，愿意亲近他们两人。近日，小三足龟离开馆舍，前来寝宫见卯，卯和小龟能够相互感应！"

王后有些惊喜道："小龟见卯，还有这事？"

太卜涂继续解释周密的计划："小龟愿意亲近卯，也喜欢函，函站在卯的身后，对小龟形成双重吸引，小龟必然走向卯，表明天意在卯。"

王后有些顾虑地问："这样安排，别人看不出来？"

太卜涂显然有所准备，道："函扮成卜官，不会有人注意。"

王后一直担心活龟占卜有失，听到太卜涂如此细致的安排，渐渐放心。王后决定尽快说服大王，让大王同意活龟占卜，通过再次龟卜，决定王位继承人。

太卜涂叮嘱王后："活龟占卜一事，请大王尽快决定。王后说服大王，一定强调不会伤及小三足龟。占卜细节，无须多说。"

王后听着，顺手摘下一朵黄花，对着湖水中自己的倒影，一边在头上比画，一边考虑怎样说服大王……

太医酉特别配制的药酒，大王悄悄放在小堂，每日下午小食之前，特地过来饮用两爵，然后返回寝宫就餐。大王突发眼疾的事情，除太医酉之外，没有其他人知道。

此时，大王独自坐在小堂。大王选择"现在可视，来年丧明"，经过太医酉的精心治疗，当下可以视物，可以理政，身体状态相对稳定。所谓"来年丧明"，无法预测准确时间，选定王位继承人一事，依然十分紧要。如果注重继承者当下的执政能力，年少的卯显然不是合适的人选，而闻以腿疾为由，不想继承王位。大王饮下两爵药酒，心事重重，离开小堂，返回寝宫。

大王神情恍惚，推门走进丽室，发现王后竟然跪在室内。大王十分诧异，要把王后搀扶起来，王后执意不起。王后低头说道："大王近日郁郁寡欢，思虑甚多，心情不畅，令人不安！"

大王有气无力地坐下，说道："自从接过王位，无一日不在思虑啊！"

王后依旧跪着，抬起头道："大王近日思虑，想必就是王位继承一事。"

大王感慨道："王位继承一事，已成心结！"

王后直起上身道："结在心中，就要解开。确定继位之人，大王才能不再忧虑，身心安然。"

大王起身搀扶王后，感叹："两难啊，两难！"

王后与大王一起坐下，问："再行龟卜，可否？"

大王产生疑问："再行龟卜？"

王后回答："用小三足龟。"

大王摆摆手，断然否定："杀小三足龟？万万不行。"

王后急忙解释："活龟占卜，不必伤及小三足龟，也能知晓天意。"

大王心生疑惑，问道："活龟占卜，何人主意？"

王后如实相告："太卜涂说，活龟占卜，无须灼龟，不用辨识兆纹。卯和闻在场，先行命龟，告知小三足龟占卜之事；再行辨龟，辨别小三足龟走向，小三足龟走向何人，表明天意在谁。"

大王自然明白，太卜涂是活龟占卜的策划者，王后是参与者，两人目的明确，就是确定卯为王位继承人。太卜涂活龟占卜，招数新鲜，既能知晓天意，又不会伤及小三足龟，留待小龟继续长大，为闻食用，并非不可。于是，大王答应王后的请求："活龟占卜，可择吉日。"

王后以为很难说服大王，索性放低身段，跪而求旨，没有料到，大王如此痛快地答应了。随后，大王吩咐仆臣奚招闻前来，告知活龟占卜之事。王后主动退出丽室，回避与闻见面。但王后没有离开，悄悄躲在丽室后面，偷听室内声音。王后希望通过两人的对话，了解闻对活龟占卜的态度，印证自己的判断，估计还有可能听到闻的真心话。

果然，大王提出活龟占卜的计划，闻当即反对："大王，继位之事，不必再卜。"

大王问道："为何？"

闻向大王表明心迹："活龟占卜，两种结果，或卯或闻。闻的意愿，已向大王表明，由卯继承王位，闻无继位之心。再行占卜，反而多事！"

闻曾经向自己提出再次占卜，大王反问："当初，要求再次龟卜的人，不是闻吗？"

闻自有理由，道："闻提出再行占卜，不是卜问卯继王位吉与不吉，而是向上帝请命，以闻的腿疾保全卯继王位。上帝保佑卯继王位，显示吉兆；上帝不能保佑卯继王位，就以闻的腿疾代之，让闻的腿疾不能康复，换取卯继王位。如此再卜，闻可接受。"

大王突患眼疾，不便向闻透露，只得解释："卯年龄尚小，不能马上继位，当下没有执政能力！"

闻不知大王眼疾，以为只是确定未来的王位继承人，接替王位的时间还很遥远，便说："只是确定王位继承人，并非马上继位，何必担忧卯之年少呢？"

大王担心所说"来年"迅速降临，自己突然丧明，王位继承人的确立就会迫在眉睫。大王继续劝闻："活龟占卜，知晓天意，那是上帝的选择。"

闻的态度十分明确："天意在闻，闻也不要继位。"

大王委婉劝说："上次龟卜，卯继位不吉，并未强求闻继位啊！"

闻不便继续违背大王的意愿，说："闻的心思，大王应该知道！"

大王长叹一声道："活龟占卜，只是察看天意，不依龟卜结果确定继位之人，这样总可以吧？"

大王这种态度，闻便没有理由继续反驳了。

王后站在丽室外面，大王"不依龟卜结果确定继位之人"的说法，让王后心生顾虑，不知这是大王对闻的托词，还是大王确实这么打算。这次活龟占卜，结果定是卯继王位，王后希望依此结果，确定卯为王位继承人。王后退一步想，一则闻无意继承王位，二则占卜结果天意在卯，王位继承之人，可以基本确定。

王后离开丽室，走向后面的花苑。王后回忆活龟占卜的具体方案，回想太卜涂的实施步骤，担心其中出现破绽——卯和闻相对而立，函扮成卜官站在卯的身后。函不能距离卯太近，太近容易引起别人的怀疑；函不能距离卯太远，太远无法吸引小三足龟，甚至造成小龟方向感错乱，万一小龟直奔函的方向，局面就会失控。王后反复思考，认为函站立的位置至关重要，这是活龟占卜的关键。王后想到这里，决定立即面见太卜涂，陈述自己的顾虑，

第十六章 再卜

让太卜涂拿出万全之策，保证天意在卯，确保卯继王位。

活龟占卜的地点，依然是在少丘。少丘山下溪水环绕，山上松柏密植，沿着山路曲折上行，很快就可到达山顶。

占卜参与者，有大王、王后、太卜涂、闻和卯等。卜官们作为占卜执行人员，随行上山，另外还有仆臣奚、仆女眉等随从。众卜官统一穿着黑色高领长袍，黑袍长及足踝，以白色兽皮面具蒙面，只在眼睛、鼻子位置留有孔洞。函身着黑色长袍，以白色兽皮蒙面，被太卜涂安插在卜官队列中，外人看来，函就是卜官之一。

大帝庙前，祭坛之上摆放祭品。往日祭祀，大多使用刚刚宰杀的牛的首级，今日例外，使用剔除皮肉的牛头骨架，意在"活龟占卜，不涉牺牲"。牛头骨架之外，祭坛上摆放着盛满香草酒的方彝，左右分立三尊，酒系谷物酿造，因此不必专门供奉五谷，祭祀活动更加简朴。

大王手执圆形玉璧，走到祭坛前面。祭坛之上，玉琮之中插着玉杵，大王将玉璧套上玉杵，圆形玉璧代表天，方形玉琮代表地，天地上下沟通，接引圣明的上帝，表明下界之人祈盼与神灵沟通。

活龟占卜仪式由太卜涂主持。太卜涂身着黑色长袍，并无兽皮蒙面，立于祭坛之前，称颂上帝功德，向上帝说明活龟占卜之事，希望得到上帝的恩准和护佑。接下来，进入命龟环节，根据太卜涂的指令，卜官宾从陶罐中取出小三足龟，双手捧着小龟，放在祭坛中央。太卜涂称颂小三足龟："神龟在上，且听颂言。神龟上行九天，下潜深渊，岁经百世，目遍千川。知过往之微事，察将来之数变，通天地之博广，经日月之光年。"

随后，太卜涂将活龟占卜的事宜，奉告小三足龟，希望得到小龟的神示："王位继承，今日卜问。活龟占卜，简易行之，无须灼龟，勿辨兆纹。继王位者，或卯或闻，神龟走向，即为天意，唯请示吉，大吉大利。"

太卜涂立于祭坛前面，颂龟命龟。大王、王后等人站在后面，王后左侧是卯，右侧是闻。王后突然想起什么，招呼仆女眉送上一个袋子，自己转身给闻，那是大王吩咐订制的玉圭，王后之前由玉人坊取来，今日带来当面给闻。闻接过袋子，不便打开，用询问的眼光看向王后，王后做出双手执圭的动作，表明袋子里面装有玉圭。闻一时没有明白，索性拿在手里，不再询问。

依照太卜涂的安排，占龟卜官启送上绘有太极图的麻布，放到祭坛前面的空地，这就是活龟占卜的场地。随后，取龟卜官宾引领着卯，灼龟卜官燮带领着闻，两人在太极图左右相对而立。卯和闻立定之后，卜官宾站在卯的身后，卜官燮位于闻的身后，便于随时上前，进行协助。

之前，王后通知卯参与活龟占卜，卯知道要用小三足龟占卜，由小三足龟的行为求得天意，决定王位继承人，王后没有说明占卜规则，卯没有多问。此时，卯与闻相对而立，他并不知道占卜方法，只是服从安排。卯的态度明确，如果天意决定自己继位，那就努力成为英明的大王；假如天意决定小父继位，自己可以辅佐小父，一起治理王邑。

闻立于太极图一侧，因为从未经历活龟占卜，于是细心观察，发觉太卜涂用心良苦——虽然没有宰杀活牛，奉上牺牲，但是祭坛之上牛头骨架巨大，实属罕见；诸位卜官统一着装，以往都是白色长袍，今日黑色长袍加身，白色兽皮面具覆面，类似屠人装束，仿佛黑色幽灵，占卜仪式更加神秘。

按照太卜涂的命令，卜官宾从卯的身后出来，由祭坛上捧起小三足龟，放到太极图中央，随即退回卯的身后。小三足龟转动身子，四下张望，面向大帝庙时，小龟停止转动，向大帝庙伸展龟首，仿佛叩头行礼。小龟的动作引起大王关注：小三足龟非同一般啊！

太卜涂的视线转向大帝庙，远远注视里面的骑象少年，小三足龟伸展龟首时，少年脸上似有笑意出现。这些神秘迹象的出现，让太卜涂感到愕然——小三足龟绝非凡物，活龟占卜必有神迹显现。同时，太卜涂心中稍有不安，担心小三足龟出现意外，使自己不能掌控局面。

函来到少丘山上，一直紧随卜官宾身后，牵着卜官宾黑色长袍的一角，生怕与卜官宾分开。此时，卜官宾立于卯的身后，函站在卜官宾身后，与卯之间相隔卜官宾。函慌里慌张，并不知道卜官宾前面是卯。卯知道卜官宾在自己身后，因为所有卜官装束统一，卯并不知道卜官宾身后是函。

此时，所有人的注意力集中在小三足龟，卜官宾悄悄退后一步，将身后的函拉到前面，站在自己刚才的位置。卯与函前后相邻，卜官宾退到函原来的位置。外人看来，卯身后就是几位卜官，都是身着黑色长袍，白色兽皮蒙面，没有任何区别，无人察觉排列顺序的微妙变化。

小三足龟向大帝庙伸展龟首，随后索性缩头缩脑，呆呆地位于太极图中

第十六章 再卜

央，一动不动。小龟原地不动，太卜涂无计可施，只得耐心等待。王后没有足够的耐心，希望尽快看到龟卜结果。王后视线转向太卜涂，眼神含有催促的意味，希望太卜涂想办法诱使小三足龟行动。

太卜涂起初没有注意王后的目光，他一会儿盯着小三足龟，一会儿看向大帝庙里的骑象少年，思考两者的联系。太卜涂的视线掠向众人，发现王后两眼圆睁，显然心情十分焦虑。太卜涂不得不有所行动，他抬头看向炽热的太阳，思忖片刻，走近太极图，平伸自己的双手，两手并拢，形成遮挡，以遮蔽天空的阳光，给小三足龟一丝阴凉。小三足龟仿佛突然清醒，龟首向前伸展，如同舒展慵懒的身体。随后，小三足龟迈动两个前足，后足稍稍用力，摇摇晃晃开始前行。

小三足龟开始前行，王后稍稍松一口气，但她马上又紧张起来，盯着小龟，关心小龟行走的方向。小三足龟向卯的位置行进，只是行走起来摇摇晃晃。小龟走到卯的脚边，停止前行，稍作休息，然后慢慢爬到卯的脚上。第一次占卜结果表明，小三足龟愿意亲近卯，天意毋庸置疑。

王后如释重负，视线转向太卜涂，面带笑意，表示佩服和感激。太卜涂与王后的视线相遇，平静掠过，担心别人觉察两人的默契。闻看着对面的卯，脸上露出微笑，这是闻希望看到的结果。大王面部表情平静，正在思考：太卜涂双手伸出，遮挡阳光，对小三足龟的行动产生影响，难道太卜涂真能操纵小龟？

卯低头看着脚上的小三足龟，感觉煞是可爱，准备蹲下身子，触摸小龟。太卜涂急忙上前，伸手阻止，捧起小三足龟，重新放回太极图中央，自己退回主持仪式的位置。太卜涂心中窃喜，脸上没有表情，宣布第一轮龟卜结果：天意在卯。太卜涂希望顺水推舟，凭借小龟这一次的走向，尽快赢得第二轮龟卜的完美结果。

闻立于卯的对面，手里拎着王后给自己的袋子，起初感觉袋子很轻，后来感觉愈发沉重，有意放下袋子。龟卜仪式毕竟庄重，闻不便蹲下，又不能松手，担心摔坏里面的物品，稍稍有些无奈。

太卜涂刚刚宣布完再度龟卜，闻不慎松手，袋子直接落地，掉在闻的脚边。闻不便弯腰拾起，索性不管袋子，等待占卜结束，再行收拾。袋子落地的声音惊动小三足龟，小龟抬起龟首，看着地面的袋子，似乎不感兴趣，重新缩头缩脑，在阳光的照射下，一动不动，仿佛睡着了。再度龟卜，王后底气十足，饶有兴致地看着小龟，仿佛并不着急。

太卜涂表面镇静，实际希望小龟尽快行动，如果第二轮龟卜成功，按照三占二计的标准，小龟意愿在卯，第三轮的龟卜可有可无。没有王后的催促，太卜涂索性等待下去，让众人看到没有自己的干预，小龟照样走向卯。小龟与卯和函的亲近关系，让太卜涂十分确定，这种亲近足以形成吸引力，从而左右小龟走向。

天空之中，一朵白云遮住太阳，投下大片阴影。小三足龟再度清醒，伸展龟首，看向袋子的方位，似乎打定主意。小龟挪动两只前足，后足慢慢用力，走向袋子。袋子位于闻的脚边，小三足龟如今的去向，就是闻的位置。镇定自若的王后大惊失色，责怪自己给闻袋子引来麻烦。王后再次用眼神示意太卜涂，希望太卜涂拿出手段，阻止小三足龟前行。

小三足龟的行动出乎意料，太卜涂一时有些慌乱，众目睽睽之下，他没有办法阻止小龟前行。闻没有料到，袋子掉落地上，竟然引起小龟的兴趣，有些后悔。卯想：袋子里究竟有什么东西，引起了小龟的注意呢？

小三足龟渐渐走近袋子，突然前足使劲，后足发力，猛然跃上袋子。如果小龟顺势向前，就会爬到闻的脚上，太卜涂的心被揪起，王后的视线转向一边，不敢再看。小龟跃到袋子上面，似乎认定完成任务，然后掉转龟首，走下袋子，迅速返回太极图中央，再度趴下，一动不动。

第二轮龟卜，小三足龟的去向显然是闻，只是没有爬到闻的脚上。这次龟卜结果，是否确定小龟倾向在闻，容易产生争执。但小龟的确没有走向卯，这是众人看到的事实。太卜涂的视线转向大王，含有征询和请示的意思，大王回答："再卜吧！"

闻趁机弯腰捡起袋子，递给身后的卜官。闻身后的卜官夒接过袋子，赶紧放到远处。太卜涂看在眼里，宣布第三轮龟卜开始。众人的视线重新聚焦小龟，对小龟的再一次行动，充满期待。不知什么缘故，小三足龟突然焕发精神，在太极图中央舒展身形，以后足为支点，两个前足不断移动，急速转动起来。之后，小三足龟调转方向，逆向旋转，一圈一圈快速转动。

左右旋转之后，小三足龟浑身的筋骨完全松开，龟首使劲伸展，引颈向上，伸出一道长长的曲线。突然，小三足龟收回龟首，身形后缩，后足

第十六章 再卜

和尾巴猛然发力，如同弹射一般，小龟瞬间飞跃出去。众人定睛观看，小龟已然跃入卯的手中。卯双手捧龟，一脸憨笑，仿佛这是小龟与自己约定的把戏……

活龟占卜，第三轮结果表明天意在卯，王后满脸笑容。王后看向大王，大王向王后点点头，微笑着走向卯。卯将手里的小三足龟递到大王面前，便于大王仔细察看。王后过去，将卯搂到自己怀中，欣喜地看着卯手里的小三足龟。

活龟占卜的结果表明天意在卯，这是闻希望看到的结果。闻悄悄走到远处，拎起袋子，打开察看，里面是一件玉圭，与王后给卯的那件一模一样。闻将袋子拎在手中，准备悄悄离开。

太卜涂心中暗喜，但并未放松戒备，示意卜官宾抓紧带函离开，以防引起别人的猜疑。卜官宾心领神会，上前一步，引函走开。函挂念小三足龟，希望将小龟带回馆舍。卜官宾并不解释，扯着函的长袍，两人快步离去。卜官宾将函带走后，太卜涂稍稍放心，指示卜官启收起太极图，吩咐卜官夔收拾祭品，自己走到大王和王后身边。

卜官宾带函迅速离开，大王的余光捕捉到两位卜官的身影，有些诧异：诸位卜官正在收拾现场，两位卜官竟然匆匆离开，这是何故？大王推断，两人之中一位是卜官宾，大王刚才注意到，龟卜仪式开始后，此人引卯上前，立于卯的身后，随后根据太卜涂的命令，将小龟送到太极图中央，接着重新回到卯的身后。当时，众人目光集中于小三足龟，大王无意之间看到，卜官宾与后面的卜官调换位置，让那位卜官站在卯的身后，卜官宾退后一个身位，可能暗藏玄机。此时，卜官宾与另一位卜官匆匆离开，似乎有些不太正常。

大王梳理一番思绪，转身走进大帝庙。大王仔细端详供奉的骑象少年——骑象少年深目挺鼻，有男性的威仪之容，象征帝王之尊；骑象少年秀美温和，有女性的安然之态，含有悲悯之心。大王感觉，骑象少年的面容，初看与闻颇有相近，深察贴合卯的气质，也许活龟占卜的结果，就是上帝传达的天意。

大王独自步入大帝庙，王后示意太卜涂率领众人下山。太卜涂接过卯手中的小三足龟，引领众人先行。闻拎着袋子，准备随行下山。王后手挽着卯，将闻叫到身边，三人走近大帝庙，一起等候大王。大王步出大帝庙时，众人已经散去，四人同行下山。王后与大王在前，闻和卯相随在后，仆臣奚、仆女眉等人走在最后。

王后对大王说："宫中备好酒宴，下山之后，一起赴宴吧！"

大王点点头，回头看向闻和卯，似乎在告知两人，又像是征询意愿。卯急忙说："按照师父的安排，卯下山之后，立即前去太医室，师父今日讲解导引之术。"

王后停下脚步，规劝卯说："今日占得天意，大王很是高兴。太医讲授医术，早一日晚一日，没有那么重要。"

卯不能当面反驳母后，低头沉思，然后看向大王和闻，说道："父王，小父，卯应该赴宴饮酒，还是聆听师父讲授呢？"

卯如此询问，大王眼光看向闻，希望听到闻的意见。闻与大王对视一眼，转向卯说："卯与太医酉的约定，如果时间明确，就按约定执行。如果约定时间不够明确，可以有所变通。"

大王表达自己反对违背约定的态度："约定就是规矩，谈不上变通。既然与太医酉约定在先，就应执行约定。凡事都讲变通，规矩就不存在了。"

卯的目光转向母后，仿佛在说：父王支持卯，这可以吧？

王后听到这里，停下脚步，追问大王："今日龟卜，得到天意，可谓规矩？"

大王没有停步，目视远方，平静回答："至少可谓天意吧！"

王后追上几步，说道："大王说过，尊重天意。"

卯从父王和母后身边经过，说："卯先行一步，去见师父。" 卯快速走过山道转弯处，很快消失不见了。

王后有意等待大王的回答，大王没有回应，反而加快脚步，走向路边的山石，挥挥手将闻招到身边。两人站在山石之上，大王指着远处的夕阳，向闻说着什么。王后停下脚步，喜悦的心情渐渐转为冷淡，邀请大家赴宴的兴致也消失了。大王和闻的身影晕染着黄色的光环，王后看着他们的背影，轻轻地摇摇头，内心掠过一丝不安。面对远处的夕阳，王后竟然有些厌烦，她将右手放在额头，遮挡并不耀眼的光线……

太医室坐东朝西的小室，是太医酉传授医术的场所。卯离开少丘，来到

第十六章 再卜

这里。太医酉一边整理医典，一边询问活龟占卜的经过。卯向师父直言："所谓活龟占卜，其实不算真正的龟卜；所谓得到天意，其实不是得到真正的天意。"

太医酉停止整理手里的医典，抬头问卯："此话怎讲？"

卯一边整理简册，一边回答："活龟占卜，太卜大人制定规则，小龟走向卯，卯即胜出；小龟走向小父，小父胜出。卯平日与小龟多有亲近，小父与小龟毫无接触。依师父之见，小龟走向谁呢？"

太医酉说："卯只是推测。"

卯告诉太医酉："并非推测，太卜大人事先来到馆舍，当时卯和函在场，卜官宾也在，多次验证过。太卜大人当时表示，通过小龟的走向，可以探寻人龟之间的相互感应。今日活龟占卜，其实早有结果。"

太医酉问："当时结果如何？"

卯说出结果："四次测试，小龟两次走向卯，两次走向函。小龟与函亲近，也愿接近卯，从未走向太卜大人和卜官宾。"

太医酉严肃说道："既然卯知道如此结果，为何没有拒绝活龟占卜？"

卯说："对卯来说，龟卜结果并不重要。父王让卯继位，卯就努力成为英明的大王；父王让小父继位，卯就辅佐小父。不过，卯想看看所谓活龟占卜，究竟有何新奇之处。"

太医酉感叹卯的清醒，问道："卯这样的想法，对大王讲过吗？"

卯说："没有讲过，估计父王也有如此想法。"

太医又问："如何见得？"

卯认为父王不会轻易认定龟卜结果，说道："今日活龟占卜结束，母后特别高兴，认定天意在卯。父王表情平静，没有明确认可龟卜结果。龟卜结束，父王独自进入大帝庙，仿佛若有所思。"

太医酉没有料到，卯对大王的观察如此细致，这样的观察背后，表明卯有较强的审视能力和思考能力。太医酉继续追问："大王不会认同占卜结果，为何同意活龟占卜呢？"

卯思索一下，说道："活龟占卜，出自太卜大人和母后，母后劝说父王同意，父王不便拒绝。既然不会伤害小三足龟，还能知晓太卜大人怎样活龟占卜，窥到些许天意，父王自然同意。"

太医酉继续追问："有无其他原因？"

卯再度沉思，回答师傅："近日，太卜大人与母后交往频繁，母后希望卯继王位，父王有意借助这次龟卜，判断太卜大人的立场。"

太医酉突然想到一事，说道："今日，函是否陪同小龟同行？"

卯说出自己感觉蹊跷的事情："龟卜现场，卯和小父相对而立，身后站立卜官。卜官身着黑色长袍，兽皮面具覆面，不易辨别究竟是谁。卯身后的卜官，起初感觉是卜官宾，后来卜官宾与另一卜官换位，那人站在卯的身后，仪式结束，被人拽走，迅速下山了。"

太医酉意识到问题所在，问："卯身后是函？"

卯点点头道："那人匆匆离开，卯观察此人的眼睛，眼神不会骗人，应该是函。太卜大人安排函站在卯的身后，就是形成双重吸引，保证小龟走向卯。"

太医酉感叹："果真如此，太卜涂就有作弊之嫌。"

卯说："为了确保母后得到想要的结果，太卜大人可能如此。"

医典简册整理完毕，太医酉引卯走出小室，问卯："依据今日龟卜结果，卯继王位，该当何为？"

卯跟随在太医酉身后，回答说道："卯继王位，就要成为比父王出色的大王！"

太医酉停下脚步问："大王不够出色？"

卯同样停下脚步，道："父王治理王邑，众人甘其食，美其服，安其居，乐其俗，无用甲兵，族群相安。只是，父王有时优柔寡断，错失机会。"

卯如此回答，太医酉心生感慨：卯看得清楚，想得明白！

师徒两人说到这里，远处传来一阵脚步声，太医酉知道约见之人来到，紧走几步，上前迎接。卯顺着声音看到朱疾步走来，朱手拿一个简册，边走边说："太医大人急招，朱正在书写最后一册《阴阳经》，刚刚完成，带来一阅。"

太医酉接过《阴阳经》，随手翻看，点点头道："好，好！"

太医室外面的空地，太医酉与朱席地而坐，两人背后就是男性石像。太医酉示意朱坐定，两手探其颈项，找到朱的症结所在，开始动手治疗。太医酉双手揉、捏、推、按朱的颈项，朱的表情不断变化，或紧张拘束，或舒气放松。太医酉让朱尽量放松,让他随着自己的牵引晃动颈项。太医酉以朱的颈项为轴,前后左右,借力发力,调筋正骨。太医酉双手揉捏、推拽、按拔,或快或慢,在朱的颈项施展功夫。

卯随时变换自己的位置,仔细观察太医酉的动作,细心观察师父推拿的方式和力道。太医酉一番推拿后,朱颈项舒展,感觉脖子似乎长出一截,原本麻木的感觉消除许多。最后,太医酉双手连续敲击朱的后背,停手之后,问道:"感觉如何?"

朱左右晃动颈项,笑道:"应该常来这里,舒服一下。"

太医酉故作责怪道:"今日不请还不来呢!"

朱起身站立,双手交叉,托举双臂,舒展身体,随即问道:"刚刚见面,太医就知道朱颈项有疾?"

太医酉继续观察朱的动作,回答:"医典所言,望而知之。比如兽类走路,姿态各一。大象沉稳,一步一步很是踏实;猫的行走有一种弹性,踏出梅花之印,步态优雅,身形流动。"

卯问太医酉:"师父,观察人的步态,可以窥见疾病?"

太医酉的目光一直没有离开朱,说道:"有诸内者,必形诸外。观察人行走一定的距离,可以判断其身体状况,发现病症所在。"

朱放下双手,席地而坐,问太医酉:"太医的手段,可是按跷之法?"

太医酉点点头道:"按跷之法有七,疏皮、解肌、理筋、正骨、按腹、搦髓、涤藏。随症随机,行气导引,需要医者与病者互动。"

卯意识到,师父正在借此现场传授自己医术,不由问道:"师父,何谓导引?"

太医酉蹲在朱的身后,一手触摸朱的腰部,一边回答问题:"归位叫导,把气带向正路,解决方向问题;到位叫引,把气引到正确位置,准确到达原点,解决具体问题。"

卯有所领悟:"师父,卯知道了,方向的选择,以经络为依据;正确的位置,以穴位为依照!"

朱对卯说:"太医通过导引,正在将卯引向正确的方向和位置。"

太医酉调理朱的腰部后,拍拍朱的后背,示意他站起来活动一下,说道:"卯的成长,需要更多导引!依照大王意愿,卯既要学习医术,更要研习古人经典，还请朱收卯为徒！"

朱解释说："卯随闻学习认字、写字，朱已经是卯的太师父了。"

太医酉解释请朱收徒原因："徒孙，往往不能得到太师父亲传。再说，大王希望卯不仅学习认字，还要研习经典！"

朱问："这是大王的意愿？"

太医酉表述："卯志向远大，大王希望卯能够……"

朱拦住太医酉的话，视线转向卯："卯自己说。"

卯想了想，指着太医酉身边的《阴阳经》，说道："卯希望跟随太师父学习《阴阳经》。"

太医酉知道朱肯定接受卯这个徒弟，笑着告诉卯："卯称师父即可，酉和朱的辈分，本应平齐。"

朱问卯："只是学习《阴阳经》？"

卯听从太医酉的指示，改称师父："师父专心书写《阴阳经》，说明这是一部重要经典。卯从《阴阳经》开始，以后学习更多经典。"

太医酉认为，朱书写全册《阴阳经》，一定对此有新的认识，便请教说："《阴阳经》晦涩难懂，人称天书，是何道理？"

朱拿起身边的《阴阳经》，回答："天地密码，世间奥秘，均在《阴阳经》。"

太医酉询问："此话怎讲？"

朱沉思片刻，说道："《阴阳经》的核心理念，就是用一阴一阳分析天地运行，透彻归纳，是上帝送给人类的最大宝藏，只是今人无力参透。传承经典，就是让后人解读其中奥秘。"

朱将《阴阳经》递给卯，说道："给卯些时间，背诵一下。"

卯接过简册，选择僻静之处，开始背诵《阴阳经》。

针对朱腰部的症状，太医酉提出建议："每日写经时间，不宜过久，否则颈项不适，腰也难受。"

朱久坐书写，已经感到腰部不适，他双手揉揉后腰，对太医酉说："朱的愿望，就是集结先人经典，全部书写，留传后人。如今，完整的《江河经》没有找到，只有散落的几册，希望天赐机缘，完成书写。"

太医酉同样没有见过全册《江河经》，道："读过几册，多是讲述地理、风物和异兽之类。"

朱并不同意太医酉的看法，道："《江河经》极为重要，不容小视。此经叙述顺序依南、西、北、东，内容涉及江、河、湖、海，但并非只讲述地理风物，其中蕴藏人类的最初记忆，从中可以透视祖先的形象和灵魂。"

太医酉感叹道："朱担任书契卜官之时，明确写经使命。为了达成此愿，甘愿放弃卜官之位，甚至自伤……"

看到卯走向这边，朱急忙阻止太医酉，说道："经典传承，不仅需要经典文本，还要找到理解经典的人，口口相授，人更重要。"

卯走过来，将《阴阳经》递还给朱，端正身形，开始背诵。卯的背诵一气呵成，朱对照手中简册，发现卯竟然将这册《阴阳经》全部背出。太医酉不由感叹道："原以为背诵一半就不错了。"

朱佩服卯超群的记忆能力，只是没有当面表扬，叮嘱卯说："记住，卯有三个师父，太医酉传授医典医术，闻指导认字、写字，朱解读古人经典。学习医术，需要探寻阴阳奥秘，看似只是掌握技能，实则可以懂得道理和法则；学习文字，是学习经典的基础，不识文字，焉知经典；学习经典，必须先行背诵。卯背诵全套《阴阳经》后，再行讲解。"

卯意识到，今日师父太医酉约自己过来，不仅在于传授医术，更是让自己拜朱为师。朱擅长契刻书写，是经典的汇集者、传承者。跟随朱的学习，极有可能改变自己的一生。

第十七章

怪鱼

朱圃的瓜果架下，桑正在编发辫。

桑探望大象时，被蒙面人相助，她思来想去，愈发觉得那人是闻。前些日子，太卜涂来到朱圃，发现了自己胸前的小玉龟，一再试图打探小玉龟出处。闻告诉自己，"太卜涂问起小玉龟，就说是闻送给桑的"。由此看来，闻一直在尽力保护自己。

桑由闻联想到大王，桑鞭伤刑者之后，闻向大王求助，大王以犬代人牲，废除活人祭祀，说明大王的心地同样善良。卯说过，大王特别喜欢小玉龟，经常将小玉龟带在身上。如今卯找不到小玉龟，说明大王可能将小玉龟作为礼物，送给喜欢的人了。桑由此认为，大王就是自己救助过、亲热过并思恋着的男人。桑停止梳弄发辫，回忆起两人在树屋之中的亲昵场面，想起自己将药草喂到大王口中的情景……

这时，朱圃虚掩的大门被推开，卯来了。

依照朱的安排，卯这次前来朱圃，准备取走全册《阴阳经》，回去背诵。看到瓜果架下的桑，卯想起自己的承诺——确认小玉龟是否存在。如今，既没能寻到小玉龟，又没有得到父王的明确答复，此时面对桑，卯有些不好意思。

卯的到来，打断了桑的联想。桑将手里的黄色玉笄递给卯，让他帮自己插入脑后的鱼骨辫。卯接过玉笄，绕到桑的身后，将其插入发辫。卯表示歉意说："小玉龟还没有找到，卯再想办法找找。"

听说卯没有找到小玉龟，桑反而有些高兴地说："不用再找，大王的小

第十七章 怪鱼

玉龟肯定送人了。"桑话里有话,暗示自己的小玉龟就是来自大王。

卯明白桑话里的意思,但认为这种可能性很小,因为父王不会单独离开王邑,前往羊角族领地,而且桑之前没有来过王邑,两人没有见面的机会。卯不便否认,于是转换话题说:"那人赠桑小玉龟,桑是否送给对方物品呢?"

桑想了想,送出腰围的事情,要不要告诉卯呢?既然委托卯探寻小玉龟,求证大王是不是相遇之人,就不应隐瞒秘密。桑直言相告:"桑的兽皮腰围,一面绣着白色羊角,一面绣着红色羊角,送给那人了。"

卯的脑子轰然作响,桑前来王邑寻找之人,竟然真是父王!卯的意识一片混乱,他独自离开瓜果架,来到草棚下面,坐在长案前的草垫上。他拿起一把青铜刻刀,抓过一块木片,胡乱刻画起来。

卯三下两下,用力挥动刻刀,刻刀划过木片,一不小心戳在手上,割出一道伤痕,鲜血慢慢渗出。卯忍着疼痛,努力平复自己的心情,梳理脉络——父王何时前去羊角族的?父王单独前往,还是有人随行?桑进入王邑寻人,父王是否知道?如果父王不知桑来王邑,自己是否告诉父王?桑寻父王一事,是否对小父说呢?

卯放下刻刀,手拿木片,不愿让人发现自己心情烦乱,便将木片藏在袖中。卯当即决定,暂且不能透露桑寻父王的真相,继续关注事态变化,关注桑周围的人,必要的时候,才能向父王说出真相。

这时,桑走到卯的身边,看到他手拿刻刀,问道:"卯刻什么?让桑看看。"

卯已经收起木片,急忙解释:"卯随意乱刻,没有什么好看的。"

桑发现卯手上的血迹,问:"卯受伤了?"

卯急忙在衣服上拭去血迹,说道:"只是擦破一点皮。"

这时,朱走向草棚,双手托着全册的《阴阳经》。卯急忙上前,接过《阴阳经》,一一摆放在长案之上,排列整齐。随着一阵脚步声,闻突然闯入朱圃,看到朱在草棚下面,径直过来说道:"师父,洲水出现怪鱼了!"

朱仿佛颇有兴趣,道:"说说,怪在何处?"

闻并未亲眼看到,只是听到路人口头相传,便说:"怪鱼身上覆盖龟甲,还能发出羊的叫声。"

卯心中奇怪：为何近来发生的事情，总是与龟有关呢？

朱问："龟甲覆盖在鱼的身子中间？"

闻回答："闻未曾见到，只是听说。"

朱告诉闻："这是一种罕见的奇物，称为蚌鱼。"

卯佩服朱的见识，问："师父怎么知道？"

朱没有回答卯的问题，吩咐道："闻和卯前去洲水察看，弄清怪鱼究竟什么样子，数量究竟多少。"

桑也想随行，朱看出桑的意图，直接劝阻道："怪鱼出现，并非吉事，不去为好。"

太卜室的大室之内，太卜涂正在回想活龟占卜的经过。

活龟占卜，表明天意在卯，事先的计划顺利实施，太卜涂自鸣得意。接下来，如果大王宣布卯继王位，自己就能得到相位。太卜涂认为，最应感激自己的就是王后，王后感谢别人的方式，往往就是馈赠贵重的礼物，不知王后这次有何馈赠。太卜涂想到这里，起身走出大室，穿过院子，来到门口，仿佛准备迎接王后的到来。太卜涂没有料到，门外确实传来王后的声音，王后询问仆人卫："太卜大人在吗？"

太卜涂迅速打量自己的衣着，觉得装束没有过于随便之处。他立刻上前几步，面向大门，躬身站立，朗声说道："恭迎王后！"

太卜涂以为王后前来感谢自己，心中暗暗窃喜，没有料到王后面色冷峻，她一边示意随行的仆女眉在外等候，一边进入院子，没有在太卜涂面前停留，径直走向大室。太卜涂急忙跟上，两人相继步入室内。太卜涂再度行礼，慢慢抬头，看到王后平日红润的面庞略显惨白，心里咯噔一下：难道活龟占卜又生意外？

太卜涂恭请王后落座，王后依旧站立，从袖中取出一个袋子，抛向对面的太卜涂，问道："太卜大人可否识得，这是哪个女人的东西？"

太卜涂双手接过，沉默片刻，在王后目光的催促下，打开袋子，取出里面的物品，原来是一件兽皮腰围。腰围是羊角族人日用之物，几乎人人佩戴，

第十七章 怪鱼

这件腰围想必就是羊角族之物。太卜涂小心察看，腰围一面绣着三个白色羊角，另一面绣着三个红色羊角。太卜涂暗暗思量，相比自己手里的桑的腰围，两件腰围大小相近，只是这件腰围更加精美。

太卜涂突然醒悟——王后带来的这件兽皮腰围，正是大王私藏之物，腰围主人无疑是桑。桑赠予大王这件腰围，大王回赠小玉龟，大王与桑有过交往，桑来王邑的目的，就是寻找大王。

王后两眼盯着太卜涂，捕捉太卜涂的表情，希望看出答案。一则，太卜涂与大王相处甚多，基本知道大王的行迹；二则，太卜涂能够龟卜占筮，具有超越常人的判断能力；三则，太卜涂值得自己信任。太卜涂并不回避王后的视线，抬头说道："此为异族腰围。"

王后并不满意这个答案，问："太卜大人见过这件腰围？"

王后前日在此，几乎窥见太卜涂收藏的桑的腰围。太卜涂依然镇静道："此类腰围，多是羊角族人所有。"

太卜涂遮遮掩掩，因为心有顾虑。活龟占卜结束，卯继王位看似明确，但大王并未立即决断，自己获得相位一事模棱两可。推进确定王位继承人，确定相位归属，必须依靠王后。此时，突发腰围事件，一波未平，又出一波。女人对于男女之事最为敏感，如果王后知道大王与桑交往，必定心绪烦乱，分身乏术，难以集中精力于王位继承一事，获得相位一事极有可能遥遥无期。

王后察觉太卜涂的犹豫，着意打消他的顾虑，说道："龟卜结果表明，卯继王位是天意，待大王宣布卯继位后，相位自然归属太卜大人。"

王后当下立即承诺，反而让太卜涂心生忐忑。虽然龟卜结果昭示天意，但是卯继王位必须由大王决定，没有大王的决断，相位归属一事纯属虚无。因此，太卜涂希望王后专心推进卯继王位，使之成为事实。如果王后的注意力转向腰围，必然引起更多纠葛。太卜涂故意对王后说："事到如今，大王没有宣布卯继王位，说明大王没有认可龟卜结果。也许，大王心中另有打算。"

此时此刻，王后最为关心腰围主人是谁，听太卜涂说大王"另有打算"，王后关于异族女人的联想更为复杂。王后推断，大王私藏异族女人腰围，必是受到妖媚之人魅惑，如果异族女人企图取代自己，就会施展蛊惑大王的法术，使大王沉湎美色。如果大王被异族女人魅惑，两人私下媾合，异族女人怀上大王的孩子，那么大王心中的"另有打算"，就不是"兄终弟及"之类，而自己很可能失去王后的地位。

王后左思右想，心事愈发沉重，于是将自己发现腰围的经过告诉太卜涂，希望对方透露相应的秘密："丽室地面插一短戈，起初并不在意。后来收拾杂物，看到地面有挖掘的痕迹，短戈出现松动，于是拔出短戈，发现下面埋藏着袋子，腰围就在袋子里面。正如太卜大人所言，腰围属于异族女人，大王私藏女人腰围，肯定受到异族女人魅惑。"

太卜涂看似替大王开脱，实则要转移王后的注意力："异族腰围，图案精美，也许大王无意得到，喜欢而已。"

王后察觉太卜涂有意为大王开脱，以为太卜涂知道其中秘密，大声说道："大王不是喜欢腰围，而是喜欢腰围的主人吧！太卜大人有意为大王狡辩，遮掩不耻勾当，想必大王有所承诺吧！"

太卜涂没有料到，自己息事宁人，竟然引来王后的怀疑。腰围主人是羊角族的桑，羊角族的桑就在王邑，如果将这些真相和盘托出，自己就能得到解脱。太卜涂还是有所顾虑，如果大王与桑交往之事激怒王后，后果就会不堪设想，一发不可收拾。太卜涂默默低头，不再发声。

看到太卜涂沉默不语，王后以为自己的判断准确，大声喊叫："太卜大人维护大王，要想得到真相，只能面见大王去了。"王后说完，抓起袋子，塞入腰围，怒气冲冲地转身离开太卜室。

太卜涂急忙跟随在后，不便上前阻拦，眼看怒气冲冲的王后离开。太卜涂回到室内，反复思考，认为王后发现腰围，并非小事，可能引起连锁反应。他开始梳理自己的思路——桑曾与大王相遇，甚至亲密接触，大王私藏腰围就是证据；闻出手救桑，对桑可谓有救命之恩，两人关系非同一般；桑寄居朱圃，朱和葛必定要保证桑的平安，他们已经牵扯进来；桑与卯有过交往，通过卯可以面见大王，桑见大王就会引发事端；自己与桑有过冲突，虽然努力争取桑的好感，但至今没有进展；王后怀疑大王与异族女人关系密切，这是女人最为忌讳、最为反感的事情，甚至导致女人变得疯狂……

太卜涂拿过一个袋子，取出里面的兽皮腰围，这是桑的腰围。太卜涂双手抓着腰围,渐渐拿定主意——桑是腰围事件的核心,假如能够神不知鬼不觉地把桑控制起来,就能掌握主动,先发制人。如果大王听说桑来王邑,追问此事,自己可以解释,出于安全考虑将桑保护起来;如果王后察觉桑在王邑,追究起来,自己可以表明,为了阻止桑见大王,将桑控制起来。太卜涂想到这里,开始筹划挟持桑的具体措施。

洲水突然出现一种怪鱼,形似鲤鱼,鱼背之上覆盖龟甲,还能发出类似羊的叫声。怪鱼出现,人们议论纷纷,不知是吉是凶。仆臣奚迅速禀告大王,大王急忙亲自前去察看。

洲水岸边,人们看到大王前来,急忙左右分开,让出便于观察的位置。大王立于岸边,察看怪鱼踪影。这时,一队怪鱼迅速游来,游近大王后,怪鱼纷纷探出鱼头,向大王发出咩咩的叫声,仿佛在倾诉心声。大王蹲在岸边,仔细观察水中怪鱼,怪鱼背覆龟甲,龟甲相当于鱼整个身子的一半。只看怪鱼的前半部分,即鱼头和龟甲,怪鱼好像龟首粗大的河龟;观察怪鱼的后半部分,可以看到灵活摆动的尾巴。前后整体认知,才能根据形态确认怪鱼属于鱼类。

大王站立起来,环顾围观的众人,看到一位白发老者立于外围,急忙招手示意,请老者来到近前。大王轻声问道:"老人可曾见过此鱼?"

耄耋老者见多识广,告诉大王:"小的时候见过,听说叫蚌鱼。"

大王自言自语道:"蚌鱼?"

河中怪鱼仿佛听懂了老者所言,左右晃动鱼头,表示赞同。老者在大王面前并不拘谨,继续说道:"听老辈人说,蚌鱼出现,天必大旱。"

大王闻听,眉头一皱,问:"当年见到蚌鱼,可有大旱发生?"

老者的视线从蚌鱼身上收回,回答大王:"那时年龄还小,记不起来了。"

大王的目光转向洲水,此时蚌鱼纷纷离开河岸,游向远处。随后,围观的众人追随蚌鱼而去。大王回头再看,老者已经离开。大王摆摆手,仆臣奚前面引路,两人一前一后返回宫城。

大王有些闷闷不乐,踯躅而行。近来,因为眼疾困扰,随时担心突然发作,一忧也;眼疾发作,导致确定王位继承人一事迫在眉睫,二忧也;

怪鱼突现,"天必大旱",三忧也。大王长叹一声,用脚踢出一块小石片,小石片飞向洲水,贴着水面飞行,发出扑、扑几声后,沉入水底。

大王没有在意水中的小石片,继续低头前行,听到仆臣奚"大王、大王"的喊声,大王停下脚步,抬起头来,发现了挡住他去路的王后。大王很是意外,问:"你怎么在这里?"

大王刚才低头前行,仆臣奚看到王后怒气冲冲而来,一边提醒大王,一边退到旁边,背身站立,让大王与王后单独面对。王后没有回答大王的提问,她举着手里的袋子,低声质问:"哪个女人的腰围?"

大王原本郁郁而行,心情不爽,王后突然出现,严厉质问,大王有些恍惚,没有想起这是哪个袋子。王后以为大王假装不知,更加愤怒道:"私藏于丽室,竟然装作不知?"

大王顿时明白,自己藏在丽室的腰围,被王后发现了。大王心中懊悔,当初藏匿时一时疏忽,如果放在小堂,肯定不会被发现。大王的懊悔随即变成怨气,王后即使发现腰围,也应分清场合,不必追到宫城之外。大王生自己的气,也生王后的气,他二话没说,一把抢过王后手中的袋子,用力抛出,袋子飞向洲水……

袋子在空中划过一道弧线,腰围从袋子里面掉落出来。腰围即将坠入水中时,一条飞鱼跃出水面,衔住腰围,在水面跳跃几下后,落在洲水岸上,然后放下腰围,重新跃入洲水。这时,岸边走来两人,其中一人俯身拾起腰围,略略打量,随后将视线转向远处的大王和王后,静静地望着。

岸边走来的是卯和闻,两人远远看到大王和王后争执。卯捡起腰围,闻看到卯手里的腰围,问道:"这是谁的腰围?"

卯在丽室见过这条腰围,知道这是父王私藏的桑的腰围,如今母后发现此物,产生怀疑,前来质问父王,导致父王大发脾气,将腰围抛向洲水。卯放低声音,回答小父:"桑的腰围。"

桑曾在宗庙遗落腰围,闻知道此事,如今联系起来,似乎有些明白,仔细想想,更加不解:"桑的腰围遗落宗庙,由太卜涂收起,腰围应该在太卜涂手中。"

卯告诉小父:"此腰围非彼腰围。"

第十七章 怪鱼

闻还是没有明白，问："此腰围非彼腰围，两个腰围都是桑的？"

卯继续观察远处的父王和母后，一时不便解释，说道："卯随后细说。"

卯看到，父王推了母后一把，显然不愿在此争执，希望母后回宫。母后一向明白事理，但此时显得特别固执，冲到父王面前，喋喋不休。父王转身离开，仆臣奚将母后与父王分开，母后停下脚步，犹豫不定。卯与母后被洲水隔离，不能过去劝慰母后。卯和闻前来察看怪鱼，如今尚未见到怪鱼，只得收起腰围，沿着洲水上行，继续寻找怪鱼去了。

王后垂头丧气，一副无精打采的样子，踏上返回宫城的道路。仆女眉跟随在后，不敢上前打扰。王后鬓发凌乱，失去平日光彩照人的模样，路人看到，纷纷停下脚步，悄悄议论。王后低头前行，步履沉重，没有察觉人们异样的目光。

王后被迎面来人挡住去路，猛然抬头，发现太卜涂站在面前。此时，王后方寸已乱，内心特别纠结，她向太卜涂点点头，感激对方此时到来，后悔刚才对太卜涂的态度过于偏激。王后此时面对太卜涂，虽然不能直接诉说心中郁闷之事，但至少有人陪伴，不再孤独。王后明白，太卜涂的确是可以信赖的人，双方的关系应该更加紧密，更加亲近。

王后离开太卜室之后，太卜涂继续思考劫持桑的办法。仆人卫前来报告，洲水发现怪鱼，太卜涂决定前去察看。前往洲水的路上，太卜涂看到失魂落魄的王后，联想王后刚才离开太卜室的强硬态度，分明要与大王当面对质，如今仪态尽失，可能与大王发生争执，遭到大王斥责。太卜涂拦住王后，轻声说道："请王后去太卜室稍坐！"

王后此时十分愤怒，内心郁闷，对太卜涂说："大王见到腰围，毫不解释，勃然大怒，一把将腰围抛入洲水。"

太卜涂为王后宽心，替大王解释道："大王看到怪鱼，听到不祥之说，心生烦恼。王后此时前来，当面让大王解释，大王生气也是自然。"

听太卜涂这样说，王后知道面见大王的时机不妥，自己不愿承认，将责任推向大王，说："大王勃然大怒，说明内有隐情，肯定受到异族女人魅惑。"

王后对于异族女人的忌惮,从言语中透露出来。太卜涂暗自猜测,大王与桑相见后,两情相悦,互赠物品。桑来王邑寻找大王,可能是桑一厢情愿,也可能大王早有承诺。桑来王邑,究竟可能引发怎样的波澜,太卜涂自己也说不清楚。

　　太卜涂一时无语,王后以为对方不够重视自己的判断,继续诉说:"腰围属于异族女人,大王的祖先曾经迎娶异族女人,大王可能以此为由,接受异族女人。"

　　王后此番所言,表明心思已经转移,主要关注点不再是王位继承,而是担心王后地位受到威胁。太卜涂知道,王后已经放大腰围事件的严重性,很难收回心思,只能顺水推舟,了解桑来王邑的目的,弄清桑与大王的交往情况,消除王后对桑的顾虑。太卜涂想到这里,决定暂时不去察看怪鱼,陪同王后返回。太卜涂前面引路,对王后说道:"一起返回太卜室再议!"

　　大王把腰围抛向洲水,王后当时心急如焚,并未注意飞鱼出水,口衔腰围上岸。王后担心失去腰围,缺乏证据,对太卜涂说:"大王扔掉的腰围,能否找回?"

　　太卜涂说道:"大王不予承认,找到有什么用?"

　　王后很是认真地说:"腰围就是证据,大王受到女人魅惑的证据!"

　　太卜涂微微一笑道:"涂有腰围,可供王后作为证据。"

　　王后惊讶地问:"腰围,在哪里?"

　　太卜涂说:"在太卜室啊!"

　　王后胡乱猜测道:"莫非,是太卜大人引大王面见异族女人?"

　　王后陷入男女之事,头脑明显变得混乱,太卜涂故意说道:"王后返回太卜室,涂去察看怪鱼,然后再请王后观看腰围。"

　　王后迫不及待地说:"勿看怪鱼,一起回吧!"

　　两人一起回到太卜室,王后催促太卜涂取来腰围。太卜涂拿过腰围,王后一把抓在手中,翻来覆去地看。这件腰围相比丽室那件腰围,同是兽皮材料,尺寸大小相近,只是这件黑白毛色混杂,没有羊角图案装饰,显然和丽室那件不是同一件。王后将腰围还给太卜涂,说道:"此腰围,非彼腰围啊!"

第十七章 怪鱼

太卜涂语气肯定地说:"此腰围,即彼腰围!"

听到太卜涂这样说,王后重新接过腰围,再度打量。这件腰围没有羊角纹饰,皮质更是与丽室那件不同,显然不是同一件腰围。

面对王后的疑惑,太卜涂结合自己所见所闻,梳理分析道:"前些日子,大王与闻前往郊野狩猎,遇到老虎。大王独自引开老虎,被老虎追赶时,得到羊角族人救助,来到羊角族领地,治病养伤时,与羊角族女子桑相识。"

王后十分警觉地问:"桑是何人?"

太卜涂继续讲述:"羊角族的族长是姜,桑是姜的妹妹。桑给大王治病,让大象将大王送走,将腰围赠送大王,大王回赠小玉龟。"

王后恍然大悟道:"小玉龟多日不见,原来已经送人。"

太卜涂告诉王后:"也许桑思念大王,也许大王有所承诺,桑近日来到王邑。涂在宗庙举行置础仪式,以两小奴作为人牲祭祀,被桑扰乱,桑的腰围遗落宗庙,涂随即收起。所以,此腰围即彼腰围!"

王后大为惊讶地问:"桑在王邑?"

太卜涂回答:"前书契刻卜朱,曾经被族长姜救助,桑暂居朱圃。"

王后自然知道朱的身份,道:"朱,是太卜大人的师父,也是闻的师父。"

太卜涂告知王后:"还是卯的师父。"

王后奇怪地问:"卯的师父?"

太卜涂回答:"太医酉向卯传授医术,卯随闻学习认字、写字,朱向卯传授经典,这是大王的安排。"

王后最为关注桑的动向,问:"桑见过大王?"

太卜涂回答道:"桑入王邑之后,估计未曾见过。还有一种可能,桑不知道自己曾经救助的人是大王。"

王后双手攥紧腰围,用力扯动,说道:"必须控制桑,不能让桑见到大王!"

太卜涂表示:"如果强行控制,大王知道了肯定怪罪。"

王后自言自语道:"必须控制,必须!"

太卜涂希望王后冷静下来,放慢语速,分析说:"桑来王邑,没有见到大王,也就是说,大王不知桑在王邑。

王后稍稍冷静，点点头道："大王近日很少外出，偶尔前去馆舍。"

太卜涂话里有话，说道："最近，羊角族人经常前来王邑，送来黑牛，交换生活物品，这是大王允许的交易。不过，王邑族群与羊角族有过战事，虽说现在关系和睦，但依然应该有所防备啊！"

王后明白太卜涂的意思，道："太卜大人尽快将桑控制住，如果大王过问，就说担心羊角族人图谋不轨，凡是羊角族人都有嫌疑，这个理由说得过去。"

太卜涂向王后解释道："所谓控制，就是限制桑的行动自由，不能采取过激行为。如果大王怪罪起来，羊角族人图谋不轨的理由，不够充分！"

王后的情绪渐渐平复，道："将桑控制住，目的就是不让桑接近大王。大王见不到桑，就不能被桑魅惑，就会尽快宣布卯继王位，这样太卜大人的相位就能保证。只要桑不出现，过些时日，大王对桑的印象就会减弱，也会渐渐忘却。"

太卜涂明白王后的意图，提醒王后说："将桑控制，不让桑见到大王，这可以做到。至于怎样使大王的心思离开桑，离开别的女人，王后也要施展女人的魅力啊！"

太卜涂的此番提醒，使王后猛然醒悟：桑的魅惑起到作用，也是自己的重大失误所致。只要用女人的魅力抓住大王，大王的注意力就不会转移。王后重新打量现在的自己，衣衫不整，鬓发凌乱，无精打采，失魂落魄，女人的光彩消失殆尽，怎么能够吸引大王的注意呢？

桑由圈养场归来数日，并不知道大象近况，因而特别挂念大象。解决大象问题的最好办法，就是用羊群换回大象，将大象尽快送回羊角族。

这天早上，桑告诉葛，要去盲人那里查看羊只数量。葛知道，羊的数量达到三十只，桑就可以换回大象，然后将大象送回羊角族。桑一旦回到羊角族，族长姜就不可能让桑重新返回王邑。葛没有阻止桑的请求，为安全起见，招呼少朱、少葛与桑同行。少朱表示，卯马上前来朱圃辅导写字，卯来之后，三人一起陪桑出行。少葛认为，前去查看羊只数量，很快可以返回，不必兴师动众，建议少朱留在朱圃，等候卯的到来，自己陪桑前往。葛嘱咐两人快去快回，桑和少葛便出门去了。

朱圊与盲人住处同在郭区，距离并不太远，桑和少葛很快就来到了盲人的住所。两个盲人正在外面聊天，听到桑的声音，急忙主动迎上前去。矮个盲人告诉桑："现在有二十五只羊，再等几天，就可以凑齐。"

高个盲人引桑走向羊圈，说："桑看一看吧！"

桑和少葛来到羊圈，高个盲人的儿子季正在给羊喂草，少葛数了数，确实二十五只，告诉桑说："只差五只了。"

桑发现有七八只羊被单独拴在木桩之上，问季："这是捕捉的野羊吧？"

季一边将割来的鲜草放入羊圈，一边回答："羊拴几日，就老实了。"

桑转向高个盲人道："抓紧凑齐，桑要尽快换回大象。"

矮个男人抢着回答道："再过几天，保证凑齐。"

少葛弄清羊只数量，惦记卯来朱圊指导写字的事，催促桑抓紧返回。桑久居朱圊，近日没有机会外出，不想立即返回，就说："何必这么着急！"

少葛对桑说："卯来朱圊指导写字，少朱、少葛一起学习。少葛不能及时回去，卯还得重教一遍。"

听少葛这样解释，桑不便继续逗留，急忙辞别两个盲人，和少葛一起返回朱圊。少葛加快步伐，桑抓紧跟上，两人由走路变为跑步，一起奔向朱圊。

盲人住处距离朱圊不远，两人快速奔跑，很快可以返回。不料，路上杂草丛生，地面有一洼积水，桑没有注意，一脚踏入积水，脚下打滑，左腿歪向一边，不慎跌倒在地。少葛急忙停下脚步，将桑扶起，搀着桑挪动几步，好在桑的腿脚没有大碍，只是双足满是污泥。桑在路边坐下，扯下宽叶的杂草，擦拭双脚的泥土，看到距离朱圊不远，就对少葛说："少葛先走一步吧！"

朱圊就在前面，少葛以为不会发生意外，就点点头，先行返回朱圊。桑坐在路边，继续用杂草擦拭双脚，打算清理干净再回朱圊。不一会儿，桑擦掉了脚上的污泥，准备起身上路。桑站起来，左脚刚刚迈出，突然感到脚踝一阵疼痛，只得收住双脚，停止前行。桑重新平衡身体，尽量稳定自己的腿脚，再次迈出左脚时，脚踝依然一阵疼痛。桑索性站立不动，等待疼痛消失。

少葛早已没有踪影，桑环顾四周，没有人经过。桑孤立无援，只能原地站立，继续等待脚踝疼痛消失，然后尝试前行。这时，身后传来一阵脚步声，桑略回头，看到一位穿素色长衣的男人走来，那人走到身边时，桑侧目观看，察觉曾经在馆舍见过此人，葛称对方卜官宾。桑将身子重心偏移，有意避让卜官宾，方便此人走过。桑站立不动，卜官宾看出桑行动不便，停下脚步，关切问道："受伤了吗？伤在哪里？"

看到卜官宾态度温和，桑只得回答："刚刚滑倒，脚踝有点疼痛，稍稍休息，就会好了。"

卜官宾抬头看向朱圃，有意出手帮助，便说："宾可以搀扶一下，朱圃没有多远了。"

桑与卜官宾只有一面之识，毕竟不够熟悉，不便接受对方帮助，便说："歇息一下，很快就好了。"

卜官宾靠近桑的身边，伸手搀扶，说道："举手之劳。"

桑不便再度拒绝，卜官宾轻轻搀扶她的手臂，桑试探着迈脚前行，因为外力协助，左脚受力相应减少，脚踝的疼痛明显减轻。在卜官宾的搀扶下，桑走出十几步后，感觉左脚可以自行落地，于是稍稍减少对卜官宾的依靠，拉开与卜官宾的身体距离。卜官宾心领神会，相应放松对桑的搀扶，只是轻触桑的手臂，防止桑失去平衡。卜官宾知轻知重，桑增添了对他的好感，认为卜官宾不但帮助自己，而且注意体谅自己的感受。桑向卜官宾微微一笑，表示谢意。

两人走到前面的十字路口时，卜官宾放慢脚步，建议桑停止前行，稍事休息。桑的脚踝刚刚受伤，确实需要减少行动，于是放慢脚步，对卜官宾说："朱圃就在前面，桑自己过去就行。"

沿十字路口直行就是朱圃，右拐便是宫城。听桑这样说，卜官宾挥挥手，与桑告辞，踏上通向宫城的道路。卜官宾走出几步后，仿佛想起什么，回头对桑说道："桑的腰围遗落宗庙，太卜大人收存起来，几次说起，要还给桑。现在距离太卜室很近，如果脚伤无有大碍，可以同行，取回腰围。如果依然疼痛，宾便取回，再送还桑。"

之前，太卜涂曾经当面向桑表示，自己收起了桑的腰围，桑随时可去太卜室取回。桑有意取回自己的腰围，因为对太卜涂缺乏信任，迟迟没有行动。

如今听说与卜官宾同行,可以取回腰围,加之脚踝疼痛基本解除,这显然是一个不错的时机。桑犹豫一下,回答道:"好吧,取回腰围。"

太卜室在宫城南端,距离郭区不远。桑行走基本无碍,无需卜官宾搀扶,两人很快来到太卜室。仆人卫看到卜官宾前来,不必进去通报。卜官宾在前面引领着桑,直接进入太卜室院内了。

第十八章
醉酒

太卜室的院子里，有一棵粗大的银杏树，随着天气降温，银杏树的叶子日渐凋落，扇形的小叶子落在地上，金黄的色泽为院子增添不少情趣。此时，银杏树下铺设着一方麻席，麻席上面放着一张木制几案，几案之上摆放着各种餐具，包括三足小青铜鼎、圈足高脚豆、青铜觚等。几案两边放置着蒲草编织的坐垫，太卜涂独坐几案一侧，似乎正在等待对饮之人的到来。

桑跟随在卜官宾身后，进入太卜室院内，看到银杏树下的太卜涂，心中不免有些忐忑。太卜涂听到脚步声，抬头看到卜官宾，还有卜官宾身后的桑，笑道："好，好。"

卜官宾停下脚步，侧身让出后面的桑，对太卜涂说："太卜大人，桑取腰围来了。"

太卜涂的视线在桑的身上停留片刻，旋即移开，起身说道："好啊，好啊。"

太卜涂身着白色短衣，俨然居家装扮，没有身披兽皮长袍时那般阴森，没有身穿素色长袍时那样正式。太卜涂起身走进室内，桑以为对方去取腰围，没有料到此行这样顺利：腰围就可以这样拿走了吗？

桑的视线从太卜涂的背影上收回，看到银杏树下的几案，几案上面摆放着餐具，估计太卜涂正在等待卜官宾，两人约定一起饮酒。太卜涂从室内出来，手拿兽皮腰围，将腰围递给卜官宾，卜官宾接过，转身递给桑。桑感觉有些突然，拿在手里，不用端详，分明就是自己在宗庙遗失的腰围。桑将腰围缠在腰间，微微躬身，向太卜涂表示感谢，刚才的戒备放松很多。随后，

第十八章 醉酒

桑的视线转向卜官宾，用眼神询问：桑可以走了吗？

卜官宾没有注意桑的眼神，询问太卜涂："太卜大人独自饮酒？"

太卜涂重新坐回几案一侧，对卜官宾说："同饮一觚吧！"

桑急于离开太卜室，对卜官宾说："卜官大人陪太卜大人饮酒，桑先走了。"

卜官宾轻轻抬手，招呼桑说："腰围之事，桑应该感谢太卜大人，同饮一觚吧！"

太卜涂并不强调让桑留下，说道："腰围，本应还给主人！"

听太卜涂这样说，卜官宾没有继续上前阻拦桑，而是走到太卜涂对面，指指身边的坐垫，示意桑一起落座。桑犹豫片刻，太卜涂的宽容，卜官宾的友善，导致桑不便断然离去，只得走到与卜官宾相邻的位置，和他一起坐下。

银杏树下，卜官宾拿起餐具，分别摆放在三人面前。随后，仆人卫手持温酒器斝，将斝中清酒倒入太卜涂、卜官宾觚中，斝并不大，注入两觚，清酒倒尽。仆人卫重新取来一斝，单独给桑斟酒。斟酒完毕，仆人卫将两斝一起拿走，继续温酒去了。

桑心神不定，面对眼前的清酒，不知当饮不当饮。太卜涂端起觚中清酒，重新站起，走到银杏树下，将清酒倾倒在地，叹道："太卜一职，掌管祭祀占卜，杀龟问卜，牺牲祭天，伤及无数生灵，恐遭天谴啊！"

卜官宾急忙替太卜涂辩解："占卜必须杀龟，祭祀必用人牲，大王祖先制定的规矩，太卜大人只能依照执行啊！"

卜官宾说完，主动起身，请太卜涂入席。太卜涂回到自己的席位，仆人卫急忙送上一斝清酒，卜官宾接过，亲自给太卜涂斟酒。随后，卜官宾端起手中的酒，看向身边的桑，说道："与太卜大人同饮一觚吧！"

太卜涂起身以酒祭奠，又有"恐遭天谴"的说法，桑一时疑惑，不知太卜涂究竟什么心思，只是希望尽快离开这里。桑不便拒绝卜官宾的请求，以为饮酒之后便可告辞，看到两人一饮而尽，自己只能同样饮下。

仆人卫重新送上清酒，卜官宾再度斟酒，先后斟满太卜涂和桑面前的觚，然后给自己斟酒。太卜涂并不劝酒，独自饮下第二觚。卜官宾看一眼桑，同样饮下第二觚。太卜涂和卜官宾如此饮酒，桑只得一饮而尽。卜官宾三度斟酒，桑未及阻拦，觚中已经被斟满。桑决意不再饮酒，无论别人怎样规劝，决不再饮第三觚。

出乎桑的意料，太卜涂没有继续饮酒，也不劝酒。卜官宾将佐酒菜肴推到桑的面前，提醒桑吃菜。桑摇摇头，决定立即起身，离开这里。

桑准备站立起来时，突然感觉腿脚无力，以为是自己脚踝受伤影响站立。桑借助手臂支撑，一手扶着几案，一手撑住身体，不料脚下一软，跌在麻席之上。桑感觉眼皮沉重，有意使劲睁开眼睛，隐约看到蔚蓝的天空，以及蓝天背景前面的男人脑袋——卜官宾俯身察看桑的状况，感叹道："小女子，竟然抵不住两觚。"

太卜涂笑曰："谁也抵不住。"

卜官宾露出吃惊的表情，没有明白太卜涂话里的意思。太卜涂说："桑这两觚，一觚是药，一觚是酒。两觚饮下，酒性引发药性，谁也抵不住。"

卜官宾回想刚才斟酒的细节，仆人卫给太卜涂和自己斟满后，另取一罾给桑斟酒，想必就是太卜涂所说的药，即桑饮的第一觚是药。桑的第二觚酒，由卜官宾亲手斟满，桑喝下的第二觚是酒。酒与药混合，酒性引发药性，桑抵不住了。卜官宾佩服太卜涂的预见能力，仿佛知道自己将桑带来，知道桑不便拒绝饮酒，用一觚药和一觚酒解决问题了。

卜官宾的视线转向桑，桑躺在麻席之上，身体宛如蛇形曲线；酒的作用表现出来，桑的面容粉白微红；桑的腰围没有系紧，宽松之处可见凹陷肚脐……卜官宾意识到，自己应该离开这里了。

卜官宾走后，仆人卫悄悄走开。太卜涂俯下身子，一手伸到桑的颈下，一手揽到桑的膝下，两手用力将桑抱起，进入太卜室。

天气逐渐降温，朱圃的瓜果架上藤蔓枯萎，绿叶枯黄，寒冷的季节就要来临。少朱攀上架子进行整理，葛在下面归拢少朱扯下的藤蔓。少葛与桑分手后，先行一步回到朱圃。看到少葛独自返回，葛放下手里的活计，询问："桑呢？没有一起回来？"

少葛以为桑片刻就到，没当回事，告诉葛："马上到啦！"

少葛上前收拾扯下的藤蔓，仰脸问架子上的少朱："卯没有来吗？"

少朱尚未回答，葛继续追问："为什么没有一起回来？"

少葛解释："快到朱圃的时候，桑滑倒了，脚被弄脏，停下清理。少葛惦记跟卯学习，赶紧回来了。"

葛并不放心，准备出门察看。少葛认为葛过于谨慎，便告诉她："马上就到，不必担心！"

葛停下脚步，询问情况："羊的数量，凑够了吗？"

第十八章 醉酒

少葛回答:"二十五只,只差五只。"

葛感叹:"凑够三十只,换回大象,桑回羊角族,就不必担心了。"

少朱听说桑要离开,急切地问道:"桑回羊角族后,还回来吗?"

葛注意倾听院子外面的声音,依然牵挂,说道:"桑回到羊角族,葛就不用这么提心吊胆了。"

少朱看出葛的牵挂,急忙跳下瓜果架,对葛说:"别担心,少朱出去看看。"

少朱就要出门,桑依然不归,少葛感到有点奇怪,说道:"走,一起去。"

少葛、少朱离开朱圃,葛想想,依旧担心,走到朱圃院子外面,向两个孩子跑去的方向张望。过了好一会儿,还是没有看到他们返回,葛更加担心,也去寻找桑了。

听到葛与两个孩子的谈话,朱忙完手里的事情,从草棚下面走过来,此时三人已经相继离开。朱走到朱圃门外,迎面遇到卯和闻,两人结伴同行,卯来辅导少朱、少葛认字,闻来请教师父问题。看到朱向远处张望,闻问:"师父在等什么人吗?"

朱说:"桑和少葛外出,少葛回来了,桑没有返回,大家不放心,出去寻找了。"

朱刚刚说完,葛和少朱、少葛由远处匆匆回来,闻心里咯噔一下:桑出事了?

三人来到朱圃门口,少朱埋怨少葛:"刚才,少葛就不应该自己回来!"

少葛觉得委屈,说:"马上就到朱圃,桑怎么不见了呢?"

葛对朱说:"前面有桑滑倒的印迹,只是人不见了。"

卯一直沉默,似乎正在想着什么,突然对闻说道:"刚才由宫城走来时,卯无意回头,发现卜官宾引一人走进远处的太卜室,小父看到了吗?"

闻回答:"闻急于前来朱圃,没有看到。"

卯低头想了想,对朱说:"卜官宾身后,好像是一个女人。"

少朱提出自己的看法:"因为少朱和少葛,桑差点被太卜涂处死,怎么可能去见太卜涂呢?"

葛问:"卜官宾身后的女人,卯看清是谁了吗?"

卯回答:"确实是一个女人,是不是桑,卯说不准。"

朱分析说:"太卜涂看到桑的小玉龟,猜测小玉龟来自大王,怀疑桑和大王的关系。如果太卜涂将这种怀疑告诉王后,必然引起王后的猜疑,认为桑对自己形成威胁。太卜涂一向强调掌握主动，极有可能采取行动。"

朱说到"必然引起王后的猜疑"，卯并不完全同意。卯认为，太卜涂确有可能对桑采取行动，在母后面前表功，但母后不会因为桑来王邑，就断定桑对她形成威胁。卯虽然这样想，但当场没有表示出来。

闻提出自己的看法："如果太卜涂对桑采取行动，大王知道之后，怪罪下来，太卜涂怎么解释？"

朱想想道："也许，太卜涂会说采取行动是为了保护桑，以应对大王。"

闻点点头，陷入沉思。

朱吩咐葛取来一册《阴阳经》，对闻说："闻去太卜室，将这一册《阴阳经》送给太卜涂，见机行事！"

闻离开朱圃之后，少葛知道自己犯了错误，给少朱使了一个眼色，两人跟随在闻的身后，一同前去太卜室。

太卜室的大室之内，桑在药与酒的混合作用下，处于昏睡之中。室内光线过于昏暗，太卜涂点燃一只小烛，插入墙上的壁孔，室内顿时明亮许多。火光或明或暗地闪烁，桑的身体被光线映衬，呈现出来变幻的美。太卜涂跪在桑的身边，解开桑松动的腰围，一手托起桑的腰部，一手扯下腰围，抛到一边。桑的腰肢露出，紧致，光滑。

因为太卜涂的触碰，桑扭转身体，姿态由平躺变成侧卧。太卜涂移到桑的身后，依旧双膝跪地，由上到下，抚摸桑的大腿、小腿和脚踝。桑的双足粘有杂草和泥土，太卜涂取来盛水的容器匜，拿着湿润的帛布，抬起桑的小腿，擦拭桑的裸足。桑再次扭动身子，侧卧的身体翻转过来，侧身面对太卜涂，然后伸出一只手臂，揽过太卜涂的胳臂，夹在自己腋下。面对近在咫尺的桑，太卜涂顺势倒下，曲起手肘，支撑头部，仔细端详近前的桑，他可以感受到桑的呼吸。桑被药酒催眠，气息呼出，带有女人的清香和温热，太卜涂不由地吮吸一口，被桑的胳膊夹住的手臂继续伸展，与桑的身体拥在一起……

突然，室外传来说话的声音，太卜涂急忙停止动作，小心倾听。显然，有人要进入太卜室，仆人卫正在阻拦。太卜涂听出是闻的声音，十分气恼，但不得不出面应对。太卜涂抽出被桑夹住的手臂，悄悄起身，走向大室门口。桑依然还在昏睡，对太卜涂的所作所为没有觉察。这时，小烛的火光渐渐变小，太卜涂来不及过去熄灭小烛，急忙整整自己的衣服，走向室外。

第十八章 醉酒

院子里，面对仆人卫的阻拦，闻没有停下脚步。闻走到银杏树下时，太卜涂从室内出来，对仆人卫说："退下吧！"

闻看到，银杏树下布置着几案，几案上面摆放着餐具，显然太卜涂刚刚在此与人对饮。闻笑着说："太卜大人好雅兴啊！"

太卜涂回答："与卜官宾对饮，刚刚饮罢。若有兴致，一起坐下饮酒。"

闻摇摇头，举起手中的简册，对太卜涂说："师父让闻送来一册《阴阳经》。"

看到闻手中的简册，太卜涂以为这是他此行的缘故，稍稍放松，对闻说道："前些日子，涂看到师父抄写，提出借读一下。"太卜涂说完，准备接过《阴阳经》，希望闻尽快离开，不要搅乱自己的好事。

然而，闻并未递上简册，而是径直走向大室门口，对太卜涂说："师父交代，《阴阳经》系人间天书，必须放到室内的供奉台上。"

既然这是师父的交代，太卜涂不便过于强硬阻拦。说话之间，闻已经站在大室门口，太卜涂急忙抢前一步，推门进去，侧身站在门内，请闻进入。供奉台就在室内西侧，太卜涂侧身站立，让闻从身前经过，自己站在闻的身后，遮挡闻的视线，防止闻发现东侧席子上的桑。

闻进入室内，走到西侧供奉台前，郑重放上《阴阳经》，躬身肃立，以示敬意。太卜涂退后一步，给闻让出离开的通道，希望闻赶紧退出。出乎太卜涂的意料，闻掏出随身携带的火石和艾绒，开始摩擦火石，点燃艾绒。太卜涂心中明白，这是"升烟祭天"的供奉仪式，想必也是师父的嘱咐，必须耐心等待仪式完成。太卜涂心中祷告：仪式结束，闻赶快走吧！

火石点燃艾绒，白烟渺渺直上，闻看着升腾的烟雾，面对供奉台上的《阴阳经》，轻声念诵祷词。念诵结束，闻转过身子，面向大室门口，俨然准备告辞。太卜涂的心高高悬着，脚步随闻移动，小心遮挡闻的视线。闻走到门口，突然停下脚步，转身返回室内，太卜涂没有及时上前阻挡，闻来到墙边插入小烛处，一边击打手里的火石，一边说道："室内过于昏暗了！"

闻借助火石为小烛助燃，渐渐熄灭的小烛得到火力，裹着油脂的木条迅速升起火苗，照射范围骤然增大。太卜涂一时慌乱，视线不由瞥向室内东侧，急忙上前阻挡闻的视线。闻借助明亮的小烛，看清室内情形，突然发现东侧地面上有人，显得十分惊奇，道："太卜大人，怎么还有人呢？"

太卜涂急忙掩饰道："有人不胜酒力，就醉倒了。"

闻走到东侧察看，发现是桑，便说："朱圃的桑，怎么在这里？"

太卜涂立即解释道:"桑今日前来,取其腰围。"

闻装作不解道:"桑的腰围在太卜大人手中?"

太卜涂只能继续解释:"当初宗庙置础,桑鞭伤刑者,腰围遗落宗庙,涂随手捡到。"

闻假装埋怨师父,说道:"桑应该尽快返回羊角族,只是师父多事,感念族长姜救命之恩,留住几日,惹出太多事情。"

闻与桑关系非同寻常,太卜涂自然知道,于是旁敲侧击道:"师父留桑,还是桑有意留下,闻应该清楚吧!"

闻希望赶紧将桑带走,随即转换话题道:"羊角族人,看似酒量不小,其实平日多饮果酒,不胜酒力。既然如此,闻将桑带回朱圃,别给太卜大人再添麻烦!"

太卜涂心存侥幸,还想把桑留住,说:"闻独自一人,不便带回。酒醒之后,桑自然回去。"

闻不顾太卜涂阻拦,俯身下去,准备将桑搀扶起来。这时,桑从醉中醒来,慢慢睁开眼睛,神情恍惚,看到闻和太卜涂,回想刚刚发生的事情,一时想不清楚,问:"桑怎么在这里?"

闻伸手搀扶,桑用力撑起身子。闻对太卜涂说:"既然桑已醒来,闻带桑回去。"

桑已经醒来,太卜涂不便再寻借口,眼看闻搀扶着桑走出室内。桑站在大室门口,看到银杏树下的几案和上面摆放的餐具,与太卜涂、卜官宾饮酒的画面突然闪现,桑顿时明白过来,急忙向外走去。

太卜涂站在大室门口,无奈地看着闻和桑离去。太卜涂突然明白,闻此行的目的不是送什么简册,而是寻找桑,并且得到朱的支持。太卜涂返回室内,抓起供奉台上的《阴阳经》,用力摔在地上,恨不得用脚践踏。随后,太卜涂来回走动,在墙角发现有一件物品,那是桑的腰围,刚刚被太卜涂解下,随手抛出去了……

少朱和少葛搀扶着桑,闻走在后面,四人回到朱圃。卯在院子外面等候,看到桑终于回来,急忙上前迎接。朱和葛相继出来,葛想要询问事情经过,朱止住葛的询问,吩咐少葛将桑搀到小室休息。众人来到草棚下面,听闻讲述事情经过。

闻告诉大家:"太卜涂说,桑去太卜室取回腰围时,饮酒过量,就醉倒了。"

葛说："桑不会主动前去，更不会主动饮酒。卜官宾没有在那里吗？"

闻回答："据闻判断，桑被卜官宾引入太卜室，卜官宾的借口就是取回腰围。闻到达那里时，卜官宾已经离开了。"

葛明白过来，道："卜官宾把桑引入，任务完成了，没有必要留在那里。"

闻继续讲述："闻进入室内时，光线昏暗，桑躺在东侧席子上，根本看不清楚。闻点亮室内小烛，发现桑的所在。"

葛感叹："闻及时赶到，桑避免了麻烦。"

卯掏出在洲水岸边得到的腰围，放在长案之上，说道："没有料到，腰围惹出如此纷争。"

少朱拿起腰围，端详上面的羊角，问："谁的腰围？真好看啊！"

闻知道腰围来历，就说："此腰围非彼腰围，卯说说吧！"

卯明白，弄清腰围来历，便于梳理围绕桑的诸多纠葛，就解释说："这件漂亮的腰围，以及太卜涂那里的腰围，都是桑的腰围。父王得到桑的这件腰围，藏于丽室，卯此前发现了，没有声张。母后也发现了，认为父王私藏腰围，值得怀疑，在洲水岸边与父王对质。父王恼怒，将此腰围抛入洲水，飞鱼随即衔来。这就是绣着羊角的这件腰围的来历。"

闻继续解释："此腰围非彼腰围，这是桑送给大王的腰围，不是太卜涂手里那件腰围。桑的腰围遗落宗庙，被太卜涂收存起来，那是另外一条。两条腰围都属于桑，由此引发一系列纠葛。"

朱结合两人介绍的情况，解释桑入王邑的原委："大王与闻郊野狩猎，遭遇老虎，闻射死老虎，避免大王受到伤害。两人再遇老虎，大王引开老虎，陷入困境，被桑救助，送到羊角族领地，最后平安归来。桑以腰围馈赠大王，大王回赠小玉龟。桑不知大王真实身份，进入王邑寻找。多年之前，羊角族的族长姜对朱有恩，桑是姜的妹妹，朱有义务保护桑。"

闻担心腰围事件再引冲突，道："大王私藏腰围，说明心中有桑。王后发现腰围，必然产生猜疑。先王曾经迎娶异族女子，王后因此敏感，也是人之常情。太卜涂与桑有过冲突，与王后关系紧密，现在有意将桑控制起来，占据主动。"

葛察觉问题的严重性，道："桑进入王邑，引发多种纠葛，保障桑的安全最为重要。一要阻止桑见大王，二要避免太卜涂与桑接触，三应尽快与族长姜联系，让族长姜知道桑的处境，劝桑尽快返回羊角族。"

朱同意葛的意见，吩咐道："闻尽快联系林官虞，通过林官虞面见族长姜，说明桑的处境。少朱、少葛时刻陪伴着桑，不离左右，防止太卜涂下手。卯注意观察宫城的情况，竭力避免让桑见到大王，同时还要时时注意王后，避免对双方不利的事情发生。"

朱考虑到卯的心态，不能伤及卯对王后的感情，于是强调"避免对双方不利的事情发生"。卯与桑接触之后，钦佩桑救护少朱、少葛的行为，对桑充满好感，也愿意帮助桑，听到师父这样吩咐，自然清楚朱的用心。卯说："师父放心，卯明白其中利害，宫城发生的事情，卯会及时告知师父。"

大家认真商讨，没有注意桑来到身边。少葛跟随着桑，桑不让少葛出声。朱吩咐大家保护桑，桑心生感激。不过，桑此行的目的，就是与思念之人相见，既然此人就是大王，桑必须见到。如果不能相见，桑不会返回羊角族。

卯首先看到桑，急忙站起，请桑坐下。桑依旧站着，对众人说："大家对桑的关心，桑十分感激。桑进入王邑，就是要见思念的人，既然那人就是大王，桑必须面见大王。"

葛认为桑过于执拗，直接劝说："桑面见大王，没有那么简单。如果王后知道桑在王邑，一定会出面阻止。有王后在，大王不会迎娶异族女子！"

桑的想法，其实并不复杂，她说："桑见大王，只是想知道，桑救助的那个男人，是否也在思念着桑。"

朱看得出，桑的主意不会改变，便提醒大家，也是敬告桑："宗庙置础时，太卜涂与桑结怨，如今桑寻大王，太卜涂定然全力阻止。桑酒醉一事，就是陷入了圈套，太卜涂可能还有诡计。这段时间，桑不要外出。桑是否面见大王，怎样面见大王，何时返回羊角族，由闻前往羊角族，听取族长姜的意见，再做决定！"

朱与闻随后商定，闻第二天赶往郊野，通过林官虞，面见族长姜。朱顺便告诉闻，林官虞前日返回王邑，听说闻得到精美玉圭，很想见识一下，闻可以随身携带。朱考虑到闻的腿疾，担心路途中出现意外，决定让少朱陪同前行。

第二天早上，闻和少朱各骑一马，前往王邑西南方向的郊野。两人一路催马疾行，很快来到草房对面的河岸。闻骑在马上瞭望对岸，看到草房前面的空地上，几个人席地而坐，有林官虞和他手下的丘臣封，另外两人看似是

第十八章 醉酒

异族之人。闻想：难道羊角族来人了？

丘臣封是守护山林的小官，看到对岸的两人，向闻挥挥手，又与身边的林官虞交流几句，起身走过木桥，前去迎接闻和少朱。林官虞随即站起，走到岸边，迎接来自王邑的闻和少朱。

丘臣封牵着一匹马走在前面，闻跟随在后，少朱牵着另一匹马尾随。三人跨过木桥后，丘臣封将马牵到一边饮水吃草，少朱跟着过去照顾马匹，林官虞将闻引向众人。异族装束的一男一女站起，林官虞向他们介绍道："这是大王的弟弟闻。"

闻看清两人头上佩戴的羊角，明白了他们的身份，问林官虞："羊角族的朋友？"

林官虞指着一男一女，向闻介绍道："羊角族的首领禽，禽的妻子喜。"

林官虞招呼闻一起落座，丘臣封转身过来，将陶杯等器具放在闻的面前。闻得知两人身份后，向林官虞说明自己此行目的："今番此行，希望拜见族长姜。"

闻匆匆而来，林官虞推测与桑有关，便告诉闻："请闻放心，族长姜很快就到。还有，禽今天带来的，正是闻一直想要的细竹。"

说话之间，丘臣封搬来一捆长长的细竹，取出一根递给闻，闻从这一端看到另一端，细竹上下均匀，粗细得当，正是制作笔杆的好材料。闻特别高兴，问禽："这种细竹，羊角族领地就有？"

禽的妻子喜主动回答："有的，羊角族人用这种细竹制作响箭。细竹中间是空的，响箭射出，发出竹笛的声音。"

丘臣封指着禽说："禽是制作响箭的高手！"

禽对闻说："不是什么高手，就是喜欢。需要细竹的话，山上有好多！"

闻看到自己面前的陶杯之中，盛满白色液体，不知是什么。林官虞对闻说："这是羊角族的马奶酒，喜亲自酿制的，与香草酒、五谷酒味道不同。闻离开的时候，带些马奶酒回去，请太医大人品尝一下。"

闻端起陶杯，小酌一口，细细品尝。

喜大笑道："大口喝，大口喝！"

林官虞和禽同时大笑。闻大口喝下，入口之后，马奶酒混杂着酸、甜、香的口味，味道特别丰富。

这时，一阵急促的马蹄声传来，由远而近。转瞬之间，一匹高大的白马跃到草房近前，马上之人翻身下马，立于地面，纹丝不动，魁梧身形与白马十分匹配，马骏人威。

林官虞和禽看到来人，急忙站起，闻随即起身，立于林官虞身边，林官虞悄悄对闻说："族长姜。"

族长姜头戴羊角，只是这副羊角特别硕大，相当于禽的羊角的两个，羊角中间装饰着一颗大大的绿松石。这样的大羊角顶在常人头上，就是沉重的负担。

林官虞请族长姜坐下，丘臣封知道族长姜不太习惯席地而坐，于是搬来一个大木头墩子，请族长姜落座。族长姜并未立即坐下，而是向林官虞询问闻的身份："这位……"

林官虞回答："大王的弟弟闻，刚刚来到。"

族长姜听说闻是大王的弟弟，点点头，说道："之前大王发生意外，姜与大王有过一面之识，大王气度非凡，只是没有表明他的身份。"

族长姜所说，就是大王受到老虎追赶，被桑相救之事，闻急忙表示："大王被桑所救，得到族长帮助，族长和桑对大王有救命之恩啊！"

喜递上一杯马奶酒，族长姜大口饮下道："闻宗庙救桑，也是救命之恩！大王废除活人祭祀的规定，以人的性命为贵，必定受到上帝保佑。希望能有机会拜见大王，缔结盟约，成为兄弟。"

闻视线转向林官虞，准备陈述桑在王邑的处境，得到对方默许后，对族长姜说："族长姜与大王相见，双方结盟，定有来日。桑进入王邑后，因为宗庙救人，与太卜涂有了矛盾。王后得知桑在朱圃，心生猜疑，太卜涂对王后言听计从，难免采取过激行为。桑在王邑，大王并不知道，桑执意面见大王，不见大王，誓不罢休。在如此复杂的形势下，桑可能面临危险。前书契卜官朱和妻子葛尽力保护，桑在朱圃尚且平安。闻此番前来，是希望族长让桑离开王邑，返回羊角族，以确保桑的安全。"

族长姜之前得知桑在朱圃，已经猜出朱的身份，就是自己曾经保护的虎尾族人。如今，有朱和葛的全力保护，还有闻的关心帮助，族长姜反而有些心安。族长姜大口饮下马奶酒，对闻说："马奶酒的味道是混合的，桑的性格是单纯的。王邑之人大多复杂，羊角族人大都简单。桑渴望见到思念的人，希望两情相悦，男女相爱。按照羊角族的规矩，女人与男人相爱，可以将男人带回，在羊角族生活！"

闻解释说："桑思念的人是大王，事情没有这么简单。"

族长姜放下陶杯，想了想，对闻说道："桑在王邑，有朱和葛的全力保护,有闻的细心关照,姜放心多了。依桑的性格,不与大王相见,难了心愿。桑见大王之后,姜立刻让桑离开王邑,返回羊角族。"

族长姜说完,目光转向禽。禽自然明白,这是族长姜的指示,他向闻点点头,说道:"桑见大王之后,禽前去接桑,返回羊角族。"

族长姜从大木墩上起身,走向闻,闻急忙站起。族长姜说:"闻在宗庙出手救桑,如今为桑而来,就是兄弟了。"

族长姜两手摘下头顶的大羊角,双手托着,递到闻的面前,说:"这个大羊角,就是羊角族的象征,族人看到大羊角,如同看到姜。"

闻意识到族长姜有意赠予大羊角,连忙推辞道:"闻不能接受!"

林官虞知道,族长姜送出大羊角,就意味着将桑的安全托付于闻,便对闻说:"闻暂且收下,桑平安返回羊角族后,再归还族长即可。"

闻不便推却,将大羊角接在手中,感到沉甸甸的分量。闻立即想到,自己应该有所回赠,于是急忙将少朱招呼过来,轻声嘱咐几句,少朱飞奔而去。不一会儿,少朱返回,取来闻此行携带的玉圭,送到闻的手中,并顺势接过大羊角,退到一边。

闻对族长姜郑重说道:"桑和族长救助大王,大王是闻的兄长,闻应该代为感谢。王邑玉人坊制作的这件玉圭,既是具有神秘力量的玉器,也是象征地位的礼器。闻将玉圭赠予族长,以示谢意。"

族长姜急忙推辞道:"如此重器,岂敢接受?"

林官虞知道,玉圭本是王后所赠,闻此行携带,是为方便自己观赏,如今收下族长姜的大羊角,便将玉圭作为回赠之物。如果族长姜收下,王后问起玉圭所在,闻无法回答,可能引起王后的猜疑。

闻执意奉上,说:"族长若不收下,闻不能接受羊角。"

族长姜双手接过玉圭,说道:"桑返回之后,闻赴羊角族,再饮马奶酒。"

族长姜的意图已经明确,两人的礼物也已互赠,闻准备立刻返回王邑。此时,天色特别阴沉,大雨就要来临。林官虞对闻说:"明日返回王邑吧!"

看到大雨将临,族长姜急忙告辞,率领禽和喜返回羊角族领地去了。

第十九章

灵性

  屠官干负责管理屠宰场和圈养场，祭祀牛羊的宰杀任务，都由屠官干安排执行。屠官干还有另外一个职责，就是依照太卜涂的指令，监视太卜涂认定的可疑之人，抓捕太卜涂认定的对立之人。实施抓捕时，屠人们常常戴上面具，只露出眼睛和鼻子，外人完全不知蒙面人的真实面目，而屠官干能够根据蒙面人的身形和动作，准确辨识手下的每一个屠人。

  屠宰场与圈养场相邻不远，圈养场里有一处草房，屠官干平日经常待在这里。这一日，屠官干站在草房外面，正在训斥屠人克。几天前，桑带少朱、少葛前来圈养场，途中遇到屠人克，屠人克为他们指引圈养场的方向，此事后来被屠官干察觉，对屠人克很是不满。不过，困扰屠官干的还有一件事情，就是自己将大象陷入土坑，大象后来竟然脱离土坑，返回圈养场，控制大象的骨环也不翼而飞。屠官干认定，当时桑和两小奴如惊弓之鸟，慌慌张张离开圈养场，没有可能救助大象。手下屠人不敢违背自己的意愿，屠人克也不敢擅自救助，难道大象确有神灵相助？

  屠人克在屠官干手下，本是具备能力的可用之人，屠官干训斥几句，便罢休了。屠人克准备离开时，屠官干看到远处走来两人，前面是卜官宾，后面是太卜涂。屠官干急忙上前迎接，顾不上身后的屠人克。没有屠官干的命令，屠人克不便离开，只好退到草房旁边，默默等待。

  近日，太卜涂脑海中难以摆脱桑的形象——桑醉卧席上，有修长妖娆的身体曲线，温香沁人的女性气息……桑伸手揽过太卜涂的胳膊，这个撩人的动作，太卜涂回想起来，似乎可以看到，也能够感受到，只是触摸不到。太卜涂脑中不断映现出桑，让他生出欲罢不能的心理。太卜涂此行面见屠官干，目的就是布置诱桑行动，通过周密计划，让屠官干及其手下伺机而动，把桑弄到手。

太卜涂其实十分懊悔，当初桑醉酒之后，没有及时将她转移到室内地穴。在太卜涂的大室的西北角，有一处隐藏的地穴——地面上立着一尊三足青铜鼎，青铜鼎下面铺着兽皮，揭去兽皮，有一块巨大的方形石板，掀开石板，就是地穴洞口。进入洞口，经过一段通道，还有一个双扇石门，将石门左右打开，就可以进入地下空间，这个空间就是隐秘的地穴。太卜涂原本计划将桑藏匿于地穴，控制起来，闻突然闯入，导致计划失败。

太卜涂后来几次回忆，都不曾想起桑胸前的小玉龟是否还在。太卜涂推测，也许桑故意掩藏，将小玉龟放在贴身位置，所以自己没有发现。太卜涂由小玉龟联想到大王，想到大王与桑的亲密接触，心中感到有些不快，于是主动停止联想，转移思路。

太卜涂听卜官宾说过，桑曾经独自前往馆舍，与小三足龟有过接触。太卜涂反复考虑，认为可以通过小三足龟，将桑引出朱圕，诱入馆舍，挟持起来。于是，太卜涂召来卜官宾，同赴圈养场，面见屠官干，商量诱桑进入馆舍的事情。

屠官干请两人进入草房，吩咐屠人克守候在外，随时听命。屠官干请太卜涂落座，太卜涂未及坐下，就对卜官宾说："以小三足龟为诱饵，将桑引入馆舍，可否做到？"

卜官宾曾经诱桑进入太卜室，桑当时落入圈套，几乎被太卜涂掌控。卜官宾认为，桑不会再信任自己，就对太卜涂说："宾再出面，恐怕桑不信任了。"

太卜涂在路上已经想好对策，当下进行具体布置，说："宾不出面，由函出面，桑自然信任。函希望早日离开王邑，返回九江，大王提出的条件就是小三足龟尽快长大。宾可以告诉函，桑的小玉龟极有灵性，小三足龟见到小玉龟，小玉龟的灵性就可以传给小三足龟，小三足龟灵性大增，就能快快长大，函就可以尽快回到九江。"

太卜涂如此安排，不用自己出面，卜官宾自然依此计划执行。只是函能否接受这种说法，心甘情愿前去找桑，卜官宾对此没有把握。即使函能够见到桑，桑是否接受函的邀请，主动前来馆舍，卜官宾也不能断定。

太卜涂吩咐屠官干："安排屠人藏在馆舍室内，桑到达之后，不要急于行动。天黑之后，迅速动手，把桑控制起来，押送太卜室。记住，不能伤害到桑。"

对于太卜涂的指令，屠官干言听计从，自然点头答应。太卜涂和卜官宾随即离开，屠官干将外面的屠人克招呼进来，按照太卜涂的吩咐，具体布置挟持行动。

自从发生小三足龟走失一事，函就不敢轻易离开小龟，偶尔片刻走开，就将小龟放在卜官宾那里，之后立刻取回。函平日常常盯着小龟，回想大王的承诺，知道只有小龟快快长大，自己才可以尽早返回九江，只是小龟大小依旧，没有变大的迹象。

之前，在少丘山上进行活龟占卜时，卜官宾让函同行，函不能离开小三足龟，自然一同前往。卜官宾当时告诉函，除去大王、王后、闻、卯等人，只有卜官可以参与占卜活动，函必须穿上卜官的服装，否则不能前往。占卜仪式结束后，函随卜官宾匆匆返回馆舍，与小三足龟短暂分开，函心神不定。后来，太卜涂亲自送回小龟，函的心情这才平定下来。

函并不关心占卜结果，继续陪伴小三足龟，每天早上按时祈祷，有时增加祈祷的次数，希望自身力量能够传递给小龟，盼望小龟快快长大。函天天念诵口诀：小龟快长大，大大大大大，小龟变大龟，函回九江家。

今天，卜官宾由圈养场返回馆舍，在院子里没有看到函，就来到函居住的小室。函正在室内祈祷，念念有词，小三足龟在函脚边趴着。卜官宾悄悄告诉函："有一个办法，可以让小龟快快长大，让函尽快返回九江。"

函睁大眼睛，半信半疑道："有这样的办法？"

卜官宾与函相处多日，清楚函的心理，依照太卜涂的说法，说服他："桑来馆舍的时候，胸前挂着一个小玉龟，函看到没有？"

函点点头，表明自己记得。函看到桑的小玉龟，特别喜欢，有意得到一个小玉龟，他说出这个心愿后，卯当时答应，送函一个小玉龟。

卜官宾环顾四周，仿佛担心别人听到，继续说道："小玉龟极有灵性，如果小三足龟能够见到小玉龟，小玉龟的灵性就能传给小三足龟，就像函把

第十九章 灵性

力量传给小龟一样。"

卜官宾极力打消函的疑虑，道："进行占卜活动时，首先钻凿龟甲，目的就是引出龟甲的灵性。龟甲并非活物，亦有灵性，难道小玉龟不具备灵性？"

虎尾族人一向特别相信灵物，函一心希望小三足龟尽快长大，他点点头，表示接受卜官宾这个说法。

卜官宾进一步解释道："小三足龟见到小玉龟，小玉龟的灵性就能传给小三足龟。小三足龟灵性大增，与函的沟通就会更加顺畅，就更能理解函的心愿，就会快速长大。函尽快返回九江的愿望，就能实现了。"

卜官宾的解释合情合理，以为函马上就能被自己说服。卜官宾没有料到，函并未马上信服，反而问道："灵性，究竟是什么？"

卜官宾长吁一口气，有些失望。面对函这种单纯的人，"灵性"不好阐释。卜官宾只好换位思考，寻找函能够接受的说法，借助"传递"这个简单的概念，向函解释"灵性"。

卜官宾告诉函："灵性，就是上帝赋予的能力，这种能力特别厉害，表面上难以看到。小龟有这种灵性，小玉龟也有这种灵性，一般人看不到，占卜之人才能看到。灵性这种能力，可以相互传递，比如儿子长得很像父亲，就说明父亲的灵性传递给儿子了。"

卜官宾关于父亲和儿子的说法，更加现实，这样表述"传递"的意思，函容易理解。函以为，卜官宾作为取龟卜官，见过各种各样的龟，自然懂得龟的灵性。至于小玉龟的灵性，卜官宾作为占卜之人，肯定能够看到。如此看来，小玉龟能够将灵性传递给小三足龟的说法，也许是有道理的。

看到函若有所思的样子，卜官宾趁热打铁，继续劝说："函去朱圛，请桑前来馆舍，小三足龟就可以见到小玉龟。小三足龟灵性增加，就能更加明白函的心愿，就会快快长大，函自然能够早日返回九江。即使小三足龟没有增加灵性，函继续祈祷，继续等待小龟长大，也没有什么不妥啊。"

函心中暗想：桑来到馆舍，小三足龟就能见到小玉龟。如果小三足龟灵性大增，理解自己的愿望，能够快快长大，自己就可以尽快返回九江。

函对桑的印象很好，相信桑不会拒绝自己的请求，况且对桑来说，没有什么损失。于是，函决定前去朱圛见桑。卜官宾看到函拿定主意，马上就要出门，便对函说："放心去吧，小三足龟由宾照顾。"

此时，桑在朱圃，心神不定。闻去羊角族拜见哥哥，当天没有传来消息，不知是否返回，更不知哥哥是否允许自己留在王邑。葛发现了桑的不安，安排桑和少朱整治竹片，转移桑的注意力。

竹片是制作简册的材料，首先要将粗大的长竹砍断，截成一段一段的竹筒，再用砍刀将竹筒一劈为二，分成左右两个部分。然后，继续分割半个竹筒，将其分成一条一条的竹片，每条竹片的长度、宽窄相同。接下来，经过烘烤、削薄、打磨等环节，制成可供书写的竹片。

桑和少朱整正在分割半个竹筒，为使其成为竹片，要用砍刀在竹筒顶端切割一个小口，再用砍刀沿着小口向下冲开，接近底端的时候，左右扭动砍刀，借力撑开竹子，使其分成左右两片。一片片竹片积累下来，经过书写的竹片连缀起来，就可以形成简册了。

桑左手扶着半个竹筒，右手攥着砍刀切割，两手配合不够协调，不能一次破竹，往往连续两次砍下，砍刀落在不同位置。桑手忙脚乱，抬头观察少朱，看到少朱已经整治完成几十片，而自己刚刚完成十几片。桑急于追赶，连续两次砍下，形成两个切口，两个切口中间有一根竹刺，竹刺穿入右手拇指，桑的手指出血了。

这时，少葛忙着在灶上做饭，葛正在帮忙添加木柴。少朱发现桑手指流血，急忙喊叫葛。葛抓起灶上的木柴灰烬，来到桑的身边，将木灰撒在桑的右手拇指上，又扯下一条麻布包扎，自责道："桑心神不定，应该让桑歇息了。"

少朱看出桑的恍惚，对葛说："早点安排桑见大王，才能让桑找回心神。"

葛假装训斥少朱："桑手指受伤，竹片都由少朱整治，还有时间说闲话？"

少朱调皮地对葛说："桑受伤，少葛可以帮忙呢！"

葛希望活跃气氛，减少桑的紧张感，与少朱戏言道："少葛在做饭，没有时间。少朱整治不完竹片，不准吃饭。"

桑插话说："不让少朱吃饭，桑也不吃。"

葛假装招呼少葛："少葛，不用准备这两人的饭了。"

第十九章 灵性

三人正在说着，朱圃的院门被推开，函走进来。葛曾经在馆舍见过函，知道他是养护小三足龟的虎尾族人，因为朱的虎尾族身份，天然对他有些亲近。函突然到来，葛感到意外。桑同样感到意外，不知函来朱圃找谁，难道是找自己？

函径直走向桑，没有说话，眼睛盯着桑胸前的小玉龟。葛不知函来朱圃的目的，就问："函找谁啊？"

函似乎没有听到葛的问话，问桑："这个小玉龟，真有灵性吗？"

桑不明白函说的灵性是什么，按照自己的理解回答："当然，小玉龟特别灵，桑一直佩戴在身上，它能够满足我的心愿。"

函继续问："小玉龟的灵性，可以传给小三足龟吗？"

桑还是不明白函的意思，依旧自说自话："小玉龟特别灵，小三足龟是不是灵，函应该知道啊！"

函认为小三足龟本领很大，借用卜官宾所说的"灵性"，夸张地回答："小三足龟特别有灵性，函祈祷小三足龟长大，小三足龟就能变大。"

两人说到这里，少朱插言道："可以比试一下，看小三足龟和小玉龟哪个更灵。"

听到他们东一言西一语，葛再次问函："函来这里有什么事吗？"

借助小玉龟灵性的目的，函不愿表明，听到少朱所言，找到理由，道："就是比试一下，看看是小玉龟更有灵性，还是小三足龟更有灵性。"

少葛产生兴趣，离开灶边，走过来问："怎么比试呢？"

函顺势说道："把小玉龟和小三足龟放在一起，就可以比试了。"

葛听出函的意思，就是让桑带小玉龟前去馆舍。葛担心桑的安全，严肃说道："函必须说明，究竟有何安排。否则，桑不能离开朱圃。"

函只得实话实说："听说小玉龟很有灵性，小三足龟见到小玉龟，小玉龟就可以将灵性传给小三足龟，小三足龟灵性增加，就会明白函的心愿，就能快快长大，函就可以尽快返回九江。"

函解释之后，葛更加警觉，问道："小玉龟的灵性可以传给小三足龟，这种说法，函怎么听说的，谁告诉函的？"

函想了想，这种说法来自卜官宾，卜官宾属于王邑中人，葛不会轻易相信他。说这话的人必须更具说服力，才能使葛相信这个说法。于是，函假托族长燎的名义，对葛说道："虎尾族的族长燎告诉函的。"

族长燎远在九江，没有见过小玉龟，根本无法与函沟通。葛笑笑，问函："九江如此遥远，族长燎怎么告诉函的呢？"

函没有料到，情急之下编造的理由，还得继续编织下去。他想起族长燎留给自己的骨笛，急忙说："函离开九江时，族长燎送给函一支骨笛。函吹起骨笛，族长燎就能听到。族长燎吹起骨笛，函就明白其中的意思。"

少朱感到不可思议，问："这么神奇？"

朱与葛的夫妻关系，函早已知道，朱前来馆舍的时候，曾经吹起骨笛。函对葛说："前些日子，卯带朱前去馆舍，朱吹起骨笛，族长燎马上回应。如果不信，就问朱，朱就是……"函原本想说"朱就是虎尾族人"，葛不愿暴露朱的虎尾族身份，急忙截住函的话语，说道："函这么说，可以相信。"

葛的态度转变，函放心下来，再次强调自己的目的："小三足龟增加灵性，快快长大，函就能尽快返回九江。"

函迫切希望返回九江的心情，触动葛的思绪。朱早年远离九江，一直惦念虎尾族，只是肩负传承经典的使命，不能回归故乡。葛面对眼前的虎尾族少年，心怀戚戚，对桑说道："让函拿去小玉龟，用完送回即可。"

桑不想让小玉龟离开自己，又因为整日待在朱圃，没有机会出行，希望趁机外出，对葛说道："桑一同前去，去去就回。"

葛有心帮助这个虎尾族少年，知道桑不愿与小玉龟分离，就对少朱说："少朱陪桑一起去吧！"

少朱从来没有见过小三足龟，听说允许自己同行，很是高兴，他放下手里的砍刀，收拾好正在整治的竹片，准备出门。少葛听说少朱随行，眼睛一直注视着葛，表达自己希望同行的愿望。葛便叮嘱少葛："一起去吧，不要离开桑！"

少葛和少朱一起回答："放心吧，不会离开！"

馆舍之内，卜官宾手里捧着小三足龟，蹲在函的小室门口，等待函的归来。卜官宾看到函推门进来，后面跟着桑和少葛、少朱，心中一块石头落地。函奔跑过来，从卜官宾手中接过小三足龟，放入小水池，两只四足小龟游过来，三只小龟追逐嬉戏，平静的小水池热闹起来。

第十九章 灵性

桑走进馆舍后，立刻看到卜官宾，想到被他引入太卜室一事，心生不快，心情低落下来。卜官宾看出桑的情绪变化，悄悄走到一边，退到馆舍院子入口处，站在自己居住的小室门外，远离馆舍尽头的小水池。

桑察觉卜官宾故意离开，走出自己的视野，决定忘却之前不愉快的事情，将注意力转向小三足龟。桑见过小三足龟，如今仔细观察起来——小三足龟的后足特别粗壮，相比前面两足大出许多；尾巴十分粗大，尾巴下面就是后足；龟背高耸，龟甲中间突起。

桑一边仔细察看，一边用手摆弄自己胸前的小玉龟，这个细微的动作被小三足龟捕捉到，立即停止与两只小龟的嬉戏追逐，龟首面对桑，眼睛盯着桑胸前的小玉龟，一动不动，凝视起来。

卜官宾站在远处，悄悄观察水池边的动向。桑已经来到馆舍，卜官宾感到大功即将告成。桑注意观察小三足龟，少朱、少葛也被小三足龟吸引，函的心思只在小玉龟上，没有人意识到馆舍存在的危险。卜官宾侧身转向小室，里面埋伏着几位屠人，卜官宾向他们点点头，表示桑已经进入馆舍，随时准备行动。

按照太卜涂的命令，函离开馆舍之后，屠官干安排屠人克等四位屠人进入馆舍，躲在卜官宾居住的小室，准备实施劫持行动。太卜涂事先推测，少朱、少葛可能随桑同来，劫持对象包括这两个孩子。此次行动，卜官宾同样属于劫持对象，只有这样，才能使劫持事件复杂化，并表明劫持行动与太卜室无关。

关于被劫之人如何处置，太卜涂已经给出具体指示——少朱、少葛带到王邑之外棒杀，重演宗庙置础的"人牲"祭祀，不让两小奴活命；桑单独押至太卜室，囚于大室之内的地穴，由太卜涂亲自控制起来；函和卜官宾以及小三足龟送往洲水，将两人困于大沙洲之上，使他们无路可走。如此复杂多样的处置方式，使人们不易察觉劫持者的身份和动机。

小水池里，小三足龟神情特别专注，让桑感到十分好玩。桑向前探出身子，小玉龟更加靠近小三足龟，小三足龟受到神奇力量吸引，一动不动地盯着小玉龟。桑后退一步，小三足龟立即向前游动，保持与小玉龟的距离。桑再次后退，小三足龟继续跟进。桑第三次后退，小三足龟索性爬上水池边沿，小龟首面向小玉龟，仿佛两只小龟在彼此关注。小玉龟具有如此魅力，出乎桑的意料。

桑索性坐在地上，取下小玉龟，拿在手里，引诱小三足龟。小三足龟跃跃欲试，准备跳跃起来，触碰桑手中的小玉龟。小三足龟跳起，就要触到小玉龟时，桑轻轻抬高手臂，小三足龟便失败了。小三足龟不肯放弃，一次次奋力跃起，少朱、少葛鼓掌叫好，小三足龟得到鼓励，跳跃的劲头更高。小三足龟每一次跃起，几乎都能触到小玉龟，只是因为桑的小把戏，最终全部失败了。

小三足龟持续跳跃，跳跃高度一次次增加，桑索性站起，便于调整手臂高度。少葛忍耐不住，急于戏耍小三足龟，于是兴高采烈地接过桑的小玉龟。小三足龟每次跳跃，少葛都跟着跳起，少朱使劲鼓掌，气氛愈发热闹。

卜官宾表示，小玉龟富有灵性，可以将灵性传给小三足龟，函起初半信半疑。如今眼见为实，函亲眼看到小玉龟有强大的吸引力。小三足龟持续跳跃，越跳越高，力量来自小玉龟的吸引力——所谓灵性，也许已经开始传递了！

馆舍尽头传来掌声，卜官宾远远听到，不知究竟发生什么事情，悄悄溜过去观察。看到小三足龟跃起，努力触碰小玉龟，卜官宾心中窃喜，小玉龟的灵性可以传递的说法，似乎得到证实。卜官宾放心下来，不去惊扰水池边的嬉戏，重新回到小室门口，再次侧身面向室内点头，表示一切顺利，只待天黑就可以行动。

少葛持续逗弄小三足龟，兴致渐渐不高了，少朱上前接过小玉龟，继续与小三足龟戏耍。少朱的方式有所不同，他适当调整手臂高度，偶尔让小三足龟触到小玉龟，满足小三足龟的意愿。小三足龟成功之后，更加卖力，跳跃的劲头丝毫没有减弱。少朱玩耍一番后，将小玉龟送到函的手中，函仿照少朱的样子，让小三足龟时而触到小玉龟，时而触碰不到。小三足龟的耐力充沛，每一次跳跃都足够有力。快乐的时光过得很快，太阳开始西沉，雀跃欢叫的人们感到疲惫，掌声和笑声渐渐不再高涨。

黄昏降临，少朱首先想到葛的嘱咐，催促桑说："时间不早了，师母挂念大家，咱们返回朱圃吧！"

桑很久未曾离开朱圃，并不着急回去，看到函正在逗弄小三足龟，就对少朱说："再玩一会儿。"

第十九章 灵性

函希望小玉龟传递更多灵性，不愿让桑现在离开馆舍。函察觉少葛无事可做，就将小玉龟递给少朱，然后把少葛拉到小水池边，将两只四足小龟上下叠起，让少葛开心。看到一只小龟背负另一只小龟，在小水池中使劲划水，艰难前行，少葛开心地大笑起来。

天色渐渐黯淡，劫持行动即将开始，卜官宾开始悄悄向馆舍里边移动。卜官宾前行一段距离，停在水池和小室之间。这个位置不远不近，天黑下来，便于向小室发出信号，指引屠人们开始行动。此时，室内屠人严阵以待，等待着卜官宾的手势，这个手势意味着夜色降临，劫持行动正式开始……卜官宾视线掠过天空，右手攥起拳头，随时准备用力挥出，发出行动信号。

就在天色将黑未黑的时候，小三足龟突然停止跳跃，眼睛不再注视小玉龟，龟首调转方向，身体变换方位，猛然高高跃起，越过小水池，向远处跳跃而去。少朱"哎呀"一声，不知小三足龟要什么花招。函位于小水池边，正在逗少葛开心，突然看到一物从空中跃过，一时没有反应过来。桑听到少朱的喊声，看到小三足龟跃过小水池，向馆舍大门方向而去，她担心小三足龟走失，急忙起身追赶。少朱醒悟过来，一边喊着"小龟跑了"，一边跟在桑的身后，追赶过去。少朱的喊声惊动了函，眼看小三足龟已经远去，函跳跃起来，拼命追赶。少葛反应最为迟缓，转眼之间，三人不见踪影，少葛这才起身追赶。

卜官宾听到少朱的喊声，看到有人冲出馆舍，攥起的拳头尚未挥出，馆舍便只剩少葛一人了。卜官宾跳下台阶，抓住少葛一条胳膊，少葛用力挣脱。抓住少葛没有任何意义，卜官宾便松开手，眼看少葛离开馆舍。转眼之间，桑不见踪影，函和小三足龟已经离开馆舍，馆舍院内空无一人。

馆舍院内脚步杂乱，室内屠人们心生诧异，没有等到卜官宾的信号，就呼呼啦啦冲出来，发现院内只有卜官宾一人。屠人克不知发生了什么意外，问卜官宾："人呢？"

卜官宾无可奈何，摊开双手道："小三足龟突然离开馆舍，桑追出去，人就不见了。"

屠人克有些无奈道："那怎么向太卜大人交代呢？"

卜官宾叹息道："奇怪，难道小三足龟发现异常了？"

屠人克轻轻舒一口气，独自走到小水池边，看似在观察里面的四足小龟，实则在平复自己的心情。劫持桑的行动没有成功,屠人克不但没有失望,反而有些庆幸。屠人克在宗庙被桑鞭伤,事后思量,敬佩桑救护两小奴的勇气和胆量,佩服桑的鞭术。后来,屠人克听说桑是羊角族女子,前来王邑寻人,大象被屠官干以羊交换,屠官干一直虐待大象,屠人克对桑更加同情。因此,屠人克在屠宰场附近遇到桑时,为桑指引寻找大象的路径。今天,屠官干安排几个屠人劫持桑,屠人克本不愿参与,又不能拒绝。如今看到桑和众人离开馆舍,他为桑感到庆幸。

夜色深沉,从馆舍到城南郭区的路上,小三足龟在前面蹦蹦跳跳,桑、少朱和函追赶小三足龟,少葛在后面追赶三人。小三足龟知道朱圃的位置,很快就接近那里了。朱和葛守候在朱圃,等待桑的归来。天色已晚,两人准备出去察看,听到远处传来嘈杂的脚步声。葛打开院门,小三足龟跳跃而来,首先闯入,几乎撞在葛的身上。葛连连退后,朱从后面抵住,葛才没有跌倒。随后,桑、少朱、函和少葛先后回来了……

人龟俱到,朱圃热闹起来。葛埋怨桑回来太晚,表示自己十分担心。桑告诉葛,小三足龟非常好玩,时间过得太快。少葛描述小三足龟跳起触碰小玉龟的情形,少朱认为,小三足龟将小玉龟视为活龟,才有这般举动。少葛向函询问,怎样区别龟的雌雄,雌龟和雄龟有什么不同。桑描述小三足龟冲出馆舍的情形,认为小三足龟跳跃能力惊人。函一直奇怪,不知小三足龟为何转移注意力,停止触碰小玉龟,并且毫不迟疑冲出馆舍,一路直奔朱圃而来。

朱听说小三足龟的奇异举动,结合桑的特殊处境,推测馆舍之内隐藏危险,说道:"今晚,小三足龟察觉到异常了。"

葛最为关心桑的平安,叮嘱她说:"桑再也不能离开朱圃了!"

桑并未感到存在危险,问葛:"桑不离开朱圃,怎么面见大王呢?"

朱打消桑的顾虑,道:"即使桑在朱圃,也能见到大王。"

桑没有想到,在朱圃就能见到大王,便问:"大王会来朱圃吗?"

葛希望桑留在朱圃,不要外出,说:"大王想来的时候,自会来的。"

夜色更加深沉,函准备返回馆舍,朱对函说:"如今再看小三足龟,似乎长大一点了。"

函天天观察小三足龟,没有发现长大的迹象,此时仔细端详,小三足龟似乎略大一点了。少葛、少朱上前观察，因对小三足龟的大小缺乏认知，一时不能察觉小三足龟的变化。葛说："也许函对小龟尽快长大的期待，小三足龟感受到了！"

这个夜晚，太卜室内外一派安静。夜色深沉，太卜涂推测发生了意外，劫持桑的行动可能失败。太卜涂事先占卜，结果表明桑一定前往馆舍，而且夜幕降临之前，桑不会离开馆舍。原本计划周密的行动，怎么前功尽弃了呢？难道小三足龟果真就是神龟，已经预知危险降临了？

太卜涂独自静坐室内，馆舍外面突然传来敲门声，仆人卫随后禀报，卜官宾前来求见。太卜涂告诉仆人卫，不准卜官宾进入馆舍。这个夜晚，太卜涂无心倾听卜官宾讲述失败经过，不愿让坏消息干扰自己。太卜涂需要冷静下来，梳理思路——再度策划更加周密的劫持行动，将桑掌控在手；还要消除大王的犹疑，让大王认可卯继王位；并且趁卯年少之时，取得相位，将王邑和臣民掌握在自己手中。

这一夜，太卜涂辗转反侧，难以入睡……

第二十章

大龟

馆舍里，函这一夜睡得特别香，直到天亮方才醒来。函醒来之后，没有立即起身，而是闭着眼睛躺在那里，细细回想昨晚发生的事情。在函看来，小三足龟突然快速跳跃，直接离开馆舍，有点奇怪，也有些好玩。函回想小三足龟跃起触碰小玉龟的场景，不由笑出声来。函突然想到：难道小三足龟真的得到小玉龟的灵性了？

函回忆小三足龟跳跃的样子，他突然意识到，小三足龟跳跃能力如此强大，一直连续跳跃，直奔朱圃，没有任何人追得上，就意味着它得到小玉龟的灵性了。函想到这里，睁开双眼，察看身边的小三足龟。这一看，函不敢相信自己的眼睛，小三足龟原来近乎手掌大小，此刻已经变大，大得超乎函的想象——函希望小三足龟变大的愿望实现了！

函连忙起身，如同往日一样，准备将三足龟放入室外水池。原本可以轻松拿起的小三足龟，如今变成形体壮硕的大三足龟，函费尽力气，双手搬起大三足龟，好不容易搬出室内，放入小水池。函发现，小水池的空间过于狭小，大三足龟放入水池后，几乎没有活动余地。函想了想，决定立即把小龟变大的消息告诉卜官宾，让他想办法加大水池的空间。

这一夜，卜官宾几乎整夜未眠。昨日晚间，小三足龟快速跳跃，离开馆舍，屠人行动失败，只得撤离馆舍。卜官宾当时认为事发突然，失败理由比较充分，可以当面向太卜涂解释。卜官宾前去太卜室之后，出乎他的意料，太卜涂拒绝接见，说明太卜涂对于行动失败很是失望。

今天早上，卜官宾想来想去，认为还是应该尽快面见太卜涂，重点不是解释失败缘由，而是承认自己的失误，向太卜涂当面请罪。卜官宾心有顾虑，当初太卜涂承诺，只要不让小三足龟长大，自己就可以担任玉人坊玉官，全权管理玉人坊。如今虽然小龟并未长大，但是太卜涂交代的任务没有完成，肯定影响承诺兑现。卜官宾走出小室，准备前往太卜室时，听到函在自己身后喊叫，声音中含着惊喜："卜官大人，快来看啊，小龟长大了，小龟长大了！"

卜官宾闻听此言，大吃一惊，急忙转身走到小水池边，看到大三足龟，一下惊呆了！卜官宾不敢相信自己的眼睛——小三足龟怎么突然变得这么大了？卜官宾蹲下身子，触摸大龟的龟壳，大三足龟受到触动，硕大的身体摇晃了一下，在水池里慢慢挪动，仿佛在向卜官宾证明自己的存在。卜官宾慌忙站起，退后两步，看着小水池里的大三足龟，以卜官宾的经验判断，大三足龟约一尺大小，已经达到大王占卜用龟的标准。

卜官宾看到大三足龟，原本前往太卜室请罪的打算，有些动摇——此时面见太卜涂，究竟是为劫桑失败请罪，还是禀报小三足龟变大的消息呢？即便只是请罪，也会遭到太卜涂的斥责；如果禀报小三足龟变大的消息，无疑火上浇油，等于自找责骂啊！

卜官宾转念又想，必须及时报告小三足龟长大的消息，如果没有第一时间禀报，这个远远大于劫桑失败的罪过。卜官宾马上决定，立即赶往太卜室，禀报小三足龟变大的实情。卜官宾离开馆舍时，悄悄吩咐函："关上大门，插上门闩，不让任何人进入。宾直接向大王禀报，根据大王的指示，再做安排。"

卜官宾前去面见太卜涂，借口却是向大王禀报。卜官宾知道，大王曾经当面向函承诺，只要小三足龟变大，函就可以返回九江。卜官宾此时面见大王，及时禀报小三足龟长大的情况，等于是为函着想，这样的说法容易得到函的信任。函认为，小三足龟突然变大的消息，必须尽快禀报大王。函点点头，目送卜官宾离开馆舍。

卜官宾离开之后，函关上馆舍大门，插上门闩，回到小水池边，盯着水里的大三足龟，脑中浮现更多的联想——大王承诺，小三足龟长大，自己就可以尽快返回九江。如今小三足龟变成大三足龟，大王委托的任务已经完成，自己很快就要离开王邑，与大三足龟相处的时间不多了。函静静地坐着，希望不被别人打扰。函面对大三足龟，想到很快就要分手，竟然有些伤感了……

　　卜官宾离开馆舍，行色匆匆，直奔太卜室而去。距离太卜室越来越近，卜官宾停下脚步，沉思片刻，担心这次求见再遭拒绝。吸取上次教训，卜官宾走进太卜室大门时，一边步入院内，一边对门口的仆人卫说："宾有重要事情，必须面见太卜大人！"

　　看到卜官宾匆匆而来，仆人卫想起昨晚太卜涂拒绝接见他，有意上前阻拦，不料卜官宾直接闯入，仆人卫一时很为难。卜官宾没有半刻停顿，仆人卫不便强力阻拦，急忙先行一步，进去禀报。

　　此刻，太卜涂站在大室门口，看到仆人卫和卜官宾先后进入，示意仆人卫退下。卜官宾面对太卜涂，脚步犹疑，手足无措，最后双腿一软，屈膝跪在地上，当面请罪。看到卜官宾如此行为，太卜涂认为还是因为劫桑未遂一事，说道："馆舍行动，事出意外，快起身吧！"

　　卜官宾依然双膝在地，说道："另有一事，请太卜大人恕罪。"

　　太卜涂惊道："莫非小三足龟又找不到了？"

　　卜官宾低头小声禀报："小三足龟突然变大了。"

　　太卜涂脚步踉跄，走下台阶道："变大？什么意思？"

　　卜官宾抬起头道："不知是何缘故，小三足龟突然长大了。"

　　太卜涂不能相信卜官宾所言，站定身形，问道："长大了？多么大？"

　　看到太卜涂十分惊愕，卜官宾再度低头道："已经达到大王用龟标准。"

　　太卜涂闻听此言，震惊道："大王用龟一尺以上，小龟如此大了？"

　　此刻，太卜涂显然十分焦躁。卜官宾屏住呼吸，继续低头跪着。太卜涂双脚迈上台阶，没有顾及卜官宾的存在，独自进入大室。卜官宾跪在室外，许久没有听到任何动静，他慢慢抬头观望，发现院内四周无人，于是悄悄站立起来，手足无措，不知事态究竟如何发展。

　　大室之内，太卜涂席地而坐，陷入沉思。太卜涂清楚，当初叮嘱卜官宾采取防范措施，控制小龟饮食，减少小龟活动，防止小三足龟日渐长大，如今小三足龟突然变大，说明人力不能限制龟的生长。既然小三足龟已经变大，自己理应禀报大王。大王得知小龟长大，极有可能宰杀大龟，为闻治疗腿疾。如果闻的腿疾痊愈，就有可能继承王位，自己的相位不能确保，之

第二十章 大龟

前的所有努力，就会前功尽弃。

太卜涂思虑良久，决定暂时不向大王禀报，不让这个惊天秘密散布出去，留出应对时间，准备相应对策，只是这个时间不能很长。太卜涂拿定主意，起身走向室外。卜官宾听到大室开门的声音，急忙立于门外一侧，恭敬迎候。太卜涂示意卜官宾走近，附耳低声吩咐道："返回馆舍，掩门闭户，封锁消息，不准任何人进入，也不准函外出。"

太卜涂认为，函独在馆舍，如果有人进入，小三足龟变大的消息就会泄露。卜官宾准备告辞时，突然想到，卯经常前来馆舍，看望小三足龟，如果卯来馆舍，是否不准进入呢？卜官宾又想，所谓"任何人"，自然包括卯，不必在太卜涂面前自讨没趣。卜官宾匆匆离开，边走边想，小龟变大的消息只能暂时封锁，还是走一步看一步吧！

卜官宾离开之后，太卜涂再度进入室内，思忖良久。现在封锁小三足龟变大的消息，暂时不向大王禀报，日后若大王通过其他途径得知，如何解释呢？如果表示自己根本不知，就必须与卜官宾统一口径，说明自己没有得到消息。卜官宾作为养护小龟的官员，看到小龟突然变大，不可能不向自己禀报，这个理由难以成立。

太卜涂左思右想，寻找延期禀告的理由。如果强调小三足龟突然变大，不知何故，难辨吉凶，因此需要观察几日再行禀告，这个理由基本成立。太卜涂由大王联想到王后，这件事情是否禀告王后呢？太卜涂曾经承诺王后，小三足龟不可能很快长大，眼下承诺失效，必定遭到王后的责怪。如今王后陷于腰围事件，不能自拔，突然告之小龟变大，就会加重王后的忧虑，甚至导致王后惊慌失措，出现过激行为。此事何时禀告王后，还要小心斟酌。

太卜涂最后决定，隐瞒小龟变大的消息，暂不禀报大王，也不告知王后。随后，太卜涂决定自行占卜，检验自己的决策是否妥当。太卜涂取出一个小龟盒，这个小龟盒由龟的背甲和腹甲组成，盒子里面放着小石子。太卜涂察看一番，然后摇动小龟盒。停止摇动小龟盒之后，太卜涂根据小石子的排列顺序，验证自己的决策是否可行……

卜官宾回到馆舍，看到函站在馆舍门口，急忙将函推入院内，回身掩上馆舍大门，插上门闩，问函："怎么出来了，没有外人进来吧？"

函退入馆舍，表达自己的忧虑："大龟一动不动，好像有气无力，是不是病了？这可怎么办呢？"

卜官宾随函来到小水池边，察看大三足龟，大龟尺寸超乎寻常，卜官宾再度端详，仍然感到震惊。卜官宾蹲在池边，示意函一起动手，用力将大龟翻过来，他触摸大龟的腹部后，告诉函说："大龟没有生病，只是突然变大，不便活动。"

函此时明白，因为水池过于狭窄，大三足龟行动不便，所以一动不动。想到卜官宾刚才离开馆舍时，表示前去禀报大王，于是函问道："大王听说小龟变大，有什么安排呢？"

卜官宾由太卜室返回，只能假装得到大王指示，说道："大王认为，小三足龟突然长大，难辨吉凶，暂时封闭消息，观察几日，再行决断。"

函以为小三足龟突然变大，自己很快就要告别大龟，返回九江，原本有些不舍。听到卜官宾转达的大王指示，反而安心下来，对卜官宾说："可以将小水池扩大一些，大龟就能活动了。"

卜官宾编造大王的指示，目的就是拖延时间，等待太卜涂后续的指令。如今听函这样说，立即取来挖土工具。两人把大三足龟抬出水池，将两只四足小龟放到一边，各执手中工具，开始挖掘水池。

一连三日，馆舍没有外人前来，函和卜官宾埋头干活，拓展小水池的宽度和深度。水池周围用石块垒砌，最后重新蓄水，植入水草，一个大水池就形成了。两人将大三足龟放入水池，空间不再局促，大龟慢慢游动起来。连续几日，函和卜官宾不离馆舍，小三足龟变大的消息被封存起来，没有几个人知道。

第四日一早，天色刚刚泛亮，馆舍外面传来敲门声。函估计是卯来到，一边说着"可能是卯"，一边上前开门，被卜官宾迎面拦截。卜官宾示意函不要出声，挥手让函退下。函想到大王的命令——"封闭消息，观察几日"，于是退回大水池边。随后，馆舍外面的人停止敲门，函不知道究竟何人前来。

馆舍外面的来人是卯，他站在外面敲门，没有听到前来开门的脚步声，以为函没有睡醒，就在外面等候。卯环顾四周，发现馆舍对面有一个土丘，他索性走过去，坐在土丘上面，等待里面的人开门。

卯闲坐一阵子，无聊地举起双手，伸伸懒腰，视线远望，突然发现远处走来一人，随着那人渐行渐近，卯看出是太卜涂。卯心想，太卜涂来到馆舍，自然有人出来开门。卯悄悄退到土丘后面，伏下身子，观察太卜涂渐渐走近

第二十章 大龟

的情形。

连续三日，太卜涂闭门谢客，没有与任何人见面，也没有离开太卜室。太卜涂借助小龟盒进行占卜，结果显示近日不向大王禀报，无有大碍。于是，太卜涂苦思冥想，筹划下一步对策，没有找到特别妥当的办法，一时愁眉不展。

今天一早，太卜涂决定亲赴馆舍，察看大三足龟的真实情形，见机行事。太卜涂独自来到馆舍门前，环顾四周，没有发现他人的踪迹，于是轻轻叩门，一声，二声，三声。卜官宾站在馆舍门内，听到外面的敲门声，由门缝向外观望，看到太卜涂后，急忙打开大门，请太卜涂进入馆舍。然后，卜官宾探身院外，向四周观察，显出特别警觉的样子。

卯在土丘后面，看到馆舍大门打开，本想起身过去，与太卜涂一起进入，但看到卜官宾小心翼翼的样子，似乎馆舍之内隐藏着秘密，他一时犹豫，蹲着身子继续观察，没有来得及站起，卜官宾已经迅速关闭馆舍大门了。

馆舍大门重新掩上，馆舍周围静悄悄的。卯起身越过土丘，走到馆舍门前，通过狭小的门缝向里窥探，近处空无一人，远处看不清楚。卯没有发现函的身影，感到有些蹊跷，出于对函的关心，卯想要弄个究竟。卯退后几步，察看馆舍大门两侧，寻找可以借助的地势，以便观察内部情况。卯走到馆舍院落一侧，发现土墙外面有一棵大树，卯手脚并用攀上大树，站在粗壮的枝杈之上，慢慢直立身子，抬起头来，借着树叶的遮挡，向里张望。

馆舍院内，卜官宾站在小室门口，向太卜涂禀告情况，因为声音过低，卯不能听清谈话内容。函蹲在水池一侧，背对着卯，这个位置恰恰挡住了卯的视线，卯不能看清水池全貌，只能看到水池边缘，好在函安然无恙，卯放心下来。

卯察看馆舍后，没有发现异样，准备跳下大树，不再继续观察。卯双手攀住树干，一条腿移下树杈，视线下意识再次看向函，因为观察角度的变化，这个位置避开了函身体的遮挡，可以看到整个水池。卯突然察觉，小水池似乎变得特别宽大，不知这是怎么一回事。

卯停止下树，重新抬起双脚，寻找树杈作为支撑点，再度观察。函已经离开水池，水池全貌暴露无遗，卯看到小水池已经变成大水池。卯惊奇地发现，大水池中竟然有一只大龟！卯注意观察大龟的后足，一下惊呆了——这是一只体形巨大的三足龟！

一瞬之间，卯思维停滞，终于明白馆舍大门紧闭的原因——函无权擅自开门，太卜涂前来馆舍，卜官宾小心谨慎，都是因为大三足龟。卯不清楚，究竟是意外得到大三足龟，还是小三足龟突然变大了。卯联想函的行为，他天天祈祷，祈祷小三足龟尽快变大，难道祈祷灵验，小三足龟变成大三足龟了？

卯假定是小三足龟变大，然后顺藤摸瓜，进行分析——小三足龟突然变大，馆舍大门紧闭，担心消息泄露。太卜涂得知消息，悄悄进入馆舍，察看大三足龟。为了防止消息走漏，函的行动受到限制，不能离开馆舍。如此看来，小三足龟变大的消息未曾外传，除去太卜涂、卜官宾和函，也许只有自己知道这个真相。

卯一边思考，一边从树上下来，因为心神不定，他跌落到树下，屁股坐在地上，被石块硌得生疼。卯用力撑起身子，双手揉揉屁股，匆匆离开馆舍一侧，跑到馆舍对面的土丘后面，双膝跪地，脑袋埋入两腿之间，等待屁股的疼痛慢慢消解。

卯跪在地上，没有停止思考。卯从函的口中得知，父王希望小三足龟快快长大，承诺小龟长大之后，函可以尽快返回九江。父王为何急于让小龟长大，卯并不清楚，自己曾当面询问父王，父王没有正面回答。卯暗自猜测，如果小三足龟变大，达到父王占卜用龟的标准，就可以通过大龟进行占卜，借助神异之龟的灵性，最终决定王位继承人。但是，猜测只是猜测，父王希望小龟长大的根本目的，卯还是不能确定。

此时，卯正在考虑是否将小龟变大禀报父王。卯想，小三足龟变大后，函失去行动自由，卜官宾小心谨慎，太卜涂悄悄前来馆舍，说明太卜涂、卜官宾担心外人察觉，自己不应操之过急。太卜涂是占卜机构的最高长官，卜官宾负责养龟护龟，即使这个消息需要禀报父王，也应该由太卜涂亲自禀报，自己匆匆告知父王，也许不是恰当的选择。

卯思虑再三，打算离开馆舍返回寝宫，然后再做决定。在返回寝宫的路上，卯脑中反复出现大三足龟的形象，他此刻不能将这事憋在心里，需要找人诉说一番。卯想来想去，决定把小龟变大的消息告诉师父，以朱的阅历和胆识，肯定能够给出最好的建议。

洲水岸边，王后追问腰围之事，导致大王心生不快，对待王后的态度明显冷淡。大王诸事烦心，王位继承人没有确定，眼疾之患时有干扰，对王后愈发失去兴趣，晚间回到丽室，独自倒头便睡。面对王后的一次次示好，大王显得心不在焉，没有任何反应。

这一日，大王回到丽室，发现王后不在室内，大王感觉清静，独自躺下休息，然而思前想后，迟迟没有睡意，忧虑却不请自来——眼疾随时可能更加严重，太医酉也难以控制病情，此一忧也；洲水出现蚌鱼，民间有"蚌鱼出现，天必大旱"的说法，亦一忧也；王位继承人未曾确定，此事原本尚能暂缓，因为眼疾发作，变得更加紧迫，再一忧也。

大王认为，具备当下辅佐能力，进而可以继承王位之人，以年龄和成熟度而论，闻更合适。闻的腿疾确是隐患，九江寻来的小三足龟，个头过小，不能杀而食之，治疗手段无法实施。大王想来想去，困意袭来，不知不觉睡着了。

睡梦之中，大王来到洲水岸边，察看洲水蚌鱼。一条背负龟甲的蚌鱼游来，鱼头和尾巴潜在水中，龟甲露出水面，看似只有龟甲移动，显得特别怪异。蚌鱼游向大王，发出咩咩的叫声。大王纳闷：洲水之中，蚌鱼很多，怎么只有这一条呢？

蚌鱼越游越近，在河水波浪的推动下，从深水游到浅水，从浅水爬到岸上。大王快步上前察看，蚌鱼竟然开口说话了："大王，小龟变大了。"

大王大吃一惊，低头看去，这哪是什么蚌鱼，分明就是一只大龟，大约一尺。大王观察大龟尾部，发现尾巴下面的龟足粗壮，大王惊叫："大三足龟！"

大龟扭动尾巴，用力伸展后面的第三足，向大王展示奇异的后足，说道："大王派人九江寻龟，大龟随函来到王邑。"

大王蹲下，察看大龟粗壮的后足，说道："九江寻来的本是小三足龟啊！"

大龟伸展龟首，向大王解释："三足龟本是灵龟，想大就大，想小就小！大王不信，大龟可以变回小龟啊！"

大王急忙摆手，阻止大龟变回小龟，道："不可以！不可以变小。"

大三足龟并未听从大王的命令，原地旋转一圈，变成小三足龟，就是馆舍里的小三足龟那种样子。随即，小三足龟旋转一圈，突然不见了。大王亲眼看到大龟变小龟，小龟消失不见，受到打击，猛然惊醒。大王起身，发现身边熟睡的王后，明白刚刚看到的事发生在梦中。大王尚未完全清醒，扯着王后的胳膊，自言自语道："小龟不见了。"

王后沉睡之中，被大王扯动胳膊，不由扭动身子，转换姿势，半睡半醒，对大王说："赶快睡觉吧！"

大王重新躺下，编织梦中错乱的线索，还原大三足龟的形象——蚌鱼上岸之后，变成大三足龟，大三足龟又变成小三足龟，最后小三足龟突然消失……大王决定天亮之后前往馆舍，察看小三足龟是否安然无恙。

大王早上醒来，天色已经大亮。大王立即离开丽室，并吩咐仆臣奚不必跟随。王后觉得有些诧异，有意询问大王去向，因为大王近来态度冷淡，不便主动过问，眼看大王走出寝宫了。

馆舍靠近宫城南门，步行前往，很快可以到达。大王独自离开寝宫，走向馆舍，路上看到太卜涂的身影，由对方行进的路线判断，太卜涂显然也是前往馆舍。大王不由感到诧异：太卜涂前往馆舍，也是察看小三足龟？大王有所警觉，在道路拐弯的位置停下脚步，防止太卜涂发现自己。

大王继续前行，悄悄接近馆舍。大王在馆舍门口停下脚步，发现馆舍大门紧闭。大王没有敲门，退后几步，左右端详一番，走向馆舍大门一侧，刚刚走到拐角的位置，突然发现馆舍旁边的大树之上，站着一个人。大王急忙退后，掩藏起来，探头察看，发现大树上面竟然是卯。

大王看到，卯站在高高的树杈上，抬起脑袋，越过土墙向里张望，察看馆舍里面的情形。大王判断，馆舍内部一定有异常出现，因此招致太卜涂前来，并且吸引了卯的关注。这个突然出现的异常，极有可能与小三足龟有关——难道小三足龟真的变大了？

这时，大王突然听到扑通一声，卯从树上跌落下来。大王有意上前搀扶，又意识到自己不能暴露，于是急忙收回身子，继续隐藏在拐角。随后，大王看到卯撅着屁股跑来，急忙退后，躲到馆舍另外一侧。大王看到，卯跑向馆舍对面的土丘，藏身在土丘后面，停留一段时间后，卯起身越过土丘，快速离开馆舍了。

卯的身影在远处消失，大王走到大树下面，手脚并用，攀上大树，站在粗壮的树杈上面，向馆舍里面张望。院内，太卜涂与卜官宾正在交谈，卜官宾频频点头，表示接受太卜涂的指示。大王左右巡视，发现小水池变成大水池了。函蹲在水池一侧，一只大龟正在入水，大龟的尾巴还在水池边上，大王看到如此情景，直视大龟粗壮的尾巴，一下惊呆了——小三足龟已经变成大三足龟，难道梦中那个大三足龟，就是此龟？

大王不由"啊"一声，声音虽小，但卜官宾似乎听到了，他抬头向馆舍四周张望。大王急忙缩身低头，把自己隐藏起来。大王听到卜官宾问函是否听到什么声音，函表示自己并没有听到。

馆舍里面安静下来，大王试着抬起头来，再向馆舍里面张望，这次没有看到太卜涂和卜官宾，他们大概回到室内去了。大龟完全进入水池，龟甲露出水面，仿佛梦中见到的蚌鱼龟甲。大王不由感叹：小三足龟确实变成大三足龟了！

大王从树上下来，小心地控制身体，稳稳落地，没有发出任何声响。大王看向四周，周围空无一人，大王镇定下来，整理因爬树弄乱的衣裳，赶紧离开馆舍。

大王匆匆返回寝宫，路上心情渐渐平复，步子放缓，一边行走，一边回想看到的景象，不禁自问：小三足龟变大，卜官宾必定报告太卜涂，太卜涂究竟是刚刚得到消息，前来察看，还是早已知道呢？如果太卜涂早就知道，应该及时向自己禀报，为何没有禀报呢？小龟变大龟，除去太卜涂、卜官宾、函三人，以及刚刚窥到真相的卯，还有何人知道呢？

大王又想：自己的眼疾有"来年丧明"之说，无法预测准确时间，如果自己很快失明，继位之事迫在眉睫。小三足龟变成大三足龟，可以用于治疗闻的腿疾。如果闻的腿疾痊愈，就可以继承王位。大王想到这里，忧郁的心情晴朗许多，脚下步履加快，返回寝宫去了。

第二十一章

情歌

　　朱圃草棚下，朱坐在长案一侧，面前放着一块长方形木板，朱手持一柄铜质平木工具，正在刮削木板，使木板更加平整。这种工具称为"鐁"，前尖后宽，两侧有刃，后端插入短木，便于持握。朱双手持鐁，左手在前，右手在后，刮削木板的凸起之处。朱的右手稍有伤残，操作起来不甚方便。少朱在旁边站立，有意上前帮助师父，因为并未掌握刮削技术，不敢贸然上前。

　　这时，闻肩扛一捆细竹走进朱圃，看到师父正在忙碌，就将竹子放到一边，抢步上前，接过师父手里的铜鐁，准备刮削木板。朱示意闻不必着急，问道："闻见到族长姜了？"

　　闻指着刚刚放下的细竹，对师父说："闻在林官虞那里，正巧族长姜来到，还见到了族长姜手下的首领禽，以及禽的妻子喜。这些细竹，就是禽送去的。"

　　朱端详细竹，知道这是制作笔杆的材料，当下对此并不关注，继续追问："族长姜的意见呢？"

　　闻知道师父关心桑的去留，急忙回答："族长姜希望桑见到大王，满足桑的心愿，之后接桑返回羊角族。"

　　朱沉思片刻道："面见大王不难，只是见面之后，是否再生事端，就难说了。"

　　关于桑见大王的事，闻没有考虑周全，道："如果桑去宫城面见大王，人多嘴杂，难免传到王后那里。两人相见，并不容易啊！"

　　朱将整治好的一块木板递给闻，转换话题说："这块木板软硬适度，闻可以练习刻字，先刻大字，再刻小字。"

闻急忙站起，有些惭愧道："不久之前，师父赠予木刻之作，让闻比照练习，尚未刻完呢。"

朱收回递给闻的木板，说道："刻完那些再说，没有掌握用刀的基本功，难以刻字。"

闻的脸上现出疑惑神色，原以为自己能够熟练写字，就能直接刻字。朱明白闻的心思，说道："写字、刻字，完全不同，一个关乎笔法，一个关乎刀功。"

闻这才明白，只有抓紧练习基本刀法，师父才能指导自己刻字。闻临走的时候问师父："桑见大王的事，怎么办呢？"

朱已经想好对策，告诉闻说："请大王前来朱圃，桑在这里面见大王。"

闻略加思考，恍然大悟道："师父重写了全套《阴阳经》，大王听说后，很感兴趣，闻可以邀请大王来此观看。"

朱赞同这一计划，考虑更加周全，道："也好，由卯当场背诵，大王可以对照简册，检验卯的学习成效。这样一来，邀请大王的理由就更充分了。"

太医酉出自酿酒世家，擅长酿酒。太医室坐北朝南的大室后面，专设储酒的地窖，用岁月酿造美酒。酒为"诸药之长"，太医酉以酒为药祛除病疾，以酒泡药增加疗效，以酒助药强化药用，充分发挥了酒的作用，酒被广泛应用于各种疾病治疗。

这一日，太医酉正在地窖察看储存的酒，突然听见外面传来一阵脚步声，急忙从地窖走出来。太医酉由大室后面绕到前面，发现石像旁边站立一人，太医酉走近，看清来者是闻，急忙迎接上去。

闻从郊野归来时，林官虞专门让他带回马奶酒，请擅长酿酒的太医酉品尝。禽的妻子喜亲自配制马奶酒，储存在皮囊之中，闻前来送酒。闻一时没有看到太医酉的身影，便站在那尊男性石像近前，察看石像上面的红线，探寻红线的奥秘。闻自行猜测，红线可能是人体气血的走向，自己之所以患上腿疾，出现行走障碍，或许就是因为气血流动不畅。

闻有些不明白，以太医酉高超的医术，怎么不能治好自己的腿疾呢？闻转念又想，患上腿疾并非坏事，如果没有腿疾，就没有推托继承王位的理由了！闻左思右想，听到脚步声传来，抬眼看去，发现太医酉已经走到近前。闻解释说："闻刚刚来到，不见太医，就在这里等候了。"

太医酉说："听到脚步声，知道有人来了。"

太医酉双脚沾着泥土，身上散发酒气，闻知道太医酉经常亲自酿酒，也许刚才正在酒窖忙碌。闻举起手里的皮囊，对太医酉说："这是马奶酒，林官虞让闻带给太医。"

太医酉听说是马奶酒，有些兴奋，双手在衣服上擦拭几下，接过闻手中的皮囊，打开封口的塞子，鼻子靠近皮囊，准备辨别马奶酒的气味时，突然停下，问道："马奶酒的味道，喝起来怎么样？"

闻在郊野喝过，回答太医酉："酸酸的，甜甜的，特别浓郁。"

太医酉用鼻子深深吸气，嗅到了马奶酒的味道，一边回味着，一边重新封上塞子，将皮囊挂到石像肩上，然后对闻说道："闻以为，马奶酒的味道，与酉酿制的酒比较，哪个更好？"

闻说："风味不一样。"

太医酉狡黠地笑笑道："现在取些酒来，请闻品尝一下。"

太医酉转身离开，又回过头，开玩笑地对闻说："地窖里面隐藏着秘密，闻不要过来啊！"

闻知道，太医酉出自酿酒世家，酿酒多年，一定藏有酒中珍品。

不一会儿，太医酉返回，提着一个小陶罐，拿着两个小陶碗，招呼闻在石像前面坐下后，将小陶罐的酒倒入一个小陶碗，递给闻说："尝尝！"

太医酉说完，取下挂在石像肩上的皮囊，拔掉塞子，将马奶酒倒入另一个小陶碗，自己一口饮下，说道："羊角族人经常骑马远行，为防饥渴，将鲜奶装入皮囊，随行携带。因整日颠簸，皮囊里的马奶不断受到撞击，变热发酵，就是马奶酒了。"

闻品味小陶碗里的酒，这酒不是最为平常的浊酒，不是过滤之后的清酒，也不是掺入香草的香草酒，更不是太医酉治病的药酒，闻摇摇头，再喝一口，继续品味。

太医酉连饮两碗马奶酒，自言自语道："羊角族的马奶酒，用撞击发酵法酿成。鲜马奶装入大木桶，用木棒反复搅动，经过剧烈撞击，马奶温度升高，渣滓下沉，乳液浮出，酸甜可口的马奶酒就酿成了。"

第二十一章 情歌

闻没有料到，太医酉如此清楚马奶酒的酿制方法，便问："这么说，太医饮过马奶酒？"

太医酉并不回答闻的提问，反问："闻说一说，酒的味道怎样？"

闻依旧没有辨出自己饮的是什么酒，自然说不清楚，只能回答："不是普通谷物酿造的浊酒，不是茜草过滤的清酒，不是掺入香草的香草酒，也不是太医治病的药酒……"

太医酉哈哈大笑，又饮下一碗马奶酒，很是得意，接过闻的话题说："不是天然发酵的果酒，不是平常酿制的谷酒，难道是闻带来的马奶酒？"

闻摇摇头，说道："闻猜不出，请太医明示！"

太医酉故意保持神秘，站起身来，慢慢踱步，继续评说马奶酒："马奶酒口感滑润，味道酸甜，奶味明显，酒性温和，具有舒筋活血、驱寒健胃之功效。羊角族人野外生活，风餐露宿，不惧寒湿，马奶酒功劳不小！"

太医酉走近闻，递上皮囊，有意让闻品尝一下马奶酒，然后对照自己酿造的酒进行品评。闻接过皮囊，掂了掂分量，马奶酒所剩不多，闻知道太医酉的酒量，这些马奶酒对他来说不算什么。

闻有意与太医酉开个玩笑，拿过太医酉手里的小陶碗，斟上一半马奶酒，又趁太医酉没有注意，把自己小陶碗中的酒倒入一半。于是，太医酉小陶碗里的酒，混合着马奶酒以及太医酉自酿的酒。闻将皮囊挂回石像上，将小陶碗递回太医酉手中，说道："太医大人品尝一下，这是什么酒？"

闻刚刚混合两种酒时，太医酉其实看在眼里，知道闻与自己戏耍，并不在意，接过闻递来的小陶碗，喝一口，咂摸一下，又喝一口，再咂摸一下，说道："这是五谷马奶酒。"

太医酉这样说，闻全然明白了，太医酉取来的酒，就是五谷酒。太医酉平日酿造的谷物酒，加入粟、麦、黍等谷物，以谷物数量区别酒的品种，分为一谷酒、二谷酒、三谷酒。每增加一种谷物，谷物投放的数量、顺序、时间等，需要重新尝试，谷物投入越多，酿造周期越长，酒的味道更加浓郁甘美。由此得知，太医酉自行酿制五谷酒，五谷酒储存多时，如今可以饮用了。

这时，太医酉站在闻的对面，身子略微晃动，脚下稍稍发软，闻察觉到，急忙上前搀扶。太医酉起初拒绝，后来感到双腿不听使唤，便顺势坐下了。

闻起初不甚明白，以太医酉的酒量，此时不应出现醉意。闻后来推测，原因在于两种酒液混合，酒劲儿更大——太医酉先在酒窖饮下五谷酒，然后再饮马奶酒，最后饮下混合的"五谷马奶酒"，导致太医酉生出醉意了。

闻想到这里，准备将太医酉送入大室休息。在闻的搀扶下，太医酉站起行走几步，示意闻将自己搀到石像旁边，闻便照办了。太医酉倚靠石像坐下，顺手取下挂在石像上的皮囊，拔掉封口的塞子，大口饮下剩余的马奶酒。闻本想阻拦，太医酉很快一饮而尽了。随后，更加强烈的醉意袭来，太医酉闭上眼睛，说道："闻走吧，酉歇息一会儿。"

太医酉很快打起鼾声，进入睡梦。闻从室内取来厚厚的麻布，盖在太医酉身上，防止寒意侵入。闻陪伴一段时间后，看到太医酉酒醉沉睡，一时不能醒来，只得起身离开太医室，返回寝宫去了。

太卜涂从馆舍返回太卜室，陷入沉思。太卜涂内心依然纠结，现今隐瞒小三足龟变大的实情，不向大王禀报，如果大王日后获得消息，自己就会十分被动。太卜涂思索再三，决定前去拜访太医酉，因为太医酉与大王接触频繁，从他那里打探大王的近况和动向，便于斟酌自己的对策。

太卜涂走近太医室，远远看到石像近前，一人时而站在石像前面，时而移到石像后面，前后左右观察石像。太卜涂认为，太医酉随时都能接触石像，不会这样仔细观察，因而此人应是外来之人。太卜涂走近才发现，此人竟然就是太医酉本人。太卜涂紧走几步，准备上前问候时，看见太医酉脱下衣裳，赤身裸体，然后用衣物擦拭石像。太卜涂顿感疑惑，以为窥到别人的隐私，急忙躲到一棵大树后面，继续观察。太医酉擦拭石像完毕，将衣物抛到一边，身体贴近石像，肚皮贴近石像腹部，行为十分怪异。

太卜涂从大树后面移开，换到另一棵大树后面，更加靠近石像，便于继续观察。太卜涂看到，太医酉伸开手指，丈量自己的身体，然后又伸手丈量石像上面的红线，似乎正在对比自己和石像相应位置的长度。太卜涂知道，红线表示人体气血的行走路径，太医酉如此行为，说明他正在研究气血路径，不过赤身裸体的行为，毕竟异常。

太卜涂继续向前移动，更加靠近石像，站在大树后面，发现石像附近的地上有一个皮囊，太卜涂知道这是盛酒的皮囊，猜测太医酉大概喝醉了。太

第二十一章 情歌

卜涂又想，太医酉本是酿酒行家，酒量颇大，不会轻易喝醉，除非饮下酒性特殊的酒，因为不识酒性，所以醉酒，那么皮囊里的酒，大概就是别人送来的。

此时，太医酉自言自语道："自己酿制的酒，才是最好的酒。谁说没有喝过马奶酒，当然没有喝过……"

太卜涂分析，太医酉可能饮下了马奶酒，因此醉酒。王邑之内没有马奶酒，马奶酒肯定来自王邑之外。但以太医酉的酒量，喝掉皮囊中的所有马奶酒，也不应该导致醉酒。

这时，太医酉拾起地上的衣物，没有穿在自己身上，而是套在那尊石像身上，显然确实喝醉了。然后，太医酉席地而坐，拿过皮囊，仰起脖子，准备喝下里面的酒。其实皮囊之中几乎已经无酒，只有几滴酒液掉落，太医酉伸出舌头接住，显然不够过瘾。他扔掉皮囊，大声喊着："拿酒来，马奶酒，五谷酒，一起喝！"

五谷酒！难道太医酉已经酿出五谷酒？以太卜涂的经验推测，五谷酒的酒性更加强烈，如果饮下五谷酒，再饮马奶酒，两种酒液混合，太医酉就有醉酒的可能。

太医酉勉强起身，搂着石像，说道："闻带来的马奶酒，很香很香。羊角族人不会酿酒，只会用大木棒搅制马奶酒。"

羊角族？马奶酒来自羊角族！闻带来马奶酒？太卜涂听到这里，发现太医酉醉酒这件事隐藏着秘密，于是竖起耳朵，捕捉太医酉说的每个字。接下来，太医酉似乎有些清醒了，不再自说自话，他脱下石像上面的衣物，穿在自己身上，然后拍打衣服上的尘土，拾起刚刚扔掉的皮囊，挂在石像肩上，脚下步子踉跄，准备离开。

眼看太医酉就要离开，太卜涂准备出来相见，他移出一步后，自觉过于唐突，再次退回树后。这时，太医酉指着石像说道："一起去酒窖，喝五谷酒，还有闻带来的马奶酒。"

太医酉眼神飘忽，似乎看到了树后的太卜涂。太卜涂担心对方发现自己，急忙收缩身形，隐藏在大树后面。随后，太医酉离开石像，绕过大室，很快消失不见了。

太卜涂回想太医酉刚才的话，明白过来——闻近日前往羊角族领地，带回马奶酒,送给太医酉,说明闻与羊角族私下有所交往。太卜涂联想到桑的羊角族身份,推断闻是因桑而去,向羊角族传递桑的相关信息。果真如此,闻就有勾结外族、图谋不轨的嫌疑,这样一来,自己控制桑、抑制闻的行为,就有了更多理由。太卜涂从大树后面出来,走近那尊石像,取下挂着的皮囊,嗅嗅里面的味道,感觉今日不虚此行。随后,太卜涂一手拎着皮囊,直接离开太医室了。

晚间,王后在仆女眉的精心服侍下,沐浴濯足,精心装扮,等待大王归来。自从在洲水岸边与大王发生冲突后,王后明显感到大王的冷落,她多次主动示好,都没有引起大王的兴致,两人的关系处于冷淡状态。王后决定更加主动一些,夫妻两人亲热起来,这种局面就会好转。

丽室后面,有一处王后专用的浴室。仆女眉将热水注入浴盆,浸泡鲜花,为王后洗身洁面,濯洗双足。沐浴完毕,仆女眉为王后擦干身体,涂抹油脂,轻轻按摩。随后,王后披上宽松的白色短袍,离开浴室,回到丽室,束起松松的长发,点亮丽室的几只小烛,点燃气味馥郁的香草。于是,室内烛光闪烁,光影摇曳,香草轻烟流转,气味幽香。王后收拾停当,斜身躺下,等待大王归来。

天色渐渐昏暗,室外传来大王的脚步声。大王进入丽室,看到室内烛光摇曳,闻到香草特有的气息,注意到斜躺的王后。王后略带微笑看着大王,长发遮住一半面庞,显得特别妩媚。王后将裸露的长腿伸向大王,足尖紧绷,仿佛要把大王勾到身边。

大王并未在意王后的举动,如同往常一样,来到另外一侧,脱去衣服,准备睡觉。王后回转身子,大腿继续伸向大王,故意占据大王睡觉的位置。大王推了推王后的腿,身体侧卧,背对王后,显然没有与王后亲昵的意愿,无意缓和双方的关系。

王后面对大王的后背,有些心灰意冷,但她不愿放弃精心安排的机会,于是琢磨新的手段。大王身体侧卧,小烛光线照射过来,有碍休息,大王准备起身过去熄灭小烛。大王刚刚撑起身子,身体下面伸过来一只手,揽住大王的腰,不让他起身。大王稍稍用力,揽腰的手也增加了力量,于是大王重新躺下,依旧侧卧,身体下面压着王后的手臂。随后,王后抽出自己的手臂,

第二十一章 情歌

主动起身，前去熄灭那只小烛，顺便熄灭了另外几只，只留下大王背后的一只小烛，室内光线明显昏暗下来。

昏暗之中，王后脱下白色短袍，来到大王身边，扭动蛇一般柔软的腰肢，俯身下去。大王不由激灵一下，全身倏地一阵发冷，汗毛耸立起来，侧卧的身子转成仰卧。大王体内泛起一股力量，感觉自己的欲望逐渐强烈起来，大王将王后搂在身上……

小烛的火苗轻轻摇曳，大王眼里的王后渐渐清晰，又渐渐模糊。王后的气息吹拂着大王，散发出清馨的香草味道，味道渐渐浓郁起来。大王脑海中闪出一个女子的身影，女子头上顶着两只羊角，干草编织的上衣特别短小，露出光滑的腰肢，以及微微凹陷的肚脐——大王想起了羊角族的桑，突然翻身，贴近王后湿润的口唇，大王似乎嗅到了药草的香气……

小烛即将熄灭，王后起身更换小烛，保持室内持续的微光。王后返回，继续与大王相拥缠绵，享受久违的爱意。大王搂着王后，转成侧卧的姿势。王后紧贴大王的胸膛，与大王紧紧相拥。大王一条胳膊伸到王后颈下，另一条胳膊揽着王后的腰肢。王后的头抵在大王颌下，小鸟依人的样子，享受两人亲密无间的感觉。王后沉醉于拥抱之中，突然觉得自己非常糊涂，何必担心大王喜欢别的女人，只要将女人的魅力展现出来，大王就会喜欢自己啊！想到这里，王后与大王依偎得更紧了……

夜里，小烛的光亮渐渐消失，黑暗降临。大王松开揽在王后腰间的胳膊，抽出王后颈下的手臂，身体平躺，很快发出鼾声。王后依偎在大王身边，睁着双眼，没有睡意。王后散漫的意识开始游动，回想刚刚发生的一切，王后能够感受到大王真实的爱意，只是这种爱意因为近期发生的腰围事件，暂时中断了。

黑夜之中，王后的意识飘忽，有点小小的失落。王后回想今晚的经过——自己主动亲热，极力挑拨大王，大王起初无动于衷。后来大王与自己拥抱在一起，那些相拥相抱的动作，大多都是自己主动，大王顺势搂抱，没有之前那般主动……王后想到这里，突然坐起，心里升起一阵不快，甚至产生一丝厌烦，身体向外移动，不愿靠近大王，兴奋的情绪顿时冷却，睡意迟迟没有出现。

王后不知自己何时入睡的，睡梦之中，王后来到另外一个地方，那里好像是馆舍，院子尽头有一个小水池，王后站在水池边，寻找小三足龟的身影。一只小龟浮出水面，龟首在前，一步一步爬到池边。小龟的小尾巴完全露出，小尾巴两边各有一足，这只小龟并非三足，而是一只四足小龟。

王后突然惊醒，坐立起来，黑暗之中，依稀看到身边沉睡的大王，知道自己刚才是在梦中。王后回忆刚刚消失的梦境，总也想不清楚，梦中的小龟究竟是三足，还是四足。王后再度躺下，无法摆脱三足还是四足的困惑，难以入睡。

王后索性起身，独自走到丽室外面，仰望天上闪烁的星星。她不能完全回忆起梦中的细节，关于小三足龟的疑惑更加深重。王后打定主意，天亮之后，立即前往太卜室，请太卜涂为自己释梦解惑，如果昭示这是凶梦，必须采取措施，攘除梦扰，回归安宁。

清晨，大王还在沉睡，王后早早醒来，吩咐仆女眉为自己梳妆打扮。王后收拾停当，立即离开寝宫，前去太卜室。王后走在前面，仆女眉后面随行，主仆二人刚刚离开寝宫，王后突然发现远处有一个少年，看似是卯，于是吩咐仆女眉上前察看。不一会儿，仆女眉引卯返回，面见王后。王后很是奇怪，问道："卯一早去哪里？"

卯要离开寝宫前去朱圃，告知师父小三足龟变大的秘密，他本想一早悄悄前往，不被别人发现。卯没有料到母后此时出宫，面对母后，支支吾吾道："随便走走……"

王后没有追问，让卯随自己同行，说："随便走走的话，那就同行吧！"

母后阻止自己行动，卯内心不爽，但不便拒绝，只好闷闷不乐地跟随在后。王后察觉卯的不快，故意放慢脚步，等卯上前，说道："卯经常前去馆舍，看望小三足龟，有这事吗？"

此时，母后突然提及小三足龟，卯内心惊讶，难道母后知道小三足龟变大的事？母后让自己随行，难道就是前往馆舍察看小三足龟？卯不知母后真实意图，小心说道："小三足龟十分罕见，卯自然觉得新奇。"

王后纠结于梦境所见，一直疑惑小龟究竟是三足还是四足，问卯："最近去过馆舍吗？小三足龟有什么变化吗？"

卯心中紧张，以为母后知道小三足龟变大了，支吾着说："昨日去过，只是馆舍大门紧闭，卯无法进入，没有见到小龟。"

第二十一章 情歌

卯这样回答，接近事实，因为他确实没有进入馆舍，不算欺骗母后。卯知道小三足龟变大了，但他不想告诉母后，不愿让母后通过自己得到真相。卯有所顾虑，担心父王让小龟长大的目的与母后的愿望相悖，导致他们两人的冲突继续升级。

王后认为，所梦与所见，必然具有内在联系，看到卯支支吾吾，联想小三足龟的变化，更加疑惑。梦境需要高人解析，王后决定先行解梦，便拍拍卯的肩膀，说道："以后少去馆舍，不要贪玩，还有大事需要卯担当呢！"

卯希望尽快离开母后，前往朱圃，于是趁机回答："卯一早出行，就是前去朱圃请教师父学问呢！"

卯拜朱为师学习经典，可以提高卯的学识，王后不会反对，而且十分支持。根据太卜涂所言，桑就在朱圃，王后有意和卯同行，与羊角族女子正面接触。王后对卯说："先随母后前去太卜室，再去朱圃。"

此时，卯只能跟随母后前往，三人渐渐走近太卜室。在太卜室外面，他们遇到出门的仆人卫，仆人卫禀告王后："太卜大人一早就外出了，没有说明前去哪里，不曾交代何时归来。"

听到仆人卫这样说，王后不便等候，只得转身离开。卯以为可以自由行动了，准备辞别母后，前往朱圃。王后前行几步，突然停下，对卯说道："一起前去朱圃，看望卯的师父。"

母后这样决定，卯心中十分为难。如今，桑来王邑寻找父王，师父叮嘱自己，尽量避免母后与桑接触。卯理解朱的意图，这是为了减少麻烦。卯向师父承诺，自己一定留心宫城发生的事情，及时告知师父最新情况。如今母后突然决定前往朱圃，自己不能拒绝母后的要求，又没有办法提前通知师父，只能见机行事。于是，卯前面引路，王后走在中间，仆女眉后面随行，三人前往朱圃。

之前，桑无心整治竹片，刺破手指，心中惭愧，今天特地早早起来，继续整治。朱圃院内，桑烘烤竹片，借助火力，杀死藏在竹子内部的虫卵，同时去掉竹片中的水分。经过打磨，烘烤后的竹片可以用来书写。烘烤竹片时，必须特别细心，需要及时翻转竹片，防止竹片被过度烘烤，那样就会前功尽弃。

今天，桑特别细心，也有耐心，效率明显提高，已经烘烤完成许多竹片。烘烤后的竹片堆在一起，桑暂且停止劳作，坐到瓜果架下歇息。桑安静下来，心思转移，盘算大王何时前来朱圃，她希望大王最好今天就来，自己已经无心待在王邑，实在太想念羊角族的族人了。

这时，朱圃外面传来脚步声，声音渐近，桑并未察觉，直到虚掩的大门被推开，卯走进院子，桑才发现有人进来。桑刚刚起身，就看到卯用眼神向自己示意，卯的右手放在身前，轻轻摆动，似乎要让自己回避一下。桑一时弄不明白，转眼之间，卯的身后出现一位女子，桑推断此人就是卯的母亲，大王的妻子，王邑的王后。女子身后跟随一位少女，少女衣着淡雅简朴，看似是服侍王后的仆人。桑一时不知如何是好。

朱和葛相继走出大室，看到王后随卯一同前来，同样感到出乎意料。朱不任书契卜官后，少有机会见到王后，如今王后亲临，朱急忙上前迎接。葛注意观察王后的形象，王后头顶半圆形白色玉冠，玉质清透；胸前有一件碧绿的玉佩，呈凤凰站立树枝状，白色丝袍将玉佩衬托得更加明丽。

葛看到王后，第一个念头就是将桑支走，显然已经无法做到，只能上前迎接。葛站在王后面前，挡住王后的视线，试图阻止王后关注桑。王后经过桑的身边，径直前行，葛在跟随王后的同时，迅速抓住桑胸前的小玉龟，将其塞到桑的上衣里面。

王后进入朱圃，即刻察觉瓜果架下有一个女子，女子的异族气质表明就是羊角族的桑。王后经过桑时，葛紧随身后，王后转身看桑，仿佛并不经意地瞥了一眼。王后走到草棚下面坐下后，众人落座，卯在王后身边，朱和葛对面落座。王后说道："卯来请教师父，便随行了。"

桑站在草棚之外，王后背对着桑，葛悄悄挥手，示意桑抓紧离开，回避一下。桑初见王后的慌乱消退，渐渐镇定下来，也想知道王后此行的目的，于是没有接受葛的暗示，继续远远站立，关注王后的言行。

四人对坐，卯提出一个问题，看似是当面请教师父，实则是设定交谈的方向，避免母后说出涉及桑的话题。卯说："根据师父的布置，卯近日专心背诵《阴阳经》，反复诵读，豁然开朗，只是不知如何加深认识？"

卯的话题关乎学习经典，朱明白卯的意图，同样希望弱化王后对桑的关注，便回答说："背诵，需要用心记忆；抄写，可以强化理解。"

卯想请教师父抄写时的执笔方法，于是继续提问："卯随小父学习三指执笔法，看到师父用左手书写时，也是三指执笔。但偶见师父用右手二指执笔，不知执笔方法究竟如何？"

葛自然最为清楚，朱原本用右手三指执笔，右手食指受伤后，尝试用右手拇指、中指执笔，勉强可以书写，但毕竟不太方便。于是朱改用左手三指执笔，右手二指执笔的方式也没有放弃。后来，二指执笔法逐渐娴熟。如今书写时，朱以左手三指执笔法为主，以右手二指执笔法为辅，左手右手交替使用。

朱决定亲自示范，转移王后视线，避免王后与桑产生纠葛，于是对葛说道："取笔、取水来吧！"

葛离开草棚，前去取笔，卯急忙起身，准备前去取水。王后按住卯的肩膀，示意卯不要起身，希望桑协助取水，以便继续对桑进行观察。朱察觉王后的动作，招手向桑示意，让她送水过来，表示自己没有让桑回避的意思。

桑一直关注草棚这边的情况，看到朱的示意，马上起身，手提一罐清水过来，根据朱的吩咐，将水倒入一个小陶碗，然后把水罐放在朱的脚边，便于继续使用。桑并不正眼观察王后，直接退回原来的位置。王后的视线随桑移动，注意观察桑的胸前部位，寻找小玉龟，但没有什么发现。

葛递上毛笔，朱接笔在手后，蘸取小陶碗中的清水，以水为色，以面前长案为书写载体，开始示范书写时的用笔之法。王后的视线回到长案，看似在专注观察朱的书写方式，实则依然在关注桑的动向。

朱左手三指执笔，大拇指、食指、中指掌握笔杆，笔迹很快布满半个长案，便于卯看清用笔之法，以及书写的结构、布局。之后，朱将毛笔换到右手，右手二指执笔，大拇指和中指拿捏笔杆，失去一截的食指向前平伸，起到平衡笔杆的作用，以水为色，继续在另外半个长案上书写，运笔的速度较左手缓慢。

朱先后以左右两手书写，字迹写满长案，对卯说道："法无定法，适合自己的方法，就是最好的。根据书写用具的变化，后人也许以四指、五指执笔，总会不断变化。"

卯面向师父，使劲点头，表示自己已经明白执笔方法，同时还向师父暗示，此行并非只是为了讨教，还有要事相告。卯的点头动作过于夸张，朱看出异样，决定见机行事，寻找机会与卯单独沟通。这时，朱听见王后说道："有一首《夏地之歌》，师父可否书之？"

王后所谓"书之"，意味着正式书写下来，并非执笔之法的示范。葛去取书写专用的墨汁，朱向桑招手，让她拿些竹片过来。桑将烘烤后的竹片送上，一一摆放整齐。这些竹片未经打磨，不够光滑，但并不妨碍使用。

王后的视线追随着桑，桑放下竹片离开长案时，没有回避王后的目光，四目相交，桑的眼神十分坦然。桑转身时，王后看到桑背后的鱼骨辫。这条由粗变细的辫子，形似鱼的身子和尾巴，辫子靠近右耳一侧，用一支黄色玉笄加以固定，玉笄尾端雕刻着一只小鸟。王后低头察看自己胸前的碧绿凤鸟，心想：羊角族女子与自己相比，不过小鸟比凤凰，凤凰属于百鸟之王，没有什么不能征服！

这时，葛准备好书写墨汁，朱手拿毛笔，蘸取墨汁，然后将目光转向王后，准备正式书写。王后站起，走到朱的身边，一边欣赏朱的书写，一边吟诵《夏地之歌》："隰桑有阿，其叶有难。既见君子，其乐如何。隰桑有阿，其叶有沃。既见君子，云何不乐。隰桑有阿，其叶有幽。既见君子，德音孔胶。心乎爱矣，遐不谓矣？中心藏之，何日忘之！"

这是一首夏地的民歌，描述桑树婀娜婆娑的样子，诉说女子对情人的思念。葛听到王后吟诵的内容，明白王后此行目的与桑有关。葛意识到，桑在朱圃的消息，必定是太卜涂告知王后的。王后此番登门，既想见识桑的面目，也有向桑示威的意思。

卯最初以为，母后随同自己前来朱圃，只是临时起意，如今听到母后的吟诵，知道母后早已察觉桑在朱圃，今日看似顺便前来，实则是想达成见桑的目的。卯当下很为难，小三足龟变大的消息，还没有机会告诉师父，如果以请教师父为理由，不随母后返回寝宫，单独留在朱圃，估计母后不会同意，这可怎么办呢？

桑返回自己站立的位置，虽不懂王后吟诵的内容，但她听到其中反复出现的"桑"字，联想王后的身份，推测王后此行目的，就是面见自己。看来，自己寻找大王这件事，王后不但知道，而且即将对此采取行动。桑叮嘱自己：必须尽快见到大王！

第二十一章 情歌

朱一边书写,一边思考:桑应该尽快返回羊角族了!

朱书写完毕,王后接过竹片,细细端详,称赞道:"不愧是曾经的书契卜官啊!"

王后放下竹片后告辞,朱和葛赶紧送行。王后走在前面,卯缓慢随行,还想寻找与师父沟通的机会,告知小三足龟变大的消息。葛笑脸相送,希望王后尽快离开。王后即将走出朱圃时,仿佛突然察觉桑的存在,询问身边的葛:"这个小女子是谁啊?"

面对王后的突然提问,葛急忙回答:"当初救过朱的恩人,前来朱圃,小住几日。"

王后收回视线,转身对朱说道:"既是有恩之人,可以多多待些日子。看上去,是异族之人吧?"

卯知道母后明知故问,轻轻推推母后,说道:"天不早了,母后返回吧!"

王后做出嗔怪的样子,对葛说道:"这个孩子,着急什么呢?"

朱回答王后的提问:"她是羊角族人。"

王后似乎恍然大悟道:"噢,羊角族,当初与王邑有过战事!不过,大王如今远近交好,经常召见异族之人呢!既然来到王邑,可以让大王召见一下啊!"

卯还想劝说母后,被朱用眼神止住。朱对王后说:"小小女子,谈何召见。当初救助朱的人,是女子的兄长。待一二日,女子就离开王邑了。"

王后转过脸,对不远处的桑说:"见过一面,就算相识。即使离开王邑,也有见面机会。以后相见,不要装作没有见过啊!"

桑并无惧色,平静回答:"桑记住了。"

第二十二章
纷争

太卜涂早上醒来，思来想去，决定立刻面见大王，禀报小三足龟变大一事。

昨日晚间，屠官干由西南郊野而来，向太卜涂汇报探听到的消息。屠官干与丘臣封私下沟通，得知闻与族长姜有过会面，接受了族长姜的大羊角，并送出随身携带的玉圭。太卜涂听说这些消息，觉得自己的判断得到证实，认为闻与羊角族交往密切，事实确凿。闻不仅接受了大羊角，竟然还送出王后赠予的玉圭，说明闻与羊角族相互勾结，这件事背后肯定隐藏阴谋。太卜涂掌握这些证据后，认定时机成熟，此时向大王汇报小三足龟变大的事，同时可以揭露闻的阴谋，避免大王急于为闻治疗腿疾。

太卜涂准备出门时，仆臣奚突然来到，请太卜涂随同自己面见大王。太卜涂猜测，大王已经察觉小三足龟变大，他懊悔自己行动迟缓，担心大王怪罪。好在已经及时掌握了闻的秘密，必要的时候可以用作借口，表明自己一方面关注闻的行踪，一方面观察小三足龟变大的吉凶，准备选择恰当时机禀报大王。

两人来到宫城大堂区，大王由小堂走出，示意仆臣奚止步，引领太卜涂一路向北，经过寝宫区，走向西北角的宗庙区。经过寝宫区的时候，太卜涂忽然看到远处闪过王后的身影，转眼不见了。

宫城宗庙的重建，由太卜涂亲自督导，经过奠基、置础、安门、落成等步骤，已经完成施工。建成之后，祭祀大王祖先的隆重仪式，尚未在此举行。祭祀祖先能够避免灾祸，保佑世人，太卜涂以为大王带自己前来宗庙，是准备安排重大的祭祀活动。

大王步入宗庙院内，立于主殿之前，说道："洲水出现蚌鱼，是否需要通过祭祀告知先人呢？"

这个问题，太卜涂一时没有想好怎么回答。大王又问："《江河经》中，有关于蚌鱼的记载吗？"

太卜涂知道《江河经》这部经典，三足龟治疗腿疾的说法，就是出于此经。眼下，太卜涂并不清楚，大王究竟是借《江河经》提及腿疾治疗，还是借出现蚌鱼暗示小三足龟已经变大。太卜涂未及细想，说道："蚌鱼出现，有大旱之说，王邑有洲水之利，大王不必过于担心。"

大王点点头，太卜涂决定禀报小三足龟变大之事，继续说道："另有一事，因为吉凶难定，没有急于禀报。经过蓍草占测，断定事出吉祥，今日禀报大王。"

大王料定太卜涂禀报之事，就是小三足龟变大之事，于是轻描淡写说道："说来听听。"

太卜涂放低声音说："小三足龟突然变大，已经达到大王占卜用龟的标准。"

大王顺水推舟，流露惊喜之色，道："竟有此事，前去看看！"

两人离开宗庙前往馆舍，一前一后走在路上，各思心事。大王意识到，应该透露寻找三足龟的真实意图，为杀龟治病进行铺垫。太卜涂暗想，自己禀报小龟变大后，大王流露惊喜之色，仿佛并不知道，值得怀疑。

大王主动披露说："《江河经》提及，'江中三足龟，食后无大疾，尤治腿疾'。当初九江寻龟，有意为闻治疗腿疾。"

太卜涂的回应十分淡定，说："根据大王指令寻龟，究竟如何使用，由大王决定。"

大王解释："虽然《江河经》提及三足龟治疗腿疾，是否有效，实在难辨，且不知能否寻到三足龟，所以当初没有说明寻龟意图。"

太卜涂认为时机已到，此时透露对闻的怀疑，便于警醒大王，于是说："大王好意，闻应该知道。但是，闻是否真心拒绝继承王位，值得怀疑。"

大王有些惊讶道："因何怀疑？"

太卜涂拿出怀中酒囊，递给大王，根据从太医室听到的片言碎语，结合自己的推测，在大王面前一番陈词，仿佛亲眼看见太医酉先饮五谷酒，后饮马奶酒的饮酒过程。

大王接过酒囊，察看一番，既不知太医酉酿成五谷酒，又不知马奶酒来自何处，产生疑惑："五谷酒？马奶酒？"

太卜涂揭示秘密："五谷酒，是太医酉刚刚酿制出来的一种酒；马奶酒，是闻从羊角族带来的酒。太医酉先后饮下两种酒，因此酩酊大醉。"

大王问："闻去羊角族了？"

太卜涂微微一笑后，立刻掩饰笑意，平静地说道："闻与羊角族素有来往，近日面见族长姜，带回马奶酒，将酒送给太医酉。这些情况，由太医酉亲口说出。"

大王知道，自己当面询问太医酉，这些情况自然就清楚了。太卜涂接着说道："大王以为，闻因何前往羊角族？"

太卜涂不等大王回答，继续说道："羊角族人近日常来王邑，领头之人，就是族长姜手下的首领禽，他们表面是来以物换物，恐怕另有企图。"

大王认为太卜涂言过其实，道："羊角族人前来王邑，目的是以物换物，众人皆知；太医酉酒后所言，不能确信。"

太卜涂继续吐露更多秘密："闻和族长姜以及首领禽，均有接触。大王如需求证，可以询问林官虞手下的丘臣封。林官虞驻扎郊野，与羊角族人多有交往，闻通过林官虞，近日面见了族长姜。"

关于闻收下羊角、送出玉圭的情况，太卜涂并未全盘托出，隐瞒这些秘密，可以作为更加重要的证据，关键时刻拿出，能够改变局势。此时，两人由北向南，再度经过寝宫区，太卜涂再次发现王后的身影。这一次，大王也看到了。

大王没有停下脚步，他在思考太卜涂透露的情况——太卜涂禀报小三足龟变大，又告知闻与族长姜见面，同时揭示两个秘密，究竟意图何在？小三足龟变大这件事，太卜涂并未及时禀报，值得怀疑。太卜涂派人调查闻的行踪，必定另有企图。也许，自己寻找三足龟的真实目的，太卜涂早就已经知道，此时选择闻见族长姜之后的时机，吐露两个秘密，说明他有意阻止杀龟、食龟，不想让自己为闻治疗腿疾。

大王听说闻与族长姜见面，自然产生疑问，心绪混乱，需要冷静思考。大王当即改变主意，对太卜涂说："改日再去馆舍，小龟变大的事情，勿要告诉外人。"

第二十二章 纷争

太卜涂认定，自己今日所言，导致大王对闻产生怀疑，目的已经达到，便回答说："馆舍已经封闭，不准卜官宾和函外出，避免走漏消息。"

大王与太卜涂分手后，独自返回小堂。大王一边行走，一边巡视周围，目光转向远处时，看到王后由北向南走过，行色匆匆。在如此短暂的时间里，两次看到王后的身影，大王分析王后行走的路线，猜测王后希望面见太卜涂，与他有事相商。

大王进入小堂，梳理纷乱的思绪。大王明白，王后与太卜涂联手，希望让卯继王位。王位最终归于卯，这是王后的心愿，大王并不反对。大王只是担心，如果自己眼疾突发，卯就要立即继承王位，但卯年少不能主持王邑政事，需要有人辅佐。如果征求王后的意见，辅佐之人必定是太卜涂。

按照大王现在的想法，眼疾突发之后，如果闻腿疾康复，就是继承王位的合适人选。卯成年之后，再从闻那里继承王位。这样的选择，既有利于王邑当下的安定，也可以保证王位顺畅更替。

关于杀龟、食龟之事，大王也有顾虑。当初指示太卜涂寻找三足龟，没有说明是为闻治疗腿疾。事到如今，太卜涂已经知道三足龟的真实用途，必将此事告诉王后。王后得知真相，必然反对杀龟、食龟，阻止为闻治疗腿疾。太卜涂表面不会反对，暗中肯定设法阻止。大王思前想后，突然意识到——杀龟一事，至今没有征询闻的意见，还是首先明确闻的态度吧！

太卜涂和大王分开后，在返回太卜室的路上，边走边想：大王为何突然决定不去馆舍呢？难道大王见过大三足龟了？难道大王对自己所言产生怀疑？

太卜涂刚才经过寝宫区，再度看到王后的身影，估计王后有事和自己相商。太卜涂担心，王后的身影反复出现，会增加大王对自己的怀疑，便装作若无其事的样子，迅速返回太卜室。太卜涂进入院内之前，左右察看，并无他人，便悄悄立于太卜室门口，发现王后到来，急忙引入院内。

太卜涂走在前面，王后紧紧跟随，气愤说道："这个小女子，眼里毫无惧色，如若见到大王，肯定极力纠缠，必须控制起来！"

王后突然说到"小女子"，太卜涂略加思考，断定所言是桑——难道王后见过桑了？

王后责怪太卜涂说："说过尽快控制桑，怎么还没有做到呢？"

太卜涂解释道:"之前已经将桑弄到这里,并用药酒灌醉,闻突然闯入,就来不及控制了。"

王后对闻产生怨恨,说:"凡事有闻参与,必生障碍。"

两人进入大室,坐下叙谈。太卜涂犹豫,不知闻去羊角族一事,是否应该告诉王后。对于王后来说,桑的出现已经让她产生很大困扰,如果得知小三足龟变成大龟,即将用于治疗闻的腿疾,只能更加烦心。太卜涂认为,闻与羊角族交往之事,还是暂时不说为好。

王后对桑心存顾虑,道:"这个小女子,很有可能私闯宫城,面见大王。"

太卜涂连连点头,小声说道:"不过,比桑见大王更严重的事,已经发生了。"

王后刚刚坐下,听到此话,心生疑问,眼睛直视太卜涂。太卜涂靠近王后道:"小三足龟变大了。"

王后大吃一惊,道:"变大……突然变大了?如此说来,闻的腿疾可以治愈了?"

太卜涂急忙缓解王后的紧张,道:"据大王说,三足龟可治腿疾的说法,只是出自《江河经》的记载,是否有效,谁也不知道。"

王后依然着急,说:"万一呢?万一能够治好腿疾呢?"

太卜涂只得坦言道:"那么,究竟由谁继承王位,就不一定了。"

王后问道:"太卜大人刚才面见大王,就是为了禀告小龟变大之事?"

太卜涂回答:"正是。"

王后急切询问:"大王是否决定杀龟?"

太卜涂发现,小三足龟变大一事,使王后十分惊慌。太卜涂回答:"大王尚未决定,恐怕就是早一日晚一日的事情。"

王后咬牙切齿道:"必须阻止杀龟!"

太卜涂不急不慢道:"涂已经阻止大王了。"

王后感到惊奇,问:"如何阻止的?"

太卜涂认为不能错过时机,此时揭示闻见羊角族人一事,可以表明自己站在王后的立场,及时发现了闻的阴谋,阻止了大王杀龟,利于卯继王位。

太卜涂悄悄告诉王后:"涂向大王如实禀报,闻私赴郊野,面见了羊角族的族长姜。"

第二十二章 纷争

王后没有料到，闻竟然前去面见族长姜，她问："族长姜？就是桑的哥哥……闻为何面见族长姜？"

太卜涂告知王后自己的怀疑："近来，羊角族人经常前来王邑，领头之人，就是族长姜手下的首领禽，表面是来以物换物，其实没有那么简单。闻前去郊野，面见族长姜和首领禽，就是另有企图的表现。"

因为王位继承一事，王后对闻产生反感，心中充满对闻的怀疑，说："闻见族长姜，肯定是为了共商阴谋。闻不但有意继承王位，还要借助羊角族的力量，尽快夺取王位。"

按照王后的说法，闻与羊角族接触，目的就是尽快取得王位，太卜涂并不认同这个说法。太卜涂判断，闻与族长姜见面，主要目的就是帮助桑。但是，借助羊角族人夺取王位的说法，出自王后之口，将这个说法告知大王，可能会引起大王的重视，进而阻止大王为闻杀龟。为了能够达到这样的效果，太卜涂决定，接受王后有关"闻夺王位"的说法，甚至决定选择适当的时机，进一步借题发挥。

朱圃瓜果架下，桑用刀子刮削竹片，使竹片更薄；葛用砺石打磨毛刺，使竹片更为光滑。经过这些工序，竹片更加光洁美观，便于书写。竹片加工还有一个环节，就是在竹片侧面用刀子刻上小口，便于最后连接全部竹片时，使串联竹片的麻绳不易滑脱，使简册保持完好的形态。

朱圃草棚之下，闻与师父商议何时邀请大王前来，怎样让桑与大王见面。朱提醒闻："桑未见大王，不肯离开。两人相见后，究竟会发生什么变故，也未可知。"

闻感叹说："先走一步，因变而变吧！"

邀请大王的理由，就是请大王在朱圃检验卯的学习成效。朱告诉闻："卯已经能够完整背诵《阴阳经》，闻见到大王，可以发出邀请了。"

闻请教师父说："如果大王不来朱圃，要在宫城检验卯的学习成果，那怎么办？"

朱显然有所准备，道："要判定卯背诵的经典是否正确，需借助《阴阳经》核对。全套《阴阳经》书写完成，需要日日晾晒，承接日月光华，此时不便移动。"

闻还有些担心，问："若大王推迟前来，应该如何应答？"

朱没有回答，而是告诉闻说："王后来过朱圃了！"

闻很是惊讶，道："王后来过？见到桑了？"

朱点点头道："王后见桑之后，必定有所行动。桑见大王之事，宜早不宜迟。"

闻感到形势突变，麻烦增加，道："既然如此，如果大王不来朱圃，就必须将桑强行送走。"

朱对闻说："之前，卯随王后来到朱圃，似乎有事相告，又不便说。闻见到卯时，询问一下。"

闻察觉形势紧迫，准备告辞。这时，朱圃大门被推开，卯轻轻步入。卯匆匆经过瓜果架，与葛和桑打个招呼，急忙走近师父和小父，低声说道："师父，小三足龟变成了大三足龟，卯亲眼看到了。"

听到这个消息，朱和闻对视了一下。卯之前来到朱圃，就想告知朱这个消息，只是碍于母后在场，欲言又止。朱十分警觉，问卯："还有何人知道？"

卯说："馆舍闭门，不准外人进入，没有几人知道。"

闻问："卯怎么知道的？"

卯回答小父："卯去馆舍时，馆舍闭门不能进入，卯爬到树上观察，亲眼看到了大三足龟。"

闻提醒师父："卯能看到，别人也会发现。"

看到朱、闻和卯三人低语，葛估计与桑有关，急忙说些关于整治竹片的话，不让桑的注意力转移过去。此时，少朱、少葛返回朱圃，葛吩咐两人参与整治，少朱与桑刮削竹片，葛和少葛打磨毛刺，两人一组，分工进行。葛让大家集中精力整治竹片，便于草棚下的三人继续交流。

朱感到问题复杂，提醒闻说："大王知道小龟变大后，肯定要见闻！"

卯不知父王寻龟的根本目的，心生疑问：小龟变大与小父有关？

小龟变大，事发突然，闻没有回避卯，直接对师父说："小龟变成大龟，大王就会建议杀龟、食龟，尽快治疗闻的腿疾。太卜涂当初受命寻龟，大王没有告知真实目的，此时知道真相，太卜涂就会心生不快。王后得知真相，以为闻早有预谋，加之见桑产生焦虑，闻担心发生意外啊！"

卯这才明白，父王当初派人赴九江寻龟，后来盼望小三足龟尽快长大，目的就是给小父治疗腿疾。父王认定自己尚在年幼，有意让小父继承王位，必须首先治疗小父的腿疾。父王与母后的主要冲突，在于王位继承人的选择。

母后得知桑来王邑，怀疑父王与桑的关系，双方冲突升级。

朱分析事态变化，提醒闻说："小龟变大，大王就会尽快杀龟，为闻治疗腿疾。大王决定杀龟，必然激化大王与王后、太卜涂的矛盾，也会加剧闻与王后、太卜涂的冲突。闻必须明确态度，表明是否同意杀龟。"

闻告诉师父："《江河经》记载，三足龟治疗腿疾。依闻推测，属于撰者猜想，没有依据。"

朱告诫闻："即便只是猜想，大王决意一试，闻又奈何？"

闻态度坚定，道："即便三足龟能够治疗腿疾，闻依然反对杀龟，拒绝继承王位。闻必定全力阻止杀龟，避免矛盾升级。"

卯看出来，小父阻止杀龟的态度十分明确，的确无意继承王位，母后的担忧没有必要。因此，自己应该寻找机会，将小父的态度转告母后。

闻思前想后，看到瓜果架下的桑，表明顾虑："师父，小龟变大，是否影响到桑？"

朱不无顾虑地说："小三足龟变大，与桑没有直接关系。但是，如果王后头脑发热，将闻继王位与桑寻大王联系起来，就会感到巨大威胁，极有可能主动出击，引发冲突升级。"

闻担心山雨欲来，对师父说："应该让桑尽快离开朱圃，返回羊角族。如果桑同意，闻愿意把桑送回羊角族。"

朱嘱咐闻："既要防止冲突，又要准备应对冲突。只有尽早发现新的动向，才有可能避免冲突。"

朱对卯说："闻反对杀龟，卯知道小父的态度，可以将其转告王后。卯返回宫城，要注意观察大王和王后，及时了解太卜涂的动向。"

卯点点头，知道师父的意图，也明白父王和母后的想法，说："父王认为小父年长，处事稳重，希望让小父继位；母后出于对儿子的器重，愿意让卯继位，两人各有道理。而小父无意继位，母后对此并不清楚，肯定误会小父了。"

卯善解人意，朱感到特别可贵，对卯说道："闻真实的想法，王后终究能够明白。只是事发突然，王后一时无法判断，难免做出不当举动。"

卯为母后辩解："母后还是过于相信太卜涂了！"

朱看出来，卯具备分析问题、判断是非的能力，而且这种能力正在提高。朱想，卯毕竟要继承王位，参与处理眼下这些复杂问题，能够增加他的阅历，提升他的承受能力和应变能力。于是，朱叮嘱卯："卯和小父每日前来朱圕，共商对策。"

卯心里明白，师父这样叮嘱，表明他已经将自己视为成人。如果今后继承王位，需要具备各种能力，尤其需要具备处理复杂问题的能力。卯想到这些，不但没有退缩的念头，反而感到有一种使命在召唤自己。

小三足龟突然长大，函起初以为很快就可以返回九江，很是高兴。太卜涂亲自前来馆舍察看后，函以为很快就能见到大王，心情更加激动。几天过去，没有任何消息，而且不准离开馆舍，函由高兴转为无聊，由无聊转为焦虑。函问卜官宾："大王表示，观察几日，再行决断，如今几天过去了，是否应该有个结果呢？"

卜官宾告诉函，大王平日处理诸多事务，关于大龟一事，只能耐心等候大王的安排，无法催促。目前，只要得到大王指示，太卜大人就会第一时间前来传达指示。其实，卜官宾不知太卜涂如何打算，只有耐心等待这一种选择。

又过去两天，函更加焦虑，盯着水池中的大三足龟，感到陌生。大龟并非那只可爱的小三足龟，大龟的命运如何，函猜不出来。函回到室内，拿出还在制作的皮甲，比照犀牛皮甲，准备进行最后的缝制。皮甲分为前后两片，上边缘方正，下边缘略呈弧形，前后两片皮甲连接的时候，必须上下边缘对齐，才能进行最后的缝制。函对齐两片皮甲，取来骨针，将骨针穿过皮甲预留的小孔。函细细缝制时，突然传来卜官宾的声音："大王来了！"

函听到喊声，急忙放下皮甲，匆忙起身，骨针不慎掉落，函无心捡起，迅速冲向室外。馆舍门口，卜官宾正在迎接大王，大王身后跟随一人，函在少丘山见过，就是卯的小父闻。函长舒一口气——大王终于来了。

函迎向大王，等待大王说些什么。大王冲函点点头，然后径直走向水池，察看大三足龟。大三足龟潜入水池，一部分龟甲和龟首露出水面，似乎知道大王光临，龟首左右摇摆了一下。闻蹲在大王身边，充满好奇，仔细打量水中的大三足龟。大龟打完招呼，龟首警觉地缩回水里去了。

大王吩咐卜官宾："宾去馆舍外面，勿让外人进入。"

卜官宾以为，如果只是不准外人进入，里面插上门闩即可，大王显然是想支开别人，希望不要受到打扰，单独与闻沟通。卜官宾转身离开时，示意函跟随自己。函略有迟疑，卜官宾上前扯他一把，两人一起到馆舍外面去了。

闻从朱圃返回寝宫后，大王派人传话，让闻陪同前往馆舍。闻猜测大王的意图，就是先去馆舍察看大龟，然后提议杀龟、食龟。闻反复思考：怎样才能说服大王放弃杀龟？闻提醒自己，拒绝杀龟的态度必须明确，表达态度的方式必须温和，避免与大王当面发生冲突。

水池之中，大三足龟再度探出龟首，轻轻晃动，似乎有意参与两人的交流。大王看到大三足龟的举动，对闻笑道："大龟如此友善，与闻有缘。"

闻微笑回答："大王派人赴九江寻龟，大龟命运掌握在大王手中，自然是向大王示好。"

大王摇摇头道："原本就是为闻寻龟，龟的命运与闻相关。"

闻收起微笑，问："大龟的命运，可以由闻决定吗？"

大王站起，抬头看向寥廓的天空，说道："大龟的命运，王邑的命运，与闻息息相关啊！"

闻随即站起，有些不解地问："大王，此话怎讲？"

大王收回视线，盯着面前的闻道："闻腿疾痊愈之后，应该考虑继承王位。"

闻有些不明白，询问大王："大王治理王邑，政通人和，族群相安。大王正当壮年，身体康健，为何急于确定王位继承人呢？"

大王长叹一声，有心透露眼疾之事，犹豫一下，还是没有提及，说："暂且不说继位，闻的腿疾痊愈后，至少可以参与治理王邑！"

闻一脸严肃道："闻不同意杀龟、食龟。"

闻察觉大王面露愠色，尽量缓和语调，放慢语速道："《江河经》的记载，或许是作者杜撰的，不是医家说法。为此杀掉灵异大龟，闻不同意。"

大王面临眼疾困境，暂且不便表露，苦于闻不知情，心中充满忧愤道："不杀大龟，不治腿疾，闻如何参与治理王邑？"

闻坦率表白："治理王邑的能力，闻不及大王十分之一，即使闻尽全力，能力依然不足，何必因闻杀死大龟！"

大王当面指责："闻不应只是考虑自己，应该为王邑未来着想啊！"

闻的态度尽量温和，道："若为王邑未来着想，卯是最好的继位人选。"

大王长叹一声，无力地蹲在池边，泄气一般，继而干脆坐在地上。大王心中犹豫，不知眼疾之事是否应该让闻知道。大王担心，在王位继承人没有确定的情况下，一旦眼疾发作，王邑内部必定产生权力纷争，王邑外部的族群也会蠢蠢欲动。闻看到大王垂头丧气，也坐到地上，两人一时无语。

大水池中，大三足龟向前游动，来到池边。大三足龟慢慢探出龟首，伸到闻的面前，上下摇动，仿佛点头致意。闻两眼低垂，盯着地面，没有看到大龟的动作。大三足龟摆动龟首，探向大王面前，使劲伸展，几乎触及大王。大王突然受到惊动，猛然睁开眼睛，发现龟首就在眼前，俨然就是梦境之中所见大龟，一时恍若置身梦中。

大王仿佛看到，大三足龟伸展龟首，向自己解释："三足龟本是灵龟，想大就大，想小就小！大王不信，大龟可以变回小龟啊！"

大王浑身打了一个冷战，定睛察看，眼前的大三足龟已经消失，水池中荡起一圈大大的涟漪，大三足龟隐身水下了。

这时，馆舍门外传来一个女人的声音："为何不能进去？谁说大王不让进去？"

闻听得出，这是王后的声音，于是急忙起身站立。大王缓缓站起，视线转向馆舍门口。大门咣当一声被人推开，王后不顾卜官宾劝阻，闯入馆舍。卜官宾跟随在后，摊开双手，表示无能为力。大王摆摆手，让卜官宾继续在馆舍外面守护。

今日，王后四处寻找，不见大王。听说大王前往馆舍，她便一路追来，借机察看变大的三足龟。来到馆舍门口，被卜官宾当面阻拦，王后很不高兴，执意闯入。王后进入馆舍，看到闻和大王同在，心生疑惑，怀疑闻急于治疗腿疾，正在催促大王杀龟。王后胸中火气升腾，一边走向大王，一边冲闻冷冷说道："闻在这里，难怪大王禁止外人入内！"

闻向王后说明："大王邀闻前来馆舍，一起察看三足龟。"

王后并不看闻，轻轻说道："察看之后，就要杀龟、食龟了？"

大王听出王后的冷嘲热讽，对王后说："事情并非如此。"

王后转向大王道："杀龟、食龟之事，预谋已久吧！"

闻无意向王后解释，也不便解释，就想离开这里，躲避是非，于是对大王说："王后与大王有事相商，闻不便在此，先行告辞了。"

王后抬手，阻止闻离开。

大王再次劝说王后："事情并非王后想象的那样。"

王后的声音高扬，说："大王近日所为，让人难以想象了！"

第二十二章 纷争

　　大王一改温和的态度，有些气恼地说："终日所想，只是让卯继王位……"

　　王后没等大王说完，抢过话来："少丘活龟占卜，天意已定，为何没有宣布卯继王位，卯究竟是不是大王的儿子？"

　　大王不想在此与王后争执，压抑怒火，解释道："继位一事，十分复杂……"

　　王后没有耐心听大王解释，道："今日不谈想象，只说事实。兄弟两人在此，是否正在商议杀龟、食龟之事？"

　　闻希望表明态度，明确告诉王后，自己没有继位的想法，于是坦言："王后，闻并不同意杀龟、食龟啊！"

　　王后将胸中怒火喷向对面的闻："大王费尽周折，派人九江寻龟，安排专人养龟，想方设法让小龟尽快长大。如今，小龟变成大龟，终于可以杀龟、食龟，为闻治疗腿疾了。闻说不同意杀龟，装作事不关己，还不是希望尽快取得王位！"

　　大王的怒火按捺不住，道："一派胡言！"

　　王后认为大王没有识破闻的诡计，警告大王："一派胡言？闻面见羊角族的族长姜，意图何在？羊角族的首领禽来到王邑，难道只为交换物品，没有企图？大王再不让出王位，闻就等不及了！"

　　王后如此误解自己，闻有口难言，无奈地摇摇头，转身走向馆舍大门，试图回避当前的冲突，等到王后冷静之后，再找机会沟通。

　　王后察觉闻要离开，以为闻理屈词穷，叫道："站住！闻要回答，不想继位，还是假装不要王位？"

　　闻停下脚步，考虑怎样回答。大王看到王后胡言乱语，吩咐闻说："闻退下吧！"

　　闻走向馆舍大门，王后的怒气转向大王，说："大王结交异族女人，是不是另有打算？难道大王早有安排，要让异族女人的后代继承王位？"

　　闻听到这里，担心大王与王后发生更大冲突，急忙停下脚步。闻转身回来，对王后说："王位继承一事，大王思虑过多，迟迟没有决断。王后此番所言，实在有些过分！"

　　王后没有料到闻返回来，并与自己当面争辩，于是大声叫嚷："是谁过分？究竟是谁过分？"

这时，馆舍大门传来咯吱一声，仿佛被人用力推开，实际并未有人进入，只是风吹大门的声音。即便如此，大王不由警觉起来，轻声说道："不要吵了，作为大王，余执政王邑的日子可能不多了。"

闻听大王这般言语，一时没有明白什么意思，以为大王占卜时发现凶兆，急忙说道："闻曾经设想，把大三足龟送回九江，让大龟返回家园。如此一来，可以祈求大龟保佑王邑，保佑大王，这样可否？"

对于大王所说的"执政王邑的日子可能不多了"，王后没有明白其中含义，正在琢磨，此时听到闻的建议，心中窃喜，语气温和，对大王说："把大龟送回九江，让虎尾族少年一同返回，这样就可以保佑王邑吉祥，保佑大王平安，的确可行。"

闻听到王后这样说，使劲向大王点点头，等待大王的回应。大王明白闻的心思，闻反对杀龟、食龟，不愿治疗腿疾。如果将大龟送回九江，王后和闻皆大欢喜。不过，自己寻找三足龟的所有努力，等于前功尽弃。如果闻的腿疾未愈，自己眼疾突然发作，那么究竟由谁来管理王邑，由谁继承王位呢？大王一时愁眉不展。

听到闻将大龟送回九江的建议，王后激烈的情绪渐渐平复。看到大王的态度模棱两可，王后就想单独劝说大王，对闻说道："闻退下吧！"

闻看向大王，大王点点头，闻再度退下，走向馆舍大门。闻一边走，一边想，大王所说的"执政王邑的日子可能不多了"，究竟是什么意思呢？

卯和闻离开朱圃之后，朱和葛进入大室，朱透露小龟变大的事情，并提醒说："小龟变大，大王必然主张杀龟，为闻治疗腿疾。这样，寻龟目的暴露，就会激化大王与王后、太卜涂的矛盾。王后与大王矛盾升级，可能牵扯到桑。"

葛理解朱的意思，道："王后发现桑在朱圃，已经心生不快，如果再迁怒于桑，桑的处境就会更加危险。"

朱感到为难，说："以桑的性格，不见大王，难以罢休。"

葛只得表示："葛再劝劝桑。"

瓜果架下，少葛、少朱还在整治竹片。桑刚才看到卯来朱圃，卯、闻和朱三人悄悄低语，猜测可能发生变故，有意探个究竟。此时，葛从室内走出，向桑招手，二人来到草棚这边，单独说话。葛拐弯抹角地劝桑说："桑来王邑多日，因为种种原因，很少离开朱圃。这种封闭生活，实在过于乏味。"

桑坦率地说："是的，桑还是在羊角族自在。"

葛继续开导说："假如……假如大王愿意娶桑，桑就可能一直待在王邑，不能离开，这样的生活，桑能接受吗？"

桑并未回答葛的提问，而是反问："大王可以娶桑为妻吗？"

葛想了想，回答："按照先王的规定，大王可以选择一夫一妻，也可以选择一夫多妻。"

桑略显高兴道："这么说来，大王可以娶桑为妻！"

葛没有料到，自己一番劝说，得到如此回应，便解释说："假如桑只能待在王邑，不能返回羊角族，桑可以接受吗？"

对于羊角族人来说，男女两情相悦，就能结为夫妻，女人可以将异族男人带回羊角族，一起生活。桑告诉葛："大王娶桑为妻，桑可以带大王回到羊角族，一起骑马打猎，怎么可能只在王邑？"

葛的劝说软弱无力，只能直奔主题，说："近日，王邑发生许多意外，大王与王后产生矛盾，与太卜涂也有冲突，闻也纠缠其中。葛担心太卜涂加害于桑，桑尽快返回羊角族，最为安全。"

桑面见大王的愿望强烈，并不顾忌危险，道："桑在朱圃，太卜涂哪敢强行闯入？"

葛强调事态的严重性："这里只是郭区的普通民宅，太卜涂强行闯入，并非没有可能。"

桑没有想到危险可能降临，对葛说道："反正……反正桑不见大王，不会离开。哥哥同意桑见大王，桑见过大王，就会离开。"

桑拒绝离开王邑，无论如何也要面见大王。桑认为，如果大王愿意娶她为妻，她可以带大王返回羊角族，在羊角族自由自在地生活。如果大王不愿离开王邑，继续在王邑执政，那么自己可以待在宫城。至于人在宫城是否自由，这个问题毕竟还未出现，暂且不去想它。

桑的态度如此坚决，葛的劝说没有作用。朱从室内走出，来到草棚这边，葛失望地向朱摇摇头，表示对桑的劝说没有成效。这样的结果，在朱的意料之中。面对王邑复杂的局势，朱感到保护桑的责任重大，只能以变应变。

第二十三章
篝火

从朱圃返回宫城后，因为未曾近距离观察大三足龟，卯心中好奇，决定再赴馆舍察看。卯独自离开寝宫，直奔馆舍而去，远远看到馆舍门外站着几个人，便悄悄溜到一边，隐蔽自己的身形，慢慢接近馆舍。卯绕到馆舍对面，藏在土丘后面，悄悄观察。馆舍大门紧闭，门外站着函和卜官宾，还有仆臣奚、仆女眉。显然，父王和母后都在馆舍里面。

函站在馆舍门外，十分无聊，四处看去，发现土丘后面有一个人，正向自己招手。函确定是卯，点头回应一下，然后走向卜官宾，表示自己肚子不太舒服，要去草丛方便。卜官宾挥挥手，叮嘱函说："快去快回。"

函走向馆舍附近的草丛，借助杂草的遮挡，调转方向，与土丘后面的卯会合。卯有些惊喜，此时见函，就可以知道小龟变大的真相。函因为一直没有得到大王明确的指示，十分焦虑，不知所措，今日见卯，可以打听大王的态度，推测自己离开王邑的时间。函尚未提问，卯便问道："馆舍里面只有父王和母后吗？"

函告诉卯："卯的小父刚刚离开。"

卯感叹道："都是因小龟变大而来啊！"

函说："小三足龟变大后，太卜大人早就来过。今天，大王、王后、卯的小父都来了。"

卯问："三人一起前来，还是分别来的？"

函低声说道："大王和卯的小父首先来到，大王吩咐，不准外人进入。王后单独前来，卜官宾在外面阻挡，王后很不高兴。"

第二十三章 篝火

卯暗自猜测，父王和小父同来，是为劝说小父杀龟、食龟，如果小父拒绝，两人自有争议。因为太卜涂的转告，母后得知小龟变大，所以特地前来察看。既然父王和母后都在，卯不便进入。卯询问函："父王、母后说了些什么，函听到了吗？"

函回答："大王进入馆舍后，函就离开了，听不见两人的交谈。不过，王后进去之后，里面一直有争吵声。"

卯私下推断，关于是否杀龟、食龟，父王和母后发生了争执。卯担心三足龟被杀，希望函有所防备，于是说道："之所以发生争吵，是因为父王可能杀龟。"

函"啊"的一声，身子直立起来，卯担心暴露，急忙扯函蹲下，两人继续藏在土丘后面。卯将手指放在嘴边，示意函不要出声。函大口喘着粗气，舒缓突然袭来的惊讶和紧张。

卯简单解释，略加安慰道："父王有意杀龟，希望小父食龟，治疗腿疾；小父反对杀龟，宁可放弃治疗；母后并不赞成杀龟，所以父王与母后发生争吵。这样看来，杀龟的可能不大，函尽可以放心。"

函没有料到，小三足龟突然变大，竟然招致如此命运。函并不关心为何杀龟，为何反对杀龟，只是关心大龟的命运，于是焦急地向卯求助："卯想想办法，让函把大龟带走，赶紧返回九江。"

卯安抚函说："函不要慌乱，小父反对杀龟，母后也反对杀龟，父王并非固执之人，不会执意杀龟。父王回到寝宫后，卯再劝说。万一父王有意杀龟，卯会提前通知函，帮助函和大龟离开。"

这时，卯听到卜官宾的喊声，因为函离开过久，卜官宾有些着急。卯叮嘱函道："函别紧张，卯一定协助函保护大龟。"

卯用手拍拍函的后背，示意函抓紧返回，避免引起卜官宾的怀疑。函神情低落，默默不语，放低身子，原路返回。不一会儿，传来卜官宾与函的对话，卜官宾责问函为何迟迟不归，函表示肚子持续疼痛，只得多蹲一些时间，卜官宾没有继续追问下去。卯藏在土丘后面，久久没有等到父王和母后出来，就悄悄离开了。

馆舍里面，闻离开之后，大王突然感到一阵晕眩，只得闭上眼睛，略微镇定一下，随后缓步走向函居住的小室。王后不知大王意图，跟随在后，进入室内。大王低头看到函缝制的皮甲，弯腰拿起，感叹道："也许，应该让函返回九江了。"

王后本想继续劝说大王，让函和大龟返回九江，听到大王的自言自语，觉得自己刚才的表现过于急躁，于是诚恳地向大王表示："刚才一时冲动，言辞过激，请大王原谅。"

大王无心顾及两人的争论，摆摆手道："好吧，好吧。"

看到大王态度温和，王后趁机提及另一话题："只是……只是恳求大王，断绝与羊角族女人的关系。"

王后突然说起羊角族女人，大王以为缘起兽皮腰围，并不知道桑来到了王邑，更没想到王后已经见过桑。大王有些无奈，解释说："当初与闻一起打猎，独自引开老虎后，不慎掉入树洞，得到羊角族人救助。族长姜与族长妹妹伸出援手，随后为了表示感激，赠予小玉龟，羊角族人回赠腰围，如此而已。"

大王小心翼翼地描述这段故事，斟酌词句，避重就轻——原本是被桑救助，说成"得到羊角族人救助"；桑赠自己腰围，却说成"羊角族人回赠腰围"；自己送桑小玉龟，只说"赠予小玉龟"，没有明确小玉龟究竟给谁。大王有心弱化与桑的交往细节，希望消除王后的怀疑。

王后原本就是聪明之人，大王闪烁其词，王后有所察觉，马上提出一系列问题："救助大王之人，究竟是谁？小玉龟究竟给谁了？羊角族人回赠的腰围，究竟是谁的腰围？"

王后的态度突然变得强硬，大王有些气恼道："无论是谁，此事已经过去，一再追问，没有必要吧！"

王后渐渐平复的情绪，再度激烈起来，说："一再追问？之前并未追问！大王能否回答，羊角族女人为何送给大王腰围？为何前来王邑寻找大王？"

大王一头雾水，很是惊讶道："羊角族女人……前来王邑？"

王后以为大王装作并不知情，更加气愤道："闻当面一套，背后一套，大王为何也是如此？大王遇到羊角族女人，是不是闻的安排？"

王后如此猜疑，大王十分气恼道："疑心太重，自讨没趣！"

王后更加气愤道："没有男女勾当，谁会产生疑心？既然如此，大王就去寻找新的乐趣吧！"

王后说完，冲出小室，奔向馆舍大门，独自离开了。

按照规定，太卜机构的所有官员，不准私藏、私用龟甲，不准私自以龟占卜。太卜涂踌躇再三，决定不顾大王的严格规定，私下以龟占卜，求得神示。如今，小三足龟变大，太卜涂担心大王命令杀龟、食龟，如果闻的腿疾痊愈，大王就可能宣布闻继王位。卯继王位不成，自己得到相位的计划就会落空，掌控王邑大权的梦想就会破灭。于是，太卜涂决定不顾规定，以龟占卜，求得上帝旨意，筹划应对之策。

太卜涂命令仆人卫关闭院门，安排其他仆人把守馆舍内外，不准外人进入。太卜涂和仆人卫进入大室，来到室内西北角，此处矗立着一尊三足青铜鼎。仆人卫膂力过人，将青铜鼎移到一边，揭去青铜鼎下面铺垫的兽皮，现出一块巨大的方形石板。仆人卫两臂用力，掀开石板，露出地穴的洞口。随后，仆人卫取来小烛，太卜涂手持明亮的小烛，独自进入地穴，取出私藏的龟甲，龟甲已经经过整治钻凿，可以直接用于龟卜。

太卜涂私自龟卜，不可告人，只有最为亲近的仆人卫协助。按照太卜涂的吩咐，仆人卫将龟甲安放妥当，太卜涂依照命龟、灼龟、占龟的程序，自行操办。首先，太卜涂称颂神龟，告知神龟占卜之事，从正反两个方面进行卜问。情急之下，太卜涂的卜问简单直接："闻之腿疾，欲行卜问。闻食大三足龟，腿疾痊愈，不吉，请示兆干之细弱，如龟首之隐匿，兆枝之缩短，如龟足之收敛；闻食大三足龟，腿疾亦然，吉，请示兆干之粗壮，如龟首之仰望，兆枝之延长，如龟足之伸展。唯请示吉，大吉大利。"

仆人卫点燃灼棒，递给太卜涂。太卜涂接过灼棒，将灼棒火焰对准钻凿之处，通过烧烤，龟甲就会显现兆纹、兆象。室内无风助燃，灼棒火势不够强烈，出现兆象的过程特别缓慢。太卜涂转动手里的灼棒，使火苗均匀分布，助力灼棒燃烧。随着龟甲一阵阵的爆裂声，兆纹、兆象纷纷显现。

接下来，就是占龟环节，即根据兆象判断吉凶。仆人卫上前翻转龟甲，龟甲背面即钻凿烧烤面向下，显现兆纹的龟甲正面向上，便于太卜涂察看。太卜涂眼光掠过龟甲，没有上前细看，龟卜结果已经昭然。兆纹、兆象显示不吉，反而表明闻的大吉：闻食大三足龟，腿疾痊愈。

太卜涂命令仆人卫："退下吧！"

根据龟甲兆象，太卜涂得出结论：闻食用大三足龟，腿疾痊愈。如果闻继王位，自己极有可能一败涂地。太卜涂转念又想：假如自己将大三足龟控制在手中，那会如何呢？

仆人卫听从命令，走向门口，太卜涂在他身后喊道："再取龟甲！"

仆人卫赶紧返回，进入地穴，取出另外一具龟甲，重新摆放，便于太卜涂二次烧灼，再行龟卜。太卜涂这次陈述的卜问内容更加简要：涂拥有大三足龟，获得相位，大吉，显示兆干粗壮、兆枝延长之兆象；涂拥有大三足龟，不能获得相位，不吉，显示兆干细弱、兆枝缩短之兆象。

太卜涂口述卜问内容后，接过仆人卫点燃的灼棒，准备再度烧灼龟甲。此时，室外突然传来一阵声响，太卜涂十分警觉，对仆人卫说："出去看看，何来声响？"

仆人卫前去察看，太卜涂知道外人不会进入，只是心中略微不安。片刻之后，仆人卫返回禀告："一只野兔窜进院子，现在跑出去了！"

太卜涂闻听此言，感觉十分晦气，无意继续烧灼，便将手中灼棒递给仆人卫，示意仆人卫灼烧龟甲。仆人卫经常参与龟卜活动，曾经用心观察灼龟过程，如今接过燃烧的灼棒，仔细灼烧龟甲背面钻凿之处。灼棒火势特别强烈，随着龟甲的一阵爆裂声，兆纹、兆象竟然很快显现出来了。

兆纹、兆象如此迅速显现，引起太卜涂的特别关注。太卜涂预感此次龟卜结果大吉，心中窃喜。仆人卫放下灼棒，尚未翻转龟甲，太卜涂就赶紧上前，急于察看兆纹、兆象。仆人卫急忙翻转龟甲，让显现兆纹的龟甲正面向上，以便太卜涂判断吉凶。太卜涂觑起双眼，目光扫视龟甲，龟卜结果正合太卜涂心意：拥有大三足龟，既得相位，更有大吉！"相位"毋庸置疑是属于自己的，这是王后曾经的承诺，由此可以获得掌控王邑的权利。何谓"大吉"呢？ 在大三足龟的庇佑之下，难道自己还能获得更高的职务？那……那就是王位啊！太卜涂突然察觉，再度龟卜意义非凡，上帝旨意表明自己占有、控制大三足龟后，不但可以获得相位，掌握王邑大权，还有可能获得大王之位。太卜涂想到这里，反而镇静下来，淡淡地对仆人卫说："收起龟甲吧！"

仆人卫看似魁梧粗壮，其实心思缜密，他知道太卜涂言语越是平淡，反而更有可能暗藏玄机。仆人卫不言不语，将两具龟甲放回地穴，并将掩盖地穴的石板重新归位，同时把青铜鼎移回原来的位置。看到太卜涂没有其他吩咐，仆人卫准备告辞。太卜涂突然想起一事，对仆人卫说："命人铸造青铜大鼎吧！"

太卜涂今日私自龟卜，卜得大吉；龟卜之后，下令铸造青铜大鼎。仆人卫心中明白，太卜大人心中的目标，已经升级了。

函与卯在馆舍外面相见，卯承诺保护大三足龟，函紧张的情绪稍稍放松。

第二十三章 篝火

卯明确表示，他会和函共同保护大三足龟，如果大王决定杀龟，他会立刻通知函，帮助函和大龟离开王邑。第二天，卯没有传来消息，函心中有些着急，他被紧张和焦虑的情绪困扰着，随时准备带大三足龟离开王邑。

函虽然有意带走大三足龟，一起离开王邑，其实他并不知道怎样带走大三足龟。大龟如此巨大，这般沉重，平时行走缓慢，大龟怎样离开王邑，这是很难解决的问题。函想来想去，只有两个办法：一是驾车离开王邑，将大龟放在马车之上；二是大龟再显神通，能够连续跳跃，快速前行。不过，假如大龟神通再显，自己无法跟上大龟速度，也是枉然！函思前想后，只能耐心等待卯的消息。

函正在冥思苦想，突然听到馆舍大门被推开的声音，而后传来纷乱的脚步声。函急忙起身，看到众人先后涌入，大王走在前面，王后、太卜涂和闻等人跟随，几个仆臣、仆女、卜官在后。函估计众人来到与大三足龟有关，于是赶紧寻找卯的身影。函终于看到卯，卯面带笑意，举起右手晃动，仿佛表示：不要紧张，也别担心，卯在这里！

今天一早，卯前去拜见父王，希望与父王单独沟通，了解父王的真实心思。两人在丽室后面的花苑交谈，卯直接询问道："父王准备如何处置大三足龟？"

大王并未回答卯的问题，反问道："如果现在让卯继承王位，卯怎么想？"

卯沉思片刻，回答父王："卯没有治理王邑的经验，现在继位的话，需要父王指点。"

卯的回答，表明他具有敢于担当的勇气。大王再问："如此说来，卯敢于继位？"

卯并不犹豫，道："卯有胆量，也有能力，只是没有经验，需要父王指点。"

大王追问："假如……假如父王不能协助呢？"

卯回答："卯想，父王不会轻易放弃对卯的指点。除去父王，还有小父，还有师父，师父能够给予更多帮助。"

大王没有料到，在卯的心中，朱如此重要，问道："卯说的是朱？"

卯朗声回答："是的，没有师父不懂的事情。"

大王听卯此言，陷入沉思。朱在王邑的地位，看似只是一介平民，实则可以影响很多人。卯发觉父王陷入思考，说出自己的疑惑："父王现在就让卯继承王位？"

大王回过神来，道："既然卯有勇气，父王就可以确定如何处置大龟了。"

卯流露担心，问："父王不会杀掉大龟吧？"

大王对卯说："大三足龟属于灵龟，杀掉灵龟，可能遭到天谴呢！"

大王的回答，让卯放下了一直悬着的心。此时，卯随同父王来到馆舍，并不担心大龟的命运，相信父王能够做出正确的决定，此行一定能够消除函的顾虑。

在大三足龟栖身的水池边，大王招手示意，让仆臣抬来一个几案，放到水池前面。卜官宾招呼函，两人来到水池边，将大龟搬出水池，放到几案上。大王站在几案前面，众人在大王身后站成一排，王后居中，闻和卯立于王后左右。随后，卯与小父交换位置，站在与函更近的一侧，向函招手示意，让他来到自己身边。卯低声说道："函别担心，现在举行升烟祭天仪式，函很快可以返回……"

王后侧目看卯，制止卯说话。卯不便再讲，拉起函的手，与函并排站立。

太卜涂主持升烟祭天仪式，将几组艾绒摆在大龟身前，用火石点燃艾绒，烟气迅速升腾，四处弥漫。大三足龟处于烟气缭绕之中，若隐若现，亦真亦幻。随即，太卜涂退回，站在闻的身边，等待烟气散尽。太卜涂发现了卯身边的函，面带严肃，挥手示意让函离开。卯不便执意反对，函被卜官宾拉到一边去了。

艾绒的烟气渐渐散尽，大王上前一步，宣布升烟祭天的内容。大龟一动不动，似乎担心自己的动作影响仪式举行。函向前挪动一小步，试图距离大龟更近些，受到卜官宾的阻止。函停下脚步，没有后退，仔细倾听大王的言语，观察大龟的情形。

卯特别关心函，因牵挂大三足龟的命运，也侧耳细听父王的讲话。大王说道："小三足龟从九江而来，本是吉事；族长燎派函同来，护佑小龟。近日，小三足龟突然变大，体形庞然，俨然灵异之龟。灵异之物，天之所赐，伤及灵物，恐遭天谴。今日升烟祭天，供奉大三足龟，祈求灵龟保佑王邑万世平安。"

大王转过身子，面对大家，继续说道："当年，玄鸟族的祖先九江蒙难，得到虎尾族老族长的帮助，后来迁徙至此。今将大三足龟送还九江，也是报答虎尾族往日之恩！供奉大龟三日之后，函与大龟返回九江。祈祷大龟大吉，王邑大吉，大吉大吉。"

第二十三章 篝火

函听到这里，向大王点点头，目光转向卯，表达感激之情。卯笑了笑，回应着函。闻随同众人前来馆舍，参加升烟祭天仪式，原本不知大王意图，听到大王宣告让大龟重返九江，知道大龟不会因为自己被杀，终于放下悬着的心。王后听到大王的决定，十分欣喜，揽过身边的卯，认为大王放弃杀龟，等于确定卯继王位了。

大王的一言一语，太卜涂听得特别仔细，没有放过一句话，没有忽略一个字。太卜涂牢记"供奉三日"的说法，暗暗决定，利用三日时间，做好充分准备，制定周密计划，在大龟返回九江的途中，劫持大龟。

大王宣告完毕，再次注视大三足龟，含有告别的意味。安静的大龟突然耸耸身子，使劲探出龟首，伸到大王近前，向大王摇动龟首，连续三次，仿佛是在拜谢。众人看到，惊讶不已。卯向前探身，极力看个清楚。闻看到大龟的动作，仿佛懂得大龟的心情，悄悄退到后面去了。大王没有料到大龟如此举动，庆幸没有杀龟，否则可能带来意想不到的灾祸……

太卜涂觑起眼睛，看着伸展龟首的大三足龟，想起自己私下龟卜的结果——拥有大三足龟，既得相位，更有大吉！

函看到大三足龟的举动，十分欣喜，这样的灵龟陪伴自己，返回九江的路程定然畅通平安。突然，函听到远处传来一阵骨笛声，这是族长燎吹出的笛声，笛声在召唤自己返回故乡。

升烟祭天仪式结束，大王嘱咐太卜涂和卜官宾，供奉大三足龟期间，更需处处谨慎，保证三日之后平安启程。太卜涂向大王表示，准备另外安排几位卜官，前来协助卜官宾，保证大三足龟的安全。

大王率众离开时，函突然想起什么，分开众人，冲进自己居住的小室，又跑出来，手拿缝制完成的皮甲，来到大王面前，双手递上，说："大王，皮甲缝制完成了。"

大王双手接过皮甲，仔细端详，拍拍函的肩膀，说："函已经完成皮甲制作，小三足龟也已经变大，诸事圆满，返回九江吧！"

这时，卯来到函的身边，掏出随身携带的小袋子，递到函的手中，说："这个小玉龟是母后让玉人坊制作的，小玉龟和大龟一起陪伴着函，平安返回吧！"

太卜涂准备离开时，经过函的身边，听到卯所说的话，心中暗想：平安返回，恐怕没有那么容易吧！

黄昏降临，寝宫区燃起一堆堆篝火，舞者、歌者、乐师纷纷到来。这样的篝火晚宴，已经多日未曾举办。王后以为，大王放弃杀龟、食龟，宣布让大龟返回九江，说明闻的腿疾康复无望，等于确认卯继王位。于是，王后决定今晚燃起篝火，邀来大王，欢聚一堂，尽情畅快一番。

　　大王从大堂返回寝宫，一堆堆篝火燃烧正旺。大王看到篝火周围的舞者、歌者，自然明白王后的心思。今日，在馆舍举办升烟祭天仪式，宣布让大龟返回九江，争执得到平息，纷扰趋于平静。大王放弃杀龟，符合闻的意愿，与闻的争执可以消解。闻的腿疾不能治愈，无法继承王位，符合王后的心意，大王与王后的矛盾可以弥除。对于自己的眼疾，大王选择"当下可视，来年丧明"，眼疾棘手，难以医治，虽然充满不确定性，但毕竟还有一时清静，今天可以放松一下。

　　大王想到这里，迎面走向王后。王后看到大王脚步轻快，微笑走来，知道今晚的安排得到大王认可，便笑脸相迎上去。仆女眉等美丽女子簇拥大王，走向燃烧的篝火。

　　篝火周围，围绕着歌者、舞者和乐师，众人汇成欢乐的海洋。歌者与乐师分列两边，歌者有男有女，男人英俊，女人靓丽，歌声和谐整齐，极其富有感染力。乐师演奏的乐器，有土埙、蟒皮鼓、石磬、竹管、丝弦等，或吹奏，或敲击，或弹拨，营造出欢快的气氛。歌声和乐音飞扬起来，舞者或插羽毛，或戴面具，围绕篝火，翩翩起舞。

　　王后陪同大王坐下，欣赏着欢快酣畅的舞蹈。表演"鸟羽舞"的舞者，都是年轻漂亮的女子，头上插着长长的羽毛，臂上捆着多彩的羽毛，以足尖点地，仿佛可以离开大地，飞翔起来……

　　在乐师的伴奏下，歌者齐声歌唱：天命玄鸟，降而生商，宅殷土芒芒。古帝命武汤，正域彼四方。方命厥后，奄有九有。商之先后，受命不殆，在武丁孙子。武丁孙子，武王靡不胜。龙旂十乘，大糦是承。邦畿千里，维民所止，肇域彼四海。四海来假，来假祁祁。景员维河。殷受命咸宜，百禄是何。

　　"鸟羽舞"结束，表演"干舞"的舞者上来，都是青壮男子，手持兵戈，脸上佩戴着青铜面具，青铜面具的眼睛位置留有两个圆孔，方便观察，鼻子位置有两个小圆孔，便于呼吸。舞者嘴巴位置，画着一道两端翘起的横线，横线与七道短小竖线相交，仿佛嘴巴被缝合起来，不能说话。"干舞"表演孔武有力，类似两人捉对厮杀，兵戈相交，俨然将舞台变成了战场。

第二十三章 篝火

在乐师的伴奏下,歌者继续歌唱:挞彼殷武,奋伐荆楚。深入其阻,衷荆之旅。有截其所,汤孙之绪。维女荆楚,居国南乡。昔有成汤,自彼氐羌,莫敢不来享,莫敢不来王。曰商是常。天命多辟,设都于禹之绩。岁事来辟,勿予祸适,稼穑匪解。天命降监,下民有严。不僭不滥,不敢怠遑。命于下国,封建厥福。商邑翼翼,四方之极。赫赫厥声,濯濯厥灵。寿考且宁,以保我后生。陟彼景山,松柏丸丸。是断是迁,方斫是虔。松桷有梴,旅楹有闲,寝成孔安。

"干舞"表演结束,表演"旄舞"的舞者上来,全部都是精壮汉子,头戴牛角,两手挥动牛尾,双足用力踏地,尘土飞扬,俨然牛群奔涌而来。

在乐师的伴奏下,歌者齐声歌唱:猗与那与!置我鞉鼓。奏鼓简简,衎我烈祖。汤孙奏假,绥我思成。鞉鼓渊渊,嘒嘒管声。既和且平,依我磬声。于赫汤孙!穆穆厥声。庸鼓有斁,万舞有奕。我有嘉客,亦不夷怿。自古在昔,先民有作。温恭朝夕,执事有恪,顾予烝尝,汤孙之将。

一轮一轮热烈的舞蹈,激起众人狂欢的欲望,王后和众美女簇拥大王,加入舞者的行列。王后指示仆臣奚给大王戴上牛角,送上牛尾,大王双足用力踏地,激起飞扬的尘土,与那些精壮汉子混在一起,激情四射,尽性张扬……

随着乐师演奏的乐曲结束,"旄舞"表演告一段落。此时,众厨官在篝火旁边铺设筵席,摆放酒器、食器、炊煮器,布置宴飨区。仆臣奚摘下大王头上的牛角,收回大王手中的牛尾,引领大王、王后来到宴飨区。歌者与乐师继续演唱,营造欢快热闹的气氛;男女舞者来到宴飨区,陪同大王和王后饮酒。

大王是今晚宴飨的主人,象征性地充当大厨,手持一把铜匕,在侍臣奚的协助下,为舞者切割肉食。王后手持一把骨匕,跟随在大王身边,将大王切割的肉食送到众人手中。负责调酒的仆臣最为忙碌,他们奔走于宴飨区,为众人送上原酒、清酒,让大家尽情畅饮。

因为罹患眼疾,大王平日饮用太医酉配制的药酒,多日未曾饮酒。大王暗地提醒自己,可以小饮,适可而止,不可过量。因为眼疾,大王每天服用药酒,王后对此并不知道,只是希望大王此刻放松身心,欢度良宵,于是指示美女舞者向大王敬酒。美女们纷纷涌向大王,这个美女敬酒,那个美女敬酒,大王不便拒绝,一时招架不住,难以自我约束。

表演"旄舞"的精壮汉子也不甘示弱,他们的敬酒方式,就是陪同大王共饮。汉子们首先一饮而尽，然后等待大王干杯。一阵痛饮之后，大王终于喝多了。

酒过数巡，表演"干舞"的青年男子重新佩戴面具，返回篝火区，再度起舞。在酒性的助力下，捉对厮杀的"干舞"表演者，起初单兵较量，随后变成群魔乱舞，上蹿下跳。大王借着酒兴，脱下外面的长衣，挥手向王后示意，表示自己也要参加"干舞"表演。王后吩咐仆臣奚取来青铜面具，大王戴上面具，冲入"干舞"表演人群，与舞者混杂在一起。王后起初尚且能够确认大王的身影，随着舞者位置的不断交换，王后很快难以辨认舞者与大王了。

歌者尽情歌唱，乐师卖力演奏，表演"干舞"的男子跳得酣畅淋漓。表演"鸟羽舞"的女子跃跃欲试，由宴飨区涌向篝火区，加入表演"干舞"的人群，狂热地舞蹈着，疯狂地喊叫着，尽情地跳跃着，把篝火晚会推向高潮。歌声、乐声和喊叫声混杂，人影攒动，高潮持续。后来，歌者和乐师感到疲惫，三三两两移到宴飨区；舞者的激情不再澎湃，歌舞活动结束，热闹的宴飨渐渐趋向尾声。

其实，今晚的欢愉刚刚结束上半场，还有下半场——舞者纷纷离场的时候，表演"旄舞"和"干舞"的男子，纷纷引领表演"鸟羽舞"的美女离开，继续男人和女人的欢愉。一位戴着面具的"干舞"舞者走来，引领王后离开。王后起初难以辨别，以为这位舞者就是大王，毫不犹豫随他同行，进而走到此人前面，径直走向丽室。舞者跟随王后，渐渐走近丽室，趁着王后没有注意，一溜烟跑掉了。王后回头观望，意识到此人并非大王，一边感叹此人大胆，一边返回篝火区，寻找大王的身影。

此时，男女舞者已经没有踪影，只有歌者和乐师还在饮酒进餐。王后感觉很是疲惫，略微有些醉意，虽不见大王身影，但无意继续寻找，于是独自返回丽室。王后心想：也许大王这位"舞者"，引领表演"鸟羽舞"的美女，继续下半场的欢愉去了。大王究竟带走了哪位美女，王后并不清楚。王后知道，男人总是盯着漂亮女人，何况位高权重的大王呢！

第二十四章

会桑

在"鸟羽舞"的表演者中,有一位异常美丽的女子,引起大王的注意。在篝火光影的映照下,女子的肌肤特别白皙,卷曲的头发泛着金色光泽,眼珠的颜色异于常人,因为篝火闪烁不定,大王无法辨出美丽女子的眼珠色彩。

在围绕篝火狂欢时,大王与表演"干舞"的男子共同跳跃,因为佩戴同样的青铜面具,别人分辨不出谁是大王。后来,"鸟羽舞"的表演者加入,大王被金发女子的魅力吸引,故意靠近金发女子。篝火狂欢结束的时候,大王醉眼蒙眬,有意引领金发女子离开。金发女子不知对方究竟是何人,并不拒绝,跟随大王离开了。大王依稀看到,王后走向丽室时,后面跟着一位头戴面具的表演"干舞"的男子。

夜色之中,男男女女分头散去,各自寻欢。大王牵着金发女子的手,快步走出寝宫区,一直向南,来到大堂区。大王有意引领金发女子进入小堂,两人接近小堂的时候,金发女子似乎意识到什么,突然挣开大王的手,独自向前奔去。大王略有迟疑,随即摘下面具,捕捉金发女子的身影。金发女子头戴长长的羽毛,羽毛就是醒目的标志,大王顺着羽毛晃动的方向,急忙向前追赶。此时,大王已有醉意,脚下踉跄,追到宫城与郭区分界的南门时,已看不见金发女子的踪影了。

王邑城内,分布着宫城和郭区,宫城南边就是平民居住的郭区,宫城与郭区用低矮的土墙区隔,中间设有一道南门,平时由卫兵把守。大王追到宫城南门,四下张望,没有发现金发女子的身影。大王认定,金发女子进入了郭区,于是沿着通往郭区的道路,继续向南追赶。

第二十四章 会桑

夜半时分，桑在朱圃后院的小室醒来，室内闷热，桑久久不能入睡，索性起身，来到前院纳凉。室外，大片的云朵遮住月亮，院内光线不甚明亮，桑悄悄走近储水的陶罐，拎起一陶罐凉水，浇到自己头顶，凉水从上到下流淌，桑感到特别凉爽。微风吹拂过来，桑感觉更加惬意，有意待在室外，于是放轻脚步，走到草棚下面，随后索性躺到长案之上，继续享受室外的凉意。

片片云朵缠绕着月亮，月光忽而投下，忽而收回，地面的光影转瞬即逝，朱圃依然一片昏暗。桑仰望星空，思绪流动，念头突然转到大王身上，心想：此时，寝宫里面同样闷热，大王如何获得凉爽的感觉呢？

桑想象大王躲避闷热的方式，或是由仆臣挥扇降温，或是移至水池旁边歇息，反正不会如同自己这般随便吧！桑胡思乱想，扑哧笑出声来。随后，桑闭上双眼，安安静静地躺着休息。

夜色昏暗，时间仿佛停止一般。桑半睡半醒，不知过去多久，突然听到一阵脚步声传来，桑急忙睁开眼睛，撑起上身，看向发出声响的方向。桑看到，朱圃虚掩的大门被推开，一个人影悄悄进入院子，在瓜果架下略微迟疑，然后进入院子深处。桑感到十分意外，急忙屏住呼吸，悄悄放平撑起的身子，两眼盯住那个身影，默不作声，悄悄观察。

桑根据对方身形辨出，进入朱圃的是一位男子。男子东张西望，仿佛在寻找什么，因为对院内情形陌生，行动比较迟疑。夜色昏暗，男子试探前行时，被地上的陶罐绊了一下，险些跌倒，他低头发现了水罐，随后放下手里的物件，蹲下身子喝水。桑看到了男子放下的物件，在忽明忽暗的月光映照下，隐约察觉那是一件青铜面具，羊角族人在节日狂欢时，经常佩戴类似的面具。

男子饮水过后，四下张望，然后走向草棚这边。桑不由得更加紧张，有意逃离这里。此时，遮挡月亮的云朵突然移开，月光投射下来，男子的面孔显露出来，桑看得清楚，此人就是自己苦苦寻找的大王。桑不由"啊"了一声，身体僵硬，呆在那里。桑突然发出惊叫，吸引了男子的注意，他的目光转向草棚，发现这里躺着一个女人。

闯入朱圃之人正是大王。大王由宫城进入郭区，一路追赶金发女子，醉意使然，不知走过了多少路程，更不知道这是什么地方。恍惚之间，大王以为金发女子进入了这所院子,于是推门进入,摸黑搜寻。此时月光投射下来,院内景象得以显现,大王顺着声音看去,发现长案之上躺着一位女子,以为就是自己追赶的金发女子,急不可耐,冲上前去。

桑看到朝思暮想的大王,下意识伸手乱抓,希望扯来麻布之类的物品,遮挡自己的身体。长案之上没有多余物品,桑随手抓过来打磨竹片的一块砺石,握在手中,似乎是为了防卫。大王扑向心目中的金发女子时,云朵再度遮掩月亮,大王不能看清女子的面容,直接将女子搂在怀中。桑被大王压在身下,举着砺石的手垂下,砺石随即掉落。夜色朦胧,大王寻到身下女人的目光,四目相对,溅出的火花化作黑夜里的星星,让两个人的世界明亮起来。桑仰望高悬的月亮,今晚的月亮特别大,特别圆,也特别亮。桑的眼睛一阵眩晕,索性闭上双眼……

桑再次睁开眼睛时,大王的面孔近在眼前,桑吓了一跳。大王的醉意渐渐消散,两眼盯着面前的桑,眼神充满吃惊,有些恍惚,他极力恢复自己的意识——这个女子是谁呢?这不是自己追赶的金发女子,这是羊角族的桑吗?桑怎么在这里呢?好像听谁说过,有一位羊角族女人来到了王邑,那人就是桑吗?

桑突然坐起来,面对着大王。大王仿佛自问:"桑?"

桑终于见到大王,喊道:"大王!"

桑扯着胸前的小玉龟,试图让大王看到。黑夜之中,大王虽看不清楚,但知道这是自己送桑的小玉龟,问道:"桑何时来到王邑的?"

桑略有委屈道:"好多日子了。"

大王还有许多疑惑,问:"桑在这里?这是什么地方?"

桑回答:"朱圃。"

大王明白过来,桑来王邑寻找自己,寄居朱圃。大王想到这里,突然说道:"桑,进宫去吧!"

桑没有想到,幸福来得如此突然,如此迅速,如此不真实,她问:"可以吗?"

大王反而诧异道:"为何不可以?"

桑跳下长案,说:"王后……王后来过这里。"

第二十四章 会桑

大风吹过，传来一阵树叶的哗哗声，天上的乌云遮住月光，院内一派昏暗。大王浑身颤抖，酒醒大半，问桑："谁来过这里，王后？"

桑站在大王对面，说："王后前来朱圃时，说让大王召见桑，桑不懂王后是什么意思。"

桑进入王邑，寄居朱圃，出乎大王意料；王后先行一步，提前见到桑，更加出乎大王意料。此时，大王的醉意散去，回想晚间的事情和前来朱圃的经过——歌舞狂欢时，自己加入舞者行列，受到金发女子吸引；歌舞结束后，自己引领金发女子离开，准备将其带入小堂，金发女子独自走开，自己追出宫城；进入郭区后，发现一处院落，恍惚之中以为金发女子进入了院内，随即跟进，发觉长案之上的女子，以为就是金发女子，没想到竟然是桑。

大王知道王后已经见过桑，担心王后派人监视桑，桑有危险。大王略显慌张，四下张望，担心有人跟踪，发现自己行迹。大王推测，郊野狩猎时自己被桑救助，与桑有过交往，更有小玉龟相赠，这些事实都已经被王后掌握了。

夜色之中，桑并未察觉大王的慌乱，回想大王刚刚所言，问道："桑可以随大王进宫吗？"

大王不能收回承诺，但顾虑王后反对，便回答说："推迟几日，接桑入宫。"

桑听说推迟几日，略感遗憾，于是继续向大王求证道："大王可以娶异族女子为妻吗？"

大王沉思片刻，回答桑说："先王曾经迎娶异族女子，并制定了允许一夫多妻的规定。"

桑扑向大王怀中，紧紧拥抱，道："终于见到大王了！"

大王将桑抱在怀中，心潮荡漾，更正了自己推迟几日的承诺，道："明日，接桑进宫！"

天色放亮，葛走出大室，来到草棚下面，捡起地上的砺石，端详着。朱走过来，对葛说："桑可以回羊角族了。"

朱圃夜间发生的事情，两人有所觉察。葛回答："让闻送桑回去！"

两人说到这里，闻推门进来。按照朱的嘱咐，闻和卯每日前来朱圃，共同议事。今天早晨，卯前去馆舍看望大龟，闻单独前来了。葛看到四周无人，低声对闻说："大王前来，见到桑了！"

闻特别惊讶道："大王前来……什么时候？"

葛小心谨慎，低声说："夜里来了。"

闻一头雾水道："昨日晚间，王后组织歌舞宴飨，十分热闹。大王饮酒跳舞，已有醉意，王后不会允许大王独自离开寝宫。"

葛指指朱说："闻问师父！"

朱向闻点点头。

葛听说昨晚王后在寝宫组织了歌舞宴飨，并且大王当时已有醉意，便分析说："如果大王醉酒而来，所言所行，恐怕大王自己并不清楚。"

朱明白葛的意思，大王醉酒会桑，即使有所承诺，因为是酒后妄言，也许并不记得。不过，桑已经见过大王，趁此机会将桑送回羊角族，理由充分。朱对闻说："桑见过大王了，送桑离开的时机已到。只是，如果大王当面有所承诺，桑未必同意离开。"

葛表明自己的态度，道："无论桑是否同意，都得离开。"

闻由大王醉酒，想到万不得已的办法，提出建议："如若不然，将桑灌醉，强行弄走。"

后院传来桑的脚步声，葛示意大家停止议论，三人坐在长案两侧，葛拿起砺石打磨竹片。桑由远而近走来，看到葛手里的砺石，想起夜间与大王的亲昵，有些不好意思，于是调转方向，匆匆返回后院去了。

桑离开后，朱想起另外一事。前日，林官虞返回王邑，前来朱圃时，提及闻与族长姜交换玉圭和羊角之事，朱认为此事如果传播出去，可能会引发危机，便提醒闻。闻回想当时情形，告诉师父："族长姜赠闻羊角，将桑托付于闻。林官虞劝闻暂且收下羊角，闻不便拒绝。待桑返回羊角族，闻就将羊角还给族长姜。"

朱说："即便接受羊角，也不能回赠玉圭啊！"

闻解释说："族长姜救过大王，本应感谢，如今再赠羊角，闻以为必须有所回赠，就将玉圭赠予了。"

第二十四章 会桑

朱提醒闻："礼尚往来，合乎情理。但玉人坊制作的玉圭，是王后赠闻的，本是象征地位的礼器，如今闻却用之回赠族长姜，如果王后问起，闻说出实情，必然引起王后的猜疑。"

闻当初回赠族长姜时，没有想到王后会因此猜疑，听到师父这般提醒，自觉问题严重，便向师父保证道："闻不说出，林官虞不讲，王后不会知道。"

朱站起来，告诉闻："屠官干曾经前往郊野，他从丘臣封口中探听到赠圭之事了。"

闻忽地站起，没有想到自己回赠玉圭的行为，引起太卜涂的特别关注。如今，必须准备应对王后的责问。朱告诉闻，针对这一系列突发事件，包括王后见桑，大王朱圃会桑，王后得知闻将玉圭赠出，需要认真商议对策。两人一番磋商之后，闻辞别师父、师母，准备离开朱圃。

闻走向朱圃大门时，看到桑在后院招手，似乎正在等待自己，便走过去。桑急忙询问："闻一早可曾见到大王？"

闻意识到，大王夜间会桑，肯定当面给出了承诺。桑的意愿升级，正在等待大王兑现承诺。

闻有意提醒桑，说道："昨日晚间，大王参加了歌舞宴飨，喝多了酒，人有醉意。闻今早出宫，没有见到大王，估计大王还在酒醉之中！"

桑本想通过闻打探情况，传递消息，催促大王依照承诺，尽快将自己接入宫中，如今不便直说，便取下胸前小玉龟，递到闻的手中，叮嘱道："这是大王的小玉龟，还给大王吧！"

闻窥出桑的心思，她想用小玉龟提醒大王，不要忘记夜间的承诺。闻不便拒绝，但隐约感到此事复杂，桑的意愿难以达成，于是再次提醒桑说："桑应该尽快离开王邑，多留一日，就多一些危险！"

桑终于见到大王，以为万事大吉，意识不到潜在危险，对闻说："将小玉龟交给大王，桑就没有危险了。"

此时此刻，闻知道自己很难说服桑，于是接过桑手里的小玉龟，转身离开了。

歌舞宴飨结束后，王后独自回到丽室，夜间醒来，发现大王不在身边。

王后起初有些恍惚，后来回忆晚间情景，想起大王没有跟随自己返回，而是引领一位表演"鸟羽舞"的女子离开了。王后心有不爽，略有不安，有意寻找大王，因为夜深人静，不便招呼仆臣行动。王后又想，如果惊扰大王与女人的欢愉，导致大王扫兴，也许得不偿失。

这个夜晚，王后思来想去，近乎一夜无眠，临近天亮，终于睡着。王后短暂入梦，再度醒来时，发现大王躺在自己身边，不知何时返回的。王后心想，好在没有兴师动众寻找大王，否则万一引起不快，与大王刚刚缓和的关系，就会重新陷入僵局。

想到大王与别的女人在外过夜，王后心中郁闷，但不便询问大王去向，又无意主动与大王交谈，于是径自起身，准备出去走走。王后无意之间回头，看到大王卷曲着身子，背对自己，俨然还在沉睡。王后心想，大王夜间已经筋疲力尽了。王后走到丽室门口，就要出门时，忽然感觉大王的形态有些异常，于是急忙转身回去，走到大王面前，发现大王眉头紧锁，呼吸急促，一副特别难受的样子。

王后埋怨大王，同时心存关切，两种心情纠结在一起。王后推断，大王与表演"鸟羽舞"的女子尽情交欢，导致大王筋疲力尽，身体异常。看到大王眉头皱起，貌似十分痛苦，王后担心大王身体有碍，即使心中郁闷，也无法坐视不管。王后正在左右为难之际，大王用力睁开眼睛，吐出一句话："请太医酉来！"

王后急忙召来仆臣奚，让他速去请太医酉，自己则守在大王面前，焦急地等待着。太医酉匆匆来到，站在大王身前，伸手撑开大王的眼皮，仔细察看大王的眼睛。太医酉如此诊病，出乎王后的意料，引起王后的猜疑——难道大王患有眼疾？

太医酉仔细察看大王双眼，然后开始号脉。大王身体僵硬，无法配合双手诊脉，太医酉便一手号脉，同时继续观察大王的双眼。透过大王眼睛的表象，加上诊脉获得的信息，太医酉得出判断：大王的眼疾就要发作了！太医酉需要了解大王发病之前的情况，以为大王肯定与王后同在丽室，便低声询问："大王发病之前，有何异样？"

大王一夜不归，王后充满怨气，认为大王突然发病，就是因为女人所致，如今太医酉询问病因,自己不便说出真相,只能含混回答:"没有什么异样啊……"

太医酉面向王后,解释病情:"大王眼疾突发,头疼欲裂,必须止住头疼,然后细察病因。"

太医酉提及"细察病因",引起王后的联想。王后以为,在刚刚过去的这个夜晚,大王与女人交欢,就是主要"病因"。王后回想表演"鸟羽舞"的女子,突然想到跳舞的女子之中,金发女子尤其特别,容易吸引男人的注意。王后推断,大王受到金发女子吸引,歌舞宴飨结束后,引领金发美女离开,另寻欢愉去了。

对于自己的推测,王后不能断定,于是继续扩大联想范围,脑海中突然冒出桑的形象,心中一惊:难道是桑?

王后马上否定自己这个念头:不可能!不可能!

王后奇怪,自己竟然联想到桑,看来自己还是不能放下对桑的顾忌啊!

此时,根据太医酉的建议,仆臣奚进入丽室,帮助调整大王姿势,让大王由侧卧转为仰卧。太医酉针刺大王眼睛附近的穴位,舒缓大王的头疼症状。随后,大王紧张的表情有所放松,太医酉继续施以针刺,力求尽快止住大王的头疼。

王后并未注意大王表情的细微变化,心中依旧纠结:大王带走的女子究竟是谁?是不是金发女子诱使大王交欢,导致大王眼疾突发,头疼欲裂?

王后暗暗提醒自己:等到大王头疼消除,眼疾痊愈,再当面质问吧!

大王头疼症状减轻后,紧张的表情有所舒缓,但太医酉并未放松下来。太医酉心中明白,大王眼疾突发,针刺和药物只能减缓疼痛,只是解除当下之急,并不能阻止眼疾发作。太医酉十分犹豫,不知眼疾突发的严重性,是否应该告诉大王。王后不离大王左右,太医酉没有机会单独提醒大王。大王身体极度虚弱,此时告知,恐怕时机不当。

大王的呼吸渐渐平稳,面部表情趋于平静,出现入睡的迹象。太医酉对王后说:"大王突发眼疾,引发头疼,刚刚施以针刺,暂且舒缓疼痛。酉返回太医室,专为大王煎制草药,随后送来,请大王服用。"

太医酉告别王后,匆匆离开丽室,迅速走出寝宫区,直奔太医室,将需要煎制的草药准备妥当后,并未立即煎制,而是提着草药离开太医室,步出宫城南门,直奔郭区而去。

大王突发眼疾,无法执政,王邑面临诸多不测,这种危急局面,必须尽快让朱知道。太医酉经过宫城南门时,恰逢卜官宾在此路过。卜官宾发现太医酉行色匆匆,前行方向正是郭区,而朱圃就在郭区,桑正在朱圃寄居。卜官宾想起太卜涂的提醒,愈发警觉,便悄悄跟随在太医酉身后了。

朱圃之内,葛正在劝说桑,让她尽快离开王邑。按照族长姜的指示,桑见过大王后,就应该离开王邑,返回羊角族。葛没有料到,桑拒绝离开王邑,她说:"按照哥哥的说法,桑见过大王,确实应该返回羊角族。如今,大王当面表示接桑进宫,桑怎么能够拒绝大王呢?"

葛此时明白,大王夜间会桑的确做出了承诺。大王如此承诺,导致桑决意留在王邑,等候大王前来接自己进宫。葛想起闻说的情况,认为大王对桑的承诺,可能是酒后轻言,就提醒桑:"大王酒后所说,不能轻信啊!"

桑反驳葛:"大王没有喝醉,清醒着呢!"

葛换一个理由,继续解释道:"大王接桑入宫,娶桑为妻,涉及两个族群。两个族群结亲,大王必须专程前去羊角族,依礼而行。桑应该先行返回羊角族,等候大王携带聘礼而去,然后接桑入宫。"

桑不懂什么聘礼,不管什么规矩,告诉葛说:"大王答应,今日接桑进宫,桑还要返回羊角族吗?"

葛十分惊讶地问:"今日接桑进宫?"

桑特别肯定道:"大王所说,就是今日。"

两人正在争辩时,太医酉匆匆来到,将手里的草药交给葛,吩咐抓紧煎制,表示自己还要立即返回寝宫。朱上前迎接,估计寝宫之中有人患病,太医酉匆匆而来,应该是有要事相商。葛引桑前去煎药,有意将桑支开,便于朱和太医酉单独交流。

朱和太医酉走到草棚下面,太医酉观察四周,空无一人,随后低声说道:"大王病了!"

朱低声询问太医酉:"是否严重?"

太医酉说:"今日一早,仆臣奚召酉速去丽室。大王躺在那里眉头紧锁,呼吸急促,看上去特别难受。"

朱连忙问道:"是何病症?"

太医酉长叹一声道:"大王罹患眼疾多日,视物重影,久视头疼,甚至头疼欲裂。酉请大王选择,或当下丧明,来年复明;或当下可视,来年丧明。"

朱不明白,问:"此话怎讲?"

太医酉解释:"当下丧明,来年复明,就是让大王闭上眼睛,失明一般,不准视物,一到三年后,重新睁开眼睛,即可恢复视力。究竟一年、两年还是三年,酉也不确定。"

朱霍然明白,道:"当下可视,来年丧明,就是借助太医的治疗,当下可以视物,但一到三年之间,眼睛随时可能丧明。"

太医酉点点头说:"大王选择当下可视,来年丧明。如今眼疾突发,病情迅速发展,就有可能丧明。"

朱问:"如此严重?"

太医酉回答:"大王突发眼疾,定有缘故。对大王发病之前的情形,王后支支吾吾,不愿回答。"

朱想到大王夜间会桑之事,不知两者是否有所关联,于是悄悄告诉太医酉:"大王参加了王后举办的歌舞宴飨后,醉酒夜行,来到朱圃,与桑交欢。"

太医酉听说此事,明白了王后不愿回答的原因,对朱坦言:"大王罹患眼疾多日,病因很难断定。酉只是担心大王眼疾发作,病情难以控制,影响王邑安危啊!"

朱分析道:"大王选择当下丧明,来年复明,就必须立即确定王位继承人,由继承人执政王邑。选择当下可视,来年丧明,尚有缓和余地,大王只能如此选择。如今眼疾突发,大王需要确定王位继承人,还要兼顾继承人目前的执政能力,对大王来说,确实两难啊!"

太医酉流露担心,道:"如果卯继王位,必须有人辅佐……"

朱自然明白,太医酉因为牵挂王邑安危,前来朱圃传递消息。假如大王确定卯继王位,太医酉希望自己辅佐卯,确保王邑平安。朱提出自己的推测:"如果卯继王位,王后极有可能代理主政,请太卜涂辅佐。"

太医酉说出自己的顾虑："王后过于信任太卜涂了。"

对于太卜涂的企图，朱有更深层次的警觉，他说："如果太卜涂有更大野心，就不会满足于只当辅佐之人，也不会让卯稳坐王位。"

太医酉非常着急，道："如果卯继王位，闻代理主政，朱暗中辅佐，这样既不得罪王后，也能掌控局面，岂不更好？"

朱表明自己的判断："让闻代理主政，王后不会同意。再说，朱已辞去契刻卜官的职位，不想重新参与政事，只想从事传承经典之事……"

太医酉关心王邑安危，道："卯过于年少，继承王位后，必须有人代理主政。如果王后代理主政，而太卜涂对王位早有企图，一旦太卜涂主动出击，局面便难以掌控，事关王邑安危啊！"

朱沉默片刻，问道："大王眼疾发作，太医确实难以控制吗？"

太医酉长长吐一口气，说："只能减少疼痛，不能控制发作。"

葛和桑煎好草药后，手捧药罐，立于远处。朱招呼两人过来，转身对太医酉说："太医只管全力救治大王，王邑需要大王！"

朱这样回答，表明对于王邑局面不会听之任之。太医酉点点头，接过药罐，准备离开。葛对太医酉说："太医端着药罐返回寝宫，不方便吧……"

桑已经知道太医酉的身份，太医酉此时返回寝宫，桑希望借机进入，主动表示："桑陪太医送过去吧！"

太医酉对王后说自己回太医室煎药，此时肯定不能带外人进宫，急忙摆手："不必，不必。"

太医酉离开朱圃时，葛上前送行。桑有意向朱探听太医酉带来的消息，朱沉默不语，显然不想透露。桑心生疑惑：闻离开朱圃时，叮嘱自己"应该尽快离开王邑"；太医酉突然来到，葛带自己前去煎药，显然不想让自己听到消息。难道宫中发生了意外，大王无法接自己入宫？

朱和葛返回草棚，朱悄悄对她说："大王突发眼疾，王后和太卜涂定然有所行动，闻不便离开王邑，送桑返回羊角族的安排，只能推迟。"

葛关心桑的安危，道："通知林官虞，让他转告族长姜，请羊角族派人将桑接走。"

朱说出顾虑："也许，朱圃已经被人监视了。此时派人去找林官虞，反而会连累林官虞。"

朱圃外面，卜官宾尾随太医酉而来。太医酉进入朱圃，卜官宾就在院子外面，身子贴近土墙，侧耳细听里面的声音。朱和太医酉低声交流，卜官宾虽然听不真切，但关键内容还是听清楚了——大王罹患眼疾多日，突然发作，可能丧明；大王夜来朱圃，与桑交欢；太医酉与朱密谋，让卯继承王位，闻代理主政，朱暗中辅佐；朱怀疑太卜涂早有野心，不会满足于辅佐之职，不会让卯稳坐王位。

卜官宾意外发现这些重大秘密，心中大惊。在太医酉走出朱圃之前，卜官宾匆匆离开，向太卜涂禀报去了。

第二十五章
铸鼎

经过太医酉的针刺治疗,大王的头疼症状减轻,终于慢慢睡着了。大王的病情虽有所缓和,王后烦乱的心情并未平息。太医酉"细察病因"的说法,深深刺激着王后,她极力想要弄清,大王究竟与哪个女人纠缠在一起,导致眼疾突然发作。

大王只是浅睡,醒来环视四周,有些恍惚,不知自己身在何处。大王看到站在室内的王后,突然明白身在丽室。大王回想夜间与桑欢愉的经过,不知眼疾突发是否与此相关。大王担心再度头疼,急忙喊道:"太医酉在哪里?太医酉在哪里?"

王后听到大王的喊声,想起太医酉前去煎药,久久没有归来,急忙吩咐仆臣奊前去催促。随后,王后依旧站在室内,面向门外,并未立即返回大王身边。大王听到王后安排仆臣奊前去太医室,以为王后担忧自己的眼疾,没有察觉王后心中不快。大王回忆夜间经历,想起自己"接桑进宫"的承诺,有意向王后提及,又担心眼疾持续发作,自己无法处理复杂的宫中人事,欲言又止。

王后背对大王,同样欲言又止。王后有心质问大王夜间去向,弄清大王究竟与谁在一起厮混,又担心再度诱发大王眼疾,导致大王头疼,于是压抑心中郁闷,终究没有开口。

大王寻思再三,认为自己对桑已经做出承诺,不能失信于桑,因此必须主动开口。因为心虚,大王只能寻找借口,掩饰自己的行为,于是借题发挥,提及醉眼蒙眬看到的情形,对王后说:"歌舞宴飨之后,有一位表演'干舞'

的男子，被王后的风采吸引了。"

王后原本有意质问大王的夜间勾当，如今大王主动出击，自己怎能忍气吞声。王后冷冷地回击："吸引大王的女人，不止一位吧！"

王后突然反击，大王没有料到，因为不能暴露夜间会桑一事，所以他无奈地撇撇嘴，重新闭上眼睛，假装身体不适。王后看到大王如此表情，心生怒气，一时无处发泄，便冲进丽室深处，抓起地上的青铜戈，用力砍向墙壁，墙土纷纷落下，扬起一阵粉尘。室内粉尘飞扬，大王咳嗽不止，他用力撑起自己的身体，睁开眼睛，看到刚刚发生的一切，察觉王后明显不快。接桑进宫的话题，大王暂时无法提及了。

看到王后怒气冲冲，大王担心再生冲突，有意离开丽室，另外选择休养的地方。大王勉强站立起来，双腿无力，摇摇晃晃，险些就要跌倒。王后上前搀扶大王，然后半推半扯，重新让大王躺下。王后怒不可遏道："大王究竟是被金发妖孽勾引了，还是前去朱圃会桑了？哪个女人把大王弄得如此失魂落魄？"

王后斥责的声音，一遍一遍在大王耳边重复，仿佛没有终止的时候。突然，一阵炸裂般的头疼袭来，大王紧闭双眼，卷曲身子，表情十分痛苦。王后的斥责没有结束："这是报应，上天的报应！"

这时，闻从朱圃回到寝宫，小心翼翼走近丽室，准备寻找机会面见大王，根据桑的委托，转交小玉龟。听到室内传出王后的斥责声，闻以为因大王夜不归宿，两人发生争吵，并不知道大王眼疾发作了。闻感觉此时不便与大王会面，于是悄悄向后退步，赶紧走掉了。

大王不断扭动身体，对抗头疼，看上去不是假装的。王后尽量抑制厌烦的情绪，察觉太医酉至今没有消息，仆臣奚也没有返回，便气哼哼地冲到室外去了。

朱圃院外，卜官宾偷听到意外的秘密，感到十分震惊——大王夜晚在朱圃会桑，然后眼疾发作；朱推断接下来可能卯继王位，王后代理主政，太卜涂辅佐；太医酉建议由闻代理主政，朱暗中辅佐。卜官宾认为，将这些秘密禀报太卜涂，不仅可以得到嘉奖，还能增加自己转任玉官的可能性。

卜官宾匆匆前往太卜室，路上一直盘算怎样向太卜涂陈述。一是将秘密全盘托出，毫不保留；二是暂且透露部分秘密，适可而止。卜官宾放慢脚步，边走边想，究竟哪种方式更为妥当呢？

前日，太卜涂私下龟卜，得到"既得相位，更有大吉"的结果，随后欲望升级。太卜涂原本只是希望获得相位，掌握王邑大权，如今蠢蠢欲动，希望得到至高无上的王位。实施夺取王位的行动，需要一个特别的契机，一个化险为夷的契机。此时，卜官宾来到太卜室，面露喜色，太卜涂隐约产生一种预感——千载难逢的契机来了。

卜官宾尚未开口，太卜涂主动问话："说吧，发生什么重大事件了？"

卜官宾没有料到，自己尚未开口，太卜涂已经预知事件重大。原本打算吐露部分秘密的卜官宾，担心太卜涂神机妙算，自己弄巧成拙，只得一五一十叙说。太卜涂仔细聆听卜官宾的话："刚才，太医酉离开宫城，前往郭区，行动诡秘。根据太卜大人的叮嘱，宾愈发警觉，悄悄跟随太医酉，来到朱圃。"

太卜涂夸赞道："对于太医酉，应该特别注意。"

卜官宾继续陈述："太医酉进入朱圃后，与朱悄悄交谈，宾在院子外面，隔墙倾听，竟然从两人的对话中发现了重大秘密！"

太卜涂警觉起来，问："是何秘密？"

卜官宾稍稍停顿，梳理片刻，继续说道："大王夜间离开宫城，朱圃会桑，回到寝宫后，突然眼疾发作。"

太卜涂感觉意外，说："大王眼疾发作？"

卜官宾解释道："据太医酉说，大王罹患眼疾多日，如今突然发作，甚至可能丧明。"

太卜涂没有料到，这个契机来得如此迅速，问："大王可能丧明？"

卜官宾上前一步，细说："太医酉与朱密谋，商量应对之策。太医酉建议，假如大王失明，卯继王位，就由闻代理主政，朱暗中辅佐。"

太卜涂明白，太医酉希望朱此时出面，掌控大局，所以如此建议。太卜涂追问："朱怎样回答？"

卜官宾回想片刻，道："朱起初表示，无意参与政事。不过，朱对太卜大人有所怀疑。"

对于朱怀疑太卜涂一事，卜官宾不敢直接说出，于是婉转提及，根据太卜涂的反应，再行表述。太卜涂希望摸清朱的底牌，追问卜官宾："朱说了些什么？"

卜官宾如实相告："朱怀疑太卜大人早有预谋，不会满足于只当辅佐之人，不会让卯坐稳王位……"

听到这里，太卜涂反问卜官宾："朱所怀疑之事，宾相信吗？"

卜官宾一时不知如何回答，太卜涂并不需要他的回答，直接说道："朱所怀疑之事，涂自己都不相信！"

卜官宾连忙回答："不相信，不相信！"

太卜涂吩咐："这些秘密，不要外露。此时，大王眼疾发作，王邑安危最为重要，必须掌控局势，防止闻趁机夺取王位。"

卜官宾急忙点头，表示理解，等候太卜涂的指示。太卜涂吩咐："速去屠宰场，请屠官干过来，一起议事。"

卜官宾走后，太卜涂转身进入大室，来到室内一角，面对三足青铜鼎，静静地站着，脑海中闪出四足青铜大鼎的形象。仆人卫根据太卜涂的指示，正在安排匠人抓紧铸造四足青铜大鼎。太卜涂得知大王眼疾发作，感叹"天助我也"，认为夺取王位的时机到来了。

太卜涂反复思考，梳理行动计划——大王无法主政，如果自己支持卯继王位，建议王后代理主政，就可以规避闻主政、朱辅佐的可能。随后，自己表面辅佐新的大王，暗中可以伺机行动。当务之急，就是劫获大三足龟，只要拥有大龟的保佑，就能实施从辅佐到主政的计划，最终夺取王位。

这时，大室外面传来声音，卜官宾与屠官干一起到来。太卜涂将两人引入室内，布置行动计划。太卜涂吩咐屠官干："按照大王的指示，明日一早，函与大龟返回九江，卜官宾同行。明日夜间，路途之上，率人劫获大龟。大龟在手，得到灵龟保佑，就能掌控权利，在大王无法主政的形势下，保证王邑平安。"

太卜涂故意强调"王邑平安"，似乎一心是为王邑着想。卜官宾、屠官干知晓太卜涂的心思，并不说破。屠官干建议："劫获大龟的同时，干脆将函杀掉，免得多事！"

卜官宾心存顾虑，道："大三足龟属于灵龟，外人难以控制，万一出现异常，只有函能应对。"

太卜涂点头，同意卜官宾的意见，道："大龟和函，都不能伤害！"

太卜涂指指身边的卜官宾，告诉屠官干："宾一并劫持。"

卜官宾以为自己可以脱身，听到此话，不禁产生疑惑，问："一并劫持？"

太卜涂拍拍卜官宾的肩膀，和颜悦色地说："宾留在函的身边，做函的伙伴，明白吗？"

卜官宾心中不悦，表面却不能流露出来。卜官宾原本以为，屠官干劫持函和大三足龟，自己顺便得以解脱，没有料到依然还要看守大三足龟，只是从明处转到暗处，处境更加拘束，行动更不自由。

太卜涂看出卜官宾的心思，赶紧承诺："有灵龟保佑，不用太多时间，王邑局面就会转变。宾做玉官，只是区区小事。日后俘获外族女奴，多多赏赐于宾。"

卜官宾虽不情愿，但无法拒绝，只得如此这般。

仆臣奚由太医室匆匆返回，看到王后站在丽室外面，急忙上前禀报，说太医室空无一人，没有找到太医酉，只得一人返回。王后很是疑惑，寝宫与太医室之间，只有一条道路通达，如果太医酉往返两地，仆臣奚必然遇到太医酉。太医酉一向关心大王，不会无视大王的病症，更不会欺骗自己。王后正在犹疑，突然看到太卜涂远远走来，便让仆臣奚退后，自己原地等待。

太卜涂走到王后近前，关切问道："听说大王眼疾发作，太医酉正在诊治？"

太卜涂如此发问，正好触到王后的疼处，王后心中不快，气愤地说："太医酉返回太医室煎药，一去不归，已有半个时辰。"

太卜涂斥责太医酉："太医酉不把大王病情放在心上，竟然前往朱圕，与朱密谋，准备趁此机会，让闻夺取王位！"

王后一脸疑惑，问："此话怎讲？太卜大人细细说来。"

第二十五章 铸鼎

太卜涂根据卜官宾所说,继续添油加醋,使叙述内容更具逻辑性,更有说服力,更富煽动性,他说:"寝宫歌舞宴飨之后,大王醉酒离开宫城,夜间在朱圃会桑,王后可知?"

太卜涂短短几句话,已经使王后感到十分震惊。王后私下的猜测,如今被太卜涂证实,王后不用询问消息来源,就已坚信不疑,道:"原来如此,大王被异族女人吸去精血,回到寝宫,眼疾立即发作,头疼欲裂。"

太卜涂继续陈述,内容更加出乎王后意料:"大王罹患眼疾,太医酉早有所知。今日眼疾突发,后果十分严重,大王可能丧明,王后可知?"

王后没有想到,大王早就患有眼疾,而自己对此一无所知,可见大王早就对自己心存芥蒂。如果大王因为眼疾丧明,究竟谁来继承王位,谁来主政王邑,由何人辅佐?所有关于王邑政事的决策,都会迫在眉睫。

太卜涂根据自己的臆想,编织并透露更多消息:"闻图谋王位已久,背后有朱的支持。当年,朱辞去书契卜官,与闻早有预谋,若闻夺取王位,朱将得到王邑相位。前日,闻赴羊角族,秘密会见族长姜。这样一来,若闻需要羊角族配合,就会得到他们的援助。如今,大王眼疾突发,朱和太医酉本是同伙,他们以为夺取王位的时机到了。"

太卜涂接二连三抛出重大秘密,王后感到当前形势十万火急,气愤之余,有些慌乱,不知如何是好。大王与桑深夜相会,王后耿耿于怀,无心考虑其他,准备派人前去朱圃抓桑。太卜涂劝阻王后:"抓桑不难,涂已经安排专人监视朱圃。眼下最为重要的事情,就是阻止闻夺取王位。"

听说太卜涂已经派人监视朱圃,王后的情绪稍稍平复。王后认为,大王除了隐瞒眼疾之事,肯定还有更多秘密,她气愤地怒斥道:"大王隐瞒眼疾,掩盖与桑的勾当,才有今日后果!"

王后气急败坏,太卜涂担心耽误大事,急忙提醒王后:"大王眼疾发作,可能丧明,无法主理王邑政事。王位继承之事,眼下最为紧迫。"

王后原本最看重王位继承之事,只是刚刚得知大王在朱圃会桑,心生妒恨。听说大王可能丧明,王后一时没有头绪,她尽量控制自己的情绪,告诉太卜涂:"诸事突发,心烦意乱。王位继承之事,还要三思啊!"

太卜涂明白,大王在朱圃会桑,引起王后对桑的妒恨,王后心中十分郁闷，所以无心他事。太卜涂急忙表示："王后放心，涂会尽快将桑控制起来。"

太卜涂辞别王后离开丽室，走出寝宫区时，与匆匆而来的太医酉相遇。太医酉双手捧着药罐，小心翼翼。太卜涂似乎好意叮嘱："太医大人迟迟不到，王后火气甚大，务必小心呢！"

太卜涂与王后关系紧密，太医酉自然知道。如今太卜涂刚刚离开丽室，所谓王后的火气，也许正是太卜涂点燃的。太医酉并未回应太卜涂，加快脚步前往丽室。仆臣奚远远看到太医酉返回，急忙上前接过药罐，陪同太医酉进入丽室。

太医酉与仆臣奚侍奉大王服药。仆臣奚扶起大王，让大王立起上身，便于喝药。太医酉打开药罐，倒出一小部分煎好的汤药，亲自饮下，这是太医酉给大王用药的习惯，总是亲自服用，以身试药。仆臣奚轻轻呼唤大王，大王意识模糊，微微睁开双眼，饮下汤药。仆臣奚搀扶大王躺下，看到王后示意自己退出，于是急忙转身离开丽室。

太医酉正在侍奉大王服药，王后不便发火，只能低声斥责："为何隐瞒大王眼疾？"

大王服药之后，清醒了一些，听到王后质问太医酉后，用力撑起上身。太医酉未及回答王后，便急忙过去搀扶大王。大王借助太医酉的力量，撑起身子，半卧半坐，有气无力地对王后说："莫怪太医。"

王后无视大王的阻拦，质问太医酉："如此说来，隐瞒眼疾本是大王的意思？"

王后态度强硬，太医酉无言以对，大王无奈地点点头。太医酉搀扶着大王，突然感到大王身体僵硬，上身向后倾倒，于是急忙扶着大王躺下。大王感觉眼睛疼痛，便抬手揉搓双眼，太医酉伸手阻拦，不准大王用双手触碰眼睛。太医酉近前察看，发现大王眼角流出一丝鲜血，便用白色丝帛轻轻拭去。王后看到丝帛上面的血迹，有些自责，问太医酉："眼睛流血了？"

大王叫道："疼，疼！"

太医酉回答王后："要减轻疼痛，只有放血之法。"

王后不解道："放血？"

第二十五章 铸鼎

太医酉解释放血的方法:"针刺放血,可为大王止痛,也会导致大王沉睡,入睡几日不定。"

王后只能接受太医酉的办法,但是存有疑惑,说:"沉睡过去,恐有什么危险吧?"

太医酉解释:"大王沉睡,眼睛得到休息,利于治疗眼疾。"

王后点头同意,太医酉取出一支三棱骨针,在大王的相应穴位针刺放血。随即,大王紧锁的眉头有所舒展,呼吸平缓,很快沉睡过去。王后看到大王入睡,内心稍稍平稳,对太医酉说:"大王眼疾,唯恐随时发作,请太医暂且移入寝宫,靠近丽室居住,方便诊治。"

王后如此安排,便于大王眼疾发作时,太医酉随时前来治疗。另外,让太医酉移入寝宫,等于切断了太医酉和朱的联系。

大王突发眼疾,病情多变,太医酉担心发生意外,自然接受王后的安排。王后指示仆臣奚,随同太医酉,一起前往太医室,取来太医酉日用、医用之物,这也是对太医酉行动的监督。

之前,卯在馆舍参与"升烟祭天"仪式,知道函离开王邑的时间,决定届时亲赴馆舍,为函送行。三日过后,卯提着一袋风干鹿肉,一早就来到馆舍,推开函居住的小室后,发现空无一人。卯心中慌乱,担心函已经离开,急忙奔向卜官宾居住的小室打听情况。

馆舍院内,卯和迎面走来的函相遇。函察觉到卯的疑惑,将卯引入自己的小室,解释说:"大王宣布供奉大龟三日之后,让函和大龟返回九江。为了保证大龟的安全,函和大龟移入卜官宾室内,一起居住。"

卯放心下来,递过鹿肉,说道:"卯随父王狩猎时,射中野鹿,鹿肉用盐腌制,风干之后,味道很香,函路上吃吧!"

函并不知道卯的箭术如何,问道:"卯射中了?"

卯有些不好意思道:"父王射中鹿,卯射在树上了。"

"大王箭术高超,卯多多练习,就可以射中了。"函一边宽慰卯,一边找出自己的骨笛,递到卯的手中,说:"函今日上路,返回九江,骨笛就送给卯吧!"

卯并未接过，为函考虑道："路上若发生意外，函吹响骨笛，族长燎听到笛声，可以帮助函。"

函返回九江心切，以为路途顺利，很快就能见到族长燎。他将骨笛塞到卯的手中，说道："哪有什么意外，很快就回到家了。"

卯想了想，认为应该不会发生意外，接过骨笛后，略有沉思，将骨笛递还回去，对函说道："既然是函的心意，卯就收下！函现在可吹响骨笛，告诉族长燎，函要上路了。"

函接过骨笛，放到嘴边，吹出悠长嘹亮的曲调。笛声悠悠，在天空回响。很快，遥远的笛声传来，函听得出，这是族长燎吹响的曲调，仿佛在欢迎自己返回九江。

卯和函相继来到室外，走向馆舍大门。卜官宾立于馆舍门口，招呼负责驾车的驭手索搬运东西。卜官宾听到函吹响了骨笛，想到骨笛声可以呼唤族长燎，正在寻思怎样收回骨笛时，看到卯手拿骨笛，猜测函将骨笛赠给了卯，心中窃喜。

马车停在馆舍门口，函从小室搬出自己的物品，驭手索双手接过后，一一归置在马车上面。卯主动帮函搬运物品，卜官宾与卯开玩笑道："卯陪函返回九江吧！"

函真心希望卯陪伴自己，急忙表示："卯和函一起返回九江，可以在江中划船，与小龟玩耍。函的虎尾放入江水，小龟就会浮出江面。"

卜官宾提着自己的物品走来，继续开玩笑道："卯随函返回九江，宾的行囊就不必装车了！"

卯知道这是玩笑，没有当真。驭手索接过卜官宾手里的袋子，放到马车上。随后，驭手索返回院子，站在卜官宾的小室门口，准备继续搬运物品。卜官宾空手走出小室，转身关闭室门，显然没有其他物品需要携带。卯这时发现，卜官宾的随身物品只有一个袋子。长途远行需要更多备用物品，卯有意提醒一下，但想到卜官宾经常外出，经验更加丰富，便没有多说什么。

驭手索站在马车上面，整理大家携带的物品，腾出大龟需要的空间，以及函和卜官宾的位置。随后，驭手索和函返回馆舍，搬取大龟，将大龟安排妥当。所有物品收拾停当后，卜官宾和函先后上车，函挥手示意，与卯道别。

第二十五章 铸鼎

驭手索吆喝几声，驾着马车上路了。

马车渐行渐远，卯站在馆舍门口，远远望去，函还在向自己使劲挥手。函的身影渐渐变小，马车渐渐消失，卯的眼中流出两行泪水，他突然觉得，也许自己永远不能与函相见了……

自从太医酉匆匆而来，告知大王眼疾突发之事后，朱便陷入深思。朱意识到，如今大王不能主理王邑政事，王后可能选择让卯继王位，王后代理主政，太卜涂辅佐。太卜涂早有野心，受到欲望的驱使，不会满足于只是辅佐王后，甚至不会让卯安坐王位。如今王邑面临危机，闻是大王唯一的弟弟，向前一步，可以继承王位，退后一步，可以代理主政，在王邑需要的时候，闻应该承担更大的责任。

朱考虑再三，派人约闻，两人来到洲水河畔相见。闻赴约见朱，并不知道大王突发眼疾，此事只有少数几人知道，消息没有广泛外传。朱单刀直入道："大王突发眼疾，闻知道吗？"

闻莫名其妙道："闻昨日返回寝宫，准备面见大王时，听到王后与大王争吵，退而回避，没有听说大王眼疾之事。"

朱告诉闻："不久之前，大王视物重影，久视头疼，太医酉诊断为眼疾。太医酉提出治疗方案，大王选择当下可视，来年丧明，就是借助太医酉的医术，暂且正常视物，一到三年之间，随时可能丧明。只是没有料到，眼疾突然发作，大王近日就有可能丧明。"

闻很是吃惊地问："眼疾？丧明？"

朱点点头道："眼疾发作的原因，太医酉很难断定。如果大王丧明，不能主理政事，王邑就会面临诸多危机。"

朱约自己面谈的原因，闻此时才明白，略加思考，回答道："大王发病，不能主政，卯可以继承王位。之前活龟占卜，已有这个结果。"

闻这样回答，在朱的意料之中，朱说："卯尚且年幼，即便继承王位，也没有能力主政啊！"

闻并未多想，直接回答："王后具备执政能力，可以代为主政，而且王后愿意治理王邑。"

闻拒绝参政，态度毫不犹疑。对于太卜涂控制王邑的企图，闻并未察觉。朱提醒闻："大王眼疾发作，太卜涂会毫无作为吗？"

闻无心政事，并未考虑太卜涂所为。朱此时这样提醒，使闻联想到太卜涂的作为，这才意识到问题的严重性。闻沉思片刻，回答师父："太卜涂无非希望获得相位，如果卯继王位，王后主政，即使太卜涂得到相位，随着卯的长大和成熟，他也不能掀起多大风浪。再说，如今大王虽有眼疾，依然可以参与议事和决策，太卜涂不能形成多少威胁。"

朱意识到，必须让闻警醒，他说："如果太卜涂并不甘心为相，还要夺取王位呢？"

闻不太相信太卜涂有此野心，道："师父此言，有何证据？"

朱将闻引到洲水一角，这里十分僻静，空寂无人。朱指着平静的水面，对闻说道："闻透过水面，能够看清深水之中的情形吗？"

闻摇摇头，水面波光粼粼，根本无法看到水底。闻抬起头，发现师父正在脱去外衣，并示意自己同样脱衣。闻将衣服一一脱下，赤条条地站着，跟在师父身后，一步一步进入洲水……

两人在水中前行，洲水逐渐淹没头顶，朱潜入水中，闻跟随在后，两人距离水面越来越远。阳光透过水面照射进来，水下并非十分昏暗，渐渐接近河底的时候，闻看到前方有一团漆黑之物，起初不知何物，靠近的时候，才发现那是一尊巨大的青铜鼎，相比王邑最大的青铜鼎，还要大出许多。朱引领着闻，环绕着青铜鼎，游过一圈，又游过一圈……

朱和闻浮出水面，两人大口喘息，迅速游回岸边。闻披上衣服，席地而坐，低垂着头，默不作声。闻心中清楚，如此青铜大鼎，只有大王可以铸造，他人私自铸鼎，无论大小，都是死罪。如今青铜大鼎沉放洲水河底，显然就是某人私造的，意在谋取王位。此人登上王位之时，就是青铜大鼎面世之日，篡取王位的企图，如此昭昭。

闻默默无语，朱打破沉默道："太卜涂私铸青铜大鼎，意欲窃取王位！"

闻突然意识到王邑面临危机，一时有些慌乱，不知自己应该做些什么，他问："师父，闻应有何为？"

朱回想太医酉的建议，以为可行，道："卯继王位，闻代理主政，这样

第二十五章 铸鼎

既不得罪王后,也能阻止太卜涂获得相位,抑制太卜涂觊觎王位的念头,这样可好?"

闻对自己代理主政一事,心存忐忑,但王邑面临危机,不能断然拒绝,于是向师父流露出求援的眼神。朱知道闻的心理,希望唤醒闻的自信,说道:"闻拒绝参政,并非没有执政能力,朱早已看出,只是没有直言。闻勇于担当,朱暗中辅佐。王邑脱离危机之后,卯得到成长,闻再按自己的意愿行事,这样如何?"

闻听到师父这样说,稍稍放下忐忑之心,有意尝试一下。

第二十八章

劫持

　　函和卜官宾乘上马车，驭手索前面驾车，马车载着人和大三足龟，驶出王邑南门，踏上去往九江的遥远路程。函思念远方的虎尾族人，难以抑制内心的激动，有意吹响骨笛，向族长燎传递踏上归程的消息。函突然想到，骨笛送给卯，不在身边了。函找寻物品的动作，引起卜官宾的注意，他暗自庆幸骨笛已经不在函的身上。即便南行途中出现意外，函也不能借助骨笛传递消息，虎尾族人不被惊动，才能保证劫持行动悄悄进行。

　　这日，驭手索驾车行进，人马匆匆，行至两山之间的山谷入口处，已近黄昏。卜官宾提醒驭手索："由此进入山谷，道路崎岖难行，如若夜宿山中，恐有野兽困扰，不如就此休整，明日穿越山谷。"

　　卜官宾言之有理，驭手索停下马车，函和卜官宾相继下车，大家准备休息。卜官宾下车之后，巡视四周，仿佛为自己寻找休憩的最佳位置。驭手索下车后，突然听到身后车轮转动，急忙回头观望，发现马车鬼使神差一般继续向前行进，他心生疑惑，急忙追赶上去。函担心大龟的安全，赶紧跟随过去，差点被地面的石头绊倒。卜官宾并不着急，眼看两人追上马车，自己便坐在石头上面，径自休息了。

　　驭手索追上行进的马车，用力抓住缰绳。函也赶来，眼前的情形出乎意料——马车上的大龟用力向前伸展龟首，借助身体产生的前驱力量，助力马车前行；两匹马似乎明白大龟的意图，合力向前，马车驶向前方的山谷。函隐约意识到，大龟似乎并不情愿停下休息。

　　驭手索拉扯缰绳，函用力拖车，两人很难立即阻止马车前行。驭手索转

第二十六章 劫持

身向卜官宾挥手,示意卜官宾过来察看。卜官宾原地不动,轻轻地摆摆手,表示自己没有兴趣过去。函十分惊讶,一时不知大龟究竟意图何在。

驭手索用力拉扯缰绳,调转马车方向后,来到卜官宾近前,解释刚才看到的情形:"卜官大人,大龟助力,马车一直前行!"

卜官宾不解道:"大龟助力?"

函似乎明白了大龟意图,说:"天色并未完全变黑,大龟不想休息,急于返回九江。"

卜官宾略显平静道:"山路崎岖,不便前行。山中还有虎狼之类的野兽,不宜夜宿!"

驭手索感觉大龟行为蹊跷,询问函:"函怎么知道大龟不想休息?"

卜官宾终止关于大龟的话题,对驭手索说:"赶紧吃饭,尽快休息,明天一早上路!"

驭手索把两匹马拴在一处,将马车归置停当,然后捡拾木柴,生火做饭。函取出随身携带的风干鹿肉,与驭手索一起准备饭食。两人搬来一块大石板,集中摆放食物,三人围坐,一起吃饭。

这时,天空飘来大片的乌云,骤然之间,乌云密布,风雨欲来。两匹马蹄子乱踏,摇头摆尾,有些惊慌,马车里的大龟引颈向外张望,似乎发现不测,俨然准备跃出车厢。卜官宾见此情形,胡乱将饭食塞到嘴中,把石板上的食物移到一边,然后示意驭手索一起动手,两人抬起石板,走到马车近前,将石板压在车厢之上,就势封住车厢,阻止大龟行动。大龟受到石板阻碍,只得缩回龟首,难以动身。

函看到大龟身处困境,有意上前阻止,但迎面发现卜官宾投来严厉的目光,只得放慢脚步,踌躇不前。驭手索仿佛替卜官宾解释:"大龟惊着了,惊着了。"

乌云慢慢散去,雨水并未落下,夜色已经降临。三人先后躺下,准备入睡。驭手索躺在拴马的树下,与马为邻。函靠近马车休息,与大龟为伴。卜官宾早就选定就寝的位置,就是山坡上一块平整的巨石。卜官宾躺在巨石上面,可以俯视周围环境,相当于占据制高点了。

三人躺下之后,驭手索很快进入梦乡。因为石板困住了大龟,函有意搬走石板,让大龟得到自由。沉重的石板需要两人合力,一人无法搬动,函听到驭手索的鼾声，不便叫醒对方，于是翻来覆去，无法入睡。卜官宾并未入睡，悄悄观察驭手索和函的状态，侧耳倾听周围的声音，焦急地等待屠官干等人的来临……

马车一路颠簸，函身体疲乏，终于睡着。卜官宾焦虑之中，渐有睡意。首先发现夜间异常的，不是处心积虑的卜官宾，而是起来小便的驭手索。驭手索一觉醒来，睡眼蒙眬，站在树下小便，刚刚方便结束，突然发现周围遍布许多黑影，察觉危险降临。驭手索刚要喊叫，就被黑衣蒙面人捂住嘴巴，无法出声了。

驭手索受到挟持，两匹马感到恐惧，围着拴马的大树转圈。马蹄踏动，函被马蹄声惊醒，起身四顾，看到驭手索已经被缚，周围还有几个黑衣蒙面人。函以为对方因大龟而来，急忙取出随身的青铜短矛，试图保护大龟。函挥动长臂，前后舞动短矛，黑衣蒙面人一时不能近身。卜官宾手持短剑，跃下山坡，看似前来救援，黑衣蒙面人上前堵截，卜官宾持剑抵抗，寡不敌众，也被黑衣蒙面人擒获。

函见此情景，稍稍迟疑，手中短矛被黑衣蒙面人持戈挑飞，众人将函围在中间，反缚其双手，用黑布蒙上函的眼睛，用破布塞住函的嘴巴。函听到卜官宾喊叫："何人如此大胆，竟敢抢劫大龟？"

随后，函听到卜官宾"哎哟、哎哟"的声音，显然遭到了黑衣蒙面人的击打。函以为卜官宾同样被反缚双手，蒙上眼睛，塞住嘴巴，完全被控制起来了。

黑衣蒙面人的首领，就是太卜涂手下的屠官干。函被控制起来，蒙着眼睛，不知眼前发生了什么事情。屠官干来到卜官宾面前，嘴里没有出声，用手指一指驭手索，然后举起右手，横着手掌，在自己颈项之处示意，表示要杀掉驭手索。卜官宾点点头，屠官干手持长戈，双手用力抡出，驭手索便身首异处了。

函被蒙着双眼，一直没有听到大龟的声音，担心大龟遭遇不测。黑衣蒙面人推搡着函，开始上路。函听到车轮的声音，说明马车与自己同行，估计大龟还在马车上，只是不知去向哪里。夜色之中，函的青铜短矛遗留在此地，黑衣蒙面人没有注意……

在这个漆黑的夜晚，屠官干率众进入王邑，来到太卜室。黑衣蒙面人搬

第二十六章 劫持

下大龟，牵走马车，函和卜官宾被押入太卜室。屠官干的劫持行动结束，众人悄悄散去。按照太卜涂的命令，仆人卫将大龟移入地穴，因为担心大龟难以控制，便将函一并囚禁。函需要受到监视，于是卜官宾一并被囚入。这个夜晚，函和大三足龟遭到劫持，被带回王邑，囚入地穴，此事神不知鬼不觉。

丽室之中，大王一直昏睡，不分白天黑夜，没有任何声响。入夜之后，王后翻来覆去，无法入睡。太卜涂揭示的那些秘密，让王后产生更多疑惑——大王与桑交欢，突然引发眼疾？大王罹患眼疾，竟然可能丧明？闻和朱早有阴谋，企图夺取王位？闻赴羊角族，面见族长姜，准备里应外合夺取王位？

王后思来想去，认为当下最为紧要的事情，就是尽快确定由谁继承王位，何人主理王邑政事，谁来辅佐执政，共同度过王邑最为关键的非常时期。

天蒙蒙亮，王后差人前去唤太卜涂，自己来到丽室后面的花苑等候。太卜涂匆匆而来，王后见到太卜涂，不由自主说出的第一句话，还是关于桑的："太卜大人，桑控制起来了吗？"

太卜涂口气坚定道："一旦桑离开朱圃，立即控制。"

王后并不甘心，问："难道不能进入朱圃行事？"

太卜涂微微摇头说："朱，毕竟是涂的师父。"

王后不便坚持，换一话题道："如今大王日夜昏睡，王邑需要主政之人，太卜大人以为如何是好？"

太卜涂早有考虑，毫不犹豫道："立卯为王，断绝闻的企图。"

立卯为王，王后自然赞成，只是不能立即宣布，她说："卯继王位，必须等到大王清醒之后，由大王亲自宣布。"

"如果大王不能……"，太卜涂原本要说"如果大王不能醒来"，突然察觉不妥，随即改口，"如果大王不能立即醒来呢？"

王后回答："今请太卜大人前来，就为此事。大王一时不能醒来，王邑应该由谁主政呢？"

太卜涂明白，卯迅速继承王位，自己立即获得相位，这种可能性不大。太卜涂另出一计："依涂之见，应由王后主理政事。"

王后一向充满自信，认为自己具备治理王邑的能力，听到太卜涂如此建议，正遂心愿。王后主持王邑政事，确实需要太卜涂辅佐，为了表明对太卜涂的器重，说道："如若这般，还请太卜大人倾力辅佐。待卯正式继位，相位自然归于太卜大人。"

对太卜涂来说，虽然不能马上得到相位，但是当下辅佐王后，参与主持王邑政事，有利于达成自己的最终意愿。于是，太卜涂向王后表态："涂将全力以赴。"

王后代为执政一事，要在宫城正式公布。王后与太卜涂商定，此事应该尽快宣布。王后心里清楚，依照先王规定，王位继承人或卯或闻，如今自己代理执政，必须事先向这两人做出说明。于是，王后对太卜涂说："宣布之前，必须当面见闻，也要见卯，做出说明。"

太卜涂并不赞同事先说明，道："闻企图谋取王位，心怀叵测。王后不必顾虑闻的继承人身份，应该立即宣布代理执政，给闻突然打击，断绝闻的企图。卯这边，王后私下说明即可。"

王后还是坚持自己的意见，说："事先说明，避免猜疑，这样更好。"

桑眼下陷入特别焦虑的状态，不知所措。葛劝说桑返回羊角族，桑当即反驳，理由是"大王答应今日接桑进宫"。如今一日已经过去，大王杳无音信。为了获得有关大王的消息，桑将小玉龟给闻，委托闻转交大王，但依旧没有传来任何消息。桑以为，继续留在朱圃的理由不够充分，心情更加焦虑，有意铤而走险，准备直接闯入宫城。

桑心神不定，葛看在眼里，拿出朱亲手制作的简易皮鞭，让桑指导少朱、少葛使用鞭子，以转移桑的注意力。桑不得不接受安排，取出自己随身的长鞭，来到朱圃后院，先从执鞭动作开始，教导少朱、少葛使用鞭子的基本要领。

葛特别牵挂桑的安危，在桑单独指导少葛时，葛悄悄叮嘱少朱，一定不要离开桑的左右；在桑单独指导少朱时，葛悄悄叮嘱少葛，一定不让桑离开朱圃。葛的目的十分明确，就是将桑留在朱圃，不准她离开自己的视线，避免意外发生。

桑演示执鞭要领时，简要明确，少朱、少葛认真学习，很快就掌握了。接下来，桑开始演示甩鞭动作，目标锁定前方的一棵小树，亲自示范几遍，然后由两人自行操练。少葛很快掌握要领，连续甩鞭，鞭鞭击中小树，桑点

第二十六章 劫持

头赞许。少朱不得要领，几次甩鞭，鞭梢都从小树旁边过去，没有一次击中。桑接过少朱的鞭子，又亲自示范几遍，而后将鞭子还给少朱，手握少朱的右手，带动少朱一起甩鞭，连续击中小树。少朱很是高兴，信心大增，让桑松开自己的手，独自甩鞭击打，竟然依旧不能击中……

少朱连续失败，引来桑的训斥，少葛看到眼里，上前帮助少朱，并示范甩鞭的动作。少朱还算有耐心，反复观察少葛甩鞭的动作，然后继续操练，偶尔能够击中小树。桑垂头丧气，将手里的长鞭扔到一边，长吁短叹，回到自己的小室去了。

少葛和少朱继续操练，少朱击中小树的次数增加，总算有所进步。两人持续甩鞭，手臂很快酸软无力，只得停止操练，坐下休息。

葛看似离开了后院，其实一直注意观察后院的情形，看到桑返回小室，两人停止操练，葛便悄悄走近少葛，指着桑的小室，示意少葛进去陪伴。葛引着少朱来到院子门口，叮嘱少朱在这里守护，防止桑离开朱圃。葛将一切安排妥当，这才放心地走开了。

少葛进入小室，看到桑正在侧卧休息。少葛甩鞭之后，臂软体乏，顺势躺在桑的身后，将手臂搭在桑的腰间，很快睡着了。少葛没有料到，桑并未睡着。不久，桑感觉少葛已经睡熟，后院寂静无声，便移下少葛的手臂，慢慢站起，而后蹑手蹑脚走出小室，悄悄来到后院。桑捡起地上自己的长鞭，轻轻甩出鞭子，将鞭梢挂在朱圃墙外的一棵树上，桑一个跳步，借力跃上土墙，攀上墙外大树，借助鞭子的力量，迅速从树上溜下，随后将鞭子收于腰围，迅速向宫城方向跑去。

桑离开朱圃，以为自己行踪隐秘，无人发现。桑没有察觉，屠官干手下的两个屠人，早就扮成平民，待在朱圃外面，监视桑的行动。看到桑离开朱圃，两人悄无声息地跟随在后，渐渐接近宫城。

王邑宫城与南部郭区之间，设有一个南门，平日由卫兵把守。桑接近南门时，看到把守南门的卫兵，不由放慢脚步，考虑怎样进入宫城。桑没有料到，两个屠人渐渐接近，一左一右包抄过来。桑猛然回头，发现两个陌生之人，察觉危险降临，准备解开腰围，取出鞭子抵抗。两个屠人左右夹击，桑来不及取出鞭子。两人拧住桑的胳膊，一人捂住桑的嘴巴，一人用力推搡，调头返回郭区，沿着郭区僻静的小路，迅速离去了。

按照事先制定的计划，王后决定在宣布自己主政王邑之前，先将此事告知闻和卯，避免不必要的猜疑。王后约闻、卯同来大堂，太卜涂事先来到，悄悄告诉王后："请王后放心，桑被控制起来了。"

太卜涂的行动如此迅速，王后很是高兴，并未询问劫持桑的过程，以及桑现在何处。随后，王后迅速敛起笑容，准备迎接闻和卯到来。此时四下无人，太卜涂借机夸大闻的威胁，提醒王后对闻的警惕："桑来王邑，就是为了引诱大王，转移大王的注意力。大量羊角族人进入王邑，看似是为了交换物品，实则是想熟悉王邑内部的情况，便于里应外合。闻勾结羊角族，收取羊角，赠出玉圭，就是图谋王位的表现！"

太卜涂说桑引诱大王，王后可以接受。太卜涂说闻勾结羊角族，图谋王位，对于这个说法，王后其实半信半疑。此时，王后不置可否，依旧关注桑的境况，对太卜涂说："将桑控制起来，还要多加防范，避免发生意外。"

这时，闻和卯先后来到大堂。闻知道大王眼疾发作，朱建议自己主动参政，闻推测王后此番召集，可能事关王邑主政之事。卯并不知道父王患有眼疾，懵懵懂懂来到大堂。王后招呼卯、闻和太卜涂三人坐下，目光巡视一番，然后轻声问道："大王眼疾发作，诸位可知？"

卯原本一早要去拜见父王，因为母后约定在大堂见面，只得推迟看望父王的时间，并不知道父王有疾。听到母后所言，卯急忙询问："父王眼疾是否严重？"

王后低头不语，后来长叹一声道："大王眼疾突发，不能视物，头疼难忍，经过太医酉治疗，如今一直昏睡。"

卯听到母后所言，立刻就要起身离席，前去探望父王。太卜涂见此情形，对卯说道："王后还有重要事情安排，稍后再去探望大王吧！"

闻坐在卯的身边，轻轻扯动卯的衣服，示意卯重新坐下，闻对王后说："大王的眼疾能否尽快治愈呢？"

太卜涂主动插话，陈述大王的病情："据太医酉讲，大王视物重影，久视头疼，已经多日。太医酉认为大王眼疾严重，之前请求大王做出选择，或当下丧明，来年复明，或当下可视，来年丧明。"

卯感到十分惊讶，道："丧明？竟然如此严重！"

王后解释道："当下丧明，来年复明，就是大王闭上眼睛，如同丧明一般,经过一到三年,睁开眼睛,恢复视力。究竟是一年、两年还是三年,并不一定。"

卯急忙追问:"当下可视,来年丧明呢?"

王后回答:"借助太医酉的医术,暂时正常视物,一到三年之间,眼睛随时可能丧明。"

太卜涂补充:"大王已经选择当下可视,来年丧明,只是没有料到,眼疾突然发作,可能很快就要丧明。"

卯终于明白,父王眼疾严重,如今大堂议事,涉及王位继承人的确定。卯想起父王曾经说过的话——"如果现在让卯继承王位,卯怎么想"。卯内心紧张:难道自己就要继承王位了?

闻想起大王在馆舍说过的话,"执政王邑的日子可能不多了",当时不能明白,如今知道了大王的心思。闻由大王在馆舍所言,想到洲水河底的青铜大鼎,回忆师父说过的话,决定阻止太卜涂获得相位的阴谋,断绝太卜涂对王位的觊觎。

王后站起来,走向大堂门口,然后折返回来,面对三人,郑重宣布:"大王受眼疾困扰,不能主理王邑政事,作为王后,将暂时主政王邑,并由太卜大人辅佐。王位继承人的确定,待大王清醒之后,由大王亲自宣布。"

卯紧张的心情放松下来,因为惦记父王的眼疾,希望大堂议事尽快结束,抓紧回去看望父王。闻懂得卯的心情,轻轻拍拍他的肩头,表示安慰。

听到王后亲自主持王邑政事,闻略感轻松。只是由太卜涂辅佐一事,让闻感到不安,想起师父所言——"太卜涂私铸青铜大鼎,意欲窃取王位",闻轻轻咳嗽一声,对王后说:"王后主持王邑政事,太卜大人辅佐,闻无异议。只是,闻与卯两人将来必有一人继承王位。如今处置王邑政事,需要众人协力,王位继承人尽早参政,岂不更好?"

小父这番言语,卯认为很有道理,母后主政王邑,自己不应置身事外,就对母后表示:"卯愿与小父一起,参与王邑政事。"

闻一向无心政事,此时竟然主动参政,王后感到十分诧异,自然想到太卜涂的提醒。关于闻有意夺取王位的说法,太卜涂三番五次强调,王后原本将信将疑,此时目光不由转向太卜涂。太卜涂与王后对视,仿佛表示:涂说的没有错吧!

王后沉默片刻，并无理由拒绝，反问闻："闻打算如何参与政事呢？"

　　闻原本没有成熟的考虑，一时无法回答。卯脱口而出道："一起参与嘛！母后、太卜大人，还有小父和卯，共同商议王邑政事。"

　　听卯这样说，闻急忙补充："每日旦时，四人聚集大堂，共同商议政事。"

　　王后暗自寻思，四人共同议事，可以提高卯的参政能力，今后卯继王位，这是必须具备的素质。闻只是四人之一，不会成为决策核心，应无大碍。王后当下表示同意闻和卯的提议。太卜涂心有不快，但不便当面阻挠，只得见机行事，再做应对筹划。

　　随后，闻和卯离开大堂，先行一步，前去丽室看望大王。

　　朱圃后院，小室之内，少葛一觉醒来，身边不见桑的身影，心生慌乱，急忙冲到室外四处寻桑。少朱一直在院子门口守护，看到少葛慌乱的样子，感觉发生了意外，急忙冲入小室察看，里面空无一人。少朱埋怨少葛，与桑同处一室，竟然让桑溜走了。少葛自知理亏，但依旧强词夺理，怀疑少朱没有严守大门。两人争执起来，惊动了大室里面的葛，葛询问事情经过，才知道桑不见了。

　　葛带两人四处察看，三人来到后院墙角，发现了土墙上面的踩踏痕迹，断定桑由此离开朱圃。朱听说此事后，做出推测：桑去宫城见大王了。

　　既然桑已经闯入宫城，必须派人深入宫城，探寻桑的处境。朱稍加思考，决定亲自前往。葛提出建议：进入宫城之后，尽快与闻会面，一起寻桑。朱内心清楚，大王眼疾突发，处于治疗状态，桑此时进入宫城，不但无法见到大王，而且凶多吉少。朱出门之前，让葛随后前往太卜室，悄悄观察那里的动向。少葛、少朱有意协助，朱招呼少葛跟随自己，吩咐少朱随葛行动，便于相互之间及时传递信息。

　　四人分成两组，正要出门寻人，院子外面传来匆忙的脚步声。少葛出门观察，看到两个盲人匆匆而来，两人冲进朱圃，神色慌乱，高个盲人喊叫："桑被抓走了！"

　　少朱十分警觉，急忙关闭朱圃大门，少葛搀扶两个盲人落座，朱问："怎么知道的？"

高个盲人指着矮个盲人，描述发现此事的经过："矮个子嗅觉很灵，多次见桑，能够辨出桑的气味。今天经过宫城南门时，突然嗅到桑的气味，感觉桑就在附近。后来听到桑的声音，知道桑有危险，但随后声音不再出现，估计桑被人劫持，不能出声了。"

朱感觉问题严重，问："还听到了什么？桑去哪里了？"

矮个盲人接过话来，说："根据脚步声判断，他们没有进入宫城，而是返回郭区了。"

葛进行分析："大王与桑在朱圃相会，消息已经走漏。王后得知之后，肯定异常愤怒。如今大王突发眼疾，王后更无顾忌。由此推断，王后可能安排太卜涂将桑挟持。"

少朱插言："之前，桑误入太卜室，太卜涂将桑灌醉，这次是否可能仍然被囚在太卜室？"

朱进一步分析："如果返回郭区，自然远离太卜室。屠官干等不少屠人，就是太卜涂的爪牙，桑极可能被囚在圈养场。"

高个盲人主动表示："如果桑在圈养场，我们可以前去打探。因为平日经常前去送羊，熟悉那里的地形。"

葛提醒两个盲人："屠官干把持圈养场，如若被他发现，就有更大麻烦，不能轻易冒险啊！"

矮个盲人指着高个盲人，说道："凡是去过的地方，大个子都能记住地形，辨别方向。圈养场哪里有草房，哪里有羊圈，哪里有陷阱，大个子十分清楚，不比眼明人差。"

朱没有料到，两个盲人竟有如此能力，于是同意两人前往，只是特别叮嘱："屠人们宰杀牛羊，生性残暴；平日作为太卜涂的打手，打打杀杀，下手凶狠，一定要注意安全。"

高个盲人已经想好对策，说："我们牵着羊去，借口送羊，遇到屠人，也有话说。"

矮个盲人表示："进入圈养场，摸清桑的情况后，就赶紧回来，不会有事。"

朱一再叮嘱："如果发生意外，就尽快离开，安全最为重要！"

两个盲人点点头，离开朱圃，立即前去圈养场。

两个盲人走后不久，朱想了想，依旧心有牵挂。葛看出朱的担心，提醒说："可以让少葛、少朱悄悄跟着，万一发生意外，有个照应。"

朱吩咐两个孩子："你们在圈养场外面守候，等到两个盲人出来，抓紧一起离开。"

少葛、少朱点头答应，离开朱圃，追赶两个盲人去了。

大王结束昏睡，苏醒过来，视线模糊，眼前只有微微的光亮。大王试图睁大眼睛，但感觉眼皮沉重，没有力气将眼皮分开。大王索性闭着眼睛，回想近来发生的事情，一阵惆怅涌上心头：自己眼疾突发，陷入昏睡，王邑政事由谁来主持？根据王后的意愿，自然就是让卯继王位，卯尚年幼，即使继承王位，也没有能力主政王邑。闻有腿疾隐患，而且无心政事。太卜涂居心叵测，有意获得相位，常常左右王后的意志。还有，自己曾许诺让桑进入王宫，如今怎么兑现呢？

大王闭着眼睛微微摇头，充满无奈和忧伤。突然，眼前微光受到遮挡，有人来到自己面前了。大王试图睁开眼睛，但眼皮依旧沉重，无力睁开。卯冲上来，贴近大王，仔细察看大王的双眼，叫道："父王！"

闻轻轻喊道："兄长……"

大王听到两声呼喊，知道儿子卯和弟弟闻来到身边，脸上微微露出笑意。大王清楚，虽然没有确定谁是王位继承人，但是卯和闻关系亲密，两人联合起来，王邑大权就不会旁落。

大王用力向上移动身体，希望能够直立上身，与两人交流。卯上前搀扶，大王半躺半坐，告诉两人："近日眼疾突发，很有可能丧明，王邑政事需要有人主持。卯尚年幼，以大王身份主政，尚需一段时间。之前，从九江寻来三足龟，想为闻治疗腿疾，希望闻首先继承王位，卯随后再继王位。王邑近期需要闻，未来归于卯啊！"

听到大王说"近期需要闻，未来归于卯"，闻终于明白了大王的心思。大王罹患眼疾，早就担心无法执政王邑，原本计划让自己腿疾痊愈，首先继承王位，等卯年长之后，接替大王之位。

大王伸出双手，分别握住闻和卯的一只手，再度叮嘱道："无论出现何等局面，都要两人联手，共同面对。既要化解当下的危机，又要着眼王邑的未来。"

大王说到这里,眼睛睁开一条细缝,射出一束光亮,闻和卯都感觉到了。随后,大王再度闭上双眼,上身慢慢下滑,双手低垂,似乎刚才的表达太费力气。闻没有料到,大王眼疾发作后,身体如此虚弱。面对大王此番的叮嘱,闻感觉肩上的担子分量不轻。

看到父王现在的状态,卯明白父王眼疾严重。父王的恳切嘱托,让卯同样感到责任重大。卯准备告诉父王,母后已经宣布自行主政王邑,说道:"父王,母后已经……"

闻认为,王后主政王邑的决定,暂时不必告诉大王,于是急忙打断卯的言语。此时,闻听到室外传来脚步声,估计这是王后到来,连忙道:"大王……王后回来了。"

王后进入丽室,看到大王身前的闻和卯,显然三人正在交流,便问:"大王醒来了?"

卯赶紧回答母后:"刚刚醒来。"

王后上前,俯身观察大王,看到大王眼睛闭合,身体无力,仿佛再度昏睡,又问:"大王说什么了?"

闻有意主动回答,王后抬手阻止,示意闻不要讲话。王后将目光转向卯,希望儿子回答。卯站立起来,告诉母后:"父王刚刚叮嘱,既要化解当下的危机,又要着眼王邑的未来。"

"化解当下的危机,着眼王邑的未来。"王后重复卯说的话,沉思片刻,说道,"王邑的未来,就是卯的未来。"

闻和卯一时无语,两人有意退出丽室。王后示意卯不要离开,闻便主动向王后告辞,先行离开。自从进入丽室,闻手中一直攥着桑的小玉龟,准备随时交给大王,但看到大王身体虚弱,无法关照桑,自然不便交出。闻手中的小玉龟沾上汗水,走出丽室,便将小玉龟换到另一只手,顺便在衣服上拭去手上的汗水。

丽室之中,王后关切地问候大王:"刚刚醒来,眼睛好受些吗?"

大王有气无力道:"眼皮沉重,随时都会昏睡过去。"

王后再问:"是否请太医酉过来?"

听到母后这样说,卯急忙走向门口,准备去请太医酉。大王轻轻摇头道:"暂且不必,太医酉已经尽力了。"

王后俯身向前道:"原本有意请大王宣布卯继王位,大王身体不适,行动不便,还是康复之后,再请大王宣布吧!"

大王问道:"当下,王邑政事由谁主持?"

卯的目光看向母后,得到母后默许,回到父王身边,说:"父王,母后暂且主持王邑政事,太卜大人辅佐,卯和小父参与商议政事。"

王后急忙补充道:"暂且主持王邑政事,就是为了化解当下危机。"

大王微微睁开眼睛,问:"太卜涂辅佐?"

王后陈述如此安排的理由:"王邑的两件大事,就是征伐和祭祀。大王主张族群和平相处,征伐之事甚少。太卜涂原本主管祭祀,如今虽是辅佐之人,主要还是主持祭祀之事。"

大王听后,默默无语,闭上微微睁开的眼睛,表情似乎更加痛苦。王后急忙解释:"卯和闻参与政事,每日旦时,四人在大堂议政,共同决策。"

看到父王表情痛苦,卯准备去请太医酉。王后告诉卯:"太医酉不在太医室,就在花苑后面的小室,卯去那里吧!"

第二十七章
屠杀

王邑南门外的小树林后面,就是屠宰场,圈养场与屠宰场相距不远。两个盲人各自牵着一只羊,经过屠宰场,假装前往圈养场送羊,目的就是探寻桑的囚禁之处。圈养场用木栅栏包围起来,形成一个巨大的圆形区域,分布着大大小小的羊圈。

到达圈养场后,为了扩大搜寻范围,两个盲人决定分头行动。矮个盲人进入圈养场,沿着直线行走,直来直去,搜寻完毕,返回圈养场的门口,这条搜寻路线简单直接。高个盲人进入圈养场,绕圈行走,一圈一圈缩小范围,类似拉网搜寻,涉及范围更大,需要具备方位感和空间感。这样的分工,充分考虑了两人的特点:嗅觉灵敏的矮个盲人搜索区域较小,空间方位感突出的高个盲人搜寻范围较大。两人约定,最后在圈养场门口会合。

桑被劫持到圈养场,按照屠官干的吩咐,首先被囚禁在"地牢"。地牢位于圈养场中心位置,坑口覆盖着巨大的石头,没有强大的外力,被囚之人无法挪动巨石。此时,矮个盲人沿直线前行,很快就靠近圈养场中心区域,凭借敏锐的嗅觉,感觉桑就在附近。矮个盲人放慢脚步,鼻子用力吸气,根据记忆的味道,判断桑的所在。

矮个盲人终于嗅到桑的气味,走向囚禁桑的地牢。这时,屠官干正巧路过,发现了矮个盲人,直接上前挡住他的去路,问道:"羊圈不在这里,为何来到此处?"

矮个盲人正在集中精力辨识气味,寻找桑的所在,突然被屠官干阻挡道路,一时惊恐,连忙解释:"不能辨清方向,就走到这里了。"

第二十七章 屠杀

矮个盲人经常前来圈养场送羊，屠官干认识此人，今日察觉对方行为异常，继续盘问："以前送羊，就去指定羊圈，那时怎么没有迷路啊？"

矮个盲人搜肠刮肚，找到理由，说："以前两人一起，大个子负责引路。现在没人指引，就迷路了。"

屠官干略略沉思道："大个子为何没来？"

矮个盲人急忙寻找借口掩饰道："大个子病了……"

听到矮个盲人这样回答，屠官干感觉也有道理，就命令说："把羊放下，赶快离开！"

矮个盲人将羊牵到木栅栏边，蹲下身子，把拴羊的绳子系在木桩上，然后转身向圈养场的门口走去。屠官干看着矮个盲人缓缓离去，低头观察拴着的羊，若有所思……

根据自己对路线和方位的判断，高个盲人一手牵羊，沿着圈养场的环形道路行走。绕行第一圈，没有发现异常，然后缩小绕行半径，开始第二圈搜寻。第二圈搜寻结束，还是没有任何发现，于是开始第三圈寻找，渐渐靠近圈养场中心。高个盲人一边悄悄搜寻，一边注意倾听周围的动静，防止遇到屠人。这时，远处传来细碎的脚步声，高个盲人立刻警觉起来，担心屠官干等人来到，他用力握紧牵羊的绳子，准备应对来人的盘问。

高个盲人环绕圈养场的行踪，已经被屠官干看在眼里。屠官干明白，矮个盲人没说实话，两个盲人来到圈养场，分头行动，肯定怀有不可告人的阴谋。屠官干没有惊动高个盲人，而是放轻脚步，悄悄跟随在后，注意观察高个盲人的一举一动。

高个盲人没有等到身后的来人，认为有人跟踪自己，心里有些慌乱，因此故意放慢脚步，等待后面的人上前，从而验证自己的判断。高个盲人缓缓前行时，后面的人同样放慢脚步，高个盲人认为凶多吉少，决定放弃搜寻，于是立刻转身，面对圈养场门口的方向，准备返回。高个盲人牵羊而来，如今折返回去，屠官干确定此人不是前来送羊，而是另有目的，于是继续跟随在后。

矮个盲人等候在圈养场门口，竖起耳朵，倾听周围的声音，期待与高个盲人会合，抓紧离开圈养场。矮个盲人听到远处传来脚步声，猜测高个盲人向门口走来，心中窃喜。矮个盲人仔细倾听，似乎听到一前一后两个人的脚步声，矮个盲人心生诧异：难道大个子已经被屠人盯上了？

高个盲人走向圈养场门口，矮个盲人等候在门口，两个盲人同时进入屠官干视野，让他联想起在王邑南门发生的事情：自己与桑见面时，用羊换大象，本是一个特别划算的交易，这两个盲人出面阻挠。随后，前书契卜官朱的妻子葛出面干涉，导致原定计划不能实施。想到这里，屠官干突然明白两个盲人此行目的——为桑而来，探寻桑被囚禁的具体地点！

两个盲人事先约定，在圈养场门口会合，一同离开这里。高个盲人走向圈养场门口，脚步加快，仿佛看到矮个盲人就在那里。屠官干脚下步伐同样加快，紧紧跟随高个盲人，将对方锁定在自己可以控制的范围之内。

这时，少葛、少朱来到圈养场门外，发现矮个盲人站立在门口。随后，两人看到高个盲人从远处走来，准备等待他们会合之后，迅速上前接应，带领他们一起离开。不久，两人发现高个盲人身后竟然跟着屠官干，一时不知如何是好。

因为两个盲人欺骗自己，屠官干很是气愤，决定立即动手，抓获他们。屠官干加快脚步，抽出随身携带的短刀，马上就要冲上前去……

少葛见此情景，急中生智，低声叮嘱少朱："少葛上前，引开屠官干。少朱抓紧时间，带领矮个子离开，不要回头。"

少葛猛地冲上前去，直奔高个盲人身后的屠官干，挥舞随身携带的鞭子，吸引屠官干的注意。少葛突然出现，出乎屠官干的意料，不由一愣，认出她是宗庙置础的两小奴之一。屠官干既要控制两个盲人，又要教训胆大妄为的少葛，有些左右为难。屠官干立即判断，两个盲人难以马上离开，于是转身向少葛冲去。少葛成功吸引屠官干的注意后，迅速掉转方向，径直跑向远处，屠官干犹豫一下，继续追赶少葛。少朱见此情形，冲向站在圈养场门口的矮个盲人，一把扯住他的胳膊，大喊一声："走！"

高个盲人早就察觉身后有危险，盼望有人支援，听到少葛挥舞鞭子发出的声音，又听到少朱的喊声，知道朱已经派人前来接应，有人带着矮个子逃跑，因此自己应该直接逃离。

屠官干没有料到还有一人出来接应，眼看矮个盲人被人带走，不能放过后面的高个盲人。屠官干停止追赶少葛，迅速转过身子，面向高个盲人，挥手抛出短刀。短刀在空中画出一条线，直插高个盲人的后背，高个盲人惨叫一声，跌倒在地，挣扎几下后不动了。

少葛见此情景，知道自己无力救助高个盲人，只能迅速逃离圈养场。少葛追上少朱和矮个盲人，三人拼命向王邑南门跑去……

屠官干走到高个盲人身边，脚踏对方后背，拔下插入后背的短刀，然后一手按住高个盲人的脑袋，一手挥刀切割高个盲人的脖子。因为短刀不便发力，屠官干索性坐在地上，一手扯过高个盲人的脑袋，一手将短刀绕到前面，用力割下高个盲人的脑袋，拎在手里……

这天早上，太卜涂在极为隐秘的情况下，命令仆人卫取出地穴里的大三足龟。太卜涂决定亲自供龟祭天，祈求上帝保佑，此事只有太卜涂和仆人卫知道。

仆人卫移开地面的三足青铜鼎，揭去青铜鼎下面铺垫的兽皮，现出一块巨大的石板。仆人卫俯身下去，用力掀开石板，露出地穴洞口。进入洞内，里面还有一道石门，仆人卫通过特定的机关，将两扇石门打开，函和大三足龟就囚禁在这处地穴，卜官宾一直在此陪同。

函之前没有见过仆人卫，并不清楚对方身份，不知自己身在何处。如今，仆人卫要将大三足龟搬出，函有心上前阻拦，却被卜官宾扯住胳膊，示意他不必轻举妄动。目前，函没有办法离开地穴，不能与外界取得联系，只能期盼朱或卯发现自己失踪，前来营救。卜官宾假装与函同病相怜，表示自己不知何人劫持，只能苦熬日子，等待时机逃脱。

太卜室摆放着宽大的木案，仆人卫将大三足龟供奉在上，自己立于一边，等候太卜涂的吩咐。仆人卫突然看到，木案上的大三足龟翘起龟尾，探出后足，伸展龟首，身体前后展开，长度大幅增加，仆人卫被惊得目瞪口呆。太卜涂沐浴更衣完毕，看到仆人卫神色异常，便随着他的视线看向木案，发现大三足龟整个身躯前后伸展，于是急忙趋步向前，仔细端详大龟，自言自语道："这是龟蛇合形啊！"

仆人卫上前仔细观察，大三足龟伸展颈项，探出后足，仿佛一条长蛇伏于大龟身上，蛇形与龟身合体，就是太卜大人所说的"龟蛇合形"。

太卜涂特别惊喜，向仆人卫解释"龟蛇合形"的含义："典籍说到，'龟甲可御，蛇阵可击，可攻可守，扦难避害'。龟有背甲，能够抵御灾难；长蛇灵活，可以迅猛攻击。大三足龟今日显现异象，可谓大吉大利。"

仆人卫退后一步，再度观察大三足龟的整体形态，有所发现，说："龟首的方向，指向宫城大堂，那是大王所在之地。这是否表明，太卜大人就要登堂入室了？"

太卜涂笑道："大王患病，王邑政事需要相商，今日开始，确实就要进入大堂，与王后共商王邑大事。"

两人说话之间，外面传来另一仆人的声音："屠官干大人求见。"

仆人卫看看大三足龟，用眼神请示太卜涂是否需要将大龟移入地穴。太卜涂摆摆手，表示不必转移，自己走到室外，去见屠官干。屠官干前来，就是汇报两个盲人闯入圈养场的情况，还未开口，太卜涂直接询问："桑私闯宫城，她怎么解释？"

屠官干急忙回答："桑说，大王答应接桑进宫，不见大王前来，就想进宫求见。桑还说，自己是大王的救命恩人。"

太卜涂说道："恐怕没有这么简单吧？"

屠官干自然明白太卜涂的心思，反应迅速，说："桑携带鞭子，私闯宫城，分明是要刺杀大王！"

关于桑入王邑的原因，太卜涂编织了一套说法，面授屠官干："如今，羊角族人来到王邑，表面进行货物交易，实则是想打探王邑内情，企图里应外合，攻占王邑。羊角族女子桑按照族长姜的命令，藏身王邑，准备刺杀大王。"

屠官干理解太卜涂的意图，顺水推舟道："攻占王邑，就是羊角族的目的。如今，将桑控制起来，就是为了保护大王，维护王邑安全。"

太卜涂点点头，看到屠官干手里拎着兽皮，皮囊表面还有血迹，问道："此为何物？"

屠官干急忙汇报说："两个盲人私闯圈养场，查找桑在哪里，大个子盲人已经被干掉了。"

太卜涂警觉地说道："两个盲人前去，肯定受到他人指使，指使之人，非朱即闻。"

屠官干点头赞同，太卜涂继续叮嘱："桑在圈养场，不能出现丝毫闪失。"

屠官干胸有成竹地说："桑囚于地牢，那里昏暗潮湿，无法逃脱。"

太卜涂另有打算：桑暂时囚在圈养场，今后还要选择适当时机，将桑移到太卜室。此时，太卜涂既不允许桑出现闪失，也不希望桑受到虐待。太卜涂告诉屠官干："桑囚在圈养场，必须万无一失。还要好好待桑，来日必有所用。"

太卜涂心有遗憾，劫桑之后，没有把桑留在身边。屠官干虽不太明白太卜涂的真实意图，但只能服从命令，决定返回圈养场后，将桑移出地牢，另行安置。

第二十七章 屠杀

屠官干离开后，太卜涂并未返回大室，而是在院内踱来踱去，反复思考。依照太卜涂的计划，根据"既得相位，更有大吉"的占卜结果，占有大三足龟是首要之事，大龟必须留在太卜室。地穴里已经囚入函和大三足龟，卜官宾也同时藏身地穴，只能将桑囚在别处。

太卜涂返回室内，仆人卫暂且离开。面对大三足龟，太卜涂准备开始供龟祭天的仪式。这时，太卜涂突然想到桑的处境，匆匆离开木案，取出桑遗落的腰围，一时陷入回忆。当初，桑酒醉之后，被太卜涂抱入室内。此时，太卜涂将腰围放到面前，腰围散发出特殊的清香，似乎可以从中嗅到桑的气息……

少葛、少朱冲进朱圃，矮个盲人随后跟进。朱迎上前去，没有看到高个盲人，心头一紧，断定发生意外了。矮个盲人来到朱的身边，低声呜咽，一时不能说话。这时，闻突然闯入朱圃，准备将大王的病情告知师父，看到众人表情严肃，话到嘴边，立即止住，不知发生了什么事情。

朱轻轻抚摸矮个盲人的肩头，示意他不要着急，慢慢讲述。矮个盲人自责道："两人进入圈养场后，分头寻找桑。突然遇到屠官干，追问大个子去处，只能回答大个子生病没来。"

矮个盲人情绪激动，一阵抽泣，不能继续诉说。少葛说道："屠官干发现了大个子，怀疑两人故意分开，不是前来送羊的，于是紧紧盯着大个子……"

少朱讲述刚刚发生的悲剧："少葛上前，引开屠官干，屠官干先是追赶少葛，随后明白过来，放弃追赶。屠官干不想放过大个子，将短刀抛向大个子……"

朱将矮个盲人搂到胸前，忍住胸中涌上的悲痛，久久沉默。朱有些后悔，认为自己不该同意两个盲人闯入圈养场的请求，那样可以避免危险发生。朱吩咐葛："赶紧收拾住处，让矮个子住在这里。闻把大个子的儿子季接来，羊也弄来，大家不要外出了。"

矮个盲人努力止住悲伤，诉说在圈养场的发现："圈养场中央，有桑的气味，当时正在悄悄接近，被屠官干发现了。"

闻准备离开朱圃，去接高个盲人的儿子季，葛有些担心，说："这么多人聚在朱圃，如果遇到危险，恐怕谁都难以幸免于难。"

闻认为，太卜涂不会轻易骚扰朱圃，他说："太卜涂面对师父，不会轻举妄动！"

朱提醒大家说："不能低估太卜涂的欲望，欲望能够使人疯魔。"

桑落入屠官干手中，葛担心道："桑在圈养场，处境危险啊！"

闻想起自己认识的一个人，对师父说："屠官干手下的屠人克，小时候与闻一起玩耍，生性善良，闻可以叮嘱克暗中保护桑。"

朱分析说："之前，桑闯入圈养场，闻扮成黑衣人营救，还有另一位黑衣人为桑引路，可能就是屠人克。"

葛听后大喜，对闻说道："抓紧联系！"

少朱和少葛这才知道，当初在圈养场遇到的黑衣人，竟然是闻，于是内心对闻更加感激。

朱吩咐说："闻去联系克，少葛、少朱去接大个子的儿子季。"

闻告诉朱："关于大王的病情、王后的决定，闻回来之后，再向师父说吧！"

朱点点头，知道这是闻来朱圃的主要原因。闻和少葛、少朱走后，葛对朱说："桑被囚禁这事，是否应该通知族长姜呢？"

朱说："派人联系林官虞，由虞转告吧！"

一早，太卜涂来到大堂议政，其他三人尚未到来。太卜涂端详大王平日落座的位置，思考怎样进一步控制王后，达到自己的目的。王后代为执政，自己辅佐王后，基本可以掌控王邑的局面。眼下，需要尽快让卯继承王位，卯继王位后，自己就能顺理成章得到相位，更高的目标才有可能实现。

太卜涂认为，王后处事不够果断，召集闻和卯共同参政，四人的意见难以统一，原本简单的决策就会变得复杂。太卜涂站在大堂门口，等待王后的到来，希望与王后单独沟通。看到王后匆匆走来，太卜涂急忙上前，陪同王后步入大堂，趁机进言："闻一向回避政事，如今主动参政，目的就是得到王位。只有让卯尽快继承王位，才能断绝闻的企图。"

太卜涂单刀直入地表露心迹，王后并不觉得意外。王后同样希望让卯继位，只是认为时机不到，应该耐心等待。她说："卯继王位，需要大王亲自确认，大王身体康复后，自会宣布。"

太卜涂急不可待道："如果大王难以康复呢？"

听到太卜涂如此言语，王后显然不甚高兴，说："谁说大王难以康复，究竟是太医亲口所说，还是太卜大人听到了别人的议论？"

第二十七章 屠杀

太卜涂知道自己言语欠妥，略作思考，提醒王后："太医酉支持闻继王位，表面看似用心给大王治病，谁知药里究竟有什么东西！"

王后并不相信太医酉会伤害大王，告诉太卜涂："太医酉每次给大王服药之前，都要亲自试药，然后再让大王饮用。"

太卜涂提醒王后："太医酉还有针刺、放血之法，那些手段，太医酉也在自己身上尝试吗？"

王后解释："针刺、放血，是依照固定的经络和穴位施治，无须在自己身上尝试。"

太卜涂极力编织说辞，试图让王后相信自己的判断，说道："大王罹患眼疾，太医酉早就知道，经过前期治疗，眼疾不但没有被治愈，反而更加严重，大王甚至有丧明的危险，说明什么？也许有一种可能，就是太医酉与闻早有预谋，并不用心为大王治病，加上桑的诱惑，致使大王眼疾发作。"

关于大王眼疾发作的原因，太卜涂如此阐述，王后还是有些半信半疑。太卜涂继续强调："闻的背后，有朱和太医酉的支持。闻得王位，朱得相位，太医酉谋取太医、太卜两个职位，这样他们就能完全掌握王邑大权。到那时候，大王和王后就没有立锥之地了。"

王后不愿相信太卜涂所言，摇摇头，又点点头，一时沉默不语，内心愈加彷徨。但是，无论如何，王后都不相信太医酉会伤害大王。太卜涂接着说道："闻若夺取王位，卯就没有机会了。"

关于卯继王位一事，王后头脑清醒，道："卯继王位，必须由大王宣布。"

王后话音刚落，闻和卯走进大堂，两人热烈地谈论着，显然没有半点生分。太卜涂见此情景，话里有话道："王后看看，卯和闻……"

王后一贯不愿看到卯和闻的亲近，于是招呼两人："抓紧议事吧！"

林官虞独自来到羊角族领地，族长姜正在带领族人进行"斗角"比赛。所谓"斗角"，就是两个男子头戴羊角，相对而立，不用双手和双脚，只凭借肩膀和头部的力量，让两个羊角相互抵撞，正面较量，一决胜负。眼下，禽连续击败几个对手，族人们希望族长姜上前应战，一起高呼："姜，姜，姜，姜……"

禽体格强壮，身体灵活，冲击能力和平衡技巧突出，一般人不能胜他。此时，禽刚刚战胜数人，体力有所消耗，继续比赛，对禽不公。族长姜正在犹豫时，一位族人带领林官虞走来，族长姜急忙起身迎接。于是，"斗角"

比赛告一段落，禽急忙过来，三人同时坐下，众人纷纷散去。

族人们送上新鲜果子，族长姜示意林官虞品尝。林官虞突然光临，必有要紧之事，族长姜等待林官虞开口。林官虞手里抚弄着果子，一时不知怎样说起，担心直接诉说桑被囚禁之事，族长姜因为一时愤怒，产生过激行动，那样局面就不好收拾了。禽察觉林官虞欲言又止，因为关心桑的处境，主动问道："桑在王邑，可有什么危险吗？"

林官虞打定主意，从桑见到大王说起，这样既能描述桑的状况，又不至于激怒族长姜，便说："前日，桑见过大王了。"

林官虞吞吞吐吐，族长姜心有不祥之感，听说桑见到了大王，略有欣喜，随手取过一个鲜果，大口吃下。林官虞心情稍稍放松，将果子送到嘴边，咬了一小口。族长姜的心思，禽自然明白，只要桑见过大王，了却一桩心愿，桑就可以返回羊角族了。禽请示族长姜："是否接桑回来？"

林官虞停止咀嚼果子，连连阻止道："别忙，别忙。"

从林官虞的表情和言语中，族长姜察觉事情并不简单，急忙询问："桑如何见到大王的？"

林官虞道："就在朱圃，大王见桑之后，答应接桑入宫。"

禽急忙追问："这么说，桑在宫城？"

林官虞摇摇头道："虽然大王答应接桑入宫，但是后来大王突然发病，昏睡不起，未曾兑现承诺。"

禽产生疑问："大王病了？"

林官虞回答道："大王早有眼疾，如今突然发作，存在丧明可能。"

族长姜听到这里，关心妹妹的处境，急忙追问："桑现在哪里？"

林官虞有些慌乱道："桑在圈养场，被屠官干控制起来了。"

禽立即站起，林官虞也坐不住，起身向族长姜解释："虽然桑在圈养场，但是闻已安排人暗中保护，桑不会有危险。"

禽向族长姜请示："圈养场靠近屠宰场，就在王邑南门外面，禽带人将桑救出，护送回来。"

族长姜点点头，禽准备离开，林官虞急忙上前拦住，转身对族长姜说："朱让虞转告，大王突发眼疾，昏睡不起，王后代为执政，太卜涂辅佐政事。大王夜间会桑，王后得知便迁怒于桑，认为大王眼疾与桑有关，此时前去救桑，无异于火上浇油，可能导致王邑与羊角族发生正面冲突，还请族长三思。"

第二十七章 屠杀

林官虞说出朱的担忧，引起族长姜的重视。羊角族迁移到此地，距离王邑很近，大王与羊角族交好，双方物物交易，平安相处。前不久，桑救助了大王，族长姜对大王印象很好，并不希望双方发生冲突。如今大王有疾，桑被屠官干囚禁，贸然前去救桑，确实可能引发族群冲突，甚至导致羊角族与王邑发生战争。

族长姜正在思考，林官虞继续解释："王邑局面，并非被王后和太卜涂掌控，闻和大王的儿子卯参与议政，共同决策。太医酉正在全力治疗大王的眼疾，大王略有康复，权力就会重新回到大王手中。"

族长姜沉默不语，为了保障妹妹的安全，决定试探王后和太卜涂，吩咐禽说："禽带几人，前往王邑，请求将桑释放，注意观察对方的态度。记住，不要携带兵器，避免发生冲突。如果对方并不同意释放，禽便返回羊角族，再做商量。"

林官虞明白，族长姜如此决定，就是为了试探王后的态度，自己不便反对，于是对族长姜说："虞告辞了。"

族长姜点点头，特地嘱咐道："闻派人暗中保护桑，姜十分感谢。请转告朱和闻，姜一定尽量避免两个族群发生冲突。"

林官虞转身要走，族长姜叮嘱："虞返回王邑时，不要与禽同行，那样可能让人产生误会。"

族长姜考虑周全，林官虞十分感激道："朱叮嘱虞，暂留郊野，不回王邑。族长的指示，另由使者向朱转达。"

大堂之内，闻和卯刚刚坐下，四人准备议事时，大堂外面传来一阵脚步声，仆臣奚匆匆来到。王后看到仆臣奚的样子有些慌乱，以为大王病情出现变化，连忙招手让他进来。仆臣奚进入大堂，禀报王后："王邑南门之外，有羊角族人前来，领头的人是首领禽，请求王后释放族长姜的妹妹桑。"

桑被太卜涂控制起来，王后自然知道，此时有些心虚道："有多少羊角族人前来？是否携带兵器？"

仆臣奚表示："只有三四个人，没有携带兵器。"

太卜涂以为劫桑、囚桑之事没有暴露，态度强硬道："桑擅自进入王邑，藏身朱圃，应该找朱要人！"

看到太卜涂如此态度，王后受到影响，语气强硬道："异族女子擅自进入王邑，本应囚禁，羊角族凭什么要人？"

看到王后态度明显倾向自己，太卜涂变本加厉，罗列桑的罪名："羊角族派人进入王邑，表面看来是为交易货物，实有窥探之意，早有攻占王邑的企图。桑魅惑大王，导致大王眼疾发作，就是羊角族人的阴谋诡计。"

闻心中明白，桑被囚于圈养场，正是太卜涂所为，于是语气平静，对太卜涂说："还是请太卜大人放人吧！"

桑被囚禁之事，卯并不清楚。看到母后如此激愤，而闻又让太卜涂放人，卯一头雾水。太卜涂察觉闻对自己产生怀疑，反驳道："羊角族前来王邑要人，难道不是借机发难？"

闻没有当面戳穿太卜涂，视线转向王后，平静地说："请王后三思，让太卜大人放人！"

卯仔细倾听，用心思考，从小父的态度和言辞之中，得出结论——桑已被囚禁，此事系太卜涂所为，母后同样知情。

太卜涂的态度依然强硬，道："桑擅自进入王邑，藏身朱圕，与涂无关。"

面对王后，闻再次提醒道："如今大王患病，王邑武力匮乏，如果与羊角族形成敌对状态，两个族群发生冲突，局面将难以控制。"

听到闻的提醒，王后面有难色，视线转向太卜涂，希望获得支持。太卜涂目光转移，不与王后对视，脑子快速转动，思考回应的说辞。这时，另有一位仆臣来到，站在大堂门外，向仆臣奚招手示意。仆臣奚走出大堂，两人耳语几句，仆臣奚返回来，向王后禀报："羊角族人主动离开了。"

太卜涂洋洋得意道："羊角族人总算明白应该找谁要人了。"

突如其来的变化，出乎闻的意料，闻希望弄清事情原委，对王后说："闻去南门看看。"

闻离开大堂，卯追赶过去，王后喊卯停下，说道："桑在朱圕，应该找朱要人；即使不在朱圕，也没有理由让太卜大人放人。"

卯并不同意母后的说法，只是不愿当面反驳，向母后微微点头，然后说道："卯也去南门看看。"

闻和卯先后离开，太卜涂叮嘱王后："卯与闻走得太近，受到闻的影响，就不好办了。"

王后看着卯的背影，陷入沉思……

第二十八章 退兵

第二十八章

退兵

闻和卯匆匆前往王邑南门，步出南门察看时，羊角族人已无踪影。闻向守卫南门的兵卒询问情况，他们告知，几个羊角族人骑马而来，没有携带兵器，请求王后释放囚禁的羊角族人，久等多时，没有回音，一位壮年汉子便率众离开了。

通过兵卒的描述，闻判断壮年汉子大概是首领禽。羊角族人来到王邑，究竟为何迅速撤回？闻觉得事情蹊跷，与卯沟通后，决定前往朱圃，向师父禀告刚刚发生的事情，商量相应的策略。两人去往朱圃的路上，卯对闻说："卯从小父所言判断，桑已经被控制起来了。"

闻实情相告："桑离开朱圃，要来宫城面见大王，被屠官干派人劫持，囚于圈养场。此事系太卜涂所为，王后已经知道这件事，只是假装不知。"

卯关心桑的安危，问："桑被囚禁，是否会有危险？"

"闻也担心，就安排那里的屠人保护桑了。"闻并未明确说出屠人是谁，卯也没有继续打听。

卯有些纠结道："卯不能请父王关照桑，也不能求母后释放桑，这可怎么办……"

两人来到朱圃门口，闻拍拍卯的肩膀说："桑被囚禁后，师父已经派人通知族长姜。羊角族人今日前来王邑，又迅速撤离，估计就是族长姜的安排。"

两人进入朱圃时，朱和葛正在院子的角落安置栅栏，准备圈起之前放在盲人那里的羊群。朱看到闻和卯，便放下手里的活计，三人来到草棚议事。闻讲述了在南门发生的事情，并分析说："族长姜派人先行试探，禽很快就撤离了。"

朱告诉两人："朱让林官虞转告族长姜，大王突发眼疾，昏睡不起，王后代为执政，太卜涂辅佐政事。王后迁怒于桑，认为大王眼疾与桑有关。此时，如果羊角族态度强硬，行为激烈，必定火上浇油，导致王邑和羊角族发生正面冲突……"

闻明白羊角族人所为，道："族长姜派禽前来，未带兵器，很快返回，表明接受了师父的建议，尽量避免冲突！"

朱十分慎重道："依照族长姜的个性，羊角族人再次前来，就没有这么简单了。如果羊角族人以武力讨人，双方必然发生冲突。王邑原由大王掌控军兵，如今军兵失去统帅，士气不足，抵御能力降低，恐要两败俱伤啊！"

闻沉思一番，提出设想："可否让羊角族人佯攻王邑，要求放人，然后由闻出面调和，作为双方休战的条件，让桑离开王邑。这样，桑可以脱离危险，王邑也可以避免战事发生。"

朱分析说："如果羊角族发起进攻，闻出面讲和，太卜涂就会编织谎言，将闻说成勾结异族、抢夺王位之人。还有，佯攻也要围堵王邑，如果别的族群趁机进攻，可能引火烧身。如果烽烟四起，局面就难以收拾了。"

闻听师父所言颇有道理，不由感叹道："王邑内外交困，顾此失彼啊！"

朱想到另外一个计策，说："如果悄悄将桑营救出来，直接送回羊角族，不仅能够避免羊角族与王邑发生冲突，还能免除外患，闻以为如何？"

闻认为，营救桑的行动能否成功，圈养场的屠人克最为关键，便对师父说："要将桑营救出来，需要圈养场的屠人协助。"

闻所指屠人，就是屠人克，朱自然明白，只是屠人克的身份不便暴露。朱担心隔墙有耳，只能隐晦回答："闻再会此人，商量一下。"

闻起身告辞，卯也要离开，朱想到连日以来都没有太医酉的消息，于是问卯："关于太医酉，卯可知近况？"

卯告诉师父："根据母后安排，太医酉离开了太医室，日夜在寝宫守候，随时给父王诊病。"

两人准备离开朱圃时，朱和葛起身送行，正巧少朱、少葛归来，后面跟随着高个盲人的儿子季。季手里握着一支短矛，卯看到短矛觉得眼熟，便停下脚步，端详一番，问道："哪里得到的？"

季回答："一个放羊人捡到的，季觉得好玩，就要过来了！"

卯在馆舍见过这支短矛，这是函从九江带来的，卯急忙对朱说："师父，函出事了！"

闻接过短矛，问："这是函的？"

卯点点头说："今日，函送卯的骨笛出现异常，时而突然发声，卯早有担心。"

朱也有异样感受，背后的虎尾时而立起，只是短短的瞬间，说明附近存在虎尾族人，两人产生了交感反应。季手里的短矛，卯骨笛的异响，自己时而立起的虎尾，都说明函可能遇到了意外，甚至已经返回王邑。朱做出判断："函遭劫持了。"

一波未平，一波又起，闻推断说："函遇不测，但劫持之人的目标并非函，而是大三足龟。只有企图得到大三足龟的人，才有可能对函下手。"

卯提出疑问："卜官宾与函同行，难道同样遭到劫持？"

朱有所推断："函有可能遭遇劫持，被带回王邑，囚于密处。值得怀疑的人，还是太卜涂。"

葛感叹说："事先计划周密，才能悄无声息地完成劫持行动。"

朱感到王邑局势更加危急——桑被囚禁，羊角族人可能采取激烈行动；函和大三足龟遭到劫持，不知被藏匿何处；大王眼疾发作，王后代为执政，太卜涂直接干政……朱让葛到院子外面观察情况，而后沉思片刻，说道："卯随季去寻找放羊人，前往发现短矛的地方，察看是否还有函的线索。闻前往圈养场，与屠人联系，寻求营救桑的办法。每日昃时，闻和卯前来朱圃议事，结合早上大堂议政的情况，商量应对之策。"

朱吩咐完毕，卯随季前去寻找放羊人，闻去圈养场与屠人克会面。众人离去后，葛返回院内，回想朱提及的虎尾立起之事，葛悄悄问："虎尾族人之间，感应这么强烈？"

朱解释道："很早以前，虎尾族人相互保护，两人一组，将尾巴系在一起，同进同退，对方的尾巴就是自己的尾巴。如今虎尾族人已不这样，但尾巴还有感应。"

葛继续追问："依照感应，函在王邑？"

身为虎尾族人，朱与函存在特殊的感应，外族之人不易觉察。朱屏住呼吸，闭上双眼，感受小尾巴转动的方向。朱对葛说："函就在王邑，距离朱圃不远，所在位置似乎位于西北方向。"

葛是特别聪慧之人，猜测道："在太卜室？"

朱将手指放在嘴边，示意葛不要发声。朱决定亲自前往太卜室，探寻函的所在。朱悄悄走出朱圕，一边注意观察周围情况，一边向太卜室走去。

屠官干离开太卜室，回到圈养场后，根据太卜涂"好好待桑"的要求，决定首先改善桑所处的环境。屠官干把劫持桑的屠人甲、屠人乙唤来，吩咐两人将桑由地牢转移到石室。地下牢房幽闭、潮湿、狭小，在崖壁之上凿出的石室，明亮、干爽、宽大。

两个屠人立即将桑带出地牢，送到石室关押。桑从阴森森的地牢出来，并不适应外面的明亮光线，于是用手遮挡刺眼的阳光，不知两人要把自己带向哪里。桑很不情愿地挪动双脚，故意拖延行进速度。两个屠人根据屠官干新的指示，没有采取强硬措施，只是轻扯桑的胳膊，让桑不要偏离方向，引领桑前往山脚下的石室。

桑走过一段路程，察觉两人较以往相对温和，不知他们的态度为何发生变化。这时，高大的山石遮挡了光线，桑的眼睛逐渐适应环境，开始观察周围的情形。桑突然看到，一位黑衣人沿着山脚走来，此人一手放在肩膀，一手放在腰际，显然驮着物品。桑联想自己在屠宰场的经历，曾在河边遇到一位黑衣人，给自己指引圈养场的方向，难道此人就是那位黑衣人？

黑衣人渐渐走近，脸上没有兽皮面具遮掩，一张面孔如刀削般硬朗，特别容易让人记住。两人快要相遇的时候，黑衣人突然掉转路线，走向另外一条路径。桑发现，黑衣人身后背着一只黑羊，两手一上一下抓着羊蹄，桑几乎可以断定，此人就是自己在河边遇到的那位黑衣人。虽然对方没有正视自己，桑却认为黑衣人已经认出自己，心中感到一丝慰藉——黑衣人当初为自己指引方向，如今再次相遇，也许还能帮到自己。

所谓石室，就是在山脚下凿出的一个石洞，巨大的石板遮挡洞口，阻止外人进出石室。如今石室洞口大开，桑被两个屠人引入，石室里面空间很大，地上铺着草垫，可以用来睡觉，还有类似石凳的石块，可以坐下休息，相比地牢的环境改善很多。

桑进入石室后，两个屠人准备移过石板，封闭石室。两人费了九牛二虎之力，气喘吁吁，却只能稍稍挪动石板，没有能力将其移动过来，无法将石室封闭。屠人甲想到刚刚走过的屠人克，就是桑看到的那位黑衣人，他知道屠人克力大无穷，就叮嘱屠人乙小心守护，自己前去追赶屠人克，请他过来帮忙移动石板。

没有多少工夫，桑看到屠人甲带领黑衣人走来，两人一前一后，黑衣人背后的羊已经不在，显然就是过来帮忙移动石板的。桑站在石室洞口观察，黑衣人两腿下蹲，左右两手用力，先将石板倾斜，以石板一角为支点，然后把石板移到洞口，再将石板竖立，洞口就被完全封闭起来了。

黑衣人移动石板的时候，没有抬眼看桑，仿佛无视桑的存在。石板遮挡洞口后，石室内部昏暗下来，桑这才发现，石板中央有一个圆形洞孔，便于石室内外传送物品，显然是为送饭、送水准备的。桑通过洞孔向外观察，与黑衣人的视线相对，黑衣人眼神游离，表情淡漠，桑刚刚萌生的希望破灭了。转瞬之间，黑衣人背对石室，与两个屠人辞别，匆匆离开了。

石室外面，两个屠人正在对话，桑听得清清楚楚。屠人甲说："请示屠官干大人，把这里交给屠人克看守吧！"

屠人乙说："只有屠人克这般力气，才能移动石板。"

屠人甲说："屠人克平日宰牛杀羊，恐怕不愿看守石室！"

屠人乙表示："有屠官干大人的命令，屠人克必须服从！"

石室内部，光线穿过石板中央的洞孔射入，明亮的石室胜过幽暗的地牢，桑的心情稍稍好转一些。两个屠人的对话，让桑燃起一丝希望，假如黑衣人负责看守石室，也许他能够帮助自己，甚至自己还有机会逃离。桑站在石板背后，透过洞孔向外张望，起初感觉眼里的景致十分单调，后来随着光线的明暗变化，桑竟然看出不同的景致。

当天下午，桑靠近洞孔向外张望时，外面突然贴近一张面孔，桑一时慌乱，不由后退两步。片刻过后，桑看到一张刀削般硬朗的面孔，认出对方就是黑衣人，也就是两个屠人所说的屠人克。屠人克脸上没有表情，通过洞孔递上一个陶罐，桑接过打开，里面放着她的饭食，说明屠人克已经接过看守的工作。桑将饭食放到一边，并不急于吃饭，希望听到屠人克说些什么，但对方一直沉默着，什么也没有说。桑再次抬头看向洞孔，并未看到屠人克的面孔，桑贴近洞孔向外张望，发现屠人克已经远远走开了。

当天傍晚，屠人克再次来到，通过洞孔递给桑一个盛水的陶罐。桑接过之后，屠人克继续站在石室外面，让桑递出上次那个陶罐。桑故意磨磨蹭蹭拖延时间，希望屠人克说些什么，屠人克依然沉默无语。桑递出陶罐后，屠人克接过陶罐，立即转身离开。桑失望之际，听到洞外传来声音："大象就在附近。"

桑有些诧异，愣在那里，听说"大象就在附近"，仿佛自己不再那么孤单。桑回味屠人克这一句话，联想屠人克曾经的善意举止，希望能够得到他的帮助，成功逃离石室，骑上大象，离开王邑。屠人克此时强调"大象就在附近"，是在暗示他可以帮助自己吗？

禽率领族人返回羊角族领地，没有带桑回来，这在族长姜的意料之中。族长姜明白，桑被太卜涂控制起来，虽然闻派人暗中相助，但是危险依然存在。族长姜有意亲自前去救桑，但因为朱的嘱托，担心王邑与羊角族发生直接冲突，只能推迟营救行动，三思而行。夜里，族长姜翻来覆去，难以入睡，担忧桑的险恶处境，继续思考新的对策。

族长姜一夜无眠。第二天，天色刚刚放亮，族长姜独自走出树屋，慢慢步下木梯，一边缓缓而行，一边思考营救桑的计划。桑被囚禁在圈养场，圈养场位于王邑之外，如果带人偷袭，其实可以得手，只是这种手段不够光明，与羊角族的行为方式不符，除非万不得已，不能轻易使用。

族长姜在树屋下面绕行一圈，返回树屋正面，刚刚踏上木梯，突然听到树木断裂的咔嚓声，顺着声音观望，一只猴子正在用力折断树枝，断枝竟然来自一棵桑树。族长姜不由心中发火，随手抛出身上佩戴的腰刀，那只猴子飞快地逃窜了。族长姜上前察看已经折断的桑树枝，不由想到妹妹桑，不祥的预感突然袭来，他迅速离开树屋，向羊角族领地中央的神社跑去。

羊角族的神社周围有一片宽大空地，禽带领二十余人，正在此处操练箭术。此箭并非寻常之箭，而是禽发明的"响箭"。箭头后面连接着细长的竹竿，竹竿上面有一排小孔，箭在空中急速飞行时，可以产生连续的鸣响，起到传递信号的作用，族人可以根据响箭的声音和飞行方向，确定进攻时机。此时，族长姜怒气冲冲走来，禽挥手示意众人停止射箭，自己快步迎上前去。

族长姜径直走向正在操练的族人，用眼睛巡视一遍，估算一下族人数量，然后转身对禽发布命令："带上兵器，速去王邑要人。"

族长姜突然决定前去王邑，禽想到林官虞传达的朱的嘱托，有意阻拦，又心有顾虑，一边命令众人准备出发，一边悄悄对族长姜说："救桑之事，禽率众前往即可，族长何必亲自前去？"

族长姜略有迟疑，禽再度进言："桑对大王有救命之恩，桑被囚禁，完全是太卜涂所为，恐怕王后对桑也有误解。族长亲自带人前去，如果被别人说成攻打王邑，就会引发两个族群的冲突……"

族长姜听禽此言，觉得有理，便嘱咐禽："今有不祥之兆，一定将桑带回！"

禽点点头，率领族人出发。

依照约定，这日早上，王后、太卜涂、闻和卯来到大堂议事，四人刚刚坐定，仆臣奚再度匆匆来报："族长姜派首领禽前来，已到王邑南门之外，要求将桑释放。"

王后急忙追问："禽带来多少人？是否携带兵器？"

仆臣奚回答："二十余人骑马而来，携带弓箭、长戈。"

听说羊角族人携带兵器而来，王后有些惊慌。太卜涂道："桑来王邑，就是为了引诱大王；禽多次前来，就是察看王邑内部情形。如今看似禽只带了二十余人，应该只是先头队伍，羊角族人有意侵犯王邑，也许数百人马很快来到。"

听到太卜涂如此推测，王后更加慌张道："那可怎么办？"

太卜涂的目光转向闻，话里有话道："如若让羊角族人退兵，恐怕需要闻出面吧！"

太卜涂阴阳怪气，闻当面斥责道："难道太卜大人不知桑被囚于何处？"

卯向母后请求说："将桑释放，羊角族人自然退兵。"

闻和卯的态度，说明两人已知桑被囚禁。王后有意放桑，避免战事发生，但因为顾忌面子，就对闻说："今日让禽退兵，三日之后放人！"

闻质疑王后的做法，道："此时明明可以将桑放走，马上让禽退兵，为何还要等三日之后放人？"

太卜涂替王后解释道："就是看看羊角族意在要人，还是有意侵犯。"

闻希望避免双方冲突，决定自己出面，前去说服羊角族人退兵，于是对王后说："闻前去协商，请求禽率兵离开。三日之后，必须放人！"

王后无可奈何，点点头。

太卜涂阴阳怪气道："闻独自前往？"

闻义正词严地回答："为表诚意，不带一兵一卒。"

卯请求母后道："卯随小父同行。"

王后担心卯遇到危险，立即阻拦说："卯不必前往。"

太卜涂并不希望闻单独前往，如今卯有意同行，即刻表示支持，对王后说："在王邑地盘，不会发生什么危险，让卯见见世面吧！"

卯跟随闻走出大堂，王后询问太卜涂："闻能够退兵？"

太卜涂胸有成竹道："这是闻和羊角族事先的约定，涂只能将计就计了。

只要卯带回退兵的消息，就可以证实闻有阴谋。王后再不当机立断，王位恐怕就会落入闻的手中了。"

王后犹疑不决，期望王邑平安无事，最好大王尽快清醒，宣布卯继王位。王后想到这里，准备离开大堂，返回寝宫，希望大王的眼疾出现好转。

看到王后准备离开，太卜涂提醒道："王后，等南门传来退兵的消息，再回寝宫吧！"

闻和卯走出大堂后，闻指着寝宫的方向，低声向卯吩咐着。卯听清闻的指示，并未随闻直奔王邑南门，而是转身跑向寝宫。卯回到寝宫，进入闻的住处，拿到闻吩咐携带的大袋子，再度追上闻的时候，闻已经来到王邑南门之外了。

王邑南门外面，禽率二十余众，骑马而立，身后背弓，腰下挂箭，手握长戈，一副英武威猛的样子。守护王邑南门的兵卒张弓搭箭，准备迎敌，双方处于剑拔弩张的对峙状态。

禽看到，闻独自走出南门。随后，一位少年匆匆而来，拎着一个大袋子。禽从马上跃下，上前几步，与闻正面相对，仿佛并不相识。闻也装作并不认识禽，问道："来者可是羊角族使者？"

禽回答道："受族长姜委托，禽前来王邑，将桑带回羊角族。"

禽没有提及桑被囚禁之事，只说"将桑带回"，给闻留出沟通的余地。

闻同样避开桑被囚禁的事实，以大王使者的身份，委婉回答道："桑来王邑多日，居于朱圊。桑曾经救助大王，大王有意挽留，三日之后，可以将桑带回。"

族长姜指示立即将桑带回，禽此时必须直言相告，说："族长姜命令，务必将桑带回。没有族长姜的指令，禽不能擅自返回。"

禽决意将桑带回羊角族，必须向闻施加压力，视线转向羊角族弟兄。羊角族人执戈在手，严阵以待，一副随时准备开战的姿态。

闻转过身，向卯示意，让他将大袋子拎过来。闻转身背对羊角族人，打开袋子，取出里面的大羊角，小心翼翼地戴在自己头上，然后慢慢回转身子，郑重说道："三日之后，请来王邑，带桑返回。"

禽知道大羊角的来历，这是族长姜亲自送给闻的，当初赠予闻大羊角，有意将桑的安全托付于闻。禽更明白大羊角的分量，羊角族人看到大羊角，如同面对族长姜本人，因此只能按闻的要求退兵。禽不甘心，为了争取将桑早日带回，当场提出条件："三日之后太迟，两日之后，第三日一早，禽来王邑接桑。"

闻劝说禽当即退兵，就是为了解除王邑燃眉之急，此时完全拒绝羊角族人的要求，也说不过去，只能应允道："一言为定。"

随后，禽转身返回，走向羊角族弟兄，挥挥手，带领羊角族人迅速离去了。

闻摘下头上的大羊角，卯接到手里，没有直接放入袋子，而是准备戴在自己头上试试，因为卯的脑袋偏小，大羊角无法固定，只得作罢。在闻的帮助下，卯将大羊角放入袋子。卯突然想起，应该尽快将退兵的消息告诉母后，就把袋子交给闻，说道："小父，卯去禀告母后羊角族退兵了。"

卯匆匆站起，迅速跑向大堂。望着卯的背影，闻猜测卯传递退兵消息之后，太卜涂和王后将会如何反应。闻暗自猜想，太卜涂肯定还要借题发挥，把自己退兵之举说成自己与羊角族勾结的证据……

朱离开朱圃，悄悄前往太卜室。接近太卜室时，朱发觉身后的小虎尾微微颤动，越靠近太卜室，小虎尾的颤动越激烈。朱藏身在太卜室对面的树后，观察守护太卜室的门卫，考虑再三：怎样进入太卜室，才能一探究竟呢？

太卜室的地穴里面，函同样感到小虎尾的颤动，说明在不远的地方，就有虎尾族人存在。王邑之内，同族之人只有朱，函猜测朱在寻找自己，心里的郁闷变成急躁，站在两扇巨大的石门后面，急于出去，却又束手无策。这时，函身后的小虎尾猛烈颤动，回头发现大三足龟来到身边，仿佛前来援助。函回头观察卜官宾，发现对方沉入梦中。函蹲下身子，小声告诉大三足龟："函要出去，怎么打开石门呢？"

大三足龟似乎早有对策，缓缓来到石门近前，寻找到两扇石门的中间缝隙，然后将龟首缩入龟壳，将身体侧立起来，龟壳边缘对准两扇石门的中缝，用力向前推进，龟壳起到分隔两扇石门的作用。随着龟壳渐渐深入，两扇石门之间的空隙越来越宽，龟壳最高处伸入两扇石门后，石门中间空隙足够宽大，函趁机侧身穿越，来到两扇石门外面。随后，大龟继续向前移动身体，整个身体穿过石门，两扇石门重新闭合，形成里外两个空间。此时，即使卜官宾发现函和大龟失踪，也不能越过石门，无法与外界联系，无计可施。

函和大三足龟越过石门，前行一段，发现了头顶的地穴出口，此处封盖着巨大的石板，石板上面，还有函并不知道的三足青铜鼎。即使膂力过人的仆人卫，想要移开封盖地穴的石板，也要首先搬离青铜鼎，然后移动

第二十八章 退兵

石板，分为两步完成。在地穴里面移动石板，等于同时移动石板和青铜鼎，难以做到。

函的目光看向大三足龟，这是函唯一的希望，大三足龟刚刚展示了非凡力量，函相信大龟可以帮助自己离开地穴。

此时，大三足龟用力伸展龟首，向上触动石板，似乎正在试探石板的重量，寻找移动石板的着力点。之后，大三足龟将龟首缩回龟壳，全身发力，龟壳中间的凸起部位不断升高，渐渐接近石板，触及石板后，石板一侧被慢慢顶开，如同外面有人掀起石板。倾斜的石板一侧高度增加，空隙足够使人穿过，函察觉机会来临，用力攀上地穴洞口，通过石板侧面的空隙，迅速蹿出去了。

函蹲在洞口外面，环顾四周，发现身处一间大室，此时室内无人。函回头观察洞口，希望大三足龟跃出，然后一起逃离。此时，抬高的石板慢慢回落，大龟似乎无力再支撑石板，石板完全归位。函这才发现，石板之上矗立着一尊三足青铜鼎，刚才石板一侧升高，青铜鼎滑向一边，被洞口附近的墙壁挡住，现在随着石板回落，青铜鼎再度落定，石板和青铜鼎形成双重压力，重新将地穴封盖起来。

函无力救助大三足龟，只得独自逃离。函悄悄走到大室门口，从室内向外张望，发现外面空无一人。函轻轻推开室门，来到院内，藏身角落，再度四处观望，依旧没有发现别人。于是函仔细观察院子的出口，蹑手蹑脚走向院子大门。

函距离院子大门越来越近，身子转过墙角时，发觉大门半敞开着。函的视线穿过大门，发现门外站立一人，看似是守护院子的门卫。函不由退后两步，藏在一堆杂物后面，防止门卫发现自己。这时，函听到外面有人对话，门卫与另外一人交谈，函听到那人的声音感觉耳熟，大起胆子探身向外，看清与门卫交谈的那人的面容，竟然是朱。函大为惊喜，几乎叫出声来，急忙用手掩住嘴巴……

此刻，朱同样察觉了院子里的函。朱刚才立于院子对面，正在考虑怎样进入时，见仆人卫走出太卜室，将守护太卜室的门卫支走，自己站立门口，显然是给门卫安排了另外的差事，自己临时替班。朱认识仆人卫，便迂回退后一段距离，重新走向太卜室，与仆人卫打个招呼，上前说话："太卜大人可在？"

仆人卫回答："太卜大人前去大堂议事，尚未归来。"

太卜涂不在，朱缺乏进入太卜室的理由，只得另择话题，问道："卫跟随太卜大人，已经多年了吧？"

仆人卫回答："当初父母双亡时，卫还是少年，多亏太卜大人收留。"

朱回忆道："那时候，太卜大人只是一名普通卜官……"

仆人卫接过话来说："太卜大人首先接任书契卜官，后来升职，成为太卜室的最高太卜官，卫一直跟随，确有十多年了。"

两人交谈时，朱还在犹豫，是否要趁太卜涂不在，找个理由进去察看一番。就在这时，朱透过半开的院子大门，发现函的身影突然闪现，并且对方已经看到了自己。朱当即决定，将仆人卫引开，给函创造逃出的机会。

距离太卜室西侧不远，就是洲河。朱手指洲河，请仆人卫随自己过去。仆人卫不知朱的意图，因为洲河距太卜室很近，便随朱过去了。洲河岸边，放着几条独木舟，朱指着独木舟，对仆人卫说："听说卫膂力过人，未曾见识，可否展示一下？"

独木舟由粗大木桩掏空而成，人坐在独木舟中间的凹处，执桨划水，独木舟可以快速前行。仆人卫打量着独木舟，估算一下独木舟的重量，然后回头观望太卜室，看到院子门口没有异常，于是立即俯身下去，一只手抓起独木舟一侧边缘，猛然发力，向上提升，另一只手借势托举，转瞬之间，两手将独木舟举过头顶，独木舟底部向上，被仆人卫高高举在空中。朱叫好称赞，只见仆人卫面向洲河，两手一起发力，抛出独木舟，独木舟在空中旋转一百八十度，底部入水，由洲河东岸向前滑行，很快驶向洲河西岸……

仆人卫提舟、托舟、举舟、抛舟，动作一气呵成，朱大为惊讶。仆人卫不但膂力过人，平衡能力超群，而且熟悉舟的特性和水性。朱未及当面称赞，仆人卫便匆匆离开，返回太卜室，显然惦记着临时守卫的职责。朱站立在洲水岸边，注视着仆人卫的身影。仆人卫走到院子门口，刚刚站定，原先的门卫便返回了，仆人卫与他交谈几句，完成了替班任务，向朱挥挥手，返回太卜室院内去了。

一切发生得如此迅疾，朱没有机会观察函的动向，只能在心中祈祷，希望函已经逃离太卜室，重新获得自由。

卯一路飞奔，返回宫城大堂，禀报母后："母后，羊角族人退兵了。"

太卜涂急需知道究竟，以便借题发挥，向卯询问："闻如何退兵的？"

卯描述南门所见，仿佛退兵也有自己的功劳："小父让卯去寝宫取物，卯取来一个大袋子，不知何物。卯赶赴南门，小父拿出袋子里的大羊角，戴在头上，很是威风。羊角族人见状后，立即退兵了。"

卯描述得绘声绘色，王后认为卯夸大闻的能力，稍有不屑。太卜涂从中听出玄机，准备吐露自己的看法，但碍于卯在面前，不便直言。王后察觉太卜涂的顾忌，吩咐卯说："卯回寝宫去吧！"

卯正要退出大堂，突然想起什么，转身告诉母后："母后，小父答应两日之后，羊角族人将桑带走。"

王后心中有些烦躁，挥挥手，示意卯抓紧离开。卯离开大堂后，太卜涂急不可耐地进言："涂早就知道，闻与族长姜交换了物品，族长姜送闻大羊角，闻赠以王后给他定制的玉圭，两人交换之物都是重器。羊角族人见到大羊角，如同见到族长姜，自然可以退兵。"

王后这才知道退兵缘由。闻与羊角族有所交往，王后早有耳闻，只是没有料到双方关系如此之深。太卜涂继续说："闻与族长姜早已联手，勾结羊角族人谋取王位，已成事实。两日之后放桑，也是闻与羊角族的约定。王后应该速立卯为王，再也不能犹豫了。"

王后暗自猜想：闻接受大羊角这类重器，并且赠予对方玉圭，难道闻的确与羊角族勾结，准备借助羊角族的势力夺取王位吗？

王后和太卜涂没有料到，卯并未离开大堂，而是悄悄躲在大堂后面。听到太卜涂对母后的进言，得知太卜涂怀疑小父，卯陷入深深的思考。卯希望父王尽快清醒，那样就可以把这些难以分析、不易判断的问题，当面告诉父王，听取父王的意见。

第二十九章
驱鬼

羊角族人退兵后的第二天，王后从大堂返回丽室，看到大王依然昏睡，便在室内走来走去，心烦意乱。闻出面退兵，阻止了突如其来的一场纷争，本是好事。太卜涂认为闻与羊角族私下勾结，目的就是谋取王位，而闻头戴大羊角就是证据。王后听到这些议论，面对闻轻松退兵的事实，心中的疑惑更多了。

王后主持王邑政事只有几天，已经深深感到大王职位的沉重，并非常人可以担当。此时，王后希望大王尽快醒来，迅速宣布卯继王位，断绝闻夺取王位的可能，了却自己一桩心愿，也让自己得以解脱。王后思来想去，能够促使大王尽快醒来，促使大王尽快康复的人，只有太医酉。虽然太卜涂反复强调闻有企图，认为太医酉与闻勾结，但王后并不怀疑太医酉。于是，王后起身离开丽室，想前去与太医酉当面沟通，为大王寻求尽快治病的办法。

王后刚刚走出丽室，发现仆臣奚站在室外，一副犹豫不决的样子。王后停下脚步，等待仆臣奚禀报消息。仆臣奚站立许久，踌躇再三，担心引起王后的不快，不敢禀报。最后，仆臣奚放低声音，悄悄说道："刚刚得到消息，大弓族数十人，已经抵达王邑东门，前来索要三足龟。"

"大弓族？"王后不免心生疑惑。王后顾忌羊角族人再度发兵，准备两日之后将桑释放，平息与羊角族的冲突，未曾料到突然冒出大弓族，更加手足无措。王后只得暂时放弃面见太医酉的计划，对仆臣奚说："速召太卜大人前来寝宫议事。"

仆臣奚正要离开，闻迎面走来，仆臣奚转身请示王后："是否请闻和卯一起商议政事？"

仆臣奊属于大王的贴身仆臣，王后向来尊重他的意见，况且四人议事本是规定，王后点头表示同意。仆臣奊急忙上前，向闻简要说明大弓族之事，然后前去通知太卜涂。闻转身前往卯的住处，通知卯前来议事。

因为事发突然，四人没有赶赴大堂，就在寝宫的花苑坐定，商议政事。仆臣奊站立旁边，汇报大弓族抵达王邑之事："大弓族首领辛率领众人，骑熊而来，现在王邑东门之外，索要三足龟。"

太卜涂疑惑道："大弓族为何前来索要三足龟？"

仆臣奊转述大弓族的说法："首领辛强调，三足龟出自伊水，伊水是大弓族的领地，因此前来索龟。"

卯表示不解："三足龟是函从九江带来的，与大弓族无关。"

仆臣奊继续转述："首领辛表示，九江虽然多龟，但是从来没有三足龟。三足龟出自大弓族领地，是从伊水迁移到九江的。"

闻在朱圉见到过函的短戈，怀疑太卜涂劫持了函和大三足龟，此时故意试探说："函和三足龟已经返回九江，大弓族前来索要，可以告知对方实情。除非……除非三足龟重新返回王邑，否则并不存在归还之说。"

太卜涂面向仆臣奊，装作义正词严的样子道："三足龟已经返回九江，现在途中，怎么可能归还？"

闻转向太卜涂，说道："既然如此，请太卜大人前往王邑东门，亲自解释一下，大弓族自然就会退兵了！"

太卜涂颇具心机，有自己的应对策略，说道："恐怕没有这么简单，也许大弓族索龟只是借口，并非因为三足龟而来，而是另有企图！"

王后不解太卜涂的话中玄机，问："此话怎讲？"

太卜涂的视线转向闻，明显流露出对闻的怀疑，说："王后，羊角族刚刚带兵前来，大弓族马上就发兵索龟，难道这只是巧合吗？"

太卜涂表情异样，话里有话，王后一时犹疑，不知闻与大弓族有何牵连。

闻早已断定，函和三足龟遭遇劫持，可能就是太卜涂所为，因为没有证据，无法正面揭露。太卜涂将矛头转向了小父，卯觉察出来，对母后说："三足龟不在王邑，自然需要有人出面沟通，如若太卜大人不去，就由卯出面解释吧！"

王后关心卯的安全，道："卯怎么能去？"

卯站起身，向母后表示："如果卯继王位，肯定还要面对许多危难，应对更多危机，今日出面沟通，就当是一次尝试吧！"

闻担心卯的安全，也想试探大弓族的虚实，对王后说："闻陪卯同去，转告大弓族首领，三足龟已经离开王邑，返回九江。"

闻与卯同行，更加安全，王后点头同意。闻和卯离开大堂，仆臣奚跟随在后。太卜涂看到三人远去，对王后说："大王眼疾发作，不能主政，羊角族和大弓族先后发难，其中肯定隐藏阴谋。阴谋的主使究竟是谁，王后还不清楚吗？"

羊角族和大弓族相继而来，确实有些反常，王后问道："依太卜大人之见呢？"

太卜涂告诉王后："卯前去会晤大弓族，闻马上同行，并非因为关心卯的安全，而是借机面见大弓族，共商对策。此番前往，两人不但能够退兵，还能安然返回。一切都是事先安排好的，闻是背后主使，正在按照密谋的计划，步步推进。"

王后提出疑问："闻与羊角族交往，毕竟具有真凭实据。闻与大弓族交往，从未听说啊！"

太卜涂表情严肃，警示王后："看似没有可能的事情，都有可能发生，一旦发生，就蕴含巨大危险。涂可以担保，闻不但能够退兵，还能安然返回。在王邑不断遭到异族威胁之时，闻接连出面退兵，保护王邑平安，自然就会赢得臣民拥戴，为取得王位打下基础，阴谋就会渐渐得逞。"

太卜涂这般分析，王后自觉颇有几分道理。在王后的心目中，闻的形象渐渐改变，原本只是王位继承人之一，而且无意继承王位，没有必要防范；如今，闻竟然操纵异族，实施夺取王位的计划，俨然就是最为危险的对手。

闻和卯前往王邑东门，卯行走速度很快，闻上前几步，将卯拉住，问："如何打算？"

卯决定面见大弓族的时候，已经有所准备，道："小父，卯只能将实情告知大弓族。"

闻追问："哪些实情？"

卯回答："函和三足龟已经离开王邑，返回九江。至于如今行至何处，是否到达九江，卯不清楚，这些就是实情。"

闻再度追问："口说无凭，有何证据？"

卯取出随身携带的骨笛道："函临走之时，赠卯骨笛，这便是证据。"

闻和卯在前往东门的路上，继续沟通，达成共识——函和三足龟已经离开王邑，这是唯一的事实，可以转告大弓族；函和三足龟可能遭遇意外，甚至遭到劫持，但因为没有证据，暂且不必提及。

东门之外，大弓族的首领辛率领数十人，威风凛凛，严阵以待。前面两排族人骑着黑熊，黑熊龇牙咧嘴，煞是凶猛；后面站立两排弓箭手，大弓高度接近普通人的身高，绝非常人可以掌控。首领辛看到，王邑之内有人出来，前后共有三人，显然表明王邑方面愿意沟通。首领辛独自上前，提出索要三足龟的要求："九江多龟，但从来没有三足龟。大弓族领地伊水之中，自古就有三足龟。九江寻来的三足龟，就是伊水出走的三足龟。大弓族前来，只是将三足龟请回伊水。"

首领辛没有料到，对面三人之中，那个少年上前一步，回答道："王邑得到的三足龟，是虎尾族人从九江带来的。不久之前，三足龟突然变大，大王视为神龟，安排虎尾族人和三足龟一起返回九江了。"

首领辛追问："有何证据？"

卯取出随身的骨笛，向前几步，递给首领辛，说道："虎尾族的函，与龟同来，随身带此骨笛，可与虎尾族的族长燎的骨笛呼应。函返回九江之前，将骨笛赠卯，骨笛可以为证。"

首领辛接过骨笛，察看一番，再次问卯："三足龟已经回到九江，还是正在路上？"

卯镇静回答："根据离开时间推算，还在路途之上。"

首领辛将骨笛还给卯，说道："请面见大弓族的族长咸，当面禀告。"

卯的视线看向小父，闻点点头，问首领辛："族长咸在此？"

首领辛指着远处的后方营地，道："就在营地。"

首领辛挥手示意，大弓族人纷纷撤离。首领辛前面引路，闻和卯随后跟从，众人尾随在后，一起返回大弓族营地。仆臣奚并未跟随同行，而是直接返回王邑寝宫，向王后禀报去了。

王后和太卜涂依旧坐在花苑，等候卯和闻东门退兵的消息。王后担心卯的安全，两人离开时间不长，就觉得时辰过去不少。听到一阵脚步声传来，王后起身离开花苑，焦急地迎上前去。

仆臣奚面带喜色地禀报道:"大弓族退兵了!"

王后看到只有仆臣奚一人回来,着急地追问:"卯没有回来?"

仆臣奚回答:"卯和闻随大弓族首领辛,前去拜见族长咸。"

王后很是焦急道:"拜见族长咸?卯还是没有脱离危险啊!"

太卜涂过来询问:"闻和卯同去了?"

仆臣奚解释:"卯随身携带函的骨笛,以此证明函和三足龟离开王邑。首领辛让卯当面禀告族长咸,两人便随大弓族人前去营地了。"

闻前去与族长咸会面,太卜涂的怀疑显得更有依据。于是,仆臣奚退下之后,太卜涂悄悄告诉王后:"闻借机与大弓族密谋去了!"

对于太卜涂的怀疑,王后并不完全同意,道:"卯毕竟一同前往……"

太卜涂提醒王后:"闻可以轻易将卯支开!"

王后认为,太卜涂低估了卯的能力,反驳太卜涂:"不要轻视卯,等卯回来,就能清楚大弓族此行的来龙去脉。"

听到王后这样表示,太卜涂不便离开,于是与王后一起继续等待。天色渐渐黯淡,卯匆匆返回寝宫,太卜涂异常警觉地问:"闻没有回来?"

王后感到诧异,问:"闻为何没有回来?"

卯回答母后和太卜涂:"小父突然腿疾发作,不能行动。卯担心母后挂念,先行回来禀报。"

太卜涂认为自己的判断得到证实,卯被支开,闻可以与大弓族人私下密谋。太卜涂略有自得,对王后说:"涂的判断没有错吧!"

王后感到疑惑,问卯:"闻突然腿疾发作,事先没有征兆吗?"

卯讲述刚刚发生的事情:"卯和小父去面见族长咸,族长咸听完卯的陈述,命令首领辛带人前去九江方向,追赶函和三足龟。卯和小父准备离开时,小父突然腿疾发作,不能行动,只能留在大弓族营地休息。"

卯安然归来,闻留在营地,王后有些惴惴不安,担心还有什么意外将要发生。太卜涂看出王后的慌乱,急忙建议道:"让卯休息去吧!"

卯离开之后,太卜涂继续说出自己的判断:"闻之前联手羊角族,现在勾结大弓族。闻留在营地,便于与大弓族沟通,实现夺取王位的阴谋。接下来,王邑可能腹背受敌,王后必须抢得先机,宣布卯继王位,阻止闻的阴谋得逞。"

王后虽然有些不知所措,但依然坚持自己的主见,说道:"必须等候大王清醒过来，亲自宣布卯继王位，别人不能代替大王。"

太卜涂没有料到，王后竟然如此死板，不会变通。太卜涂暗自决定，不再催促王后，不必等待卯继王位，自己的命运必须自己做主。只有主动推进原定的计划，才能实现预定的远大目标，实现获得权力、掌控王邑的最终目的。

卯离开花苑，没有前去休息。此刻，卯希望尽快见到朱，告知师父今天发生的事情，吐露自己的困惑，得到师父的指点。卯匆匆走出宫城，迅速前往朱圃。卯进入院子，发现师父和师母脸上洋溢着笑意。

葛看到卯，立即引他来到后院，走到少朱平日居住的半地下室，示意卯独自进去。卯弯腰钻入，看见里面躺着一个正在睡觉的少年，原本以为是少朱，随即察觉此人身材更长，不是少朱。卯侧过身子，借着外面射入的光线，看出此人是函，立即蹲下身子，用力摇晃着喊道："函回来了！函回来了！"

函突然被惊醒，猛地一下子坐起来，表情有些紧张。函看到眼前的卯，想起自己身处朱圃，已经逃离太卜室，立刻镇静下来。两人拥抱在一起，卯急于知道事情的来龙去脉，问："函怎么了，函怎么了？"

函的情绪渐渐平复，简要讲述近日的经历——在返回九江的途中，遭到黑衣人劫持，然后被关押在太卜室的地穴，最后得到大三足龟的帮助，逃离地穴，来到朱圃。听到这些，卯由见到函的兴奋转入沉思……

卯沉默不语，函问道："卯怎么了？"

卯心中清楚：劫持函和大三足龟的主使，一定是太卜涂，他的目标就是得到大三足龟；劫持桑的主使也是太卜涂，桑依然被囚在圈养场。如今，函脱离危险，太卜涂控制着桑和大三足龟，背后一定还有更大的阴谋。母后过于相信太卜涂，让太卜涂得到可乘之机。想到这些，卯叮嘱函继续休息，自己前去面见师父。

黄昏时刻，卯匆匆来到，朱知道卯心中有事，就在前院等候。卯从后院出来后，葛迅速引卯见朱，听卯细说详情。卯叙述这两日发生的事情——第一天，羊角族首领禽前来王邑，要求将桑释放，小父头戴大羊角，说服对方退兵；第二天，大弓族首领辛前来王邑，索要三足龟，自己和小父前去解释，告知对方三足龟已经返回九江，大弓族首领率人前去追赶，小父傍晚突患腿疾，只能暂时留在大弓族营地……

朱仔细倾听卯的陈述，感觉卯变得更加成熟。闻被迫留在大弓族营地，如今只有卯能够进入大堂，参与政事决策，必须承担更大的责任。于是，朱将函逃离太卜室、桑被囚禁、高个盲人被杀的消息，一一讲述，然后叮嘱卯："王邑面临危机，一旦大王清醒，立即告知大王近日发生的事情，听取大王的意见。还有，太卜涂发现函逃离后，就会尽快转移大三足龟，这是解救大三足龟的最好时机。一旦失去大龟，太卜涂就会惊慌失措，预谋的计划也就难以实施了。"

卯点点头，表示自己明白了。朱继续说："桑在圈养场，那里有屠人克保护，卯不用过于担心，再过两日，桑就可以返回羊角族。闻一旦离开大弓族营地，返回宫城，卯便与闻速来朱圃，一起再做商议。"

朱叮嘱完毕，卯准备离开朱圃时，突然想起随身携带的骨笛，如今应该将骨笛还给函，便于函与虎尾族取得联系。卯走出大室，返回朱圃后院去了……

太卜涂从寝宫回到太卜室时，天色已经十分昏暗，影影绰绰看到院内跪着两人，走近察看，是卜官宾和仆人卫。卜官宾不在地穴，说明函和大三足龟出现了意外，太卜涂头脑轰然炸裂，心神不定。卜官宾不敢抬头，眼睛盯着地面，小声说道："宾略有睡意，醒来不见函的身影，大三足龟也不见了。"

太卜涂大为光火道："怎么都不见了？"

卜官宾急忙解释："大三足龟还在，当时没有看到，其实就在地穴里的石门外面。"

仆人卫加以说明："函已不见，大三足龟还在地穴。"

太卜涂转向仆人卫，质问："函竟然能够离开，难道有人帮助？"

仆人卫没有察觉函的逃离，怀疑自己随朱离开院子，前去洲水岸边时，出现了把守漏洞。仆人卫不敢说出实情，只能低声解释："院子门口一直有人守卫，确实没有发现函离去。"

太卜涂怒斥："难道函是飞出去的？"

仆人卫担心太卜涂怀疑自己，急忙解释："太卜大人，卜官宾醒来，不见函和大三足龟，只能大声喊叫，引起外面注意。当时大三足龟就在石门外面，这样看来，可能是大三足龟打开了石门，助函逃离。"

卜官宾提出质疑："两扇石门的机关，位于石门外面，除非神助，否则

第二十九章 驱鬼

石门内部无法开门。"

太卜涂自言自语道："神助？"

卜官宾想起馆舍曾经发生的神奇事件，有意解脱自己的责任，小心翼翼地提醒太卜涂："太卜大人，当初小三足龟前往宫城寻卯，可谓神奇；小三足龟率领众人飞奔向朱圃，也是神奇啊！"

两人有意推脱责任，太卜涂自然明白，一边转身走向大室，一边追问卜官宾："大三足龟现在何处？"

卜官宾急忙回答："就在地穴。"

太卜涂训斥卜官宾："既然大龟如此神奇，不在地穴守护，如何保证大龟安在？"

卜官宾感到问题严重，急忙自责："宾不应离开地穴！"

太卜涂"哼"了一声，迈步进入大室。仆人卫和卜官宾自知理屈，不再辩解，两人急忙冲在前面。仆人卫掀开石板，进入地穴，打开两扇石门，看到大三足龟依旧还在，这才放心，转身迎接太卜涂。太卜涂走近大三足龟，借着仆人卫手中的小烛，仔细察看后，转身询问仆人卫："刚才打开石门，放出卜官宾时，石门可有什么异常吗？"

仆人卫回忆："听到卜官宾大喊大叫，卫随即进入地穴，转动石门机关，两扇石门迅速打开，没有发现异常。"

太卜涂试图了解更多情况，问："当时大三足龟何在？"

仆人卫回答："大三足龟就在洞口下面，好像因为穿过石门，已经筋疲力尽。"

太卜涂自言自语道："如此看来，是大三足龟帮助函逃离的。"

太卜涂说完，离开石门，返回洞口，仆人卫和卜官宾跟随在后，太卜涂头也不回，吩咐道："宾留在里面！"

卜官宾不敢反驳，只得继续留在地穴，陪伴大三足龟。仆人卫按照太卜涂的命令，转动机关，关闭两扇石门，然后跟随太卜涂攀上洞口，来到地面，重新封盖地穴。

太卜涂告诉仆人卫："函已逃离，函和大三足龟遭遇意外的消息，很快就会散播出去，麻烦即将来到。必须尽快转移大三足龟，防止危险发生。"

仆人卫同样感觉危险将要来临，说："不然就将大三足龟转移到王邑之外，越远越好，这样别人就难以发现了。"

太卜涂摇摇头道："越是看似危险的地方，越是安全。"

仆人卫没有明白太卜涂的意图，太卜涂小声说："当初重修大王宗庙时，特地开掘了一处地室，那里看似危险，其实最为安全。"

仆人卫并未料到，太卜涂早有准备。既然大三足龟能够穿越石门，仆人卫顾虑大龟再显神力，对太卜涂说："大三足龟能够穿越石门，如若转移至地室，再显神力，如何处置？"

太卜涂已经想到这个问题，道："大龟显神力，是因为明白函的意图，助函逃离。函离开大龟，大龟不再得到指示，无须再显神力。今日晚间，卫前去宗庙察看，明日夜间，转移大三足龟。"

仆人卫手指地穴，问道："卜官宾怎么安排？"

太卜涂表示："宾若出现在王邑，等于我们自己戳穿自己，还是让他继续与大龟待在一起吧！"

仆人卫准备离开时，太卜涂再度叮嘱："命令屠官干尽快打探函在何处，如若发现，就地处死，不留后患。"

卯从朱圃回到寝宫时，已经夜深人静。卯进入丽室，看望父王，出乎卯的意料，母后不在丽室，父王一人躺在那里，两眼紧闭着，看似已经入睡，只是面部表情依旧显得紧张。自从父王眼疾发作，王邑接连出现突发事件，父王都不知道，卯有意告诉父王，不管父王能否听到。卯说："父王，桑被人劫持，囚在圈养场，两个盲人前去寻找，大个子盲人被屠官干杀掉了。"

卯发现，大王紧闭的眼睛轻轻转动了一下，仿佛能够听到自己的叙说。于是，卯继续陈述："羊角族的首领禽带兵前来，要求将桑释放，母后没有答应。小父头戴大羊角，当面说服羊角族人，禽便退兵了。太卜涂告诉母后，羊角族人见到大羊角，如同见到族长姜，说明小父勾结羊角族，准备谋取王位，建议母后迅速立卯为王，断绝小父的阴谋。母后表示，必须等父王清醒，由父王亲自宣布卯继王位。"

说到这里，卯发现父王的眼睛再次轻轻转动，细小的变化引起卯的关注，他相信父王可以听到自己的声音，就将看到、听到的事情，一一讲述："大弓族前来索要三足龟，认为九江没有三足龟，三足龟来自大弓族领地的伊水。卯与小父同行，面见大弓族的首领辛，告知三足龟已经返回九江，并将函的骨笛作为证据。卯和小父还见到了大弓族的族长咸，族长咸派人前

第二十九章 驱鬼

往九江追赶三足龟了。"

卯一边讲述，一边注意观察父王的双眼，捕捉父王的反应。此时，大王的眼睛一动不动，似乎没有反应。卯探身向前，贴近大王，能够感受到大王均匀的呼吸。卯放下心来，继续叙述："在大弓族的营地，小父突发腿疾，不能行动，只得留在那里，没有返回王邑。卯刚刚得知，太卜涂劫持函和大三足龟，因在太卜室的地穴，大三足龟帮助函逃离，函已经返回朱圉了。"

卯发现，虽然此时父王的眼珠没有转动，但紧张的面部表情有所松弛，神情更加安详。卯心中欣喜，接着陈述："师父叮嘱卯，随时关注父王的状况，一旦父王清醒，马上告知近日发生的事情，听取父王的意见。师父还说，函逃离地穴，太卜涂就会尽快转移大三足龟，这是解救大三足龟的最好时机。桑在圈养场，有屠人克保护，不用过于担心，再过两日，桑就可以返回羊角族了。"

听到这些话，大王的面部泛出一丝笑意。卯感到欣慰，相信父王能够听到自己说的话，他决定从此之后，每天都来看望父王，禀告王邑发生的事情。卯起身离开时，大王微微睁开双眼，视线模糊不清，看着卯的背影，心中增添些许欣慰，也有一丝不安……

天亮时分，卯离开寝宫，准备前去大堂议事。因为惦念父王，卯特地前往丽室探望，路上看到太医酉手持十字青铜法器，拎着羊皮袋子，匆匆忙忙走向丽室。卯急忙跟随上去，就见太医酉站在丽室门口，将羊皮袋子里的羊血浇在自己头上，一副血淋淋的狰狞模样。卯吓了一跳，不解地道："师父这是……"

太医酉用手抹了一把脸上的羊血，便于眼睛视物，说道："为大王驱鬼！"

卯有些疑惑，说："师父的意思是，父王眼疾发作是因鬼作祟？"

太医酉双手沾满羊血，一边擦拭十字法器，一边回答："人死曰鬼，鬼者归也。鬼居欧隅之间，乱祟于人。今番法事，就是为了安抚鬼魂，驱之远行，为大王消除病疫。"

太医酉手中所执的青铜法器，看似两个"工"字交叉，类似巫师祭祀使用的法器。太医酉需要有人协助，将一支小烛递到卯的手中，让卯点燃，嘱咐道："卯手持小烛，巡行丽室，墙角之处，多多停留，免得鬼魂藏匿其中。"

太医酉说罢，径直进入丽室，卯手执小烛跟随，依照师父的吩咐在室内行走，烟雾渐渐飘散。太医酉手持青铜法器掠过大王的身体，仿佛为大王罩上一层无形的外衣，阻止鬼魂依附。丽室之内，烟雾弥漫，卯惊奇地发现，父王的身体周围没有烟雾，似乎烟雾不能靠近父王。

这时，太医酉跪坐在地，两手高举法器，闭上双眼，口中念念有词。太医酉念诵的祷辞内容，卯不能完全听清，只能模糊听到"生而皆亡，一居若水，一居欧隅，或为疟鬼，或为魍魉"几句。

太医酉念罢祷辞，站立起来，手持法器，围绕大王身体，继续加持神力，试图增加更多防护，不让疫鬼靠近大王。随后，太医酉将手中法器抛向空中，法器由下而上升起，然后由上而下旋转，接近地面的时候，竟然重新上升。

卯惊奇地看到，法器连续多次向上升起，然后向下旋转，最后一次坠落，接近地面的时候，地面上突然出现一只陶龟，陶龟的身体被草绳捆扎。太医酉立即停止施法，收起青铜法器，将陶龟拿在手中，仔细端详起来。

卯产生联想，又有疑惑，问："师父，大三足龟被太卜涂囚禁，难道父王眼疾与大三足龟有关，或者治疗眼疾需要大三足龟帮助？"

大三足龟遭遇劫持，太医酉并不知道，急忙问卯："大三足龟不是返回九江了吗？"

卯这才明白，太医酉近日贴身服侍父王，并不知晓王邑突发的事件。于是，卯将大三足龟遭劫、大龟助函逃离、桑被囚禁、高个盲人被杀等，简要叙述了一遍。

太医酉沉思片刻，将手里的陶龟递给卯，吩咐道："把捆扎陶龟的草绳烧掉！"

此时，丽室内部的烟雾已经散尽，太医酉准备离开。太医酉回头观望大王，发现大王两眼依旧闭着，两个眼珠快速转动。太医酉知道，眼珠转动意味着大脑在思考，说明大王的意识开始清醒，驱鬼除疫的法术起到作用了。

丽室门外，卯手执小烛，询问太医酉："师父，就在这里烧掉捆扎陶龟的草绳，可以吧？"

第三十章 复明

第三十章

复明

这天早上，桑在石室走来走去，心生犹疑，不知屠人克能否帮助自己。透过石板的洞孔，桑一直向外观察，希望看到屠人克的身影。再次见到屠人克时，桑准备试探一下对方的态度。这时，远处传来一阵脚步声，脚步声消失后，陶罐通过洞孔被递入，桑上前一步，抓住对方的手，问道："可以牵来大象吗？"

石室外面，屠人克将手挣脱出来，没有回答桑的问题。如今，屠官干没有骨环，不能轻易操控大象，大象在圈养场自由行动。按说，大象可以自行离开，无人能够阻拦大象的行动。大象至今没有主动离去，显然一直在等待桑的到来。屠人克明白，现在不能答应桑的要求，自己暗中保护桑的行为，不能被屠官干察觉。只有保持屠官干对自己的信任，才能选择更好的时机，帮助桑离开圈养场。

屠人克拒绝回答自己的问题，桑有些失望，她没有接过递来的陶罐，转身退回到石室里面。屠人克没有离开，他敲敲手里的陶罐，看到桑并无反应，再次敲击陶罐，桑依旧没有反应。桑以为屠人克在催促自己吃饭，看到屠人克迟迟没有离开，她这才不情愿地转身回来，接过陶罐，放在地上，因为心情不好，并不急于吃饭。

屠人克并未离开，没有陶罐可以敲击，就用手敲击洞孔一侧的石壁。一连串的声音传过来，引得桑有些烦躁，正要发火时，她突然察觉屠人克是有意敲击，可能含有别的意思。

桑急忙蹲下，打开陶罐，发现陶罐里面有一个袋子。桑打开袋子，掏出一条鞭子，长度不及自己那条皮鞭，没有那条鞭子粗大。桑想起来，这是朱自己制作的鞭子，用来训练少葛、少朱。桑意识到，屠人克就是帮助自己的人，于是急忙站起，透过洞孔向外察看，没有看到屠人克的身影。

桑站立许久，继续观察，依然不见屠人克出现，心中有些失望，将鞭子放在一边，慢慢坐下，后悔自己对屠人克产生的误解。这时，石室外面传来屠人克的声音："大王眼疾突发，王后代为执政，太卜涂辅佐王后。"

听到这些消息，桑感到十分震惊——大王突发眼疾？

"禽两次前来王邑，要求将桑释放……"外面又传来屠人克的声音，桑再次向外张望，依旧不见屠人克，但声音就在石室附近。桑意识到，屠人克既要与自己沟通，又要防范其他屠人的监视，只得隐身在石室外面，悄悄与自己沟通。

屠人克知道桑在听，继续传递消息："禽第一次前来，是试探王后的态度，太卜涂并不承认将桑劫持，禽就返回了。禽第二次前来，要求将桑带走，闻头戴族长姜赠予的大羊角，出面退兵，双方约定了释放桑的时间。王后最初定为三日之后，就是明天一早；禽提出两日之后，就是今天早上，闻当场答应了。无论怎样，今天或明天，桑就可以离开这里，返回羊角族了。"

听到屠人克如此陈述，桑稍稍放下心来，知道自己很快就可以离开了。桑感谢屠人克的关照，对着洞孔说道："多谢关照，桑离开王邑之后，一定回来感谢！"

屠人克有些疑惑，问桑："桑囚禁于圈养场，圈养场位于王邑之外，为何族长姜没有直接派人救桑，而是一再沟通协商呢？"

屠人克心中的疑惑，桑也曾经有过。桑反复思考，认为哥哥既想维护两个族群的和睦关系，又想避免伤及桑与大王的感情，所以选择不与王邑兵戈相向，避免正面冲突。桑并未回答屠人克的问题，还是表达自己的担忧："大王突发眼疾，究竟怎样了？"

屠人克告诉桑："前日，大王眼疾突然发作，甚至还有丧明的可能。太医酉尽力救治，效果并不明显。如今，王后代为执政，太卜涂、闻和卯共同商议政事，主要权力还是在王后和太卜涂手中。"

听说大王眼疾突发，桑总算明白大王杳无音信的原因。桑认为，如今自己身处险境，王后和太卜涂掌握王邑大权，两人与自己早有冲突，自己难免面临更大危险，还是应该尽快离开王邑，回到羊角族。

这时，桑突然想起许久没有闻的消息，急忙询问："闻在哪里？"

桑提出的这个问题，引起屠人克的更多联想——闻在宗庙，将桑从死亡边缘拽回，可谓桑的救命恩人；桑误入太卜室，被太卜涂用药酒迷醉，闻及时出现，使桑转危为安。如今，桑身陷囹圄，肯定盼望闻出手相救，如今没有闻的消息，自然生出疑惑。

屠人克告诉桑："克暗中保护，就是闻的安排。王后、太卜涂掌权，闻主动参与政事，防止王邑局势失控。昨日，大弓族前来索要三足龟，闻前去应对，突患腿疾，留在大弓族营地了。"

桑听到这里，对闻更加心存感激。桑进入王邑后，朱和葛提供住处，对自己特别关心；危难之际，闻出手相助，一直暗暗保护自己。与大王朱圕相见之后，一系列事件接连出现，大王眼疾突然发作，大弓族前来索要三足龟，闻突患腿疾，王邑面临许多危机……如此说来，自己确实应该尽快返回羊角族，避免火上浇油，引发更多纠葛。

一早，卯协助太医酉驱鬼，烧掉了捆扎陶龟的草绳，未及清理手上的污垢，便匆匆前往大堂议事。大堂之内，只有王后和太卜涂，闻并不在场。卯对母后说："卯去大弓族营地看看，如果小父腿疾好些，可以同来议事。"

太卜涂认定王后优柔寡断，无法尽快明确卯继王位，因此改变策略，重新确定自己的目标，企图趁王邑混乱之际，获得大王之位。眼下，太卜涂急于将大三足龟转移，因此心不在焉，对王后说："让卯去吧。等闻到来，再议不迟。"

王后没有料到，太卜涂的态度反转，似乎不再反感闻参政，不再催促立卯为王。王后认为，因为自己坚持由大王宣布卯继王位，太卜涂心中不满，产生消极情绪。王后需要太卜涂的支持，于是阻止卯说："卯不必前往，三人议事即可，多听太卜大人的安排。"

王后如此态度，卯不能自作主张，太卜涂也不便反对。三人刚刚落座，仆臣奚来报："羊角族首领禽已到南门之外,根据禽和闻的约定,今日一早,将桑带走。"

王后疑惑地说："三日之后将桑释放,应是明日一早,不是今天啊!"

卯为王后解惑："母后答应三日之后将桑释放,确是明日一早。小父前去退兵,禽提出将时间改为两日之后,就是今日一早,小父当场答应了。"

王后一时不知所措,视线转向太卜涂,征求他的意见。如今,太卜涂意在取得王位,王邑与羊角族反目成仇,王邑局面必将更加混乱,他才会有更大机会。于是太卜涂向王后表态："按照王后旨意,应该明日放人。闻与对方约定今日,没有经过王后同意,如果今日放人,说明王后决策不必遵从,羊角族人就会得寸进尺!"

卯义正词严,表明态度,话语之中避讳"母后"两字,尽量避免误解："王邑提出三日放人,对方有权协商,提出两日放人,小父当场答应。这是王邑对羊角族人的郑重承诺,不能言而无信。再者,将桑控制起来,对于王邑有什么好处吗?"

太卜涂狡辩道："有桑作为王邑的人质,羊角族就不能轻易开战,这就是好处啊!"

卯察觉太卜涂的企图就是让羊角族与王邑产生冲突,从中渔利,便道："羊角族人只是将桑带走,哪里谈得上轻易开战?囚禁族长姜的妹妹桑,才有可能引起战事!"

太卜涂并未料到,年少的卯竟然思维缜密,难以对付,在王后面前,他不能让卯占据上风,便接着道："羊角族人前来要桑,只是一个幌子,目的就是准备攻占王邑!"

卯斥责太卜涂："以太卜大人的想法,小父还要与羊角族人联手吧!"

太卜涂说："这个可能性很大!否则,大弓族为什么火上浇油?这个时候来索要三足龟,难道只是巧合吗?闻突患腿疾,留在大弓族营地,难道也是巧合吗?"

因为对桑的反感,对闻的怀疑,王后不能看清太卜涂的企图,固执己见道："羊角族人提出两日放人,闻当场答应,但闻不能代表王邑做出承诺。"

卯提醒母后："桑被囚在圈养场,圈养场位于王邑之外,只有少数屠人守护。羊角族人如果以武力救桑,早就可以得手。如今一次一次派人前来,当面协商,要求将桑释放,只是为了避免大动干戈,不想破坏父王建立的和睦族群关系,母后需要三思啊!"

这时,仆臣奚得到新的消息,急忙进来禀告:"南门卫兵来报,首领禽带人离开王邑了。"

王后长舒一口气,无论什么缘故,羊角族人毕竟退去了,这个危机终于得以解除。太卜涂心中奇怪:羊角族人为何离开呢?难道桑已经被人解救,逃离了圈养场?卯陷入沉思,挂念留在大弓族营地的闻——难道小父腿疾好转,再度出面调停了?

想到这里,卯决定前去南门看个究竟。

闻在大弓族营地突发腿疾,右腿完全无法行动。来自东方的大弓族擅长骑熊作战,骑熊毕竟异于骑马,黑熊难以控制,跌下来的可能性更大。大弓族配备随行医者,专治跌打损伤。族长咸出于好心,请来随行的医者为闻治疗。闻经过治疗,虽然右腿没有完全恢复,但总算可以行走。第二天一早,闻辞别族长咸,经过东门,步入王邑,准备返回大堂,参政议事。

闻刚刚步入东门,就遇见守护东门的卫兵,得知南门的紧急情况:首领禽再度前来,要求将桑释放。闻想起自己对禽的承诺,心急如焚,只得离开东门,直奔南门。因为腿疾影响,闻不能快速步行,东门卫兵将闻扶到马上,左右守护,匆匆忙忙前往南门。

南门外面,禽率领二十余人,执戈骑马,拷弓挂箭,十分威猛。闻被卫兵搀扶下马,步履缓慢地走向禽。禽察觉闻腿部不适,不便询问,只能直接切入正题:"按照约定,禽前来接桑。"

闻询问守卫南门的卫兵:"是否接到王后旨意?"

卫兵回答:"已经派人前去禀报,至今没有接到王后旨意。"

禽脸色严肃道:"禽答应族长,今日一定将桑带回。"

闻回想近日发生的事情:之前,自己承诺两日之后放桑,但当天没有来得及禀报王后;第二天,大弓族突然前来,自己前去应对大弓族,并且留宿大弓族营地,两日之后放桑的事,确实未与王后协商。此时,闻不便擅自将桑放走，只能与禽商量："能否宽限一日，按照王后旨意，明日一早，接桑回去。"

禽的回答，没有余地："闻的承诺，就在今日！"

闻有些尴尬，勉强解释道："闻当初的承诺，本应立即禀告王后，无奈大弓族围堵王邑，索要三足龟，闻前去调停，腿疾突发，只能在大弓族营地留宿。闻没有将承诺及时禀告王后，责任在闻。因此，闻确实无法直接放人。"

禽摇摇头，心生不满，一时无语。

闻抓紧表态，再做承诺："闻考虑不周，做事不妥，确实让禽为难了。桑的安全，闻来保证，明日一早，闻亲自将桑送到禽的面前。"

面对闻的坦率，禽有些气愤，有些无奈，道："桑的安全，禽不放心！今日如若不能放人，禽就带人直奔圈养场，将桑带走，不必三番五次请求放人。"

闻提醒禽："圈养场位于王邑之外，只有少数屠人把守，族长姜如若有意强行将桑带走，早就可以动用武力。如今一再请求王邑放人，就是为了避免双方刀戈相向。"

禽沉思片刻，对闻说道："明日一早，禽来接人！"

闻终于松了一口气，道："明日一早，闻在这里恭候，将桑交还。"

禽带领羊角族人离开，望着众人远去的身影，闻弯腰敲敲自己麻木的右腿，顺势坐在地上。守护南门的几个卫兵急忙过来，闻摆摆手，继续坐在地上歇息。闻歇息一阵之后，慢慢站起。卫兵再次过来搀扶，闻表示自己可以行走。闻穿过南门，进入宫城，因惦记议政之事，慢慢走向大堂。这时，闻看到远处走来一个少年，自然是卯。

听说羊角族人退去，卯猜测是小父所为，于是前来南门迎接。两人相见，卯未及问候小父腿疾，急忙告知新的消息："太卜涂劫持函和大三足龟，囚在地穴。在大龟帮助下，函已经逃出，但大三足龟还被太卜涂控制着。"

闻突然意识到：大弓族很快就要杀回来了！

自从函逃离太卜室，太卜涂就显得十分焦虑，担心私藏大三足龟的消息走漏。当天夜间，仆人卫前去宗庙，先行察看地室情形，太卜涂决定在第二天夜间转移大龟。

第二天晚上，屠官干带来六个屠人，协助转移大龟。根据太卜涂的指示，几个屠人将大三足龟五花大绑，固定在木棒之上，便于转移。夜半时分，众人离开太卜室，两个屠人一前一后抬着大龟，其他屠人前后保护，仆人卫前面引路，屠官干后面紧跟，太卜涂最后压阵，一行人悄悄离开，前往王邑北面的宗庙。

漆黑的夜晚，乌云遮蔽月光，依照仆人卫事先拟定的路线，这一队人七绕八绕，神不知鬼不觉地来到宗庙。仆人卫十分警觉，首先进入宗庙院落，察看一番，然后让众人进入，分头行动。卜官宾与两个抬龟屠人一起，负责守护大三足龟，另外四个屠人立于主殿一侧，等候安排。

太卜涂独自进入主殿，因为不能点燃火烛，无法升烟祭天，所以只能立于供奉台前，默默念诵祈祷之辞，祈求上帝保佑大三足龟，祈求大三足龟保佑自己获得王位。恍惚之间，太卜涂脑中闪现出来一个场景：自己坐在大王的座位上，接受臣民的朝拜，大三足龟面向自己，引颈昂首，仿佛带领身后的臣民为自己就任大王欢呼……

随后，太卜涂由幻想回到现实，结束简单的祈祷仪式后，环顾四周，示意仆人卫可以将大龟送入。仆人卫与屠官干移开供奉台，搬走封盖地室的石板，下面的洞口显现出来——当初修建宗庙时，太卜涂安排开掘地室，洞口隐藏在供奉台下，如今终于派上用场了。

仆人卫走到主殿外面，向卜官宾招手示意，两个屠人急忙抬起大三足龟，进入主殿。大龟依旧固定在木棒之上，被绳索捆绑着，两个屠人急忙解开绳索，合力抬起大龟，另外两个屠人跳入地室，进行接应，大三足龟终于被移入洞口，放入地室。

卜官宾并未跟随屠人进入主殿，而是独自站在室外，忐忑不安。之前，太卜室的地穴不仅安全，还有充足的生活用品，而宗庙的地室偏于王邑一角，缺乏安全保障，不易得到必要的用品。卜官宾心中不快，但不敢向太卜涂吐露，因为必须有人陪伴大龟，防止大龟出现异常，自己最为熟悉大龟，太卜涂不可能另选别人。卜官宾心有不甘，不愿进入黑暗的地室，不愿继续

第三十章 复明

陪伴大三足龟，只能拖延时间，磨磨唧唧，希望抓住最后的机会，留在地室外面。

此时，大三足龟已经被移入地室，只等卜官宾进入地室，将供奉台重新归位，转移大龟的行动就结束了。仆人卫没有看到卜官宾，于是再次走出主殿，向卜官宾招手，示意对方抓紧进来。卜官宾不但没有立即进入，反而指指自己的肚子，表示当下迫切需要排泄，然后撤身躲到院落一角的草丛中了。

仆人卫明白卜官宾的意思，以为卜官宾很快就能过来，便回到主殿，稍等片刻。太卜涂同在殿内，久久不见卜官宾出现，视线转向仆人卫，显然十分着急。仆人卫明白太卜涂的心情，但不便解释卜官宾的行为，于是跨出主殿，走向草丛一角，催促卜官宾。又过一段时间，仆人卫还没有回来，太卜涂心生疑惑，迈步走出主殿，看到卜官宾在草丛一角蹲着，仆人卫站在旁边，显然明白卜官宾所为，他既气不得，也恼不得，如同躲避秽气一般，走向宗庙另外的角落，无奈地等待着。

漆黑的深夜，主殿内外，所有人静静站立，如同画面定格一般，只等卜官宾进入地室后，立即封盖洞口，然后迅速撤离宗庙，潜入黑夜……

这时，一个身影悄无声息地进入宗庙，径直走向主殿。夜色昏暗，此人脚步轻盈，众人正在焦急等待卜官宾，注视着卜官宾所在的方向，无人察觉这个身影。此人立于主殿之前，长叹一声。仆人卫顺着声音看去，首先发现来人。屠官干站在主殿门口，看清来人形象，目瞪口呆，失声叫道："大王！"

丽室之中，大王夜半醒来，隐约看到室内微弱的光，有些意外。借着微光，大王看清身边熟睡的王后，环顾室内陈设的物品，确认自己的视力有所好转，只是头脑依旧恍惚。大王悄悄起来，穿上外衣，缓缓移动步子，走出丽室。室外乌云遮天，月光偶尔显露出来，大王借助微光，漫无目的地向前行走，双手小心翼翼地向前伸出，仿佛在探寻前面的道路。

由寝宫区向北直行，就是宗庙区，这是大王行进的方向。大王并不知道去向何方，只是慢慢前行。宗庙区和寝宫区相邻，属于大王平日经常行走的区域，虽然视线并不清晰，但大王的双脚却有自主的方向。大王眼睛渐渐适应夜色，走在通往宗庙的路上，方向没有偏离，脚下没有磕绊，一路向前，渐渐接近宗庙。

　　大王来到宗庙门口，眼睛更加适应夜间光线，意识愈发清醒一些。他在宗庙门口站立片刻，然后登上门前台阶，迈步进入宗庙。大王进入宗庙之后，没有丝毫迟疑，步子更加轻盈，径直走向宗庙主殿。走到主殿门口，大王停下脚步，静静站立，正在犹豫是否进入，突然察觉殿内有人影晃动，接着听到有人叫喊："大王！"

　　太卜涂独自站在宗庙的角落，听到屠官干的尖利叫声，惊出一身冷汗。他回头看到主殿门外站立一人，黑暗之中，无法看清究竟是谁，屠官干的叫声继续回响。

　　太卜涂大脑中迅速闪现一系列问题：大王不是眼疾发作正在昏睡吗？大王怎么可能在夜间来到宗庙呢？眼前此人是不是幻影呢？

　　太卜涂原地站立，一动不动，盯着主殿门口那人，心中充满狐疑，不能断定眼前情景究竟是现实还是梦幻。这时，殿内的几个屠人匆忙走出，悄悄从那人身边绕过，呼啦一下，四散而去。那人等到最后一个屠人离开，才迈开步子，跨入主殿，消失在太卜涂的视线之中。

　　太卜涂注意观察，那人的步态平稳轻盈，不似大病之人；那人分明能够看清方向，不似失明之人。太卜涂不能确定此人是不是大王，但断定此人没有发现自己，于是轻轻移动脚步，悄悄靠近主殿，屏住呼吸，继续观察进入主殿的那人。

　　此时，屠官干和仆人卫来到太卜涂身边，他们同样充满疑惑。刚刚离开的屠人察觉太卜涂尚在，纷纷聚拢过来，站在太卜涂身后，一时不知所措。草丛中的卜官宾看到没有人注意自己，趁此机会，悄悄溜出了宗庙。

　　太卜涂靠近主殿，发现那人背对自己，正蹲下身子，察看洞口大开的地室。太卜涂瞬间决定，一不做二不休，顺手接过仆人卫的青铜短戈，双手执戈跃起，冲向主殿里面那人，将青铜短戈用力刺向那人的后背……

　　太卜涂冲向主殿那人的同时，众人听到砰的一声巨响，太卜涂仿佛受到巨大气流冲击，身子猛然飞起，跌回主殿外面，青铜短戈不知飞向了哪里。屠官干上前搀起地上的太卜涂，仆人卫急忙俯身察看，太卜涂双眼紧闭，似乎昏迷过去。众人十分诧异，不知何种力量将太卜涂推出。大家抬头看向主

第三十章 复明

殿之内，那人依旧蹲在原地，仿佛刚刚发生的事情与他无关。

屠官干手握腰刀，盯着那人的后背，有意上前刺杀，但心存疑惑，踌躇不前。这时，那人慢慢站起来，缓缓回转身子，双手小心翼翼地捧着一样东西。屠官干眼神敏锐，瞬间看清那人手里的物品，惊叫一声："小龟！"

仆人卫定睛观看，那人手里的确捧着一只小龟，仆人卫心想：自己亲眼看到大三足龟移入地室，怎么突然出现一只小龟呢？难道这人手里的小龟，就是刚刚移入地室的大龟，大三足龟重新变回小三足龟了？

众人看到，那人手捧小龟，无视眼前的屠人，缓缓走出主殿，立在主殿门口，遥望天空。仆人卫看得十分清楚，眼前此人就是大王。大王手里的小龟伸长龟颈，仿佛要亲吻大王的脸颊。大王察觉小龟的动作，顺势低头，距离小龟更近，小龟突然用力延伸龟首，迅速亲吻大王的两只眼睛，右眼一下，左眼一下，然后害羞般地缩回龟首，龟首收缩进龟壳里，小龟一动不动。

这时，一道闪电划破天空，宗庙内外一片亮白。大王收回看向天空的视线，两眼之中，火光闪耀……在闪电弥散后的黑暗瞬间，仆人卫急忙招呼屠官干抬起太卜涂，趁着夜色，匆匆离开了。

夜里，闻被纷乱的睡梦惊醒，辗转反侧，难以入睡。闻反复拼接刚才的梦境，大致情节还能回忆起来——闻进入馆舍，看到函正在缝制皮甲，卜官宾正在聚精会神打磨玉石，无人照料大三足龟。闻有些诧异，走近水池察看，没有发现大三足龟的影子。闻大惊失色，急忙喊叫："大三足龟不见了？"函不慌不忙，抬起下巴示意，说："就在水池里面！"闻再度靠近水池观察，依然没有发现大三足龟。函无可奈何地走来，一手探入水池，拎出一只小龟，说道："这不就是三足龟吗？"

就是这个场景，将闻从睡梦之中惊醒了。

闻起身走到室外，夜色朦胧，依稀能够看清寝宫景致。闻犹豫一下，离开寝宫区，一直向南，经过大堂区，继续前行，来到宫城的最南端。闻站在宫城南门，向西观望，不远之处就是太卜室。闻向西行走几步，又准备折返回来。这时，一阵大风突然吹过，无意之间，闻听到太卜室那里发出咣当咣当的响声，似乎是风吹大门，大门来回摆动的声音，说明太卜室的院门敞开着,这种情况显然并不正常。

晨光初显,大风戛然而止,周围顿时万籁寂静。闻紧走几步,来到太卜室院子门口,发现大门四敞大开,心生疑惑,决定进去察看一番。

闻跨入院内,一边悄悄观察,一边慢慢前行。借着渐渐泛起的晨光,院内景致清晰可见,地上散落着许多杂物,很多房门随意敞开着,一副无人照管的样子。闻走进一处房间,发现里面空无一人,室内物品十分零乱。闻转身出来,直接进入大室,这是太卜涂的专用场所,但此时空无一人,而且空无一物。闻突然意识到,太卜涂及其随从已经放弃太卜室,离开王邑了。

这时,天色大亮。闻依次进入院内房间,看到日常杂物被四处抛散,涉及龟卜占筮的物品全部不见了,表明太卜涂已经携带重要物品离去。闻不知道究竟发生了什么意外,导致太卜涂匆匆离开。闻准备离开太卜室时,突然发现有一个小室的房门紧闭,于是上前推门,进去察看,看到有一个人悬于房梁之上,已经气绝身亡。闻认出此人是卜官宾,不知究竟是悬梁自尽,还是被他人伤害致死。

闻决定直奔大堂,与王后和卯会面,告诉他们太卜涂离去的消息,共同商量对策。闻悄悄关闭院子大门,不让外人察觉这里的异常。

闻刚刚进入大堂,卯就匆匆来到,神色慌张,告诉他说:"卯夜间做梦,难以入睡,干脆起来,提早过来了。"

闻并未表示什么,心中在想:难道王邑发生了重大事件,上帝托梦了?

今日,王后相比平时来得早些,看到只有闻和卯,问道:"太卜大人还没有到来吗?"

闻急切询问大王的情况:"王后,大王夜间可有异常?"

王后早上醒来,看到大王睡在身边,并未发现异常,便说:"大王依然沉睡,呼吸比较平稳,看上去很安静。"

卯关心太医酉驱鬼的效果,问:"母后想想,父王还有什么好的变化吗?"

闻和卯的态度,促使王后细细回想,道:"只是……大王躺在那里,身上却穿着外衣,有些奇怪呢。"

卯急忙追问:"父王能够自行起身、自己穿衣了,是吗?"

第三十章 复明

王后表示疑惑："不可能啊！"

闻和卯对视一眼，决定大堂议事完毕，立即前去看望大王。

太卜涂迟迟未来，王后安排道："卯速去太卜室，请太卜大人过来议事。"

卯准备起身前往时，突然听到一阵喧嚣之声，声音来自王邑东门，好似上百人发出的巨大声响。随后，王邑南门、北门方向，相继传来叫喊之声，声音此起彼伏。

闻迅速得出结论："大弓族杀回来了！"

王后疑惑道："大弓族不是已经退兵了吗？"

这时，仆臣奚直接进入大堂，禀报王后："大弓族的族长咸亲自率人，在东门、南门、北门三面围城，弓箭手列阵，要求交出三足龟。"

王后更加诧异地问："三足龟不是返回九江了吗？"

闻向王后解释："关于三足龟返回九江之事，卯当面告知族长咸，首领辛率众前去追赶。想必，首领辛没有追到三足龟，认为受到欺骗，便与族长咸会合，一起杀奔王邑而来。"

王后如坠雾中，问："三足龟究竟现在哪里？"

闻注视着太卜涂平日所坐的位置，回答王后："问问太卜大人吧！"

王后的视线随之转移，不知太卜涂为何至今没有到来。

卯将自己知道的情况告诉母后："函和三足龟返回九江，太卜涂派人途中劫持，带回函和三足龟。随后，函择机逃脱，太卜涂依旧控制着大龟。"

闻向王后说明："函逃离之后，太卜涂必定转移三足龟，可能藏于王邑某处。如今即使出面向大弓族解释，也很难说服对方，大弓族以为他们被欺骗了。"

三足龟早已遭到劫持的真相，王后这才知道，因为担心卯成为大弓族的目标，更加惊慌，只得胡乱出策："卯去太卜室，让太卜涂把三足龟还给大弓族，不就行了？"

闻告诉王后："闻刚才去过太卜室，那里空无一人，太卜涂不知去向，三足龟肯定被太卜涂带走了。"

这时，一支利箭穿过大堂的窗户，射入大堂的后墙，墙上尘土纷纷落下。大弓族射出此箭，就是为了威慑王邑众人，震慑大堂里面的人。闻告诉王后："王邑之兵，久疏战阵，没有大王指挥，恐无斗志，必须求助相邻族群。"

王后此时失去主张，只能点头称是。

闻准备离开大堂，前去请求支援，他边走边说："今日一早，羊角族首领禽前来王邑，接桑离开。闻必须信守诺言，将桑交给禽，借机与禽会面，向族长姜求助，一起抵抗大弓族的围攻。"

卯急忙问道："王邑三面被围，小父如何出去？"

闻已经有所准备，道："通过洲水出去，借水南行，可以到达圈养场。"

卯提醒闻："小父小心！"

闻回答卯："卯照顾王后，退回寝宫，闻速去速回。"

屠人克知道羊角族人要来接桑，按照闻事先的安排，今天一早，他将封锁石室的石板移开，守护在石室门口，等待闻的到来。桑从石室出来，听到王邑南门传来的声音，皱起眉头，不知那里究竟发生了什么事情。

"也许羊角族人前来接桑，已经到达南门了。"屠人克说完，自己否定了自己的说法，"闻已经答应，今天一早亲自接桑，双方不应发生冲突啊！"

桑相信族长姜、首领禽不会挑起冲突，道："族长哥哥不会故意动武。"

屠人克察觉南门确实出现异常，担心发生意外，决定带桑去找大象，将桑送出圈养场，尽快与闻会合。桑和屠人克离开石室，在圈养场内行走时，没有发现其他屠人，桑觉得有些奇怪。屠人克察觉了桑的诧异，告诉桑："昨日晚间，屠官干率领部分屠人外出，至今未归。今天一早，又有几个屠人得到屠官干的指令，纷纷离开了。"

桑和屠人克很快找到了大象。大象终于见到桑，用长长的鼻子缠绕桑的脖颈，十分亲昵。这时，屠人克与闻约定的时间已到，闻竟然没有前来。南门不断传来喧嚣声，屠人克察觉事情有变，认为应该尽快带桑离开圈养场，直接与羊角族人会合。于是，屠人克牵来自己的马，吩咐桑骑上大象，立即离开圈养场。

第三十章 复明

两人一前一后离开圈养场，向王邑南门行进。这时，喧嚣之声愈发强烈，似乎王邑南门遭到围攻。屠人克快马加鞭，冲上附近的一座山冈，桑骑大象随后赶到。两人向王邑南门瞭望，发现南门之外大兵临阵，骑熊武士冲在前面，弓箭手列阵在后，屠人克不禁惊叫："大弓族攻打王邑来了！"

桑疑惑不解，问："大弓族？"

屠人克急忙从马上跳下，选择合适角度，继续观察南门形势，对桑解释："大弓族来自东部，以熊为骑，擅用大弓，近日前来王邑索要三足龟，卯和闻告知其三足龟已返回九江，劝退大弓族。今日再度围攻，应该还是因为三足龟！"

桑骑着大象，远远观察南门形势。听说函及三足龟返回了九江，桑说道："如果三足龟离开了王邑，可以出面解释，或者率兵抵抗。如今看来，好像没有人出面解释，也没有反击迹象啊！"

屠人克找到观察南门的最佳位置，继续察看，对桑感慨："王邑之兵，平日由大王亲自率领。如今大王眼疾发作，闻没有带兵经验，卯尚且年少，无人统兵御敌啊！"

这时，从山冈北侧上来一人，渐渐走近，桑首先发现来人，惊喜叫道："闻，那是闻！"

桑从大象身上下来，屠人克离开观察南门的位置，一起迎接渐渐走近的闻。闻浑身湿淋淋的，仿佛刚从水里出来，屠人克急忙上前问："怎么这个样子？"

闻气喘吁吁，看到屠人克身边的桑，如释重负道："闻承诺将桑送走，不能食言啊！"

桑对闻充满感激，看到闻全身湿透，没有衣服替换，急忙捡拾地上的干柴，准备为闻生火，烤干衣服。屠人克推断闻由洲水而来，感觉大弓族来势凶猛，不可小觑，问道："大弓族围堵王邑了？"

闻回答道："大弓族兵力充足，已经包围南门、北门、东门。闻借助王邑西临的洲水，向南游行。上岸之后，准备前去圈养场，发现山冈上面有人，认出你们，急忙过来会合。"

闻面对两人，继续说："闻答应禽，今日一早，将桑送回。如今大弓族

第三十章 复明

三面围城,依靠王邑内部的兵力,没有能力抵抗。闻此番前来,也是希望禽能够帮助王邑解围。"

桑意识到,闻既要帮助自己,也要为王邑解围,自己应该尽力协助。屠人克再次瞭望南门情形,说道:"与禽相会之后,再引来援兵,恐怕为时已晚。"

桑放下手里的干柴,来到屠人克所在的位置,仔细瞭望南门情形,提出建议:"可以先行出击,搅乱敌阵,压制大弓族攻打王邑的势头,等禽来到,合力再战。"

闻和屠人克心领神会,听桑进行具体安排:"克速去屠宰场,寻羊皮、羊油、麻布一类物品。羊油涂在麻布之上,随后缠在大象尾巴上,然后点燃麻布。大象容易被火激怒,四处践踏,威力无敌,就能搅乱大弓族的阵势。"

屠人克说:"这个办法很好!不过,大象受到惊吓,失去控制,那可怎么办?"

桑说:"危急时刻,不能考虑太多!"

屠人克骑马要走时,桑意识到在山岗上生火,可能会引起大弓族注意,就嘱咐说:"如果方便,给闻拿些衣物、鞋子过来!"

听到桑的安排,闻佩服桑的胆大心细,也感激桑对自己的关心。桑叮嘱两人:"闻和桑骑上大象,冲入敌阵。克骑马在后,相互照应。"

屠人克飞驰而去,很快返回,找来羊皮、麻布、羊油等助燃物品,带来闻需要的衣物和鞋子。按照桑的布置,在大象尾巴上包裹羊皮,羊皮外面缠上涂了羊油的麻布。三人收拾停当,桑和闻一前一后骑上大象,克飞身上马,三人跃下山岗,直奔南门。

三人渐渐靠近王邑南门,很快接近大弓族的阵营。屠人克迅速下马,点燃大象尾巴上的麻布,大象尾巴灼热难忍,愤怒不已。桑和闻骑着大象闯入敌阵,屠人克骑马飞驰,跟随在后。大象冲入人熊混杂的敌阵,四蹄胡乱践踏,背后火光四窜,转瞬之间,大弓族阵营一片混乱。

大弓族武士的坐骑是黑熊,面对威猛异常的大象,黑熊不再服从骑手的驾驭,胡乱逃窜,四下奔跑。大弓族的武士纷纷跌下黑熊,遭到大象的踩踏,或死或伤。一时间,南门之外出现大量断腿残臂,躲过大象践踏的大弓族武士，争相逃窜，四散而去。

骑在马上的屠人克起初紧紧跟随大象，既可以躲避践踏，又能相互照应。但是，大象的奔跑路线乱七八糟，没有规律，屠人克无法紧盯大象，很快失去追随的目标，不见桑和闻的身影了。

大弓族武士在南门溃败的消息传出，包围东门、北门的大弓族相继撤退。王邑南门之外的喧嚣很快平息，仿佛一阵疾风暴雨过后，只余哗哗的流水声。屠人克骑在马上，四下张望，看到许多东倒西歪的大弓族伤兵，但依然不见闻和桑的身影。大概过去半个时辰，王邑南门打开，王后和卯走在前面，仆臣奚率领众人跟随在后。屠人克准备上前迎接王后时，听到远处传来一阵马蹄声，他看到一队人马由远及近，为首之人就是羊角族的首领禽。

禽率领众人前来接桑，因为路上遇到突然泛滥的河水，耽误了一些时间。此时，看到南门之外伤兵满地，还有大量断腿残臂，禽不知道发生了什么意外，充满疑惑和不解。屠人克骑马上前，向禽解释："大弓族围堵王邑，桑和闻前来解围，点燃大象尾巴，骑着大象闯入敌营，践踏敌阵，一阵乱战之后，不见大象的影子了……"

禽骑在马上，引马前行，四处观察，看到南门之外满目狼藉，受到践踏的大弓族人东歪西倒，难辨面容。禽吩咐羊角族人下马，寻找桑的踪迹。

卯独自过来，询问屠人克刚刚发生的战事，随后投入寻找桑和闻的行动之中。众人穿行在残躯、伤兵和尸体之间，焦急地寻找着……

王后看到南门之外的情形，得知了事情的大概经过，吩咐仆臣奚率领众人一起清理，将死亡的大弓族武士集中一处，受伤的大弓族武士另外集结，大弓、长箭等兵器集中堆放。大约一个时辰过后，南门外面的混乱渐渐平息，只是地面依然满是血污。

屠人克与卯会合一处，禽赶快过来探听消息。屠人克手里拿着一只鞋子，告诉他们，闻经过洲水而来，没有穿鞋，这是自己刚刚给闻准备的鞋子。卯手里握着一条鞭子，告诉两人，这是朱亲手制作的鞭子。屠人克自然清楚，桑的鞭子被屠人收走，这是闻让自己转交给桑的鞭子。禽接过卯手中的鞭子，看着屠人克手里的鞋子，长长叹息一声——桑和闻如今不知去向，大象没有踪影，自己只能率领羊角族人先行离开，回去禀报族长姜。

屠人克和卯送走羊角族一行，两人默默无语。屠人克手拿鞋子，一脸悲伤，继续搜寻闻和桑。卯返回王邑南门，王后依然在那里等候。卯将桑点燃大象尾巴的计谋，大象践踏敌阵的情形，桑和闻不见踪影的情况，一一禀报给王后。王后推测桑和闻可能遇到危险，也许两人遭到践踏，身体混在尸首之中，难以分辨。危难之时，两人挺身拯救王邑，王后充满感激。王后表情悲伤，长叹一声，责怪自己误解了两人。卯上前搀扶王后，准备送她返回寝宫。

卯与王后一起转身，准备离开南门。两人抬头，忽然看到远处走来一人，那人距离南门越来越近，卯发现来人竟是父王。卯感到意外，父王脚步轻快，动作敏捷，与之前昏睡之人迥然不同，俨然就是另外一个人。大王渐行渐近，卯放开搀扶王后的手，跨步向前，向大王飞奔而去。靠近大王时，卯发现大王双手放在胸前，手捧一只活物，那只活物探出小脑袋，东张西望。卯随即认出——那是一只小龟！

远处，还有两人并肩同行，跟随大王而来，那是朱和太医酉。

第三十一章
继位

按照朱的布置，一行人来到洲水岸边，打捞水下的青铜鼎，大王率领众人站在远处观望。高个盲人的儿子季长于水性，首先潜入水底，准备用绳索拴住青铜鼎。克力大无穷，随即下水，用力托举青铜鼎。岸上一行人依次站立，准备共同拉拽绳索，合力打捞水下的青铜鼎。

克与季潜入深水后，平静的水面涌起波浪，波浪越来越大，汹涌澎湃，仿佛水下一股巨大的力量向上升腾。岸上的人们担心两人的安全，少朱、少葛放下手里的绳索，一起靠近岸边，向水下观望，但其实看不到什么。

波浪继续涌动，人们手里的绳索突然一紧，说明绳索已经套上青铜鼎。少朱、少葛返回队列，大家使劲向上拉拽绳索，水下两人全力托举，绳索一时紧一时松。一股巨大的波浪猛然涌来，青铜鼎的一只鼎耳露出水面。透过鼎耳之大，可以断定鼎之巨大，大家使出全身的力气拖拽，青铜鼎终于被打捞上来，矗立在洲水岸边。

在朱的引领下，大王上前察看。临近洲水，大王视线盯着青铜鼎，没有注意脚下，被地面的鹅卵石绊了一下，脚步有些踉跄，险些跌倒，卯急忙上前搀扶。大王走到青铜鼎近前，众人纷纷退后几步，以便大王察看。

大王围绕着青铜鼎缓缓而行，心中很是吃惊，只是表面没有流露出来。大王顺时针走一圈，逆时针走一圈，又顺时针走一圈，依旧没有说什么。太医酉同样震惊，这是一尊巨大的青铜方鼎，比王邑最大的青铜鼎还要高大许多。

卯跟随大王，仔细观察青铜鼎。青铜鼎有一对直立的方形鼎耳，鼎耳外侧雕饰阴线夔龙纹，下面有四根粗壮的柱形足，支撑巨大而沉重的鼎体，足上雕刻饕餮纹，装饰着扉棱。青铜鼎最为特别之处，在于鼎的正面和后面都装饰着凸起的人面造型，人面具有完备的五官，比例准确，使观者产生如见其人的感受。

大王仔细察看青铜鼎的人面造型，觉得有些眼熟，只是一时不能想起与谁的模样近似。朱察觉大王的疑惑，指引大王观看内壁的铭文，大王辨出"作王涂宝尊彝"几个字，意思就是"为大王涂铸造一尊宝鼎"。大王恍然大悟，青铜鼎前后的人面造型，就是依照太卜涂的面部形象。大王看罢，迅速转身离开青铜鼎。

太医酉上前，指着内壁的铭文，让卯仔细辨识。太医酉清楚，青铜鼎是礼器之首，代表王邑至高无上的权力，除非大王授予，否则任何人都不能私自占有。太卜涂冒天下之大不韪，私铸如此巨大的青铜方鼎，铭文和人面造型证明太卜涂企图篡夺大王之位！

大王独自走到一边，由铭文和人面造型想到心怀叵测的太卜涂，回忆起刚刚过去的那个夜晚——自己醒来之后，起身穿衣，走出丽室，恍恍惚惚向北行走，进入宗庙区。进入宗庙之后，径直走向宗庙主殿，感觉眼前人影晃动。步入主殿后，发现地面有些异常，便蹲下身子察看，竟然发现一个很大的洞口，心生诧异，对于太卜涂的突然刺杀，并无任何防备。这时，洞内突然飞出一物，越过自己，直接击倒身后的太卜涂。自己起身之后，发觉手中有了一物，低头察看，竟是一只小龟。

接下来，更加神奇的一幕出现——小龟引颈向上，仿佛想要亲吻自己。于是低头靠近小龟，小龟突然伸长龟颈，亲吻自己的两只眼睛……转瞬之间，眼前的雾霭消散，看到的景物清晰起来。用手揉揉自己的眼睛，发现手里的小龟就是小三足龟。当时心想：难道大三足龟重新变回小三足龟了？此时天色微亮，周围特别寂静，空无一人，仿佛刚才就是一场幻梦。自己后来发现，主殿地面有几根绳索，主殿门口有一只青铜短戈，短戈的把柄上刻有"涂"字，显然属于太卜涂监制的兵器。随后，自己悄悄返回丽室，看到王后依然沉睡，便悄悄将小龟藏匿起来，急忙躺下假装睡觉。慌乱之中，身上的外衣没有脱下。

此时，卯的声音将大王从回忆中惊醒过来："作王涂宝尊彝？"

大王背对青铜鼎，不愿看到鼎的形象，向闻询问太卜涂的动向。闻禀告大王："太卜室空无一人，太卜涂不知去向，卜官宾悬梁而死。"

　　朱将自己的判断告诉大王："太卜涂前去宗庙藏龟，以为最危险的地方最安全，不料偶遇大王，刺杀不成，阴谋败露，只能远走高飞。"

　　卯将自己掌握的情况告诉大王："函遭遇屠官干劫持后，与卜官宾一起囚于太卜室的地穴。后来函逃出，当时卜官宾还在里面。如今卜官宾已经死亡，屠官干不见踪影。"

　　克就在附近，向前几步，禀报大王："屠宰场的屠人，大多随同屠官干离开，只剩少数几人。"

　　大王点点头，认为虽然太卜涂、屠官干离开王邑，但自己不能放松对他们的追查，要防止他们伺机反扑，道："太卜涂的行踪，必须派人追查。"

　　太医酉询问大王："大王，青铜鼎怎样处置？"

　　大王吐出四个字："沉入洲水！"

　　青铜鼎刚刚被打捞上来，如今又要沉入洲水，克面露不解，视线转向身边的朱，向朱寻求答案。朱拍拍克的肩膀，让他按照大王的指令执行。朱内心清楚，太卜涂图谋王位一事，青铜鼎就是明证，大王希望将青铜鼎沉入水底，让其永远不见天日。

　　宗庙之中，大王站在主殿之上，面对召集来的大臣、贵族，神情肃然。大王的眼睛已经恢复视力，大弓族围城给王邑造成的恐慌，正在趋向平息。关于太卜涂欲夺王位、逃离王邑的事，众人虽有耳闻，但并不知道来龙去脉。今日宗庙聚会，大家神情严肃，猜测大王一定有重要的事情宣布。

　　大王抬手示意卯过去，站在自己左侧，然后指示王后上前，站在右侧。大王对面，第一排站着朱和太医酉、林官虞等人，其余大臣、贵族依次前后排列，大家都等待着聆听大王的指示。

　　太医酉观察对面的大王，大王的双眼灼灼放光，经过眼疾洗礼，仿佛更有神采。太医酉双手合十，感谢上帝垂青大王，帮助大王走出眼疾之患，也使王邑躲过一场劫难。朱端详对面的卯，发现卯变得高大强壮，稚气少年已经成为英俊青年。卯腰身挺拔，两眼流露出坚毅的神色，察觉朱对自己的关注，对师父点点头，仿佛传达自己满满的信心。

第三十一章 继位

王后站在大王一侧，面带喜悦，也有少许自责。大王眼疾发作后，自己代为执政，没有察觉太卜涂的阴谋，致使大王险些被太卜涂伤害，多亏三足龟主动出击，帮助大王脱离危险。大弓族包围王邑，闻与桑联手御敌，让大象践踏敌阵，避免了一场灾难，但两人至今下落不明，凶多吉少。王后暗自庆幸，多亏没有听从太卜涂劝说，而是坚持由大王宣布卯继王位，避免了太卜涂获得相位、执掌王邑大权的阴谋，粉碎了太卜涂夺取王位的企图。

王后的目光转向大王身边的卯，王后相信卯继王位之后，一定能够迅速成长，施展更多才干。王后对卯充满期盼，希望卯比大王更加出色，盼望王邑更加强大。想到这里，王后的泪水流淌出来，泪水饱含着欣喜、庆幸和内疚。

大王两手合拢，捧着一只小龟，小龟伸头探脑，似乎迫不及待想要挣脱出来。大王没有松手，小龟挣脱不了，索性缩回龟首。很多人听说过三足龟，但很少有人见过三足龟，大家希望借此机会，一睹三足龟的模样。大王将小龟送到卯的手中，卯手托小龟，伸手向前，请大家观看。小龟再次伸首引颈，然后在卯的手中旋转，仿佛专门展示尾巴下面的小足。众人看得清楚——这是一只小三足龟！

大王垂手站立，高声宣布："太卜涂刺杀本王，图谋王位，罪不可赦。太卜室的太卜一职，由朱担任，掌管王邑占卜祭祀之事。"

这时，仆臣奚率人上前，抬上一尊双耳三足青铜鼎，这是大王赐予朱的青铜礼器。朱走出队列，首先拜过大王，然后再拜三足青铜鼎，随后重新返回队列。宗庙仪式结束后，青铜鼎将被移置太卜室，太卜室将成为朱处理占卜祭祀事务的场所。之前，大王向朱宣布这一任命时，朱特地请示大王，要求依旧在郭区朱圃居住，居住之地与任职场所分离。对于朱的这一请求，大王破例同意了。

接下来，大王郑重宣布："王位继承，根据先祖遗训，可以兄位弟及，可以父位子继。本王眼疾突发，王后代为执政，太卜涂干扰政事，弟闻、子卯勇于担当，终使王邑没有陷入异族之手。闻奋勇御敌，如今不见踪迹，本王忧心如焚。为保王邑社稷永固，今日宣布卯继王位，余将辅佐新王，暂时摄政，不日还政于卯。"

大王说罢，接过仆臣奚手中象征王位的青铜大钺，郑重地赠予卯。卯双手接过，首先目视父王，而后转身面对众人，高高举起青铜大钺。随后，众人纷纷上前施礼，拜过新王。

葛事先已经知道，宗庙仪式结束之后，大王准备前来朱圃。葛带领少朱、少葛等人整理朱圃后，早早就在院子外面等候。听说将要面见大王，矮个盲人有些胆怯，躲在后院不想出来，葛让函把他拽到院子外面，一起等候大王。临近中午，葛远远看到，大王与卯一行人向朱圃走来。朱引领大王进入院子，大家来到草棚下面，大王示意众人一起就座。

卯双手捧着小三足龟，走到函的面前，将小龟送到函的手中。函听说大三足龟撞击太卜涂后，再度变身小三足龟，他知道三足龟可以变化形态，并不感到惊奇。卯询问函："函是怎样逃离地穴的？"

函小心翼翼地捧着小三足龟，叙述自己逃离地穴的经过，描述大三足龟打开石门、顶开石板的过程，感叹道："没有大三足龟，函依旧被关在地穴里呢！"

大三足龟首先救函，然后救助大王，卯称赞三足龟的神奇："大三足龟拥有神力啊！"

大王补充道："眼睛复明，也是三足龟的功劳啊！"

朱告诉函："大王原本有意将三足龟作为神灵供奉，三思之后，还是认为应该将三足龟送回九江，让三足龟回归自然。"

听说自己终于可以返回九江，函顿时心生欢喜。函的视线转向小三足龟，想到自己遭遇挟持的经历，忐忑不安，心情有些失落。卯察觉函的情绪变化，猜测函担心旅途安危，便告诉函："函尽管放心，函和三足龟返回九江时，父王派人专程护送！"

朱对函说："朱请示大王与函同行，一起返回九江，拜见族长燎，了却朱多年的心愿。"

听说朱与自己同行，函大为欣喜，高兴地举起小龟，在朱圃院子里奔跑起来……

大王坐在草棚下面，想起在此与桑会面的情景，陷入沉思。当初，桑进入王邑寻找自己，如今不知去向，凶多吉少。大王思来想去，叹息一声，沉默不语。

朱理解大王的心情，急忙解释："禽返回羊角族后，向族长姜禀报了王邑战事。族长姜亲赴王邑南门，察看死者遗骸，没有桑的踪迹。族长姜安排羊角族人四处打探，寻找桑及大象，虽无新的发现，但毕竟没有凶兆。"

大王很是惭愧，道："桑来到王邑，却不见踪影，这是余的责任啊！"

太医酉感叹道："吉凶未卜啊！"

朱向大王提出建议："吉凶未卜，就有生还可能。大王先祖有过'死生'一说，即用接受死亡的态度，祈求重生。朱建议，为桑和闻建立衣冠冢，坦然接受死亡，期盼两人生还。"

大王点头默念："死生，死生。"

卯对大王说："父王曾经讲述过先祖死而复生的事情。"

大王一时想不起来，问："是吗？"

卯告诉大王："父王说过的事情，卯认为重要的，都会记录留存下来。近日翻阅，就有父王讲述的先祖死而复生的故事。"

大王起身踱步，细细回想，确有这样一件事情——当年，先祖被大弓族的长箭射伤，多日昏迷不醒，如同死去一般。太卜官提出建议：修建衣冠冢，坦然接受死亡，期盼死而复生。衣冠冢建成之后的第七天，先祖醒来，伤口竟然自行痊愈了。

卯沉思片刻，问朱："师父，桑是羊角族人，丧事应由羊角族主办，为桑建立衣冠冢，是否可以呢？"

朱向卯解释建立衣冠冢的意义："建立桑的衣冠冢，不是为桑举办丧事，而是通过建立衣冠冢的仪式，让桑得到重生。"

大王叮嘱在座的林官虞："向族长姜禀报建立衣冠冢一事，得到族长姜同意之后，在少丘之上，为桑和闻建立衣冠冢，期盼他们死而复生。"

少丘之上，大帝庙后面的山坡两侧，闻和桑的衣冠冢坐北面南，仿佛大帝庙伸出两条胳膊，揽着两座坟冢。衣冠冢建成之后，大王率领卯、朱、太医酉、林官虞等人，登上少丘，前往大帝庙进行祭祀。今日祭祀之后，朱和函就将携小三足龟，一起返回九江，大王准备专门为他们送行。

大王率先走出大帝庙，朱与太医酉、林官虞跟随在后。大王停下脚步，对他们说："拯救王邑时，闻有勇气和谋略，桑有胆量和气魄，如若没有两人，王邑已然落入大弓族手中了。"

卯跟随父王进入大帝庙后，并未随行出来。朱回头观望，看到卯默默站在大帝像面前，似乎仍在祷告。卯走出大帝庙后，快步来到父王身边。朱理解卯的心情，重申衣冠冢的含义，提醒卯说："死生，不同于生死；终始，不同于始终。死和终，不是生命的结束，而是生命的新生和开始。"

卯明白师父的意思，说道："卯相信，桑和小父一定能够回来。"

大王表达心中的祈盼："但愿，但愿！"

返回九江的路途十分遥远，加之大弓族、太卜涂、屠官干等潜在危险，大王决定专门安排兵卒保护，由克担任首领。此行兵卒共计二十人，包括十个箭兵，十个戈兵，加上朱、函和克，二十三人乘坐八辆马车，一同南下九江。

少丘山下，大王为远赴九江的众人送行。函将卯拉到一边，把随身带来的犀牛皮甲给函，说道："这是父亲制作的犀牛皮甲，送给大王！"

卯起初以为，函让自己把皮甲送给父王，转念一想，才明白函是将皮甲送给自己，只是改变称呼，称自己"大王"。卯说："还是称卯吧，称呼大王，感觉不够亲切。"

函说："好吧，这件犀牛皮甲，可以抵挡射来的利箭，函送给卯！"

卯推辞说："函自己穿着，岂不更好？"

函："这次返回九江，兵卒随行保护，自然安全。函回到九江，再让父亲制作一件，卯收下吧！"

卯接过犀牛皮甲，走上前去，说："卯一定前去九江，看望函和小龟！"

仆臣奚两手托着一件青铜器物，来到朱的面前。大王揭去覆盖器物的丝帛，对朱说道："这件青铜卣，送给虎尾族的族长燎，以示谢意。当年，玄鸟族的祖先在九江遇难，虎尾族老族长出手相助。如今，三足龟再度保佑了王邑。这件青铜卣的寓意，余不用说，朱自然清楚。"

这件青铜器物，属于盛酒的器物，称"卣"，大腹小口，一般有方形、筒形和圆形，器身纹饰繁复，还有盖子和提梁。这件"卣"的不同之处，在于器物的整体造型，看似一只猛虎蹲坐，怀中抱有一人。老虎头部形象突出，面部狰狞，龇牙咧嘴。人头位于虎嘴之下，猛然看去，以为人的生命受到老虎威胁，危在旦夕。

第三十一章 继位

这件"卣"被称为"神虎拥人卣",朱十分清楚它的寓意。老虎属于神性灵兽,老虎拥抱之人,并非普通之人,而是占卜之人。卜人表情镇静,神态坦然,毫无惧色。老虎与卜人的拥抱,意味着沟通天地,人神交流,人虎合一。虎尾族敬重老虎,王邑注重占卜,大王向族长燎馈赠"神虎拥人卣",期盼双方相互保护,永远交好。

其实,这件"卣"还有一种寓意,这种说法流传于虎尾族内部,朱也清楚。虎尾族有相似的陶质器物,称"虎人交合卣"。传说,虎尾族最早的老祖母,曾是一位美丽的少女,少女在江中吞食五彩鱼卵,上岸之后,踩到老虎的足印,诞下的男孩天生一条小尾巴。因为美丽少女集合了五彩鱼、山中猛虎和人的神力,所以虎尾族的繁衍特别强盛,子孙后代愈发身强体壮,天赋异禀之人越来越多。

想到这些,朱深感这件"卣"的寓意丰富,接过仆臣奘手中的"神虎拥人卣",放到马车之上。随后,朱向大王郑重行礼,登上马车,率领众人踏上前往九江的漫漫路途。

王邑之南,丘陵连绵,车辆颠簸而行,前进的速度十分缓慢。数日之后,这队人马来到一条叫边河的河流北岸。这个季节,边河处于枯水期,水量很少,马车完全可以涉水而过。边河南岸,就是一片广阔平原,马车可以加速前行,南下九江的速度就会加快许多。

涉水过河之前,朱安排众人稍事休息。马匹需要休整,人马需要补充食物和水,便于过河之后加速前行。有人将马拴到树上,给马准备饲料;有人前去河边取水,供人饮用。克时刻牢记守护职责,站在马车之上,四下观望,觉得周围确实没有可疑迹象,这才跃下马车,来到朱的身边,随时听候朱的命令。

函手里拎着一个羊皮水袋去河边取水,发觉近前的河水不够干净,于是沿着河道走向上游,寻找干净的饮用水。河道曲曲弯弯,河岸之上耸立着许多大树,函走出没多远,回头瞭望,因为高大树木遮挡视线,已很难看清同行的众人。函心中有些顾虑,急忙停下脚步。函观察眼前的河水,觉得这一片水域足够干净,于是蹲下身子取水,树木遮蔽住了函的身形。

羊皮水袋装满河水后,函准备起身返回,突然听到鸟儿飞过的声音,他顺着声音抬头观看，见一群鸟儿仿佛受到惊吓，慌慌张张飞过去了。函心中有些诧异，放低身子，借助树木遮掩，向鸟儿起飞的方向观察，发现树木之间偶有白色物体闪动，仿佛人的身影。函不由心生疑惑，慢慢移动脚步，小心翼翼行走，悄悄返回众人休息的地方。

此时，克同样察觉鸟儿飞过，感觉有些奇怪，于是再次跃上马车，观察四周情况，还是没有发现异常。函压低身子返回，克看到函的姿态，猜测函也察觉到异常，两人先后来到朱的身边。函指着自己发现白色人影的区域，低声说道："那边有人！"

朱立即做出判断，认为来者不善，命令克将兵卒召集起来，做好御敌准备。克立即安排，让十个箭兵藏身于马车后面，以马车作为掩护，拉弓搭箭，准备阻击对方。十个戈兵配合箭兵，随时准备出击。白衣人已经将这一切看在眼里，他们从藏匿的树林中出来，沿着河岸谨慎前行，向正在休整的人马围拢过来。

白衣人渐行渐近，朱仔细观察，对方大约二十人，身着白衣，手执长戈，脸上蒙着白色兽皮，宛若白色幽灵，难以看出真实面目。白衣人没有大弓，没有坐骑，表明不是大弓族人。朱不知对方来自何处，更不知道他们的目的何在。

白衣戈兵继续前进，呈扇形排列，围拢上来，形成攻击的阵势。克突然想到小三足龟，急忙跃到函的身边，让函尽快退入身后树林，防止对方发现小三足龟，避免函成为攻击目标。此番南行，函身体一侧背着袋子，袋子里面装着小三足龟，自己与小龟片刻不离。函听从克的命令，迅速退到树林深处，然后环顾四周，爬上一棵弯曲的大树，将身子藏到茂密的树叶后面，防止对方进入树林后发现自己。

朱发现，为首的一位白衣戈兵身体十分强壮，行动特别敏捷。朱感觉此人的动作有些眼熟，想起洲水岸边的场景，认为此人与仆人卫有些相似。朱对身边的克低语："前面这位白衣戈兵，可能就是太卜涂手下的仆人卫。"

朱说到仆人卫时，克联想到屠官干，猜测白衣戈兵可能就是屠宰场的那些屠人。既然幕后操纵之人是太卜涂，那么这群人的目标就是函和三足龟。克担心函的安全，对箭兵发出命令："听克指令，准备放箭！"

白衣戈兵继续向前，他们手握长戈，十分警觉，行进速度有所放慢，随

第三十一章 继位

时准备发起攻击。克判断对方已经进入弓箭射程，于是挥手命令箭兵射击。一支支箭矢飞射出去，击中前排一位白衣戈兵。最前面的那位白衣戈兵立即止步，倚靠大树掩护自己，其他白衣戈兵纷纷躲到大树后面，暂停进攻步伐。

克调整视线，观察白衣戈兵藏身的位置，判断对方再次进攻的路线，以便调整箭兵的射击方向。马车后面的十个箭兵听从克的指挥，重新调整射击方向。戈兵与箭兵相互配合，扩大防御范围，准备继续应对白衣戈兵的进攻。

克刚刚完成布置，突然看到朱挥手指向树林右侧，克随即察觉，树林右侧有白色身影晃动，显然又有敌情出现。克只是注意到白衣戈兵的正面攻击，没有顾及两侧，在兵力布置上有所疏忽。说时迟那时快，树林右侧突然杀出一队白衣人，人人手执弓箭，显然是一队白衣箭兵，准备进行侧面进攻。

白衣箭兵的领头之人拉弓射箭，马车后面的一个戈兵中箭受伤。因为正面、侧面同时受到攻击，朱和克只能率兵向后撤退，放弃作为屏障的马车，退入后面的树林。此时，对阵形势发生改变，马车成为白衣戈兵的掩体。白衣箭兵绕过树林外侧，向树林后面迂回。

克退入树林，指挥箭兵、戈兵倚靠大树，准备迎接对方的进攻。白衣戈兵隐藏在马车后面，并未急于进攻，似乎正在等待某个时机。朱意识到，白衣箭兵绕到树林后面，显然就是为了堵截退路，如果对方形成前后夹击之势，就会腹背受敌，很难突围出去。

这时，克突然醒悟，白衣箭兵的领头之人，刚才击中自己手下戈兵的射箭者，就是屠官干，克与屠官干曾经朝夕相处，从微小动作就可以窥其真实身份。克提醒朱："射箭的人就是屠官干！"

朱心中清楚，对方目标就是函和三足龟。朱决定兵分两路，自己带领几个箭兵、戈兵，正面阻击白衣戈兵；克带领其他兵卒向后撤退，对付迂回过来的白衣箭兵，防止两面受敌。朱叮嘱克："注意保护函和三足龟。"

函藏身大树之上，更便于全面观察。两路白衣人前追后堵，朱和克兵分两路，退入树林，函将这一切看在眼里。函在树上发现，白衣箭兵绕到树林后面，悄悄藏身在一条凹陷的地沟，准备实施伏击。函所在的大树距离地沟不远，从函的视角看，白衣箭兵的动向一览无余，对方并没有发现树上的函。

这时，克带领一组兵卒退入树林，来到函隐身的大树下面，克和兵卒位于明处，显然没有防备暗处埋伏的白衣箭兵。白衣箭兵拉弓搭箭，准备射击，千钧一发之际，函手抓长长的藤蔓，从天而降，一把拽住克的胳膊，向树林深处飞奔。王邑兵卒惊慌之余，急忙四散而去。

看到自己布设的圈套被人破坏，屠官干十分懊恼，猛然冲出地沟，全力追赶前面的函和克。白衣箭兵相继冲出地沟，追赶四散的王邑兵卒。

屠官干用力追赶，双方距离渐渐缩短，来到了没有树木阻挡的开阔空间。屠官干用力抛出手中短刀，短刀不偏不倚，正中函的后背，函跌倒在地，挣扎了几下，准备爬起时，已经没有力气了。克来不及察看函的伤情，立即转身，准备迎战伤函之人。此时，克突然看到，飞刀伤函的这位白衣人脚步踉跄，几乎跌倒，克发觉对方左臂中箭了。飞刀伤函的人正是屠官干，他突然被箭射中，转身观察，发觉对方援兵来到，对阵形势突变，于是就在两个白衣箭兵搀扶之下，紧急撤离了。

克回头观望，发现确有援兵来到，冲在前面的竟然是闻。闻执弓背箭，刚刚射伤屠官干。闻的身后，还有朱和王邑兵卒，两处兵力合到一起，追击白衣箭兵。其他白衣箭兵察觉屠官干已经撤离，纷纷冲出树林，仓皇逃离……

树林之中，喧嚣的声音渐渐平息，恢复了平日的安静。函闭着眼睛，意识模糊，不知自己身在何处。函有些恍惚，仿佛看到鸟儿从天空飞过……听到人们的呼喊声，函慢慢睁开眼睛，看到了面前的朱和克，他们张着嘴巴，不停地向自己喊叫，函无法听清他们究竟说些什么。

函使劲睁开眼睛，看到克指着自己身后，函这才意识到，自己背后倚靠的不是大树，而是一个人，那人双手紧紧抱着自己。函慢慢回头，看到那人脑袋低垂，低声哭泣。函并不知道身后是谁，只觉得周身暖和起来，意识更加清醒。这时，对面走来一人蹲在函的面前，拉过他的手，放入她的双手中，函觉得自己的双手暖和起来……

闻怀抱着函，抬头看着迎面走来的桑。桑蹲在函的面前，握住函的双手，然后跪下来，与闻一起搂抱着函，闻的泪洒在函的背上。三个人就这样紧紧拥抱着，一直没有松开……

树林里，风不吹，鸟不叫，兽不动，似乎没有一丁点儿声音。突然，一阵脚踏大地的声音传来，大象穿过树林，来到桑的身边，稳稳地站在那里，仿佛在等待桑的指示。

第三十一章 继位

桑松开怀抱中的函，示意大象跪下，准备让函骑上大象，然后一起上路。克急忙上前，蹲下身子，准备将函背起，放在大象身上。

此时，闻看到函身上挎着一个袋子，不知里面装着什么，用眼神向朱询问。朱上前解下函身上的袋子，取出里面的小三足龟。小三足龟落地之后，立刻跃上函的后背，伏在函受伤的位置，一动不动。

闻看着小三足龟，有些疑惑。闻知道小龟变成了大三足龟，不知大龟何时又变回了小三足龟。朱察觉闻的疑问，告诉闻："神龟也！"

在闻和桑的协助下，克将函放到大象身上。桑骑上大象，坐在函的身后，搂着函，说道："走吧，一起回九江！"

大家走出树林，来到马车近前，看到两具白衣戈兵的尸体，其中一具已被踏扁，显然是大象所为。太卜涂劫持三足龟的阴谋，没有得逞。朱明白，闻也清楚，没有得逞的太卜涂，不会善罢干休。

尾声

在边河之南的广阔平原上,马车在前,大象在后,一行人马继续向南行进。

八辆马车依次排列,克站在第一辆马车之上,神色严肃,时刻保持警惕。闻和朱同在最后一辆马车,车内平放着函,函已经停止呼吸,身体渐渐冰凉。小三足龟依然伏在函的身上,一动不动。桑骑着大象,走在马车后面,脸上挂着两道泪痕。

遥远的南方,是函的故乡、朱的故乡,也是小三足龟的故乡……

- 2018年8月7日,戊戌年六月廿六日,立秋时节,完成第一稿;
- 2019年5月17日,己亥年四月十三日,小满之前,完成第二稿;
- 2019年11月16日,己亥年十月二十日,立冬之后,完成第三稿;
- 2020年7月15日,庚子年五月廿五日,小暑之中,完成第四稿。

人物表

- **大王：** 王邑的最高首脑，忧患意识强烈，性格有些优柔寡断。最初因为担忧生命短暂，希望尽快确定王位继承人。后来眼疾发作，面临失明的可能，王邑内部各方争夺王位，王邑外部异族前来进攻。最终，在神奇的三足龟的帮助下，大王眼疾康复，化险为夷，王位顺利交接。大王喜欢狩猎，擅用弓箭和青铜戈。

- **闻：** 大王的弟弟，根据王位"或兄终弟及，或父终子继"的规定，拥有继位资格，但他专注于书契技艺，希望根据自己的意愿做事，无意继承王位。后来，王邑面临外族攻击，闻挺身而出，与羊角族的女子桑联手，在危难关头，拯救了王邑。闻偶有腿疾发作，难以根治，这是闻拒绝继承王位的理由之一。闻看似文弱，却有"一射双箭"的射箭本领。

- **卯：** 大王唯一的儿子，英气少年，志向远大，愿意继承王位，执政王邑。卯兴趣广泛，跟随太医酉学习医术，跟随原书契卜官朱学习经典，跟随闻认字、习字。卯喜欢三足龟，与养护三足龟的函是好朋友。最终，卯继承王位。

- **太卜涂：** 王邑占卜机构的最高长官，专司占卜祭祀，擅长各种巫术。最初与王后联手，希望促成卯继王位，自己获得最高辅政官"相"的职位。卯继王位并不顺利，太卜涂不能得到相位，企图占有三足龟，窃取王位。太卜涂掌控屠宰场的屠人，利用屠人实施暴力行动，最后阴谋破败，太卜涂出走王邑，贼心不死。

- **朱：** 曾任太卜机构的书契卜官，后来放弃职位，成为平民。朱雄才大略，潜藏不露，着重研习经典，一心传承经典。朱来自九江虎尾族，太卜涂、

人物表

闻和卯都是朱的徒弟。朱居住在朱圃，羊角族女子桑进入王邑寻找心仪的男子，在此栖身。王邑遭遇内忧外患，朱联手闻、卯及太医酉，共同拯救王邑。

- **王后：** 大王的妻子，仪态高雅，一心希望促成儿子卯继承王位。王后怀疑大王的弟弟闻假装无意继承王位，实际觊觎王位。大王眼疾突发，王后代为执政，太卜涂辅佐王后。太卜涂企图窃取王位，故意制造矛盾，导致王邑内外交困。最后，太卜涂阴谋失败，王后终于醒悟。

- **桑：** 羊角族的女子，羊角族的族长姜的妹妹，貌美体健，擅骑大象。桑意外救助大王，对其产生爱慕，随后进入王邑，寻找心仪的男子，由此引发一系列事件。最后，桑与闻骑着大象，践踏敌阵，为王邑解围。

- **太医酉：** 王邑太医室的最高长官，通晓医术和巫术，擅长酿酒。太医酉为大王治病，向卯传授医术，与朱关系密切，关心王邑安危。大王罹患眼疾，太医酉最早知道。大王眼疾突发，太医酉用心治疗。

- **卜官宾：** 太卜涂手下的取龟卜官，对太卜涂唯命是从。卜官宾前去九江，寻来小三足龟，带回养龟少年函，奉命养护小三足龟。卜官宾喜欢玉器，有意担任玉人坊的玉官。卜官宾受命太卜涂，多次设局，引诱桑落入圈套。

- **族长姜：** 羊角族的族长，桑的哥哥，威猛矫健。少年时曾经救助过朱，后来帮助桑救助大王。族长姜同意桑进入王邑寻人，关心妹妹在王邑的安危，期望羊角族与王邑和平相处。

- **函：** 来自九江的虎尾族少年，出自制作皮甲的世家，擅长与龟打交道，双臂较长，额头中间有一个小肉疙瘩。函随同小三足龟来到王邑，专门看护小三足龟。后来，根据大王的要求，函努力促使小龟长大，希望自己尽快返回九江。最后，在返回九江的途中，命丧屠官干之手。

- **葛**：朱的妻子，富有智慧和胆量。桑暂居朱圃，葛全力保护。少葛、少朱两个少年暂住朱圃，葛给予了全面的关心。
- **少葛**：族群交战时，王邑俘获的异族少女，性格开朗，颇似男孩。太卜涂准备将其作为祭祀"人牲"，棒杀处死，被桑和闻救助，暂居朱圃。
- **少朱**：族群交战时，王邑俘获的异族少年，心思细密，头脑清晰。太卜涂准备将其作为祭祀"人牲"，棒杀处死，被桑和闻救助，暂居朱圃。少葛、少朱与卯结识，卯指导两人认字、习字。
- **屠官干**：王邑屠宰场、圈养场的首领，心狠手辣，受命太卜涂，带领众多屠人实施暴力行动，为非作歹时经常佩戴兽皮面具。太卜涂阴谋败露之后，屠官干跟随太卜涂离开王邑，继续充当其爪牙。
- **屠人克**：王邑屠宰场的屠人，心地善良，力大无比。与闻早年相识，关系较好，关键时刻出手救桑。最后时刻，克奉大王之命，带领兵卒，护送朱、函和三足龟返回九江。
- **林官虞**：王邑的林官，脚力惊人，两脚踝骨的凹陷处，各有一簇白毛，如同两只小翅膀。林官虞长期驻扎郊野，与族长姜多有交往，关心桑在王邑的安危，注意维护羊角族与王邑的和睦关系。
- **仆臣奚**：大王的贴身仆臣，对大王忠心耿耿。
- **仆人卫**：太卜涂的贴身仆人，膂力过人，心思缜密。
- **仆女眉**：王后的贴身仆女，心灵手巧，做事细致。

人物表 动物表

- **禽：** 羊角族的首领，族长姜的手下猛士，擅长制作响箭。
- **喜：** 禽的妻子，擅长酿制马奶酒。
- **丘臣封：** 王邑小官，跟随林官虞，守护郊野山林。
- **司鱼毕：** 王邑小官，跟随林官虞，守护郊野水泽。
- **高个盲人：** 矮个盲人的伙伴，具备特别突出的空间方位感。与桑相识，愿意助桑，在寻找被囚禁的桑的过程中，被屠官干杀害。
- **矮个盲人：** 高个盲人的伙伴，具备特别灵敏的嗅觉和听觉。与桑相识，愿意助桑，与高个盲人一起寻找被囚禁的桑。
- **季：** 高个盲人的儿子，平日放羊，擅长潜水。
- **玉官原：** 王邑官员，管理王邑制玉机构"玉人坊"。
- **牧官单：** 王邑小官，管理畜牧事务。
- **族长燎：** 九江的虎尾族的族长，虎尾族人特别擅长与龟沟通。
- **庶：** 虎尾族的大力士，虎尾族早期老族长的助手。
- **姝：** 玄鸟族的美女，后来嫁给虎尾族的庶为妻。
- **族长咸：** 大弓族的族长，来自王邑东部，能够驾驭黑熊，擅长使用大弓。
- **辛：** 大弓族的首领，族长咸的手下。
- **卓：** 洲水岸边的捉龟、养龟人，与卜官宾相熟。
- **驭手索：** 王邑的驾车人，奉命送函返回九江，路遇劫持，失去生命。
- **众卜官：** 钻凿卜官壬，灼龟卜官燮，占龟卜官启，书契卜官聿等。

动物表

- **三足龟：** 异形灵龟，来自九江。三足龟后面仅有一足，此足位于尾巴下方。大王听说三足龟可以治疗弟弟闻的腿疾，安排卜官宾前往九江寻龟，终于寻来小三足龟，将小龟放在王邑馆舍喂养。三足龟可变化大小，快速跃进，力大无穷，可谓灵龟、神龟、异龟。
- **大象：** 羊角族女子桑的坐骑。大象随桑来到王邑，因大象不便进入王邑，桑将大象与屠官干的羊进行交换。大象被放在王邑之外的圈养场，受到屠官干的虐待。后来王邑遭到围困，桑献出计谋，火烧大象尾巴，驾驭大象践踏敌阵，助力拯救王邑。
- **飞鱼：** 王邑西临有一条大河，称为洲水，其中有此神奇飞鱼。飞鱼胸鳍特别发达，胸鳍向后延伸至尾部，是飞鱼从水面腾空而起的利器。
- **蚌鱼：** 洲水之中出现的一种怪鱼。蚌鱼身子中间覆盖着龟壳，能够发出羊的叫声，属于难得一见的异物。
- **黑熊：** 大弓族的坐骑。大弓族人能够驾驭黑熊，擅长使用大弓。

参考著作

《中国文化冷风景》
　　李劼　著
　　允晨文化

《传统文化溯源——中国古代龟卜文化》
　　刘玉建　著
　　广西师范大学出版社

《殷墟：一个王朝的背影》
　　唐际根　著
　　科学出版社

《中国古代社会：文字与人类学的透视》
　　［中国台湾］　许进雄　著
　　中国人民大学出版社

《文物小讲》
　　［中国台湾］　许进雄　著
　　中国人民大学出版社

《商代史卷一·商代史论纲》
　　宋镇豪　主编
　　中国社会科学出版社

《商代史卷七·商代社会生活与礼俗》
　　宋镇豪　著
　　中国社会科学出版社

《商代史卷八·商代宗教祭祀》
　　常玉芝　著
　　中国社会科学出版社

《世界遗产丛书：殷墟》
　　杜久明　杨善清　王少如　著
　　世界图书出版公司

《伏羲之道》
　　张远山　著
　　岳麓书社

《山海经校注》
　　袁珂　校注
　　上海古籍出版社

《徐文兵、梁冬对话〈黄帝内经〉》
　　徐文兵　梁冬　著
　　江西科学技术出版社

参考著作

《中国古代物质文化》
 孙机　著
 中华书局

《孙机谈中国古文物：从历史中醒来》
 孙机　著
 生活·读书·新知三联书店

《大都无城：中国古都的动态解读》
 许宏　著
 生活·读书·新知三联书店

《文史知识文库：中国古代礼仪文明》
 彭林　著
 中华书局

《常用字解》
 [日]　白川静　著
 九州出版社

《简明中国文字学》（修订版）
 [中国台湾]　许进雄　编撰
 中华书局

《中华遗产》杂志

图书在版编目（CIP）数据

龟先生 / 王骞著． -- 济南 ：山东文艺出版社，2021.7

ISBN 978-7-5329-6365-2

Ⅰ．①龟… Ⅱ．①王… Ⅲ．①长篇小说－中国－当代 Ⅳ．① I247.5

中国版本图书馆CIP数据核字（2021）第 052607 号

龟先生
GUIXIANSHENG
王骞　作品

主管部门	山东出版传媒股份有限公司
出版发行	山东文艺出版社
社　　址	山东省济南市英雄山路 189 号
邮　　编	250002
网　　址	www.sdwypress.com
读者服务	0531-82098776（总编室）
	0531-82098775（发行部）
电子邮箱	sdwy@sdpress.com.cn
印　　刷	济南锐拓印刷有限公司
开　　本	787 毫米 ×1092 毫米　16 开
印　　张	25　插页 10
字　　数	409 千字
版　　次	2021 年 7 月第 1 版
印　　次	2021 年 7 月第 1 次印刷
书　　号	ISBN 978-7-5329-6365-2
定　　价	68.00 元

版权专有，侵权必究。如有图书质量问题，请与出版社联系调换。